超能英雄

Heroes
The Force Awakens 之 原力觉醒

成　刚/著

百花洲文艺出版社
BAIHUAZHOU LITERATURE AND ART PRESS

目录

楔　子	消失的村庄	1
第一章	女神归来	7
第二章	刺杀者是谁?	16
第三章	神秘读心术	24
第四章	预见未来	34
第五章	鱼人之死	41
第六章	治愈者	48
第七章	客厅中溺亡的男人	56
第八章	水妖之舞	63
第九章	小沙漠里的水世界	72
第十章	神力还是功夫?	82
第十一章	虫语者	89
第十二章	异世界	98
第十三章	电影院千尸	107
第十四章	旱魃现世?	114
第十五章	瓷娃娃女孩	121
第十六章	死而复生	129
第十七章	记忆苏醒	137
第十八章	剥茧抽丝	145
第十九章	魔道轮回	152
第二十章	爱上你 杀死你	159
第二十一章	为爱逃亡	167
第二十二章	海上云台	176

第二十三章	白发圣女	180
第二十四章	涅磐之爱	184
第二十五章	特别行动小组	191
第二十六章	异度传说	197
第二十七章	身世之谜	204
第二十八章	前世今生	212
第二十九章	她到底是谁?	219
第三十章	幻影白灵	227
第三十一章	火兽之杀	235
第三十二章	三个信封	242
第三十三章	异族之子	249
第三十四章	沈途归来	258
第三十五章	烟花如梦	267
第三十六章	时空之门	275
第三十七章	大开杀戒	284
第三十八章	丢失的时间	293
第三十九章	致命要挟	300
第四十章	时空穿梭	309
第四十一章	蜘蛛结网	317
第四十二章	惊天杀局	325
第四十三章	瘟疫袭城	335
第四十四章	终极较量	342
第四十五章	以我换取整个世界	350
第四十六章	天外有天	360

楔 子

消失的村庄

连着下了一周的雨，县城汽车站开往宿塘乡的班车五天前就已经停运，每天都会有旅客来问，班次什么时候能恢复。没有人给出具体答案，但毋庸置疑的是，只要雨还在下，车就不能开。通往宿塘乡的山路蜿蜒陡峭，其中多处都要在崖边绕行，下了这么长时间的雨，谁知道山体有没有塌方，道路有没有受到损毁，情况不明之下，技术再好的老司机，都不愿意出车。汽车站方面本着安全为主的原则，这才停运了所有前往宿塘乡的班车。

旅客们对这样的决定，能理解，却仍抱怨。

他们大多都是些山民，想法简单，耽搁在县城里，既耗时又费钱，而且他们大多在山区生活多年，早已经习惯了山区的多变气候以及山道的险峻。停留的时间愈久，回家的愿望就越强烈。

这时候，如果有人悄悄告诉他们，有车前往宿塘乡，他们还会拒绝吗？

雨还在下，中间歇上一段时间，刚刚让人心生幻想，很快又会毫不留情地倾泻而来。新闻里说，这一年，中国一半以上的省份都出现了强降雨过程，长江、嫩江、松花江等多个区域迎来了百年不遇的洪峰，鄱阳湖、洞庭湖、沅江、湘江等多处水域超过警戒水位。洪灾肆虐。

新闻看着揪心，但谁都不会把它跟自己联系起来，特别是坐在中巴车里的山民们，车子驰出县城的那一刻，他们悬了好几天的心终于放了下来——终于可以回家了。

车子当然是黑车，但车况尚好，否则也不敢在这种天气出门。司机是个满脸络腮胡的莽汉，穿黑色小背心，粗壮的胳膊上文了两条龙，沉默寡言，瞧着就霸气。跟他搭伙收钱的小伙，精瘦，尖嘴猴腮，头发染成了金黄色，两片薄嘴唇上下翻飞之间，便收取了每位旅客两倍的车票钱。山民们虽然心疼多付的车钱，但想想总比继续留在县城强，也就都认了。

中巴车不大，至少比核载人数多带了十个人，过道里都挤得满满当当的。旅客们免不了抱怨几句，但都被黄毛拿话呛回来：不满意，你下去啊……

县城本就在山坳里，出城不久，就是山道。雨大路滑，车子开得慢，本来一天的路程，到了晚上才走了一半。旅客急，文身司机和黄毛更急。这一天下来，雨没见停，大白天开车都战战兢兢的，别提晚上了。照这速度，天亮前能到宿塘县就不错了，可真要再开一夜的车，文身司机都发毛。

天黑了，雨天的大山里，黑得彻骨，只有车前两道光柱像是利剑，刺破黑暗。

利剑匆忙被前方山道上出现四道黑影截断了。

文身司机匆忙揉了揉眼睛，他以为自己眼花了，可事实上，光柱前方的道路中央，真的立着四道黑影。隔得远，隔着雨，看不真切，文身司机踩了刹车，快到跟前才确定，那是四个穿着雨衣的人，而且，这四人，见到车来，一点躲避的意思都没有。

文身司机暴脾气，车停下，刚落下车窗，便扑了一脸的水，抹一把，破口骂：找死换个地方。

那四个人还不动，文身司机又一句骂人的话到嘴边，却咽了回去。这时候，黄毛和前排的几个人已经贴到了前挡玻璃上，他们都看出这四个人有些诡异——正常人谁会这种天出现在这种地方。

四个人雨衣的帽檐都压得很低，看不清模样。他们不动，车上的人就紧张，文身司机一手抓紧了方向盘，一手伸到座椅下摸出根铁棒来。

四人终于动了，慢慢走到了车门边，还有人敲门。黄毛心里发毛，不敢开门，文身司机显然胆大点，开了门，随后绰着铁棒站到了门边，全神戒备。

四人要上车，文身司机的铁棒挡住了他们去路。

最前面那人雨衣的帽檐推到后面，露出一张胡子拉碴的脸，脸上堆着笑，笑里带些卑微和拘谨。"我们想搭车。"声音软绵绵的，听口音不是本地人。

文身司机还没搭话，黄毛后面先"喊"了一声，飞快蹿过来，大声嚷嚷："有你们这么搭车的吗？鬼一样站路中间，吓唬人好玩儿吧……"

那四个人还是上了车，车上人本来就多，现在更挤。旅客们的抱怨声，照例抵不过黄毛的伶牙俐齿，而且，人在旅途，谁也不想多事。

黄毛毫不手软地收钱，数额创造了这条线路迄今为止的纪录。那四人非常配合，连话都不多说。现在，他们全都除去了雨衣的兜帽，看模样，都是普通人，说话举止虽然跟山民们有些不同，但至少，没人再觉得他们诡异了。

车子往前大概开了半个小时，忽然一声巨响传来，昏睡的旅客全都醒了，醒着的旅客全都炸了，黄毛哆嗦着趴窗户上往外看，文身司机一脚大油门想冲过这段路，但悲惨的事情还是发生，一侧山坡上滚落下的碎石块和泥沙，不仅把前面的路给堵上，还把车给埋了一半。万幸的是，他们遇上的算是小规模的塌方，并无人员伤亡。但是，大家跌跌撞撞从车里出来，在雨里仓皇四顾，发现又陷入了另一种困境。

车是没法开了，今夜，难道大家都要在雨里度过？山边虽然能找到躲雨的地方，但谁能保证塌方事件不会再发生？责怪黄毛和文身司机已经无益，他们也无辜，损失更大。瞧他们蹲在一边那怂包样，大家就知道，不能指望他们了。

　　就在大家无计可施之际，半道上来那四人中的一位，还是那个胡子拉碴的中年汉子忽然指着一个方向大声道："前面那个山头，我怎么看像是大雾崖。"

　　起初，没人搭理他，胡茬汉子也闭了嘴，但没过多久，终于有人反应过来。大雾崖是个山头，下面还有小雾崖，边上有个雾崖村。既然大雾崖已经在望，那雾崖村岂非也就不远了？

　　将信将疑的人还在探头向前看，辨别揣度黢黑的天穹下，剪影样的山头是不是大雾崖，还有些山民，已经回车收拾东西，打算出发了。

　　除了去往雾崖村寻求帮助，这些人其实已经没了别的选择。

　　雾崖村不大，十几户人家，都是大块条石建成的房子，看起来非常结实。中巴车上的几十号人，陆续到达村里，敲开了几户村民家的门，村民朴实，虽然想帮忙，却心有余而力不足，谁家能一下接待得了这几十号人。有人就出了主意，村里的学校地方大，容得下这么些人。于是大伙儿赶到学校，果然够宽敞，三间大瓦房，一看就新建不久，外面还有个带围墙的院子，院墙上的大铁门关着，锁了。

　　领大家来的村民宽慰大家，已经让人去找学校的老师了，一会儿就到。

　　还有人疑惑，十几户人家的村子，怎么会有这么宽敞的学校。村民就解释，学校是一年多前两个外乡人出资建的，附近十几个自然村的孩子，开学后都会到这里来上课。授课老师就是那两名外乡人。

　　学校老师果真很快到了，还是位女老师。开了锁领大家进到屋里，开了灯，大伙才发现，这女老师三十多岁的年纪，虽然衣着朴素，又是素颜，却仍难掩其天生丽质。随后大家又发现，女老师举止优雅，行事得体，说话的声音还特别柔和。她安排大家休息，又领着几个人去伙房给大家煮了粥，取了腌制好的咸菜，食物简单，大伙儿却都吃得香。吃饱喝足，众人纷纷致谢，当然也有人纯借机想跟这漂亮的女老师搭几句话。文身司机和黄毛身上有痞味，特别是黄毛说话油腔滑调贫得厉害，可到了这位女老师面前，他们立刻就变老实了，就好像这女老师身上有种特别的魅力，让你下意识就想和她亲近，却又小心翼翼，不敢有丝毫的不敬——深山里的小村庄，竟有这样的人物，是不是让人觉得很奇怪？

　　女老师安顿好众人，要走，大家心里虽然有些不舍，但也没理由不让人回家。打开门，外面的雨居然小了许多，只剩些零星的雨丝斜飘过来，拂在脸上，仍有凉意。女老师跟两位村民往大铁门方向去，快到跟前时，本来洞开的两扇门，忽然自己关上了。

　　旅客们这时有一半的人，都跟在女老师后面送她，所有人都看得真真切切，那两扇门真的是自己关上了。

　　所有人都安静下来，怔怔地盯着关上的门。风吹雨丝斜落在脸上，凉意似乎更盛了些。大门关上，也许因为风吧。然后，大家就看到，四个人慢慢走了出来，穿雨衣，兜帽不知什么时候又扣在了脑袋上。他们笔直地向着女老师走去，很快就站到了她的面前。

女老师居然并不奇怪，神情仍然恬淡从容。

"真是难为你们了，居然能找到这里。"她说。

最先掀开兜帽的人，仍然是那个满脸胡茬的中年汉子，他的神情凝重，说话语速也变得很慢，像是每句话，都经过深思熟虑。

"找到这里，并不容易，为了不让他察觉到我们来了，更难。"

"所以，你们才混在这些旅客中间。"女老师说。

"只有这样，才能不惊动他。"胡茬男子老老实实地回答，"幸好，我们先找到了你，这样，他就不会再躲起来了。"

女老师忽然叹了口气："当这门关上时，只怕他就已经知道你们来了。"

胡茬男子点头："所以，现在只能请你跟我们一起等了，等他出现。"

"我现在还有别的选择吗？"

胡茬男子摇头。

女老师又叹口气："雨又大了，大家还是回屋等吧，别受凉了。"

后面围观的人听得一头雾水，但大概也猜到了半道上车的这四个人，处心积虑要找什么人，这人又和女老师关系密切。现在，那个人因为女老师，很快就要出现了。

事实上，要等的人还没来，却先听到了轰隆隆的巨响，如同巨龙咆哮，整个天地都为之变色。旅客们惊慌失措，就连那四个人和女老师，都已动容。

就算没有经验，也能猜到，有不寻常的事情发生了。

在这样大山深处的偏僻村庄，又会发生什么不寻常的事呢？

很快有了答案，接连不断的巨响声中，外面忽然响起敲锣声，声音刺耳，响彻整个村庄。很快，院子周围响起些纷乱嘈杂的脚步声，院门忽然就被撞开了，陆续有人奔了进来，看模样，都是当地的村民，扶老携幼，大多衣冠不整，显然很多都是从睡梦中惊醒，直接从床上奔了出来。

"山洪来了！"村民们大多惊魂未定，他们带来的消息更让人吃惊。

轰隆之声仍在耳边，大家向着响声处看去，虽然只能看到大山的剪影，但似乎都已从巨大的响声中，看到了奔袭而来的洪流。

"山洪来了，你们为什么都来这里？"胡茬汉子的话，也是众多旅客的疑问。

没有人回答，已经有大颗的水珠泼洒下来，其中还夹杂着细小的石块和泥沙，接着，那些咆哮声就到了耳边，抬眼看去，已经能看到山洪裹挟着树木泥沙呼啸而来。

所有人都变了脸色，包括那四个穿雨衣的人，还有女老师。

没有经历过山洪暴发的人，永远不知道山洪的危害到底有多大，它们不仅可以把人淹没，还能埋葬村庄，甚至整座城。连续多天的暴雨，这股山洪蓄势已久，而今终于爆发，可想而知其势锐不可当，小小一个雾崖村，只怕就要从此消失于世上了。

村子不在了，村里的人呢？

村民与旅客，慌乱地向着屋里跑去。虽然明知山洪倾泻而下，这几间瓦房根本不可能保他们安全，但除了那里，他们还有什么别的去处？

女老师不动，那四个人亦不动，但有两个人回身看了看，显然已经开始心神不宁。

山洪已经近在咫尺，先是水流顺着大门涌了进来，接着，院墙轰然倒塌，数米高的巨浪挟着砖块与各种杂物疾速袭来。这回，就连女老师都变得慌张，那四人中的一个说了句什么，四人立刻就开始后退。

人奔跑的速度，能快过洪流？但那四个人，转瞬间就已经消失，再出现时，已经站在了房子的屋顶上面。这样的速度，当真如同鬼魅一般。

那边的洪流，离女老师已经不过数尺，门里的诸人，透过门缝眼睁睁看着女老师就要被洪流吞没……

女老师仍然站在那里，向她奔涌而来的洪流却瞬间停滞不前，就像女老师的身前，有一大块透明的坚硬玻璃，令洪流无法突破，只能原地打转，继而向两边分散开来，另寻出口。这突如其来的变化，出乎所有人意料，包括屋顶上的四个人。但很快，大家差不多都明白发生了什么事。

女老师的身边，不知何时，已经站了位身形修长的男子，他的双掌前伸，好像正在用力抵御着什么，而他和女老师的身前，慢慢出现了一道淡蓝色的屏障，很薄，闪着微光，远远看去，就像一块幕布，将奔涌而来的洪流尽数挡住。而且，那幕布还在不停地向两边延伸，很快就已经有数十米长，将整个学校全都挡在了后面。

女老师脱险，身形修长的男人又挡住了山洪，后面屋里的众人齐齐发出些欢呼，还有胆大的人直接开门出来，却始终仍是不敢上前，只远远观看。

村民们似乎对此并不太惊诧，旅客们悬着的心放下后，自然会忍不住生出些疑问来——那个身形修长的男人是谁，他怎么能凭一己之力便阻住山洪？他和女老师身前的那一大块闪着微光的淡蓝色幕布又是什么？

屋顶上的四人亦齐齐盯着女老师身边的男人，其中一人忽然低声道："现在动手，就是最好的时机。"

胡茬汉子吃惊，脱口而出："现在？没了他的护盾，只怕这里的人都难活命。"

另两人却颔首赞同。

"我们这么辛苦，潜入这雾崖村，等的岂非就是这样的机会。"

"这回如果再让他逃脱，只怕我们就再也找不到他了。"

胡茬汉子还想再说什么，最先说话的那人挥了挥手，他便闭了嘴，低下头，但眼神闪烁之间，显然仍在犹豫。

那边山洪当然不会轻易被击败，去势受阻后，它又再次集结了更大规模的冲击，狂啸而来。但它仍然无法突破那男人的护盾，虽然将护盾向后逼退了几许，但最后，洪流仍然只能再次向两边分流，至护盾的尽头，倾泻而下，恰好绕开了学校的位置。

这时，女老师的神情开始有些不安，她察觉到了身边的男人身子微微颤抖，这显然是行将力衰的表现。他还能坚持多久，他能战胜洪流拯救身后那么多人的生命吗？

忽然又想到了身后屋顶上还站着四个敌人，女老师的心彻底沉了下来。她下意识地回头看去，恰好就在此时，屋顶上的四人已经出手。

一道耀眼的电光从屋顶上闪起，目标正是全力抵御洪流的男子。女老师根本不及思索，下意识地便全力扑了过去，挡在男子的身后。

女老师低低发出一声尖叫，身子重重地撞上了身形修长的男子，随后便倒在了地上。

那男子瞬间便知道发生了什么事，他的目光落在女老师身上，眼神里掠过一丝绝望。女老师倒在地上，半边身子都已经乌黑，这是被电击过的典型症状，她的双眼紧闭，身子一动不动，不知是死是活。

身形修长的男子分神之际，护盾又被洪流向后推动了几分。

后面那些村人和旅客，突然见此变故，除了发出些惊叫声，还有人发现了屋顶上的四人。这四人委实太过卑劣，这时候出手，就是置大伙的性命不顾。有人开始跳起来冲着四人骂，还有人随手拣起些碎石块砸将过去。

屋顶上，为首那人亦不再迟疑，大声道："动手吧。"

闪电又起，这回，下面的人都看清了，这闪电居然会是从那四人中的一人掌心发出，笔直向着抵御洪流的男人击去。同时，屋顶上的瓦片齐齐凌空飞了起来，势如利箭向着那男人疾射而去。为首那人，掌心亦开始凝聚一团火焰状的光球，显然已经蓄势待发。

下面的村民与旅客尖叫，女老师身边的男人察觉到了危险的临近，他的目光仍落在女老师身上，口中低低的呜咽声忽然变成了长啸。

攻击将近，他根本已经无力抵抗，既然横竖都是死，那么，至少他可以选择死亡的方式。

所以，他收手，俯下身抱起女老师。抵御洪流的淡蓝色护盾瞬间消失，洪流如同脱困的野兽，发出震耳的嘶吼，瞬间就将他和女老师淹没。这时，那些攻击已到，但目标却变成了肆虐无阻的洪流，自然如泥丸入海没了声息。

屋前那些村民和旅客，很多人尖叫声还没出口，洪流便已经将他们吞没。

屋顶上的四人，似乎早已料到这样的结局，瞬间消失不见。

天地间，只剩下洪流的咆哮嘶吼，雾崖村消失了，没有人会再知道这一夜，究竟都发生了什么……

数天之后，雨停了，四个男人出现在雾崖村的废墟上。他们仔细查找，却并没有发现任何一具尸体。当然，你可以理解为所有尸体都已经被洪流冲走，这也合乎情理。但是，后来，当满脸胡茬的男子和另外两个人，向着显然是首领的那人走去时，那人盯着短短几天时间，废墟上便盛开的一朵野菊花，凝重地说："他一定还活着。"

他这样说，那三个人便信了。除了对说话者的信任和敬重，还因为他们也都不相信，那个人会这么轻易地死去。

所以，他们几个，仍然要在这世上继续寻找，并且永不会放弃。

岁月流年，时光荏苒，十八年后，他们是否已经找到了要找的人？

第一章

女神归来

应该是周末，否则，市民广场上不会有这么多人。周末时，常会有商家来搞促销，偶尔还会请些明星来，更多的时候是些穿着暴露的姑娘，她们比明星更招人喜欢。

广场上人来人往，大家经过汪海波时，都会奇怪地多看他几眼。

汪海波就是个普通人，不帅，也没多少钱，实际上，他只是一所中学的美术教师。

他跟别人不同之处，不过是撑了把伞。

撑伞并不奇怪，虽然不是雨天，虽然阳光也不算很强烈。但整个广场上只有这一把伞，所以这时候的汪海波看起来稍微有那么点特别……

很快，雨就落了下来。毫无征兆，让人猝不及防。

广场上开始混乱，人人都在跑，不跑的只有汪海波。

片刻之间，原本嘈杂热闹的广场，一下子就空了，就剩下撑伞的汪海波。

汪海波心情愉快，他很享受这样的时刻。虽然没有得到什么，但他却能充分感觉到自己的与众不同——不是吗？这么些人，只有他知道雨什么时候落下来。

伞随意旋转几圈，那些向外飞溅的水珠，轻盈得就像他现在的心情。

就在这时，他听到了些脚步声——听见脚步声，证明人已经离他很近了。

汪海波回头，看到两个人正向他走来。

两个人都没打伞，全身都湿透了，他们停在离他两三步远的地方，盯着他看。

汪海波确信自己不认识这两个人，他们却好像认得他。最重要的是，他们看他的眼神实在太专注了，就好像——好像他是他们苦寻了许久的猎物。

汪海波开始不安，就有些后悔到这广场上来。他转身，想走，忽然听到俩人中的一个说了声"等等"。这时候，不祥的预感铺天盖地地掩过来。

他慢慢转身，很慢，好像知道身子转过来就会有不好的事情发生。

他的预感一向都很灵验，这次也不例外。

他看到两人中稍微健壮些的那人向他伸出手来，然后，他的脖子一凉，血就喷了出来。当他意识到这是自己的血，而且血还源源不断地从咽喉处往外涌时，他就倒下了。

伞飘到了一边，他的身子很快湿透了。

他最后的印象，就是走近他身边俯视的两张面孔……

汪海波倏地睁开眼，醒了，觉得衣服真的湿了，那是汗水，冷汗。他并没有真的被杀死，他只是做了一个梦。还活着的庆幸并没有持续多久，他忽然再次感觉到了恐惧，甚至比在梦里被人杀死还要恐惧。

他飞快起床，开灯，坐到桌前，取了纸笔，开始画画。他的动作很快，渐渐的，两副面孔跃然于纸上，赫然正是梦中出现的那两个人。

汪海波盯着画看了很久，才把他们钉到桌子后面的墙上。

墙上的画已经很多了，差不多整面墙都是。

汪海波然后就对着那面墙，枯坐到天亮。天亮时，站在窗边看着天边的曙光，汪海波终于知道自己该做些什么了。

锅炉厂荒废了好些年，现在还荒着。厂里所有的建筑都千疮百孔，稍微像点样的就只有一间仓库。不知何时，仓库被人租下，简单装修，就挂出了酒吧的招牌。

锅炉厂的位置很偏，城郊结合部。酒吧里所有的桌椅都来自旧货市场，吧台里永远只有一种本地产的啤酒，老板是个艺术家，绰号长毛狗，成天披着一脑袋飘逸如拖把的长发，跟所有第一次来这里的妹子谈艺术，谈他的乌托邦梦想。

当然，常混在酒吧的人都知道，艺术和乌托邦不过是长毛狗把妹的手段。事实上，现在已经没几个妹子再搭理这种破事了，但长毛狗却不屈不挠，数年如一日坚持这种高冷的把妹风格，因而，他也成为酒吧常客们的常年消遣对象。

古昊和吴胖子第一次发现这里，就喜欢上了这酒吧。一瓶啤酒可以混一天，没酒也能蹭别人的酒，蹭不到也行，反正长毛狗不会往外撵人。那时候，古昊和吴胖子刚被一家快递公司开除，还没找到新工作。有天吴胖子听人说郊区的锅炉厂里茅草疯长，可以逮到兔子，就和古昊来逮兔子。兔子没逮到，却发现了仓库——"仓库"就是那酒吧的名字。

从此，古昊和吴胖子就开始了混在仓库的安逸生活。

古昊个子不高，身体也不算强壮，却是把打架的好手。他力量不算大，却有速度，往往是别人手刚抬起来，他的拳头已经到人脸上了。这绝对算是种天赋，吴胖子常常对此表现出近乎崇拜的嫉妒。为了能拉近自己和古昊的距离，吴胖子在自家院子里挂起了沙袋，天天练拳，但只坚持了一星期就彻底放弃了，拳头捣在沙袋上，不是一般的疼。于是改练飞刀，他把普通的钢锯条断成合适的大小，然后溜进机电厂车间，用电动砂轮把锯条打磨成飞刀形状，没事就到小树林里练。这爱好大约又坚持了一个月，后来发现飞刀扔出去根本就没个准儿，再练也没用，跟武侠小说里的完全两码事，吴胖子终于死心了。

这些都是以前上学那会儿的事，那时候古昊和吴胖子已经开始无心学业频频逃课，成为老师眼中的"钉子户"，但在同学们眼里，他们却是当之无愧的英雄。

那时候，古昊和吴胖子最大的敌人，就是在学校附近游荡的一帮坏小子，他们每个人腰上都扎一根打了铆钉的牛皮带，所以自称皮带帮。

古昊第一回出拳，就是因为皮带帮的人拦下了吴胖子，强行搜走他身上的零花钱，还逼着他脱裤子。古昊忍无可忍，当然也下了半天决心，冲上去就是一拳，打得为首那小子满脸是血。古昊拉着吴胖子跑，皮带帮的坏小子在后面追。实在跑不动了，古昊弯腰喘息的时候，有个坏小子已经冲到他面前，古昊抬头又是一拳，那小子又满脸是血，反应过来想还手，古昊又拉着吴胖子跑了。

古昊向吴胖子讲解出拳要领，打鼻子，不用使太大劲，就能打出鼻血来。一般人看到血，肯定懵。趁着对方发懵的时机，赶紧跑，能跑多快就跑多快。

皮带帮的人在学校这一片横行惯了，吃了亏当然不肯罢休，第二天放学的时候，就纠集了十多个人在学校外面堵古昊和吴胖子。古昊和吴胖子得到消息，从学校操场墙头上爬出去，溜了。

此后就是漫长的游击战，皮带帮的人来堵，古昊和吴胖子就溜，堵了几回没逮到人，又不能天天兴师动众纠集那么些人，这事只能作罢。古昊和吴胖子也松懈下来，但没几天，放学路上就被堵住了。那会儿，古昊已经发现那帮坏小子其实也没那么可怕，他三拳两脚，趁着对方还没反应过来，每人脸上来一拳，又拉着吴胖子跑了。

古昊的速度那真叫一个快，有时候出拳连吴胖子都没看清，对方三五个人鼻子就开始往外冒血。吴胖子打沙袋练飞刀就是那会儿发生的事。

古昊和吴胖子总结战斗经验，老是躲避让人追着打不是个事，得主动出击。

皮带帮的人经常欺负学生，老逼着学生拿钱给他们，在那之前，没有学生敢不从。古昊和吴胖子此后总在那些坏小子即将得手之际出现，一般都是偷袭，上去一拳，鼻血直喷。等他们反应过来找人，古昊已经在五米开外，追，一般追不上，偶尔追上了，手刚抬起来，鼻子上又中一拳。

和皮带帮的战斗持续了差不多快一年，后来学校里更多的人加入到古昊和吴胖子的阵营，皮带帮的人终于放弃了学校这块地盘，那些曾经被皮带帮欺负过的学生也在到处传说古昊和吴胖子的事迹。

古昊和吴胖子成了学校里的传奇，成了英雄。

当然，做英雄是要付出代价的，他俩被学校开除了。

别的学生都在刻苦学习迎接高考，他俩成天一门心思研究作战计划，学习成绩一落千丈不说，与皮带帮的最后一役还引发了群体事件，好几十名学生跟在他俩后面，像撵兔子一样把偷偷溜进学校的皮带帮十多名成员撵得满操场跑……

此后，古昊开始流落街头，成为一名典型的街头少年。

吴胖子家里人替他转了学校，因为成绩太差，高考无望，就进了一所职业学校。这小子第二学期，就拿着几千块钱学费请古昊大吃了一顿，剩下的钱，没到一星期就全花完了。

古昊问他回家怎么交差，吴胖子直接站到了一幢楼的天台上，然后打电话叫来家里人：钱我已经花了，无颜面对你们，干脆跳楼死了算。老爸老妈哭着喊着求他下来，不仅不再问责那几千块钱，甚至还默认了他提出的退学要求。

吴胖子事后还挺高兴，古昊却对着他叹息：你老爸老妈算是对你死心了。

仓库的生活，无聊，却也精彩。就像这天傍晚，古昊刚进仓库，就看到吴胖子湿漉漉地坐那儿生闷气。古昊还没问，就看到了吧台前面多了俩大铁桶，还有同样湿了身的"超级肥"。

"超级肥"是绰号，顾名思义，担得起这绰号的必定是个超级大胖子，吴胖子也胖，站他面前，就变苗条了。这天不知谁的主意，要比水下憋气，仓库人的风格，说干就干，不知哪儿搬来俩大铁桶，倒上水，吴胖子和超级肥捏着鼻子，爬桶里去沉到水底。

比赛结果，看俩人现在表情就知道。吴胖子不仅输了比赛，还输了两百块钱。

仓库里的所有比赛都带"彩"，这早就是公开的秘密。

古昊就算不为吴胖子报仇，冲着那两百块钱，也不能置身事外。

超级肥赢了吴胖子，尾巴翘得有点高，根本不把古昊放到眼里。比赛开始，裁判由长毛狗担任，吴胖子和一帮坏小子围在俩铁桶边上摇旗呐喊，古昊和超级肥配合气氛，勾着眼互相瞪半天，然后一块儿沉到水底。

憋气就是比肺活量，古昊自觉稳操胜券，在水里还仰起头，透过水面看外面晃动的脑袋，冲他们做鬼脸。

气很快用完了，长毛狗读秒声隐约又清晰，古昊觉得已经过了挺长时间，可实际上刚过一分钟。必须坚持，完败超级肥，拿回二百块。古昊仰起头，本意是想从晃动的人影以及喧嚣声里，获取些超级肥的信息——如果肥佬憋不住先出来，他也就没必要再撑着。

水影波动之间，他忽然看到了一个姑娘。

仓库里不缺姑娘，有些还很漂亮。但水波之上的面孔，却让古昊思维停顿了好几秒。待他反应过来，那面孔已经不见了，这让他更有了种错觉，以为看到的是幻象。

憋气会缺氧，缺氧会产生幻觉，古昊想自己太怂了，这才憋气一分多钟就开始有幻觉了。不过这幻觉他喜欢，如果氧再缺多点，兴许这幻觉还能再回来……

骤然响起的欢呼声，让他知道超级肥已经输了，赶紧出水，爬出铁桶，不理会吴胖子等人的吵闹，目光在仓库里逡巡。好一会儿，他才沮丧地接过吴胖子递过来的毛巾，擦脸，擦身子。

吴胖子说："猜我刚才看到谁了，你肯定想不到。黄娅琳……"

古昊怔住了，这才确信自己看到的不是幻觉，问："人呢？"

吴胖子指了指大门方向："走了。"

毛巾迎面摔过来，吴胖子慌忙接住，手中的衣服没了。古昊抓着衣服，人已经到了门边，那叫一个速度。

10　　天已经黑透，仓库外面，有风，虽不大，但古昊身上立刻起了层鸡皮疙瘩。昏暗的路灯，依稀还能看到一个姑娘的背影。古昊丁点没犹豫，追下去，一边跑一边把衣服套上。

"黄娅琳！"古昊叫，姑娘停下，回身，好奇地盯着他看。

"真是黄娅琳啊！我都不敢相信自己眼睛。"古昊夸张地叫，"这都多少年没见了，没想到这兔子不拉屎的地方能撞上。要说咱俩有缘呢……"

那姑娘怀疑的目光："等会儿，你谁呀，真认识我，还是逮谁管谁叫黄娅琳？"

"真认识，上高中那会儿，咱们楼上楼下，老能见着……"古昊说。

那姑娘盯着古昊看，似在探寻什么，好一会儿，脸上虽然还冷冰冰的，但语气却缓和了些："好吧，我是黄娅琳，可我还是不认识你。"

"我认识你就行。"古昊还处于兴奋中，"也算老同学了，撞上，那就是缘分，别那么着急走，机会太难得了，我强烈建议，咱俩找个地方好好聊聊。"

"我都说了不认识你，跟一不认识的人，聊什么？"黄娅琳转身走。

古昊赶紧前面拦下："真不认识我啦？仔细看看，没丁点印象？"

黄娅琳摇头："真没有。"

古昊叹口气："不怨你，怪我那会儿太不起眼，胆又小，跟同班女生说话脸都红，更别提往你跟前凑了。三年时光一晃而过，毕业后就没了你的消息。这些年我发愤图强，四处练胆儿，总算略有小成，就为了有一天大街上撞见你，能跟你搭上话，不能再把你给跟丢了。"

"你都怎么练，就像今天这样？"黄娅琳话里带些讥诮，"好了，你跟我搭上话了，我能说我还有事，要走了吗？"

"那你给我留个电话，微信号也行。"古昊还不甘心。

黄娅琳再次摇摇头，转身，走了。

古昊有心再跟着，又怕被人当无赖，不跟，这茫茫人海下回不知还能不能碰上了。正纠结之际，前面的黄娅琳忽然停下，回头，问："你会游泳吗？"

古昊惊喜，蹿到她跟前："会，当然会，仰泳蝶泳花式外加狗刨，我全会。"

黄娅琳淡淡笑了笑："那就跟我走，今晚，给你个表现的机会。"

站在玉带河边，古昊心里犯嘀咕，说好的表现机会，不会就是这条河吧。

玉带河，穿城而过，古昊和黄娅琳来的这一段，一侧是河边绿地，一边是翻建的仿古文化街。文化街萧条了好几年，后来改成美食一条街，火了。

黄娅琳领着古昊，从河边绿地转到美食街，再转回河边绿地。古昊看出黄娅琳在找什么人，想问，但看她绷紧的脸，还是忍住。

跟在黄娅琳身边浪颠儿，他觉得挺享受。

后来黄娅琳累了，趴在绿地河边花岗岩的护栏上，挺沮丧。古昊再也忍不住了，凑她边上，问："咱们，咱们这找什么呢？"

黄娅琳狠狠瞪他："闭嘴。"

古昊真就闭了嘴，可还是憋得慌，两只手在她面前瞎比划。

黄娅琳叹口气："算了，你回去吧，今晚咱们就到这儿了。"

"别呀，我还等着表现呢。"古昊使劲摇头，"不说好游泳嘛！光游泳显不出我能耐，我说能给你摸两条鱼上来，信吗？"

黄娅琳又瞪他，刚想说话，忽然听到有人尖叫，不远处挂满彩灯的木桥上，一堆人冲着河里大喊大叫。再看河里，荡起的水波还没消失，有团影子在水面上挣扎。

黄娅琳立刻精神抖擞，冲着古昊叫："赶紧呀，那边有人落水了。"

古昊探头往那边看："太不像话了，那么些人都站桥上喊，离得那么近，也不知道下水救人……"古昊畏缩地看着黄娅琳，黄娅琳正拿眼狠狠地瞪他。

"要不我打电话报警吧……"古昊说。

古昊话没说完，黄娅琳已经往桥的方向跑过去，回头冲古昊喊："你这些年的胆儿都白练了。你不下水，我下……"

这回黄娅琳话没说完，古昊就不见了。黄娅琳赶紧到栏杆边，这才听到河里"扑通"一声，古昊脑袋露出水面，然后一个猛子扎下去，又不见了……

古昊水性还真不错，虽然鱼没摸着，但人还是让他救上来了。

落水的是个中年妇女，被人拉上岸就号啕大哭，还要往河里跳。围观的群众早已把她团团围住，后来有人起哄，喊着号子把她抬到了马路边。

古昊早就溜了，做好事坚决不留名，留名他怕明天让吴胖子他们知道——把妹把成活雷锋，这事起码让他半年抬不起头来。

可是，黄娅琳呢，黄娅琳不见了。

古昊湿着身子找了老半天，终于确定，黄娅琳还是丢下他走了。

古昊耷拉着脑袋坐在马路边，看街道上车水马龙，马路对面霓虹闪烁，忽然有了特心酸的感觉。为了坚定不移地把矫情掐死在襁褓之中，他起身，大踏步甩着胳膊往前走，还大声唱歌。他唱歌从来不跑调，因为从没找着调。路上有人好奇地看他，又赶紧往边上躲。

古昊忽然停下，他想到一个问题，今晚黄娅琳带他到玉带河边显然是有预谋的，她拉着他河两边来回兜圈子，很可能就在找这个要跳河的人。

她怎么会知道今晚这里有人要跳河？跳河的人难不成跟她有什么关系？古昊很快否定了这个念头，要有关系，她肯定不会在人救上来后一声不响地就走了。

古昊忽然又重新变得沮丧起来，管她怎么知道有人跳河，管她和跳河的人有没有关系，重要的是，离开校园事隔多年之后，他再一次把她给跟丢了。

玉带河边的美食街，其实还有个挺雅的名字，叫盐河巷。玉带河解放前跑盐船，老百姓都管这条河叫盐河。盐河巷口原本有个埠头，当年鼎盛一时，南来北往的商船在这里停靠，上货下货补充给养，盐河巷也跟着热闹繁华起来。解放后，盐河巷断断续续拆了几十年，好容易拆干净了，忽然又要重建。本着修旧如旧的原则，重建的盐河巷还得建得跟以前一模一样。这好一通折腾，周围居民印象里，十几年间盐河巷就没消停过。

不管怎么说，盐河巷重新伫立在云城市，改成美食街后，还真恢复了几分昔日的繁华。

周东这晚在盐河巷里来回转了两圈，后来还是打电话，才看到有人隔着老远冲他挥手打招呼。这人傻大憨粗的模样，身上有江湖气，正坐在一家烧烤店外面的位子上撸串喝啤酒。

周东刚到他对面坐下，一口烟直喷过来，周东咳嗽两声，一肚子气就全咽回肚里了。

那人自称叫老五，也不寒暄，直接一个信封丢桌上，继续喝酒。

看了信封里的照片，周东脑门上汗珠渗了出来。

周东是名律师，在业内也算小有名气，最近接的案子，是桩离婚案。双方当事人在财产分割上出现分歧，周东受女方当事人委托，获取了男方当事人劈腿的证据。他和女方当事人自以为稳操胜券，坐等法院开庭，提交证据，便能让男方给予经济赔偿，并在财产分割问题上占据主动。

周东手上的照片，是他跟女方当事人在床上的艳照。

也就是说，如果这些照片落入男方手中，不仅离婚官司形势会急转直下，周东也会因此名誉受损——要知道，与当事人上床，不仅违背职业道德，而且还会被取消代理这起案件的资格，更严重的是如果照片被公开，他在外人看来还算完美的家庭也会因此分崩离析。

周东飞快把照片揣到兜里，再抬起头时，眼神里就有了些畏缩。

"那娘们年纪大了点，不过还算有味道，周律师口味稍微有点重。"老五哈哈笑，隔着老远伸手拍周东的肩膀，就跟和周东有多熟似的。

"你说的价钱，没问题，给我卡号，明天一早就打你账上去。"周东表明态度，"但你一定得保证，销毁所有照片，不给我惹事儿。"

"周律师这话有点瞧不起人，别看我读书少，可我也知道做什么都得专业。拿了你的钱，我再把你的破事满世界嚷嚷去，往后谁还敢信我，我还怎么在这行混。"

"有你这话我就放心了。"周东站起来，心里骂鬼才信你，"我还有点事，就先走了。老五兄弟，咱们明天上午再联系。"

事情还算顺利，现在周东只想赶紧离开，给女方当事人打电话。老五开出的价钱不低，他得让女方当事人把这钱给出了。

老五却不让他走："你们这些文化人都这臭德性，太现实，完事了就不能陪我喝点？"

"我这真有事儿。"周东心里骂这孙子得了便宜还卖乖，但还不敢表现出来。

老五不容分说，直接给周东倒上，周东没办法，只能喝了这一杯。老五还不罢休，酒瓶再伸过来，周东想无论如何不能再喝了，拿手挡。他的掌心推在老五手腕上，怪事发生了。

先是手掌感觉老五的手腕生出一股反弹力，虽然不大，但却很明显。老五这时的表情很奇怪，就跟三天没睡觉似的，眼皮直往一块儿凑，终于合上，接着，脑袋"吭当"摔桌上。

周东傻了，心虚地四周看看，幸好没人注意。拿手推，轻声叫老五，老五一点动静没有。周东直接把他脑袋扳过来，看到他两眼都闭着，下意识地去试他的鼻息，呼气还挺规律，周东放心了，就以为这老五酒喝多了。

酒喝高的人什么状态都有，兴许老五就这毛病，喝多了逮哪儿睡哪儿。

想了想，周东悄悄溜了。

陪一个勒索者喝酒已经够悲催的了，再义务照顾一个醉鬼，那简直就衰到家了。周东走得很坚决，甚至还很庆幸老五醉得不省人事，否则，今晚真不知道得拖到几时才能脱身。

周东和老五见面的时候，杜宏就站在不远处看着他们。老五趴在桌上不动，周东慌慌张张地离开，杜宏感觉事情不妙。确定周东真的已经离开后，他才上前查看。

他带老五去了医院，急诊医生忙活半天也没搞明白老五到底怎么了，最后，只能用醉酒来敷衍。杜宏知道老五的酒量，再来两瓶白的，他也不会醉。但老五呼吸脉搏血压一切正常，没病，唯一怪异的地方，就是醒不过来。

杜宏打车把老五送回家——老五单身，自己住，不会惊动别人。

杜宏开始怀疑老五醒不过来是周东搞的鬼。

杜宏跟老五是发小，打小玩到大。老五这些年混得挺惨，他也好不到哪儿去。俩月前，他们聚到一块儿，老五向他诉苦，穷，穷得饭都快吃不上了。恰好那时候，杜宏的相机里有些特别的照片，老五看了之后，立刻就动了勒索的念头。

杜宏默许了老五要做的事，后来甚至还参与其中，但他的目的却跟老五不同。老五为财，而他，只想让那些道德败坏的人，受到些小小的惩戒。

杜宏的爷爷是开照相馆的，开了几十年，赶上老城区旧房改造，把老照相馆拆了。杜宏爷爷抱着"杜家照相馆"的招牌大病一场，没几天就过世了。杜宏的父亲打小就在照相馆里帮忙，没别的本事，就会拍照片。拿着拆迁款，新照相馆重新开张，挂的仍然是"杜家照相馆"的招牌。那时候杜家照相馆还算有点名气，生意也还不错。等到杜宏接管照相馆的时候，这城市已经遍地影楼，家家都有数码相机，人人出门都带可拍照的智能手机，照相馆毫无悬念地衰败了，只能靠着拍些证件照和收些照片来洗勉强支撑。

杜宏年轻气盛，不愿像父辈一样守在这方寸之地，打算关了照相馆，却遭父亲呵斥。杜宏冲动之下，不辞而别，带着台相机外出闯荡。三年之后，杜宏铩羽归，看到年迈的父亲仍然坚守在照相馆里，终于下定决心继承祖业。但继承归继承，他要按自己的方式重振杜家照相馆。

杜宏父亲虽然守旧，却不古板，情知"变则通"的道理，对儿子的改革全力支持，不仅拿出全部的积蓄，还将整个房产地契全都交给了他。杜宏在繁华地带倾其所有开了家影楼，装修考究，器材先进，招聘各部门职员，投入巨额广告费用……影楼只支撑了不到半年便门可罗雀了，像杜宏的爷爷一样，杜宏的父亲在影楼关门的那天大病一场，随后被诊断出患了食道癌，半月之后就走了。杜宏母亲对儿子并无半句抱怨，在他沮丧潦倒闭门不出那几天，居然将老照相馆收拾出来，重新挂牌营业了。

杜宏此后便安心守着老照相馆，但整个人都变了。

他可以整天把自己关在狭小的影室里，不开灯，待在黑暗里，也不知道在想些什么。偶尔的生意上门，他也是机械地拍摄，可以从头到尾一句话都不说。数月之后，他骨瘦如柴、精神萎靡、长发过肩，看起来就像个垂死之人。

母亲的劝慰并不能让他得到解脱。在他眼里，这城市就是汪洋，阳光就是无处可避的巨浪，如果不想被吞蚀，他只能耽于黑暗。

而在黑暗里待久了，居然也让他窒息，终于有天夜晚，他溜出照相馆，开始游荡于这城市更大的黑暗中……不久之后，他就迷恋上了在夜晚的游荡，并且开始享受深夜时分如同死亡般寂静的街道。

当然，他没忘记自己是个摄影师，游荡时他习惯带上他的相机。

起初，他只是想拍摄夜晚的城市，后来，他发现这夜里还游荡着许多像他一样的人，于是便开始将镜头对准他们。浓妆艳抹的站街女，形迹可疑的街头少年，丑态百出的醉酒男女……人物开始成为他拍摄的主题。不久之后，他已经不再满足于记录这些表象的画面，因为，他察觉到了黑暗里还有些更有意义的素材存在，那就是灾难和罪恶。

那天深夜，他亲眼目睹了一场谋杀，两名少年在抢劫一个夜车司机时，因为遭到激烈的反抗，在搏斗中将刀子插进了夜车司机的心脏。途经的杜宏异常兴奋，他将镜头对准倒下的司机和满地的鲜血，却忘了边上还有两个杀人凶手。

后来，杜宏在前面跑，两名少年在后面追。不知跑了多久，杜宏摔倒在地，两名持刀的少年已经到了他的面前。杜宏害怕极了，他毫不怀疑两名少年会像杀死夜车司机一样杀死他，这就是传说中的杀人灭口吧。

那两名少年经过他身边时，虽然停留了一下，但随即便毫不犹豫地继续向前奔跑了。杜宏非常奇怪，不知道少年为什么会放过自己，这甚至让他有些失落。

起身，检查相机，无恙，杜宏放下心来，回放刚才拍下的照片，难掩激动之情。虽然还没有想好这些照片的用途，但直觉告诉他，这些照片一定是有价值的。

跑了这么久，他觉得有点累，想歇会儿。往路边去，寻找可以坐的台阶。经过一家内衣商店临街的玻璃橱窗时，他下意识瞟了眼橱窗里身着性感内衣的模特假人，又飞快收回目光。他往前走了几步，忽然停下，眼神里露出些狐疑之色。他转身，再回到橱窗前，停下，仔细看。

杜宏看呆了。

他终于知道那两名持刀少年为什么会放过他了。

橱窗里光线昏暗，这样才能营造出适合内衣的暧昧氛围。也正是因为这样，橱窗玻璃倒映出尚算清晰的街道画面。

没错，是街道画面，而且只有街道的画面。

杜宏冲着玻璃挥了挥手，还是没有看到自己……

第二章
刺杀者是谁？

　　古昊和吴胖子，傍晚时赶到学府路，云城的几所高校全都集中在这儿。古昊和吴胖子停在云城理工学院外头，打电话，没多久，古亮一溜小跑打里面出来。

　　听这名，就知道古亮古昊是兄弟，一家人。这兄弟俩见面，拍打嬉闹，挺亲热。

　　吴胖子把手上拎的一个纸袋递给他："你哥知道你生日，攒了好几个月的钱给你买了这手机。你小子但凡有点良心，往后出息了也不能忘了你这亲哥。"

　　古亮把手机取出来把玩，显然挺兴奋："哥你还真给我买了，我当时就是顺嘴一说。"

　　"都买了还废什么话。"吴胖子上前亲热地使劲挠他的头发，"最近学校里发现什么美女没，给你胖哥发俩过来。"

　　"还真有，我把微信号给你，剩下的就看你本事了。"古亮嬉嬉笑道。

　　古亮和吴胖子脑袋凑一块儿玩手机，古昊的目光透过洞开的校门，落到校园里。新校区，绿化差了点，校舍却崭新锃亮且高大，莘莘学子进出校门，悠闲慵懒的面孔上略带稚气。他们在古昊眼中，无一例外身上都闪烁着让他无法企及的光环……

　　"回家见到老古，别说我给你买手机的事。"古昊最后不忘叮嘱一句。

　　"放心，我不说？"古亮挺听话。

　　吴胖子在边上叹口气，想说什么，又忍住不说。

　　古昊和父亲关系紧张，一年多前大吵一架后离家出走。其实也没走多远，还在这城市，自己租了间房。他这父亲也奇葩，知道后居然并不来找，还常警告古亮少跟他这哥来往，怕他被古昊带坏了。

　　吴胖子深为古昊鸣不平，但这是人家家事，他也不便多说。

　　离开大学城，回仓库酒吧的路上，吴胖子瞧出古昊有心事，问："还想着黄娅琳呢？"

古昊笑笑，不想说话。

"想也没用，那不是你的菜，千万别往心里去。"吴胖子打击他，"墙上落了几只鸟，你这边弹弓刚准备好，鸟就张开翅膀飞走了。飞走了，就再也见不着了。听明白我意思没？"

古昊老老实实点头："听明白了。"

"明白就好。"吴胖子得意地笑，"那就别想黄娅琳了，换个姑娘想……"

古昊跟着笑，转过身时，笑容就枯在了脸上。

古昊想，飞了，真的就再也见不着了吗？

回到仓库，进门，古昊想的问题终于有了答案：飞走的黄娅琳又飞回来了。

以长毛狗为首的一帮坏小子，围着黄娅琳，正在玩牌。坏小子们每人脑门上，都贴着张纸条，远远看去，就像一群被道士贴了符的鬼。古昊和吴胖子更诧异的是黄娅琳显然已经和长毛狗等一帮人混得很熟了。

俩人有点懵，一个绰号"章鱼"的坏小子上来拉着他们俩过去："全军覆没，你俩也别幸存了，赶紧过来阵亡吧。"他指着自己脑门上的纸条，"这就是阵亡的标记。"

吴胖子和古昊很快就弄明白他们在玩什么：俩人对战，每人三张牌，都是JQK，每次只出一张牌，一张牌只能出一次，K吃Q、Q吃J、J吃K，就是一个小循环，三局两胜者就是赢家，输的人脑门上贴纸条以示阵亡。

现在的战况一目了然，黄娅琳通吃，杀遍全场无敌手。

古昊心里犯了嘀咕，这样的比赛，虽然也能揣摸对方心思出牌，但大多还得靠运气。靠运气赢遍全场，几乎是不可能的事。

黄娅琳的目光飘过来，又倏然而逝，不作丝毫停留，就跟不认识古昊一样。

吴胖子同情地看看古昊，先坐到了黄娅琳对面。

"妹子，不认识哥了吧，哥可认识你。"吴胖子没抱赢的希望，所以出牌没负担，随便扔了一张出去。

"你不会也是我校友吧。"黄娅琳出牌。

"干吗不会呀，我就是你校友。"吴胖子嘻嘻笑着，"还有别人冒充校友跟你套近乎？"

黄娅琳下意识瞟了眼古昊，笑："赢了再告诉你。"

吴胖子哪是黄娅琳对手，以三局三输的战绩被秒杀。众人起哄，章鱼早就准备好了纸条，立马给他贴上。

现在，古昊坐到了黄娅琳对面，黄娅琳嘴角带着些讥诮的笑意，长毛狗章鱼等人也跟着起哄，劝古昊自杀以节省时间——看来，黄娅琳已经杀得这帮坏小子毫无节操了。

古昊抓牌在手，看也不看，就推出了一张。黄娅琳愣了，笑意在嘴角凝固，她盯着古昊，似乎在探寻他此举的用意。围观的坏小子们察觉出了这一局的异样，也都安静下来。

古昊和她只对视了几秒钟，那抹带些讥诮的笑意，就从黄娅琳嘴角转移到了古昊的脸上。古昊收回目光时，像是不放心的样子，收回扔出去的牌看了看牌面……

结局自然毫无悬念，现在，古昊脑门上贴着纸条，加入到了阵亡者的行列。

黄娅琳显然很开心，女人开心起来和男人没什么区别，所以，黄娅琳做了件让所有人欢呼起来的事，请大家喝酒。

后来，连吴胖子都忍不住加入章鱼他们，争着拿瓶子找黄娅琳喝酒，只有古昊躲在一边生闷气。换谁都得气，这黄娅琳和谁都笑得跟朵花似的，偏偏不搭理他。就算人晃到跟前了，她也像没看见一样，直接就把古昊给虚化了，当他是空气。

古昊憋火，又觉委屈，坐那儿盯着像蝴蝶样穿梭的黄娅琳，使劲想，想飞走的鸟儿怎么会回来，想她谁都给笑脸怎么偏偏就不搭理他。想着想着他忽然就明白了，明白过来后就不生气了，拿瓶酒自斟自饮，偶尔目光碰上黄娅琳时，浅笑，还沿右上四十五度抢先移开视线。

余光能感觉到黄娅琳瞟过来的次数越来越多，古昊仰头喝光了瓶里的酒，向着她的方向走去。到跟前，脑袋凑过去，嘴巴贴着她的耳朵，说："隔壁办公楼顶是个平台。"

黄娅琳没反应过来，刚想说话，古昊抢先食指竖起来，嘘一声，堵回她的话。

古昊笑笑，低声道："你来或不来，我都在那里等。"

说完，根本不给黄娅琳表态的机会，掉头走了。

办公楼就在仓库前面，隔着十几米远。门窗都没了，有些墙面也塌了，但楼的主框架还在，顺着没有护栏的楼梯，毫无阻拦地就能上到楼顶。楼顶平台很宽敞，东侧摆了一圈破桌椅，还有把印有某个品牌太阳能广告的遮阳伞——这些，都是古昊和吴胖子的杰作，他们还计划抽空再找些材料，在这楼顶建个小房子，让这地方看起来更像个据点。

古昊现在就躺在一把躺椅上，他确定黄娅琳一定会来，他只需要耐心等待。知道等待的人一定会出现，那么等待就是种愉悦的体验了。

风吹过来，一定也吹散了空气中飘荡的雾霾，否则，这城市的星空不会这么璀璨。星星在很远的地方闪烁，听说，它的光亮要经过很久很久才能落到人的眼中，至少要两年吧。古昊看着两年前的星光，思绪也慢慢变得缥缈起来，星空下，依稀看到有个稚气的少年，跟在一个漂亮的女生后面，畏缩着不敢上前……

极轻微的脚步声，凝神去听，却又消失不见。古昊笑了，索性闭上眼睛装睡。他能想到黄娅琳在后面翘起脚尖慢慢靠近的样子，既然她想吓唬一下他，那就满足一下她这小小的虚荣吧。

脚步声明明已经很靠近了，却又突然消失。古昊拼命忍住不睁眼，却又好奇黄娅琳到底要干什么。就在这时，忽然听到一声尖叫，接着就是黄娅琳嘶声叫他名字的声音。

古昊悚然一惊，这声音在夜色里虽然响亮，但显然和脚步声的距离不符。也就是说，黄娅琳不可能悄悄逼近他之后，又在挺远的地方——大概是楼梯口的位置吧，发出尖叫。

睁开眼，就看到星空的背景下，一把尖刀挟着寒气直刺下来。

古昊慌了，只来得及身子侧翻，摔到地上，堪堪躲过那一刀。长期混迹街头为他积攒了一些经验，他知道这时候必须远离袭击者，所以连续翻滚，闪到一边。袭击者一击不中，立刻扑过来，手中尖刀再次落下。此时古昊已经有了准备，怎会轻易让他得手。而且，袭击者动作颇为迟钝，刺杀之前，刀必先抬起，古昊抓住这机会，一脚踹在他小腹上。

袭击者负痛，刀也"咣啷"落地，待他站稳身形，对面的古昊也已经站了起来，而且，还顺手抓过了边上的一把木头椅子。

袭击者毫不犹豫，转身就逃。

以上说的这些，其实都是转瞬之间发生的事。楼梯口的黄娅琳出声示警之后，还在寻思自己该做点什么，那边的战斗已经结束，袭击者已经冲着她奔了过来。

黄娅琳慌张之下，欲躲不及，袭击者奔跑中撞上了她，还顺手推了她一把，她就重重地摔倒在一边，袭击者飞快地顺着楼梯跑下去。

古昊在袭击者与黄娅琳之间，毫不犹豫地选择了黄娅琳。

黄娅琳原本打算坚决不理会古昊在仓库里说的话，只管喝酒，差不多到时间了，就回家。什么对面办公楼，什么平台，爱等不等，跟她没关系。所以，她在仓库里又消磨了挺长时间，后来终于忍不住想，只是去看看，看看古昊到底在搞什么名堂。

出了仓库，去办公楼，还没到办公楼底下的门口，她就看到有个人影一闪而没。黄娅琳也没当回事，只猜想这肯定又是恶作剧，仓库里的坏小子们太邪性了，什么事都做得出来。所以，她蹑手蹑脚跟在后面，上楼梯，看着前面那人慢慢走向平台东侧，慢慢摸出了把刀……

古昊扶起黄娅琳，只是些轻微的擦伤，并无大碍。他俩现在面面相觑，都对发生的事百思不解。古昊只是个普通人，就算这些年跟人吵过闹过甚至打过架，但也不至于有人要拿刀来杀他。黄娅琳回忆袭击者，中等身材，一身运动装，脑袋上卡着棒球帽，面孔一直隐没在阴影里……这些全都没用，别说没看清模样，看清也没用。袭击者已经跑了，他才是鸟，飞走了就再找不到了，除非他还会再回来。

也许他真的还会回来，回来，杀死古昊。

古昊和黄娅琳，都察觉出些寒意来。

周东请了假，一天没去事务所。上午，他联系了女方当事人，巧舌如簧，终于让她答应出这笔钱，然后等到中午，还没见老五来电话，他实在忍不住，主动拨过去，始终没人接听。周东开始担心，昨晚老五突然晕倒过于蹊跷，他不会出什么意外吧。

越想越怕，老五若出事，他肯定脱不了干系，不说老五手上有那些照片，他在盐河巷打给老五的电话，足以把警察引到他这里来。他虽然相信自己没做什么，但绝不能让自己和老五这种人扯上什么关系。

下午的时间，就在胡思乱想里过去了。

傍晚的时候，周东忽然接到老婆乔红电话，上来就问他在哪儿。周东心虚，小心翼翼地说在家呢。他这边话刚说完，那边电话就挂断了。半小时后，乔红风风火火地冲进门，迎面几张照片摔过来。周东血往上冲，知道完了，紧张地捡起照片，果然，正是他和女方当事人的照片。乔红性格泼辣，平时周东就有点怕她，出了这档子事，乔红马力全开，劈头盖脸

19

一顿臭骂。周东自知理亏，下定决心，不管她说什么，全都受着。他还知道，乔红刀子嘴豆腐心，让她发泄完了，自己再认错，赌咒发誓以后再不背叛她，这事兴许就能过去。岂料乔红越骂越来气，往日陈芝麻烂谷子那点事全翻出来，全都当成了周东不忠的证据。

乔红越说越委屈，越骂气越大，最后忍不住冲上来就是俩大耳光。

周东没想到她能动手，而且，俩大嘴巴之后，还没有停手的意思。周东没想还手，但人在被打的时候，会有些下意识的抵挡动作，所以，周东拿手去推周红的时候，巴掌触碰到了乔红的肩膀……

现在，乔红倒在了地上，周东站边上彻底傻了。

乔红身体健康，没有任何可以导致突然晕厥的病史，并且，她倒地后的症状，和昨晚老五一模一样。周东再不愿意，也猜到乔红和老五的晕倒，必然和他有关了。

他茫然地端详自己的双手，想，难道这双手有神奇的魔力，可以让人晕倒，或者沉睡？

他把乔红抱到了床上，试她的鼻息和脉搏，一切正常，甚至，耳朵贴过去，还能听到均匀的呼吸。现在，周东确定乔红真的只是睡着了，唯一的问题，就是不知道她能不能醒过来，或者什么时候醒。

周东用了各种办法，最后甚至使劲去掐乔红的胳膊，连续扇她小耳光，乔红依然闭着眼睛醒不过来。而周东，最初的恐慌过后，此际居然有了些邪恶的快感。

他想，如果自己这双手真有让人睡着的魔力，那么，那么他可以用它做很多事，这些事，想想都会生出些莫大的兴奋来……

臆想实在是件很畅快过瘾的事，等到周东重新回到现实时，他做出决定，必须再找一个人来试试，确定自己是否真的具有这种神奇的能力。

电话铃声适时响起，周东看来电显示，居然是老五的电话，难道他已经醒了？

电话那头是个陌生的声音，当然不是老五。

"你还想要那些照片吗？"

"你们浑蛋！"周东瞬间爆发了，"你们把照片发给我老婆，还敢打电话来。"

"不发给你老婆，就只能发到网上了……"

周东傻了，赶紧服软："说吧，你想怎么样。"

其实不用问也知道，对方无非是想继续完成交易。周东转瞬之间已经做了决定，刚才还想再找一个人试试手，这勒索者自己送上门来，正合适。

电话里那人说了时间地点，就是今天半夜，在城南的铁桥体育场。临挂电话前，周东忽然问起老五，那头的人沉默了一下，什么也没说，直接挂断。

周东心里有些忐忑，料想老五现在跟乔红一样，还在睡。这新出现的勒索者打来电话，又让他安心不少，至少，这事没捅到警察那里。现在，只要拿回勒索者手上的照片，他就跟这事没关系了，至于老五和乔红，他相信他们只是睡着了，总有醒过来的时候。

到了和勒索者约定的时间，周东再次端详了会儿自己的双手，这才出门。

铁桥体育场，十一点过后，那些跳广场舞、沿着操场暴走的老年团终于撤了，场馆外的足球场恢复了平静。

　　周东慢慢从一侧的跑道走进足球场中央。

　　有弯弦月笼在薄云里，星星不多，稀疏地散落在四周。淡淡的月华落在足球场上，虽然不算明亮，但视线所及，仍然可以看清足球场上空空荡荡，除了周东再没有别人。

　　周东并不担心，既然勒索者费了那么些心思约他见面，一定不会爽约。

　　周东双手捏成拳，再展开。他第一次感觉到了凝聚在双掌之间的力量。这时候，他忽然觉得什么照片，什么律师，甚至妻子乔红都已经不再重要，他只想确定自己真的拥有能让人睡眠的能力。他还想到，待会儿拿回照片后，让勒索者像老五和乔红一样沉睡，真的是件让人挺开心的事⋯⋯

　　"你来了。"身后忽然有个轻飘飘的声音响起。

　　周东一惊，方才明明环视过足球场，根本没人。说话这人不可能在这么短的时间内走到足球场中央。

　　后脊有了些凉意，他缓缓转身，还是什么都没有看到。

　　他疑惑了，不确信刚才听到的声音是真的。

　　"你妻子，还好吗？"这回的声音真真切切，而且就在他的对面。

　　"你在哪，我怎么看不见你。"周东的声音里带上了些恐惧。

　　"我怕你看到我，我就要像老五，或者你妻子，睡过去，不知道什么时候才能醒了。"

　　周东听出声音正是电话里老五那同伙，听他话音，好像已经知道了自己的秘密。既然有了防备，让他昏睡就没那么容易了。更让周东惊讶的是，他的声音就在耳边，却看不到他的人，难道，他是个鬼魂，或者，会隐身？

　　这样的事放在几天之前，他会觉得太荒唐，但现在，却毫不怀疑这种可能性。

　　他可以让人沉睡，为什么勒索者就不能隐身呢？

　　这时，周东反而冷静下来："来都来了，还怕跟我见面？"

　　"我当然不用怕你。"勒索者的声音再度响起。

　　周东循声望去，依然什么都没看到。但转瞬之间，好像有团雾气弥漫，又像是透明的水在凝结，它们隐约有了一个人的形状，越来越清晰，短短数秒钟，有个人便站在了周东的面前。

　　"我叫杜宏，我就是拍了你照片并勒索你的人。"杜宏开门见山地自我介绍。

　　周东虽有思想准备，但凭空出现一个人来，还是把他吓了一跳。他能听见自己心脏快速跳动的声音，就连呼吸声都变得急促起来。

　　"你，你是人还是鬼？"周东的声音里带上了些颤音。

　　"我们都是一样的人。"相比之下杜宏显得非常冷静，"我能隐身，让你看不见我，你能让人昏睡过去，我们都有一般人没有的能力。"

　　周东盯着杜宏，好一会儿，才慢慢点头。其实杜宏的话一开始他就信了，他只是需要时间来接受这样的事实。

"我还不能确定我的能力。"周东下意识地看看双手。

"你不用怀疑，乔红昏睡的时候，我就在边上。"杜宏说。

周东再度愕然，随即脑子飞快转动，已经把今天发生的所有事情全都理顺了——杜宏把照片发给乔红，然后跟着乔红回家，目睹了乔红昏睡的全过程。杜宏这样做，显然是在确认他有让人昏睡的能力。

周东后脊发凉，心底有了寒意。想想吧，当你一个人在家做些极隐私的事，却有个隐形人就站在你的面前窥视着你。如果他想伤害你，你根本没有任何逃脱的机会。

"既然你去过我家，为什么还要把我约到这里来？"

"我对我们见面之后的事没有把握，如果出什么事，我希望那是在一个公共场所。"杜宏皱眉道，"而且，在你家里，你的戒备心会很重，我们之间，很难达成某种共识。"

周东冷哼一声："我们之间还会有共识？"

杜宏不说话，却远远丢过来一个信封。周东打开，里面除了一叠照片，还有一张CF卡。杜宏道："这是所有的照片，还有源文件。现在你不用再担心照片的事了。"

周东想了想，蹲下身，用火机把照片点燃，再把卡丢到火上烧。

杜宏不说话，静静看着他。

"这么轻易就把照片给了我，倒让我有点怀疑了。"周东说，"你损失了一大笔钱。"

杜宏苦笑："你觉得现在对我来说，钱还重要吗？"

"那你究竟想怎么样？"周东起身，说话声音大了些。没了照片的威胁，他有了些底气。

杜宏叹口气："本来，我非常讨厌你这样的人，但自从发现你也拥有超能力之后，我的想法一下就变了。其实，你也并不是那种大好大恶之人，你虚伪，现在谁不虚伪？你违背职业道德和别人的妻子上床，但这也只属于你的私德有问题，是你个人的事……"

"本来就是！"周东忍不住大声叫，"现在这社会，你还能找到完美的人吗？！"

杜宏稍顿，接着道："自从发现我有了隐身的能力，这熟悉的世界一下子变得陌生了。我经常想，这世界上究竟还有多少像我一样的人。还有，我原本是个最最普通的人，这些能力究竟打哪来。"

周东似乎明白了些什么，他凝眉沉思，还想听杜宏亲口说出来。

"我们和周围的人不一样，我们有他们没有的超能力。为什么偏偏是我们，这对我们来说是否具有某种意义。"杜宏露出些苦恼的表情，"我相信这一切绝不是偶然，在这背后，一定还藏着些我们不知道的秘密。"

杜宏思考的这些问题，显然是周东没有想到的。也许，是他发现异能的时间太短，还没有工夫去细细思考这背后的一些东西。

"我想弄明白这一切，我不想不明不白地活在这个世界上。但是，我知道，靠我一个人很难做到，所以，好容易碰到一个跟我一样的人，我不想放弃。"

杜宏终于说出了他的心思，那边的周东随即沉默了。杜宏的话已经打动了他，他知道杜宏的目的无非是希望跟他一起去探寻这些能力背后的真相，如果答应杜宏，他此后的生活将彻底被改变，他不知道自己是否有足够的勇气。

　　"你的妻子还在沉睡，如果你能弄清楚能力的真相，也许，就有办法让她醒过来了。"

　　杜宏的这句话让周东更加纠结……

　　脚步声。

　　杜宏和周东差不多同时听到了脚步声，俩人同时转向一个方向，看到有个人影正往这边来，已经离他们很近了。

　　俩人立刻警觉——这么晚了，谁会单独来这足球场？而且，这人正朝着他们的方向而来。

　　杜宏冲周东施个眼色，俩人立刻转身就要离去。

　　"等等。"来人忽然大声叫，还疾走了几步，在离他们数步之遥的地方站住。

　　杜宏和周东再对视一眼，停下，回身，全神戒备。

　　"你有事？"杜宏面无表情地问。

　　来人三十岁出头，个头不高，看起来挺敦实。他没说话，先从背包里取出一张叠成巴掌大的纸展开，远远地递过来。

　　"我说的话，你们未必会信，所以，我想请你们先看看这个。"

　　周东迟疑了一下，还是上前，将纸接过来，杜宏也凑过来看。

　　纸上是幅速写图，虽然线条简单，但还是可以看出环境是个操场，操场上站着二个男人，俩人并肩而立，另一人站在他们对面。三个男人同样只用简单的线条勾勒而出，但特征明显，周东和杜宏一看之下就知道画上的三人，正是现场的三个人。

　　杜宏和周东疑惑地抬头看来人，警觉的神色更浓。

　　"我叫汪海波，虽然我还不知道你们有什么样的能力，但是我知道，你们就是我要找的人。"这个名叫汪海波的人说。

第三章
神秘读心术

数天前的傍晚，汪海波第一次站在仓库酒吧前，稍微犹豫了一下，还是低着头进到里面。

仓库里人不多，也没见到古昊。汪海波并不着急，一个人坐在角落里，佯装低头玩手机，实际上，他密切留意着仓库里发生的一切。

先是黄娅琳来了，和章鱼长毛狗那帮坏小子玩牌，每个人都败下阵来，脑门上贴上了纸条。然后，古昊和吴胖子来了，他们玩牌也不是黄娅琳的对手，贴条以示阵亡。那时候，汪海波偷偷盯着古昊，心跳开始加快。

后来，尾随古昊出了仓库，看他独自去往办公楼顶的平台，汪海波知道，机会来了。当他蹑手蹑脚拿着刀子逼近古昊时，甚至能听见自己鼓点样的心跳。为了今天的行动，他已经准备了好几天，他还用那把锋利的刀子在家里练了无数遍。后来，他总结出了杀人其实并没有太多技术上的要求，在人猝不及防时一刀过去便能将人杀死。但是，下定杀人的决心，却无比艰难……

"你干吗要杀死一个不认识的人？"杜宏问。

现在，他们三个已经坐在了一家通宵营业的咖啡馆单间里，汪海波答应杜宏和周东，会把自己知道的所有事都告诉他们。

汪海波介绍自己是所中学的美术老师，还没有结婚，已经有了女朋友，打算下半年拿到房子后，年底办喜事。为了买那套房子，汪海波和女友节衣缩食，却无怨无悔，想像将在那套房子里开始的幸福生活，他们就会觉得很开心。

"也许我不能在那房子里生活了。"汪海波神情很凝重，"而且，我也不能和女朋友结婚。我在这之前所有的辛苦，都会因为那个叫古昊的人变得没有意义。"

"为什么？"周东问，"你甚至到现在都不认识那个古昊。"

汪海波不说话，又从包里掏出一摞折叠好的纸，选了一张，展开放到杜宏和周东面前。这仍然是幅速描，画面中仍然有三个人，其中一人已经倒在地上，另两个人站在他的面前，三人的背景看起来像个广场。

　　"倒在地上的人就是我。"汪海波解释，"这幅画的意思就是某一天，突然有两个人找到了我，然后杀死了我。"

　　"也就是说，这画里面的事还没有发生？"周东问。

　　"你也有能力？"杜宏一下想到了问题的关键，"你能看到还没发生的事？"

　　"不是看到，是做梦。"汪海波皱眉，"我经常做梦，但大多醒了之后就全忘了。后来依稀能记得一些了，随后那些梦里的事居然都能变为现实。"

　　杜宏和周东虽然对超能力已经不再怀疑，但汪海波的话仍然让他们惊讶。

　　"当然，那都是些小事，微不足道。比如我会在一个雨天里被困在一个超市，打电话给女朋友，她恰好也在超市里；还比如说我的某一节美术课，会被其他老师占用；学生们某一天的课间操时会突然下起小雨；去菜市场买菜有两个摊贩会为摊位大打出手等等。当这些事真的发生时，我常常会疑惑，会怀疑自己真的做过同样的梦？要知道，很多时候，我们都会觉得发生的事似曾相识，心理学上对此的解释是，正在经历的事激活了大脑记忆库中一段相似的经历，并错误地给它贴上了'曾经发生过'的标签。"

　　汪海波稍顿一下，接着说："所以，挺长时间，我对这些事都没太在意，因为它们对我的生活没有一点影响。我常常跟女朋友开玩笑提起这些事，她也笑着说如果我真能看到没发生的事，那就去买彩票，我们就不用这么辛苦攒钱买房子了。"

　　"这倒是，换我也会让你买彩票。你梦到过彩票吗？"杜宏问。

　　汪海波苦笑摇头："没有，做梦梦到什么，根本不由我做主，所以，我也根本不相信自己能看到没发生的事。"汪海波抬起头，目光在杜宏和周东脸上掠过，"直到几个月前，我梦到了一起车祸，我女朋友在车上。"

　　杜宏和周东都听得入神，知道汪海波接下来要进入正题了。

　　"那个梦让我一整天都神思恍惚，隔上一两个小时就打个电话给女朋友，问她在哪儿，在做什么。晚上下班的时候，女朋友告诉我，她要去参加一个聚餐，坐单位同事的车。你们不知道那时候我多纠结，我该不该相信梦里看到的事？如果我把梦里的事告诉女朋友，她会不会相信？"

　　"不管怎么说，你都得阻止她。"杜宏说。

　　"没错，我不能失去我的女朋友，不管梦里的事是真是假。"汪海波说，"我打电话给她，撒个谎，说我病了，还很严重，必须马上去医院。我女朋友很在意我，当时就表示要陪我。当天晚上，在医院里，医生查了半天没查出我有什么毛病，女朋友没有察觉到我说了谎，还很庆幸我没事。就在这时，她的同事打来电话，告诉她本来要载她去饭局的那个同事出了车祸，死了。"

　　杜宏和周东早就猜到了这样的结局，所以并不显得惊讶。

　　"那件事以后，你就相信了自己的能力。"周东说。

汪海波点头。

"每次梦到要发生的事，你怎么知道在现实里发生的时间呢？"杜宏问。

"我也意识到了这点。"汪海波沉吟了一下，似乎在想该怎么讲述，"我们三个都有些常人想都不敢想的能力，但你们一定不知道，这能力是能进化的。"

杜宏和周东吃了一惊，异口同声道："进化？"

"起初，我在梦里完全是被动地接受，也就是说，梦到什么，我就只能看到什么。但后来，当我意识到时间的问题后，我在梦里就能看到时间，就像有个无形的钟时刻挂在任何地方，我想看，就能看到。"

"生物钟。"杜宏点点头，"这并不奇怪，很多人不看表都能知道时间，虽然有误差。"

"不仅如此，我还试着去留意梦里一些细节，比如说环境、背景里的人，几次之后，我发现我做到了，我开始能记住梦里的一些细节了。"

"这就是你说的进化？"周东摊开双手，显然想到了自己。

"不仅如此，我还发现我梦里的内容，跟我的主观愿望有了联系。"看杜宏和周东不解，汪海波进一步解释，"比如我梦到了我被人杀死，我迫切想知道与此有关的事情，然后，我做的梦有一些就真的和这件事有关了。"

杜宏归纳总结："这就是日有所思，夜有所梦吧。"

周东问："所以，你又梦到了杀你的人？"

汪海波点头，又展示一张图给他们看。图上是个酒吧样的地方，有很多人在喝酒，人物画得都挺简单，但有一个人的上方，标注着"杀手"两个字，酒吧空白处，是块招牌，上面写着"仓库"的字样。

"我就是根据这个梦，找到了仓库酒吧，找到了那个将要杀死我的人。"

"如果你先杀死他，那他以后就没法来杀你了。"杜宏已经明白了他的意思。

"可我还是失败了。"汪海波沮丧地道，"杀人原来没我想的那么简单，就算你做好了准备，可杀人过程中还会有许多不可预料的情况。"

杜宏显然对他说的杀人不感兴趣，他提出了更为关键的问题："你为什么会来足球场找我们，我们和这事有什么关系？"

汪海波低头沉默，过了好一会儿，才慢慢又抽出两幅图来让他们看。

两幅图看起来都差不多，都是两个人站在一起，地上躺着一个人，不同之处在于，其中一幅躺在地上的人边上有台照相机，而另一幅的背景里依稀有个女人躺在床上。

就算汪海波没有画出倒在地上两个人的任何特征，杜宏和周东还是一下看明白了这两幅画。俩人神情变得凝重，对视一眼后，都从对方眼里看到了些恐惧。

"那个叫古昊的人，也杀死了我们俩？"周东不安地问。

汪海波仍然没有说话，又给他们看手中最后一幅图，图中，三个男人走进挂着"仓库"招牌的酒吧。

汪海波指着那三个人说："我梦到我们三人一起去了那酒吧，你们和我一起，杀了那个叫做古昊的人。"

汪海波毫不理会杜宏和周东的惊愕，又接着说："也许，我们并不是真的杀了他，只不过是让他昏睡过去，永远地昏睡下去，再不会醒来。"

汪海波和杜宏的目光同时落在周东的双手上，周东的手轻微抖动了一下，终于慢慢握成了拳，紧紧握住。

两天之后，华灯初上之际，汪海波带着杜宏和周东，出现在了仓库酒吧的门前。

三人互相看了看，然后毫不犹豫地推门进去……

那晚过后，古昊连着两天没有到仓库去，吴胖子打电话给他，他也不接。吴胖子忍不住了，直接到他租住的房子，进门后到处瞅，还趴地上掀开床单看。

"找什么呢？"古昊蔫蔫巴巴地问。

"黄娅琳。"吴胖子头也不抬地说，"除了跟黄娅琳共浴爱河，我实在想不出你两天不去仓库的理由。"

"我倒是想，可她到现在连电话号码都没给我留。"

"不会这么惨吧。"吴胖子表情夸张，"那天晚上其实我没喝多，看着她出门找你。我就纳闷了，月黑风高夜，锅炉厂又到处灯瞎火的，你们俩之间就没发生点什么？"

"那晚还真有事，但不是你想的那事。"古昊犹豫了一下，还是把在办公楼屋顶上被人袭击的事说了，"那家伙拿着明晃晃的刀，肯定不是跟我开玩笑，他是真的想杀我。"

吴胖子听呆了："那晚你没喝高吧？"

古昊骂："不信拉倒。"

吴胖子说："这事我得问问黄娅琳。"

"那你得有本事先找到她。"

吴胖子歪头坐那儿想半天，还是摇头："我就想不明白了，有谁会无聊到这种地步。大街上随便放倒一人，兜里还能搜刮点钱财，杀你图什么呀。"

古昊没好气地说："杀你倒是能图身肥肉膘。"

吴胖子拉着古昊回到了仓库，他拍着胸脯保证，拿刀那小子如果再出现，他第一个上去把他给撕了。他们刚进仓库门，就看到了黄娅琳。

黄娅琳被长毛狗章鱼等人围在中间，聊得正欢。

古昊疑惑："黄娅琳神出鬼没的，怎么瞧她也不像是混仓库的人呀。"

吴胖子笑："也许这仓库里，有她惦记的人。"

古昊怔住了，吴胖子笑嘻嘻地搭着他的肩膀走向黄娅琳……

古昊强行把黄娅琳拉到一边，然后和吴胖子坐到了她对面。章鱼那帮坏小子后面起哄，吴胖子转头恶狠狠地冲他们竖中指。

黄娅琳刚才坐长毛狗那帮人中间时，有说有笑，现在，开启高冷模式，冷冰冰的样子。

"你们，有事？"黄娅琳问。

27

古昊不知从哪摸出一副扑克来："找你玩牌。"

黄娅琳愣一下，盯着古昊看，似乎已经猜到了他的用意。

古昊不等她说话，已经洗牌，随便抽出一张，举起来，牌面冲着自己："我赌你一定知道这张牌是什么，不许耍赖。"

黄娅琳盯着古昊好一会儿，终于淡淡一笑："我就知道瞒不过你。"

吴胖子在边上一头雾水："说什么呢，你们俩。"

"说那天玩牌的事。"古昊皱眉，冲着黄娅琳，"我虽然猜到了你是怎么赢的，但还是不知道你是怎么做到的。"

那天玩牌，黄娅琳横扫全场。和古昊对战时，古昊看都不看，随便出了张牌，黄娅琳有点不知所措。后来，古昊还是掀开看了自己的牌，然后，黄娅琳就赢了。

"我搞不清楚，你到底是能看到牌，还是能猜到我的心思。"

黄娅琳叹口气："你既然知道了，我也就不瞒你了。我能听见你心里的声音。"

吴胖子哈哈笑，只当黄娅琳在开玩笑，古昊却郑重地点头："那就对了。第一次见面那晚，你带我去了玉带河，好像早就知道那里会有人跳河自杀。"

"那是因为我白天遇到过那个人，我听到了她心里的声音。"

吴胖子不笑了，惊讶。古昊虽然早有预感，但终于证实，还是吃惊不小。

吴胖子说："你俩太能装了，说得跟真的似的。"

"其实，我也不太信这种事。"古昊表明态度。

黄娅琳又恢复了高冷："没人让你们信。信就信，不信拉倒。"

"那你说我现在心里想什么。"吴胖子调侃地问。

黄娅琳瞟了吴胖子一眼："你在想，是不是我和古昊串通好了给你下套儿。"

吴胖子更吃惊了，又问："现在呢？"

黄娅琳狠狠瞪了他一眼，没说话。

吴胖子得意地笑，凑古昊耳边道："我在想，她来仓库，是不是冲你来的。"

古昊微怔，还没反应过来，对面的黄娅琳已经"哼"了一声。

"你少自作多情，我来仓库，根本就不是冲着谁，就是觉得这里能让我觉得轻松。知道我为什么会觉得轻松吗？因为这里谁都跟我没关系。"

吴胖子和古昊面面相觑，显然都觉吃惊。

好一会儿，古昊才慢吞吞地说："那你再猜猜我在想什么。"

黄娅琳盯着他，却好一会儿没说话。

吴胖子问："怎么，不灵了？"

古昊道："灵，她只是不想说。"

黄娅琳白了他一眼："你想到了校门口。"

吴胖子不解："校门口，什么校门口。"

"以前上学的时候，每天你都会提前到校，到校却不进去，总要在校门对面的马路上站一会儿。你这么做就是为了看一个女生，看到，你这一天都会心情愉快，如果看不到，你就会觉得这一天少了点什么。"

吴胖子听明白了，笑："那你说说那女生长的什么样，知道她叫什么名字吗？"

黄娅琳这回转过头去，假装没听见。古昊也觉有些尴尬，偏偏吴胖子还不放过他，调笑道："没看出来啊古昊，你还有这么纯情的时候。黄娅琳，你再使劲听听，我这好奇着呢，到底哪个女生能让古昊惦记到现在。"

黄娅琳叹口气："要没什么事，我就走了。我跟你们说的这些，你们可得替我保密。"

吴胖子嘻嘻笑着凑过去："别忙着走呀，帮我使劲听听长毛狗章鱼他们在想什么，最好能套出点他们不为人知的秘密，以后，我就能治得他们妥妥的了。"

古昊也跟着凑热闹："就是，早就瞧他们几个不顺眼了。"

"好吧，反正天还早，就陪你们再玩会儿。"黄娅琳向着长毛狗章鱼的方向看了看，"距离有点远，我得离他们近点。"

吴胖子抢先站起来："那我陪你过去转一圈。"

吴胖子跟黄娅琳起身，去吧台那边拿了几瓶啤酒，捎带着在仓库里转了一圈，回来的时候，黄娅琳神情变得非常紧张，就像看到了什么让她畏惧的东西。

"你都听到什么了，瞧你这脸色，都白了。"古昊好奇。

"那边三个人。"黄娅琳手指着一个角落，古昊吴胖子顺着她指的方向看去，见到三个人围坐在一起，不时低声说话，目光偶或飘过来，又飞快地移开。

"面生，以前没见过。"吴胖子说。

"他们在想什么，你怕成这样。"古昊问。

黄娅琳盯着古昊，好一会儿，才慢吞吞地道："他们想杀了你。"

古昊和吴胖子怔住了。

"那晚在平台上拿刀偷袭你的，就是那个戴眼镜的人。上回没成功，今晚，他带了帮手，又回来了。"

古昊还没说话，吴胖子已经"腾"地站了起来。

他是古昊的哥们，他拍过胸脯保证只要见到那晚袭击古昊的人，第一个上去撕了他。现在，他相信黄娅琳的话，所以，毫不犹豫就冲了过去。古昊也站了起来，跟了过去。

吴胖子途中，抓起一把折叠椅，到那三人跟前，不理会三人狐疑的表情，也不说话，椅子直接向戴眼镜那人砸过去。这人在平台上袭击过古昊，那两人又是他带来的，所以，擒贼先擒王，要打就先打领头的。

那三人正是周东、杜宏和汪海波，他们进到仓库里，果然等来了古昊，正在寻找时机下手，没想到吴胖子先杀了过来。戴眼镜的人就是汪海波，他没料到吴胖子出手这么狠，椅子砸过来，根本来不及躲，只能双手抱头硬挨了这一下。

他们三人还没站起来，吴胖子已经指着他们叫："就你们这几丛货，也敢杀人！"

三人吃了一惊，这胖子竟然一口道破了他们来仓库的目的。

那边章鱼等人听见动静，立刻围了过来。

　　"胖子，啥事这么大火气？"章鱼大声问。

　　现在的情形是，吴胖子和一帮人，把汪海波等三人围在了中间。汪海波等三人显然没有应付这种场面的经验，都有些慌张。

　　吴胖子手上又绰起一把椅子，脸上故意做出凶神恶煞的表情，指着那三人喝问："说，你们今晚干吗来了？"

　　周东终究在社会上混的时间长，为人圆滑，企图搪塞过关："有话好说，别动手，我们就是来喝酒聊天打发时间，没想干别的。"

　　但吴胖子根本不听他的解释，上前只一下，就用胳膊箍住了他的脖子："别跟我这儿废话，赶紧说，那晚，是谁在前面平台上拿刀偷袭古昊来着。"

　　所有人都闻言一愣，汪海波忍不住露出慌张的神情，吴胖子立刻看在眼里，大声招呼章鱼等人："哥几个别光站着了，赶紧把人拿下。"

　　章鱼他们还没明白到底为什么事，但听吴胖子招呼，还是应一声，上前就把汪海波和杜宏推倒在沙发上，手指着他们骂骂咧咧让他们不要动弹。

　　章鱼问："胖子，到底怎么回事，谁拿刀偷袭古昊了？"

　　吴胖子手上用力，把周东勒得满脸通红："我这不正在问吗。说，你们今天是不是来找古昊麻烦的。"

　　章鱼等人跟着起哄："快说，不说废了你们。"

　　常混在仓库的人，身上多少都带些痞气，这会儿个个全都竭力摆出副凶狠的表情，自然令汪海波等人非常紧张。

　　边上的古昊见吴胖子他们控制住了局面，放下心来。

　　汪海波等三人目光短暂交流，杜宏叹口气，轻声说："动手吧。"

　　周东忽然挣脱了吴胖子，而吴胖子被他一推之下，竟然倒在了沙发上。

　　章鱼等人见吴胖子吃亏，毫不犹豫动了手。这时候，沙发上的杜宏忽然消失了，随后章鱼等人接连遭到莫名其妙的袭击，都被身后的一股力量推到了周东面前。周东也不迟疑，手掌在他们身上逐一拍过，被他拍过的人，全都倒下了。

　　古昊还没反应过来，他的面前已经只剩下汪海波等三人，吴胖子、章鱼，包括过来想劝架的长毛狗，都已经倒在了地上。但倒地的人目测并没有受伤，面上也无痛苦表情，看上去就像睡着了一般。

　　古昊还没来得及说话，后面的黄娅琳已经拉着他跑了。

　　就算是傻子，也能看出来这三个人不简单——何止是不简单，简直太诡异了，其中有人能够瞬间消失，有人看似轻飘飘的一巴掌拍过去，人就倒下了。碰到这样的对手，除了跑，实在已经没了别的选择。

　　古昊虽然不愿丢下吴胖子等人，但也知好汉不吃眼前亏的道理。这些人目标是他，应该不会为难吴胖子、章鱼等人，他必须逃出去，才有可能弄明白这些人是谁，为什么要杀他。

　　但逃，也没了去路。本来开着的仓库大门，忽然间就关上了——自己关上了。

后面的周东已经追了过来。

古昊一咬牙，冲向门边，但随即，他忽然倒下了，被看不见的人绊倒了。他想起身，双手却被人拧住，背后也被膝盖顶住，整个人都动弹不得。他下意识扭过头，想看看制住自己的人，却什么都没有，身后根本没有人。古昊更害怕了，难道，真有鬼？

那边的黄娅琳这时迎着古昊跑来，蹲下身想扶他起来，蓦然间，看到古昊后面现出一个模糊的人影来，越来越清晰，很快就显出全貌，正是杜宏。黄娅琳大骇，一屁股跌坐在地上。这时，周东和汪海波也走了过来，把她和古昊围在了中间。

"到那边坐吧，我们聊聊。"汪海波说。

五个人围坐在一起，汪海波讲述了来仓库找古昊的原委。

"你因为做了几个梦，就来杀我？"古昊觉得不可思议，"你这理由也太牵强了。"

"这不是梦，这是还没发生的事。"汪海波很有耐心，"让你看这些图，只是想告诉你，我们不是坏人，我们来找你，是因为用不了多久，你就会来杀死我们。"

"我连你们是谁都不知道，我怎么会杀死你们？"古昊仍不理解。

"我也不认识你，但我却找到了这家酒吧，还坐到了你的面前。"汪海波说，"这些事你现在没法理解，但并不表明它不会发生，就像……"

他看了眼边上的杜宏："就像我告诉你他会隐身，你们肯定没法理解，但这却是千真万确的事。"

像是配合汪海波的话，杜宏身子消失，随即在另一个位置出现。

"还有他，有让人沉睡的能力。"汪海波指了指那边躺倒一地的人，"所以，你们现在不用担心那边的人，他们没有死，只是睡着了。"

古昊无言以对。今晚发生的事太过匪夷所思，如果说黄娅琳读人心思的能力还能让人接受，这三个人的能力，就只能用鬼魅来形容了。

"只有你死了，我们才能活。"汪海波看起来比古昊还要无奈，"所以，你也别怪我们。"

汪海波叹口气，显然是想结束这场对话。他看看杜宏和周东，颤巍巍地站起来，举着刀向古昊靠近。

杜宏忽然拉住他："我们不是说好，让他睡过去，不用杀死他。"

汪海波看一眼那边躺倒的人："可你敢保证那些睡着的人就不会醒过来？"

杜宏犹豫，终于松手。

汪海波站到了古昊面前，刀慢慢举了起来。黄娅琳尖叫一声，随后却突然起身，把古昊护在了身后："杀了人，你就是杀人犯了，你以为这样还能住到你的新房子里，还能和你的未婚妻如期举行婚礼吗？"

汪海波怔住了："你怎么知道我的事？"

"你并不想杀人，你只是害怕失去现在的生活。其实，你现在只要古昊保证以后不做伤害你们的事，就能避免成为一个杀人犯。"黄娅琳进一步游说。

"保证有用吗？"汪海波无奈，"我梦到的事，都变成了现实。他会来杀死我的，还有他们俩，还有更多的人……"

黄娅琳还想说什么，古昊忽然站到了她的身前："不就杀个人吗，哪来这么多废话。"

黄娅琳吃惊叫："古昊你……"

古昊回身冲她笑了笑："死就死了吧，能跟你死一块儿，我挺开心的，现在，我希望你能满足我一个小小的愿望。"

黄娅琳怔住了，她已经听到了古昊脑子里的想法。

古昊充满期待地盯着她，她终于叹息一声，上前一步，而古昊也在同时，伸出双臂，紧紧将她抱在怀里……

他们面前的汪海波，下意识地转过头去。

就在这时，古昊忽然飞快地推开黄娅琳，迅速出勾拳，击中汪海波的鼻子，鼻血喷出，汪海波向后倒去。杜宏和周东忽然发现变故，下意识就向前冲，古昊不退反进，迎着他们冲过去，接连两拳，都是后发先至，打在他俩的鼻子上，俩人也是鼻血直流，去势受阻，古昊已经回身拉着黄娅琳跑了。

杜宏等三人又惊又怒，随后追去。

古昊和黄娅琳逃走的方向是仓库的大门，只要出了仓库，就能躲到黑暗里。古昊对锅炉厂的地形非常熟悉，避开他们三人应该不成问题。

他已经拉着黄娅琳逃到了门边。门，原本是关上的——隐形的杜宏关上的。

这时候，门突然开了，古昊和黄娅琳紧急刹车，后面的周东、杜宏也止步。

门外，缓步走进来三个人。

走在中间的是个白发白须的老头，精神矍铄，仙风道骨；他的左侧是个黑黝黝的矮胖中年汉子，胡须剃得非常干净，穿着也很讲究，很精干的样子；老者右侧则是个高大帅气的年轻人，白衬衫、黑领带，外面套件黑风衣，目光犀利之中透着些倨傲。

他们三个静静地看着古昊、黄娅琳和他们身后的三个人，就好像根本没有看到他们的追逐。矮胖子中年人上前一步，未语先在脸上堆上些笑："我们找古昊。"

古昊犹豫了一下，没有吱声。这时，他忽然发现这三个人的瞳孔与正常人有些不同，它们泛着些淡淡的青色，而且晶莹透亮，就好像是戴了几年前流行过的美瞳。

他们当然不会戴美瞳，所以，他们必定是些与众不同的人。

古昊低声问身边的黄娅琳："他们在想什么？"

黄娅琳在他们刚出现的时候，就已经凝神去听他们心里的声音，但却什么都听不到。古昊问，她只能慢慢摇头。

后面的杜宏、周东又在悄悄逼近，古昊终于上前一步："我是古昊，你们谁啊？"

中年男人笑笑："说来话长，咱们还是找个地方坐下来聊聊吧。"

后面的汪海波盯着白发老者边上的青年人，忽然间变了脸色。他上前拉杜宏和周东，低声告诉他们，老者身边的白衣青年，就是他在梦里见过的，和古昊一道杀死他们的人。杜宏和周东立刻警觉，杜宏瞬间隐身消失不见。

那边的中年人"咦"了一声，显然未料到杜宏还有这能力，但面上却无丝毫惊讶的神色。他只挥了挥手，杜宏的身体立刻显现出来，而且双手紧掐着脖子，似乎在与一双看不见的手搏斗。

白须老人挥了挥手，中年人收手，杜宏方才恢复常态。

周东下意识退后一步，大声问："你们什么人，想干什么？"

白发老人并不回答，只冲着他们露出惋惜的神情。中年人这时做个请的手势，语气平淡地说："你是想现在说，还是过去坐下慢慢聊？"

第三章　神秘读心术

第四章
预见未来

现在的情形是，古昊和黄娅琳坐在一起，边上是汪海波等三人。他们对面坐着白发老人，矮胖中年人和青年男子站在他的身后——这俩人显然非常尊敬老者，在他面前，好像连坐都成了种冒犯。

已经说了很多，但全都是汪海波等三人讲述自己的经历，包括为什么会出现在仓库里，为什么来找古昊。汪海波他们三个不想说，但却不能不说，对面三人随随便便或坐或站，却自有种震慑人心的力量，他们下意识就要听从他们的吩咐，将自己的经历娓娓道来，甚至不敢掺杂一句假话。

古昊虽然已经知道他们三人有特殊的技能，但仍然听得目瞪口呆，特别是汪海波提到老者身后那年轻人，就是在将来和他一起杀死他们的人时，他更觉惊诧。他毫不怀疑汪海波既能预见未来，那么，他说的未尝不是真的。因而，他对白发老者等三人，更加好奇——他们是谁，要干什么？

白发老者神情颇为凝重，黑衣青年冷得像冰，唯有那矮胖子面上堆出些笑容，但他说的话，却像把刀子，重重地插进汪海波等三人的心里。

"我叫巫彭，来找古昊。没想到在这里能遇见你们，也算是意外的收获。"

汪海波等三人一起变了脸色，杜宏凝眉："遇见我们，是你们的收获？"

汪海波也道："难道今晚你们就想杀死我们？"

巫彭还是笑："这事，你们说了算。"

三人面面相觑，都不理解巫彭话里的含义。

巫彭话锋一转："你们现在一定很奇怪，怎么会突然之间有了超能力，它们究竟打哪来。"

汪海波等三人一起点头。

巫彭神情变得凝重起来，他只抬了抬手，汪海波等三人瞬间觉有股力量袭来，却极轻微。他们来不及躲避，每个人的脖子前，忽然都有一个珠形挂件飘了起来——没错，飘了起来，就像有只无形的手，从他们的脖子上把挂件扯了出来一般。

　　"你们难道不觉奇怪吗，三个原本并不认识的人，却有一模一样的挂件。"

　　汪海波等三人互相看着别人的挂件，还真是一模一样，不免面露狐疑之色。汪海波道："难道我们的能力，跟这些珠子有关？"

　　巫彭点头："所有的超能力都跟我们的脑力有关，而这珠子可以刺激你们的大脑，让它发育迥异于常人。如果我没猜错，你们应该都是打小就佩戴这珠子，最少戴了十年。这么长时间，你们的脑力已经超越常人，能力也因此而来。"

　　"那你们，你们也有这样的珠子？"汪海波问。

　　巫彭笑了："我们不需要珠子，我们的能力是天生的。"

　　"那这挂件，究竟是哪来的？"

　　"如果你问的是你们怎么得到这珠子的，我只能回答不知道，但是，若问这珠子的出处，我可以告诉你，珠子来自于我们的部族。"

　　"部族？"汪海波显然不解，这个词听起来非常遥远陌生。

　　"你们在将来的某个时候杀死我们，就是为了取回这些珠子？"杜宏问。

　　"这只是其中一个原因。"巫彭回答，目光却轻飘飘掠过一直默不作声的古昊。

　　古昊这时非常不安，巫彭说话时，他察觉到身边的黄娅琳下意识地手在胸口摸了一下，他立刻猜到，黄娅琳一定也有一颗这样的珠子。如果巫彭真要因为这些珠子杀死汪海波他们，那么，他们岂非也不会放过黄娅琳？

　　汪海波这时忽然扯下了胸前的挂件："如果你们想要这珠子，只管拿去。"

　　周东和杜宏也都做了相同的动作。

　　汪海波道："拿回珠子，你们就不用再杀死我们了。"

　　三人紧张地盯着巫彭，期待他接下来的话能让他们得到解脱。

　　巫彭同情地看着他们，忽然又笑了笑："今晚我们来，其实是找古昊。"

　　"我又没有超能力，找我干吗？"古昊又露出些桀骜不驯的神情。

　　"谁说你没有能力？"说话的正是那黑衣青年。

　　"我自己的事，我能不清楚？"古昊嘴上这样说，下意识却有了些期待。

　　黑衣青年道："你的能力会出现，而且在这件事里至关重要，别人无法取代。"

　　"我不信！"古昊大声道，"我要有能力，我自己能不知道？"

　　黑衣青年还想说什么，白发老者忽然摆了摆手，黑衣青年立刻闭了嘴。

　　"好了，现在到了揭晓谜底的时候了。"白发老者说。

　　巫彭赶紧点头，冲着汪海波道："你能预测未来，但受到能力的限制，只能看到未来很短时间内的事。在我们部族，也有跟你一样能力的人，他可以预见到更久远的将来。"

　　所有人都紧张地盯着他，知道他接下来的话一定非常重要。

　　白发老者忽然又摆了摆手："说出来的未来，你们未必会信，还是让你们亲眼看看吧。"

众人面面相觑，都有些不明白老者话里的意思。但转瞬之间，他们全都瞪大了眼睛，几乎不敢相信自己看到的：仓库消失了，他们置身于城市的街道上。街道应该就是每个城市最常见的那种，周围有高楼大厦，路两边有各种各样的商铺。很快，古昊就发现了这街道的异常之处——没有人。街道看起来空旷极了，也安静极了，没有车，没有人，没有熟悉的喧嚣。

"人都到哪去了？"古昊忍不住问。

人很快就出现了，但却是倒在地上，很多人，口鼻处都有凝结的血渍，脸上和露在外面的肌肤上，全都生满红斑。有些人还未死去，因为痛苦而扭曲的面孔抽搐着，终于静止不动。

街道开始不断向古昊等人扑来，就像他们坐在行驶的车里。城市各处都是这样倒地死去的人，他们随意倒在路边、商场超市，或者正行驶的车里。车子的残骸随处可见，有些发动机还在转动，显然死亡来得非常突然，令人猝不及防……

古昊感觉到身边的黄娅琳身子一紧，胳膊已经被她紧紧抓住。

古昊这时终于知道老者为什么不愿描述，而是让他们亲历这些画面了。没有任何语言可以来形容大家看到的画面，甚至，恐惧已经不足以形容大家现在的心情，有个词在大家心里出现，但谁都不愿把它说出来。

没错，那个词就是——灾难。如果这灾难蔓延开来且无法阻止，那么，它将是毁灭性的。

不知什么时候，虚幻的场景消失，大家又"回到"了仓库。寂静，长久的寂静，没有人说话，所有人都还沉浸在刚才看到的画面中。

"我不相信。"古昊忽然大声叫，"你在用你的能力骗我们。"

老者的声音也颇伤感："我也想骗你们，可惜，我实在没有虚构不存在场景的能力。"

"你是说你只能再现曾经见过的场景？"杜宏问。

老者点头："我从我们部族预见者的脑子里见到了这样的场景……"

巫彭进一步解释："制造幻象，不过是影响人类脑信号，让人产生错觉。这就像你——"巫彭看向杜宏，"其实你也并不是真的隐身，只是影响别人大脑，让人看不见你。"

"但刚才我隐身了，你却一下子就抓到我……"杜宏嗫嚅着道。

巫彭笑道："能力有高下。"

说话时，他的目光看似无意掠过边上的黄娅琳。

黄娅琳当然听懂了他的意思，他们三人刚进门时，她也曾试图去读他们的心思，却无收获，巫彭现在的话解释了这种情况。

但黄娅琳现在无心去探寻这些，她颤声问："刚才，我们看到的，是多久以后的事？"

"很快。"老者怅然道，"半年之后就会爆发一场疫情，没有人可以阻止它。疫情从这座城市开始爆发，很快就会蔓延到别的城市……"

"现在医学这么发达，难道都不能阻止疫情的发展？"黄娅琳再问。

"也许可以，也许不能。据我所知，这些年你们的世界里也有过几场疫情，虽然最终被控制，但你们依然没能将它彻底消灭，比如……"老者欲言又止。

巫彭接过来道："阻止疫情，我们不能把希望寄托在些未知的事情上。现在，我问你们，你们已经知道了这场灾难，如果又知道有种方法可以阻止疫情的发生，你们会怎么做？"

"这灾难可以阻止？"汪海波怯生生地问，得到肯定回答后，表达了自己的意见，"我会不惜一切代价去阻止灾难发生。"

杜宏和周东也表达了相同的意愿。

老者目光转向古昊和黄娅琳。黄娅琳犹豫着点头，古昊却移开了目光。

老者目光里有几许嘉许，也有几分伤感。

"可是，如果我告诉你们，杀死你们就是为了阻止这场灾难，你们还会有这样的决心吗？"巫彭说。

所有人再次惊呆了。

巫彭像是要打消他们的疑问，再次重重地重复之前的话："这也是我们今天来这里的目的，杀死你们，就是阻止灾难……"

那个叫巫彭的人显然不止拥有一种能力，他可以用意念控制物体，还能抹去人的记忆。真正让古昊觉得恐惧的，是他可以分解任何物体。

汪海波等三人，在巫彭表明要杀死他们之后，企图逃走，那个黑衣青年手指轻点几下，他们的喉间便多了一个血洞，鲜血喷出之际，巫彭就到了他们跟前，他逐一抓住汪海波等三人，然后，他们的尸体就消失了，只留下些极细的粉尘在空气中飘舞。

古昊和黄娅琳完全看呆了，巨大的恐惧让他们身子变得僵硬，古昊只能感觉胳膊被黄娅琳抓着，抓得很紧，很疼。

现在，巫彭和黑衣青年已经转向他们。

"虽然能够预测到半年之后的那场灾难，但我们却无法准确预测灾难究竟是怎么发生的，只知道，它跟一些突然有了超能力的人有关。"巫彭说，"尽管他们有些人是无辜的，但杀死你们，却是阻止灾难的唯一办法。"

这是他们杀死汪海波等三人的理由。

黄娅琳也有超能力，她能听到别人心里的声音。

如果杀死超能者就能阻止灾难，他们岂非也要杀死黄娅琳？

古昊这时跳了起来，他甚至冲到了巫彭的跟前，盯着他，一字一顿地道："你是个骗子，我根本就不信你们那一套末日疫情的鬼话。你编这些故事，就是为了替你们随便杀人找到借口。"

巫彭不说话，只是颇为无奈地看着他。

黑衣青年冷冷地道："我们杀人，难道还要借口吗？"

古昊一怔，又大声道："就算你说的灾难是真的，你们这么厉害，难道不能查清楚疫情究竟是怎么发生的，然后再去找出引发疫情的人？"

"我们不知道，所以不敢冒险。"中间的白发老者叹息一声，"就算能够预测未来，就算能力再强，你也没办法看到未来的每一个细节。我也知道，杀死这些人很残酷，但想想在疫情里死去的成千上万的人，这点小小的牺牲又算得了什么呢？"

老者凄然一笑，"我已经老了，没几天可活了，连能不能活着见到疫情发生都不知道。如果你觉得杀死这些人都是罪，就把这些罪孽全都算在我头上好了。"

古昊愣了一下，怅然无语，慢慢转身，坐回到了黄娅琳的身边。

"可是，我还是不明白，汪海波梦到我去杀他们，这事到底跟我有什么关系。"古昊烦躁地问。

"当然有关系，你在这件事里至关重要。"白发老者道，"只有杀死这些突然有了能力的人，才能阻止疫情的发生。但是，这些突然有能力的人散布在各处，有些现在还是普通人，能力还没有被激发，怎么找到他们就成了最关键的问题。"

"你是说……"古昊已经意识到了什么。

"没错。你的能力就是找到他们。"白发老者道，"如果我没猜错，你的超能力很快就会被激发，只有你，才能帮助我们找到那些有超能力的人。"

"我不相信。"古昊道，"难道你也不能找到那些人？"

白发老人不置可否："我现在的情况其实很不好，如果患了别的什么疾病，还能想办法医治，但我实在是太老了，就算能力再大，也没法违背天道轮回的法则。"

古昊当然明白他的意思。

"你的能力，就是通过脑力发现超能力量。"白发老者稍顿，接着道，"你的超能力非常强大，就算我都不能告诉你最后它能进化到哪一步。但是，你现在要做的，就是帮助我们阻止疫情，否则，当瘟疫毁灭了这个世界，所有人都不能幸免，再强的能力也没有了意义。"

"如果我要不帮你们呢？"古昊挺起了胸，自觉有了些底气。

"你会帮的。"白发老者淡然一笑，"就算你硬下心肠，不在乎那些在疫情里死去的人，那么他们呢？"老者看了看黄娅琳，又转头去看昏睡一地的吴胖子等人，"这些都是你生活中最亲密的人，就算为了他们，你也会帮我们的。"

古昊挺起的胸膛又缩了回去，面上也现出纠结的神情。

白发老者转向黄娅琳："这位姑娘也是个有超能力的人……"

古昊神情一凛，忽然起身："你们要是动她一下，我宁死都不会帮你们。"

白发老者目光与黄娅琳的对视，忽然轻轻叹口气："姑娘，保重。"

黄娅琳亦是神情凝重，忽然重重点头："谢谢。"

古昊完全听不明白他们俩在说什么。

白发老者道："既然事情都说完了，我们也该走了。"

古昊急道："那边还躺着一地人呢，你得想办法把他们给弄醒。"

白发老者点头："你放心，今天发生的事，除了你和这位姑娘，别人都不会留下一点印象。我们也不希望有人到处宣扬见过一群有超能力的人。"

"还有一个问题。"古昊忽然抢着道，"你们刚才说这些人的超能力因为佩戴的挂件，但我没有这珠子，我怎么会也有超能力？"

"你跟他们不同，他们的超能力是后天形成的，而你天赋异禀，超能力是天生的。"巫彭抢着回答。

这样的解释显然不能让人满意，但白发老者已经无意再在这里盘桓。他指着边上的黑衣青年向古昊介绍："他叫沈途，你们以后会经常见面……"

"等等。"古昊再次打断白发老者，"说了这半天，我还不知道你们究竟是什么人。"

白发老者目光变得深邃起来："我们和你们一样，都生活在这个世界上，但千百年来，我们独居一隅，和你们的世界几乎没有交集。我们族人和你们最大的区别就是我们世代延续着各种不同的超能力，但这些超能力是严格禁止出现在你们的世界里，所以即使偶尔出现小小的差错，我们也会及时纠正，这也是你们许多人都听说过特异功能，但却没有人能拿到真凭实据的原因。"

白发老者叹息一声："本来我们可以继续以前的生活，但是，二十多年前却发生了一场意外，结果就是导致现在，超能力在你们的世界开始出现，而且，还将引发一场毁灭性的灾难。我们迫不得已离开族地，目的就是想挽回这一切。"

古昊和黄娅琳听得入神。

"可我们还是不知道你们是什么人。"古昊说。

"我说的已经够多了，剩下的事，就得看机缘了。也许以后你会弄明白一切，也许，你们根本就没有知道这些事的必要了。"

古昊当然理解他的意思，如果疫情真的爆发，那么，所有的一切都没有了意义。

所以，接下来，白发老者带着巫彭和沈途走了。临行前，巫彭告诉古昊，吴胖子等人明天一早就会醒来，而且，不会记得这晚发生的事。

黄娅琳在他们走后不久也走了。古昊虽然有很多话想和她说，但她走的态度却很坚决，古昊挽留的话还没出口，她就已经离开了。古昊看着她的背影满心怅然，有心追上去，但又不能置躺了一地的朋友于不顾。

第二天，吴胖子等人醒来，已经不记得昨晚发生什么事了。他们追问看起来满脸倦意的古昊，古昊什么都没说，这些人醒了，他也就放心了。

古昊像黄娅琳一样，不顾吴胖子等人的狐疑，丢下他们离开了仓库。

他只想找个地方好好消化一下昨晚发往的事。

现在，除了黄娅琳，没有人知道他的处境，就算和亲密如兄弟的吴胖子都没法说说心里话。接下来的日子里，古昊越来越沉默，人也迅速消瘦下去。后来泡在仓库的时间严重缩水，就算来仓库，也喜欢带两瓶酒坐楼顶上去。用吴胖子的话说，古昊开始学会思考人生了。

古昊开始做梦，经常汗岑岑地半夜醒过来。梦里全是穿防化服的人来回跑，还有人哭，然后城市变成一座空城，到处都能看到尸体，有些尸体还会哭……

古昊蜷缩身子，陷入到巨大的恐惧之中。原本他只是个最平凡的人，就像一株小草，生长在无人问津的角落，现在忽然之间整个世界都变得跟以前不同，拯救世界的重任落在了他孱弱的肩上。

他忽然觉得白发老者是对的，牺牲几个人的性命去拯救一座城市，拯救整个世界，这样的代价实在是太微不足道了。所以，他更多的时候待在租住的小屋里，或者，独坐在锅炉厂办公楼的楼顶，他希望能尽快拥有传说中的超能力。

走在街道上，阳光灿烂。他很想去找黄娅琳，只有她知道他承受的压力——阻止灾难，他做梦都梦不到这样的事，但现在，它们却真的像座山压在了他的肩上。

他非常想念黄娅琳，但黄娅琳她却像条鱼，再次消失在城市这条河流中了……

第五章
鱼人之死

铁索桥横亘在峡谷上方，桥下激流飞溅，水势湍急。

至此，除非原路返回，否则，过桥便成了唯一的选择。这帮来自五湖四海的背包客经过仔细勘察，确认桥上的木板虽然有些枯朽，但铁索粗壮结实，行走时只要脚踏铁索的位置，过桥应该不算很难。于是他们做出决定，即刻过桥——适才途经的塌方区已经拖慢了行程，如果想在天黑前赶到攻略中的下一个营地，必须抓紧时间。

队伍里有人心生胆怯，但在队友鼓励下，大家还是小心翼翼地上桥。

领队显然颇有经验，安排强者前方探路、后方收队，弱者居中。这样的队列理论上毫无问题，事实上，大家行至半途时，紧张的心情已经放松，甚至中间的女队员还拍起了照。

就在这时，队伍最后面忽然响起沉闷的"咔嚓"声，大家顿时紧张起来，不待回头去看，又听到一声尖叫，然后，所有人都目睹了收队的王鹏掉下桥去的场景。

王鹏失事原因并不复杂，因为贪恋美景忽略了脚下，一脚踏断桥板，身子从两根横向连接的铁索中间掉了下去。峡谷高逾数丈，他的身子甚至在桥下的水流中没有溅起什么水花便消失不见了。

桥上的队友惊慌失措，但此时此地，谁也没有能力实施救援。

报警电话被转到了当地的林业派出所，警方电话里问明白事情经过后，除了表示会派人前往下个营地护送大家下山外，对失事的王鹏仅象征性地表示会派人在下游寻找。

没有人置疑警方的安排，大家对王鹏的结局已经不抱任何希望：从那么高的桥上跌落到那么湍急的水流中，就算是有九条命的猫，也要死上九回吧。

古昊和章鱼玩台球，俩人旗鼓相当，前两局各有输赢。第三局很关键，赢了，接下来一周的生活费便算有了着落。章鱼出现失误，古昊只要抓住时机，就能直捣黄龙，拿下这一局。古昊还很冷静，边上的吴胖子先欢呼起来。章鱼懊丧，指责吴胖子瞎起哄，影响他发挥。两人吵吵闹闹的时候，古昊已经握杆、瞄准……

蓦然间脑子里响起些奇怪的声音，就像提醒有件重要的事等着他。古昊在片刻的恍惚过后，忽然丢下球杆，冲着章鱼道："你赢了。"

章鱼和吴胖子都愣住了。吴胖子上前拉住他："你傻呀？"

古昊自顾自地笑笑，神情却极不自然："我有事，很重要的事……"

丢下吴胖子，离开仓库，古昊匆忙走在街上，显得颇为犹豫。但他还是摸出电话来拨号……

不久之后，大概一个多小时吧，古昊坐在租住的房子里听到敲门声，开门，便见到了沈途。沈途摘下鼻梁上的墨镜，问："发生了？"

古昊点头。

沈途又问："在哪里？"

古昊领着他走到墙边，墙上是幅地图。

虽然这段时间陆续和沈途接触过几次，但古昊还是下意识地去看他的眼睛。窗外的光线透过半掩的窗帘折射进来，落在沈途的眼睛上——他的瞳孔竟是少见的淡青色。

而青色瞳孔此时死死盯着地图上的一个红圈……

如果有种特技可以在瞬间飞纵千里，我们便能离开这个房间，以种风驰电掣的速度迅速抵达地图中红圈所标注的位置，我们会发现，一条湍急的河流从两山之间奔流而出，如果溯源而上，还会发现一座铁索桥，以及铁索桥上不久前刚断开的木板。河的下游，水势显然已经平缓了许多，如果深入到河底，会发现这里非常平静，还会看到奇石丛生、水草茂盛、很多鱼儿悠闲游荡，当然，也会发现水底的王鹏。

王鹏舒展四肢如同浮在空中，他的双眼紧闭，神态安详，仿佛正在梦中。

——死亡岂非不正是进入了一个永不会醒来的梦境？

但蓦然间，王鹏的手指忽然动了下，接着，他的眼睛也瞬间睁开了……

月华如霜，落在身上，冷冷的。

王鹏面对着滔滔江水，如同老僧入定般，已经许久没有动弹一下了。

最初爬上岸后死里逃生的喜悦早已消失，现在，他仍然沉浸在梦境里不能自拔。那个梦实在太奇怪了，他梦到自己像鱼一样在水里游，而且游了很久很久。如果那真的是个梦，王鹏也不会这样茫然了，偏偏那个梦又如此真实，真实得他现在回想还能感觉到江水摩挲身子时的质感。梦里的王鹏惬意极了，他轻轻摆动四肢，在水里穿行，不记得游了多久，感到些疲倦时，就闭目睡去，然后醒来，发现自己趴在江边的乱石上。

王鹏终于发现这其中诡异之处了，他看表，上面显示的日期已是他坠桥之后的第四天，也就是说，他在江里漂了四天方才脱险——有人能在江中漂了四天而毫发无损吗？

王鹏看着黢黑的江面，内心生出彻骨的寒意。他蓦然转身开始狂奔，跑得跌跌撞撞，摔倒了再爬起来，腿上流血了也不管。现在他只想离那条江越远越好，离那些水越远越好。

不知道摔倒了多少回，跑了多久，终于见到前方星星点点的灯火。有灯光就表示有人，有人就表示可以脱离眼前的困境。本已力竭的王鹏陡然生出些力量，飞快朝向灯火处前进。

　　那应该是个村子，不大，一眼看去多是些低矮的石砌房舍。村里最显赫的建筑是座祠堂，却也因年久失修已呈破败之相。王鹏在祠堂边犹豫了一下，正要朝向一处还亮着灯的房子走去，忽然祠堂里传来脚步声，两道极亮的光柱射过来，让他睁不开眼。

　　片刻之后，王鹏已经跟那两人坐在祠堂的院子里。生了堆篝火，还有些食物，王鹏看着篝火旁的背包，相信这俩人跟他一样，也是个背包客。天下驴友是一家，王鹏也不客气，大快朵颐一番，这才有暇向两人说起自己的经历。

　　那两人正是古昊和沈途，知道王鹏的经历后，终于确信王鹏就是他们要找的人。

　　"你在水里漂了四天，还活着，够幸运了。"沈途显然对王鹏的经历感兴趣。

　　古昊心事重重："会不会你早就被冲上岸了，只是昏迷了几天？"

　　王鹏想了想，也不能确定："也许吧。"

　　沈途说："有个办法，可以知道答案。"

　　"什么办法？"王鹏好奇。

　　沈途的目光落在了院中一个石砌的水池上，王鹏还没明白过来，他的身子忽然就被一股气流托着飞了起来，落入水池中。

　　王鹏受到惊吓，拼命挣扎，但无形的气流将他死死压住，让他整个身体都沉到了水里。水池里的水不多，但刚好可以漫过他的身体。王鹏虽然慌乱，却没忘记在水中要屏住呼吸。但是，他知道自己肺活量并不是很大，用不了几分钟，自己就会被池子里的水呛死。

　　这真是件可笑的事，他能从奔腾的江河中脱险，却最终要被淹死在这小小的水池里。

　　沈途和古昊走到水池边，看着水里的王鹏。

　　王鹏的面孔由红而紫，额上青筋暴起，显然憋气已经到了极限。终于，他的唇边冒出一串气泡，挣扎也更剧烈了些，却仍无法挣脱困住他的那道无形力量……片刻之后，王鹏一动不动躺在水池里，眼睛还睁着，面上尽是痛苦的表情，毫无疑问，现在的王鹏已经死去。

　　古昊毫不犹豫，弯腰打算将王鹏扶起。但沈途瞬间出手，一道无形的气浪袭来，古昊踉跄着向后倒飞出去，跌倒在地。

　　古昊知道沈途的能力是可以控制气流，空气是无所不在的，他可以随时让空气变成有形的气流，作为他的武器。这武器可以非常有力，用来重击，也可以非常绵柔，形同绳索将人制住，也可以非常尖锐，如同利剑般刺穿一个人的咽喉……

　　但古昊浑然不惧，嘶声怒吼："你真想杀死一个无辜的人！"

　　沈途出神地盯着水池，根本无视他的怒吼。古昊爬起来，再度冲到水池边，目光落在水中的王鹏身上时，愣住了。

　　水里的王鹏已经睁开眼，他的鼻翼轻微颤动，神情虽然充满恐惧，却再无任何窒息憋气的痛苦。

　　"他是个能在水里呼吸的人。"沈途用冷冷的声音说。

水中的王鹏忽然觉得困住他的压力一下消失了，立刻坐起来。这时候，沈途已经再度出手，一道气流过处，王鹏的印堂处出现了一个洞，血渗了出来。王鹏伸手抹了一把，待看清楚是血时，他就向后倒去，再次躺到了水池里。

沈途出手太快，古昊根本来不及阻止。

古昊蓦然发力，重重撞向沈途。沈途猝不及防，竟没躲开，被撞了出去。古昊俯身抱起王鹏，试他的鼻息，确定他已经是个死人。

"你他妈混蛋！"古昊冲着沈途吼。

沈途并不在意，弯腰，手伸向王鹏的颈间，很快取下一个珠形挂件。

"你带我来这里找到他，就应该知道现在的结果。既然做出了选择，又何必再去怀疑它呢，想想那些在灾难里死去的人吧。"沈途的语气里带着些不屑。

古昊沉默，因为悲愤身子都有些微微发抖。沈途说的没错，动身来找王鹏之前，他就已经知道了王鹏的结局。那时，他也无数次用阻止灾难来替自己开脱，但现在，当事情真的发生了，他仍然悲愤，仍然无法释怀一个活生生的人因他而死这样的事实……

古昊冷静下来之后，在村边的树林里挖坑。

他不能阻止沈途杀人，但至少在离开之前，他要埋葬那个能在水里呼吸的人。

沈途站在不远处看着他，一点上来帮忙的意思没有。

"杀人之后，你连一点最起码的负疚感都没有？"古昊回身瞟了眼沈途。

"我只知道，这是个可能引发灾难的人。"沈途根本不为所动。

"我就不明白，一个能在水里呼吸的人，到底能跟瘟疫扯上什么关系。"古昊已经不想和他再说什么了。

沈途一定不理解他现在的感受。他知道，杀死这些人，或许真的是阻止灾难的唯一办法，但是，当这些人死去时，他仍然会有罪恶感。而且，他还知道，在接下来的时间，他不会因为罪恶感而停止寻找这些有能力的人。他将置身于矛盾的漩涡里，无论向左，还是向右，都是种极痛苦的选择。

现在，他只想结束这趟旅程，尽快回到仓库里大醉一场。

那个能在水里呼吸的人已经长眠于这边远之地了，古昊为他堆了座小小的坟茔，又在坟前枯坐了许久。

就在准备离开的时候，古昊脑子里忽然又响起"敲门声"——已经有过之前的经验，古昊知道这是感受到超能力量的预兆，遂凝神去探寻。

他以为发现了新的异能人，但脑子里闪现的画面却让他焦虑万分。

他看到一条走廊，有些穿着病号服的人在走动。视线定焦在一个头发蓬乱、面容枯槁的女人身上。古昊辨别那女人所在位置，正是云城最大的医院第一人民医院。这样的画面只能说明，正有人对着那憔悴的女人施展超能力，但女人并无异常，因而无法判断施加于她身上的超能力究竟是什么。

古昊开始考虑要不要把这发现告诉沈途。就在这时，他忽然"听"到有人说话，他怔住了，随后便有了些迫不及待的冲动——他听到的是一个苍老的声音在叫黄娅琳的名字。

古昊想到，当拥有这种感受超能力量的能力后，他终于找到黄娅琳了。而现在，他一刻都不能等，他必须立刻回到黄娅琳身边。他的心里有着巨大的疑问，还有恐慌——黄娅琳为什么会在医院里？

他想起了仓库那晚白发老者和黄娅琳之间令人费解的对话。

白发老者说："姑娘，保重。"

黄娅琳回答："谢谢。"

不祥的预感如山般袭来，古昊相信白发老者一定察觉到了黄娅琳的秘密，所以，才会放过她，才会让她"保重"。

黄娅琳究竟向他隐瞒了什么，才会让白发老者语气如此郑重？

——黄娅琳，你一定要好好保重，一定要等我回去。

那天早晨，黄名堂走出卧室，看到黄娅琳和衣躺在客厅的沙发上。

黄名堂心疼，有心叫醒她回卧室去睡，又想就这样让她再睡会儿，正纠结之际，黄娅琳忽然睁开眼，醒了。

"这么大人，还不知道照顾自己。天还早，回房再睡会儿。"黄名堂说。

黄娅琳已经起身，拉着父亲坐到自己身边。

"爸，还记得这东西吗？"黄娅琳从脖子上取出圆珠挂件。

打她记事起，这挂件就在她脖子上了，父亲一定知道它的来历。

黄名堂没说话，但黄娅琳已经听到了他心里的疑问：事隔这些年，怎么突然想起来问这事？

"爸，好好想想，这事对我很重要。"

"不用想，这事我忘不了。"黄名堂用两根手指摩挲着白色的珠子，"这一说快二十年了，那时候你还小，有次生了场病，高烧不退，去医院连着挂了好几天吊水也没用。我吓坏了，生怕你烧坏了脑子。后来，在医院挂水的时候，有个人送了这个挂件给你，说只要戴上它，就能退烧。开始以为是骗子想骗钱，但他却说白送，不要钱，我将信将疑把这珠子给你戴上。还别说，当天晚上，你的烧就全退了。我琢磨了一宿，不知道究竟是医生把你给治好的，还是这珠子起了效果。不过有一点可以肯定，至少戴了这珠子没坏处，所以你退烧后，也就没把它给取下来。"

"那您还记得送珠子的人吗？"黄娅琳凝眉问。

"那人五十多岁年纪，个挺高，身上却没多少肉，显瘦。"黄名堂回忆，"对了，那人在室内还戴副墨镜，怪怪的。"

黄娅琳立刻想到了白发老者等三人青色的瞳孔。

"爸，那之后，你还见过那人吗？"黄娅琳再问。

黄名堂毫不犹豫地摇头。

接下来的一整天，黄娅琳都把自己关在卧室里，中午吃饭时，黄名堂悄悄推门进来，看她躺在床上的背影，轻轻叫了两声她的名字，便掩上门离开了。

父亲一定以为她上班辛苦，所以不愿惊扰她难得的美梦。父亲不知道，其实，早在一个多月前，她便辞职离开了那家她奋斗了好多年的公司。

她在公司里很努力，已经做到了公关部经理，但是公司的一次例行体检，她却被查出患了绝症。拿着检查结果，去医院复查，几天之后，她忐忑不安地坐在医生面前。这几天的等待绝对算得上是种煎熬，绝望之中又怀有一丝小小的希望。

她看到医生冲她露出惋惜的神情。

她听到了医生的声音："真是可惜，这么漂亮的女孩。"

她怔了一下，因为紧张，所以从进门坐下起，她就紧盯着医生看。医生的嘴巴并没有动，但那声音却又千真万确是医生的声音。这点怪异之处很快就被她忽略，那时最重要的是体检的结果。

"您是说已经确诊了？"她怯生生地问。

医生点头，将结果告诉了她……

不知道怎么离开医院的，也不知道在街头走了多久，她的眼泪不停地涌出来，怎么也止不住。本来以为前面的路还有很长，谁知道很快就要结束，甚至已经看到了尽头。她还有那么多梦想没来得及去实现，谁知黑夜瞬间来临，那些梦想都在黑暗中幻灭……

黄娅琳不敢回家，怕年迈的父亲受不了这样的打击。她找了家宾馆住了三天，也整整想了三天。她不可能在三天时间里彻悟生死，却终于决定不辜负自己时日不多的生命。

这不是对于生死的豁达，而是种无奈。

她不是个不负责任的人，她还必须趁活着，去把以前的生活做个了断。

公司里，坐在经理对面，她慢慢取出辞职信递过去。

"这下放心了，终于能把这个包袱给甩了。"

黄娅琳瞪大了眼睛，不相信自己听到的。要知道这个经理以前不管公务还是私事，对她都特别关照，处处以兄长自居。她不相信，在知道她身患绝症后，他会把她当成包袱，而且还当她的面说出这种话来。

"娅琳啊，你现在这种情况，我也就不留你了。希望你回去好好接受治疗，早日痊愈，到时候，公司的大门还为你敞开。"经理说。

"公司的大门会为我这样的包袱敞开？"黄娅琳已经非常气愤了。

经理吃了一惊。

"她怎么知道我心里怎么想？"

这回轮到黄娅琳惊讶了，她清楚地看到经理的嘴巴并没有动，但她却听到了他说话的声音。但那时她已经无心去追究这怪异之处，而且，她迫不及待想离开——经理那故作关心的面孔，此刻看起来丑陋极了……

同事们听说她要走，围过来和她道别。在大家的祝福声中，她还听到了些另外的声音。

"她走了，经理的位置应该非我莫属了。"

"听说她得了癌症，活不了几天了，本来还指望她提拔我，现在完了，请她吃的那些饭也都白吃了。哼，要死就快点死。"

"叫她整天打扮得跟个小妖精似的，这种人，死了就死了，没什么可惜的。"

"她走了，我就是公司里最漂亮的女人了……"

"可惜，以后再也看不到她白花花的大腿了……"

黄娅琳简直震惊了，看着身边这些满脸真诚的人，她不相信这些话出自他们之口。

黄娅琳逃离公司，那种挫败感极深地刺伤了她。她本来以为自己在公司里人缘还不错，虽然对待下属严厉了些，却没想到，这些人会对她的不幸如此幸灾乐祸。

又回到街上，嘈杂的声音从四面八方涌来，如同千万枚钢针扎进她的脑子。

开始她以为是错觉，以为是被公司的挫败感困扰，后来她发现那些"钢针"居然是些声音，有的清晰有的模糊，而且，它们就来自经过她身边的那些人。

能力的出现总会伴随着对世界的重新认知，超能者通过这必不可少的过程，让自己适应在他们眼中全新的世界。黄娅琳很快就意识到自己的与众不同，发现自己可以听见别人心里的声音。

对于很多超能者来说，茫然和惶恐只会持续很短时间，接下来他们大多会感到惊喜，开始憧憬自己在这世界上可能会有的更大作为。但黄娅琳不同，她是个癌症患者，活在这世上的日子已经不多，而且，这突然出现的能力让她熟悉的世界瞬间坍塌。

黄娅琳有个男友，交往已经一年多，黄娅琳带着些窥探的心思找他出来，告诉他自己身患绝症的事。原来还满脸关切的男友表情瞬间僵硬，黄娅琳听见他内心已经在飞快权衡着得失，最后的结论让他开始纠结如何跟她提出分手。

黄娅琳当然不会接受被抛弃的结果，她主动说再见，然后头也不回地离开。她的脸上带着笑，眼中却流出泪。

再次走在街道上，嘈杂的声音再度从四处传来，让她觉得不堪承受。她胡乱地走，只想避开那些声音，好像走了很久，很累，当她停下脚步，发现自己停在一处荒草丛生的废弃厂区里，不远处，有座红房子的仓库，仓库门口的招牌告诉她这里其实是个酒吧，酒吧的名字就叫"仓库"。

黄娅琳想找个地方歇歇脚，所以，她慢慢向着酒吧走去。

她不想让陌生人察觉到她内心的软弱，所以行走途中还整理了衣服，掏出化妆盒来简单化了妆。这样，也许可以骗过酒吧里的人，甚至骗过自己——这样就没人会知道她内心的崩溃了。

那一天，在仓库里，她见到了水中的古昊……

第六章
治愈者

　　吴胖子站在第一人民医院门口，古昊跳下出租车，三步并作两步，蹿到他跟前，拉着他往医院里头走。

　　"你这发什么神经，医院有你家亲戚，还是又闯祸把人脑袋给开了？"吴胖子边走边嘀咕，"我说这些天你都跑哪去了，人没影了不说，电话也不接。"

　　"哪那么多废话。"古昊不想解释太多，"黄娅琳住院了。"

　　这几天，古昊又多次感觉到医院里的超能力量，更多的画面与信息，他确定黄娅琳正在住院接受治疗。所以一回来，他便丢下沈途，找吴胖子来了医院。

　　病区住院部，十一楼，古昊看着肿瘤区的标志牌愣了一下，吴胖子也吃惊："黄娅琳怎么住这儿来了，不会是那什么吧。"

　　古昊大步往里去，越过护士站，沿走廊一直向前，停在一扇门前，犹豫一下，推门进去。病房里两张床，外面床上是个中年妇女，床边围着几个家属模样的人，里面床空着。

　　古昊径自走到里面的病床前，看插在床头的资料卡，患者果然就是黄娅琳，病症栏赫然写着"霍奇金淋巴瘤"几个字。

　　古昊懵了，呼吸不由自主就变得急促起来。吴胖子也傻了，小心地偷看古昊的表情。

　　黄名堂打外面进来，见到他们二人，疑惑地问："你们是……"

　　"我们是黄娅琳同学。"吴胖子赶紧上前一步，"听说黄娅琳住院，就过来看看。您是黄娅琳父亲吧？"

　　黄名堂点头，六神无主地坐到床上："我替娅琳谢谢你们。谢谢……"

　　"黄娅琳呢？"古昊问。

　　"我都找半天了，也不知这丫头跑哪去了。"黄娅琳父亲着急地道，"刚才还在这儿，我也就下楼买点吃的，回来这人就不见了。这丫头得了这种病，还不消停……"

古昊立刻后面拉吴胖子的衣服："您别着急，我们这就帮您找她去。"

拉着吴胖子出了病房，吴胖子挠头："怎么找呀，医院这么大。黄娅琳也真不让人省心，病了还不老实待着。"

古昊也不说话，径自往楼梯间去。

古昊并不是时刻都能感应到黄娅琳，只有当她施展超能力时才能找到她的位置。说来也巧，刚才在病房时，古昊恰好感应到了她在使用读心术。

他拉着吴胖子离开医院，站在路边拦车。

"你知道黄娅琳去哪了？"吴胖子面露狐疑之色，"要不，我们还是在医院等她吧。"

古昊已经拦下了辆车，坐到了副驾驶位置上。吴胖子无奈，也只能坐到车里。

黄娅琳一周前突然晕倒被送进了医院，各种检查急救过后，终于脱离了危险，但被告知，随时都有可能病发。黄娅琳当然知道病发意味着什么，她不想把生命最后这点时光全都浪费在病床上，但黄名堂却以不容置疑的坚决让她住院观察。

看着黄名堂花白的头发、噙在眼角的泪花，还有他心里的声音，黄娅琳终于留在了医院。

黄名堂每天都会来，与其说是陪着女儿，还不如说是监视她。黄娅琳不忍拂了老父的心意，最初几天里，也确实配合医生治疗，在父亲面前做起了乖乖女。

这样，她就有了很多可以思考的时间。

那晚离开仓库，她就一直处于茫然和惶恐之中。

半年后可能会发生的疫情是场噩梦，就算醒来，梦里的恐惧也丝毫不能减弱。她时常站在窗边，看着城市的万家灯火，想象着有那么一个时刻，所有的灯都会灭去……

她非常想知道古昊现在是否已经和那个叫沈途的人开始了阻止灾难的行动，却又害怕知道。用杀人的方式来阻止灾难，真的好吗？她没有忘记沈途在仓库里杀死汪海波等三人的情景，三个原本活生生的人瞬间死去，他们或许和半年之后的灾难根本没有任何关系，只是因为突然出现的超能力，就失去了生命。黄娅琳有时会觉得愤怒，这世上谁也没有随便剥夺别人生命的权力，即使是以阻止灾难的名义。

可是，如果什么都不做，难道就这么坐等灾难的发生？

黄娅琳宁愿自己像吴胖子等人一样，失去那晚的记忆，那样，她就不用活在痛苦之中了。

许多次，她都已经到了仓库外面，但纠结过后，还是没有进去。

现在，她觉得这个世界上，唯有古昊可以理解她的痛苦和茫然，但是，她却必须强迫自己不去见古昊，甚至逼着自己将他忘记。

她能听到别人心里的声音，又怎么会不知道古昊的心意？她毫不怀疑自己遇到了这一生都不该错过的爱情，却又深知这爱情沉重到让她无法承受。

她怎能忍心让古昊独自承受没有她之后的痛苦？

第六章 治愈者

她情愿自己躲在某个角落，安安静静地死去。

她还活着，但医院里每天都有人死去。死去原来是件这么简单的事，只需一块床单，便能隔开两个世界。而那些哭泣的亲属，他们的悲痛也许会因时间而淡忘，也许只是在心底深埋，永远不会消失。

当然这些人不会知道，死亡其实离所有人都近在咫尺。说不定半年之后，现在落泪悲伤的人就会成为别人的悲伤，再或者，当灾难降临，已无人再有暇去悲痛。

黄娅琳忽然觉得，自己其实和医院里的人，甚至这世界上的所有人并无区别。

唯一的不同就是时间——但两个月和半年又有什么区别？两个月和整整一生岂非也是如此？

既然明知道悲痛必将是最后的归宿，为什么仍然有那么多人眷恋途中的风景，且执著地寻求着注定将会失去的一切？

黄娅琳忽然有豁然开朗的感觉。

她想到，如果把两个月当成一生，她会怎样度过这些时光……

这天傍晚，黄娅琳瞒着父亲，偷偷离开医院，打车来到了一个路口。那里，好些路人正在驻足围观一个面容凄凉的女人。女人最近接连两晚出现在本地电视台的新闻节目里，好些人都知道了她的故事。

故事并不复杂，数天前，女人的丈夫带着孩子步行经过这里时，被一辆疾驰的汽车撞倒，丈夫当场身亡，儿子被送往医院，至今仍在重症病房。家，一瞬间就碎了，女人在承受巨大的伤痛时，还面临更严重的危机。

她和丈夫都是工薪阶层，根本无力支付儿子巨额的医疗费。而肇事车辆的逃逸，也让追责索赔无望。女人现在唯一能做的，就是做了块寻找目击者的牌子，每天晚上站在车祸发生地，向过往的路人寻求帮助。

黄娅琳在医院里见过那个女人，听到了她心里绝望的声音——这也是远方的古昊第一次用超能力找到黄娅琳的时候……

那一刻，黄娅琳忽然有了抑制不住的冲动。她迫不及待想做点什么。

她想到离开公司那天，独自走在喧嚣的街道上，四面八方传来的声音如潮水般将她淹没。她拼命捂住耳朵，企图阻止那些潮水，但这根本无济于事……经过玉带河畔时，她看到一个满脸哀伤的女子，正在活着与死去之间挣扎，最后，那女子决定花光身上的钱，等到夜深人静时，再来这河边结束自己的生命。经过她身边的黄娅琳根本没有停留，那时候，别人的生死与她无关，她只想着能逃开这些声音。后来，当古昊跳进玉带河将落水的女人救上来后，她忽然有了些莫名的欣慰，她第一次感受到了能力带来的轻松和快乐。

现在，医院里的黄娅琳终于知道自己要做什么了。

这天傍晚，她悄悄站在了手持寻求目击者招牌的女人身边，细心地去听围观者心里的声音。

这里是闹市区，周围有很多写字楼，事发时又正是下班时间，必定会有人看到过肇事车辆。但是，即使看到，也未必有人愿意出头——原因即使不说，所有人也都明白。

这时候，古昊和吴胖子下了出租车，看到不远处聚了一帮人，正想过去，吴胖子忽然失声叫道："黄娅琳……"

古昊抬眼望去，人群里，有个男子拔腿飞奔，跟在他后面追赶的正是黄娅琳。

黄娅琳卧床多日，体力明显不支，跑了几步就弯腰喘息。一抬头，就看到了古昊和吴胖子。虽然惊讶，但不及细述，只指着前面那男子道："拦住他，他就是肇事司机！"

古昊和吴胖子奋力去追，忽然有个人飞快地超过了他们，显然也在追前面那男人。吴胖子大口喘息嘴还不闲着："这哥们，飞毛腿呀。"

古昊不搭理他，加快速度，很快就把吴胖子甩在了后面，和刚超过去那男人并肩向前。那男人奔跑时不忘侧头打量古昊，古昊冲他露出桀骜不驯的眼神……

秦歌撞上这事绝对是偶然，回家途中看到天桥下围了圈人，想起电视新闻曾报道过，就把车停路边过来看热闹。当然，多年刑侦工作积累的经验，让他知道肇事者如果也看了新闻，会非常关注事态发展，很可能会重返事发地。

黄娅琳刚来的时候，他并没对她太在意，直到她开始追逐一名男子。

后来，他又听到黄娅琳跟突然出现的两个人说："他就是肇事司机。"

秦歌毫不犹豫地追了过去。

这事跟他没关系，但撞上了，就不能不管。他是警察，这是警察的责任。

他对古昊挺感兴趣，因为古昊跑得太快了。秦歌自己就是长跑健将，在警校那会儿还拿过奖，这古昊偏偏不落他丝毫，当然也没法超过他。

没用几分钟，肇事司机就被拦下。不等询问，已经哭丧着脸瘫倒在地，还呜呜地哭，可怜巴巴地对着秦歌和古昊说那天不是故意的……

真相大白，秦歌却生出疑问。这肇事司机在围观的人群里已经站了很久，就站在离秦歌不远的地方，秦歌也曾观察过他，并没有对他起疑。但是，黄娅琳却能确定他就是肇事司机。

这姑娘也太神了。

没多久，巡警出现，接管了后续事宜，秦歌拦下了要走的黄娅琳，亮明身份。

"你怎么知道那人就是肇事司机？"

黄娅琳经过刚才那番折腾，已经很累了，现在只想回医院。而且，秦歌的问题是她不愿意回答的，所以，她只轻轻摇了摇头，便转身离去了。

古昊和秦歌对视了一眼，很快就收回了目光，显得有些畏缩。

看着三人离开，秦歌笑了笑，也没太当回事。对那姑娘他仅仅是好奇，人家做了好事，既然不愿声张，自然也不能勉强。

可是，她究竟是怎么做到的呢？秦歌当晚直到回家睡下，脑子里仍然在想这个问题。

出租车上，古昊和黄娅琳坐在后排，黄娅琳目光盯着窗外，根本不看古昊。

古昊本来有很多话想对黄娅琳说，但黄娅琳冷冰冰的神情却让他欲言又止。

一回医院，黄名堂迭声抱怨黄娅琳乱跑，又谢古昊和吴胖子送女儿回来。黄娅琳一声不吭躺在床上，很快就闭上眼睛。古昊和吴胖子站了会儿，当着黄名堂的面，又不能说什么，只能离开。

"黄娅琳生了这么大的病，换谁也扛不住。"吴胖子试图劝慰古昊。

"我知道。"古昊心情低落，不是因为黄娅琳的态度，而是因为她的绝症。

吴胖子无语，一声叹息是他此刻的心情。

出了医院大门，古昊忽然停步："我得回去。"

吴胖子挺聪明，点头："你是得回去跟她好好谈谈。"

古昊转身，大步流星，一路小跑着奔回医院。

出电梯，就见到黄名堂。黄名堂对他去而复返并不奇怪，上前拍拍他的肩膀："娅琳知道你会回来，正在等你。"

古昊硬挤出些笑，算是回应黄名堂。

病房里，黄娅琳倚坐在床头，显然在等古昊。见古昊进来，她下床，神情仍然冷漠："出去说吧，别影响别人休息。"

俩人坐到走廊尽头的椅子上，黄娅琳犹豫了一下，问："我想知道，最近他们联系你了吗？"

古昊当然知道她说的"他们"是谁，便将这次和沈途一起外出，找到一个能在水里呼吸的人，并最终杀死他的事说了。

黄娅琳变了脸色，沉默许久，才一字一顿地道："你也是凶手！"

古昊露出沮丧的神情："我知道，所以回来的路上，我想了很多，也做出了决定。"

"什么决定？"黄娅琳问。

"这是我第一次帮着他们找人，也是最后一次，就算他们杀了我，我都不会再帮他们。"

"可是，那半年后的灾难怎么办？"黄娅琳话出口，便意识到了自己的矛盾之处。

"灾难关我什么事。"古昊脱口而出，"我就是个小人物，连份工作都没有，我不想当英雄，阻止灾难这么大的事，根本就不该由我来扛，我也根本扛不了。我唯一能做的，就是不做杀人凶手的帮凶，不让自己成为一个罪犯……"

"你这是逃避。"黄娅琳犹豫了一下，虽然不忍，但还是说了。

"那你说我该怎么办，帮着他们阻止疫情，就得杀人。不做杀人者的帮凶，就不能阻止灾难。"古昊渐显激动，"换了你，该怎么选？"

黄娅琳已经明白了古昊此际内心的痛苦，远比她想的要更加深重。

"我怕，怕他们不会放过你。"黄娅琳语气舒缓了些。

"惹不起我还躲得起。"古昊负气道，"城市这么大，我要躲起来，他们还真未必找得到我。就算被他们找到了，我不帮他们，就让他们杀了我好了。"

黄娅琳心情沉重，她知道，城市虽大，但沈途、巫彭等人神通广大，找到古昊也许并非难事，若古昊坚决不帮他们寻人，被杀死的可能性也确实存在。

古昊抬头盯着她："我也有事问你，如果我没找到你，你生病的事，打算一直瞒着我？"

黄娅琳掉过头去："这是我的事，跟你没关系。"

古昊叹口气："我就猜你会这么说，你听好了，我既然找到了你，你的事就是我的事，你就不能跟我没关系。"

黄娅琳还是摇头："跟你有关系有用吗？"

古昊语塞。

黄娅琳叹口气，目光转回来："古昊，我知道你的心思，但我跟你说，真的没必要，也不值得。就算现在你找到了我，但说不定哪天——也许用不了太久，我就会再次消失，那时，就算你有超能力，也永远都找不到我了。"

古昊愕然，黄娅琳的话他竟无法反驳。

"也许，也许我守着你，你就不会消失了。"他嗫嚅着说。

黄娅琳苦笑："都不是孩子了，这样的话，你信吗？"

古昊还未回答，忽然一个声音响起："我信！"

古昊和黄娅琳俱都一怔，抬眼看去，不远处，沈途正缓步向他们走来。

古昊警觉，起身立到黄娅琳身前。

数个小时之前，他刚和沈途分手。沈途知道他来医院找黄娅琳，现在出现，必定带有某种目的。现在古昊已经猜到那晚在仓库里，白发老者放过黄娅琳，必定是知道她身患绝症。莫非，白发老者突然改变了心思，又不打算放过黄娅琳了？

所谓关心则乱，古昊紧张的神情，让冷峻的沈途淡然一笑。

"你不用紧张，更不用害怕，我来，只是想跟你聊些关于超能力的事。"沈途说。

古昊不解，边上的黄娅琳也露出奇怪的神情。

黄娅琳下意识地试图去听沈途心里的声音，但像上回在仓库一样，一无所获。

"你不用对我施展你的读心术，你的能力对我不起作用。"沈途说。

黄娅琳不语。

"能力虽有不同，但归根结底，仍有高低之分。"沈途居然笑了笑，看起来却挺别扭，"这就跟练武一样，你俩刚开始练，我却已经练了好多年。"

黄娅琳和古昊立刻就明白了他的意思。

古昊仍然奇怪："你来，不会就为了说这个吧？"

沈途郑重地道："我来，想送份希望给你们。"

"希望？"黄娅琳苦笑，"我们的希望就是能离你们远远的。"

"也许听完我说的话，你就会改变主意。"沈途不以为然，"还是要说回到超能力。你们现在已经知道，超能力有很多种，我可以控制气流，你们一个会读心术，另一个能寻找到超能力量。几天前，我们还刚刚遇到过一个可以在水里呼吸的人……"

"我只知道，能在水里呼吸的人已经死了，你杀死了他。"古昊冷冷地道。

沈途并不在意古昊的敌意，继续说："你们这个世界的超能者，在我们部族被称为神力者。我们部族，人人都有超能力，人人都是神力者，但其中有种能力，却最受人尊敬。"沈途卖个关子，问，"这世上最珍贵的东西是什么？"不待他们回答，径自接着说，"是生命。人类生命其实非常脆弱，很多超能力也都具有破坏性，对生命构成威胁。这些超能力留在这个社会里，始终就是隐患，总有一天会爆发，所以，这也是我们杀死那些神力者的另一个原因。但是，在这些神力者中，有一种能力却和暴力是相反的，那就是挽救生命。"

古昊心中一凛，黄娅琳亦听得呆了。

"你是说，有种能力可以治愈绝症？"古昊紧张地问。

"何止是治愈绝症。"沈途道，"甚至一些已经死去的生命都能被救活，当然不是全部。"

"谁有这种能力？"古昊变得急切起来。

沈途摇头："不知道，这种能力极为罕见，我只在小时候，见过我们族中一位长者有这种能力，不管是人，还是动物，或者一朵花，只要他出手，都会重新焕发活力。只可惜，那位长者很多年前就已经去世了……"

"那还是有人会有这种能力，是不是？"古昊已经起身站到了沈途面前。

"也许吧。"沈途笑笑，"我只是告诉你这个信息，怎么做，就是你们的事了。"

古昊和黄娅琳面面相觑，显然已经明白了沈途今天出现的目的。此刻，他们内心都是狂潮汹涌，但面上却竭力保持平静。

"我不信你的话。"黄娅琳忽然说。

"为什么？"沈途不解，"难道我会骗你们？"

"你知道古昊不愿意再帮你们找人，所以现在告诉他治愈者的事，只是为了让他接着帮你们寻找有超能力的人。"

古昊也已经想到了这一点。

沈途居然并不否认："我说了，我只是把这信息告诉你们，怎么做，是你们的事。"

黄娅琳掉头去看古昊，古昊凝眉不语。

沈途再笑笑："你们可以好好商量，我要说的话已经说完，也该走了。"

沈途真的转身走了，留下后面的古昊和黄娅琳坐那儿怔怔出神。

好一会儿，黄娅琳才轻声道："天晚了，你也该走了。"

古昊点头："我知道。"

"我不想对你用读心术，但却想对你说一句，不管你接下来打算怎么做，我都不希望你再去伤害别人。"

"你放心，我已经想好该怎么做了。"

黄娅琳狐疑，想问，但还是忍住。犹豫了一下，自己起身，先走了。看着她的背影，古昊的心情感觉没那么沉重了。沈途说的没错，今晚他来，至少给古昊带来了些希望。无论黄娅琳说什么做什么，古昊都能听出来她内心的纠结。现在，他要做的，就是替黄娅琳解开心结，重新开始她的生活。她的心结是什么？

——当然就是困扰她的绝症了。

古昊离开时，内心满满都是力量。

如果说这些日子，超能力带给他的是困扰、无奈，甚至还有些畏惧，那么现在，他已经做好准备，去面对这些超能力了。

躺在病床上的黄娅琳亦是思绪万千，她刚才拼命忍住才没去听古昊心里的声音，她不希望古昊继续帮着沈途去杀人，但潜意识里，却又隐约有些期望。

她期望的当然不是杀人，而是治愈者。谁不愿意健康地活在这个世界上呢？

——古昊，你到底会怎么做？

第七章

客厅中溺亡的男人

刘浩出狱之后要做的第一件事，就是找到张伟。

张伟厨子出身，混了多年，终于开了家自己的饭馆，又历时多年，小饭馆儿变成了大酒店，生意还挺火爆。事情源于有一天，张伟的酒店对面又开了家酒店，本来没多大事，酒店开在一块儿聚拢人气也挺正常，但让张伟生气的是，他的酒店名叫银座大酒店，新开的酒店偏偏要叫金座，挑衅味儿十足，显然还有打压的意思。张伟气不过，上门理论。金座的老板是笑面虎，说话客气，但意思很明显，我就这样做了，你能拿我怎么办？

张伟几次理论过后，没有结果，就想到了刘浩。

刘浩混社会的，三山五岳的朋友挺多。跟张伟酒桌上认识，当时聊得挺热乎，酒酣耳热之际，刘浩拍胸脯保证但凡张伟有麻烦尽管找他。张伟找刘浩，让他出面去教训一下金座的笑面虎。让酒店改名不太现实，张伟主要是想出口气。刘浩满口答应，但他帮忙肯定不会白帮，张伟也答应给一笔辛苦费。

张伟在酒店里等消息，他目睹了刘浩带着几个人进到对面金座的大堂里，还在心里赞了下刘浩办事靠谱。刘浩在金座里没待多大会儿，就出来了，走得挺仓促。张伟当时挺不满意，埋怨刘浩至少该砸几块玻璃弄出点动静来。

警车呼啸而来，张伟还没太在意，随后救护车也来了，笑面虎躺在担架上被抬了出来。张伟这才开始紧张，赶紧联系刘浩。刘浩电话里告诉他，那个笑面虎挺嚣张，他一时没忍住，捅了他两刀，但特别注意没往要害处捅，人，肯定死不了。

张伟还是不放心，刘浩信誓旦旦地保证，这事，扯不到他身上。

没过几天，张伟得到消息，刘浩被警方给抓了。那几天，张伟简直就是热锅上的蚂蚁，酒店不敢去了，家里也不敢待，买了机票飞到了另一座城市，生怕警方找上门来。他咨询过律师，这种事叫买凶伤人，论起来，雇主比行凶者责任要大。

后来，张伟挺感激刘浩，起码他做了件挺爷们的事，就是进去后硬把这事扛了下来，只字没提张伟。刘浩被判了三年，张伟自己虽然没去监狱，但没少让人给他送钱送东西，还捎信给他，等他出来了，会给他补偿。

现在，刘浩出狱，昔日的兄弟都有了自己的事，女朋友也跟了别人，他变得一无所有了。幸好，还有张伟。

刘浩敲开了张伟的家门，张伟事先接到他电话，已经准备了十万块钱。十万块钱摆在刘浩的面前，刘浩说了几句感谢的话，然后把钱推到一边。

"我要一百万。"刘浩说。

张伟以为自己没听清楚，等刘浩再重复一遍，然后傻了，然后怒了。

这两年，因为竞争激烈，银座的生意已经大不如前，张伟其他一些投资也是亏多赚少，虽然不致伤了元气，但手头显然没有以前宽绰了。给刘浩这十万块，不算多，但也不少，最重要的是刘浩的态度不符合张伟的期待——张伟以为刘浩会对这十万块感激涕零。

刘浩的态度也很坚决，理由也挺充分，首先他没出卖张伟，够义气，然后蹲这三年牢，失去的太多，他现在可以说是一无所有，加上这几年的通货膨胀，一百万，他觉得并不多。

二人起了争执，谁也不肯让步，言语间愈发激烈。后来，不知谁先拍了桌子，还摔碎了俩杯子。躲在房间里的邱云终于按捺不住了，开门出来查看。

邱云是张伟的老婆，比张伟小十几岁，从不过问张伟的事。刘浩进门的时候跟她打过一个照面，她看出刘浩不是个善茬，所以一直躲在房间里。外头动静这么大，她忍不住了，出来就看到张伟身子摇晃，脸憋得通红，两只手在脖子上脸上乱抓，已经抓出很多道血痕，喉咙里还发出些模糊嘶哑的呜咽声。

像所有遇到突发情况的小女人一样，邱云第一时间发出一声尖叫。

同时，张伟软软地瘫倒在地，身子开始不停地抽搐……

黄娅琳和黄名堂又吵了一架，起因就是黄娅琳要出院，黄名堂不同意。

古昊来看黄娅琳，恰好撞上这一幕，赶紧拉着黄名堂到外面。俩人嘀咕了快半小时，黄名堂再回到病房，铁青着脸，狠狠瞪了女儿一眼，便低头开始收拾东西。黄娅琳挺诧异，没想到古昊竟然能说服父亲，这时又看到古昊冲她使眼色，赶紧上前帮着父亲收拾。

黄名堂还是不搭理她，拎着收拾好的一堆杂物，走了。

"真没想到你还有这本事。"黄娅琳真心感慨，"我这老爸，够顽固。"

"你爸顽固了点，但不糊涂。跟他说话，就跟薅羊毛一样，得分顺着薅和反着薅。"古昊笑，"他不让你出院，本意也是为你好，我只不过让他明白你真正需要的，他虽然一时半会儿还不能接受，但至少，不反对你出院了。"

古昊领着黄娅琳办理出院手续，排了半天队，好容易轮上，正结账，忽然脑子里响起"敲门"声，接着，有些画面在脑子里闪现。现在，他已经知道那些画面，其实是此刻施展超能力的人看到的。画面凌乱，模糊且斑驳，就像受损严重的老式胶片电影。

他依稀看到一个中年男人倒在地上。

古昊略有些失望，因为那模糊的画面实在没法跟治愈者联系起来。

黄娅琳立刻发现了他的异常，下意识地就运用读心术。

"超能者？"黄娅琳失声问。

"来得真不是时候，不能送你回家了。"

"你要去？"黄娅琳问。

古昊点头，他知道黄娅琳知晓他所有的心思，所以并不隐瞒——找到治愈者机会渺茫，他唯有不错过任何一个新出现的超能者，才能有那么一点希望。

"但连你都不相信这会是治愈者。"

"有枣没枣，都得抡一竿。"古昊笑笑，"兴许一竿下去就抡到宝了。"

黄娅琳想了想，说："我不回家，我跟你一块儿去。"

古昊立刻摇头："我答应过你爸，今天你必须回家。"

黄娅琳沉默，与古昊四目对视。

就算不用读心术，她也知道古昊心里怎么想的。

——没有确定之前，谁也不知道出现的超能者具有什么样的能力。沈途说过，超能力总会和一些暴力事件联系在一起。而古昊看到中年男人倒在地上，不知死活……

——古昊绝不会希望看到黄娅琳涉身险地。

黄娅琳知道无法说服古昊，遂不再坚持，只淡淡地说了句："你自己小心。"

古昊点头，转身大步流星地走了。他只有在超能者施展能力时才能感应到他的位置，时机稍纵即逝，如果超能者离开，就只能等待他下次施展能力时才能找到他了。

黄娅琳看着古昊头也不回的背影，心里却涌上些酸涩来。

她希望古昊的努力能有一个结果，那也是她所盼望的。但是，这些想法，又让她觉得自己实在是太自私了些。

黄娅琳出了医院大门，犹豫了一会儿，还是上了辆出租车，说了一个小区的名字。那小区就是超能者出现的地方，它在古昊的脑子里出现时，黄娅琳就已经知道了。

她不能看着古昊孤身涉险，虽然知道自己去也不能帮着做什么。

但有些事，却是必须要做的。

这是联排别墅中间的一个单元，门虚掩着，古昊稍犹豫，便推门进去。

穿过庭院，进到房里，古昊第一眼便看到客厅沙发前的地上，躺着一个五十余岁的中年男人，肤色苍白，口唇青紫，脸上是极痛苦的神情。

虽然已有思想准备，但古昊还是吓了一跳。

走过去，查探中年男人的鼻息脉搏，很快确定他已经死去。

古昊更加紧张，眼前所见，正是他感应到超能力后脑子里浮现的画面，但显然他来晚了一步，超能者已经离开。古昊最想知道的，是这个新出现的超能者具有怎样的能力，但既然和死亡有关，就必定不是治愈者了。

古昊环顾四周，犹豫了一下，便想离开，忽然隐约听到极细微的声音，侧耳倾听，很快确定声音来自楼上。

古昊犹豫了片刻，还是抵不过好奇，慢慢往楼上去。

难道是超能者并没有离开？或者是有别人躲在了楼上？不管是谁，这个人都能告诉他些超能者的情况。

很快确定声音来自于一个房间内的卫生间，古昊尝试去推卫生间门时，没有推动，却在同时，听到里面传来一个女人夹杂着哭泣的尖叫。

古昊立刻意识到自己犯了错误，这是桩凶杀案的现场，自己无端闯入进来，如果被人发现，势必会引起很多不必要的麻烦。卫生间里的女人很可能是杀人事件的目击者，她还处于极度惊恐中，突然出现的陌生人一定会加重她的恐惧。

古昊决定立刻离开，他刚转过身，就看到了秦歌，还有他手里的枪。

"是你？"秦歌显然也很吃惊，但仍然厉声低喝，"别动……"

秦歌接到队里电话，知道出了凶杀案，而他所处位置，恰好离案发小区不远，所以，他才能先于队里的其他同志赶到案发现场。

进到房里，很快就察觉到楼上有人，听到女人的尖叫，他飞快上楼，恰好将正欲离开的古昊堵住。

"我没杀人，这事跟我没关系。"这是古昊反复强调的。

当地派出所的人先到了现场，刑侦队的人很快也来了，法医检查尸体，刑警勘察现场，邱云经讨安抚，情绪平静下来。经询问，这起案子并不复杂，死者叫张伟，是邱云的丈夫，杀死他的人叫刘浩，是名刑满释放人员。因为三年前的事，刘浩前来勒索张伟，二人起了争执，刘浩杀死张伟后潜逃。邱云惊恐之下，打电话报警，然后，便把自己反锁在了楼上的卫生间里。

邱云证实古昊和这起杀人案并无任何关系，但秦歌却不想轻易放过他。

"你得说清楚，你为什么在杀人现场。"

古昊说不明白，能说明白也不能说："我找错地方了行不行？我见这家门没关，想进来偷点东西行不行？我路过这里脑子一热就想进来瞧瞧行不行……"

秦歌不怒反笑："挺嚣张，干了这么些年警察，这么嚣张的犯罪嫌疑人还真少见。"

"我就是一路人甲，你不抓凶手，扣着我干吗呀。"古昊还嘴硬。

"你这叫无知者无畏。"秦歌还不生气，"你在犯罪现场出现，单凭这一点，我就能扣你48小时。"

"成，那就给你们48小时。我相信你们警察的能耐，肯定能还我清白。"古昊依然桀骜不驯，"顺便问一句，你们那儿伙食好吗？"

"我说好，顿顿大鱼大肉，你信吗？"

古昊认真地想了想，摇头："骗子……"

就在这时，外头进来个年轻的小警察，拉着秦歌说有人要见他，还是个女的。秦歌随口问了句"谁啊",小警察顺着窗玻璃往外指,"就那姑娘。"

秦歌和古昊同时看到了站在警戒线外头的黄娅琳。

古昊愣住了,秦歌嘴角却挂上些笑意,冲着古昊道:"这姑娘找你的吧?"

黄娅琳的出租车在一个十字路口堵了会儿,赶到这小区时,警察已经到了,拉起了警戒线,线外头聚集了好多看热闹的人。黄娅琳本来就有些担心,又听看热闹的人说里面死了人,警察在现场抓住一个年轻人,不知道是不是凶手。不用猜就知道被抓的人是古昊,黄娅琳更担心了,正不知所措的时候,看到秦歌在门口晃了一下,又进到屋里。

黄娅琳觉得这警察面熟,使劲想,很快就想起不久前在天桥下面寻找肇事司机时见过他。黄娅琳有主意了,就算不能把古昊捞出来,她也得跟这警察说,古昊是无辜的。

她拉住经过身边的一个小警察,跟他说了秦歌的模样。

秦歌在这堆警察里挺特别,穿着军旅风格的夹克,下巴与下嘴唇之间留着软软的一片小胡子,脸上还老带着笑,换个别的地方肯定没人把他当警察。

过了一会儿,秦歌打门里出来,走到了黄娅琳的面前。

看秦歌的表情,黄娅琳猜他不记得自己了。不记得,还得跟他套近乎。

"还记得吗,那晚,天桥下头,肇事司机。"黄娅琳说。

秦歌茫然地摇头:"不记得了。"

"你是警察,记性不该这么差吧。"黄娅琳继续提示,"后来你还问我,怎么找出那肇事司机的。"

秦歌紧皱眉头,似在回忆,顺嘴道:"有这事吗?"

黄娅琳苦恼,还想说什么,一扭头,看到刚才那个小警察,正带着古昊出来。黄娅琳立刻指着古昊:"那你还记得他吗?他那晚跟你一块儿追肇事司机来着。"

那边的古昊冲着黄娅琳挥了挥手,满脸不在乎的表情,还大声说:"我没事。"

这边的秦歌眉峰舒展开来,好像明白了:"你找我就是为了他?"

黄娅琳急切地道:"他是好人,你们的案子跟他没关系。"

"有没有关系你说了不算,我们不会冤枉一个好人,也不会放过一个坏人,这得查清楚了再说。查,就得花时间。"秦歌还是冷冰冰的表情。

黄娅琳苦恼地叹口气,看到那边的古昊已经被带上了警车,想奔过去,车子已经发动,响着警笛,走了。

黄娅琳看看秦歌,再看看远去的警车,满面沮丧,刚要转身走,秦歌叫住了她。

"别忙着走,你要真关心你那朋友,就得配合我们警方的调查。你那朋友什么时候能出来,得看我什么时候把事情查清楚了,可我现在也碰上桩难事,不解决了,实在没心思查你那朋友的事。"

黄娅琳看见秦歌的嘴角挂起了些笑意。

"我到现在还在纳闷,那晚,你究竟是怎么找到那肇事司机的。"

黄娅琳怔一下,明白了,这是秦歌在逗她玩。心下又气又恼,哼一声,掉头就要走,秦歌又叫住了她："你还想捞你那朋友吗？"

黄娅琳又愣一下，慢慢转过身，盯着秦歌好一会儿，才用坚定的语气说："古昊不是凶手，你们警察，不能冤枉人。"

古昊直接被带到了市局刑侦队的羁押室，单独一个小房间，还有铁栅栏。古昊其实并不担心自己，警察查清楚了，就能放自己出去。他担心的是黄娅琳。

黄娅琳出现在案发现场，这不奇怪，但她跟秦歌混在一块儿，就让古昊担心了。

警察都挺狡猾的，黄娅琳不会着了他的道儿吧。

不知道过了多久，古昊感觉到黄娅琳在用她的读心术，立刻屏气凝息去感受。感受到的画面照例模糊不清，只能依稀看到个大概。黄娅琳好像面对很多人，秦歌也在中间，不知道他俩在搞什么名堂。

然后整整一个下午，直到傍晚，黄娅琳又多次使用读心术，每次都是面对不同的人。

古昊再难掩饰自己的担心了。

他不想黄娅琳将读心术的事告诉一个警察，更重要的是，使用超能力是件挺费精力的事，而黄娅琳现在的身体情况显然不能过度劳累。

对此，古昊却无计可施。他还被关在羁押室里，一下午根本没人搭理他。

外面走廊里脚步声渐多，应该到了下班时间。古昊觉得饿了，正在想这局子里到底管不管饭，门开了，外面站着秦歌和黄娅琳。

黄娅琳看起来挺疲惫，面色黯淡，精神气却好，特别是眸子变得晶亮。

不知为什么，看到他们俩，古昊一点都不觉得高兴。

"你可以走了。"秦歌脸上还是他招牌式的笑，带着些戏谑。

古昊怔一下："查清楚了？"

秦歌郑重地点头。

古昊又问："你们忙活这一下午，就在查我的事？"

"这个真没有，你的事，我只让人查了查档案，确定你跟受害者以及犯罪嫌疑人并无任何交集，加上黄娅琳替你做了案发时不在现场证明，你就清白了。"秦歌说。

"那你们这么长时间，都在忙活什么？"

"你怎么知道我们在忙？"秦歌反问。

古昊语塞，边上的黄娅琳赶紧来圆场："清白了咱们就赶紧走，饿了没，你没饿我可饿了。"

秦歌开了门，古昊出来。三人出了羁押室，秦歌煞有介事地和黄娅琳握了握手："辛苦你了，往后，肯定少不了还有麻烦你的时候。"

"别客气，有事尽管开口，我一定帮忙。"

秦歌转身走了，黄娅琳和古昊离开刑侦队。到外面街道上，古昊看黄娅琳还不说话，实在忍不住，问："说吧，这一下午，你都跟那警察忙活什么了。"

黄娅琳笑："我就知道瞒不过你。"

古昊声音大了许多："你知道自己现在的身体情况，还使那么多回读心术。你要累出点毛病来，我怎么向你爸交代。"

黄娅琳能听出他的关心，并不在意："我们忙的都是正经事。"

古昊赌气，扭头不看她，径自往前走。

黄娅琳紧走几步追上他，很自然地把手搭在他的臂弯里。古昊那只胳膊立马就僵硬了，脚下在走，上身一动不敢动，生怕动了，黄娅琳就会把手拿开。

黄娅琳好像并没察觉他的异样，轻声道："秦歌让我跟他去查了几件小案子。"

"查案？"古昊吃惊，"你把读心术的事告诉他了？"

黄娅琳摇头："他追问我那晚怎么找出肇事司机的，还说，他只有把这心结解了，才有心思去查你跟今天的案子有没有关系。"

"这人太坏了。"古昊恨声道，"他这是威胁。"

黄娅琳笑："没那么严重，他就是好奇。当然，我也没那么傻跟他说超能力的事，我只说我打小就有天赋，可以通过观察，知道一个人心里在想什么。"

"他信了？"古昊问。

黄娅琳摇头："不信，所以，他这一下午，拉我去了好几个地方来验证我的话。"

古昊这下明白了。

当警察的，手上多少都会有些没破或者正在调查的案子，但轮到刑侦队出马，案子肯定都不小，秦歌还没笨到上来就让黄娅琳接触这些案子，所以，带她去了下面的两个派出所。派出所里鸡毛蒜皮的事挺多，有些还挺让人头疼。黄娅琳最先面对的是一家超市的几名员工，起因是超市丢了东西，经查确认为内盗，有了几名嫌疑人，却没证据无法确定到底是谁干的；然后，他们又去了一家幼儿园，派出所的警察正在调解一起家长和老师的纠纷，家长坚持老师打孩子了，证据是孩子身上的痕迹，而老师则矢口否认；最后回到派出所，见到了刚抓的一个小偷。小偷是个孩子，不满十岁，他面对众多警察的询问，闭口不提自己的任何事，包括父母的姓名以及来自哪里……

这一下午忙过来，黄娅琳很累，但心情却是从没有过的舒畅。

秦歌并非没有察觉到她的疲惫，只是整个下午，他都处于极度惊讶中。那些棘手的事到了黄娅琳这里，简直比吃饭还容易，瞬间就有了答案。

俩人回到市局刑侦队时，秦歌简直已经开始崇拜黄娅琳了。

黄娅琳说："现在，可以放了古昊吧。"

秦歌毫不犹豫地答应了。

看着黄娅琳和秦歌离开刑侦队，秦歌激动的心情还没办法平息，黄娅琳的天赋让他想想都觉得兴奋。一个警察，如果能有这样的能力，或者得到她的帮助，天下还有什么破不了的案子。

第八章

水妖之舞

古昊和黄娅琳坐在一家餐厅的临街位子上,古昊狠狠地瞪着黄娅琳,满脸都是愤然:"凭什么呀,警察算什么呀,警察就能逼着你帮他去查案!"

黄娅琳笑:"他没逼我。"

"那起码也是威胁、勒索。"古昊叹口气,"我知道你是为了我,但这种事下不为例,你不能再跟那警察混一块儿了。你忘了医生特别叮嘱过,你一定要好好休息,千万不能累着。还有,沈途也说过,使用超能力特别耗费体力。"

黄娅琳认真地点头:"我知道。忙活了一下午虽然很累,但我却很开心,不是因为那警察,而是因为我做的这些事。"

古昊怔住了。

黄娅琳继续说:"你知道我为什么坚持出院,就一定能理解我说的这些话。"

古昊当然理解。黄娅琳坚持出院,就是不想让最后的生命浪费在病床上。她剩下的每一分每一秒其实都很珍贵,享受生活,或者让那不多的生命变得更有意义,应当是相同境况的人最正确的选择。显然,黄娅琳选择了后者。

"不管我们这些能力打哪来,也不管它背后藏着些什么样的故事,但我们既然拥有了这些能力,就不能辜负它。"黄娅琳轻声道。

"我只知道,我要用我的能力来寻找治愈者。"古昊听得有些失神。

"那么我,就希望能用我的能力,来帮助一些人。这样,到了离开这个世界的时候,我也就没什么遗憾了。"

古昊勉强笑了笑,情绪有些低落。

"想知道这案子的情况吗?"黄娅琳岔开了话题,"跟那秦歌一块儿忙了一下午,倒也打听到不少信息。"

　　黄娅琳接下来，将下午从秦歌那里了解到的情况告诉了古昊。这件案子挺简单，犯罪嫌疑人已经确定，市局下午就向媒体发了通稿，大意就是刘浩用三年前的旧事勒索张伟，二人起了争执，刘浩杀死张伟后潜逃。

　　"案子虽然简单，但别忘了，这里头有个超能者。"古昊说。

　　"死亡原因。"黄娅琳郑重地道，"法医最后的验尸报告还没出来，但初步怀疑死者张伟系溺亡。也就是说，怀疑张伟在家里被淹死。"

　　"不可能。"古昊摇头，"我到过现场，也看过死者，根本没水。"

　　"秦歌跟我说，这事挺奇怪，但又不奇怪。要知道溺亡里头有种叫干性淹溺，主要是指因受到强烈刺激，包括惊吓、惊恐和过度紧张导致喉头痉挛，结果声门关闭，不能正常呼吸继而缺氧，严重时会出现窒息甚至死亡 。"

　　"吓死的？"古昊脱口而出，"这人胆也太小了吧，看到什么能吓得缺氧窒息。"

　　黄娅琳刚想说什么，忽然电话响。接听，是秦歌。

　　秦歌说，张伟的尸检报告已经出来了，死者肺泡扩张，内有水肿液体，血管有溶血现象，这些都是溺亡的典型特征，也就是说，张伟真的是被淹死的。这样，张伟的死亡原因就成了谜团，一个人究竟怎样才能在一个没有水的地方被水淹死？秦歌希望黄娅琳明天一早，能陪他去见邱云。邱云是唯一的目击者，秦歌怀疑她有所隐瞒，所以希望得到黄娅琳的帮助。

　　挂断电话，黄娅琳复述了电话里的内容，古昊拍案而起："我刚刚想到，死者的老婆是弄清楚超能者的关键。"

　　黄娅琳点头："明天，我会把结果告诉你。"

　　"明天？"古昊狡黠笑道，"我不用等明天，我现在就去找那个叫邱云的女人。"

　　一直到傍晚，最后一名警察离开，家里才算安静下来。邱云关上门，在客厅里站了会儿，环顾四周，想到家里就剩下她一个人了，片刻的失落过后，心里竟然涌上些难以自抑的轻松。她知道这时候必须保持悲伤，一个刚刚失去丈夫的女人，凶手还没有被抓到，她现在的表现应该是悲伤之中夹杂些恐惧，或者，还应该有些无助吧。

　　邱云很满意自己今天的表现，至少那些站到她面前的警察，都没有怀疑到她。

　　她当然知道，杀死张伟，要冒很大的风险。警察碰到凶杀案，最先怀疑的必是死者最亲近的人。邱云相信自己做得很好，这些年和张伟虽然感情淡漠，但却极少争吵，在外人面前表现得还很恩爱。要说起来，邱云自己都不理解杀死张伟的真正动机是什么。

　　也许是因为厌倦了现在的生活，也许是张伟的粗俗已经让她不能再忍受，也许是三年前碰上的那个男人让她渴望开始另一种生活，但这些都不是关键，邱云认为最重要的是，自己已经不再是以前那个柔弱的女人。

　　不知道从哪天起，她发现自己拥有了一种超能力，最初的震惊过后，她开始慢慢接受了这一现实，并且开始思考拥有超能力后可以做的事情。她心里生出各种欲望，越来越强，最后强大到她必须要做点什么才能平息它。那欲望是什么，邱云自己说不清楚，只知道自己跟这世界上的其他人不同，既然如此，就不该继续这种浑噩度日的生活。这样，每晚睡在她身边的张伟，就让她越来越没法忍受，甚至他打呼噜的声音，都让她觉得是种折磨。深思之后，她郑重地向张伟提出离婚，张伟答应得异常爽快，但唯一的条件就是她拿不走他一分钱。

邱云相信张伟说到做到，两人同床异梦多年，张伟早已经预料到了今天，所以，他做足了准备。邱云以为自己会毫不犹豫地离开，但事实上，她却留了下来，此后再没提过离婚的事。然而，她的内心，却从来没有停止过想要离开张伟。

邱云依然像往常一样过着悠闲的生活，去美容院，和相熟的几个女人打牌遛狗逛商场，没人知道她的内心渐渐被杀机充满。既不能忍受现在的生活，又离不开张伟的财富，那么，杀死他就是最好的选择了。

邱云很聪明，知道选择时机的重要性。就这样，又过了好长时间，终于这天上午，那个名叫刘浩的人来到家里，和张伟发生了争执。邱云知道刘浩是个混社会的，心狠手辣，她等了这么久，刘浩就是她的机会。

外面客厅里，不知谁拍了桌子，还有茶杯摔到了地上。

躲在厨房里偷听的邱云毫不犹豫地动了手……

邱云很满意自己选择的时机，现在，她将今天发生的事情在脑子里过了一遍，忽然开始紧张。她想到自己犯了一个错误，那就是刘浩。

如果警察抓住了刘浩，那么，真相就会浮出水面，她就成了杀人犯。她可不想在监狱里过完下辈子。她很懊丧，当时只想着嫁祸给刘浩，却没想过刘浩反过来会成为一颗炸弹。

就在这时，电话铃响，邱云稍微犹豫了一下，接听。

挂断电话，邱云吁了口气。她换了身衣服，还简单化了点淡妆，最后对着镜子深吸一口气，决定现在就出门去解决这个麻烦。

刚才的电话正是刘浩打来的，刘浩的要求很简单，他知道是她杀死了张伟，所以，如果想他继续担负杀人犯的恶名，她必须付出代价。

今夜真正要付出代价的人是刘浩，为他的贪婪。

邱云眼神变得凌厉，同时，不远处的桌上，一个杯子里的水忽然腾空而起，它们像条蛇，在邱云的头顶盘旋游走……

古昊和黄娅琳在出租车上。

当黄娅琳要求跟古昊一块儿去见邱云时，古昊犹豫，担心她过于劳累，但黄娅琳却坚持："邱云没有对警察说的，肯定也不会告诉你，所以，你需要我的读心术。"

古昊没有再坚持，他也希望黄娅琳能在他的身边多待一会儿。

出租车往邱云家所在小区去。

车上的古昊忽然恍惚了一下，感受到了超能力量。他的脑海里闪现出一个房间的画面。那房间似曾相识，很快，古昊就确定它正是今天去过的张伟家客厅。

"超能者就在邱云家里，如果她不是超能者，那就是超能者又回到了那里。"古昊说。

车到小区门口，俩人刚下车，有辆车从小区里出来，缓缓驶过他们身边。古昊不经意地看去，恰好见到车内的邱云正将车窗落下。

"邱云。"古昊脱口而出。黄娅琳顺着他的目光看去，车子已经驶上街道。

"这么晚了，她要去哪里？"黄娅琳自语。

古昊没有回答她，而是重新拉开还未驶离的出租车车门，招呼她上车。

出租车司机技术老道，很快就追上了前面邱云的车。

"跟着她，就能知道所有答案。"古昊说。

车子停在一家咖啡馆外面，古昊和黄娅琳看着邱云下车，进到咖啡馆里，坐到了二楼临窗的位置——这里，显然就是邱云今晚的目的地了。

出租车司机胆小，说什么不愿意再等，古昊只能打发他走人。俩人在路边商量，正打算进到咖啡馆里，忽然见到窗口的邱云接了个电话，很快便起身消失。俩人正狐疑之际，邱云已经打咖啡馆里出来，向着自己的车走去。

黄娅琳下意识地拉着古昊往后退了退，就在这时，刚走到车边的邱云身后，忽然蹿出一个人影，邱云听见动静刚想回头，头上便遭到重重一击，随即身子软软地倒下昏了过去。

那边的古昊和黄娅琳看见这一幕，都吃了一惊，古昊大喝一声，向着车的方向奔去。

那人回头看了一眼古昊，动作麻利地将邱云抱到车里，自己坐到驾驶座。待古昊奔过马路，离车还有几步远时，车子启动，很快就开走了。

古昊追了几步，颓然停步。黄娅琳气喘吁吁赶过来，两人到路边拦出租车。终于有车停下，但前面邱云的车，早就没了踪影。

邱云电话里跟刘浩约好了咖啡馆见面，刚坐下，还没等服务生过来问她要点什么，刘浩就打电话来说改主意了，约她到另一个地方见面。

邱云虽然不满，但想想见面后的结果，就不愿在这些小事上跟他计较。于是离开咖啡馆，却没想到，正要上车时，脑袋上遭到重重一击，随后就失去了知觉……

醒来，头很晕，眼睛微张，已经能感到前面刺眼的光亮，还有风吹到身上的凉意。

忍不住呻吟了两声，挣扎着站起来，刺眼的光亮随即消失，但还有片光影落在她的身前。她眯缝着眼，好一会儿，才看清面前的刘浩和他身后的车。

车现在开着日行灯，光亮虽弱，但已能让她看清周遭的环境。

很快，她确定所处的地方就是坊间所谓的"小沙漠"。小沙漠其实不是沙漠，它是上世纪七八十年代，城市南郊一座磷矿，将采矿提炼产生的矿渣倾倒在一个山坳里堆积而成，面积达千余平方米。矿渣和沙极为相似，初时不为人知，后来不知哪个摄影师带着女模特在这里拍了一组极具大漠风情的照片，市民见了无不惊羡，于是小沙漠的叫法遂在坊间流传开来。

邱云的心沉了下去，她已经猜到刘浩带她来这里的用意。

"把你带到这儿，也是迫不得已。"刘浩带着些得意，踱到了她面前，"我在大牢里熬了这些年，好容易出来，我不想这么快就把小命交代了，像张伟一样。"

"你不过是想要钱，要多少，我都给你。"邱云声音软软的。

"我还真想要钱，但就怕没命花。"刘浩轻佻地脸凑过来，"别怪我把你弄这儿来，我胆小，咖啡馆那种地方，你分分钟就能要了我的小命。"

邱云低下头，心里飞快盘算着对策。

"这里安全多了，小沙漠，全沙子，找不到一滴水。你的身上，还有车里，我全检查过了，但凡跟水沾边的东西，我全扔了。所以，现在你得乖乖听话。"

邱云立刻点头："我听你的。"

"我不管你为什么杀了张伟，那是你们家事。但现在杀人凶手这屎盆子扣我头上，这事就跟我有关了。我讨厌警察，也不想出卖你，所以，我问你要点封口费加跑路钱，不算过分吧。"

"只要我拿得出，一定让你满意。"邱云异常温顺。

刘浩满意地点头，手指撩拨着邱云的头发，压低声音道："除了钱，我还想要点别的。"

邱云怔住了，厌恶的眼神稍纵即逝："我只能给你钱。"

刘浩哈哈大笑："你还不知道我要什么，先别忙着拒绝。别以为我在动你的念头，有了钱，就不缺女人了。我的要求很简单，就是想再看一次你的本事。"

邱云仍然迟疑："有这个必要吗？"

"非常有必要。"刘浩收敛起轻浮之色，"如果不是亲眼看见，打死我也不会相信，甚至就算亲眼看见，我到现在仍然怀疑那是不是真的。"

邱云郑重地道："那我告诉你答案，你看到的，都是真的。"

刘浩上下打量邱云："那我就更不明白了，看起来，你和我一样，都是普通人，你哪来那么大的本事……"

——上午，刘浩和张伟起了争执，蓦然间，一道水柱从卧室的方向激射而出。说是水柱不太合适，那简直就是条"水蛇"。张伟骤见"水蛇"来袭，也是惊呆了，下意识把手在身前乱舞，试图击散"水蛇"，但"水蛇"仿佛有生命一般，竟然比真的蛇还要灵活，不仅数度避开张伟挥舞的手臂，被击中四下飞溅开来后，瞬间又能神奇地凝聚到一处，再度发起进攻。刘浩眼睁睁看着"水蛇"从张伟的鼻孔里钻了进去……

想着上午看到的，刘浩神情愈发凝重："我是粗人，实在闹不明白你是怎么做到的。"

邱云叹口气："别说你，就连我自己都不明白。"

"那就再做一次给我看。"刘浩说。

邱云神情一凛，目光直视刘浩，随即又飞快地低下头。

"当然，我不会给你杀死我的机会。"刘浩似已洞悉她的心思，飞快从兜里摸出一个口服液大小的瓶子，掌心向上平摊，瓶口向下。

邱云定睛看去，瓶口聚了圈水渍，悬而不落，好一会儿，终于有滴水落在刘浩的掌心。

　　"我想看到你让它动起来。"刘浩说。

　　古昊和黄娅琳商量了半天，才决定报警。黄娅琳打算直接电话秦歌，古昊坚决不同意。秦歌虽然相信古昊跟张伟之死无关，但已经怀疑他出现在案发现场的动机。现在，撞见邱云被人掳走的偏偏又是古昊，换了谁都不会相信这又是巧合。

　　两人最后找了个公用电话亭打了报警电话，剩下的事，就只能交给警察了。

　　古昊送黄娅琳回家，车上，黄娅琳的目光落在窗外，霓虹闪烁，树影婆娑，她的面孔在阴影里，显得忧郁而不安。

　　"下午，在派出所，有个离家出走的孩子，不管警察们问他什么，他都沉默，包括他的名字，他家住哪里，家里还有什么人。后来，当他的父母赶来，抱着孩子激动得哭了。那孩子开始还挺排斥父母，但不久后，就向父母认错，表示以后再不惹他们生气了。不管这个家庭曾经发生过什么，但那一刻，他们的喜悦感染了我，我也变得很开心。"

　　黄娅琳低低的声音像是有些飘忽，如同窗外那些飞逝的霓虹。但这时候，古昊却无比强烈地感觉到了她的内心世界。

　　——如果你的生命只剩下几个月时间，你会选择做些什么？

　　"不管邱云是不是超能者，我都不希望今晚再有意外发生。"黄娅琳说。

　　古昊沉默，忽然再次感应到了超能力量。

　　"师傅，前方路口调头，我们去小沙漠。"他说。

　　不用问，黄娅琳也知道发生了什么事，知道古昊必定再次感受到了超能力量。这一刻，黄娅琳忽然觉得有些歉疚，当一个人愿意为你改变，你却无以回报，这时候，你能做些什么？

　　黄娅琳很想对古昊说点什么，但看他此刻凝重的表情，涌到嘴边的话又咽了回去。

　　古昊神情凝重，因为他看到了悬停在空气中的一滴水——

　　水珠就在刘浩的眼前，好像有生命般和刘浩对视。刘浩毫不掩饰自己的惊叹，特别是当水珠开始移动，开始围着他来回旋转时，那水珠简直就是个黑暗里舞蹈的精灵。

　　此时的邱云，已经有了打算，她巴不得刘浩继续沉溺于对水珠的痴迷中，所以，也极尽所能，将一颗水珠玩弄出许多花样来。她让水珠停留在刘浩的额头上，然后，轻盈地滑过他的面颊，倏然又向上停留在他的鼻尖之上……

　　刘浩似乎很享受这样的时刻，他极力去感受水珠与皮肤接触时的那丝清凉。

　　不知道过了多久，当水珠再次停留在他身前时，他蓦然出手，双掌合击将水珠捂在掌心。

　　"够了。"他大声道，然后上前一步，离得邱云近了些，"我现在忽然不想要你的钱了，我只想跟你一样，学会这样的本事。"刘浩神情凝重，"钱算什么，有了这本事，想要多少钱都没问题。"

　　邱云摇头："我连自己怎么会的都不知道。"

"一定会有办法的，在找到办法前，我不能放你走，也许，两个人在一块儿待久了，我就能学会你的本事了。"刘浩面色已经有些狰狞了。

邱云知道跟他说不清这事，她下意识地做了所有女人在这种情况下都会做的事。跑。

邱云撒腿就跑，刘浩自不肯放过她，随后追了下去。

小沙漠里的矿渣极细，初时尚不觉得如何，跑了会儿，两人的脚步都变得沉重。邱云虽然是女人，但速度还挺快，始终和刘浩保持着一定的距离。后来，刘浩摔了一跤，邱云终于有机会跑到自己的车边，拉开车门上车，却发现钥匙不在。待她想下车时，刘浩已经站到了车头前面。

"你跑不掉的，就算跑了，你也是个杀了自己丈夫的恶毒女人。"刘浩大声叫，过来拉车门。邱云拼命拉住门把手，两人相持不下，但刘浩显然占了上风。

就在车门将要被拉开的时候，车背后的沙丘上，忽然冲下来两个人，一男一女，男的奔跑速度极快，女的远远拉在后头。这两人，正是赶来的古昊和黄娅琳。

到了小沙漠，出租车不愿进去，丢下他们两人走了。俩人没多久就发现了小沙漠里追逐的邱云和刘浩。在小沙漠这种空旷的地方，根本不可能悄悄靠近，所以，古昊也不隐藏行踪，径自向着二人奔了过去，黄娅琳跟在后面。

刘浩只能放弃强拉车门，退后几步，注视着奔过来的古昊。

古昊到了车前，居然不停，挟奔跑之势，直直地撞向刘浩。刘浩慌忙躲开，却不提防古昊蓦然间横手就是一个勾拳，正中他的左边脸颊。

刘浩的身子直接向右侧摔倒。挣扎着爬起来，看到古昊已经回到了车边，敲敲车门，门里的邱云怯怯地开门出来。这时，后面的黄娅琳也赶到了，拉着邱云的胳膊站到古昊身后。

"你是警察？"刘浩眯缝着眼打量古昊，已经有些惧意。

"我要警察先一枪崩了你，最瞧不上你这号的，欺负女人。"古昊根本不正眼瞧他。

"不是警察就少管这些闲事。"刘浩强作凶恶。

"这事我还就管定了。"古昊上前一步，正想再说什么，忽然感应到了黄娅琳正在使用她的读心术。下意识回头，看到黄娅琳冲他使了个眼色，眼角余光瞥向邱云，又默默点了点头。

古昊微怔，但立刻就明白了。

黄娅琳的读心术已经让她知道了真相，超能者是邱云，也是她杀死了丈夫张伟。

古昊拉着黄娅琳的手向一侧退了两步，看看刘浩，再看看邱云，沉声道："你们之间的事，我管不着，但既然撞上了，谁也别想当着我的面，再去伤害谁……"

"我见过你。"邱云忽然说，"就在今天上午，你去过我家。你是谁？"

古昊斜了她一眼："我是谁跟你没关系，要走赶紧走，我在这儿，他伤不了你。"

边上的刘浩恨声道："你他妈知道你在做什么！"

邱云也道："我不走。"

"不走？"古昊眼里带了些警惕，"为什么？"

"我在等。"

"等什么？"

邱云还没说话，忽然又一阵风吹过来，风里已经带上了些凉意。远处，蓦然一声雷鸣，虽然不太响亮，但却让众人俱都神情一凛。

邱云忽然笑了，那边的刘浩变了脸色。

摊开手掌向上，邱云已经感觉到了落在掌心的几点雨滴。

雨滴就是水，有了水，她就无所不能了。

"她是个杀人凶手，她杀死了自己的丈夫！"刘浩忽然嘶声吼，随即转身撒腿就跑。

千算万算，他算不到今晚的天气。雨还很小，但它们已经让邱云从一个弱女子变成了一个女魔头。变成女魔头的邱云当然不会放过他，在转身的一刹那，刘浩已经感觉到了浓浓的死亡的气息。

"你不该找上我，因为，我正想找你。"邱云这话显然是对刘浩说的，她的语气听起来已经非常愉快了。

古昊拉着黄娅琳悄悄退到了一边。

邱云双掌摊开，随意摆动几下，黑暗中响起些极轻微的咝咝声，接着，一条游动的"水蛇"出现，疾速向着刘浩而去。古昊和黄娅琳面面相觑，他们终于见识到了邱云的超能力。

已经奔出老远的刘浩又回来了——他被水蛇逼了回来。水蛇后发先至，无论他往哪个方向，都等于是迎着水蛇撞过去。水蛇拦而不攻，显然只是想将他逼回来。

雨似乎大了些，站着不动，已经能感觉到有雨滴落在脸上。

刘浩彻底绝望，他踉跄着退回来，嘶声冲着古昊和黄娅琳叫："她就是这样杀了她的丈夫，你们现在知道了她的秘密，她不会放过你们。"

古昊此际感应到两股超能力量在身边，除了邱云，黄娅琳也一直在使用读心术。他看到黄娅琳再次冲他点了点头，知道刘浩所言不虚，邱云显然对他们动了杀心。

邱云的神情非常愉悦，那条透明晶莹的水蛇围绕着刘浩旋转舞蹈，灵活地躲避开刘浩挥舞的手臂——如果在舞台上，观看水蛇舞蹈应该是件很悦目的事，但现在，水蛇却是利器，它之所以还没有杀死刘浩，不过是因为邱云很享受现在的时刻。

"你们俩要走了吗？"邱云目光落在古昊和黄娅琳身上。

"我们来只是想救你。"黄娅琳说。

"你们怎么找到这里的？"邱云不信，"还有上午他怎么会出现在我家里。不要说这都是巧合，这种巧合未免也太巧了点。"

古昊已经不想跟她多说，拉着黄娅琳，转身就跑。

邱云当然不能放过他们，他们的前面，忽然出现一道水帘阻住去路。水帘轻柔地像块毛毯在风中舞动，好像随时都要扑将过来。

古昊这时忽然又做了件邱云绝没想到的事，他飞快转身，变成了面向邱云，而且，速度极快地扑了过来，眨眼间已经到了邱云面前。

古昊的用意很明显，只要制住邱云，就能阻止她用超能力伤人。事实上，刘浩之前已经做到了，他出其不意将邱云打晕，顺利把她带到了小沙漠。

邱云在他的偷袭之下，想躲已经不及，古昊一只手掐住了她的脖子，用了全力，邱云拼命挣扎，却难挣脱。但这时，古昊忽然听到黄娅琳的尖叫，抬眼看去，那块"水毯"已经将黄娅琳包裹起来，黄娅琳试图用手掩住口鼻，但那"水毯"却越来越厚，渐渐形成了一道圆形的水柱——现在的情形，黄娅琳就像沉在装满水的玻璃水箱里，甚至，比那还要糟糕，因为就算她能憋气坚持，但只要邱云想，水也会自己顺着口鼻钻进她的身体。

邱云涨红了脸，挣扎着含混不清地道："你想她死？"

古昊只能悻悻松手。

邱云脱困，剧烈地咳嗽。古昊还未来得及说话，就听到另一边的刘浩发出痛苦的呜咽。他已经倒在地上，身子扭曲，一只手伸进张开的嘴里，好像试图抓住些什么。古昊此刻顾不上刘浩，怒视邱云，厉声道："放过他们！"

邱云的回答，是蓦然出现的一道水流，挟裹着古昊，向后直撞入困住黄娅琳的"水箱"。古昊猝不及防，下意识地游向黄娅琳，将她抱住。黄娅琳气息将尽，面部除了痛苦，居然还有些歉疚——今晚如果不是她坚持来救被掳的邱云，他俩就不会陷入此刻的困境。

古昊抱着黄娅琳试图冲出水箱，但无论他游向哪里，"水箱"的水就跟着他移到哪里。他们根本没法靠近水箱边缘，就像永远无法摆脱自己的影子。

邱云踱到了"水箱"跟前，显然已经恢复了常态。她满意地看着自己的杰作，就像在看一件足以传世的艺术品——在这看似无垠的黄沙之间，一道透明的水柱挟裹着抱在一起的两个人，他们衣袂飘飘，如果抛开脸上的神情，这画面简直美极了。

那边的刘浩已经不动，邱云毫不怀疑他已经死去。因而，她不想那么快就杀死古昊和黄娅琳——其实他们很快就会死去，一个人能多久不呼吸呢？

黄娅琳气息已然用尽，她的手最后轻轻拂过古昊的脸颊，如同浮动的水草。古昊已是目眦尽裂，偏又无计可施，他唯一能做的，就是吻住她的唇，将自己最后的气息传送给她。

黄娅琳的身子仍然软软的，那点气息根本无法挽留住她的生命。而古昊气息已经用尽，他的手虽然仍紧抱住黄娅琳，但意识已经模糊，生命行将离他而去。

"水箱"前的邱云这时忽然有些怅然，古昊和黄娅琳死去，就如同落幕，她的表演时间也要结束了。

就在这时，她忽然听到咳嗽声，而且声音显然来自"水箱"里的古昊和黄娅琳。定睛看去，两人不仅在咳嗽，而且已经清醒过来，甚至，他们脸上满是劫后余生的喜悦。

——不可能，他们不可能在水里呼吸。

邱云狐疑之际，忽然听到身后传来轻微的脚步声，回头，便看到了沈途。

——黑领带，白衬衫，长风衣，在夜里仍然戴着墨镜的沈途。

邱云立刻就想到，就是这个人救了古昊和黄娅琳，但她却百思不解，"水箱"仍在，仍然挟裹着二人，他究竟是如何救了他们？

不知为何，她的心头，忽然涌上些寒意，彻骨地寒。

超能英雄
之原力觉醒

Haohan
The Force Awakens

Ocean in
the desert

第九章
小沙漠里的水世界

沈途站在邱云面前，目光却仍然怔怔地盯着水柱内的两个人。那俩人生死临界的危急时刻，似乎并没有过多的慌张，相反，俩人互相凝望时神态竟然变得出奇地安详。

沈途能理解他们此时的心情，却无法想象那是种什么样的感觉。

能够和心爱的人共同拥有这样一个时刻，一定是件非常幸福美妙的事吧。

古昊和黄娅琳窒息的时间非常短暂，忽然间身边的水退去，终于可以顺畅地呼吸，片刻后便清醒过来。二人惊喜之际，却也狐疑，他们看到自己仍在"水箱"之中，身边的水不停涌动，试图再次靠近他们，但他们却好像穿了件无形的防护服，又像有个气囊罩在身上，将水隔离开来。

随后，他们看到出现的沈途，立刻就知道他救了自己。

那边的沈途，目光终于落到了邱云身上。

"你是谁？"邱云问，不待沈途回答，抢先发动，召集一道水柱袭向沈途。

沈途缓缓伸出一只手做阻挡之势，那水柱在他身前蓦然停下，犹如撞上一堵墙，向四处飞溅，却又不散，溅开后再次聚拢。

"我叫沈途，他们是我的朋友。"沈途的声音一如既往的冷傲。

"你是怎么做到的？"邱云无意探寻沈途的身份，却诧异于他展现的能力。

"你可以控制水，也就是可以改变水分子的运动形态。"沈途语调平稳，就像在和一个非常亲近的人聊天，"我也有种能力，可以控制气流。"

邱云还有些不明白，水柱里的古昊和黄娅琳却已经想清楚了原委。沈途用气流在水柱中间形成了一个保护层，救下他们二人，又用气流形成一道墙，挡下了邱云的攻击。

看邱云疑惑的表情，沈途非常有耐心地向她解释："我可以改变气流的密度，并驱使它们为我所用。"

"你是说你的气流可以阻挡我的水流？"邱云大致听明白了。

沈途摇头："我来，并不是想阻挡你的这些水。"

邱云露出狐疑的目光。

沈途叹口气："我来，是要杀死你。"

"为什么？"邱云惊诧对方如此直接，"因为我杀了人？"

"你的能力。"沈途摇头，轻声道，"也许有一天，它会给这城市带来灾难。"

邱云听不懂，但她已经不愿再想。沈途表明了态度和目的，她唯一可以做的，就是杀死他，这样方能自保。邱云心里后悔应该早点取了古昊和黄娅琳的性命。现在，对方有三个人，特别是这个沈途，高深莫测。她唯有全力一搏，才有机会渡过此劫。

雨忽然停了，沈途下意识地抬头看天，立刻便知道雨其实还在下，黝黑的天穹下，那些雨改变了坠落的方向，齐齐在邱云的身后聚集。它们上下翻滚涌动，像一道粗壮的龙卷风，又像是条巨龙，蓄劲待发。

困住古昊和黄娅琳的"水箱"瞬间化成一道水流，汇聚到邱云身后的"巨龙"之中。古昊和黄娅琳摔落在地，古昊刚搀扶着黄娅琳，就听到"巨龙"的咆哮，邱云身后的水龙向沈途直冲过去。

沈途神态安详，根本不像是个面临险境的人。

一道气流破空而去，如刀斩落邱云的几缕长发。水声咆哮里，就听见沈途的声音响起："我如果这样杀了你，你必死不瞑目，所以，我就用你的方式，让你去得安心。"

水龙撞上了坚壁，这回不是四处溅开，却反转过来，向着邱云的方向冲去。古昊知道，这一定是沈途用气流裹挟了水龙反击回来。那边的邱云已经露出疲态，却仍打起精神，试图再次驱动水龙，但她拼了全力，水龙仍然来势不减，竟然硬生生将她裹在了中间。

邱云虽然不敌沈途，仍可以控制身边的水与自己保持距离，但这是件非常耗费体力的事，她已经感到身体在颤抖，恐惧不可避免地来临。她这才知道沈途的可怕，自己的能力与他根本就不在一个等量级上。

此时，在古昊和黄娅琳的眼中，邱云简直就是在重复他俩刚才的遭遇，只不过，这回包裹住她的是个巨大的水球，水球的外壳，显然就是沈途的气流层了。

水球渐渐缩小，邱云的半边身子已经浸泡在水中——她无力让水流冲破气流层，也无法阻止气流层的压迫，她已经预感到了自己的结局，因而心中充满恐惧。

那边的黄娅琳这时忽然朝着水球走去，古昊感应到她正在使用读心术，显然，她在读取邱云心中所想。再看看在水球中挣扎的邱云和另一边全力施展超能的沈途，古昊忽然做了件出乎所有人预料的事，他朝着沈途直冲过去，口中还发出些低低的嘶吼。

只有沈途听清了古昊在吼些什么——"不能杀死她。"

古昊来势凶猛，沈途无法忽视。虽然他们两人之间为杀人与否争执过多次，沈途却仍没料到他会在这关键时刻突然发难，心中不禁有了嗔意，却还是不想与他正面冲突，无奈只能收手，撤回发出的气流。那边水球失去了气流包裹，瞬间崩塌，邱云也虚弱地倒在地上。

"她刚才还想要杀死你和黄娅琳。"沈途显然在抑制自己的不满。

古昊站在他面前，面上是极度纠结的表情："你就是不能杀死她，至少现在不能。"

"为什么？"沈途问。

古昊犹豫，终于回答，但明显底气不足："我不能让她因我而死。"

"就算没有你，我也会杀死她。"

"那是你的事，但至少今晚，你是因为我才找到了这里。"

沈途沉默，知道古昊已经想通了些事情。没错，他确实是因为暗中跟踪古昊，才在危急时刻救了他，也找到了新的超能者。

"你不觉得你的想法，虚伪了些吗？"沈途平静的声音里有些淡淡的讥诮。

古昊正想再说些什么，忽然听到后面传来黄娅琳的尖叫，赶紧回头，就见邱云站在黄娅琳的边上，一道极细的水流贴着黄娅琳的面颊盘旋舞动——她虽已力衰，但生死存亡时刻，仍然可以奋起余勇，催动一道水流挟持了黄娅琳。水流虽细，古昊却毫不怀疑它可以轻易地杀死黄娅琳。

"你别乱来！"古昊大声道，慢慢向这边走来。

"让我走，我就放了她。"邱云更大声地叫，有些歇斯底里。

"你随时都可以离开，我保证没人会阻拦你……"古昊话没说完，忽然愣住了。对面的邱云，脑门上忽然渗出了一丝鲜血，她下意识伸手摸了一把，尚能感觉到血的温热，身子就已经直直向后倒去。

贴着黄娅琳脸颊的水流也像失去了生命，从脸颊上跌落。

古昊回身怒视沈途，不及斥责，先上前扶住摇摇欲坠的黄娅琳。

古昊见识过沈途杀人，能在水中呼吸的王鹏，死时便跟邱云现在一模一样。沈途的气流如剑，现在，这把剑杀了邱云且救下了黄娅琳。

古昊内心更加纠结。沈途杀人，是为了救人，鱼和熊掌，如何兼得？

此刻的黄娅琳眉峰紧锁，心中似有未解的郁结。她勉强笑笑，轻声道："我没事。"

看她神情，古昊猜想必是感应到了邱云临死前内心所想，正要询问，他们后面的沈途忽然又有了动作。他疾步如飞，向着一个小沙丘奔去，途中，双手合力推出，显然出了全力。一声沉闷的响声，小沙丘飞沙四溅，瞬间被夷为平地。

古昊和黄娅琳都被那声响动吸引，转头去看时，见到沙丘后面有道人影飞蹿而出，速度极快，待沈途奔到沙丘跟前时，那人影已经在百米开外。

沈途怔怔地站在那里半天，待回到古昊和黄娅琳身边时，神情竟是从没有过的凝重。

适才沈途用水球困住邱云时，仍然气定神闲，但沙丘后遁去的人，却让他失去了淡定。那一定是个非常重要的人，而且，古昊断定，沈途必定已经猜到了他是谁。

——那究竟会是什么人？

沈途已经有些心神不宁，无意在此久留。当他转身之际，古昊忽然叫住了他。

"谢谢。"古昊极轻的声音说。

沈途没有回头，只是抬起右手挥了两下，便大步离开了。

黄娅琳身子虚弱，古昊不愿黄名堂看到她这副模样，要送她回医院做检查。黄娅琳坚决反对："好容易从医院逃出来，我可不愿再回去。"

在她的坚持面前，古昊还是妥协了。

黄娅琳有自己的房子，小公寓，是她工作之后自己购置的。黄名堂知道后闷闷不乐，黄娅琳清楚父亲的心思，所以装修完了之后根本没搬过来，仍然住在父亲这里。她知道，和父亲同一屋檐下的日子已经不多，所以她很珍惜这样的时光。

公寓不大，却布置得极为温馨。黄娅琳洗了澡换了身干净衣服出来时，看到古昊仍然穿着湿衣服站在窗前。已是深夜，外面仍然盛开着万家灯火，雨早就停了，但空气里仍然有些氤氲的雾气，那些灯火便也变得愈发朦胧。

"也许你是对的，为什么偏偏是我们有了这些超能力，这些超能力找上我们，是不是要让我们做点什么。"这句话，古昊显然经过深思熟虑。

"但做什么，却很重要。"黄娅琳走到他身边，"邱云杀死她的丈夫，其实没有任何具体的原因，只是因为她觉得自己有了超能力后，就和别人不一样了，她觉得自己应该可以有更好的生活。"

古昊知道，黄娅琳的读心术让她获知了很多邱云内心的秘密。

"那警察麻烦大了，这样的杀人动机，他们一定不能理解。"

"警察麻烦的，不只是要理解邱云的杀人动机，还有后面出现的更多的超能者。"黄娅琳显得忧心忡忡。

"不是所有的超能者都会杀人放火做坏事。"古昊故作轻松。

"还有件事想跟你说，邱云被沈途困在水球里的时候，她除了害怕，心里还想到了一个人。"黄娅琳微皱眉头。

"生死关头，她想到的人，一定对她非常重要。"

"但她却根本不认识那人，连他的名字都不知道。"黄娅琳凝神回忆。那时候，邱云在水球中全力与沈途对抗，她的脑海里，渐渐现出一个男人来——长发、面孔苍白如同大病初愈般，目光却柔和而温暖。

"他很年轻，还很英俊。我能感觉到，邱云在想到他时，她的恐惧竟然就消散了许多。"黄娅琳说。

"会不会邱云就是因为他，杀死了自己的丈夫？"古昊猜测。

不管怎么说，邱云已经死去，她脑海里出现的这个男人，虽然引起了古昊和黄娅琳的兴趣，但毕竟，这是邱云的私事，所以，他们很快就把这个男人丢到了一边，他们还有更多的事要考虑，比如说，警方发现小沙漠里的两具尸体，会不会怀疑上他们，如果警察真的再次找上门来，他们该如何解释。

这个夜晚，在这个城市的其他地方，还有另外一些事情在发生。

比如沈途，离开小沙漠后，他出现在城南一幢四合院里。四合院前后三重院落，占地颇丰，略显斑驳的青砖素瓦与门廊照壁，显示它的年代久远。沈途轻车熟路自进到后院，远远的就看到院中那株老桂花树，还有树下白发白须的老者。

沈途惯有的冷傲神情瞬间变成了谦恭，离老者还有数步远时，便低眉垂首，静待老者出声询问。

老者缓缓转过身："这么晚来找我，一定有重要的事。"

沈途回答："我们要找的人，现身了。"

老者微怔，随即便露出些笑容："该来的，一定会来。我只希望，在我大限将至时能找到他。"稍顿，他又重重地道，"一定会找到。"

清晨，古昊睁开眼，就看到了面前茶几上的纸条。

"我回家去陪老爸，见你睡得香，没忍心吵醒你。"

古昊心里刹那间生出些暖意。

昨晚，古昊睡在了客厅的沙发上，却久久难以睡去。想到黄娅琳就在边上的房间里，他忍不住会想这是不是真的——毕业之后这么久，他真的再次找到了黄娅琳。

每个人的青春记忆里，都会有这么一段青涩且懵懂的恋情，它们对于很多人，会真的成为记忆，在岁月里蒙尘，或者逝去。有很长一段时间，古昊差不多都忘了黄娅琳，但蓦然回首之际，她却出现了，而且，他们都成为与众不同的人。古昊觉得这种相遇绝非偶然，一定是冥冥中的力量要让他们去做些什么。

古昊知道自己要做的，就是找到治愈者。

想到治愈者，古昊心头又蒙上了些阴影，除了找到治愈者希望渺茫，还因为沈途。现在毫无疑问，沈途告诉他治愈者的信息，就是要利用他找到新出现的超能者，然后杀死他们。这就让他再次陷入两难的境地，既不能停止寻找，又不愿再有人因为自己而死。

后来走在街道上，看着熙攘的人群和穿梭的车流，他心里又有了些异样的感觉。这个城市在他眼里不算美好，但却是他的生活，虽然他不认识这城市里绝大多数的人，却每天都要和他们生活在一起。失去这座城市，即使还能活着，他也将从此背负沉重的枷锁，那枷锁沉重到让他想起来都会觉得窒息……

骤然响起的车鸣惊扰了他的思绪，他站在斑马线中央，对面却已经亮起了红灯，被他阻住的汽车不耐烦地发出长鸣。

此时的古昊发现自己进退两难，无论身前身后都有疾驶的汽车，而汽车的长鸣也在警告他不能留在原地。

——这岂非就是他现在进退维谷的境地？

蓦然间，古昊心头又响起"敲门声"，那是感应到超能力量才会有的表现。但这次和之前的几次显然不同，它的声音实在是太大了些，以至于古昊感到一阵晕眩，随即，在一片斑驳之中，他的脑海里现出一幅画面。

他看到了被困在街道中央车流之中的自己。

根据以往经验，他看到的画面，必是此刻施展超能力者所看到的。古昊悚然一惊，飞快地向着对面看去。

街道那一侧的人行道上，斑马线的尽头，有个年轻男人混迹于待行区的人群里。

长发，肤色苍白，身着一件淡黄色的格子衬衫，虽然隔着那么远的距离，古昊也能感受到他的目光柔柔地落在自己身上。

——小沙漠，被困于水球中的邱云想到了一个男人。长发，苍白的肤色，柔软而温暖的目光。

忽然之间，古昊有种强烈的冲动，他很想立刻冲到那年轻男子的身边，而那男人，也能解开他心里所有的疑团。古昊真的向着那男人疾奔过去，但他的身子却被一辆车撞得飞了起来。

身在空中，却没有任何疼痛的感觉，反而有种解脱之后的轻松。

此时的古昊，觉得身子像片羽毛，轻飘飘的正要脱离这熟悉的城市……

——生死之际的邱云想到这男人，是否也在渴望着解脱？

暮然间响起刺耳的车鸣声，古昊环顾四周，发现自己又回到了街道中央，前后都是疾驰的车流，他进退维谷，也不能待在原地。

难道刚才那一切，都是他的幻觉？幻觉不会凭空产生，一定是因为那个年轻男子。

古昊狐疑之际，目光落在街道对面斑马线待行区，那个长发年轻人已经不见了。

黄名堂还在生黄娅琳的气，换谁都得生气。答应她出院已经很勉强，出院后居然过了这么久才回来。

黄娅琳只能柔声去哄他。

黄名堂看得见黄娅琳藏在笑容里的疲惫，叹息一声，便去厨房给她做早饭了。

黄名堂做饭的手艺实在不怎么样，但黄娅琳却吃得很香。

饭还没吃完，黄娅琳接到秦歌的电话，这才想起来和他约好的今天去见邱云。

黄娅琳挺紧张，昨晚的事，虽然她和古昊并无任何过错，但却仍不希望被人知道，特别是警察。

秦歌告诉她，今早忽然联系不上邱云了，电话不通，派人去她家里也没见到人，所以，去见她的事只能暂缓。

黄娅琳吁了口气，但还是担心。警方很快就会发现小沙漠里的尸体，昨晚的经历很凌乱，她和古昊难免会在那里留下蛛丝马迹。到时，她和古昊该如何面对？

秦歌最后说已经有了邱云的线索，他查证之后，会再联系黄娅琳。

挂断电话后，黄娅琳心事重重，黄名堂问起她的打算，她勉强露出笑容，说好久没在家里做过饭了，今天，她想给老爸做顿午餐。

父女俩一块儿去菜市场买菜，还没出小区，就见到有辆高大的摩托疾驰而来。起初，黄娅琳也没当回事，但那摩托却径自停在了她和黄名堂的面前。

骑手取下头盔，赫然正是沈途。

黄娅琳瞪大了眼睛，不敢相信沈途就这么光明正大地出现在她面前。而且，沈途今天一身酷酷的皮装，和印象里黑领带白衬衫的古板风格判若两人。

他的摩托车更酷，哈雷硬汉，价格当然不菲。

黄娅琳指着沈途，居然一时说不出话来。

沈途摘下头盔后第一件事就是戴上墨镜，语气好像也比以前柔和了些："刚好经过，顺便过来看看你。"

黄娅琳当然知道他不是顺便过来，肯定有事，还得是重要的事，于是只能歉疚地看着父亲。黄名堂上下打量沈途好半天，才慢吞吞地道："开车当心点……"

黄名堂虽觉扫兴，还是把时间留给了黄娅琳。

"上车。"看着黄名堂的背影，沈途语气又变得冰冷。

黄娅琳挺反感他的说话态度，命令的味道很足。

"我们不熟，我不会上你的车。"她回答。

沈途愣一下："找你有事。"

"你的事我没兴趣。"

"你还根本不知道我要说什么。"

"你说什么不重要，重要的是我想不想听。"黄娅琳面无表情，"如果你想让一个人听你说些什么，至少该礼貌些。"

沈途怔怔地看着她，黄娅琳目光与他对视，毫不示弱。好一会儿，沈途回身，重新骑上摩托，显然已经打算放弃了——他也是个倨傲的人。

黄娅琳微有些失望，其实她对沈途要说的事多少有点好奇。

摩托车发出些低低的轰鸣，沈途的车技显然挺不错，调头，驶离，动作非常娴熟。

看着他的背影，黄娅琳略感失落，没想到沈途这么快就放弃了，她以为他至少会跟她争辩几句。怅然转身，打算回去叫上父亲继续菜市场，忽然间又听到摩托车的轰鸣，下意识回头，离去的摩托车又回来了。

沈途摘下头盔，这回没戴墨镜，黄娅琳能清晰地看到他淡青色的瞳孔。

"我想找你聊点事，如果，如果你有时间的话，请上车。"沈途话说得有些生涩，还有些拘谨。

黄娅琳愣一下，想笑，竭力忍着，一时居然不知道如何回答。

"如果这样还不够礼貌，我可以再来一回。"沈途说得非常认真。

黄娅琳的笑意已经隐忍不住了，她没有说话，而是径自坐到了摩托车的后面。

"谢谢。"沈途慢吞吞地说，这两个字说得颇为艰难。

"一般人很难拒绝礼貌的邀请。"黄娅琳戴上头盔前说，"你知道礼貌，是个好的开始。"

沈途回身笑了一下，虽然生硬，但这一刻，却让黄娅琳感觉到他其实是个挺单纯的人。也许，他生活的部落，和外面世界相比，本来就要简单得多吧。

摩托车载着俩人，很快离开了小区。

秦歌说的线索，就是昨晚古昊打的那个匿名报警电话。接报后，警方很快派人去了那家咖

啡馆，现场并无异常情况，也没有目击者。咖啡馆外头的监控探头是旋转式，没有查找到有用

的信息，加上报警人用的是公用电话亭，早已不知去向，警方只能判定这是起无效报警。

到了这天上午，又有人报警，同样的内容，昨晚咖啡馆外头发生了劫持事件。这回的报警人提供了视频证据，他的车昨晚停在咖啡馆外头，不知道被谁蹭了，上午取车时，翻看行车记录仪，发现有个男人打晕了一个女人并将她带走。

虽然隔得远，视频还是记录下了那辆车的车牌。警方查找车主，得到邱云的名字，很快获悉邱云的丈夫昨天被人杀死，视频里打晕邱云并劫持她的人疑似犯罪嫌疑人刘浩。案子很快到了市局刑侦队，秦歌确认疑犯就是刘浩后，又发现刘浩劫持了邱云驾车驰离后，视频里又先后冲过来两个人。虽然只是个背影，但秦歌还是一眼认出那俩人正是古昊和黄娅琳。

这俩人太奇怪了，哪儿都有他们。但这视频也同时证明了，他们跟劫持事件没关系。按常理，这时候应该立刻去找古昊或者黄娅琳，但秦歌还是决定先查车子的下落。毕竟古昊和黄娅琳只是出现在案发现场，顶多算是知情者。而现在当务之急，是找到邱云的下落。

随即调取各路口的监控录像。这一过程颇为琐碎，最后的结果显示那辆车往城南方向而去。城郊地区，监控探头覆盖不是很到位，出城之后，就没有了该车的行踪。

秦歌在地图上标注了几个点，这些都是监控盲区，也相对偏僻隐蔽。

接下来的时间，秦歌去这几个地方实地考察，他相信只要刘浩带着邱云去了这几个地方，就绝对瞒不过他的眼睛。

进入小沙漠，就看到了邱云的车。毫无疑问，昨晚刘浩将邱云劫持到了这里。秦歌精神一振，遂开始实地勘验。

由于昨晚下了场小雨，现场留下的痕迹已经不多。车子周围，没有明显的脚印，也没发现任何遗留物。唯一奇怪的，就是车子附近有两处明显的凹陷。要知道小沙漠系矿渣堆积形成，这些矿渣在这里经过数十年的沉淀，除了表层薄薄的一部分，下面已经非常结实了。这两处凹陷目测像是因为水流的冲刷而形成——小沙漠里哪来那么大的水流？

这点虽然奇怪，秦歌却还没有把它和邱云被劫持事件联系起来，他只懊丧雨水没给他留下多少有用的线索。秦歌还不死心，扩大勘察范围，最终仍然没有收获。

正想向队里汇报这里情况，却先接到了同事的电话。

"刚才局长亲自来过了，和队长关屋里嘀咕老半天，出来后，队长就说张伟的案子，不让查了，还特地让我转告你。"打电话来的是大刘，跟秦歌关系挺好。

"为什么不让查了。"秦歌非常诧异，这么些年，还从没遇到过这种事。

"队长没说，但看他的表情也挺无奈的，估计是上头的主意。"

秦歌挂断电话，心中狐疑不定。张伟的案子挺简单，但之后的事情，却有很多出人意料之处，再加上张伟的死因到现在还没弄明白，而且，案子还惊动了局长，不用说，这背后肯定有事，还得是大事。

秦歌并没恼火，相反，他倒觉得这案子比想的要有趣得多。

对于有趣的事，他当然不会放弃——他也是个固执的人。

沈途的车停在盐河边，他和黄娅琳站在河畔石栏前。

"我想请你帮个忙。"看得出来，沈途说话有点小心翼翼。

"我帮你？"黄娅琳夸张地道，"你那么大本事，还用我帮你？"

"本事再大，可我看不到人心里想什么。"

"你不会是喜欢上哪个姑娘了吧？"黄娅琳真觉得奇怪了。

沈途赶紧摇头："没有，真没有。"

黄娅琳笑："脸都红了，真没想到，你那么一个高深莫测的人，还挺腼腆。"

"古昊。"沈途干脆直奔主题，"我想让你帮我了解些古昊的情况。"

黄娅琳收敛起笑容："你想知道什么？"

"古昊现在肯定挺恼火，他觉得我告诉你们治愈者的信息，就是想利用他去找那些超能者。"沈途慢吞吞地说。

"难道不是吗？"黄娅琳反问。

"没错。"沈途并不否认，"但这样做有错吗？找到治愈者，可以治愈你的绝症，找到那些超能者，又能阻止瘟疫，拯救这座城市。"

黄娅琳沉默片刻后才道："你不用担心，我想，古昊不会放弃寻找治愈者。"

"但我心里有个结，需要你帮我解开。"

"我？"黄娅琳奇怪，"我能帮你什么？"

"古昊反对杀死那些超能者，第一次时表现得非常强烈，也就是当我杀死那个能在水里呼吸的超能者时。第二次，即使在我救下你们俩后，他仍然试图阻止我杀死能控制水的超能者。更让我不能理解的是，他阻止我时说的话……"

——昨晚，古昊低声嘶吼扑向沈途，阻止沈途杀死邱云。当沈途问他为什么时，他的回答是"我不能让她因我而死"。

"这句话听起来也许没什么不对，但我回去之后忽然有种错觉，古昊在意的，也许并不是我杀死邱云，而是不能让邱云因他而死。"沈途皱眉道。

"我还是觉得没什么不同。"黄娅琳瞪着沈途，"我不了解你生活的地方，但在我们这个世界，杀人是件违背法律的事，任何人都没有权利剥夺别人的生命。"

"即使那人会给这城市带来灾难，又或者，他正在剥夺别人的生命？"沈途说。

黄娅琳犹豫了一下才道："这是个很严肃的法律问题，要根据不同的实际情况区别对待。如果你为了救人，已经制伏了施加伤害的人，就没有必要再杀死他。"

沈途好像还很困惑，但显然已经不想再纠结这个问题："我还是觉得，古昊在意的并不是我杀死邱云，因为昨晚他还说了句'至少不是现在'。"

黄娅琳现在的心情是有点失望，又如释重负。以为沈途找她会有什么重要的事，原来他只是纠结古昊昨晚说过的几句话。

"好吧，就算你说的是对的，但追究这些，又有什么意义？"黄娅琳问。

"弄清楚其中原委，至少我可以调整自己的做事方式。"

黄娅琳表示不解。

"如果古昊仅仅是不想那些超能者因他而死，那我可以换一个时间地点再动手。"

黄娅琳这回明白了，沈途只要跟踪古昊，找到新出现的超能者，完全可以在古昊不知情的时候再杀死他们。

　　"不觉得这样做有点掩耳盗铃吗？"黄娅琳怕他听不明白，进一步解释，"你这是在自己骗自己。"

　　"不管怎么说，我不想和古昊的关系搞得那么僵。"沈途压低了声音说。

　　"你这种不食人间烟火的高人，还在意跟古昊的关系？"黄娅琳话里虽有些讥诮的味道，但她是真的对此有了兴趣。

　　沈途沉默，神情看起来又恢复了一贯的高冷。好一会儿，他才用更低的声音道："离开族地之前，我曾向瘭君发过誓，绝不和外面世界的人有任何的交集。"

　　"瘭君，瘭君是谁？"黄娅琳从没听过这名字。

　　沈途稍犹豫，答道："我们族中的首领，就是瘭君。"

　　"那个白头发白胡子的老人？"黄娅琳脱口而出。

　　沈途点头。

　　黄娅琳想了想，又道："你刚才说向首领发过誓，不和外面世界的人来往，难道我和古昊不算外面世界的人？"

　　"你们不一样，我和你们应该算是种合作的关系，和你们来往，也得到了瘭君的同意。"

　　"既不让你跟外面的人交流，那就不要带你出来。"

　　"这也是没办法的事。"沈途想了想，叹了口气，"事到如今，也就不瞒你了。在我之前，瘭君已经有过好几次带族人离开族地的经历，有些族人便有些经不起你们这花花世界的诱惑，叛族而出，再不想回族地了。"

　　黄娅琳头回听说这样的事，挺惊讶："所以，你们的瘭君，就禁止你和外面的人接触来防止这样的事再次发生？"

　　沈途点头。

　　黄娅琳摇头苦笑："这是典型的因噎废食。"

　　沈途不明白，黄娅琳便解释给他听。沈途听完沉默片刻，但还是说："不管怎么样，我发过的誓，就一定会遵守。"

　　"这么说，我和古昊是你现在唯一能接触的人？"

　　沈途点头。

　　黄娅琳立刻便明白了他为什么会在意古昊的态度，看着神情冷漠的沈途，就想到他的高冷，也许只是寂寞。这时候，黄娅琳就知道，自己实在无法拒绝沈途了。

　　"好吧，我答应你，帮你这个忙。"

　　"真的？"

　　"当然，我不能保证一定有结果，但如果我有发现，我一定会告诉你。"黄娅琳说。

　　沈途点头，面露笑容，稍纵即逝。黄娅琳看到了，愈发确定了他其实真是个非常单纯的人。

超能英雄
原力觉醒

Harrson
The Force Awakens

God's force
or Kung fu

第十章
神力还是功夫?

古昊和吴胖子找了份活,到一家装修公司打零工。黄娅琳常去工地看他俩,每次都会带好多好吃的。辞了职黄娅琳也没什么事,有事没事就和古昊吴胖子混在一块儿,看他们干活,等他们下班一块儿去吃饭,完了去仓库酒吧厮混。工地上还有些干活的人,都喜欢往黄娅琳跟前凑,开些无伤大雅的玩笑,古昊和吴胖子每回都英雄护美,用更犀利的语言跟那些人嬉笑怒骂,倒也轻松快活。

这样的日子挺惬意,但古昊和黄娅琳的心头都有乌云逼近。他们都知道,也许醒来后的某一天,这样的生活便会结束——结束的,还有黄娅琳的生命。

但他们都努力让自己看起来挺开心,希望不因自己的心情去影响对方。

这几天,古昊和吴胖子干活的地方换到了一个新小区,搞家装。黄娅琳一早就摸过去,找到那户人家,看到古昊和吴胖子正在和家主争吵。

家主坚持昨天刚买来的材料少了,怀疑被干活的人偷拿出去卖了。古昊和吴胖子哪受得了这种污蔑,跟家主起了争执。家主根本不把两个打零工的人放在眼里,出言稍有不逊,古昊的拳头就飞了出去。黄娅琳刚巧赶到看见这一幕,脱口而出叫了声古昊的名字,古昊的拳头停在了家主的鼻尖前面。

黄娅琳以为是自己的叫声阻止了古昊,随后见到古昊的神情有些恍惚,立刻猜到他感应到了超能力量。

古昊脱下肮脏的工作服,大力摔在地上,拉着吴胖子和黄娅琳转身离开。

"其实你不叫我,我也不会真的打他。"古昊看起来挺轻松,"我只想吓唬吓唬他。"

"换了我就真打,让这孙子长点记性,以后别想随便欺负人。"吴胖子仍然愤愤不平。

黄娅琳拉着古昊到一边说悄悄话，吴胖子不以为然，反倒替古昊高兴，远远地调笑几句，就蹲在路边抽烟等他们说完话回来。

"不管你要去哪，我都要跟着你。"黄娅琳上来就摆明了态度。

古昊知道瞒不过黄娅琳，只能说了再次感受到超能力量的事，这回，他的神情特别紧张，因为超能力量出现的地方，是在云城理工学院。

古昊的弟弟古亮，就是那所学校的学生。

"那我们现在就去云城理工学院。"黄娅琳说。

"我还是先打个电话给古亮。"古昊摸出电话来，还没拨号，铃声响起。古昊瞄了眼屏幕，忽然更加紧张。

电话居然正是古亮打来的。

接听，打电话的不是古亮，是个陌生的声音，自称古亮的同学，古亮被蛇咬了，蛇有毒，医务室搞不定，学校刚派车将他送往医院。古亮已经陷入昏迷，但昏迷之前，专门叮嘱这个同学，给古昊打电话。

挂断电话，古昊直接到路边拦车，在车上，把古亮的事说了。黄娅琳和吴胖子都觉奇怪，好端端的在学校怎么会被蛇咬，学校哪来的蛇？这事未免蹊跷。

到了医院，见到了古亮的老师同学，得知古亮体内蛇毒已经确定，那种蛇虽不常见，却是云城周边的山上特有，名叫土灰蛇。每年夏秋之际，常有山民和游客被咬，所以医院常备有这种血清。也就是说，古亮没事，就是人受了点罪。

古昊放下心来，跟着老师同学进到病房，看见床上的古亮像霜打的茄子，整个人都蔫了。他的床边，还站着一个精瘦的男生，见有人来，立刻拘谨地起身站到一边。

古亮见到亲人，叫了声哥，眼里就噙上了些泪。

古昊伸手挠他头发："多大人了，还抹眼泪，不怕丢人吗？"

古亮可能真受了罪，没说话，但眼神却挺委屈。

古昊这时才想起来问那个老师："学校里哪来的蛇，又不是荒山野岭。"

那个老师狠狠地瞪了一眼躲后面的那精瘦男生，没好气地道："这你得问小丁了。"

小丁就是那个精瘦的男生，他知道这事躲不过了，只能站出来，怯生生地说："都怪我，都是我不好……"

小丁性格木讷，不善言谈，翻来覆去就是那几句话，好半天，古昊也没听明白古亮被蛇咬了到底跟他有什么关系。

古昊向黄娅琳施个眼色，黄娅琳会意，立刻用读心术去听小丁心里的声音。片刻之后，黄娅琳满脸诧异，极低的声音脱口而出："五毒掌？"

别人没听见，但古昊听见了，他愣了一下，几乎以为自己听错了。

——五毒掌，不知道是否真有这门功夫，一般都出现在武侠小说里。据说，五毒掌的五毒指的是赤蛇、壁虎、蜂蛛、癞蛤蟆和蜈蚣，练成后可用掌将毒素施加于被击打者身上。

——难道小丁就是新出现的超能者，他的能力就是五毒掌？

古昊觉得有些凌乱，先是超能，现在又是武侠，莫非武侠也是超能的一种？如果真是这样，倒也能解释那些传说中的侠士种种过人之处了。

古昊很快就失望了，不仅古亮，在场的所有同学，包括那个老师，都对小丁的五毒掌不屑一顾，认为那都是骗人的。而且，这个小丁在他们眼里，精神已经不算正常了。

大约两个多月前，古亮和其他两名室友回宿舍，发现小丁正对着镜子往头上抹摩丝。一向不注重仪表，甚至有些邋遢的小丁居然开始打扮自己了，不仅如此，大家很快发现，他还换上了古亮的卫衣和另一位室友的牛仔裤。

三个人立刻围了上去，非常默契地一块儿去挠小丁梳得顺滑的头，然后六条胳膊漫天飞舞，没头没脸地落下去。小丁开始还企图阻挡，后来只能双手抱头，任他们巴掌落在脑袋上。

"就你猴屁股上那堆乱稻草，浪费我多少摩丝。"说话的这室友叫大熊。

"没经我同意就穿我裤子，你这叫盗窃，信不信我打电话报警抓你。"另一位叫包子的室友大声嚷嚷。

古亮随大流，也跟着瞎起哄："你都多少天没洗澡了，你穿过的衣服我还能穿吗？"

四人闹腾一番，终于住了手。现在，小丁乱糟糟的头发像鸡窝，裤子也被扒了下来，露出里面已洗得发白看不出原本颜色的大裤衩。

"说吧，今儿这事，怎么解决。"包子平时没少欺负小丁，碰上这事，当然不会放过他。

"我帮你们洗衣服，袜子也洗。"小丁的声音软软的。

"你已经帮我们洗了半个月袜子了，还有半个月的没洗。"大熊不屑一顾。

"那再加半个月的。"小丁可怜巴巴地说。

"一个月。"大熊讨价还价。

"光洗袜子不行，还得再加一件事。"包子出了名的坏，眼珠一转就是一坏主意。

小丁紧张："什么事？"

包子没说话，但一脸的坏笑，已经预示了小丁又要接受一场严峻的考验。

数天之后，校园网的论坛上，出现了小丁的一组照片，这回，小丁头上顶着拖把头，床单斜披在胸前，一只手托个啤酒瓶，里面插根大葱，另只手单掌合十，脑袋后面还吊着个痰盂。在他身后，横七竖八伸出来四只胳膊，摆着各种造型。

这帖子的标题就叫"千手观音"，现在你去网络上搜，一定还能看得到。

帖子点击量几十万，小丁因而也成为云城理工学院的名人。

那天的事还没有完，小丁重新用摩丝把头发梳整齐，换上了小宝的卫衣和大熊的牛仔裤，要出门的时候又被拦下。

"你得老实交代，打扮成这样出门，相亲还是跟女网友见面？"包子问。

"我女朋友来了，我去接她。"小丁昂着头回答，一脸的兴奋。

"看不出来呀小丁，出息了，都有女朋友了，不会从网上约的吧？"大熊说，语气有些酸酸的。这小子没事就往女生跟前凑，但到现在，还是单身一人。

"我们是中学同学，青梅竹马。"小丁骄傲地回答。

"原来你早恋，怪不得现在脸上褶子那么多，成熟得太早，提前进入更年期了。"包子时刻不忘讥损小丁。

小丁笑笑，转身出门，嘴里还哼着歌。

宿舍里的几位面面相觑，还是包子酸溜溜地道："肯定就是一村姑，脑袋上裹着红围巾，胳膊上挎个竹篮子，进城卖鸡蛋来了。"

古亮和大熊哈哈笑，但笑得都有些不自然。

很快，他们就笑不出来了，小丁领回来那姑娘，穿的虽然有些土气，但确实漂亮，关键是人家未施粉黛，如果像城里女孩那样精心打扮，还不定能美成什么样。小丁开门，那姑娘出现在门边，屋里的三个人，有两个同时流出哈喇子，大熊差点从床上摔下来，包子手中的杯子直接滑落，砸脚面上去，里面滚烫的开水，他都没叫痛。

那姑娘落落大方，自我介绍说她叫青青。

青青把大熊他们的魂勾去了。晚上小丁很晚才回来，蹑手蹑脚地进屋，没料到灯亮了，那三位埋伏在各处，将他团团围住。

"老实交代，鲜花是怎么插你这牛粪上去的。"

小丁还是嘿嘿笑，一脸幸福的表情。

小丁说的没错，青青是他中学同学，俩人家离得近，从小一块儿手牵着手长大。上了中学，俩人没那么亲近了，但周围的邻居还老拿他们开玩笑。青青出落得越来越漂亮，小丁却越长越蔫巴。但幸好，小丁聪明好学，在那小县城的学校里，成绩优异，大家都说这孩子有出息，将来 定会有金鞍才俊的大好前程。在大家眼里，这俩孩子还挺般配。

后来，小丁不负众望，考上了大学，而青青则留在家里待业。

几天前，青青打来电话，说是马上要跟几个老乡来这城里打工。小丁当天晚上就睡不着了，满脑袋都是青青漂亮的小模样。小丁还想好了，这回，一定要在大熊他们面前，好好扬眉吐气一把。

事实上，青青何止让小丁扬眉吐气，他简直就成弄潮儿了，每天大熊他们都要缠着小丁带青青过来玩。小丁本来在宿舍里是受气包，现在可算明白优越是啥滋味了——这滋味打他进城念书，就从来没有体验过。

小丁有空就让青青到学校来找她，然后带着她在校园里使着劲儿遛。那时候的小丁满心都是骄傲，他可以坦然接受任何诧异羡慕或者异样的目光。

"青青，你知道吗，现在我越来越离不开你了。"独处的时候，小丁会盯着青青说。

青青当然知道小丁的心情，她会把小丁的头揽在怀里，一只手轻柔地抚弄他的背脊，说："我们现在不是在一起吗？你放心，在这城市里，只有你，才是我最亲的人。"

这时候，小丁就有想哭的念头。

并不是说习惯就能让人变得麻木，更多的时候，习惯只是一种无奈。小丁每个早晨醒来，都有逃离这个城市的冲动。但他知道，自己必须忍耐。

他上这个大学不容易，家境本来就不富裕，为了他上学，全家人差不多都在为此努

第十章

神力还是功夫

力。小丁是家人的希望，无论如何，他也不想让家人失望。更何况，他自己也有梦想。

那么，这几年的忍耐又算得了什么呢，即便是付出尊严作为代价。

但让小丁搞不明白的是，为什么自己到了这里，竟然会变成这样的角色。学校里好像每个人都会捉弄他、欺负他，而他，居然也在不知不觉中接受了这样的现实。难道就因为他来自偏僻的小县城且家境贫寒？还是因为他身体消瘦，看起来就没什么力量？

这些问题，小丁也许一辈子也找不到答案，但他却能感觉到，自己对这城市越来越开始畏惧，逃离的念头越来越强。

青青的出现，算是照进他灰色生活的一缕阳光，小丁蓦然间觉得有了傲视整个城市的资本——你们有的，我终将拥有，而我有的，你们永远不会得到。

所以，抱住青青的时候，小丁才会想哭。他抱住的不是一个姑娘，而是他倚靠的力量。

那时的小丁，肯定想不到，有一天青青会离开他。

医院里，小丁和他的那些同学老师都走了。古昊显然对瘦弱的小丁和他的五毒掌有兴趣，但古亮刚醒来不久，还需要休息，所以，只简单说了小丁练五毒掌和他被蛇咬之间的关系。小丁开始不知从哪儿搞来些蜈蚣、蝎子，装在罐子里带到宿舍，几天前居然又弄回来一条蛇，而且是毒性颇强的土灰蛇。古亮和大熊、包子竭力反对，小丁没办法，只能把蛇带出宿舍另行安置。但今天，蛇忽然再度出现在宿舍里，古亮一脚踩到蛇尾巴上，蛇就咬了他一口。

古昊很想知道小丁怎么练起了五毒掌，又从哪里弄来蜈蚣、蝎子和土灰蛇，还有他是不是超能者，如果是，他的能力是什么，难道他真会五毒掌？

"假的，什么狗屁五毒掌，都是他用来骗自己的。"古亮说，"他根本没把蛇送出去，而是塞到了床底下……"

病房的门开了，进来一个五十多岁的中年男人，花白了头发，戴着副黑框眼镜，身子壮硕却又给人很文弱的感觉。见到他，古昊脸色变了，下意识地站了起来，床上的古亮也有些意外，失声叫道："爸。"

来人正是古昊兄弟俩的父亲古汉元，古亮被蛇咬后，虽然叮嘱过包子、大熊只给哥哥打电话，别让父亲知道这事，但学生在学校里出了这么大的事，学校自然会通知家长。古汉元知道后，即刻赶来。

古汉元进门，看到古昊好像很吃惊，狠狠拿眼瞪他。古昊目光毫不退缩，俩人对视，跟斗鸡场上的公鸡似的。吴胖子显然早已见怪不怪，但黄娅琳却很吃惊，这哪像父子，简直就是冤家仇人。

"我让你离古亮远点，这是我最后一次警告你。"古汉元厉声斥责。

"古亮是我弟弟，我跟他做什么，和你没关系。"古昊目光桀骜。

古汉元脖子上青筋暴起，显然已经极度愤怒。

吴胖子赶紧过来拉住古昊："古亮已经没事了，咱们也该回去了。"他又扭头冲着古汉元，"叔，您这岁数还这么大脾气，挺不容易，一看平时没少练。可我真得说您一句，古昊古亮都您儿子，这区别怎么就这么大呢！？"

古汉元哼一声，走到床前，显然不想搭理吴胖子。

吴胖子冲黄娅琳使个眼色，黄娅琳赶紧过来，一起拉着古昊出门。古昊出门前不忘回头冲着床上的古亮说："你先歇着，我抽时间再来看你。"

古亮还未吱声，床边的古汉元已经怒吼："你敢……"

古昊还想说话，吴胖子手捂他嘴上把他架了出去。

"这爷俩天生就犯冲，回回见面都这样。"吴胖子满脸无奈。

古昊却冷静得多，显然已经习惯了和父亲的关系。三人一齐下楼，古昊发现黄娅琳直勾勾盯着他看，奇怪地问："看什么啦？"

黄娅琳非常纠结："刚才，我读了你爸的心思。"

古昊微怔，吴胖子一拍大腿："忘了你还有这本事了，读到什么了？"

"一张照片。"

古昊立刻转过身去，把背影留给了他们俩。

"黑白照片，挂在墙上，照片上是个女人，虽然已经不年轻了，但还是很漂亮……"

"别说了。"古昊忽然大声道，同时，吴胖子也悄悄拉了拉黄娅琳胳膊，低声道，"那是古昊妈妈，去世好多年了。"

黄娅琳歉疚地说对不起。

古昊忽然转身，神情变得凝重："你在读我的心思。"

黄娅琳虽然对提到古昊亡母怀有歉意，但想到古昊父子争执时，古汉元心里还念着亡妻，便猜想古昊妈妈之死，或跟古昊有什么关系。这种好奇驱使她下意识便对古昊使用了读心术。

被古昊察觉，并不奇怪，但奇怪的是，原本应该清晰获取的声音，这回竟然变得极其模糊，就像隔着一堵很厚的墙，能听得见声音，却听不清楚说些什么。那声音又像是风中的落叶，或者春日里花丛中的蝴蝶，看似触手可及，可当你真的伸出手去，它们又翩然远去。

黄娅琳并不是想故意和古昊作对，而是这种奇怪的现象让她下意识就想听清楚那些模糊的声音。

这时候，吴胖子眼中的两个人非常奇怪，凝神对视，好像在较量着什么。

终于，黄娅琳的身子晃了两下，吴胖子站她边上，赶紧伸手把她扶住，而对面的古昊，脑门上豆大的汗珠渗了出来，很快被他伸手抚去。

"你们，你们这是……"吴胖子想说，又不知道怎么表达。

黄娅琳像个做错事的孩子，目光闪烁，低声说："我不是故意的。"

古昊皱着眉头，沉默了一小会儿，这才低低叹口气，问："没事吧你？"

黄娅琳点头。

吴胖子不愿意了："你俩这打什么哑谜，多大的秘密得瞒着我。"

黄娅琳为难地看着古昊，古昊也颇犹豫，最后还是上前搂着吴胖子的肩膀，跟他一块儿往前走。

"胖子，我就问你一句，信我吗？"古昊问。

吴胖子想了想，点头："我信。"

"那么，如果我真有事瞒着你，就一定有瞒你的理由。"

吴胖子又想了想，再点头："好吧，我只希望，你不要瞒我太久。"

古昊笑："该告诉你的时候，我一定会告诉你。"

出了医院，吴胖子先走了。他虽然看起来憨憨的，或者也真的不算聪明，但他相信古昊，这就够了。他还相信，现在古昊和黄娅琳一定有话要说，有事要做，所以，他把时间留给了他们。

现在，古昊和黄娅琳坐在街心花园的一条长椅上，他们有些事需要讨论。

黄娅琳还是心有歉意："我保证，从现在起，再不对你使用读心术。"

古昊思考的显然是另外的问题："记得沈途说过，能力是能进化的。"

"没错，我刚开始发现自己有读心术的时候，根本不能控制，走在街上，四面八方都会传来各种声音，就像洪流，都快把我淹没了。"黄娅琳说，"但很快，我就能控制这些声音了，只有我使用读心术时，我才能听得到声音。"

"今天之前，我的能力只是感受到出现的超能力量，并确定它的位置。但刚才在医院，我察觉到了你正对我使用读心术，我下意识地就想阻止你，不让你读取我的心思。"

"你做到了。虽然仍然能听到一些声音，但却非常模糊，根本听不清是什么。"

古昊皱眉："是不是可以这样说，我阻止了你施加在我身上的超能力。"

黄娅琳想了想，有些兴奋："如果你面对的是别的超能者，如果他们正对你使用别的超能力，你是不是也能这样阻止他们？"

古昊也想到了这点，却不确定："还有一种情况，就是巫彭说的能力有高低。"

"不管怎么说，你的能力在进化。刚开始，我能听到你心里的声音，那说明咱们的能力差不多，甚至我的比你还要高些，但现在，你已经超过我了。"黄娅琳笑着说。

看着黄娅琳的笑脸，古昊心中有些暖意。

"那个小丁，会是超能者吗？"他问。

"我也不能确定，刚才在病房，当说到古亮被蛇咬跟他有关时，他心里想到的，只有五毒掌。"黄娅琳想笑，但又忍住，"五毒掌出来了，下面会不会再出来个九阴白骨爪。"

古昊也想笑："我倒希望小丁跟超能者没关系，五毒掌只是他臆想出来的玩意儿。"

黄娅琳知道他的心思，如果小丁是超能者，那么他的能力必定跟治愈无关了。

"现在怎么办？"黄娅琳问。

"去云城理工学院。"古昊说，"超能者一定不会停止使用他的能力。如果他使用超能力时，我们恰好就在现场，就能很快找到他了。"

"还有我的读心术。"黄娅琳笑道，"只要他走到我跟前，我就能认出他来。"

古昊微皱眉头："我不想你太辛苦。"

黄娅琳笑："对我来说，有比辛苦更重要的事。"

古昊无语，心却黯然。

第十一章
虫语者

周末，小丁跟青青约好了，在学校操场上见面。

小丁虽然已经等了一个多小时，但并不着急，因为他知道，等待的必将到来，那么，等待也是甜蜜的。但是后来，他甜蜜不起来了，代替青青赴约的，是个膀阔腰圆的小伙子。

"你就是小丁？"那小伙子站到小丁对面，说话一点都不客气。

小丁下意识地弯了腰，目光带些畏缩，慢慢点头。

"青青让我来告诉你一声，别等她了，她不会来了。"小伙子说。

小丁倏然一惊，飞快地摇头，说："不会的，青青会来的。"

那小伙子怜悯地冲他摇头："实话告诉你吧，青青现在跟我了。小姑娘脸皮薄，不好意思当面跟你说，她今天让我来，就是告诉你，别再惦记她了，重新找个别的姑娘吧。"

小丁懵了，这突来的变故让他脸憋得通红，腿肚子都有些轻颤。

那小伙子摇头叹息："我知道你，网上的名人，青青在我那儿看到你网上的照片，当时就哭了。我说小丁，你虽然瘦点，但也算是个爷们，怎么就窝囊到那份上。哪个姑娘见了那些照片，也没法再跟你在一块。"

小丁还站那儿，眼圈红了，好像立刻就要落下泪来。

那小伙子摇摇头，转身走了。

小伙子走出十几米远了，忽然听到身后响起一声吼，赶紧回身，就见小丁像条饿疯了的瘦狗，直直向他冲过来，嘴里还嚷着："你别走，把青青还给我。"

小伙子怔一下，小丁已经冲到了跟前。小伙子轻蔑地冷笑一声，身子一侧，一只手已经搭上了小丁的胳膊，然后往前一送，小丁顺着自己使出的力道，就向前摔倒在地。

小丁冲得急，摔得也狠，爬起来还在纳闷，自己怎么摔倒了。他想都没想，再次扑将过去。小伙子没怎么动弹，小丁再次摔倒在了地上。小伙子想说什么，但爬起来的小丁，又扑了过来……

如此三番五次，小伙子有点烦了，加上已经有些学生围过来看热闹，他脸上有点挂不住。小丁最后一次冲过来，他抢先一拳，击中小丁的面颊。这一拳，小伙子似是用上了重力，小丁闷哼一声，头向后仰，整个人直直地摔倒在地。

小丁在地上呻吟，已经站不起来了。

围观的学生掌声如雷，他们很多人已经认出了小丁，小丁的痛苦对于他们，好像只是一场精彩的表演，他们把掌声送给那小伙子，把嘲讽留给小丁。

小伙子冲着地上的小丁道："我走了，哪天你觉得能是我的对手了，随时来找我。"

小丁还在呻吟，不知道听见了小伙子的话没有。

当晚，小丁被打的照片就被好事者传到了网上，亲历现场的人，无不争相回帖发言，还有自称会武的学生，详细点评了那一战。那学生说，小伙子身上是有功夫的，他几次击倒小丁，分别用了好几种不同的功夫。那学生最后总结，小丁找上这样的对手，根本就是以卵击石，自寻死路。

没多久，网络侦探就打听到了那小伙子的情况。

小伙子叫吴刚，是市里一家武校的学生，曾经在去年全国散打擂台赛中得过奖。

小丁在宿舍里用大熊的电脑看到这些信息，心都要碎了。他想，是就此放弃，还是想办法打倒吴刚，夺回青青？

"你就死了这条心，赶紧替我们洗袜子去吧。"包子讥诮地道，"就你这小身子骨，十个捆一块儿，也架不住人家一拳，认命吧。"

"除非，你像武侠小说里的主人公一样有奇遇，吃了百年朱蟾，或者遇到哪个落难的武林高手，把毕生的内力都传给你。"古亮也跟着起哄。

电脑前的小丁忽然精神一振，脑子里有灵光闪现。

他终于知道自己要做什么了。

第二天，小丁消失了，大熊他们把消息告诉了青青，青青四处找过了，包括打电话回家乡那个小县城，都没有小丁的消息。

时间过得飞快，转眼间，大半个月过去了，青青偶尔还会打个电话给大熊，问起小丁。终于有一天，大熊告诉她，小丁回来了。

青青飞快地赶去学校，大熊、包子和古亮在校门口等她。大熊见到她就抢着说："小丁脑袋秀逗了，他现在真把自己当武林高手了。"

青青来到宿舍，只见小丁盘腿坐在床上，两手分开，掌心向上平摊在双膝上，双目紧闭，双唇不时轻微张合，就像和尚念经道士打坐，或者电影电视里武林高手修炼内功。

"小丁，这段时间，你上哪去了？"青青站在小丁面前，有些手足无措。

小丁眼睛倏地睁开，看到面前的青青，闪烁了一下，随即便平静地闭上，好像根本不认识她一样。

"小丁，是我呀，青青。"青青声音带上了些哭腔。

90　　小丁还是紧闭双目，保持那副模样。

"小丁，你不打算跟我说话了？我想亲口跟你说声对不起，但我找不到你。现在你回来了，你跟我说句话好吗？小丁，你说话呀。"

不管青青说什么，小丁都不为所动，依然双目紧闭，保持姿势。

青青哭了，很伤心。

不知道过了多久，青青料到小丁真是恨了自己，无奈之下，只能怅然转身，打算离开。就在她走到门边的时候，忽然听到身后的小丁叫："青青！"

青青惊喜地回身，只见小丁睁开眼，已经坐在了床沿上。

"小丁，你原谅我了？"青青道。

小丁叹口气，眼神平静，语气也颇为友善。他说："刚才我练功正在紧要关头，你为什么要在这时候打搅我呢？"

青青有些懵，现在小丁的平静在她眼里，已经有些怪异了。

古昊和黄娅琳连续好几天都泡在云城理工学院，后来古亮也回到了学校，有时会跟他们一块儿在校园里四处转悠。古亮不知道哥哥要干什么，问过几次，古昊都不回答。古亮心里狐疑，想了半天，就给吴胖子打了电话，本来是想问哥哥在搞什么名堂，孰不知吴胖子这会儿也正好着奇心。吴胖子赶到理工学院，在校门口会合了古亮，就去校园里找古昊。

古昊和黄娅琳正在一个小树林外头，盯着小树林里的小丁练拳。

小丁一身黑色百搭扣的练功服，两只手来回比划，说他是练拳，但看着像瞎比划。

"这孩子是真傻了吧。"古昊感慨。

这几天，他和黄娅琳混在校园里，颇有些时光倒流的感觉。大学校园和高中虽然不同，但校园里的那份恬淡与静谧，却更适合现在的他们。来这里的目的是寻找超能者，但他们显然很享受这样的时光……

寻找超能者没有结果，古昊又不想黄娅琳对着每一个经过他们的人使用读心术，那样会过于劳累。所以，他们都在静等超能者再次使用他的超能力。这时候，小丁的怪异举止吸引了他们，他们远远地观察小丁，想他所谓的五毒掌是不是真的。

古亮和吴胖子来找他们，中午，大家就去了校门口一家小饭馆。吃饱喝足，古亮跟大伙儿说了小丁学武归来的事。

小丁对自己的经历，毫不避讳。他对大熊他们说，他找到了一位真正的武林高手，并且成功地拜他为师，成为他的关门弟子。

"你们别以为轻易就能找到师父，在这之前，我已经见过了好几个高人，他们要么徒有虚名，没什么真功夫，要么太忙，不愿意收徒弟。后来，我到解放桥头找个算命的瞎子替我算了一下，他告诉我，我这辈子注定会有贵人相助，而那贵人就来自西南方向。"

小丁说话开始变得神神叨叨了。

"后来，我就一直向着西南方向走，一路走一路打听，这中间当然还经历了很多事，但我终于找到了我要找的人。他是个白胡子的老头，我一见到他，就知道他是个真正的武林高手——他走路不带响声，看着离你好像还挺远，但就眨巴下眼的工夫，就到了你面前。我们明眼人一看就知道，这样的人，轻功肯定了得。"

说着话，他还给大家看一张照片，上面是他和一个白胡子老头的合影。

大伙儿哈哈笑，包子说："那老头使的是'凌波微步'吧？"

小丁怔一下，歪着头想："'凌波微步'是哪个门派的功夫？我怎么没听师父说起过？"

小丁一本正经的模样，让三个人笑得前俯后仰。

不管他们相不相信，小丁每天坚持练功。他天不亮就起床，穿着那身百搭扣的练功服在操场上打坐。有人问他练的是什么，他就老实地告诉人家，他打坐的姿势，行话叫做五心向天——五心指的是脚心掌心和眉心。

有人听着耳熟，回去翻书，终于找到五心向天的出处。《射雕英雄传》里练九阴白骨爪的梅超风抓住铁木真的女儿华铮，胁迫全真教的马钰解释《九阴真经》里一段经文，问的就是什么叫五心向天。

小丁要么就是装模作样，要么就是真傻了——武校的吴刚夺去了他的女朋友，他便幻想着能练成功夫，抢回女友，这应当是典型的妄想症。

这些话小丁听在耳中，更在网上看到众多讥诮他的回帖，他只是淡淡地笑，对此不作辩解，每日里依然闻鸡起舞——当然他也没舞，只是坐那儿闭目养神。

还有人问他："小丁，天天坐这儿练的是哪门子功夫？"

这时候，小丁就会有些紧张，欲言又止，最后，还是什么都不说。

没多久，古亮他们三个在小丁床下的箱子里，发现了一堆让他们恶心的动物，那是些让人恶心的蜈蚣、蝎子。他们把小丁围在中间，群起而攻之——像以前一样，巴掌拳头雨点样落到小丁身上，小丁照旧是低着头，不还手，只是把那小箱子，死死地抱在怀里。

又过了几天，他们发现，小丁半夜常常不睡觉，继续在床上打坐，有时候，还会发出些咀嚼的声音。经过偷偷观察，他们终于确定了件让他们毛骨悚然的事——小丁半夜吃的正是那些让他们恶心的蜈蚣和蝎子，而且是生吃。

小丁后来主动坦白了自己生吃蜈蚣、蝎子的目的。

"我师父传授了我一套非常厉害的功夫，当年他就是凭着这套功夫，打败了无数高手。这些蜈蚣和蝎子都不是野生的，它们从小就吃师父配制的药材，所以，实际上它们已经变成了药，可以让我练成那套功夫的药。"

当然没有人相信他的无稽之谈，所有人都觉得他在故弄玄虚——如果他真练了功夫，为什么宿舍里几个人围攻他的时候，他不还手？

小丁的事情被包子发在校园网论坛里，有人回帖，揭穿了小丁的谎言：那个白胡子老头根本不是什么武林高手，只不过是邻近城市一个开花店的普通老头。

小丁知道了，只是笑笑，一副举世皆醉我独醒的无奈。

"真正的高手，又怎么会让一般人知道？真正的高手，都是大隐隐于市的。"小丁在电话里对青青说。这些日子，小丁似乎忘了跟吴刚之间的事，但也绝不主动去找青青，都是隔上一段时间，青青打个电话到他的宿舍，俩人闲聊几句。青青毫不隐瞒自己的不安和对小丁的关心，每次都是小丁宽慰青青，说有些事，还是放下的好，人生在世，不过百年，何必为一些浮云般的往事而背负沉重的包袱？

小丁的洒脱愈发让青青不安，她总觉得在小丁身上，要发生些她不想看到的事。

小丁的怪异举止，开始大家觉得有趣，后来就烦了。有人在他练功时找到他，提出要和他比武——你都成武林高手了，还怕根本不会武功的人挑战吗？对此小丁一概拒绝，但有些人他拒绝不了，上来就跟你动手，结果每回小丁都被打倒在地。事实上，小丁根本就不还手，只是最后爬起来，会伸手在人身上拍一巴掌。

"你走吧，你已经中了内伤，半个月内最好卧床休息，否则，将来必会留下后遗症。"

所有人听了都哈哈大笑，有人还笑出眼泪。这小丁，不是秀逗就是走火入魔了。

古亮连说带比划讲到这里，一桌人全都笑翻了，吴胖子真的直接仰翻过去摔倒在地。

这天傍晚，大家又在小树林里看到小丁练武，吴胖子没忍住，上前向小丁发出挑战。现在的小丁已经淡定了很多，只是很不屑地上前一巴掌拍在吴胖子肩头。

"我的五毒掌马上就要练成了，你已经中了我的掌毒，回去卧床休息半个月，或者还能保全性命。"小丁说。

小丁说的极认真，吴胖子却已经哈哈笑着转身离开了。

没有人会把小丁的话当真，谁会在意一个疯子的疯言疯语呢？

古昊注意到边上的黄娅琳忽然面露忧色，就知道她对小丁使用了读心术。后来，黄娅琳告诉他，小丁真的以为自己五毒掌要练成了，所以，今晚他要完成夙愿。

"他想干什么？"古昊问。

黄娅琳眉头微皱："挑战青青的男友。"

青青的男友，武校的吴刚，习武多年，还在全国的散打比赛中得过奖。小丁向他挑战，无异于以卵击石，但他现在却信心满满，难道，他真的练成了五毒掌？

虽然大家都对小丁挑战吴刚的事感兴趣，但吃过晚饭，小丁就不见了。

小丁挑战吴刚，肯定不会在学校里，找不到小丁，就看不到这场热闹，所以，古昊、黄娅琳和吴胖子离开学校，回了仓库。

古昊已经好几天没到仓库来，长毛狗、章鱼等人还挺想他。

黄娅琳请大家喝酒，一群人叫好。说说笑笑间，时间就一分一秒地过去。吴胖子把小丁的事当成笑话来讲，引得一众人等哄堂大笑。黄娅琳和古昊笑不起来，他们还在想着小丁挑战吴刚的事。

古昊和黄娅琳躲到一边给古亮打电话，问小丁回来没有。这边电话还没说完，就听见后面的吴胖子一声惨叫，赶紧奔过去，只见长毛狗、章鱼等人四处逃窜，吴胖子倒在地上大声呻吟。还没等问，就看见几条蛇倏地从地板上游走。

锅炉厂虽然荒废多年，但从来没有人在这里见过蛇。仓库酒吧开了也有一年多，别说蛇，就连青蛙都没见过一只。但现在却出现了蛇，而且不止一条，这未免太不可思议。

古昊扶起吴胖子，撩起裤管，看到他的一条腿已经肿了。很快就发现被蛇咬的牙印。蛇仍然是土灰蛇，剧毒，必须尽快将吴胖子送往医院。古昊正要回身招呼长毛狗等人，忽然感到些晕眩，随即脑子里又响起些"敲门"声。于是凝神去感应，斑驳的黑白画面很模糊，依稀是个花园，灯光昏暗，视线所及之处，站着一个男人，身材消瘦，长发过肩，还有即使黑暗也难掩盖的苍白肤色。

古昊悚然一惊——这个男人，他并不陌生。邱云被沈途困于水球中时，脑子里想到的就是他。古昊自己也曾在斑马线的另一头见过他，那一次，他被疾驰的车子撞得飞了起来，最后，那不过是他的幻觉。现在，这个男人又找上了小丁。

——他究竟是什么人，为什么会找上这些有超能力的人？

忽然响起的电话铃声打断了古昊的思绪，接听，是古亮。

古亮说现在宿舍楼里乱成一锅粥了，不知哪儿冒出来那么多蜈蚣、蝎子和一些叫不上名来的虫子，还有蛇。学生们都争着往外跑，有些人被蜈蚣、蝎子蜇了，被蛇咬了，还差点发生了踩塌事件。

古昊下意识地问小丁回来了没有，古亮说已经有人怀疑这些毒虫和小丁有关，学校保卫处组织了人手找小丁，但小丁不在学校里。

古昊叮嘱古亮注意安全，便挂断了电话。

仓库里也乱了套，长毛狗、章鱼等人围过来查看吴胖子伤情。有人要叫救护车，但古昊怕时间耽搁，直接让大伙儿把吴胖子架出去，用长毛狗拉货的面包车送他去医院。

大伙抬着吴胖子出仓库时，吴胖子意识已经有些模糊了。

"你陪胖子去医院。"古昊叮嘱黄娅琳。

"你不去？"黄娅琳奇怪。

"我还有点事，要紧的事。"古昊显然有些犹豫，压低了声音道，"仓库里的这些蛇肯定跟小丁有关，刚才古亮电话说，宿舍里到处都是蜈蚣、蝎子和蛇，还有些人被咬了。我怀疑，被咬的人都是被小丁五毒掌拍过的人。"

黄娅琳吃惊，脱口而出："小丁就是超能者？"

古昊点头，神情有些黯然："只有这样，才能解释发生的这些事。"

黄娅琳知道古昊的黯然是因为这次的超能者又和治愈者无关。

"我跟你去找小丁。"黄娅琳急切地道。

古昊立刻摇头："你忘了小沙漠的事？那样的事，不能再有第二次。"

——小沙漠里，黄娅琳两次遇险，第一次和古昊一道被困在水柱里，第二次被邱云劫持用来要挟沈途。

"你去就不危险？"黄娅琳真着急了。

"也许，我能阻止他。"古昊说的并不肯定，但黄娅琳已经猜到了他的用意。医院里，他曾成功地阻挡了黄娅琳对他使用读心术。小丁的超能力出现的时间比黄娅琳晚，也许，古昊真的能够阻止他。

94　　黄娅琳还想说什么，古昊已经独自离开了。

小丁晚饭前就离开了学校，早早到了郁洲公园，等吴刚。

向吴刚发出挑战已经是大半个月前的事了，他特别提到了，是男人，这事就别让青青知道。吴刚当然不把他放在眼里，答应了。为了这一天，小丁已经等了很久。

小丁这晚依旧穿着他的黑色百搭扣练功服，站在公园的草地上，风吹过来，衣袂飘飘，别说，还真有了几分武侠片里高手的感觉。

小丁想，所有的事情，都要在今天做个了结。

这个城市不属于他，他终将离去。离去之前，他要让那些曾经欺负羞辱过他的人付出代价。他已经在他们身上留下了印记，今晚，他们终将品尝到恶果。

小丁的身边有些窸窣的响声，他低下头，看到几只蜈蚣和蝎子、几条蛇，还有些叫不上名来的虫子正从各处汇聚到他的脚下。小丁的目光变得柔和起来，看着这些毒虫，就像看着多年的老朋友。

发现自己可以和虫子交流，就是不久之前的事。那时候，青青刚刚离开了他，身上的伤痕还没有褪去，他的内心充满绝望。他不知道如何才能夺回青青，更不知道怎样才能继续留在这城市生活。他的内心燃烧着一团愤怒的火焰，但他知道，那火焰能烧毁的，只有他自己。

那一次，他喝了点酒，不多，却醉了。醉了，整个世界都开始摇晃，脑子却无比清醒。他躺在操场边看台上，看满天的星星在舞动，看青青在星星之间冲他微笑。他知道自己必定做了一个梦，因为只有在梦里，他才会和一只虫子说话。他不认识那是什么虫子，看起来很呆萌，它慢慢爬到他的脑袋边上停下不动。仰望星空的小丁忽然间就听到了它发出的声音……小丁依稀记得那晚自己和这只虫子说了很多，虫子一定听得懂了他在说什么，所以一直陪伴着他。

然后是清晨，起风了，他被冻醒。星空已经不在，昨晚的梦却仍清晰。想起那条呆萌的虫子，他忽然有些怀念，在那样一个内心绝望的夜晚，只有它，陪伴了他整整一夜。

睁开眼，他怔住了，那只虫子仍在，仍然保持着梦里的姿势。没有语言能形容小丁的震惊，以及随后的轰然喜悦。原来这只虫子真的存在，原来昨晚发生的事，并非在梦里。

那天离开操场看台的小丁其实已经焕然一新了，只是没有人知道。

至于后来的五毒掌不过是小丁杜撰出来的，他也根本没有拜什么白胡子老头为师。失踪的那些日子，他一直待在山上，他尝试和所有见到的动物交流，却偏爱那些看起来丑陋恶心的蜈蚣、蝎子和蛇。他知道自己与别人不同，他需要这些让别人看来非常可笑的东西来掩饰他的不同。

而今夜，他决定不再掩饰自己，他要向所有人，包括这个城市，展示另一个不同的小丁。

他的电话铃忽然响个不停，看来电显示的名字，是学校里的同学，还有老师。他微笑着拒听电话，他已经能想像到宿舍楼里人仰马翻的场景，大家一定已经将那些突然出现的毒虫和他联系了起来。

小丁很享受这样的时刻，当然，他更期待随后会出现的吴刚。吴刚不仅夺去了他的爱情，还残忍地夺去了他在这个城市的尊严，所以，他终将受到惩罚。

吴刚还没有出现，他却看到有个人悄无声息地靠近了他。

——消瘦，长发，苍白的肤色。

小丁悚然一惊，这人竟能在他不知觉情况下，便走到离他这么近的地方。他下意识地开始警觉，悄悄催动身边的毒虫，向着那个男人逼近。

那男人神态安详，目光柔软且温暖，好像对任何人都无敌意。小丁犹豫了，那些逼近长发男人的毒虫在离他两步远的地方停下。

"你是谁，想干什么？"小丁忍不住问。

长发男人没有说话，只是忽然间手掌向外推出，朝着小丁的方向。小丁狐疑之际，围在长发男人身边那些毒虫忽然改变了方向，掉头向他疾奔而来。小丁大惊，立刻聚力试图再次驱使那些虫子，但这回能力失效，虫子发疯般向他涌来，顺着他的脚面爬上他的身体，小丁感到身体每一处都传来噬骨的痛，还有虫子爬上他的脸，遮盖住他的眼睛。黑暗来临，黑暗带着让人绝望的气息……

"小丁。"小丁忽然听到有人在叫他，声音清脆且熟悉。

睁开眼，他仍然站在原地，身上没有虫子，面前那个长发男人也不见了，不远处，青青和吴刚正慢慢走来。

小丁恍惑了，不知道刚才那一切是否真的发生过。

"小丁。"青青又叫了他一声，靠近他，关心地拉住他的胳膊。

小丁这才反应过来，疑惑地看着青青："你怎么来了。"

不待青青回答，他便想到是吴刚告诉了她今晚的事，随即，怒意涌上来，愤然甩开青青的手："今晚是男人之间的事，你不该来。"

"我担心你。"青青依然带着歉意。

"你该担心的是他。"小丁目光落到吴刚身后，吴刚一副悠扬的神情，更让他气恼。

"今晚，我要让你付出代价。"小丁恶狠狠地冲着吴刚吼。

"今晚你想怎么样都行，我奉陪。"吴刚当然不把他放在眼里，"都说你练了五毒掌，听这名字就知道肯定厉害，待会儿动起手来，你可千万不要对我手下留情。"

小丁当然能听出吴刚话里的讥诮，他根本不给吴刚任何动手的机会，抢先发动。

吴刚自信满满，知道自己只用一只手就能轻易搞定小丁，但忽然间，他愣住了，他看到地上有些黑影，正快速向他涌来。弯下腰定睛看去，他差点叫出声来，地上涌动的，分明就是些蜈蚣、蝎子和不知名的虫子。

吴刚下意识地转身想躲开，但他身后，也有毒虫，还有几条土灰蛇昂着脑袋吐着舌头对着它。吴刚吓傻了，那边的青青也惊呆了。只见小丁这时全神贯注冲着吴刚缓缓推出双掌，那些毒虫好像听到了命令，又开始慢慢向吴刚逼近。

"这就是五毒掌？"吴刚不相信地叫。

他已经避无可避，四周地上全都是涌来的毒虫，蜈蚣、蝎子个头小，本可以大步踩过去闯出包围圈，但四周现在已经混杂了十几条大小不等的土灰蛇，踩过去无疑是送给它们咬。

"停下，快停下！"吴刚忍不住大声叫。

那边的青青也反应过来，不相信地看着小丁："这是你做的，你怎么做到的？"

小丁收回双手，那些毒虫与蛇停止移动，仍将吴刚困在中间。

"离开他，跟我走。"小丁直视着青青，"你看到了，我已经和以前不同，而且我向你保证，以后我都不会再懦弱。"

"你今晚约吴刚来，就是想对付他？"青青问。

"现在因为你，他的结局才多了一个选择。"小丁神情僵硬，"他是个聪明人，知道带你来他才有活下去的机会。"

"如果我不答应你呢？"青青的声音变得冷漠。

小丁叹口气："你不会不答应的，我们认识了那么多年，你知道我对你是真心的。"

"但你现在已经不是我认识的那个小丁了。"青青说。

"那是因为你离开了以前你认识的小丁，小丁才变成现在的样子。"小丁大声吼。

青青怔怔地盯着他，目光终于又变得柔和起来。

"对不起。"她说。

小丁想说没关系，他不会计较她离开他跟了别人。现在，只要她跟他离开这个城市，他会原谅她的，他会像以前一样去爱她，并且，用一生来守候她、保护她。

小丁的话还没说出口，青青已经转身向着吴刚走去。

"我已经对不起一个人了，我不能再对不起另外一个人。"青青的声音传来。

小丁愕然，看着青青已经走到了毒虫包围圈的边缘，毫不犹豫地向着一地的毒虫走去。小丁赶紧驱动毒虫散开一条通道，同时失声叫道："青青……"

青青已经走到了吴刚的面前，吴刚立刻将她抱住，低声急切地道："你不该进来。"

青青冲着外面的小丁大声道："现在，我郑重回答你，我不会跟你走，更不会离开吴刚。不管今晚你想干什么，我都会和吴刚在一起。"

小丁呆呆地看着两个人，面色阴沉，双手在轻微地颤动，可见他心中的悲愤。

那些毒虫与蛇又开始向两人逼近，离他们已经不到两尺。青青纵然嘴上说得硬朗，终究是个女孩，置身于这些毒物中间，还是忍不住花容失色，蜷着身子缩到吴刚的怀里。

毒虫渐近，他们已经避无可避，青青闭上了眼睛，吴刚也是脸色苍白，正寻思要不要冒险突围，那些毒虫忽然停下了，再看小丁，神情萧瑟地坐到了地上。

"青青，你真的想跟这个人一块儿死？"小丁问。

青青已经非常害怕了，但还是带着颤音道："小丁，放过我们。"

小丁叹息，知道自己其实已经没有了选择。但是，他又怎么忍心去伤害这世界上他最爱的女孩。正举棋不定之际，耳边忽然传来一阵马达的轰鸣声，接着，就看到一辆威猛的摩托车停下，车上下来两个人，其中一人，正是室友古亮的哥哥古昊，另一个人没见过，高大帅气，神情倨傲。

小丁不认识的这个人，自然就是沈途了。

第十二章
异世界

古昊离开仓库，想拦车，但锅炉厂位置偏僻，很难见到出租车，偶或经过一辆，也都是呼啸而过，根本不停。

古昊神思恍惚间，再次感受到了小丁的超能力，这回，他看到了一个身材健壮的男人被困于毒虫之间，还看到一个俊美的女孩站在小丁身边。不用问，这两人自然就是青青和她的男友吴刚了。

古昊着急，如果小丁对吴刚心怀怨念，那么，这些毒虫分分钟就能要了吴刚的性命。

古昊在街道上拔足狂奔，虽然知道就算这样也未必能及时赶到，但他仍然要全力一试。

身后忽然射来一道刺目的强光，接着传来摩托车的轰鸣，沈途骑着辆大摩托横在他的面前。经过上回小沙漠的事，沈途已经不讳言他在跟踪古昊，所以，这个时候突然出现也就不足为奇了。只是他骑的这辆哈雷，实在出乎古昊的意外。

"如果你来是为了杀人，那么，今晚你就是我的敌人。"古昊狠狠瞪着他。

看不清头盔里沈途的表情，但他的声音仍然是冰冷的："我来，只是想帮你。"

"今晚的事，我来解决，不用你动手。"古昊态度强硬。

沈途居然毫不犹豫地答应："好，听你的。"

沈途答得委实太快了些，古昊犹豫了一下，想到时间紧迫，终于还是上车，说出了小丁所在的位置……

小丁见到突然出现的古昊，虽然不知道他的来意，但料到他要阻止自己，决定先制住他再说。挥手之间，更多的毒虫从树林里涌出，向着古昊和沈途涌去。

古昊回头，见沈途果真站在原地不动，遂凝神去和小丁的能力对抗。这是种很奇怪的感觉，他最初只是能感应到超能力量的出现，直到医院那次阻止了黄娅琳的读心术，他才知道，原来自己可以和这些力量对抗。但是，他至今仍然不知道是如何做到的。现在，当小丁驱使毒虫向他袭来，他只能勉强一试。

那些毒虫在靠近古昊时，忽然停步不前，原地蠕动转圈，后来竟然开始向四周散开。

那边的小丁吃了一惊，大声道："你也能驱使这些虫子？"

"我不能。"古昊老老实实地回答，"但我却能阻止你。"

小丁面孔刹那间变得狰狞，嘶声吼道："你说谎，没有人能阻止我，你也不能！"

说话间，那些本来已经将散的毒虫忽然再次聚拢，虽然速度极慢，却重新向着古昊逼去。同时，树林外面，更多的虫子向这边汇聚，就连空中，都开始有飞虫向这里聚集。

古昊再次运力试图对抗小丁的超能力量，但那些飞虫已经迎面撞了过来。他下意识地挥手试图驱散它们，地上的毒虫已经爬到了他的脚面上。

那边的青青发出一迭声尖叫，虽然无暇去看，也能猜到他们遭到了毒虫攻击。

古昊知道自己失败了，他根本就阻止不了小丁，反而让自己陷入困境。

现在，唯一能阻止小丁的只有沈途，但他来之前却让沈途答应不要动手。

——你若动手，今晚就是我的敌人。

沈途终于出手了，一出手便是杀着。一道气流如箭，带着些许的呼啸之声，隔空袭向小丁。沈途当然知道擒贼先擒王的道理，就算是他，也难以和这数以万计的毒虫抗衡，唯有一举击倒小丁，让他无法使用超能力，这些毒虫自然也就散了。

小丁本身手无缚鸡之力，他根本无力抵抗沈途的任何攻击。

但倏然间，地上一条蛇激窜而出，居然能迎向激荡而去的气流——在这之前，就算沈途也无法想像一条蛇居然可以像鸟一样飞起来。

那条蛇被击中，瞬间断成两截，但也化解了沈途的杀着。随后，所有的飞虫都向着沈途飞去，地上攻击性最强的土灰蛇，也开始极快地向他游去。

沈途再厉害，也得先自保才能伤敌。他可以用气流形成一个保护层，但很难保证不被蛇虫突破，再加上外面还有古昊、青青和吴刚。

沈途蓦地发出一声吼，双掌全力推出，这回他发出的不是气流而是气浪。

气浪以排山倒海之势奔涌而去，前方所有的毒虫飞虫俱都如同洪流中的落叶般被袭卷而去，古昊、青青和吴刚都险些站立不稳。那边的小丁显然被震住，愕然之间，沈途的气流再度袭来……

古昊脱困，眼见沈途对小丁再度发起攻击，知道沈途出手必是杀招，但阻挡显然已经不及，心中不禁有些黯然。那边的小丁果然被击倒，仰翻在地，但同时，沈途忽然亦发出一声低低的呻吟，身子晃了两下，差点摔倒。

古昊吃惊，难道小丁那么大能耐，居然能在被击倒前伤了沈途？

很快，他就知道自己错了，黑暗中有个人影慢慢走了出来，一身黑衣，戴了顶礼帽，面孔在阴影里看不清楚。那边的沈途挣扎着站了起来，显然伤势不轻。

这黑衣人是谁，竟然能一击伤了沈途？

古昊赶紧奔到沈途跟前，扶住他。青青和吴刚脱困之后，本想去看倒地的小丁，但惧于黑衣人的气势，这时也奔到了沈途身边。

"你们赶紧走。"古昊催他们离开。

"今晚的事，不要跟任何人提起。"沈途叮嘱。

青青和吴刚犹豫了一下，终于一起走了。他们知道留下根本无法帮到沈途和古昊，反而会成为他们的累赘，所以，虽然还有些担心小丁，但还是走了。

那边的黑衣人低头查看昏迷的小丁，忽然发出些笑声："你变了。"

他这话当然是对沈途说的。沈途变了么？古昊想他这话什么意思，沈途变了，哪儿变了？很快，他就知道了答案。

黑衣人道："出手还留活口，这不是你的风格。"

古昊微怔，忍不住看向沈途。沈途仍然是倨傲的表情，但却显得有些紧张。

"待会儿，你全力感应我的力量。"沈途压低了声音对他说。古昊愣了一下，沈途明知道他感应不到他的超能力量，为什么还要这么说？但不及他再问，沈途已经奋力起身，大步向着黑衣人走去。行走间，也不说话，数道气流激射而出。

沈途显然认识这个黑衣人，所以才会什么都不说直接动手。

黑衣人当然不是等闲之辈，刚才虽然是偷袭，但能一举伤了沈途，也算了得。此番沈途来袭，他早有准备，双掌挥动间，本来仰躺在地上的小丁忽然凌空飘了起来，而且，整个人侧躺着迎着沈途飞去。

后面的古昊惊得呆了，难道这就是黑衣人的能力？

沈途既然刚才没有取了小丁性命，这回自然也不愿让他枉死，所以只能收回气流，并且闪身躲避。而黑衣人就借着这点时间已经向前欺近他的身边。近距离搏斗更为凶险，无论沈途的气流还是黑衣人的念力，都必须配合迅捷的动作，方能避开对方攻击再出手伤敌。

这一战实在凶险，拳来脚去之间，沈途和黑衣人俱都身手矫健，又显然熟知对方出手的套路，所以，一时间也难分出胜负。但沈途终究受伤在前，而且伤得不轻，时间稍长，便开始频频遇险，最后，稍一失神，被黑衣人一拳打得倒飞出去。

那一拳里一定混杂着黑衣人的念力，否则，沈途不会飞得那么远，而且撞上一棵树。待他跌落在地时，已经站的力气都没有了。

黑衣人慢慢走向沈途，根本不给他任何机会，隔空伸手扼住他的咽喉，将他整个人都抵到了身后的树干上。

沈途拼命挣扎，但扼住他喉咙的力道却越来越强，他面孔涨得通红，张大了嘴使劲呼吸，意识却已经开始迷糊，甚至面前的对手都变得虚无缥缈起来。

黑衣人礼帽下的嘴角上扬，浮现出一丝微笑。

今天，他本不该现身，更不该出手。但他就是算准了可以一举击杀沈途，这才冒险发动攻击。先是在猝不及防间伤了他，现在，他就要死在自己的手上了。

蓦然间，他的胸口一痛，下意识低头，见到胸口已经湿了一块，当他想到那是自己的血时，这才想起忽略了一个人，那个跟沈途一块儿来到这里的人。

后悔已经晚了，当他受伤的瞬间，念力消失，沈途再次跌落到地上。

黑衣人捂住伤口，回头见到古昊已经向他疾奔而来，前伸的双手晃动之间，数道气流已经凌空而至。黑衣人慌忙躲避，虽然避开攻击，但身形已经颇为狼狈。再看地上的沈途，正支撑着坐起来，他的伤此刻好像也没有刚才那么重了。

黑衣人丝毫没有犹豫，立刻就退了。

他自知面对受伤的沈途和突然杀出来的古昊，自己实在没有多少胜算。既不能胜，便先求自保。所幸，古昊奔到沈途身边先查看他的伤势，并没有追击的打算，所以，在离开时，他还不忘挟起仍陷于昏迷中的小丁，待到古昊发觉，他已经去得远了。

看着此刻仍面露迷惘神情的古昊，沈途居然笑了笑。

"你做到了。"他说。

古昊知道他说的就是自己突然可以控制气流的能力，虽然他已经做到了，但还是不知道是怎么做到的。而且，现在他心里还有更大的疑问，这黑衣人是谁，为什么偷袭沈途且要置他于死地；沈途显然认识他，而且挺熟，但沈途说他是第一次跟随瘭君离开族地来到外面的世界，难道这黑衣人跟他一样，都来自那个古老的部族？

古昊决定不管如何，今晚也要让沈途解开所有的疑团。

这里是个普通的小诊所，沈途赤裸着上身，一个穿白大褂的中年医生正在为他缝针。沈途的后背撕裂了一道长口子，足有六七公分。那医生爱唠叨，一边干活一边教育年轻人遇事要冷静千万不能打架。沈途并不分辩，听着，不时还点头表示赞同。

古昊站在门边，想笑，又笑不出来。

他刚打了几个电话，知道吴胖子在医院打了血清，已经稳定下来。云城理工学院那边，校方组织人手对宿舍楼进行了全面细致的检查，确定各类毒虫已经散了，这才让学生们回到各自的房间。古亮说大家现在都特兴奋，都在猜这事是小丁搞出来的。

离开诊所，古昊对沈途是否能继续驾驶摩托表示怀疑，沈途想了想，把车钥匙交到古昊手中。

"你骑。"他说。

古昊连忙摇头，长这么大，他还从来没骑过摩托，更别说这么大的哈雷了。但看到沈途带些讥诮的眼神时，他终于还是接过了钥匙。

"摔了可别让我赔。"古昊跨上摩托前不自信地道。

沈途没说话，却拇指向下做个鄙视的手势。

古昊哼一声，发动摩托。

小丁睁开眼，发现自己躺在床上，连忙起身环顾四周。他所处的房间不大，四壁白得刺目，房间里也很简洁，一床一桌一椅。

——这是什么地方，我怎么会出现在这里？

像是回应小丁的疑问，门开了，进来一位五十岁左右的男人，皮肤白净，头发微卷，下巴上还留着一撮精心修饰过的小胡子，黝黑整齐。

"我叫张松，我救了你。"此人说话简单明了，却能直奔主题。

小丁很快回忆起昏迷前发生的事，确信张松没有骗他。

"这是哪儿？你为什么要救我？"

"你跟别人不一样，但这个世界还没做好接受你的准备，所以你现在需要忍耐。"张松笑了笑，"我救你，因为我们都是同一种人，更因为要杀死你的人，恰好是我的敌人。"

小丁虽然还有很多疑问，但张松显然已经不打算再说下去了。

"现在，你只要好好休息，很快，我就会让人送你去一个地方。"

小丁更好奇了，张松要送他去哪儿？那个地方难道与别处有什么不同？

"当然，我不会强迫你去，但却可以向你保证，到时你一定不会后悔去了那里。"张松微笑，"如果你不想去，如果你还想回你的学校继续以前的生活，那么你随时可以打开这扇门，没有人会阻止你离开。"

张松走了，随后小丁真的很轻松地打开了房门。外面是个狭长的走廊，和房间一样干净整洁。小丁走了出去，在走廊里站了会儿，又重新回到了房间。

他已经回不去以前的生活了，所以，他决定留下，决定去往张松说的那个地方。那里，也许真的是个崭新的世界。

古昊费力地推着摩托，一瘸一拐地走路。摩托摔得不轻，后视镜耷拉下来，还剩根线连着，油箱那儿也凹进去一块儿。

沈途走在他边上，不仅不心疼，还挺幸灾乐祸。

"别抱怨了，不让你赔车，只让你帮我推回去，我这要求过分吗？"沈途说。

"不过分，一点都不过分，我就是想说一句，咱能歇会儿吗？"

古昊想把车支起来，没成功，索性直接将车放倒在地，坐到路边喘粗气。沈途坐到他边上，看起来心情愉悦。

"你这车偷来的吧？"古昊没好气地道，"摔那两下，我都心疼坏了，你一点反应没有，就跟这车不是你的似的。"

沈途笑："这只是车，摔坏了可以再买。"

古昊感叹，"你们部族的人都这么有钱？"

"我们部族不需要钱，到了你们这儿，我们才变得有钱。"沈途回答得挺老实。

古昊不解。沈途解释："我们的部族很古老，听巫彭说，我们那里随便拿一个寻常的东西出来，在你们的世界里，都能换很多钱。"

"古董。"古昊脱口而出，"哪天有空，你带我回家，把你们家那些盆盆罐罐给我装一麻袋带回来，那这辈子就不用再为钱发愁了。"

沈途笑笑不说话。

古昊坐那儿还不老实，一道气流激射而出，地上一个啤酒罐被击中，飞起又落下："这就是你控制气流的技能吧，我怎么突然也会使了。"

"我跟你说过，能力是可以进化的，最初，你只是能感应到出现的超能力量，当你的能力增强之后，你会发现它还会衍生出其他的技能。"

古昊点头："我曾经阻止过黄娅琳对我使用读心术。"

"所以今晚，你想用这种方式来制止小丁，却失败了。那是因为你还不够强大，还不足以用你的脑力去阻止别的超能者施展他的能力。"沈途说，"但你其实还有一种更厉害的技能，那就是与别的超能者连线，复制别人的能力。"

古昊吃惊："连线，复制？"

"瘿君和巫彭跟我说过，你的能力具有双向性，感应是获取，阻止是施加，如果用箭头表示的话，那就是两个相反的箭头，一个向内，一个向外。如果把这两个箭头安放在同一根直线的两端，那就是我说的连线了。"

古昊摇头，还是不明白。

"我主动让你感应到我的力量，同时，在心里默许你复制我的技能，这样，你就能像我一样控制气流了。"沈途说。

古昊怔怔地想，忽然有些莫名的兴奋："那我复制到的技能，可以一直使用下去，还是有时间限制？"

"那取决于被复制人。比如现在，你复制了我的技能，但我如果不想和你联线，我就能断开与你的连接，这样，你就没法再使用我的技能了。"

古昊微有些失望，随即又凑过脸去："别小气，让我再玩几天，把瘾过足了。"

沈途苦笑："我看行，但我有个条件，你得把我这车给修了。"

古昊立刻大包大揽拍胸脯："没问题。"随即又苦着脸，"刚才你不说不让我赔车吗？"

沈途再笑："你修车，我出钱。"

古昊立刻又眉开眼笑了："这才叫说话算话，是个爷们儿……"

张松进到一个书房样的房间，坐到桌前，在电脑上检索了一番，然后打电话。

电话那头显然是个老人，声音苍老。

张松说了今晚发生的事，那边沉默了一会儿，才传来一声叹息。

"你不该出手。"

"我错了，我以为我能杀死沈途。"张松说。

"你的判断一向准确，这回，为什么失算？"

"因为一个人。"张松凝眉道，"之前在小沙漠里，我见过他，不具备任何攻击性，所以，我也没太在意。但今晚，他突然能够控制气流，在我即将杀死沈途时，伤了我。刚才我查了，那个人，不在我们的名单之内。"

"控制气流是沈途的技能，难道那个人能复制别人的能力？"那头的老人忽然加大了声音，显然非常意外。

"这个人现在和沈途合作，沈途利用他，找到那些新出现的神力者。"张松说。

接下来是长久的沉默，张松握着电话，小心翼翼地等待。

"查清楚他的底细。"那边苍老的声音终于再度响起，却失去了惯有的冷静，"不到万不得已，不要出手。"

"还有件事，跟这个人在一起的一个女孩名叫黄娅琳，他的父亲是黄名堂，不知您是否还记得这个人。"张松说。

"是他？"那边的人显然有些意外，又是片刻的沉默过后，才道："黄名堂二十年前就应该死去，他苟活了这么长时间，也该让他知道真相了。"

"您的意思是……"

"不管你说的那个人，是不是如我们所想，但他既和沈途、巫彭合作，都该给他点教训。"

"既然我们不能伤他，就去伤他身边的人，让他无暇顾及跟沈途合作的事。"

"记住，不要伤了那女孩，只是让她吃点苦头。"

挂断电话，张松已经想到自己该怎么做了。

他站在书柜前，取出里面一个文件夹，打开，抽出一张照片。照片上正是年轻时候的黄名堂。回到桌前，张松在照片背后写下了一个地址。

那地址，正是黄名堂现在的住所。

古昊和沈途还坐在路边。

"今晚我还得问你件事，就是那个黑衣人。"古昊说，"你好像认识他，也好像早就料到他会出现。"

"小沙漠里，他已经出现过一次了。"提到黑衣人，沈途神情有些凝重，"我不知道他在外面叫什么，但在我们部族，大家都叫他郁垒。"

"还真是你们部族的人。"古昊直视沈途，"这事有点复杂了，也就是说，除了你和你癀君外加巫彭，外面还有你们部族的人？那你们这回离开族地，好像除了所谓的阻止灾难，应该还有别的目的吧。"

沈途沉默，显然在纠结要不要说出背后的秘密。

"就算你不说，我也能猜到，你们出来，就是为了这个郁垒，不对，应该还有别人。所有故事里，大BOSS都不会轻易出场。"

"巴融。"沈途说，"这就是你说的大BOSS的名字，我们离开族地，最主要的目的，就是找到巴融，带他回去，或者杀死他。"

"这里面一定有故事。"古昊来了兴趣，"我就喜欢听故事。"

沈途还在犹豫。

"我知道你担心什么，没事，你悄悄告诉我，你那白胡子癀君要怪你，就全推我身上。再说了，你悄悄告诉我，你不说我也不说，你们那癀君不会知道。"

沈途叹口气，"其实这事，你迟早都会知道。"

古昊连连点头，还亲昵地伸手拍了拍他的肩膀，以示鼓励。

"二十多年前，我还是个婴儿的时候，我们部族发生了一件大事，就是巴融带了几个族人，叛族而出。不仅这样，他还带走了几件族中圣物。"

"圣物？"古昊脱口而出，"你们部族随便拿件东西出来都是古董，那这圣物岂不更是价值连城，怪不得你们瘭君要带你们出来找他。"

"我们来找巴融，寻回圣物，倒不是因为那圣物值钱，而是我们部族世代守护那圣物，决不能让它流落到你们的世界里。它们不属于这里，还可能给你们的世界带来灾难。"

古昊立刻就想到了仓库里，巫彭从那三个超能者脖间取下的挂件。

"那些圣物到底是什么？这些新出现的超能者，是否都跟你们这圣物有关？"

沈途点头，主动提到了那挂件："根据我们掌握的情况，巴融将那些圣物中的一件，磨制成珠子，在一些人年幼的时候送给他们。这样，经过漫长的十几二十年，珠子终于改变了那些人的脑部结构，从而产生了超能力。"

"这都二十多年前的事了，你们到现在都没找到巴融？"古昊继续问。

"巴融和我们现在的瘭君巴图，当年都是老瘭君培养的接班人，他叛族之后，老瘭君便派人出去找过他。后来，巴图做了瘭君，十几年间也好几次离开族地，希望能寻回圣物带回巴融，但每次都让他逃脱，而且……"

沈途忽然欲言又止。

"而且还吃了亏。"古昊一点情面都不留，脱口而出。

"让我们吃亏的其实根本不是巴融，而是你们这个世界。"沈途面露忧色，"我们族地虽然衣食无忧，但终究生活单调，那些跟随瘭君来到你们世界的族人，突然之间面对这样一个花花世界，再加上巴图又刻意派人来诱骗怂恿，有些族人便受不了诱惑，竟想留在这世界，再不回族地。而留在这里的唯一办法，就是归附于巴融。"

"这样也行。"古昊听愣了。

"这次是瘭君最后一次离开族地，他已经老了，如果再不能成功找到巴融寻回圣物，只怕以后就再没有机会了。"沈途有点担忧，"其实，这次主动请缨跟随瘭君离开族地，我个人还有个目的，就是杀死郁垒。"

"你跟他有个人恩怨？"古昊问。

"上次瘭君离开族地已经是十年前，那时跟随在他身边的，有两个人，除了郁垒，另一个人叫神荼。郁垒和神荼是两个名字，但在我们部族，也是职务，职责就是惩戒犯了错的族人。那次离开族地，郁垒成了叛族者，他杀死神荼投靠了巴融。"

"神荼，沈途……"古昊忽然意识到了什么。

"没错，我现在是我们部族的神荼，被郁垒杀死的前任神荼，就是我的父亲。"

古昊再次惊呆了，这件事的复杂程度，远超过他的想像。

"神荼、郁垒……"他口中嗫嚅着这两个名字，觉得似曾相识。

"不用想了，这两个名字在你们的世界里，代表的是门神。"

"门神？"古昊愕然，"你们那究竟是什么样的部族？"

沈途想了想，苦笑："今晚我说的已经太多，甚至比我离开族地后说过的所有话加起来还要多，所以，我现在要走了，再不走，我怕我忍不住还会告诉你更多的事。"

"最后一个问题。"古昊不愿放他走，"那这些超能者跟你们说的灾难到底有什么关系？杀死他们，真的能阻止灾难吗？"

"超能者的技能有很多，这段时间你已经见识了一些，但还有更多的技能根本是你无法想象的，其中有一些，生来就带有破坏性，比如说传播瘟疫。"

"那只要找到散播瘟疫的超能者就能阻止灾难，又为什么要杀死所有超能者？"

沈途显然也在纠结："有些事过于高深莫测，没我们想的那么简单。一场大规模爆发的瘟疫，除了源头之外，更重要的就是传播途径。比如那个可以在水里呼吸的超能者，如果他感染了瘟疫，它可能将病毒传播到水里；再比如仓库里那个隐形者，当他携带病毒后，你们根本无法找到他，当然也就谈不上隔离了。所以，虽然预见了灾难和超能者有关，却不知道灾难究竟因谁而起，唯一最安全的措施，就是杀死所有超能者。再说，就算没有这场灾难，这些超能者也不该出现在你们的世界，他们最终只会扰乱这个世界的秩序，长此下去，造成的危害，只怕会远大于一场瘟疫形成的灾难。"

古昊静静地听，不得不承认沈途说的确实有道理。

沈途这回真走了，他怕再不走，还要被古昊套出什么话来。走之前，他把摩托车留给了古昊。古昊坐马路牙子上，回想刚才跟沈途说过的那些话，忽然忍不住兴奋起来。

他摸出电话打给黄娅琳，他迫不及待要向黄娅琳表演控制气流的能力，当然，也想跟黄娅琳连线，这样，就能使用她的读心术了。

黄娅琳还在医院，古昊表示自己会很快过去。

他再次跨上摩托，发动、轰鸣声过后，摩托车摇摇晃晃像个醉汉，向前驶去。

第十三章

电影院干尸

周末，黄娅琳陪着黄名堂去菜市场买菜，回来的路上，从后面赶上来一个男人，拦住他们。那人看起来至少五十多岁，半秃了脑袋，胡子拉碴，一张嘴露出满口的黄牙。他恶狠狠地瞪着黄名堂，就像一匹狼，随时都会向着猎物发起攻击。

"真是天意，隔了这么些年，咱们又见面了。"这人说话都有种咬牙切齿的感觉。

"你谁呀？"黄名堂莫名其妙，"认错人了吧。"

"化成灰我也认识你。"这人冷笑，"我都站在你面前了，你还能装得下去，看来这些年没白混。只可惜，现在我找到了你，咱们那点陈年老账，该算算了。"

"神经病。"黄名堂生气了，"你好好瞧清楚了，我是你说的人吗？"

"再装下去就没劲了。"那人怒极反笑，"胡有才，当年你也算条汉子，怎么多活了这十几年，变成缩头乌龟了。"

"胡有才？"黄名堂愣一下，"说你认错人了还不信，我姓黄，根本不叫胡有才。"

那人上前一步，已经离得黄名堂很近了，边上的黄娅琳都能闻到他嘴里散发出来的恶臭："胡有才，我刘一刀既然找到了你，当年那笔账，你想赖也赖不掉。"

黄娅琳忍不住了，虽然相信父亲根本不认识这个人，但还是用读心术去读他的心思。

黄娅琳感应到的只有愤怒。

她还看到一个昏暗的房间，破旧的家具，这个叫刘一刀的人躺在床上，剧烈地咳嗽，一口接一口地抽烟。突然响起敲门声，是快递员。门重新关上，刘一刀撕开信封，从里面抽出一张照片。照片上的人正是黄名堂，照片后面的地址，正是黄名堂的住址。

黄娅琳读取的信息，至少证明刘一刀并没有说谎。

这实在太蹊跷了，黄娅琳当然不会怀疑父亲，但偏偏这个刘一刀又没有撒谎，现在唯一的可能，就是那个叫胡有才的人，和黄名堂长得一模一样。但这种几率又有多少？

黄娅琳又做了件让自己觉得挺内疚的事，就是再次使用读心术，这次她的目标是黄名堂。

黄娅琳放心了，黄名堂真的不认识这个刘一刀。

黄名堂和刘一刀的争执仍在继续，但两人说话不在一个点上，都是自说自话，自然不会有结果。最后胡一刀摸出张照片，狠狠地甩在地上，咬牙切齿地威胁一定会让黄名堂付出代价，转身走了。

黄娅琳抢先上前一步，捡起地上的照片。

照片显然有些年头了，上面的两个男人还很年轻，穿着打扮依稀可见上世纪末的特定风格。模样虽然有些不同，但黄娅琳还是一眼认出，他们就是黄名堂和刘一刀。

黄名堂看了照片也很奇怪，自语道："难道真有人和我长得这么像？"

黄娅琳这时紧走几步，追上刘一刀："能留个电话吗？方便联系！"

刘一刀回头狠狠瞪了她一眼，没说话，走了。

仓库酒吧，古昊正和几个坏小子玩牌。吴胖子坐他边上，乐得嘴都合不拢。

黄娅琳打外面进来，吴胖子最先看到，远远冲她挥手打招呼。

吴胖子从医院回来好多天了，恢复得挺快。黄娅琳有心事，但面对吴胖子的热情，也只能故作轻松，问他什么事高兴成这样。

"古昊长能耐了，就这一会儿工夫，半个月的生活费有着落了。"

黄娅琳愣一下，随即站到古昊对面，拿眼狠狠瞪他。古昊心虚，不敢看她。这一局古昊输了，他把手里的牌卡到桌上，便打算起身离开。

"还能有点牌品吗？赢的时候屁股上抹了胶，输一把就想溜，做这种事，能过得了自己这一关吗？"有人不愿意了，大声嚷嚷让他回来继续。

古昊拗不过，只能重新坐下。吴胖子顺手抄起他卡在桌上的牌，古昊想拦没拦住。吴胖子看了牌一迭声抱怨："古昊你傻了吧，手上俩炸弹不甩你留着下仔用！"

大家好奇，一起凑过来看。古昊一把抓过牌，把它们掺到其他牌里："想玩就继续，不玩就拉倒，哪来那么些废话。"

黄娅琳赌气，坐到一边。

抓牌的时候古昊就有些心不在焉，牌抓齐了，心里"咯噔"一下，知道坏事了。

黄娅琳收回了她的读心术。

那晚古昊赶到医院，吴胖子已经睡了，长毛狗、章鱼等人也散了，只剩下黄娅琳还守在病房里。古昊挺心疼，要知道黄娅琳自己就是个病人，不能过度劳累。

但他还是迫不及待把一晚上的收获跟她分享。

黄娅琳像听故事一样听完沈途说的那些事，最感兴趣的当然还是古昊获得了沈途控制气流的技能。古昊表演一番，果然完美，接下来，经过数次尝试，古昊终能与黄娅琳连线，获得了她读心术的技能。

但黄娅琳实在没想到，古昊居然会把读心术用在玩牌上。所以，坐到一边后，她根本没想太多，直接就收回了自己的读心术——当古昊使用读心术时，黄娅琳能够感觉得到，这应该就是沈途说的连线了。这时候，她只要在意念中放弃这种感应，就算断开连线收回了自己的技能。

其实古昊的牌技不错，如果用心玩，未必不能赢。但失去了读心术，心里发虚，几圈牌下来，很快就把赢的那点钱全输了回去。但这样也有好处，他终于能离开牌局坐到黄娅琳面前。

"太小气点了吧。"古昊也有些不满，"我就是玩玩，这点输赢，也就相当于退休老头老太打发时间，派出所的人来了也顶多教育两句。"

黄娅琳不想和他争辩，转过头去，不吱声。

"行，算我错，我保证以后不用读心术来玩牌了。"见黄娅琳较真，古昊赶紧主动认错，"知道你今天过来，我还想赢点钱请你吃顿大餐。咱们重逢有些日子了，我都没正儿八经请你吃过一顿饭呢。"

黄娅琳叹口气，其实，就算古昊做错了事，她又何尝会真的生气。只是她的心情挺郁闷，因为早上突然冒出来的刘一刀。

于是，把早上买菜回来发生的事说了，古昊认真地听，使劲想，最后也只能得出胡有才跟黄名堂长得极为相似这样的原因。

"可是，为什么会有人给刘一刀寄那张照片，照片背后还有我们家地址？"

"你是觉得这里头有事？"古昊知道黄娅琳不生自己气，放下心来，"要想弄清楚这事，第一步，咱们得先知道这刘一刀究竟是什么人。"

黄娅琳想了想，点头："有个人能帮忙。"

"你说那个警察，秦歌？"古昊立刻摇头，"我特烦这人，你不找他，他都三天两头往你跟前凑，你再主动找他，他更得成狗皮膏药了。"

"我倒觉得他挺好，如果不穿那身制服，谁也猜不到他是警察。"黄娅琳说，"你见过随和到不像警察的警察吗？"

"那是因为他有事求着你。"古昊急，"这事真不用找他，咱们有读心术，想知道什么，直接找上门去问呀，就算他不回答，心里肯定也会想。"

黄娅琳觉得也有道理。

"你知道这刘一刀住哪吗？"古昊问。

黄娅琳点头，说了一家旅馆的名字，这也是她用读心术感应到的。

古昊开着沈途的摩托，带黄娅琳去那家小旅馆。摩托车还没修好，全市能修这车的只有两家车行，配件还得订购。古昊不着急，他已经喜欢上了飞驰的感觉。

到了那家小旅馆，跟老板说了刘一刀的相貌，得知刘一刀已经结账走了。黄娅琳希望老板可以提供刘一刀入住登记时的身份证信息，那老板想了想，拒绝了。

"这事，还得找秦歌。"出了旅馆，黄娅琳说。

古昊一听秦歌的名字就不高兴，转身要回旅馆："我就不信离了那警察，我就找不到刘一刀。"

黄娅琳想拉没拉住，但转身的古昊忽然停住了，好像被人施了定身法。黄娅琳赶紧走到他跟前，见到他眼神迷离，立刻猜到，又有超能者出现了。

金海影城3号厅，今天放的是部恐怖片，看的人挺多。

这场刚放到一半，杀手悄悄逼近主人公，观众看得屏气凝息，正紧张时，忽然观众席里响起一声女人的尖叫。观众们起初没当回事，以为哪个神经脆弱的人在刷存在感，但那声尖叫过后，中间位置一个女人发了疯样逃离座位，同时，更多的尖叫声从她嘴里发出。

大家不知道发生了什么事，但随后，那女人座位边上，又接连响起几声尖叫，更多的人起身逃开。坐得远的观众好奇，站起来勾着脖子往那边看。因为放映厅里灯光昏暗，看得不太真切，隐约只见到中间位置上，一动不动坐着一个人，他的周围已经空了。

放映员也被惊动，打开灯光。于是，大家终于看清了那个一动不动的人。

那其实已经不能算是一个人了——他虽然还穿着衣服，但露在外面的头颅已经发黑，皮肤干巴巴地包裹着头骨，就像一个风干的苹果。

如果一定要找一个词来形容他的话，那只能是干尸，或者木乃伊。

市局刑侦队接到影城报案后，很快到达现场。秦歌是最初到的警察之一，他从车上下来，还没进入影城，就看到有个人影在前面一闪而没。

秦歌根本没有多想，立刻追下去。队里其他人还没反应过来，他就不见了。同事们不放心，用对讲机问他是否需要支援，秦歌回答说不用。

前面的人跑得快，秦歌追得也不慢，但两人之间的距离，却始终保持不变。秦歌动了倔脾气，死咬住那人不放。后来前面那人进入条小巷，小巷那头走过来一群小青年，秦歌远远地就扯着喉咙喊："抓小偷！"

现在见义勇为的人不多，秦歌本来也没抱多大希望，但那群小青年人多胆壮，嘀咕几句后，一块儿上前拦住前面那人去路，在那人试图突围时，一帮人上前死死将他按倒在地。

秦歌停在他面前，弯腰喘气。

"有本事你再跑，跑得了和尚你跑不了庙。"秦歌半真半假地道，"叫你不学好，偷人钱包，怎么样，栽了吧。"

"你才偷人钱包呢，你们警察，就能随便陷害无辜市民吗？"

秦歌笑："钱包的事咱另说，但你肯定不是无辜市民。古昊，换你不觉得奇怪吗，哪儿出事都少不了你，今天你要不把自己洗干净了，我决不放过你。"

被小青年摁住的人正是古昊，感应到超能力量后，他毫不犹豫地骑着摩托赶到了金海影城。那时候警察还没到，影城的工作人员封锁了现场，古昊还是溜了进去，见到了那具干尸。他立刻想到，新出现的超能者，技能仍然跟水有关，他能蒸发人体内的水分，把人变成干尸。

他还没想好接下来要做什么，外面就想起警笛声。

溜出门，第一眼就看到从车上下来的秦歌，想溜，还是被他发现。于是，一番追逐之后，他就成了偷钱包的贼。

秦歌带着古昊回影城，警察有条不紊地在勘察现场。秦歌带着古昊进到3号厅，站到那具干尸的面前。

"这是现场，一般人进不来。今天我给你个特权，让你好好看看尸体。"

古昊目光瞥向别处："不看。"

"不看不行，你要不看，信不信我把你跟这尸体铐一块儿去。"

"有你这样的警察吗，太变态了，逼人看尸体。"话虽这样说，但古昊相信秦歌真能说到做到，只能盯着尸体看。

"想到什么了吗？"秦歌问。

"这干尸要能活过来，咱们就能过回打僵尸的瘾了。"

秦歌一巴掌拍他后脑勺上："正经点。知道我想到什么了吗？张伟，还记得吧，那个在自家客厅里被淹死的男人。"

古昊使劲摇头："不记得。"

秦歌不理他，径自往下说："这俩人死得都蹊跷，都死得极不可能，没法解释。"

"这些事跟我说得着吗？！我又不是凶手。"古昊哼一声，"我要是凶手，有这能耐，你现在还能跟我站一起吗？"

秦歌抬手又要拍古昊后脑勺，但这回古昊有了防备，一缩脖子躲了过去。

"今天，你得给我说清楚了，怎么哪里出事都有你，你是不是知道点什么。"

"我要能说清楚，还要你们警察干什么。"古昊坚决不配合。

秦歌有点生气，刚想再说什么，电话响。看号码，然后背转身去接听。

"又不让查！"秦歌忽然对着电话吼，"什么案子都不让查，还要我们这些警察干什么……不行，我要见见这个负责人，让他给我个不查的理由……"

那边的古昊耳朵竖起来偷听，有点后悔没复制黄娅琳的读心术再出来。

秦歌挂断电话，仍然愤愤不平，招呼现场的警察收队，只留两个人保护现场。很多人都不理解，一迭声发出些抱怨。但命令，仍然得执行。

古昊有点幸灾乐祸："案子都不让查了，你还扣着我，有用吗？"

秦歌狠狠地瞪他："让你说话了吗？一边蹲着去。"

古昊晃着脑袋闪到一边。

秦歌想了想，又招呼古昊过来："你走吧，反正随时都能找到你。最后我就想再跟你多说一句，知道什么，别瞒我，等我查出来，你吃不了兜着走。"

古昊当然不会跟他说什么，但离开影城的时候，还真觉得不能小瞧了这个警察。

也许他真能查出点什么来吧。

现在，古昊满心好奇的是，到底是谁不让警察查案了，这个人，对超能者的事知道多少。古昊想起沈途说过的话，巴融在这世界潜心经营三十年，难道他现在的能量已经大到能够左右警方？

秦歌回局里，跟队长嚷了一会儿，队长领着他去见了局长。

看得出来，队长和局长对这事也不认同，但当领导的，都有大局观，既然上头下了命令，只能遵守。局长耐心地给秦歌解释："案子不是不查了，只是省厅派了专人下来查，必要的时候，咱们可以配合。"

"发生在咱们云城市的案子，凭什么咱们不能查。"秦歌还是满肚子情绪，"这都是第二回了，省厅要觉得咱们没能力，干脆把咱们局给撤了，把他们省厅搬云城来。"

局长是个快退休的老同志，挺有耐心，继续劝说秦歌："省厅这样做，肯定有他的道理。这两件案子，都不是普通的凶杀案，死者都死得太蹊跷，至少目前，就算凶手站在咱们面前，咱们都想不出凶手是怎么做到的。我想，这才是省厅插手的原因。"

"正是因为想不明白，咱们才得去查。"秦歌继续不满。

"这样吧，省厅派来的人据说已经到了云城，这几天他会来局里，到时，我让你见见他。有什么不满有什么情绪，你都冲他使去，我这老头子没义务听你唠叨。"

局长这样说，秦歌就没办法了。但离开局长办公室，秦歌已经决定了，这案子，还得查。越是不让查，这里头越是有事。

走廊里，大刘迎面过来，让他赶紧回办公室，有个女孩来找他。

秦歌忽然有了预感，快步到办公室，推门进去，果然见到了黄娅琳。

晚上，古昊回到仓库酒吧，吴胖子问他一天都去哪了，留下他一个人孤军奋战。古昊问他战况如何，吴胖子泄气地说白忙活一天，赢的那点钱，也就够吃几碗面条的，最多再加几个煎鸡蛋。古昊表示没关系，有面条吃饿不死就行。

古昊拉着吴胖子出门，说有事，得他帮忙。

吴胖子一听特兴奋："跟你一块儿，甭管干吗都没关系，但今晚我有个条件，那摩托，得我来开。"

古昊不得不承认，吴胖子开摩托的技术确实比他强。

摩托停在那家小旅馆外头，古昊这才跟吴胖子说了来这的目的。不管用什么方法，都得拿到刘一刀的身份信息。吴胖子问刘一刀是谁，古昊把事情简单说了。这边事情还没说完，打旅馆里头出来一个人，古昊急忙扭头想躲，晚了，那人已经看见了他。

"要说咱俩有缘呢，哪儿都能碰上。"出来那人，正是秦歌。

古昊脑子转了一圈，立刻就想到秦歌出现在这里，肯定不是偶然。

"这里不是案发现场，没规定除了警察，别人不能来吧。"古昊没好气地道。

"能来。"秦歌笑，"但你来晚了。"

秦歌冲他扬了扬手上的一张纸。

"黄娅琳让你来查刘一刀了？"虽然已经猜到，但古昊还是忍不住要问。

"她也帮了我好多，我没理由不帮她这忙。"秦歌经过古昊时，拍拍他肩膀，"不跟你扯了，还有事。"

古昊皱了皱眉头，看着秦歌上了辆破普桑，走了。

"这人谁呀，牛哄哄的。"吴胖子问。

"警察。"古昊明显情绪低落。

吴胖子怔一下，不吱声了。好一会儿，他才问："现在怎么办，咱们，还进去吗？"

"走了。"古昊戴上头盔，"有这警察帮着查，咱们还凑什么热闹。"

"给黄娅琳打个电话吧，问问她现在在哪儿，咱们过去找她。"吴胖子说。

古昊想了想，有点生气她找秦歌帮忙查刘一刀，就赌气没打电话，把吴胖子送回仓库后，自己也回租住的房子睡觉了。

第二天早上，古昊还没醒，就接到黄名堂打来的电话。黄名堂问黄娅琳是否跟他在一块儿，昨晚她一夜没回，电话也打不通。

古昊立刻清醒了，让黄名堂别着急，他去找黄娅琳。

古昊非常懊丧，昨晚怎么就没听吴胖子的话呢。立刻打电话给黄娅琳，语音提示关机。再骑了摩托去她的房子，敲了半天门，里面也没动静。正无计可施之时，忽然感应到了黄娅琳在使用读心术。

恍惚之间，古昊看见一个男人，五六十岁的年纪，个子很高，但背已有些伛偻，半秃了脑袋，胡子拉碴，嘴里还叼着一根烟。

虽然没有见过这人，但古昊还是立刻想到，他就是黄娅琳说起的刘一刀。

黄娅琳现在居然和刘一刀在一块儿，而且待了整整一晚上，究竟发生了什么事？

古昊毫不犹豫立刻赶往感应到的地点，他只希望，在自己到达之前，刘一刀不要做出任何伤害黄娅琳的事。

超能英雄
之原力觉醒

Haerzu
The Force Awakens

Hiderigami
coming

第十四章
旱魃现世?

昨天，黄娅琳去刑侦队找秦歌，让他帮忙去查刘一刀。和警察打交道有一点很头疼，就是你得应付警察的盘根问底。当秦歌问她为什么要查刘一刀时，黄娅琳立刻意识到自己犯了个错误，如果把早上的事说了，那么，黄名堂就会一并成为秦歌的调查对象。

这时的黄娅琳也不知道，为什么会担心秦歌调查黄名堂。

黄娅琳推说这是私事，如果秦歌不方便或者不愿意帮忙，她也不会怪他。

匆匆离开刑侦队，黄娅琳只想着赶紧回家，守在父亲身边。这种感觉非常不好，就好像已经预料到将会有不好的事情发生一样。整整一下午，黄娅琳都陪着黄名堂，但又不能刻意表现出与往常有所不同。黄名堂的情绪明显因为刘一刀的出现有些低落，即使坐在电视前，节目又是他最喜欢的综艺节目，他仍然会常常失神。

吃过晚饭，黄名堂早早就回了自己房间，关上门。黄娅琳独自坐在客厅里，忧心忡忡。

然后，她接到了秦歌的电话。

秦歌告诉她，他已经离开局里，正在前往那家小旅馆的路上。他只想再次跟她确认那个小旅馆的地址。这时候黄娅琳忽然很想说不用查了，那个刘一刀是谁跟她没关系，她不想因为他改变现在的生活。但是，话到嘴边她又咽了回去，就算不查，刘一刀会放过黄名堂吗？

忽然想到古昊，黄娅琳对他有了些内疚。上午答应古昊和他一块儿去查刘一刀，但她忍不住，又去找了秦歌。他知道，一定会不高兴吧。

犹豫了一会儿，黄娅琳确定父亲已经睡了，这才出门。

她要去仓库找古昊，告诉他找了秦歌的事，还想告诉他，自己很害怕。

——她在害怕什么呢？

114

黄娅琳出门，拦了辆出租车，进到后座，另一边的门忽然开了，有个人以极快的速度坐到了她的边上。待看清那人时，她悚然一惊，来人竟然正是刘一刀。

"你想干什么？"像所有受到惊吓的女人一样，黄娅琳带些惶恐地问。

"别害怕，我只想跟你聊聊。"刘一刀说。

"我跟你有什么好聊的。"黄娅琳想下车，但胳膊被刘一刀抓住。

"聊聊你那个父亲，聊聊他到底是黄名堂还是胡有才。"刘一刀现在看起来除了邋遢点，好像没有早上那么些怒气了。

黄娅琳愣了一下，不再挣扎。刘一刀说的话，正是她现在最想知道的。

车子停下，是个烂尾的工地。黄娅琳知道这个地方，当时宣传搞得挺大，要建云城最豪华的别墅区，但据说因为设计不合理以及价格太高，一直无人问津。

出租车很快离开了，黄娅琳环顾四周，狐疑地问："为什么来这里？"

"这里安静，无论我做什么，都不会被人发现。"刘一刀的声音阴沉了许多。

黄娅琳感觉情况不对，也许，刘一刀根本就是想把她骗到这里来。意识到这点时，已经晚了，她转身想跑，刘一刀快步上前，从后面勒住了她的脖子……

睁开眼，手脚都已经被绑上，透过外面渗透进来的星月微光，黄娅琳发现自己置身于一幢尚未完工的建筑里，静悄悄的，刘一刀不在。

这时候的黄娅琳反倒冷静下来，她大声呼叫刘一刀，但他却始终没有出现。

黄娅琳想，刘一刀究竟要做什么呢？

黎明的时候，一道曙光落了进来，黄娅琳被光亮惊醒，回想这一夜，不知是睡过了，还是只迷糊了一会儿。然后，听到脚步声，刘一刀终于走到了她的面前。

这回，黄娅琳毫不犹豫对他使用了读心术，现在，读到什么并不重要，她相信，古昊一定会发现她的处境，而且，会毫不犹豫地赶来。

古昊赶到烂尾的别墅区，很快确定了黄娅琳所在位置，悄悄潜到楼里。

在楼梯上，就听见黄娅琳焦躁不安的叫声。

"你说的这些我都不信，我爸叫黄名堂，根本不是你说的胡有才。"

"我会让你相信的。"刘一刀的声音里有抑制不住的怒气。

黄娅琳赌气转过脸去，不吱声了。

古昊探头瞧过去，只见刘一刀掏出一张纸片，展开放到黄娅琳面前："想知道真假，只要去这个地方看看就知道了。"

"我不去，你已经骗了我一次，我不会再上你的当。"

"你怕了。"刘一刀冷笑，"就算你不去，我也不会放过胡有才。现在，你就给胡有才打电话，让他自己过来，一个人。"

"你想干什么？"黄娅琳惊道，"我不会打电话，更不会让我爸过来。"

"那就我来打这个电话，你觉得胡有才知道自己的宝贝女儿有危险，会不会赶过来救你？如果他来了，不管发生什么事，我只想让你知道，这都是他当年种下的因结出的果。"

黄娅琳还想说什么，刘一刀已经摸出了她的电话，开机，调出黄名堂的电话。

古昊就在这时冲了出去，

刘一刀听见动静，回身看到古昊，立刻拔出腰间的一把匕首，但匕首还没举起来，忽然一股无形的力量奔涌而来，正中刘一刀的胸膛。刘一刀根本承受不住，匕首落地，人也踉跄后退数步，一屁股跌坐在地上。

古昊奔到了黄娅琳面前，替她解开了绳索。

那边的刘一刀想站起来，但试了两回，根本站不起来。他面上现出些恐慌的神情，不知道自己是如何被击倒的。其实，古昊这是手下留情，只发出一道不算很强的气浪，目的不是伤人，而是逼开他，以便救下黄娅琳。

"好了，没事了。"古昊把黄娅琳扶起来，"他怎么着你了，受伤没？"

黄娅琳心事重重，冷着脸摇摇头。

古昊转身走近刘一刀，刘一刀捂着胸口，勉强撑起身子。

"你就是刘一刀？"古昊恶狠狠地道，"我警告你，甭管你跟那个胡有才有多大的仇，以后再看你骚扰黄家父女，分分钟把你这把老骨头给拆了。"

刘一刀怒极反笑："小兔崽子，老子可不是被人吓大的。我现在既然找到了胡有才，你以为我还舍不得这把老骨头吗？"

"你既然舍得，那我还不要了。"古昊讥诮地道，"把你交给警察，就你做这事，够蹲几年大牢了。你要真有能耐，大牢里折腾去。"

古昊真的摸出了电话，打算报警。

黄娅琳忽然上前拉住了他："让他走吧。"

"走？"古昊惊讶，"瞧他做的这些事，先是威胁你爸，然后直接玩起了绑架，留着他，不定还要惹出多大乱子来。"

黄娅琳再次重复了一遍："让他走。"

"有没有搞错，他可绑了你一晚上，我要来得晚点，不定他能对你做出什么事来。"

"我说了，让他走。"黄娅琳的声音已经颇不耐烦了。

古昊看看黄娅琳，再看看刘一刀，仍然在犹豫。

"真把他放了，你可别后悔。"他还试图说服黄娅琳。

黄娅琳这回直接不回答，转身就往楼梯方向去。

古昊再狠狠地瞪了眼刘一刀，叹口气，追了过去。

"这事，别告诉任何人，特别是我爸。"黄娅琳说。

古昊怔一下，最后回头看看胡一刀，狐疑地道："他都跟你说什么了，难道……"

黄娅琳厉声道，"没有难道，他的事跟我爸没关系，我爸是黄名堂，不是胡有才，他一定是认错人了。"

古昊怔怔地闭了嘴，但心里，已经有了不祥的预感。

"我想，请你跟我去个地方。"黄娅琳犹豫了一下说。

"没问题，去哪儿，什么时候？"

"等我决定了就会告诉你。"黄娅琳叹口气，"我累了，送我回家吧。"

古昊很想现在就回去，问刘一刀都跟黄娅琳说了些什么。但是，他又不能丢下黄娅琳。黄娅琳脸色极差，这让古昊非常担心。她是个病人，过度劳累会让她随时病发，而每一次病发，都可能让她永远地离开这个世界。

古昊觉得心里隐隐地痛，他已经预感到了些什么，但却不愿意去面对。所以，无论黄娅琳想做什么，让他做什么，他都会毫不犹豫地去做。

能为心爱的人做点什么，也许不久之后对他来说，都会成为一种奢望。

秦歌一早就去了法医检测中心，把主任堵在了办公室里。秦歌开门见山，表示想知道昨天金海影城那具尸体的情况。主任说尸检还没开始，因为接到上面的指示，省厅有人会专门接手这案子，尸体现在只是暂存在这里。

秦歌要自己去瞧，主任劝他别去了，尸体死因是全身严重脱水，虽然没经过检测，但主任怀疑尸体已经不含一点水分。另外，尸体全身没有伤痕，昨天看到尸体，他绞尽脑汁也猜不透这是怎么做到的。当然，如果借助特定的仪器，不难，可死者偏偏死在坐满人的放映厅里。除非有人在电影放映前，把干尸带进了影院。

这一趟并非没有收获，至少，得到了死者的身份信息——这根本不用查，死者的身份证就在钱包里，而钱包以及其他贵重物品，比如戒指手机车钥匙等等，全都在。

死者名叫欧建强，是个商人。根据车钥匙判断他开的是辆进口车，价值不菲。换句话说，欧建强应该算是个有钱人。

秦歌回到队里，很快就查清楚了欧建强的情况。

欧建强，男，36岁，高中文化，本地人，未婚，住在东区新建的一个小区里，目前的职业是一家建筑公司的总经理。他有个女朋友叫庄静，俩人已经同居好几年。庄静开了家美容院，生意情况一般。

去见庄静之前，秦歌决定先去趟金海影城。

影城的负责人昨天见过秦歌，当然不怀疑他的身份。根据售票记录，欧建强出事的座位，系与边上的座位同时售出，也就是说欧建强买了两张票。然后调取事发当天的监控录像，因为时间明确，很快就发现了欧建强。不出所料，跟他一块儿进入放映厅的是个女人。

离开影城，秦歌直奔庄静的美容院。

美容院生意果然萧条，秦歌进门的时候，庄静正和几名技师围坐在一起闲聊，神态看起来颇为正常，显然还不知道欧建强死亡的事。

秦歌亮明身份，庄静虽然对警察上门有些警惕，但还是带秦歌进到一个单间里。

"我想了解一下欧建强的情况。"秦歌开门见山。

"你想知道什么？"庄静反问。

"比如你和他的关系。"

"是不是他犯了什么事，他的事跟我没关系，要抓你们直接抓他好了。"庄静看来真不知道欧建强已死，话虽然说得有点不近情理，但却真实。

"我跟欧建强谈了五年的恋爱，后两年住到了一块儿，但最近我们在闹分手，他已经好多天没回来住了。"庄静说。

"为什么闹分手？"秦歌已经基本上排除了庄静作案的嫌疑，但有些事，还得问。

"你要找个男人，三天两头在外面沾花惹草，你能受得了？"庄静气鼓鼓地道，"前些年，他还能收敛点，知道瞒着我。后来被我发现了两次，索性破罐子破摔，把事情做到了明处，当我的面就能跟小三打情骂俏约时间见面。"

"太不像话了。"秦歌对此表示同情。

"但就算分手，我也不能便宜了他，毕竟我跟了他五年，拍拍屁股走人，那我岂不是亏大发了。所以，我得让他补偿我。为这事，我们不知吵了多少回，还没吵出个结果来。你不知道，他为别的女人可以一掷千金，偏偏对我抠门到了变态的地步。往后谁跟了这样的男人，都没好日子过。"

庄静毫不隐瞒对欧建强的不满和愤怒，这虽然可以构成杀人动机，但她如此坦然地说出来，反倒让人不会怀疑她。

"你知道最近跟他混在一块儿的女人是谁吗？"秦歌问。

"我哪知道是哪一个呀。"庄静看着挺无奈，"他身边的女人走马灯似的，换了一个又一个，现在，我都懒得去管了。"

秦歌取出监控录像里截取的图片让她辨认，庄静看了好一会儿，还是摇头。

"最后，我想问你昨天上午十点到十一点之间，在做什么。"

庄静吃了一惊："这词儿怎么这么耳熟，电影电视里警察老这么问别人。是不是欧建强出事了，还是……"庄静顿一下，小心翼翼地接着道，"他是不是死了？"

秦歌丢下目瞪口呆的庄静，离开了美容院。庄静虽然恨死了欧建强，但突然知道他的死讯，沉默片刻后，还是流下了眼泪。那个男人再不是东西，但至少两人待在一起已经五年，就算现在已经没有了感情，但至少，她为他付出了五年最美好的时光。

出门之前，秦歌询问了坐在外面的一名技师，确认了昨天一天，庄静都没有离开过美容院，因而，庄静的嫌疑彻底被排除。

现在要做的，是寻找到监控录像中的那个女人。

要找那个女人，必须走访欧建强身边的人。本来一组人干的事，现在秦歌一个人扛下了。秦歌去了欧建强的公司，他的死讯还没有传开，所以公司正常运转。秦歌亮明身份，找几个人聊了聊，虽然没有得到明确的信息，但对欧建强又多了些了解。

欧建强确实如庄静所言，外面有很多女人，他甚至无所顾忌地把一些女人带到公司来。但是，谁也不知道最近跟他在一块儿的女人是谁，或许知道，不愿意说。

忙了一天，傍晚的时候，秦歌回队里，下车，远远就看见古昊坐在院里的一个花坛边上，还挥手冲他打招呼。秦歌怔一下，心想这小子怎么来了。

走过去，上下打量古昊："这谁呀，瞧着面熟。"

古昊也有些别扭，却在面上堆起些笑容："记性真差，昨天刚见过面，忘了？"

"我记得昨天是见过一人，可在他眼里，我应该就是块狗皮膏药，他一门心思想躲开我，万万不会主动过来找我。"

"我就是你昨天见过那人，要不，咱们到你办公室坐会儿，我再让你好好瞧瞧。"

"瞧个屁。"秦歌板起脸，"你小子主动往我跟前凑，肯定有事。你要打算投案自首，我支持，别的事，你就甭跟我开口。"

秦歌难得有一个能拿住古昊的机会，开始摆谱。

"我又没做坏事，自什么首呀。"古昊道，"我这是受黄娅琳之托，来打听一下她让你查的那人。"

秦歌笑了："你别忘了我可是警察，警察面前说瞎话，胆不小。"说话间他摸出电话来，"知道这什么吗，电话，黄娅琳要着急问，一个电话过来就解决问题，还至于让你大老远跑一趟。再说了，哪回见你，你不跟我耍横，这突然之间变成小绵羊了，就一种可能，你心里头有鬼。"

古昊不耐烦了："你又不是不知道我跟黄娅琳的关系。"

"那我这就给黄娅琳打电话。"秦歌毫不妥协。

古昊赶紧上前拉住他："不信就算了，我就当没来过，你今天也没见过我。"

古昊赌气，转身就要走，秦歌暗笑，大声道："来而不往非礼也，你要找我帮忙，没问题，但你也得帮我点什么吧。"

古昊停步，慢慢回身。

他的眉峰紧锁，显然在纠结什么事。

"如果，如果你不问那么多的话，我可以帮你找凶手。"他说。

秦歌一愣："凶手，哪件案子的凶手。"

古昊嘴里慢慢吐出四个字来："金海影城。"

早上，古昊送黄娅琳回家，虽然很想知道刘一刀对她说了什么，但黄娅琳看起来非常疲惫，情绪也很低落。古昊到嘴边的话又咽了回去，他知道，就算问了，她也不会说。

到小区门口，黄娅琳就让古昊回去，不待古昊说话，便径自离开。

她的背影愈见消瘦，这让古昊更加担心。

古昊很想做点什么，却根本不知道该怎么做。要想帮助黄娅琳解忧，唯有找到刘一刀，弄清楚胡有才的事，才能判断他是否和黄名堂有关系。他在烂尾别墅区已经放过了刘一刀，再想找他，就没那么容易了。这个刘一刀究竟是谁，他跟胡有才之间，到底有什么深仇大恨，以至于他要找上和胡有才长得酷似的黄名堂？

古昊想得脑子都有点疼，忽然间灵光闪现，想到了秦歌。

警察查人最方便，黄娅琳一定也是因为这点才去找了秦歌。现在，秦歌已经去过那小旅馆，获取了刘一刀的身份信息，这样，他只要调取刘一刀的系统档案，就能知道他是什么人，曾经做过什么，或许，根据他过往的经历，还能知道他和胡有才之间的恩怨。

古昊坐不住了，这事，得找秦歌，但偏偏秦歌又是他讨厌的人。最重要的是，如果找上了他，不知道又能给自己惹出多少麻烦。

古昊的担忧不无道理，事实证明，秦歌根本不像他表面看起来那么随和，而是老奸巨猾，你想从他那儿拿到一个枣，就得先给他一个桃。

现在的枣是刘一刀，而那桃，则是古昊帮他找凶手。

"我能找到凶手，但前提条件是，你不要管我是怎么做的。"古昊说。

古昊已经坐在了秦歌的办公室里，秦歌皱着眉头上下打量古昊，像是在思量他的话是真是假。

"那你得先告诉我，凶手怎么做，才能把一个人变成具木乃伊。"秦歌问。

古昊摇摇头，冲着秦歌伸出手："你得先给我刘一刀的资料。昨晚你去了小旅馆，到现在已经快二十个小时了，我相信，你一定已经有了收获。"

秦歌瞪着古昊，那表情，既怒且笑又无奈。最后，他还是口中无声骂了古昊一句，把一个大信封递了过来。

古昊打开信封，立刻就看到了刘一刀的照片。照片上的刘一刀比现在年轻多了，头发虽然也不多，但没现在秃得厉害。看文字，古昊吃了一惊，他没想到，这个刘一刀是名刑满释放人员，他入狱的罪名是抢劫，还有伤人。

第十五章

瓷娃娃女孩

刘一刀本名刘金安，男性，现年59岁，籍贯为邻省的某个城市。十二年前，因为入室抢劫并重伤多人，被判处无期徒刑，两年前，因患胆汁性肝硬变，且符合执行无期徒刑起服刑七年以上的规定，准予其保外就医。

秦歌在那个城市的公安系统有好几个同学，拿到的资料颇为详细。

刘一刀当年所犯的那个案子，性质非常恶劣，抢劫得手后，还杀了家里的两个大人，重伤了一名十几岁的孩子。刘一刀没有被判处死刑，是因为这起案子的主谋另有其人，两名受害人均系这主谋所杀。

刘一刀落网后，供述出主谋就是胡有才。

警方后来并没有对胡有才展开抓捕行动，因为胡有才已经死了，刘一刀亲手杀死了他。据刘一刀交代，二人得手之后，胡有才忽然对他痛下杀手，刘一刀猝不及防间受了重伤，但却诈死瞒过胡有才，然后突然发动，抢得先机，将胡有才打倒。刘一刀直到那时仍没想过要杀死胡有才，但胡有才却不愿放过刘一刀。二人在随后的搏斗中，刘一刀连刺胡有才数刀，致其毙命。

然而，却没人见过胡有才的尸体。刘一刀的说法是二人搏斗地点在一条河边，杀死刘一刀后，他就将他抛尸河中。尸体打捞工作进行了数日，并无结果。警方提取了岸边残存的一些血渍，确认来自于胡有才。

这时，警方仍然不能确定胡有才已经死亡，但刘一刀却对此深信不疑。胡有才就个疯子，身负重伤后仍然要杀死刘一刀，所以，刘一刀为了搏命，在他死后，仍然连刺他数刀。警方找不出刘一刀有任何撒谎的理由，要知道胡有才活着，或可还能分担些他的罪责。

以上就是刘一刀的情况，古昊看完先是倒吸了口凉气，接着又放下心来。

想不到胡有才居然是那么狠毒的一个人，他怎么也不能把他和黄名堂联系起来。这刘一刀不知哪根筋搭错了，明明亲手杀了胡有才，十多年后，居然缠上了和胡有才长得酷似的黄名堂。

那边秦歌这时候小心翼翼地问："我把东西给你了，你不会不帮我找凶手了吧。"

"答应你的事，就一定办到，但是，还是那句话，我只负责告诉你谁是凶手，你别问我是怎么做到的。"古昊说。

"可我怎么能确定你给我的人就是凶手？"

"那就是你的事了。"古昊把材料还给秦歌，"你是警察，总不能什么都不做吧？"

秦歌还是不放心："你不会随便街上拉个人糊弄我吧。"

"我有那么坏吗？"古昊哼一声，"发现你这人有点小心眼。"

秦歌笑笑："我要小心眼就不给你看这些材料了。这样吧，你先跟我说点别的，这黄娅琳跟刘一刀，八竿子都打不着，怎么会想起来让她帮她查这个人。"

古昊微怔："她没跟你说？"

秦歌摇头："我问过，她没回答我，我多问两句，她就说不帮她也没关系，就当她没找过我。咦，我觉得你们俩怎么一个德性。"

古昊笑笑："她没说的事，我更不能说了。"

秦歌泄气："合着我今天从你嘴里什么都得不到了？"

"那么着急干吗，换了我是你，回家该兴奋得睡不着觉了。什么事不做，我把凶手送你跟前来，这跟天上掉馅饼没啥区别，你还想怎么样。"

秦歌被说愣了，想半天，点头："还真是，那我现在是不是得去药房，买几片安眠药？"

离开刑侦队，古昊本想去找黄娅琳，告诉她刘一刀的情况，但想了想，还是决定暂时不去打扰她。长夜漫漫，不想回去睡觉，就只能去仓库酒吧。

吴胖子和一帮人还在玩牌，古昊凑过去，吴胖子说那边有人找他，已经等半天了。古昊回头看，见沈途独自坐在角落里，看起来挺孤单。

古昊过去坐到他对面："摩托还没修好，你要着急，只能要回辆破摩托。"

沈途摇头："我不着急。"

"那我就放心了。"古昊笑，"我这刚上手，还没玩过瘾呢。"

"尽管玩，没人催你。但是，你不能光想着玩，咱们还有正经事。"

古昊佯装不知："正经事，什么正经事？"

"金海影城的干尸案，现在传得沸沸扬扬，各种说法都有，甚至有人开始说僵尸病要来了，有些人还很兴奋，因为那样，就有机会打僵尸了。"

古昊想忍没忍住，哈哈笑出声来："打僵尸，这得开多大脑洞才能想到这一出。"

沈途也笑："我来，就是想提醒你，不管有没有僵尸，拥有这种技能的超能者留在外面，是件很危险的事。如果不尽快找到他，等再发生几起这样的事件，很可能会产生更多的谣言，引发更大范围的恐慌。"

古昊收敛起笑容，点头："警方也在找这个人。"

"我们必须抢在警方前面找到他。"

"找到他，再杀死他？"

"不管怎么样，瘭君是对的。杀人，有时候是为了救更多的人。"

古昊沉默。

"我知道你顾忌的是你们这个世界的法律，所以不愿看到有人死去。但我不属于你们这里，我做这些事，是在帮助你们。"沈途继续说，"我不会强迫你带我去找新出现的超能者，但我提醒你，当超能者的技能被唤醒，他就不会罢手，他就会更多地使用超能力，并对超能力产生依赖，这样，他对你们这世界造成的伤害就会越来越大。"

"这些事怎么会落我身上，我究竟招谁惹谁了。"古昊愁容满面。

"你不想有人因你而死，但你想过没有，如果我们不找出超能者，制止他的暴力行为，将会有更多的人死在他的手上。那么，这些死去的人，是不是也算因你而死呢？"

古昊彻底郁闷了，双手插到头发里，苦恼地道："我到底该怎么做？"

"找出新出现的超能者，其他事，就跟你没关系了。"沈途说。

古昊狠狠咒骂了句什么，情绪低落。

沈途同情地看着他："今晚我要说的就是这些，怎么做，你自己拿主意。"

沈途说走就走，今晚他来，不过是想给古昊一些警醒，他相信目的已经达到，他更相信，古昊会做出正确的选择。

那边玩牌的吴胖子看出古昊不对劲，牌局休息的时候过来问他是不是发生了什么事。古昊正想该怎么解释，忽然接到黄娅琳的电话。

"来接我，我们去说好要去的那个地方。现在！"黄娅琳说话干净利落。

古昊一惊，不知道黄娅琳怎么想起来这会儿动身，但还是答应立刻过去。

于是跟吴胖子说了黄娅琳找他，他现在就得走。吴胖子把这当成恋爱中的人的正常表现，也不奇怪，回到牌局中时，还跟八爪蟹长、毛狗等人调笑古昊一番。

古昊到外面，刚跨上摩托，忽然间眼神迷离，脑子里又响起"敲门"声。

又有超能者在使用超能力了，这回，他看到的画面是一朵花，瞬间枯萎……

古昊犹豫了好一会儿，决定还是去找黄娅琳。这个超能者显然就是金海影城丁尸案的作俑者，但今晚他并没有伤害别人，他伤害的，只是一朵花。古昊猜想他一定是在演练自己的能力，也或者，就像沈途说的，当一个人的能力被唤醒，他就不会罢手，会更多地使用他的能力，并迷恋上它。

往黄娅琳家去的途中，古昊终究不能安心，把车停到路边，在秦歌和沈途之间纠结了好一会儿，才摸出电话来打给秦歌。

他答应过秦歌帮他找凶手，就不会食言，现在自己既然分身乏术，不如让秦歌去查这个超能者。至于沈途，他有些不谙世事，说白了就是头脑简单，是非观念还停留在非黑即白的地步，而且出手绝不会留情。古昊可不想自己的一个电话，就让一个人被杀死。

接到他的电话，秦歌很意外。古昊直奔主题，告诉他一个地址。

"这算怎么回事，说好给我凶手，怎么又改成一个地址了。"秦歌显然有些不满。

"本来我能查清楚了再找你，但现在黄娅琳找我有急事。虽然还不知道凶手是谁，但他一定跟我给你的这个地址有关系。你可以去查，也可以真的什么都不做，等我给你凶手。"

秦歌沉默了一下，忽然有些小心翼翼地道："黄娅琳十几分钟前刚给我来过电话。"

古昊急切地问："你把刘一刀的情况告诉她了？"

"你们什么都不告诉我，我实在没有瞒她的理由。"

古昊一下子就明白黄娅琳为什么现在要去那个地方了。胡有才心狠手辣，一桩抢劫案里就连杀两人。如果黄名堂真和他有什么关系，那将是件非常可怕的事。

"黄娅琳现在找你，不会跟刘一刀有关吧？"秦歌问。

古昊没有回答，而是直接挂断电话。

想到黄娅琳，古昊忽然又有心痛的感觉。她已经够不幸了，偏偏命运还不放过她，如果黄名堂真的跟胡有才有关系，那对她来说，真的就是一场苦难了。

古昊匆匆赶到黄娅琳家所在小区，黄娅琳已经简单收拾了一个包在门口等他。

黄娅琳冷得像块冰，看到古昊来，径自坐到车后座上。

"我们去车站。"她说。

古昊想宽慰她几句，回头看了看她，她的目光却落在别处。古昊知道，这时说什么都是多余，唯有解开事情的真相，才能真正宽慰她。

或者，真相变成一把刀，重重地插在她的心上。

两天之后，古昊和黄娅琳走在那个城市的街头，黄娅琳的脚步越来越慢，以至于后来，沉重到迈不开步子。

"如果你觉得不该来，我们现在就回去。"古昊说。

黄娅琳非常紧张，整个身子这时都有些微微发抖。

古昊上前，毫不犹豫地将她抱在怀里……

黄娅琳的身子纤弱而消瘦，古昊心痛到想流泪。其实，他和黄娅琳都已经有了不祥的预感，只是，他们仍然在苦苦挣扎，仍然期盼着那不会成为现实。他无法想像，当真相狠狠地刺中她时，她是否还能承受得住。

"我们走。"擦去泪痕的黄娅琳好像下定了决心，"有些事，我们始终要去面对。"

黄娅琳的坚强超出古昊的想像，她不待古昊回应，已经挣脱他的怀抱，走在了前面。这回，她的步子轻松了许多，但古昊心情却更加沉重，他知道，黄娅琳已经聚集起了所有的力量来迎接事实的真相，这样的后果，就是她会变得更加脆弱……

不久之后，黄娅琳和古昊站在一条小巷里，他们的面前有一扇门，门里就是他们此趟行程的终点。古昊还在犹豫，而黄娅琳却已经上前一步，轻轻叩门。

黄娅琳虽然态度坚决，但古昊注意到她敲门的手都在轻微地颤抖。

里面传来轻微的脚步声。门开了。

张松仍然坐在大书桌后面，正在打电话。

"……刘一刀接到我给他的信，已经来了云城，据我所知，已经和黄名堂父女有所接触。黄名堂身份被曝光，只是迟早的事。"

"这件事其实并不重要，我只关心那个叫古昊的人。"那边苍老的声音说。

张松打开桌面上的一张图片："古昊的资料我一会儿给您传过去，看起来并没有什么特别之处，除了他的父亲。"

"哦，他的父亲？"那边的老人似有些奇怪。

"二十多年了，虽然他的相貌已经变了很多，但我想，您一定还能认出他来。"

那边沉默，似在回想，又像在等张松说出答案。

"二十多年前，那场变故发生的时候，有个人无意中闯入了族地……"

"是他！"那边的老人显然很惊讶。

"他现在的名字叫古汉元。"张松说。

"那古昊……"那边的老人语调已经颇有些激动。

"我会查清楚的。"张松道，"巴图这回重出族地，还找了古汉元的儿子古昊相助，我想，这必定不是巧合。古昊能够控制气流，显然是复制了神荼的能力。复制能力这项技能非常罕见，近百年间，部族只有一个人可以做到。"

"那就是我。"老人的声音已经恢复了平静。

"古昊是怎么做到的呢？而且，他根本不在我们的名单上，他的能力究竟从哪来？难道巴图也在制造神力者？"

"不可能，巴图是个固执且守旧的人，他不可能让神力流传到外面世界来。"

"那么，只能有一种解释了。"张松小心翼翼地说。

那边的老人又沉默了一会儿，才用坚定的语气道："继续查清楚古昊的一切，必要时，可以和他正面接触，但是，一定不要和他发生冲突。"

"我明白。"

"金海影城的干尸，说明又有神力者出现，巴图一定不会放过他。现在，不管巴图做什么，你都不要干涉，我倒要看看，巴图这次出族地，到底会用什么办法来找到我。"

"您的意思是可以牺牲那些神力者？"

"神力者还会有很多，巴图就算倾全族之力，也阻止不了神力在这个世界出现。"那边的老人忽然有些悲伤，"我想，巴图这是最后一次出族地了，我跟他缠斗了二十多年，终于要结束了。"

挂断电话，张松吁了口气。他又在电脑上打开一张图片，这回图片上是个年轻的女人，长发，肤白，明眸，不算很漂亮，但却非常清秀。张松盯着照片看了会儿，轻轻一声叹息，将照片删除。

离开书房，穿过走廊，进到电梯里。

电梯下行，很快又停下。外面走廊里，很多人在走动，还有些穿着白大褂的医生和穿着淡蓝制服的护士在忙碌。这些人经过张松身边时，都会很谦恭地笑笑，主动跟他打招呼，称他做"张院长。"

很显然，这是家医院，张松的身份，就是这家医院的院长。

门开了，门里，站着一个头发蓬乱，形容枯槁的老太太。

"你们找谁？"老太太的声音沙哑疲惫。

古昊正琢磨该怎么说，黄娅琳已经抢着答道，"请问，这里是胡有才的家么？"

老太太警觉，狐疑的目光仔细打量他们两人。

"胡有才早就不在了，你们是谁？"

"我们，我们只是想来看看。"黄娅琳居然笑了笑，"我们受人之托，来看你们是否需要帮助。"

"是个朋友。"古昊赶紧加了一句。

透过半开的房门，可以见到里面是个窄窄的过道，墙壁早已斑驳，两边胡乱堆放着些杂物，非常混乱。再加上老太太的着装，古昊和黄娅琳已经判断出老人的生活状况。

"还有人会想到我这个老太婆？"老太太摇头，"十几年了，难得有人还记得胡有才，也算有心。我能知道他是谁吗？"

古昊和黄娅琳互相看了看，一起摇头。

黄娅琳道："他特意叮嘱过我们，不要说出他的名字。"

老太太微怔，又苦笑："没事，我们家现在这种情况，也不怕有人打什么坏主意……"

进到屋里，面积不大，光线昏暗，隐约可见一些老式家具笨重地占据了房里大半的空间。进门后扑鼻而来的是种陈年腐朽的气味，就像已经好长时间没有开过窗一样。

老太太轻轻推开一扇门，探头往里看了看。古昊和黄娅琳跟过去，看到里屋的空间更小，一张不算很大的床看起来非常突兀。床上，躺着一个女孩，肤色苍白得吓人，此刻，闭着眼睛，显然正在睡觉。

老太太做个噤声的手势，关上了房门。

"这是我女儿，十几年了，一直躺着。"老太太说。

黄娅琳好奇："她是病了吗？"

"你们听说过瓷娃娃吗？"老太太的声音很平静，"有种病，可以让人的骨头变得非常脆弱，稍微一点撞击就会断。大家都管得了这种病的人叫瓷娃娃。"

黄娅琳和古昊惊呆了。

"十多年前，孩子的病没现在这么严重，她还能非常小心地出去走走。医生说，她还有机会，只要接受治疗，就算不能痊愈，至少可以控制病情不至于恶化。可惜，可惜了。"

"后来发生了什么？"黄娅琳小心地问。

"胡有才出去为女儿筹钱治病，我们娘俩在家等了他三天三夜，他再也没有回来。"老太太居然还很平静，"他死了，他再也回不来了。"

黄娅琳和古昊面面相觑，虽然早已经知道胡有才的结局，但此刻从老太太嘴里说出来，他们竟感到无比的惋惜。所有事情透过表象抵达本质，也许你都会得出与起初截然不同的结论。胡有才手段毒辣，谁知道他的背后，还有那样一个羸弱的女儿？

另一个房间的墙上，挂着胡有才放大的黑白照片，它已经静静立在墙上十二年。当黄娅琳和古昊站在它面前时，发现它并未蒙尘，相反还很干净。于是，他们立刻想到了这样的场景，每个清晨或者深夜，老太太都会站在板凳上，悉心地擦拭相框——不管胡有才在别人眼里是什么样的人，但在这个家里，他只是个丈夫，是个父亲。

黄娅琳盯着照片看，虽然来之前已经猜到胡有才和黄名堂必定长得非常相像，但现在，黄娅琳几乎要把照片上的人当成黄名堂了。

难道这世上除了双胞胎，还会有如此相似的两个人？

黄娅琳的心沉了下来。但是——这仍然无法证明胡有才和黄名堂就是一个人。世界之大无奇不有，两个不相关的人长得酷似，似乎也不算太稀奇。

离开之前，黄娅琳忽然问老太太："如果有人说胡有才还活着，您信吗？"

老太太毫不犹豫地摇头，黄娅琳问为什么。

"你也看到了，如果他还活着，就算他不念着我这老太婆，这么些年，他能不回来看他的女儿？不管怎么说，他都是个好父亲……"

离开老太太家之后，黄娅琳坚持去银行取了些钱，回来交到老太太手里。老太太客气了两句便收下了，看得出来，这些年她活得非常不容易，也很需要这些钱。这些钱虽然不能真正改变她们母女俩的生活，但至少，可以让她在接下来的一段时间里，能吃得好些。

"刘一刀就是个骗子，这根本就不是什么真相。"离开之后，古昊夸张地表达了不满，"他把你爸当成胡有才，就是因为俩人长得很像。我们就算不跑这一趟，也知道。"

黄娅琳沉默不语，毫不掩饰自己低落的情绪。

"刘一刀就是个神经病，老太太都不相信胡有才还活着，就他还在胡搅蛮缠。"

黄娅琳低低叹息："也许吧。"

"不是也许，这就是真相。他在牢里待了那么些年，心理严重扭曲变形。他需要找些事做来发泄不满，所以，这才缠上了黄伯。"

"但是，他找到我爸，是因为有人给他寄了张我爸的照片，背后还有我家的地址。谁会做这种事，这样做的目的摆明了就是想制造矛盾，挑起事端。"

古昊皱眉："这人太坏了，得想办法把他给揪出来。"

黄娅琳沉默。

"我们现在去哪？"古昊小心翼翼地问。

"回家。"黄娅琳显然还不放心家里，"我们出来好多天了，我担心刘一刀还不死心，继续找我爸的麻烦。我爸年纪大了，一个人怕应付不来。"

古昊点头："我也想知道秦歌查案查得怎么样了。"

古昊已经把临来前向秦歌提供金海影城干尸案凶手的事跟黄娅琳说了。

"你希望他找到凶手，还是没有收获？"

"这也是我纠结的地方。按说查找凶手就应该是警察的事，但这凶手是个超能者，如果秦歌找到了他，只怕在不知对方底细的情况下，反而会吃亏。就算没吃亏，他发现超能者之后，只怕很多事情都要改变了。"

黄娅琳点头："那我们赶紧回去，希望一切都好。"

古昊犹豫了一下："我还是先打个电话给秦歌，探探他的口风。"

第十六章

死而复生

　　秦歌那天晚上就赶到了古昊告诉他的地址，那不过是个花店，店主正要关门。秦歌上前询问，得知之前确实来过几个顾客，但现在都已经离开了。进到店里查看，没多会儿，就发现了一堆鲜花里混杂着一朵枯萎的花。店主显然也很纳闷，这些花都是同时进的货，自己之前也检查过，这里头怎么会混进这样一朵枯萎的花呢？

　　花已经干枯，就像金海影城发现的尸体。秦歌毫不怀疑制造这朵干花的人就是杀死欧建强的凶手，所以要求调阅店里的监控录像。因为晚上只有不多的几名顾客，所以很快目标就锁定了一个单身女人。这个女人身体修长，纤瘦，留着过肩的长发，但因为这些日子云城空气污染严重，PM2.5严重超标，她像街上很多女人一样，戴着口罩，看不清楚面孔。

　　秦歌仔细查看，终于确定干花就是这女人留下的。她进店的时候，还没有这朵干花，她离开后，干花就插在了那堆鲜花里面。

　　这个女人为什么要在鲜花店里留下这朵干花？她究竟是谁？

　　第二天，秦歌调取了鲜花店老板的资料，那不过是个普通的创业者，从业经历简单，人际关系也不复杂，属于那种特别平凡的人。秦歌实在不愿这样的人和杀死欧建强的凶手有什么关系，但那女人怎么会无缘无故将枯萎的花留在花店里呢？

　　虽然无法确定凶手的身份，却也有收获，那就是知道了凶手是个女人。

　　秦歌打电话给古昊，电话始终关机。此后数天，秦歌联系过他多次，他始终处于关机状态，秦歌虽然恼怒，却也无计可施，直到这天，古昊主动打电话过来。

　　听秦歌说了那晚的事，古昊悬着的心放了下来。

　　"你这几天跑哪去了，不会找不到凶手跟我玩失踪吧。"秦歌挺生气。

　　"真要玩失踪我就不打电话给你了。放心吧，我会给你一个凶手的。"古昊说。

　　挂断电话，秦歌很郁闷。金海影城的案子够诡异了，更诡异的是省厅居然不让查这案子，更更诡异的是古昊一个无业游民，居然能信誓旦旦保证找出凶手，更更更更诡异的是，他居然就信了。

秦歌发狠，等古昊回来，对他一定不能心慈手软，他要不解释清楚，就跟他没完。

黄娅琳回家，几天不见，黄名堂明显苍老了许多。

"回来了。"黄名堂语气平淡，但眉宇间却有掩饰不住的担忧。

"这几天，没事吧？"黄娅琳的语气同样平淡。

"没事。"

"我累了，想休息。"

黄名堂点点头，便又坐回到沙发上，看电视。

回到房间，关上门，黄娅琳躺到床上，忽然感觉很辛酸。她和父亲原本亲密无间，但不知道为什么，突然间中间好像隔了层什么。也许，是因为秦歌提供的胡有才信息，虽然极不愿相信父亲和胡有才的关系，但是，面对父亲时，她的脑子里仍然时常会跳出胡有才来，想起他的凶残，想起他和刘一刀殊死的搏斗。

这是种很奇怪的感受，黄娅琳无法摆脱这种联想，又对父亲充满内疚。这样矛盾的心理，导致的直接后果，就是面对父亲时，她有些手足无措。而黄名堂无疑是敏感的，女儿的变化让他变得沉默，又或者，是他隐约也感觉到自己有什么不同了吧。

黄娅琳几次想使用超能力去读取黄名堂的心思，但最终又都放弃了。

为什么要怀疑父亲？他明明就是记忆里那个陪伴自己长大，慈祥又贴心的好爸爸。

躺在床上，黄娅琳的心思却异常活跃，她觉得自己深陷在一个漩涡里，拼命想挣脱出来，却又止不住要随着漩涡旋转……

晚上，黄名堂做好了饭菜，在黄娅琳门前听了听，里面一点动静没有，想了想，还是敲门，让她出来吃饭。

隐约听到黄娅琳应了一声，接着就是"扑通"一声。黄名堂狐疑，飞快开门，就见到黄娅琳趴在地上一动不动。

黄名堂大惊，赶紧上前扶起她，大声叫她的名字。

黄娅琳双目紧闭，已陷入昏迷……

古昊接到黄名堂电话，赶到医院，黄娅琳已经醒了过来。经过一系列复杂的检查，医生郑重提出黄娅琳必须住院接受治疗，这段时间，她虽然没有明显的病变特征，但癌细胞已经扩散，随时都有可能病情发作，到了那时，只怕就是她生命终结之时。

"如果我现在住院，完全配合治疗，我会痊愈吗？"黄娅琳这样问医生。

医生答不出来。

"我不想在各种治疗的痛苦中结束生命。"黄娅琳态度非常坚决。

"但你至少在医院待几天，等稍微恢复点精神再出去。"黄名堂眼中已噙满泪水。

黄娅琳沉默了好一会儿，终于答应。

接下来那几天，黄娅琳忽然像是彻悟了般，阴郁的心情变得开朗起来。

"之前我太纠结于刘一刀带来的那些事，但现在想想，它们和我有什么关系呢？我只剩下不多的一点时间，我只要在这段时间里，和父亲好好地相处，然后不带任何遗憾离开这个世界，就够了。什么胡有才，什么刘一刀，让他们统统见鬼去吧。"黄娅琳这样对古昊说。

古昊不得不承认她说得对，但却又非常不愿接受这样的现实。

沈途知道黄娅琳住院，来看她。古昊拉着他到了楼梯间。

"带我去见你们瘰君，他既然知道治愈者的事，就一定有办法找到他。"古昊说。

沈途为难地摇头："没有经过同意，我不会带你去见瘰君，而且，就算见到了，也没用。如果知道怎么找到治愈者，开始我就会跟你说了。"

"一定有办法的。"古昊大声吼，"只要告诉我怎么找到治愈者，不管以后你们要我做什么，我都会全力去做，帮你们去找超能者，一个都不放过，你要杀就杀，我再不过问。"

沈途同情地看着他，摇头："抱歉，真的没有办法。"

古昊失神落魄地跌坐到楼梯上，满脸沮丧。

"其实，我现在的心情跟你一样。"沈途坐到了他的边上，"如果能有办法，我会不惜一切代价帮你找到治愈者。你们是我在这个世界上，唯一经过瘰君同意可以相处的两个人，特别是那晚在小沙漠，当我看到你们在水箱里拥抱在一起时，我特别羡慕你们，可以拥有这样一段生死不离的感情……"

古昊似被触动，抬头看着他，忽然想到了什么："你说过，治愈者可以让人死而复生？"

沈途点头："我虽然没见过，但听族里老人说起过。"

"还有件事，你们三个第一次出现在仓库里，第二天，吴胖子他们醒了，但全都不记得前天晚上发生的事。"古昊急促地道。

"那是因为巫彭消除了他们前一晚的记忆。"

"会不会有人和巫彭一样，也有消除别人记忆的能力？"古昊再问。

"当然可能。"沈途回答，"技能的产生虽然带有偶然性，但却不具有唯一性，在我们部族，拥有同一种技能的人有很多。"

"那么，被消除的记忆，有没有可能恢复？"

"这个问题得区别对待，有些记忆其实并不是真的被消除了，它只是被禁锢起来，就像睡着了一样，但它仍然存在于你的脑子里。"

古昊此时的呼吸都有些粗重了，显然心中颇为激动。

"你想到了什么？"沈途奇怪地问。

"也许，我有办法找到治愈者了。"古昊的语气并不确定，"不管怎么样，只要能救黄娅琳，我总要去试试。"

沈途点头："没错，如果需要我帮忙，我会尽全力帮你。"

古昊还有些犹豫，面上是非常纠结的神情。

沈途奇怪，既然有办法找到治愈者，古昊为什么还要纠结？

"黄名堂。"古昊终于艰难地吐出这几个字。

沈途不解："他是黄娅琳的父亲，难道治愈者跟他有什么关系？"

"如果他死而复生，又被人禁锢了记忆，那么，一切就能解释得通了。"

沈途惊呆了。

古昊简单把近期发生的事告诉沈途，沈途认真地听，最后犹豫着道："虽然你的推理能够解释一切，但这种几率实在太小。而且——"他皱眉，"就算一切都跟你想的一样，你觉得，唤醒黄名堂被禁锢的记忆真的好吗？"

"如果黄名堂真的死而复生过，那他一定见过治愈者。"古昊说，"这至少会是条线索。"

"还有禁锢他记忆的人，为什么要这么做？"沈途神情凝重起来，"现在，我想到了一个人……"

"巴融。"古昊脱口而出。

"十几年前，能做到这些事的人不多。"沈途不解，"如果真是巴融，他为什么要这样做？"

"也许，他只是想给一个人重新来过的机会。"

让一个人死而复生，并禁锢他以往的记忆，对于这个人来说，无疑是次重生。

沈途疑惑："巴融能有那么好心吗？"

"管不了这么多了，我想知道，巫彭能不能唤醒别人被禁锢的记忆。"

沈途点头："我还是希望你先征求一下黄娅琳的意见。"

古昊想了想："现在，我还有件重要的事，就是找到刘一刀，向他确认，当年他是否真的杀死了胡有才。"

"怎么找？刘一刀不是超能者，你的能力对他没用。"

古昊稍犹豫："我可以找人帮忙……"

"想都别想。"秦歌夸张地拿眼瞪他，"你这得有多强大的心理素质，才能再让我帮你。这些年，有人夸过你脸皮够厚吗？"

古昊直勾勾盯着他，用坚决的语气道："你一定要帮我。"

"不帮。"秦歌态度更坚决。

"不帮不行。"

秦歌笑了："当警察这么些年，还真没见过跑刑侦队来跟警察耍横的主儿，古昊，你太奇葩了。我今天把话撂这儿，除非你把金海影城干尸案的凶手找出来，否则，我决不会再帮你。"

"如果事关黄娅琳的生死，你也不帮？"

秦歌愣住了："黄娅琳，她怎么了……"

"黄娅琳患了绝症，癌。"

秦歌吃惊，惋惜之情溢于言表："可是，她得病跟找到刘一刀有什么关系？"

"我现在没法告诉你，就算告诉你，你也不会信。但是，只要找到刘一刀，也许就能救黄娅琳。"古昊的目光软了下来，居然在瞬间，眼里噙满泪水，"你不帮我，就是在害黄娅琳，我会恨你一辈子。"

秦歌露出不屑的目光："你恨我，关我屁事……"

半个小时之后，古昊离开刑侦队，秦歌打后面追上来，拉着他到边上："古昊，我算服你了，又让你忽悠一回。你要救不了黄娅琳，就别他妈再来见我。"

"不见你，怎么帮你找凶手。"古昊问。

秦歌怔一下，道："打电话，打电话告诉我就行。"

古昊冲他"切"一声，转身走了。

秦歌要查刘一刀，还是非常方便的。只要刘一刀还在这个城市，他就必定得找地方住，现在宾馆旅店住宿登记制度已经非常完善，这边登记，那边身份证信息就已经上传到辖区派出所的系统里。秦歌只打了几个电话，就已经知道刘一刀住在洋桥巷的一家小旅馆里。

洋桥巷真的是条小巷，几年前就说要拆迁，但一直没动静。住户大多已经搬离，有人便将空房子租下来改成了许多小旅馆。条件简陋，但价格低廉，也不愁没有生意。

古昊在一家小旅馆里见到刘一刀时，他正光着膀子在院子里的水龙头下洗衣服。他其实并不算很老，但看起来已经是个十足的老人了，肌肉萎缩松软，背也有些伛偻，只有肩上的两道疤痕，依稀能让人想到，他那些不寻常的经历。

看到古昊，刘一刀萎靡的神情立刻消失，取之的是凌厉的目光和挺直的腰板。但古昊知道，这些都是假相，现在的刘一刀，需要这些伪装来支撑自己。

"我不想找你麻烦，只是有件事，想跟你确认一下。"古昊说。

"那得看我心情。"刘一刀冷哼一声，继续洗衣服。

古昊凑近他，低声问："当年，你跟警方说，你杀死了胡有才。我就想知道，你真的确信自己杀死了他？"

"我有必要撒谎吗？"刘一刀恨恨地道，"我至少刺中了他十刀。"

"会不会你刺中的不是要害，他没死？"

"之前他诈死过一次，我不会再给他机会。"刘一刀说。

"既然确信杀死了胡有才，你为什么又把黄名堂当成他？"

刘一刀愣住了，随即苦恼地摇头："我不知道，但我一看到照片，一看到黄名堂，就知道他是胡有才。我不知道这中间出了什么事，也猜不透一个死人怎么会活过来，但我知道一点，只要他活着，我就不会放过他，我这辈子，全让他给毁了……"

丢下刘一刀，古昊离开洋桥巷，心里多了些希望，却又对要做的事犹豫了。

沈途说的没错，这事最好先征求一下黄娅琳的意见。但是，黄娅琳又怎么会答应呢？！她宁愿自己死，也不会做任何伤害黄名堂的事。就算黄名堂真的是胡有才，他已经死过了，他已经抛开了前世的一切重新开始，重新让他面对过去，将会是件非常残忍的事。

秦歌决定自己去查金海影城干尸案，指望古昊，还不知道得等到猴年马月。

跟欧建强一起看电影的女人找到了，不久前，那女人生日，欧建强为她庆生，花了不少钱，还送了她一束进口的玫瑰花。欧建强刷卡时留下了信用卡记录，那家鲜花店送花时填写了贺卡，所以，还保留那女人的名字。

但这条线索很快又断了。那女人和欧建强保持暧昧关系小半年，也承认那天和欧建强去了金海影城，当欧建强变成一具干尸时，她彻底吓傻了，最先发出尖叫并逃离座位的就是她。因为和欧建强的关系见不得光，她不想惹麻烦，所以一直没敢跟警方接触。凭着经验，秦歌就排除了她的嫌疑，看得出来，这段日子，这女人过得非常不好，用她的话说，每天夜里差不多要做噩梦，甚至白天都不敢出门，所以，她憔悴得非常厉害。而且，她需要欧建强活着，来为她支付即将开始的一场国外旅行以及日后一段时间的生活费用。

秦歌非常失望，但随后，这女人又提供了一条颇为重要的线索。

那女人记得两个多月前，欧建强到她这里来，俩人吃饭的时候，电视里播出一条新闻，有名女孩从一幢居民楼上跳了下来，幸亏楼下有户人家安装了凸伸出去的防护窗，那女孩才算保住了性命，被送往医院急救。当时，欧建强非常惊讶，还很慌张，以至于手中的碗都落到了桌上。

秦歌立刻想到，欧建强和那女孩的跳楼事件，必然有关。

根据电视新闻，很快就找到了那个女孩，她叫许瑶，至今仍然住在医院里，虽然还活着，双腿却在那次事件中粉碎性骨折，她这辈子都只能在轮椅里度过了。护士领着秦歌到了许瑶的病房前，秦歌透过门上的玻璃看过去，只见许瑶独自倚坐在床上，头转向窗口的方向，很久都不动一下。

进门，坐到许瑶面前，亮明身份。明显能感觉到许瑶震颤了一下，然后两滴泪水就从眼中溢了出来。

这个女孩究竟都经历了些什么，才能让她毫不犹豫地选择结束生命。

许瑶对于突然出现的这个警察，显然带有很强的警惕心理，不管秦歌说什么，她都回之以沉默，直到秦歌拿出欧建强的照片，她瞬间身子一颤，目光在照片上一瞥而过，重新转向窗外。这时候，秦歌就知道，自己的判断没有错。

秦歌必须狠下心肠，让许瑶重新回忆令她不堪回首，且一度要用结束生命来解脱的往事。但许瑶的态度让他头疼，这时候，他脑子里忽然灵光闪现，想到了一个人——古昊说过，黄娅琳身患绝症，此时正在这家医院里接受治疗。

秦歌到医院门口买了点水果，还有一束花，然后打电话给黄娅琳。黄娅琳正跟父亲在花园里散步，秦歌立刻赶去。见到黄名堂的那一瞬间，秦歌愣住了，好几秒钟过后才反应过来。黄名堂似是瞧出秦歌的异样，找个借口先回了病房。

秦歌盯着黄名堂的背影欲言又止，黄娅琳转到他面前："你来看我，还是看我爸。"

"看你，当然看你。"秦歌虽然狐疑，但还是回到现实，"要不是听古昊说，我还真不知道你的情况。"

"古昊什么时候跟你这么熟了，还聊我的事。"黄娅琳挺奇怪。

"瞧你气色不错，我就放心了。我这人吧，嘴笨，最不会安慰人。"秦歌赶紧岔开话题，"得了这种病，说什么都没用，主要是心态。好多人心态好，得了病反而看开了，游山玩水享受人生，结果开心完了，病也好了，特别神奇。"

"你这算是安慰我吗？"黄娅琳笑，"行了，别跟我这儿寒暄了，你找我，肯定有事。说吧，只要我能帮得上忙的，我一定帮。"

秦歌点头："我就知道瞒不过你，你肯定又对我使你那法术了。"

"不使法术我也猜得出来。"黄娅琳说，"真想给你面镜子，让你瞧瞧自己现在的表情，不就是想让我帮个小忙嘛，至于纠结得五官都变形了。"

秦歌略窘，他现在心里确实纠结。黄娅琳出马，轻易可以搞定许瑶，但是，黄娅琳患病之身，这时候让她帮忙查案，多少有点不厚道。

"没事，我扛得住。"黄娅琳安慰他。

秦歌想了想，还是把来找许瑶的前因后果说了。黄娅琳听完，神情已经变得凝重，她立刻便要秦歌带她去见许瑶。

俩人搭电梯的时候，秦歌终于忍不住说了句："你爸长得跟胡有才，太像了……"

"还想我帮你的话，就闭嘴。"黄娅琳沉下脸，语气也严厉了很多。

其实话没说完，秦歌就已经后悔了，又见黄娅琳真的动怒，立刻猜到这里头肯定有事，还挺复杂，怪不得古昊三番两次要找刘一刀。

到了许瑶病房外头，俩人推门进去。

"你怎么又来了，我没什么好说的。"看得出来，许瑶挺烦这个警察。也许，她烦的不是警察，而是自己经历的那些事。

秦歌偷看黄娅琳，她怔怔地盯着看向窗外的许瑶，不知道在想什么。

"我想单独跟她聊聊。"黄娅琳忽然转向秦歌，低声说。

秦歌想了想，点头，转身出门。却仍隔着门上的小窗，不时地往里看。只见黄娅琳坐到了床边，俩人开始交谈，起初都还很平静，很快，床上的许瑶就变得激动起来。接下来很长一段时间，一直都是许瑶在说，黄娅琳默默地听，面色凝重……

不知道过了多久，外面的秦歌已经等得有些心烦。黄娅琳终于开门出来。秦歌赶紧凑过去，下意识看向门里，只见许瑶正掩面而泣。

想说什么，黄娅琳已经拉着他向走廊另一侧走去。

秦歌不知道黄娅琳用了什么法子，能让许瑶对她敞开心扉，想来应该和她特殊的才能有关吧。怎么做到并不重要，重要的是，秦歌终于从黄娅琳这里，知道了许瑶的故事。

故事其实并不算曲折，不过是许瑶刚出大学校门，求职之路并不顺利，更为不幸的是，她遇到了欧建强。欧建强成熟富有，刚开始对许瑶颇多照顾，并许诺替她找一份满意的工作。许瑶一度以为遇到了贵人，自然也刻意去讨欧建强的欢心。然后就是一次饭后，许瑶迷迷糊糊就跟欧建强去开了房，醒来，一丝不挂躺在床上。欧建强承认给她酒里下了药，目的就是得到她。那时的许瑶知道指责痛骂已经无济于事，只能强压愤怒，就当被狗咬了一口。不久之后，她又接到欧建强的电话，欧建强极其无耻地说了自己如何怀念那一晚，希望她能再陪他，否则，他会将手里的照片上传网络。这时候的许瑶才发现自己陷入了一个漩涡之中，这个恶棍那晚竟然拍摄了好多照片，处心积虑在日后要挟她。这样的事如果公开，她最初行事也有缺憾之处，未必能够得到公众的同情，相反，一定会有很多人指责她的遭遇是咎由自取。混乱之中的许瑶做出了错误的决定，她再次向欧建强屈服，带着屈辱的泪水走进了他的房间……这样的事之后又发生过几次，正当许瑶以为这就是全部的噩梦时，房间里，忽然出现一个陌生的男人。无耻的欧建强把她当成了货品，贩卖给了别人，原来噩梦之后，还有更深的噩梦。

许瑶站在一幢高楼的天台上，泪水早已经流干，她憎恶自己是这世上最肮脏的女人，她觉得活着已经只剩下屈辱和不堪，所以，她需要一场飞翔来让自己得到解脱。

她真的飞了起来，那一刻，她真的感觉到了解脱……

秦歌接触过很多受害人，却仍然时常不能控制自己的情绪，就像此刻，他必须拼命抑制才能强忍住怒火。如果欧建强还活着，他一定会毫不犹豫地冲他报以老拳。

"这是个可怜的女孩。"黄娅琳说。

但是，秦歌很快就发现了问题，许瑶卧床已经数月，就算她有杀死欧建强的动机，也不可能跑到金海影城去，更不要说把欧建强变成干尸了。但也正因为如此，秦歌刹那间竟觉得无比的轻松——他实在不愿这样一个可怜的女孩和凶手有什么关系。

"许瑶的父母早亡，她还有个姐姐，这么些年，一直都是她和姐姐相依为命。"似是看穿了秦歌的心思，黄娅琳沉吟了一下说，"她的姐姐，名叫许琼。"

秦歌神情一凛，突然间心跳不止。

许瑶父母早亡，这些年和姐姐相依为命。姐姐许琼完全可能因为她受到的伤害，向欧建强寻仇。所以，现在他要做的，就是找到许琼——也许金海影城干尸案，就要水落石出了。

送黄娅琳回病房，黄名堂不在。恰好有小护士进来，随口说了句黄名堂刚跟人出去，就是那个常来看她的年轻人。

常来看她的年轻人，当然就是古昊了。

黄娅琳和秦歌瞬间心里都涌上好些疑问，黄娅琳立刻给古昊打电话，语音提示已经关机，打给黄名堂，同样关机。黄娅琳有些生气，不知道这两人在背着自己搞什么名堂。

秦歌心里的疑问更重，现在他在想，黄名堂和胡有才长相酷似，难道仅仅是巧合？还有，古昊这么晚了，会把黄名堂带去哪儿呢？

第十七章
记忆苏醒

黄名堂此刻同样一头雾水，不知道古昊拉他出来到底有什么事，而且，古昊特别郑重其事，还让他关闭手机，防止被人干扰。

"我只想问您，想不想治好黄娅琳的病。"古昊这样问他。

"当然想，如果真有人能治好娅琳，我就算拼了老命，也要去请他过来。"

"那么，现在就什么都不要问，跟我走。"

黄名堂虽然满腹狐疑，但相信古昊不会骗他，所以，乖乖跟他离开医院，去了附近的一家茶楼。茶楼生意萧条，没多少客人。古昊领着他径自进了一个包间。

"这世上只有一个人能治好黄娅琳的病。"古昊目光闪烁，不敢与黄名堂对视。

"他是谁，我就是卖房子倾家荡产，也要求他治好娅琳。"黄名堂急切地道。

"我不知道他是谁。"古昊说。

黄名堂怔住了，随即失望中有了些嗔意："不知道你还说这些。"

"但有人知道。"

"谁？"

"你。"

黄名堂怔住了，嗔意更浓："古昊你到底什么意思，我要知道有这么个人，早就带娅琳去找他了，还轮到你在这里说？"

"您知道，但是，您却不知道自己知道。"古昊说这话时，自己都觉得别扭。

"你到底想说什么，我怎么越听越糊涂。"

古昊低头想了下，似在考虑从何说起。最后，他什么都没说，只是替黄名堂面前的杯中倒满水，然后，手指凌空冲着杯子点了点，杯中的水忽然分成了两半，就像被一个透明的物体隔开一样。

黄名堂看呆了，看看古昊，再看看杯中水，疑惑地道："你是怎么做到的，魔术？"

古昊叹口气："我接下来要说的话，您得做好思想准备……"

黄名堂眉峰紧锁，似乎已经预料到了些什么。但他还是郑重点头。

古昊也深吸了口气，开始讲述这段时间自己和黄娅琳的遭遇。

时间一分一秒地过去……

当说到超能力时，黄名堂睁大了眼睛，不敢相信，但又不得不信——刚才古昊明明已经做到了用气流分割杯中的水；当知道女儿黄娅琳也有超能力时，他更是震惊。然后，古昊提到了治愈者，那种能力超越了生死，不仅可以治愈一切疾病，还能让人起死回生，自然也可以治愈黄娅琳的绝症。但是，现在却没人知道去哪里可以找到治愈者，除非有人见过他，能提供些线索。

黄名堂还是不明白古昊为什么要跟他说这些。

古昊话锋一转，开始说起刘一刀和胡有才的恩怨，说起胡有才另一个城市的家，还有家里卧床多年的女儿。刘一刀既确定自己真的杀死了胡有才，同时又坚信黄名堂就是胡有才。如果刘一刀不是个疯子，那么，只有一种可能来解释这些事，那就是胡有才真的死而复生了，且被人禁锢了记忆，重新开始生活。

古昊话已说完，忐忑地看着对面的黄名堂。黄名堂面如死灰，额头上渗满汗水。

接下来很长一段时间的沉默，应该就是黄名堂内心的苦苦挣扎了——这件事，其实从刘一刀出现那天起，就开始困扰他。他认定了刘一刀是个神经病，说的都是疯言疯语，但夜深人静时，他又会对此生出疑惑，隐约觉得将要发生些什么，偏偏就算绞尽脑汁，他也无法预料发生的将会是什么，只知道，那些事将会彻底改变他现在的生活。

"就算你说的都是真的，又怎么能证明呢？"黄名堂说话的声音都有些颤抖。

"只要能恢复您被禁锢的记忆，就能知道真相。如果……"古昊强迫自己狠下心来，"如果您真的曾经死而复生过，那么，您一定见过治愈者。"

黄名堂大口地喘息，他发现自己紧张得有点难以呼吸。

"我知道这样对您实在残酷了点，而且，所有的一切还只是我的猜测，也许，您和那个胡有才压根就没有半点关系。"古昊小心翼翼地道，"您可以自己做出决定，没有人会做任何违背您意愿的事。"

"如果我见过治愈者，事隔这么些年，还能找到他吗？"黄名堂喃喃地道。

"我们总得试试。"

"如果我跟胡有才没关系，那我也就没有可以恢复的记忆，这样，我也能得到解脱。"

古昊同情地看着他，慢慢点头。

"那我还有什么理由拒绝呢？"黄名堂目光一凛，"说吧，怎样才能恢复记忆？"

古昊摸出电话来，拨通，却没说话。

很快，就响起敲门声，古昊起身开门，沈途从外面走了进来，后面，跟着一个黑黝黝的微胖中年男人，正是巫彭。二人此刻都没戴墨镜，黄名堂定睛看去，只见二人的眼睛与常人有些不同，瞳孔竟是淡青色的。

"他们都是我和黄娅琳的朋友，他们可以帮您恢复被禁锢的记忆。"

沈途神情凝重，巫彭却笑眯眯地跟黄名堂打招呼。

黄名堂心事重重，无心寒暄："我想尽快开始。"

古昊冲着沈途和巫彭点头，于是，巫彭让黄名堂端坐，他站到他的身前，慢慢伸出双手，置于他的脑袋两侧，同时，轻声道："放松点，你不会感到疼痛，只会觉得有点困。如果困，你就睡，睡醒了，以前的记忆就回来了……"

黄名堂真的觉得眼皮沉重，意识已渐模糊，无数的画面在脑子里轮番出现，那些画面越来越模糊不清，终于淹没在一片黑暗之中……

秦歌离开医院，回到车里，打了几个电话，就查到了许琼的家庭住址。

他立刻赶过去，是幢普通的居民小区，上楼，敲门，没有动静，确定许琼并不在家。秦歌还不死心，回到楼下的车里，守着。

这时，手机微信上，同事传来许琼的照片。

秦歌盯着照片上那个长发明眸的女孩看，忽然对自己要做的事，有了些犹豫——队里已经明确将金海影城干尸案搁置，留待省厅来人处理。现在的调查，完全是他个人行为。这案子吸引他的，除了本身够诡异之外，省厅的态度也让他觉得案子背后还有别的事。而现在，当许琼姐妹俩成为调查对象，他实在不忍心去伤害她们了。

是不是该放弃对许琼的调查？就算真的是她杀死了欧建强，那也是因为欧建强是个该死的人。秦歌纠结了一会儿，坚定了态度。他是个警察，他的内心可以在情与法之间徘徊，但是，在行为上，他不能放过任何一个犯罪嫌疑人，就算是再可怜的人，也没有权利随意剥夺别人的生命。

长夜漫漫，许琼家的窗口黑着，许琼深夜仍未归。

其实，秦歌等待的许琼，在他离开医院后不久，就出现在医院里。像往常一样，她先询问妹妹这一天过得怎么样，然后打开食盒，里面有妹妹最喜欢吃的食物。正忙碌时，忽然听到妹妹叫了声"姐"，她抬头，就见到许瑶怔怔地盯着她，眼里噙满泪水。

"怎么了，发生什么事了吗？"

听说今天来了警察，许琼失神落魄地坐在床边，很久都没动一下。

"姐，你怎么了？"姐姐的反应如此之大，出乎许瑶的想像。

许琼的身子都在颤抖，许瑶吓坏了，使劲抓住她的手："姐，你这是怎么了？"

许琼匆匆起身："我还有点事，先走了。"

许瑶还想问什么，但许琼已经离开了病房——这可是从来没有过的事，许瑶怔怔地看着门的方向，忽然有了些不祥的预感。

离开医院的许琼走在街道上，知道最担心的事终于发生了。

妹妹出事已经两个多月，警察这时候出现，肯定不是为了追查欧建强伤害妹妹的事。欧建强已经死去，在金海影城的放映厅里，他甚至来不及知道发生了什么，就已经变成了一具干尸。虽然他是个该死的人，虽然她为那一刻等待了许久，但当欧建强真的死去时，她仍然感觉自己如遭重击。随着惊慌的观众一道逃离影城，她在街边吐了很久，吐到全身发软，再没有一点力气。

此后，她更加小心翼翼地隐藏自己，但却再也逃不开笼罩在心间的那片阴影。

还记得那天晚上，经过一家花店，那些盛开的花儿，让她感觉到了片刻的安宁。她很想买上一束，送给妹妹，也送给自己，她想等到妹妹痊愈后，说服她离开这个城市，去寻个山清水秀的地方，像山野间那些野花野草，自由地生活……蓦然间，那些阴影又掠过心头，她忽然有些绝望，也许，她这辈子，都难实现这样的梦想了。

当她从思绪中回到现实，惊见手中的那朵花已经枯萎。她那时能做的，只是丢下花，尽快逃离花店，然后在夜里仓皇地游走，甚至不敢回家。她有种预感，总有一天当她推开家门，等待她的将会是冰冷的手铐。

今天，警察终于出现了。他们既然找到了许瑶，就一定会追查到她。她实在不敢想自己面对警察时，是否还能保持平静。

这样的夜晚，她实在不知道可以去哪里，城市太大了，大到让她找不到一个可以蜷缩的地方。逃离的念头又生出来了，强烈到让她再也没法抑制。

忽然间，她停步，慢慢转过身，就看到身后站着一个人。

——长发，苍白的肤色，柔和却却温暖的眼神。

这个男人一定为她而来，她能感觉到，但心底却莫名地生出些寒意。

长发男人不说话，她也不开口。俩人就这样对峙着，然后，许琼开始慢慢后退，很慢，很慢，那个男人蓦然发动，向她疾冲过来，带着凛冽的杀气。

许琼低低发出声尖叫，下意识地双手推出——推出，许琼立刻便开始后悔，她似乎已经能想到长发男人瞬间的枯萎，如同金海影城里的欧建强。

很快，许琼就发现自己错了。长发男人在离她不足三步的地方停步，他的肤色看起来仍然苍白，却无丝毫变化，而她前伸的双手，却感到被火灼过似的痛。然后，就在她的注视下，她的双臂开始枯萎，枯萎开始蔓延，很快她的身体就不能动了，如同置身烈火之中，甚至能看到身边氤氲着袅袅的水汽，许琼终于意识到，她的能力杀死了她自己。这一刻，她竟不再恐惧，不再遗憾，只觉得从未有过的轻松和解脱……

有风吹过来，身上凉凉的。许琼蓦然大口呼吸，就像溺水之人终于浮出水面。街道上非常安静，微风拂在身上，惬意极了。查看手臂，查看身体，它们与之前一样柔软，就像不曾枯萎过。再看前方，那个长发男人已经不见了。

许琼环顾四周，惊魂未定。她不相信刚才看到且发生的只是幻觉，但现实又让她不得不信。而那长发男人却又那么真实，真实到许琼现在仍然能想起他柔和而温暖的眼神。

后来许琼相信长发男人的出现是某种预兆，她已经注定难逃这场劫数了。这时候，她开始盘算自己的未来，如果真的死去，她在这世上唯一还留恋的，就是妹妹许瑶。

这时候许琼做了个决定，回医院，守在妹妹身边。

而这时候，秦歌仍然守在许琼家楼下，盯着楼上那扇漆黑的窗口想，这么晚了，许琼怎么还没回来呢?

　　沈途将古昊请求巫彭相助的事,如实告诉了巴图。巫彭那时就站在巴图身边,也很认真地在听。沈途在讲述中,还加入了自己的判断,如果黄名堂真的如古昊所言,死而复生且被人禁锢了记忆,那么,能做到这些的人,一定是巴融。

　　巫彭的意见和沈途一致,帮古昊这个忙,至少没有坏处,或许,还能得到些巴融的线索,也算是收获。

　　巴图想了想,同意了。

　　沈途带着巫彭,来到和古昊事先约好的茶楼,俩人等了好一会儿,才见到古昊和黄名堂出现。事情果真如古昊预想的一样,黄名堂答应恢复记忆,沈途和巫彭进到屋里,然后,巫彭出手,如同催眠一般,黄名堂很快沉沉睡去。

　　"我想知道,他什么时候才会醒。"古昊明显有些焦灼不安。

　　巫彭未语先笑,加上他微胖的身形,看上去就像个老好人:"这可说不准,也许很快,也许得睡到明天,就算睡上三天三夜,也不稀奇。"

　　古昊知道这是勉强不得的事,只能等。

　　巫彭此间事了,跟古昊打个招呼,先走了。沈途留下,陪古昊。

　　看出古昊的忧虑,沈途实在想不起该怎么宽慰他,只能陪他一起沉默。

　　不知道过了多久,黄名堂仍在沉睡,古昊焦灼地在室内来回走动,烦躁不安。这是寻找治愈者唯一的机会,如果黄名堂醒来不能提供有效的线索,古昊实在不知道接下来还能做些什么。他的心里只有一个声音:一定要救黄娅琳,他绝不能让黄娅琳死去。

　　"巫彭确定已经恢复了他的记忆?"古昊忍不住问。

　　"你放心,巫彭的能力就算在我们族中,都属于高手,恢复记忆这种小事,对他来说,实在不算什么。"沈途回答。

　　"奇怪。"古昊忽然想到些什么,"我见到的超能者,一般都只有一种技能,包括你,但这个巫彭好像有好多种技能,他跟别人,难道有什么不同?"

　　"很多技能其实是相通的,只要你的能力达到一定程度,理论上,你就可以获得多种技能。"沈途知道这样说还很抽象,"比如说你的基础技能是能接收到超能者使用超能时独特的脑电波,当能力加强,你就能和接收到的脑电波连线,从而复制他们的技能。你现在已经能做到这点,应该能理解。"

　　古昊点头,似乎明白了些,却又不是太明白。

　　"你还记得伤了我的郁垒吗?他的技能是念力,也就是可以靠意念来移动物体,随着他的能力加强,他可以移动的物体会越来越大,但事实上,靠意念移物只是最初级的阶段,当他的能力强大到一定程度,就可以产生质的突破,拥有另一种完全不同的技能。"

　　古昊摇头,表示不明白。

　　"我们身边的所有东西,都是物体,但你可曾想到,我们自己本身,也是种物体。念力如果能够随意移动自己,那么,新的技能就产生了,那会是什么?飞翔。"

古昊愣住了，这是他从没想到过的。

"如果能力再次突破，靠意念不仅能移动物体，而且能移动更小的物质，比如说分子，那么，同样会产生新的技能，比如说变形。"

古昊骇然："变形，真的有这种技能吗？"

"当然，你不会不知道很多神话里的人物，都会变身吧。"

"神话都是假的。"古昊摇头，"都是人编出来的。"

"当然，神话在流传的过程中，会人为地加进去许多演绎的成分，让它听起来不可信。但是，就算演绎也是建立在真实的基础上。试想一下，如果几个月前，有人跟你提起超能力，你一定会认为它根本不存在，但事实是，你自己就是一位超能者。"

"那超能者的能力如果强大到一定程度，那他岂非就是神一样的存在？"古昊真心觉得自己现在脑洞大开。

沈途点头："其实，在我们部族，根本没有超能者的说法，它不过是你们在臆想中创造出来的词汇。在我们部族，把拥有这些特殊能力的人，叫做神力者。"

"神力者？"古昊喃喃自语。

"因为这些能力本来就不属于这个世界，只有神才能拥有这些神奇的力量。"此刻沈途的神情，竟是无比的凝重。

"也许这世上根本就没有神。"古昊思维敏捷，"那些传说中的神，不过跟我们一样，只是些超能者。"

这回轮到沈途怔住了，他想反驳，但却又不得不承认古昊说的有道理。他只能继续刚才的话题："能力进化说起来简单，实际上，绝大多数超能者，只能让自己的能力变强，一辈子都没让能力产生质变，所以，大多数人，也就只能拥有一种技能。"沈途说。

"不对，这才多长点时间，我就已经能复制别人的技能了。"古昊狐疑。

沈途笑笑："一种技能必须有一个完善的过程，就像一朵花，它必须先发芽，长叶子，孕育花蕾，最后才能绽放。你能捕捉到神力者的脑电波，不过是技能形成的一个过程。"

"那我的技能究竟是什么？"古昊有点烦躁，"复制别人的能力？"

沈途摇头："我不知道，你和巫彭都属于特例。"

"我们都特别在哪儿？"

"你的情况我不知道，不敢乱说，巫彭却是百年难遇的七形一体。"

"什么叫七形一体？听着有点高深莫测。"

"简单地说，就是巫彭其实并不是一个人，他的身体由七个人共用，所以，实际上，他也拥有七种不同的技能。"沈途说。

古昊愣一下，忽然明白了："七重人格集于一身。"

"差不多吧，就是这意思。那七个人的名字分别叫做巫彭、巫抵、巫阳、巫履、巫凡、巫相和巫咸……"

沈途说话间，忽然发现古昊有些异样，好像在走神，眼神变得有些迷离，马上意识到，他又感受到了神力者在使用超能力。

古昊果真在这时，脑子里看到了那个长发男子，苍白的肤色，柔软而温暖的眼神。

这已经是古昊第三次看到他，他究竟是什么人，为什么能那么准确地找上每一个超能者？他的目的究竟是什么？

接下来，他看到了一双手在瞬间干枯，根据视角，很容易就能猜到这是超能者自己的双手。长发男人让毒虫反噬可以与动物交流的小丁，现在，又让可以制造干尸的超能者干枯了双臂，这颇有点像武侠小说里"以彼之道还彼之身"的手段。

古昊犹豫，不知道该不该将发生的事告诉沈途。

就在这时，仰躺在长椅上的黄名堂忽然醒了。

古昊和沈途立刻走到他身前，紧张地盯着他。黄名堂似乎有片刻的恍惚，看起来也很虚弱，他勉强坐正了身子，随即感到一片晕眩，险些倒下。古昊赶紧上前扶住他。

"没事吧？"古昊问。

黄名堂耷拉着脑袋，目光低垂，好像根本没听见古昊的话。沈途后面拉了古昊一把，低声道："给他点时间，也许，那些恢复的记忆，需要整理。"

古昊紧张又充满期盼地站在边上等待，好一会儿，黄名堂抬起头，眉峰紧锁，目光落在他们俩身上，眼神竟是从未有过的凌厉。古昊立刻就知道，他的记忆已经恢复。

"黄伯，您还认得我吗？我是古昊。"古昊急切地道，"我是您女儿黄娅琳的朋友。"

黄名堂瞪着他，脸颊的肌肉在剧烈地跳动。

"我不姓黄，我叫胡有才。"黄名堂一字一顿地道，"是你带我来恢复记忆，现在，你做到了。"

"您还记得当年的事吗？"古昊开始紧张，因为黄名堂接下来的话，至关重要。

胡有才站了起来，冷漠地瞪着古昊："我为什么要告诉你们我的事。"

古昊惊讶，脱口道："因为我们要找治愈者来救您的女儿黄娅琳。"

"黄娅琳根本就不是我女儿，她的生死，跟我有什么关系？"胡有才的声音冰冷。

古昊和沈途都惊呆了。

古昊还想说什么，黄名堂忽然大力将他推到一边。

"我杀过人，还是个逃犯，你们现在就可以打电话报警。"黄名堂厉声道。

"黄伯……"古昊失声叫。

"我不是你黄伯，我是胡有才。"黄名堂狠狠地道，"我给过你们机会，你们不叫警察来抓我，那我现在要走了，谁也不许拦我。"

古昊愕然，当黄名堂走向门边时，刚想上前阻拦，却被沈途拉住。

"他不仅恢复了记忆，还变成了胡有才。"沈途低声道，"身份的转变，会让他迷茫甚至恐惧。还是给他点时间适应吧。"

说话间，黄名堂已经离开了房间。古昊想了想，摇头："我不能就这样让他走，我怕他走了，就再也找不到他了。"

沈途没有坚持，他和古昊远远跟在黄名堂的后面。黄名堂知道他们在跟着他，却佯装不知，他的身体还很虚弱，却在向前行走时，后脊挺得越来越直，步伐也越来越有力。此刻，他能感觉到体内充盈的力量——他不再是那个柔弱的老人，他是昔日的胡有才，他的身上负有多条人命，他是个亡命天涯的逃犯。

黄名堂走了很久，才回到家中。古昊和沈途只能待在楼下，守着。

"难道我们就要这样一直守在这里？"沈途问。

古昊心事重重，烦躁不安，黄名堂的变化出乎他的想料："是我把黄伯带出医院，又是我找巫彭替他恢复了记忆，现在黄伯像变了个人，我不知道该怎么跟黄娅琳说这事。"

沈途当然理解他的心情。

"而且，黄伯还说，黄娅琳不是他的女儿。"古昊沮丧地道。

"他是胡有才，十二年前才变成黄名堂，自然不会有黄娅琳这么大的女儿。"沈途叹息，"真不知道黄娅琳该怎么面对这些事。"

"现在，我唯一的希望，就是他能提供些当年治愈者的信息。"

"还是多给他点时间，让他适应一下自己真实的身份吧。毕竟，这种改变对于所有人来说，都是件非常残酷的事。"

不知道等了多久，古昊实在忍不住了："我上去找他聊聊。"

沈途刚要说话，忽然电话响，摸出来看，脱口而出："黄娅琳……"

古昊苦着脸往后躲，示意沈途接电话。

"古昊跟你在一块儿吗？"黄娅琳电话里的声音很急促。

古昊立刻明白了，他带黄名堂从医院出来，为了确保今晚的事不被人打扰，俩人的手机全都关机。黄娅琳如果有事，找不到他们俩，估计已经打了一圈电话，现在，找上了沈途。

古昊现在，实在不知道该怎么面对黄娅琳，但没办法，只能硬着头皮接电话。

"我可能做了件错事。"黄娅琳并没提到黄名堂，声音听起来特别不安。

"错事，你做错什么了？"古昊问。

"秦歌可能有危险，我想了半天，这事，只能找你。"黄娅琳说……

第十八章
剥茧抽丝

黄娅琳在病房，知道黄名堂被古昊带走了，打他们电话全都不通，虽觉有点奇怪，但却并未担心，父亲是和古昊在一块儿，而她，相信古昊。

病房里挺无聊，黄娅琳玩了会儿手机，就坐在窗前发呆。想了会儿自己的事，想了会儿胡有才，最后想到了今天秦歌带她去见的许瑶。

那真的是个非常不幸的女孩，虽然她还可以再活很多年，但不知道她能否在今后的生活里，感到快乐。与许瑶相比，黄娅琳觉得自己其实算是幸运了，虽然身患绝症，不久于人世，但她这一生，却始终不缺关爱。以前是黄名堂，对她百般呵护，后来是古昊，虽然俩人从来没有明确过关系，但她却知道，如果需要，古昊可以为她付出一切。既然这样，就算离开这个世界，还有什么可遗憾的呢？

有了对比，黄娅琳越发觉得命运对许瑶太过残酷，她还那么年轻，但她的未来，却从她凌空一跃的那一刻，永远蒙上了层阴影，也许，一生都不会消散。这时候的黄娅琳，忽然生出些冲动，很想在这样的夜晚，走到那个不幸的女孩身边，握着她的手，给她些安慰。事实上，她也真的离开自己的病房，去到许瑶所在病区。

在病房门口，透过门上的小窗，她看到了许瑶的床边，还坐着另外一个女孩。

女孩显然要比许瑶大上几岁，脸型五官也和许瑶有几分相似。黄娅琳立刻就想到她就是许瑶的姐姐许琼——秦歌傍晚和她分手时，迫不及待地去找许琼，是因为他已经把许琼当作了金海影城干尸案的嫌疑人。为什么许琼现在会在这里，秦歌是否已经找她聊过，排除了她的嫌疑？

黄娅琳犹豫了，知道自己此刻不宜进入病房打扰这这对姐妹，但同时，心里的好奇终于让她按捺不住给秦歌打了个电话。

秦歌还守在许琼家楼下，听说许琼在医院，立刻让黄娅琳帮他盯着许琼，他马上赶来。

挂断电话，黄娅琳有些后悔，如果许琼真是凶手，她电话秦歌应该是正确的选择，但是，此刻的黄娅琳心里却隐隐有些不安——对于许瑶来说，姐姐是她在这世上唯一的亲人，如果她连这个亲人都要失去，她能承受这样的打击吗？又想到，许琼如果是凶手，那她就是个超能者，秦歌抓她归案，她必定反抗，秦歌在不知情的情况下肯定要吃亏。

想到秦歌或许会和欧建强同样的下场，黄娅琳再也按捺不住。这种时候，她最先想到的自然就是古昊了。

古昊在电话那边听黄娅琳讲完，也觉事情有些严重。他知道秦歌的性格，既然已经锁定犯罪嫌疑人，他无论如何也不会放手。如果不想他危险，唯一的办法就是立刻赶去医院，阻止超能者对他下手。但是，古昊抬头看一眼黄名堂家窗口，他实在不知道黄名堂接下来要做什么，也许错过了，就再也寻不回来了。

"你留下，去找胡有才，医院那边，交给我。"沈途说。

古昊犹豫了一下，答应了。虽然明知沈途此去，超能者的性命堪忧，但这样，至少总比秦歌变成干尸要好。

沈途立刻去往医院，古昊平息了一下心情，上楼去找黄名堂。

短短一个多小时，黄名堂明显苍老了许多，本来只有鬓边几丛银丝，但现在看去，满头都是白发。门外的古昊看到他，惊得呆了，心中既酸楚，又觉歉疚。

不待他说话，黄名堂抢着道："陪我去喝几杯。"

黄名堂以前不喝酒，几乎滴酒不沾。但现在喝起酒来，却是酒到杯干。

"我算想明白了，多活这十几年，赚了。"黄名堂道，"没什么好担心的，我只是没想到，我原来是那样一个人。"

古昊同情地看着他："我很后悔，也许根本不该让您记起以前的事。"

"记不起来，不代表它没发生过。我这十几年修身养性，明白善恶有报的因果关系。我当年既种下了因，无论如何，我都是逃不过它带来的果。"

"那您能回忆一下当年的事吗？它很重要，事关黄娅琳的生死。"古昊知道自己必须狠下心来。

黄名堂摇头："你要失望了，刚才在家里，我已经把当年那些事，从头梳理了一遍。我能记得我杀了人，每一个细节都清清楚楚。我也记得为了独吞抢来的那些钱，我打算杀死刘一刀，但后来，却被刘一刀捅了好多刀。然后醒过来，我就看到了两个人。"

古昊紧张，知道接下来就是重点。

"一个老人，一个孩子。老人并不算太老，五十来岁的年纪，看起来很普通，除了他的眼睛，是淡青色的。"

古昊精神一振，知道那老人必定就是沈途提到的叛族者巴融了。

"那孩子十来岁，是个挺漂亮的小姑娘，看我醒来就冲我笑。"

"治愈者。"古昊脱口而出，治愈者原来是个女的，而且，十几岁的时候就有了能力。

黄名堂点头："那老人告诉我，是这女孩救了我。他还说，他可以帮我摆脱困境，重新开始生活。我当时就拒绝了，因为我所做的一切，都是为了我的女儿，亲生女儿。"

古昊沉默，他想到了另一个城市，阴暗的房间里那个面色苍白的女孩。

"但老人告诉我，刘一刀已经被抓，我再也见不到我的女儿了。如果我想活下去，只能接受他的帮助。我当时还不知道他会怎么帮我，但考虑了很久，还是答应了。我不相信我真的见不到我女儿了，只要活下去，总会有机会的。"

古昊认真地听，想抓取其中关于治愈者的每一点信息。但黄名堂接下来的话，已经完全抛开治愈者了。

"我不知道他是怎么做到的，我现在只记得跟着他进到一间房子里，他似乎对我做了什么，然后，我就变成了黄名堂。我知道黄名堂的一切，我住在哪里，我的妻子早逝，我有一个女儿，就是黄娅琳。"黄名堂狐疑，"现在就算我知道那老人有你说的超能力，但我还是想不明白，那一切，他是怎么做到的。"

"超能力只是禁锢了您以前的记忆，或者，他还能把一些新的信息加入到您的记忆里。"古昊试着去分析，"但现实里的一切并不是超能力可以全部做到的，我想，他在背后一定还做了很多事，包括给您安排现实里的一切。"

"他是个好人，他让我多活了十二年。"黄名堂仰头又干了杯酒，脸已经很红了。

说到这里，古昊已经大致明白了黄名堂的经历，但是，这些根本无益于他找到治愈者，除了，知道治愈者真的存在，现在应该是个二十多岁的女孩。

"那以后，您和那老人，还有那女孩，有过联系吗？"古昊问。

黄名堂摇头："我根本已经不记得他们了，又哪还谈得上联系。"

古昊彻底失望了，黄名堂身上发生的事情，符合他之前的猜测，但结果却对寻找治愈者没有一点帮助。古昊现在真的后悔让巫彭恢复黄名堂的记忆了。

"我知道你很失望，我不能帮你找到治愈者去救黄娅琳。"黄名堂说，"但这十几年，我想我作为一个父亲，对娅琳并无任何亏欠。"

"您做得已经非常好了。"

"但越是这样，我就越觉得对不起我的女儿，我的亲生女儿。"黄名堂再次酒到杯干，"我把本该用在女儿身上的爱，全都给了另一个人。"

"黄娅琳也是您的女儿，不管什么时候，都不会变。"

黄名堂微怔，想了想："再喝了这一杯，我们就散了吧。"

古昊惶恐："以后，以后您打算怎么办？"

"回家，看我的女儿。我已经十二年没见她了，不知道她现在怎么样了。还有我的老伴。"黄名堂眼中忽然噙了些泪水，"再不回去，只怕我这辈子都见不到他们了。"

酒未尽，菜却已经凉透了。

在夜风中离去的黄名堂，脚步已经踉跄，脊背虽仍挺得笔直，但看着却如冬日的枯枝，再没有一点生机。古昊目送他远去，心中萧然。现在，他除了仍要继续寻找治愈者，还要面对知晓这一切后的黄娅琳。

——黄娅琳能承受这样的打击吗？

——他能及时寻找到治愈者来挽救黄娅琳危在旦夕的生命吗？

古昊忽然跳了起来，他想到了赶往医院的沈途，他能赶在秦歌之前见到超能者吗？还有，黄娅琳必定和秦歌在一块儿，如果秦歌危险，岂非她也不安全？

古昊立刻拔足狂奔，冲到路边，欲拦车去医院。

车来车往，却没有一辆车停下。过了好一会儿，终于有辆出租车下客，古昊赶紧钻进去。司机问去哪儿，古昊怔怔地不说话，司机有点不耐烦，又问了一遍。古昊忽然说声对不起，飞快地从车上下来。

他想到了一件事，他必须在今晚得到答案。那或许真的是找到治愈者最后的线索。

古昊重新向着黄名堂家方向，疾奔而去。

秦歌赶到医院，黄娅琳正在许瑶所在病区那幢楼下等他。

"许琼还在吗？"秦歌一见她便迫不及待地问。

黄娅琳点头："可我觉得，现在上去，有点不太合适。"

"为什么？"

"我想，还是给他们姐妹俩一点时间。"黄娅琳试图拖延。

秦歌想了想："现在许琼只是嫌疑人，我只想确定她是不是凶手。如果是，我向你保证，我一定不会当着许瑶的面抓捕她。"

秦歌态度坚决，黄娅琳没办法，只能跟着他上楼。

病房外面，隔着小窗看去，许瑶已经睡了，但许琼却不在房里。

"来晚了？"秦歌失望。

"不应该呀，这幢楼平时有两个入口，但夜间会关闭一个，许琼要离开，必须经过咱们进来的那个入口。"

秦歌立刻转身，奔到护士站，向里面值夜的护士打探情况。

黄娅琳走得慢，赶过来时，秦歌已经有了结果。

"天台。"秦歌说。

今夜值班的护士和许琼很熟，刚才看她经过，随口问了句，许琼告诉她，妹妹已经睡了，她去天台上吹吹风。护士知道她这两个多月为妹妹的事承受了很大的压力，也理解每个人都需要些自己的方式来释放这些压力，所以对她深夜上天台，并不觉得奇怪。

秦歌和黄娅琳俩人顺着楼梯往天台去，秦歌三步并做两步，很快把黄娅琳落在后面。

黄娅琳非常担心，但又想不出阻止秦歌的办法，只能趁着落后的机会，悄悄给沈途打了电话，得知沈途已经到了医院门口，心下稍定。告诉他所在位置后，跟着秦歌上天台。

许琼果真在天台上。

她在天台边缘的矮墙边已经站了好一会儿，视线所及，城市的灯火已阑珊。夜风拂来，一身白衣白裙的许琼衣袂飘飘，看上去，颇有些出尘的味道。

秦歌出现，微喘，慢慢向着她的方向走去，在离她尚有数米的地方停下。后面的黄娅琳一路小跑跟过来，站到秦歌身边时，侧目，见到秦歌眼中有些不忍。

许琼听到脚步声，却不回头。

天台上安静极了，只有风掠过的声音。这片刻的沉默之间，秦歌的心已经沉了下去，几乎可以确定，许琼就是金海影城干尸案的凶手——只有凶手在这种时候才会如此镇定，是不是她早已预料到，或许还在期待着这样的时刻？

许琼缓缓转过身来，神情居然并不是想像中的阴郁，相反，面容之间隐约透着些兴奋与激动。

"警察？"许琼语气平静地问秦歌，随意得就像跟街边的陌生人打招呼。

秦歌慢慢点头，下意识就心生警觉。

"我就是你要找的人。"许琼说。

"你知道我要找什么人？"秦歌问。

"金海影城杀人案的凶手。"

秦歌一时语塞，当警察这么些年，还从没见过这么爽快的嫌疑人。

"你承认你就是凶手？"秦歌好像没听清楚。

"反正承不承认，你们最后总能查得出来。"许琼非常坦然。

"就不再想想了？你至少得多兜几个圈子再承认吧。"秦歌好像挺失望，"这么快就承认，让我们这些当警察的，太没有成就感了。"

许琼怔一下，随即就笑了："你这警察，挺有趣。"

许琼笑，秦歌却开始紧张。现在的许琼，完全是副有恃无恐的模样，罪犯在面对警察时，除非有十足的把握，否则，不该这么轻松自信。

"我再给你个机会，重新问一次。你想好了再回答。"秦歌故作轻松，"你承认你就是金海影城干尸案的凶手？"

"没错，杀死欧建强的人就是我。"许琼大声道，"他是个该死的人。"

"你妹妹的事，我们已经知道。你的心情可以理解，但是，你实在不该用那种偏激的方法去解决问题。"秦歌叹息，他已经没了选择，"现在，我只能抓你回去。"

从腰间取出手铐，往前走了两步。许琼还没开口，后面的黄娅琳忽然叫了声秦歌的名字。秦歌回头，露出不解的目光。

"现在抓人，你觉得好吗？"黄娅琳实在不知道该怎么阻拦秦歌。

"我是警察，她是凶手，只要碰上了，就必须抓人。"秦歌态度坚决。

黄娅琳叹口气，只能把话挑明了："你忘记欧建强是怎么死的吗？"

秦歌悚然一惊，立刻回头，盯着许琼，警惕地道："你是怎么做到的？"

许琼忽然笑了，想了想，却不回答秦歌的问题："就在不久前，绝不超过半小时，我还很绝望，因为许瑶告诉我今天有警察找上门来。我知道这一天迟早会来，今晚我还留在医院里，是想再多陪陪妹妹，我怕以后，就再也没有机会了。"

秦歌认真听，全身却仍绷得紧紧的，不敢稍有懈怠。

"后来妹妹睡了，我到这天台上来。有那么一瞬间，我很想像妹妹一样，纵身一跃，就能结束所有的烦恼，不用面对警察，也不用面对这之后我无法面对的所有事……"

许琼说话的时候，谁都没有注意，沈途已经悄悄隐身在天台门后。

"当然，跳下去需要勇气，许瑶就做到了，那个和我相依为命的妹妹，那个在我眼里还是个孩子的妹妹。"许琼眼中终于现出些悲伤来，"我们姐妹俩父母早逝，我这些年辛苦工作，为的就是能让妹妹有一个好点的未来。终于盼到她大学毕业，马上就要开始工作了，我以为，我所有的辛劳都有了收获，我们姐妹俩终于苦尽甘来，就要过上好日子了。但没想到，那个恶棍竟然毁了她，毁了这世界上我唯一的亲人。我恨他，如果再给我一次机会，我仍然会杀死他。而且，我不会再让他死得那么痛快，我要让他尝尽这世上所有的痛苦。"

天台门后的阴影里，沈途盯着许琼，竟似听得呆了。

那边的秦歌和黄娅琳都已经知道这必定是个凄惨的故事，但听许琼亲口道来，仍觉动容。

"这些事，你应该找到我们公安机关，自然会有法律来制裁那样的恶人，而不是让自己陷入现在这种局面。"秦歌说。

"有用吗？你们可以把那恶棍抓起来，关上几年，他照样可以出来逍遥自在。但我的妹妹呢，她这辈子都毁在他手上了。"

秦歌只能沉默。

"我一点都不后悔杀了那个恶棍，杀他的时候，我已经知道了我最终的结局。刚才，就在我鼓足了勇气，即将跳下去的时候，我忽然觉得太不值得了，我们姐妹俩人，这辈子都毁在一个人手上，而且，我还有那么多梦想没有实现，我不想死，真的。知道我现在最想做的是什么吗？离开这个城市，去寻一个山清水秀的地方，耕田织布，过最简单的生活。"

——归隐田园，晨歌暮鼓，这不正是很多人心中所想？

秦歌和黄娅琳对视，眼中都有些凄然。黄娅琳回头看，却没发现隐在阴影中的沈途。

"你亲手毁了你的梦想，虽然，我们都很同情你。"秦歌惋惜地道。

许琼忽然又笑了，毫无悲伤，亦毫无遗憾："我其实很傻，我忘了一件事，现在我想做的事，又有谁能拦得了我？"

秦歌和黄娅琳都变了脸色，黄娅琳悄悄后退一步，她已从许琼的心里，读到了些杀气。

"你问我是怎么做到的，我也不知道，但我就是做到了。当我拥有那种能力的时候，我以为那对我是场灾难，但我在生死边缘徘徊的时候，忽然想明白了，也许，它是种契机，它让我变得与众不同，它要来改变我的生活。"

黄娅琳深知能力给人带来的变化，之前的邱云，其后的小丁，无不是因为能力彻底改变了性格以及命运。超能的魔力，不仅在于它能让你拥有常人匪夷所思的力量，而且还能激发你潜在的斗志。

"能力，你说的能力究竟是什么，把人变成干尸？"秦歌不解，但已经意识到了什么。

"我要说的都已经说完，现在，我要走了。我非常不希望今晚发生不愉快的事，毕竟，你们都是无辜的人。"许琼说完却不动，显然在给秦歌时间做决定。

　　黄娅琳下意识地想拉秦歌，但秦歌已经向前迈出一步："不管你说的能力是什么，也不管你能做什么，抓捕凶手是警察的职责，我不能放你走。"

　　许琼并不意外，迎着秦歌走来，还主动伸出双手。秦歌内心狂跳不止，但脚下却不停，已经走到了许琼身边……

　　"秦歌！"身后的黄娅琳忽然又大声叫他的名字，声音已经变得慌张。

　　秦歌稍顿，却没有回头，他知道黄娅琳担心什么，但身为警察，在这种情况下，他实在是没有了选择。抓住许琼的手，手铐忽然从手心滑落，掉到了地上。秦歌懊丧自己居然会犯这种低级错误，难道是因为紧张？但瞬间，他感到双手就像被火烧过似的钻心地痛，低头，他惊呆了，他看到双手被些袅袅的水汽笼罩，而且水气正开始向双臂蔓延。他立刻想到，自己正在失去身体里的水分……

　　雾气蔓延得非常快，已经笼罩了秦歌全身。

　　秦歌来不及有更多的想法，就已经倒在了地上。黄娅琳惊恐地瞪着那边的许琼，进退维谷，不能丢下秦歌，但自己又无力阻拦许琼。她仓皇之际，回头，就看到沈途已经从天台门后面疾步而出……

　　秦歌倒地后随即陷入昏迷，最后一眼看到的，是许琼冲他露出同情的目光……

第十八章　**剥茧抽丝**

第十九章
魔道轮回

黄名堂喝了不少酒，走路都已经有些踉跄。但当他做出决定，回曾经的家，去看已经被遗忘了十多年的老伴和女儿时，他忽然不再沮丧，甚至，还很庆幸终于能够记起自己是谁。

遗忘，并不表示不存在。他在云城悠闲地生活，而另一边，是老伴和女儿艰难地活着。

他心里满是愧疚，现在，他迫不及待要回家收拾行李，离开这个城市。

这城市里当然还有黄娅琳，她也是他的亲人，但他这十多年，已经极尽所能去关爱她，所以，即使离开，也没有多少遗憾。

想着心事，没留神前面突然闪出一个人来，他尚未看清来者是谁，一记重拳已经将他击倒。或许因为酒的关系，并不觉得很痛，挣扎着起身，看清面前的人正是刘一刀。

黄名堂的心沉了下去。

刘一刀这么晚出现在这里，当然不是偶然。他已经等了黄名堂很久。

今晚早些时候，他还在洋桥巷那家小旅馆里，靠着一台大屁股的老式电视机消磨时间。劫持黄娅琳事件之后，他还没有离开云城，是因为心有不甘。他不能这么轻易放过胡有才，他在等待一个合适的机会。

忽然响起敲门声，他以为是老板——在这城市里，还有谁会找他呢？

开门，见到一个陌生的男人，五十多岁年纪，头发微卷，衣着考究，鼻梁上还卡着副金丝边的眼睛，看着有些儒气。

"你找谁？"刘一刀的语气很不客气。

"找你。"来人开门见山，"你收到的胡有才的照片，是我寄的。"

刘一刀上下打量来人，狐疑道："你想干什么？为什么寄照片给我。"

"因为你恨他，你知道他还活着，就一定会来找他。"

"胡有才跟你有仇？"刘一刀并不傻。

来人笑笑："我和他的事，很复杂，说了你也未必理解。我现在过来，只想告诉你，今晚是你最后的机会。今晚过后，你就再也找不到胡有才了……"

来人很快就走了，他已经达到目的，没有必要再跟刘一刀多纠缠。胡一刀在屋里却心潮澎湃，纠结一番过后，怀揣一把匕首出门。

虽然不知道来报信的人是谁，但他至少不会骗他，他寄的照片已经是证明。

刘一刀出狱后本来每天只是苟活度日，知道胡有才还活着的消息，就像生活突然有了方向。他决不能再让胡有才消失一次，他必须在今晚让他付出代价。

刘一刀先去了黄名堂家里，直接敲门，没人，然后守在小区外面，直到黄名堂出现。不待他看清自己，上前一拳先将他打倒。

"不管你是黄名堂还是胡有才，今晚，我要杀了你。"刘一刀恶狠狠地说。

黄名堂看着昔日的兄弟，看着他鬓间的白发和佝偻的身子，往事浮现："金安，当年的事，是我对不住你。"

一声"金安"让刘一刀震愕，胡有才终于承认了一切。

"但是，当年你知道我需要那笔钱给孩子治病，为什么就不肯成全我。"黄名堂道。

"你需要钱，我就不需要？冒那么大风险弄来的钱，你居然不愿意分给我，还想着要杀死我。"刘一刀上前一脚，再次将黄名堂踹倒。

"可你最后杀死了我，就算有再大的仇，也该算报了。"黄名堂胳膊支撑起身子。

"可我为此坐了十二年的大牢，要不是得了绝症，现在还在牢里受苦。"刘一刀低声嘶吼，"我出来后，什么都没有了，活着就是等死。现在，就算死我也瞑目了，至少，我可以在死之前，再杀死你一次。"

黄名堂还想分辩，刘一刀根本不给他机会。

拳脚如雨点般落下，黄名堂唯有双手抱头，试图消除些伤害，但那些拳脚，还是不可避免地接二连三落在要害处，黄名堂初时还能忍着，也没打算还手。刘一刀对他的积怨已深，由他尽情发泄过后，兴许便能了结这段恩怨。但后来，拳脚不可避免地落在要害处，刘一刀已经发出粗重的喘息，却仍丝毫没有停手的意思。那些疼痛越来越强，强到彻骨，黄名堂的意识也开始模糊。恍惚之际，他仿佛看到年轻的自己毫不犹豫地杀死一对年轻夫妇，鲜血溅出，视线尽被血色浸满。然后和刘一刀在河边的厮杀，两人都已经身负重伤，身上鲜血淋淋，却都圆睁着双目，如同野兽般在喉咙里发出些低低的嘶吼，毫不犹豫地扭打在一起。不知是谁举起的刀，落下，不知是谁溅出的血，迷乱了谁的眼……

黄名堂蓦然发出一声怒吼，仍在不停殴打的刘一刀吃一惊，未提防被黄名堂一脚踹倒。已经满身是血的黄名堂艰难地从地上站了起来，面孔看起来非常狰狞。

"刘一刀，当年你杀死过我一回，你再也没有这样的机会了。"

黄名堂踉跄地走向刘一刀，刘一刀惊恐，匕首已经抓在手里，但黄名堂一脚踢去，正中手腕，匕首落地，黄名堂也因用力过猛摔倒在地上。两人去抢匕首，黄名堂抓在手里，回身再一脚，踢开刘一刀，艰难却迅速地起身，跨坐到了刘一刀的身上。刘一刀双手胡乱在身前挥舞，都被黄名堂挡开。黄名堂脸上现出狞笑："我是胡有才，不是黄名堂，当年没有做到的事，今晚终于可以完成了。"

刘一刀惊恐，更诧异转眼之间，这黄名堂竟像变了个模样。

"我想做黄名堂，但是你，把我逼成了胡有才……"黄名堂咬牙道，匕首举起。

"黄伯！"

蓦然听到一声叫，回头，正是赶回来的古昊。

"黄伯，不要！"古昊向着他疾奔过来。

黄名堂狞笑，此时的他根本就不再是黄名堂，而是彻头彻尾的胡有才了。古昊终于奔到他面前，他的匕首已经插进了刘一刀的胸膛，鲜血溅到他的脸上。

古昊惊呆了。他本可以救下刘一刀，只要隔空使用御气术，但危急之间怕伤了黄名堂没法向黄娅琳交代，以致黄名堂当着他的面，杀死了刘一刀。

古昊心里燃烧起一团火，但却被他强行抑制，他呆呆地站在刘一刀的尸体前，有一刻的恍惚，不知所措。而黄名堂已经站了起来，血淋淋的双手，握着血淋淋的匕首。

"你想阻止我？"他阴森森地盯着古昊。

古昊愕然，但还是点头。

"你以为你能阻拦得了我？"黄名堂吼，"你看不出来我已经回不了头了吗？"

"都是我的错，把你变回了胡有才。"古昊喃喃地道，"黄伯，跟我走，我们去找巫彭，让他把你变回黄名堂。"

"我是胡有才，不是黄名堂。"黄名堂发出些狞笑，"我不想伤害你，但你也别挡我的道。"

黄名堂显然不想和古昊纠缠，转身欲走时，古昊却冲上前将他抱住。

"黄伯，我一定要把你变回黄名堂。"

黄名堂毫不犹豫抬膝击中他的小腹，古昊痛哼一声松了手弯下腰。黄名堂冷哼一声，正要走，古昊又从后面抱住了他的腰。

"你已经是个杀人犯了，你根本无处可去。"古昊再吼。

黄名堂回肘，击中古昊面额，古昊负痛，再次松手。这回，黄名堂不再给他机会，连下重手，将古昊打倒在地。古昊非是不敌，只是不愿还手。倒在地上时，黄名堂已经俯下身来将他压住……

就在这时，警笛呼啸，一队警察冲下车来，将黄名堂和古昊围住。

原来适才黄名堂和刘一刀打斗的时候，已经有路人看见报了警。途中又接到指挥中心消息，斗殴变成了凶杀，所以警察们冲下车时，已经执枪在手。

警察们大声警告，让黄名堂放下匕首。

黄名堂环顾四周，本来灼热的眼神慢慢冷却下来。

"古昊？"他似乎这时才认出被自己压在身下的人，"你怎么回来了？"

"黄伯，自首吧。"古昊焦急，又不敢有动作，怕引起警察的误会。

"你回来，肯定有话要问我，赶紧说，再不说就没机会了。"黄名堂催促。

古昊侧目看着四周荷枪的警察，问："您说十二年前，醒的时候在一所房子里。那所房子，您还能记起来吗？"

黄名堂想了想："当时离开时，门外有辆三轮车在等我，所以我根本不知道那房子在哪儿。但我记得，那房子外面，有一排一人粗的老槐树……"

警察们再次出声示警，让黄名堂放下刀。

古昊还想试图说服黄名堂自首，但黄名堂目光凄然，抢先道："古昊，替我照顾娅琳。如果，如果你真能找到治愈者，一定不要忘了去我另一个城市的家，治好我的亲生女儿……"

古昊开始强烈不安，失声道："黄伯……"

黄名堂这时，忽然面上又现出狰狞之色，纵声冲着古昊吼："我要杀死你！"

匕首高高举起，毫不犹豫地刺向古昊。

古昊大叫："不要！"

枪声响。

古昊看到黄名堂的身子忽然变得僵硬，口中有血涌了出来，接着，就重重地栽倒在他身上。古昊大声叫着"黄伯"，却只听到黄名堂含糊不清地在他耳边说了一个人的名字。古昊仔细分辩，立刻想起另一个城市一间昏暗的房间躺着的女孩。

黄名堂至死还在念着远方的亲生女儿。

古昊脑袋里晕乎乎的，只有一个声音：黄名堂死了，黄名堂死了。警察如何将他和黄名堂的尸体分开，又如何将他安置到一辆警车里休息，他全然不觉。待到稍微清醒些时，最先想到的就是摸出电话来打给黄娅琳。

黄名堂既死，纵然他最不愿面对的就是黄娅琳，但这么大的事，他实在是避无可避。

秦歌醒过来，全身每一寸皮肤都在痛。

片刻的恍惚过后，他才记起昏迷前的事。他欲抓捕许琼，许琼却不知用了什么法子，让他全身被雾气笼罩。明明是深夜，凉风习习的天台，他却仿若置身于烈日当空的沙漠里，只觉得身体都要干裂开来。

"你醒啦？"

秦歌抬眼看到了黄娅琳，再环顾四周。仍然在天台上，只有黄娅琳，许琼已经不见了。

秦歌挣扎着起身，问起自己昏倒后发生了什么事。

"许琼走了。"黄娅琳说，"她放过了你，也没有为难我。"

秦歌凝眉，相信许琼本意并不是杀死自己，所以对黄娅琳的话并未生疑。

但实际上，许琼出手之后，就连她也无法控制，秦歌身上的雾气越来越浓，显然他体内水分蒸发得也越来越多。这时候，唯一能救他的人，只有沈途。

黄娅琳看见天台门后的沈途已经疾奔而来。

听见动静，看见来人，虽然不知道是谁，但许琼料到是敌非友，所以也不说话，蓄势待发——她的能力虽然强大，但只能近距离作用于人或物体，所以，她必须等来人到她身前才能发动袭击。但这时的沈途，眼见因自己疏忽，导致秦歌倒地，不知生死，故人未至，一股气浪已然袭来——用气浪而未用气流，已经是手下留情了，若照沈途以前的行事风格，出手便是杀招。

许琼蓦然间感到一股大力袭来，心中震惊，随即身子便被那气浪震得整个向后倒飞出去，撞上天台边的矮墙，去势未减，身子翻滚，竟向着墙外跌落出去。

那一刻，许琼心中没有恐惧，却满是遗憾。本来以为凭借这与众不同的能力，可以开始另一场生活，却没料到，死亡来得如此之快，让她如此猝不及防。

她想张开双臂，让自己的这次坠落更像飞翔——这应该是她在这世界上最后的心愿了。

她竟真地飞了起来——她的身子浮在空中，竟不下坠。

原来是沈途在她跌落矮墙的瞬间，一道回旋气流，硬生生将她身子托起。沈途纵然能力高强，但这回旋气流不同于笔直发出的气流或气浪，它需要耗费更多的体力。事实上，许琼只是停留了那么一点点时间，身后气流减弱，身子又开始下坠。但那点时间，已经让沈途奔到了墙边，伸手抓住了她的胳膊……

于是后来，许琼走了，沈途也走了。沈途带走了许琼。

黄娅琳向秦歌隐瞒的除了沈途带走许琼的事，还有沈途抓住许琼那一刻，眼中流露出的异样目光。黄娅琳不敢确定心中所想，但沈途却显然已经与往昔有些不同，不仅没有杀死许琼，还带走了她。许琼多少也有些异样，她若想脱身，完全可以在沈途救下她之后，近距离攻击沈途。但当沈途带她走时，她乖乖地就走了，没有丝毫反抗。

人与人的关系就是那么微妙，黄娅琳相信，当沈途抓住许琼的手腕，他们四目相视时，一定发生了些什么。

醒来后的秦歌非常懊丧，局里不让调查金海影城干尸案，现在让许琼走脱，不会有任何的警力来抓捕她。更让秦歌震惊的是，许琼究竟是什么人，怎么能做到让人瞬间失水。他相信，如果许琼坚持，自己一定会像欧建强一样变成一具干尸。这根本不是人力所能做到的，他也没看到许琼使用任何武器。

秦歌这时候脑子里很乱，很多念头很多想法急欲喷薄而出，但他现在却还不能将它们联系起来，因为还缺一个最关键的条件。

就在这时，黄娅琳的电话响，她看了眼屏幕随口说了句是古昊。

接听电话，瞬间，黄娅琳如遭重击，整个身子晃了晃，手机也掉落到了地上。秦歌想扶，但自己尚虚弱得厉害，只能眼睁睁看着黄娅琳跌坐到地上。

挣扎着捡起手机，秦歌大声问那边的古昊发生了什么事。震惊过后，他同情地看着已经失声痛哭的黄娅琳，实在不知道该如何去安慰她。

　　　张松进到房间里，又坐回到书桌边。

他把这些日子发生的事简单在脑子里整理一下，这才从抽屉里取出那部专用手机，给巴融打电话——巴融自然就是电话那头那个老人了。

"巫彭解除了黄名堂被禁锢的记忆，虽然黄名堂知道的不多，但我还是去找了刘一刀。刘一刀没能杀死黄名堂，却被黄名堂所杀，而黄名堂，也被警察开枪打死。"他的话简明扼要。

那头的巴融沉默，传来幽幽一声叹息。

张松有点担心，又加了一句："当年您救了黄名堂，虽然行事谨慎，但我担心他会记起些我们不想让别人知道的事，所以，他只能死。"

"我没有责怪你的意思，你做得很好。"巴融低低的声音。

"关于古昊，我已经查得很清楚了。"张松犹豫了一下道，"我们所有的猜测都得到证实，他是巴图二十多年前就布下的一枚棋子。"

巴融又是一阵沉默，张松似能想到他在那头，心情一定颇不平静。

"那个叫黄娅琳的姑娘，实在很不幸，身患绝症，养父惨死，而且，她还被巴图利用来要挟古昊帮他们寻找神力者。"巴融说，"我们也该帮帮这姑娘，帮帮古昊了。"

"您的意思是？"张松想到了，但还不确定。

"他们现在最想要什么，就给他们什么。"

"明白。"张松点头，想了想，又问，"我们是否应该让古昊知道真相？"

"找个合适的时机吧。"那头传来些咳嗽声。

巴融显然也老了，像巴图一样。生命对他们来说，应该比任何时候都更加珍贵。

"我很想有机会见见这个古昊。"巴融说，"但你知道，只要巴图在，我就绝不能现身。这一次离开族地，巴图也知道，他未必再有机会回去了，所以，不管如何，我和他之间，都会做一个了断。"

张松当然明白巴融的意思："您放心，我一定会小心行事。"

小区门口的街道，围观的人群已经散去，黄名堂和刘一刀的尸体也被运走，两个当地派出所的警察在指挥人清除现场的血渍，一桶桶的水泼在路面上，那些血渍变淡，流进不远处的排水孔。古昊呆呆站在路边，看着血渍慢慢失去颜色，相信到了明天，经过的人一定不会知道这里发生过的事。当然，他们也无需知道，发生的事本来就和他们无关。

古昊心情忐忑，不知道待会儿该如何面对黄娅琳。

黄名堂和刘一刀最初的争执没有人看见，但古昊从出现到涉及其中，都有目击者，所以，警方只替他做了笔录，便放他走了。古昊却不能走，他要等黄娅琳。

秦歌的车停下，黄娅琳下车直奔古昊，而秦歌，则跟现场的警察了解情况。

古昊不敢与黄娅琳的目光相对，开始简单讲述今晚的事情经过，但黄娅琳很快就抓住了重点，黄名堂怎么会突然之间变了个人？黄娅琳更不敢相信，黄名堂居然能杀死刘一刀，后来还要杀死古昊。

古昊不知道该怎么回答，要想弄清楚这些问题，必须从头讲起。

就在这时，古昊忽然感应到了黄娅琳正在对自己使用读心术——古昊失魂落魄的模样已经让黄娅琳生疑了，父亲傍晚时跟他离开医院，到了半夜就发生了这样的事，在这期间，究竟都发生了什么？

古昊本可以阻止黄娅琳的读心术，但想了想，还是放弃了。

那边的秦歌已经大致了解了事件的过程，同样对黄名堂突然之间的变化百思不解。就在这时，忽然听见不远处的黄娅琳，声嘶力竭地冲着古昊大吼："是你害死了我爸，我永远都不会原谅你！"

秦歌大惊，见黄娅琳转身疾奔而去。而古昊仍呆呆地立在那里，已经傻了。秦歌赶忙向着黄娅琳的方向追过去，离她还有数米远的时候，黄娅琳忽然停下，身子晃了晃，便软软地倒在了地上。

古昊立刻赶过来，抱起黄娅琳。

黄娅琳双目紧闭，脸颊早已沾满泪水，任凭古昊和秦歌叫她的名字，毫无知觉。她的身体本就虚弱，父亲之死已然对她刺激极大，对古昊的失望和愤怒显然又雪上加霜。她再也承受不住这样的打击了。

古昊没有犹豫，飞快抱起她，和秦歌一道，送她去医院。

当晚，黄娅琳就被送进了重症病房，古昊和秦歌只能隔着玻璃，看她戴了呼吸机躺在一堆仪器中间。医生说，必须等到明天所有检查进行完毕，才能告诉他们具体情况。但医生的神情以及黄娅琳此刻的模样，他们隐约已经猜到了结果。

这时秦歌忽然也倒下了。他在天台上失水严重，清醒过来后，又支撑着做了很多事，撑到现在，已经非常不容易了。

看着秦歌被医生抬走，古昊无力地趴在重症监护室的玻璃上，看着里面的黄娅琳，两滴泪缓缓溢了出来。

他该怎么做，才能挽救黄娅琳危在旦夕的生命？

他又该怎么做，才能取得黄娅琳的原谅？

第二十章

爱上你 杀死你

睁开眼，就看到透过窗帘缝隙的一道阳光落在身前。许琼恍惚了一下，才想起昨晚发生的事。外面静悄悄的，她悄悄起床，悄悄打开房门，外面客厅里果然没有人，但桌子上，却摆放着儿样精致的早点。

坐到桌前吃早餐时，许琼看到了沈途留下的一张纸条。

"门没锁，走或者留，你自己决定。"

许琼走到门边，试探着抓住把手，果真一下就把门打开了。那个男人没有说谎，他真的给了她自由。

回想昨晚，真有点鬼使神差的感觉，她以为自己会死，却在最危急的时候，被那个男人给救了下来。从生到死，从死又到生，就在那么短时间里发生了，而这些，全都是因为那个男人。她还记得他在矮墙边抓住自己手腕时，她看到他的眸子竟是淡青色的，就像一汪清澈至极的湖水，伴随着月光，慢慢把她整个人都包裹起来，她感到了一种前所未有的宁静。这是种非常奇妙的感觉，她知道所有的尘世喧嚣仍在，仍然如同千军万马般向她奔涌袭来，但当它们临近那汪湖水时，便散了。

所以，当后来那个男人让她跟他走时，她毫不犹豫就跟在了他的后面。

然后，就来到了这里。

房子不大，小巧的公寓。那个男人告诉她，他叫沈途。他还知道她有很多疑问，但他希望，这些事都留到明天再说。现在，她需要休息。

半夜的时候，她悄悄起床，把门拉开一道缝，看到那个男人已经躺在了外面沙发上，许久都不动一下。于是，她心底最后那一点点不安也消失了。

这晚，她睡得很踏实，困扰她许久的噩梦居然也没来骚扰她。

是不是因为她知道，身边有那样一个男人，是件让她很安心的事？

走或者留，是个问题。但她根本就不去想，走，能去哪里？她是个杀人犯，还差点杀了警察。这城市对她来说，根本就没有一个地方是安全的。

她慢条斯理地吃早餐，等那个男人回来……

敲门声响起时，许琼忽然觉得很紧张。她不知道那个男人回来，将要对她说些什么。又或是她，隐约有了某种期待？

开门，怔住，外面来人并非沈途，而是一个中年男人，微胖，肤色黝黑，笑眯眯的样子，看起来像个挺好相处的人。

"我找沈途。"中年男人上下打量许琼。

许琼更紧张了，不知道来人是谁，和沈途什么关系。但既能找上门来，至少也得是熟人。于是，客气地说沈途出去有点事，不知道什么时候回来。

中年男人笑笑说没事，刚跟沈途通过电话，他马上就回。

许琼只能请中年人进屋，不好把他一人丢在客厅，陪坐在边上又觉尴尬。幸好中年男人自来熟，上来就跟她攀谈起来，一点都不见外。

"我叫巫彭，打小看着沈途长大，按理他得管我叫叔。"巫彭还是笑眯眯的样子，"头回见他这屋里有姑娘，啥时候认识的，这小子嘴真紧，一点口风都不透。"

许琼红了脸，低下头。又赶紧起身，给巫彭泡了茶，端过去。

巫彭接过来，冲她不住点头微笑，好像很满意的样子。

许琼坐那里，心里居然会有些喜悦和羞涩。

门忽然开了，沈途大步进门，见到屋里的俩人，显然有些吃惊。

巫彭冲着许琼笑："我说什么来着，回来得真够快的。"

"有话，我们出去说。"沈途看起来非常紧张。

"行。"巫彭点头，仍冲许琼笑眯眯地说，"姑娘，下回见了。"

许琼有些不知所措，沈途的紧张让她意识到，这个叫巫彭的人，或许并不像他外表看起来那么简单。

巫彭出门，沈途回头看了许琼一眼，也跟了出去。许琼下意识地坐那里发呆，忽然之间，巫彭握过的杯子，竟然在瞬间消失了——其实也不能算消失，杯中水四下里流淌，水上笼罩着些轻薄的粉末飞扬，继而消散在空气中。

许琼惊呆了，巫彭果真深藏不露，也是个身藏特殊能力的人。

——水杯竟然瞬间消失不见了，这是种什么样的能力？

——他为什么来找沈途，沈途见到他，又为什么会那么紧张？

外面，巫彭收敛起笑容，冷冷地盯着沈途："你知道我为什么来找你。"

沈途目光局促，但却竭力保持镇定："知道。"

"你还记得当初，离开族地前，跟瘰君保证过什么？"巫彭问。

"当然记得。"沈途眉峰拧到了一起。

160

"那就好。"巫彭似乎很欣慰，"你知道吗，当初瘭君选你跟他出来之前，曾向我征求过意见。我就说你是个意志坚强的人，不会像其他人，稍微来点诱惑，就把自己的使命给忘了。我想，你不会让我失望吧。"

沈途低下头，沉默不语。

"现在，我希望你能给我个保证。"巫彭身子凑过来，"如果你觉得为难，那也无妨，我就帮你做回你该做的事，而且，我不会让瘭君知道。"

沈途摇头："不用，我知道该怎么做。"

于是，巫彭就满意地笑了……

沈途回到屋里时，许琼正在等他，不安地起身："我是不是做错了什么？"

沈途盯着她，眼里的凝重让她的心沉了下去。

"三天。"沈途重重地道，"你还剩下三天的时间，三天之后，我将杀死你。"

许琼怔住了，看着沈途凝重的神情，她就知道，他说的都是真的。

忙忙碌碌的一个上午，古昊两眼布满血丝，坚持守在黄娅琳身边，陪她进行各项检查，直到她再次被推进重症监护室。结果很快出来，毫无悬念，黄娅琳体内的癌细胞扩散至多处组织和器官，并引起坏死出血合并感染，换句话说，就算现在手术，也已经无法挽救她的生命了。而且，医生给出的期限更让古昊绝望——现在黄娅琳处于昏迷状态，甚至能不能醒来都成问题。也就是说，她很可能就这样悄无声息地离开这个世界。

古昊倚坐在监护室外的长椅上，很累，也很绝望。而且，他对黄娅琳充满歉疚。如果不是他找巫彭恢复了黄名堂的记忆，也许，这一切都不会发生。

秦歌从走廊的另一头大步而来，经过一夜的休息，他已经恢复了体力。冲到古昊身边，他狠狠地揪住古昊的衣领："跟我上天台。"

"有话就在这里说。"古昊看了眼玻璃后面的黄娅琳。现在，他一步都不想离开，离开，就怕再也看不到她了。

"在这里打起来，我怕影响了病人。"秦歌大声道。

古昊惊诧地看着他，不解地问："为什么要打起来，谁跟谁打起来……"

古昊还是跟着秦歌去了天台，就算在刑侦队，他也没看过秦歌表情这么严肃过。而且，他不想当着黄娅琳的面发生什么不愉快的事，即使，她根本看不见。

"我要你把这段时间发生的所有事，全都告诉我，一点都不能隐瞒。"秦歌说。

古昊明白了，秦歌昨晚终于头回见识到了超能力的可怕，他已经由昨晚的经历，联想到了金海影城变成干尸的欧建强，以及在家中客厅被淹死的周伟，甚至，他也想明白了黄娅琳的读心术。现在，唯一能够给他解释的人就是古昊。

有什么关系呢？！现在古昊满心想的都是黄娅琳，如果没有了她，其他的事情都不重要了。就算官方知道了超能力的存在，跟他有什么关系呢？而且，这样他就能得到彻底的解脱了，不用再纠结于是否继续寻找超能人，不用再去想那可疑的灾难。

这一刻，他终于决定不再隐瞒，将自己这些日子的所有经历，全都说了出来。从自己锅炉厂办公楼顶遇袭开始，一直到黄名堂被警察开枪打死。秦歌像在听故事，全程处于极度震惊的状态，他实在不敢相信在这城市里，在他的身边，会真的存在这些传说中的超能者，但昨晚的经历犹在眼前，他又不得不信。而且，古昊的故事解开了他心中所有的疑团，无论是周伟之死或金海影城的干尸，又或是古昊的种种可疑行径，也都有了合理的解释。

"瞒你这么久，只因为我们实在没法猜测，官方知道这些事后，会如何对待这些超能者。"古昊最后说，"不得不承认，超能力确实会引发很多的暴力事件。"

秦歌的回答超乎古昊想像："也许官方已经知道了。"

本来他对省厅干涉周伟和欧建强两起案子百思不解，现在虽然还不知道省厅在打什么主意，但很显然，他们知道这事涉及超能力者。云城警方或许能解决一两起案子，但他们没办法彻底解决超能人的问题。所以，他们才压住案子，待拿出具体方案后再行处理。

现在的秦歌也颇为沮丧，他坚持独自查访周伟和欧建强的案子，却没料到，这些坚持在超能力者面前，完全失去了意义。

古昊有些同情面前这个执着的警察，但却无意也无力给予他任何安慰，所以，他只能把他一个人留在了天台上。

秦歌在天台上又待了很久，云城那些熟悉的高楼大厦，这时在他眼里都变得陌生起来。这时他感觉非常迷茫，甚至不知道如何继续生活在这城市里——谁知道经过身边的，是和他一样的正常人，又或者身负异能……

古昊又回到重症监护室外头，远远的，就看到大玻璃窗边上站着一个人。起初，他并没有在意，但走近时，那人转过身来，冲他笑了笑。

"古昊。"他说。

古昊奇怪，盯着他看，确定自己从来没有见过他。这人四十多岁年纪，头发微卷，白净皮肤，身材高挑，戴了副金丝边的眼镜，看起来颇有些儒气。

"我姓张，我叫张松。"张松看看古昊，又看看玻璃那头的黄娅琳，"我知道你现在心情很糟，根本没心思跟一个陌生人打交道。但是，也许，我能给予你些帮助。"

"你是谁？"古昊狐疑，"你能帮我些什么？我为什么需要你的帮助？"

"你忘了，我们见过。"张松淡定地笑笑，"那晚，你第一次能控制气流，就伤了我。"

古昊悚然一惊，立刻警觉，全身绷紧。

"你是郁垒？"他道。

张松挺意外："没想到他们连这个都跟你说了。"

"你到底想干什么？"古昊喝问。

"我说了，来帮你。"

"我不需要你的帮助。"古昊语气中带着浓浓的敌意。

"真的吗？"张松笑，有些讥诮，"你能看着里面那姑娘，再把这句话说一遍么？"

古昊又是一惊，已经想到了，但却不敢确定："你是说……"

"没错，我知道你现在最需要的，是找到治愈者。"张松神情也变得凝重起来，"碰巧，我知道有个人拥有治愈的能力，而且，还知道她现在在哪里。"

刹那间，古昊无语已凝噎，他拼命抑制，却还是不能阻止眼睛变得湿润。

他疾步冲到张松面前，全然放弃了警惕和戒备。

"只要你能告诉我治愈者在哪儿，不管你要我做什么，我都答应你。"

张松轻轻叹了口气："我当然会告诉你的，但是——"他稍顿，接着道，"我不要你做任何事，只是想帮你挽救这个姑娘的生命。不过，你得有点思想准备，即使知道治愈者的下落，也未必就能找到她，更不要说让她答应来救这姑娘了。"

古昊盯着张松，因为激动，身子都有些颤抖。

张松从兜里取出一张事先准备好的纸片儿递过来，古昊接过，捧在手心，如获至宝。

张松拍拍他的肩膀："剩下的事，全靠你自己了。"

古昊低头看纸片上的文字，拼命点头："我知道，我知道……谢谢！"

张松笑笑，走了。古昊小心地将纸条折起装到兜里，然后，贴着玻璃看里面的黄娅琳，语气坚定地道："我一定会带着治愈者回来，等着我，一定等着我。"

晚上，沈途和许琼分坐在桌子两端吃饭。许琼厨艺不错，小炒肉、腊子鸡、麻辣豆腐和干煸四季豆，都是家常菜，但沈途吃起来却特别香。

吃饭时，两人全都低着头，想说点什么，却又不知道该说什么。吃完，许琼端着碗筷去了厨房，手脚麻利地收拾干净，拿了抹布出来，看到沈途仍然坐在那里，盯着她看。

"你随时都可以离开，我不会拦你。"沈途说。

许琼浅浅地笑笑，过来抹桌子，就好像没听见他的话。

"三天之后，我一定会杀死你。"沈途还是盯着她，"不管这三天里发生了什么。"

"我知道。"许琼淡淡地说。

"但如果你走了，离开了，去了一个我找不到的地方，我就不用杀死你了。"

许琼很认真地点头。

沈途忽然腾地站了起来，过去拉开门："我说的已经够明白了。你走，现在就走。"

许琼微怔，想了想，过去，又把门关上："现在你就要杀死我？"

沈途摇摇头。

"你说了，我还有三天的时间，你现在就把我赶出去，我能去哪里？我是个杀人凶手，还差点杀死了警察。如果我没猜错，我家现在正被警察监控着，医院里也有警察守着，车站、机场这些地方，没准还贴着我的画像，就算走在街上，兴许都能被监控探头拍到。"

沈途沉默，他们显然并不知道警方那边的事，全凭猜测。

"在这里，至少这两天我是安全的。"许琼坐回到沙发上，用遥控器打开电视机，"今天是周末，有我最喜欢看的一档综艺节目。以前都是一个人看，难得家里还有别人。"

她稍顿一下，接着道："过来一起看吧。"

沈途身子绷紧，艰难地摇了摇头："我从来不看综艺节目，太吵，太闹。"

许琼目光已经落在了电视上，里面正传出几个明星夸张的大笑声。许琼也跟着笑，不经意地道："也许你看了，就会喜欢上。"

沈途犹豫了好一会儿，终于走过去，坐到许琼身边。

电视机里好些人晃来晃去，插科打诨卖萌搞笑，但沈途却全然不觉。他坐那儿腰板笔直，眼角的余光能感觉到许琼在笑个不停。他就想，一个知道自己三天以后即将死去的人，怎么还能笑得这么开心呢？

医院重症监护室，吴胖子愁眉苦脸看着里面的黄娅琳，古昊站在他边上。

"古昊你放心，铺盖卷我都带来了，你回来之前，我算在这医院扎下根了。"吴胖子拍胸脯保证，"但我还有件事不明白，黄娅琳都这样了，你还能有什么更重要的事？"

古昊想了想："我要去找一个人，只有他能救黄娅琳。"

吴胖子狐疑："这么大医院都没办法，你找的人靠谱吗？别是哪的野郎中吧。"

"能救命的野郎中就是好医生。"古昊说，"而且，如果现在我不做点什么，就只能在这里眼睁睁看着黄娅琳死去。"

吴胖子想了想，点点头："成，那你就去做你的事，医院这边，交给我。"

古昊上前拍拍他的肩膀，以示谢意。

古昊打电话给吴胖子的时候，其实吴胖子对他意见挺大。这段时间古昊不仅不去仓库了，行踪还挺神秘。长毛狗、章鱼等人使劲编造各种传闻谣言来取笑他，吴胖子还得帮他说话，以恋爱为借口替他开脱。

但当吴胖子看到黄娅琳现在的模样，所有的不满都消失了。

"你打算什么时候走？"吴胖子问。

"现在。"古昊摸出手机来看时间，"真得走了，再不走，赶不上火车了。"

古昊骑着摩托车赶到车站，把车存了，去售票厅取了票，进到候车室时，刚好赶上检票。上了火车，找到座位坐下，忽然手机响，摸出来看，是秦歌。

"你在哪呢？"秦歌问，"没事，就想找你聊聊。"

"你没事我这正忙呢。"古昊不想跟他多纠缠。

"别废话，说，在哪呢？"秦歌的口气非常强硬。

古昊犹豫了一下："医院外头小饭馆吃饭，吃完饭还得去医院。"

"撒谎！"秦歌轻蔑地道，"你们家小饭馆还带轱辘？"

古昊怔一下，抬头，就见到秦歌正从车厢那头走过来。

"你，你怎么在这儿？"古昊有点尴尬。

秦歌直接一屁股坐他对面去："警察要做什么，轮得到你问？"

古昊小心地问："你不会在监视我吧。"

"我就监视你了，怎么着吧。你跟我说那一大通，直接把我三观都毁了。现在走大街上我都有强迫症，瞧谁都要琢磨他是不是普通人。"秦歌现出苦恼的神情，"你撒谎不是挺厉害吗？干吗要把这些事告诉我？我现在没法工作，没法和人交流，满脑袋都是超能者那点破事。最TMD重要的一点，我还是个人民警察，到底要不要把这事跟上头汇报，真把我给愁死了。"

"你不逼我，我能跟你说这些事吗？"古昊辩解。

"我愁得脑袋疼，索性开了张病假条，想在家歇几天。可在家里我又觉得憋得慌，就想找人聊聊天，我认识的超能者就俩，黄娅琳躺在重症监护室里，肯定聊不成，我只能来找你。没想到你小子居然能抛下生命垂危的黄娅琳，我就知道你肯定有什么重要的事。反正我闲也闲着，就跟着你上了火车。"

"求你别跟着我成吗？"古昊挺苦恼，"我这有正经事。"

"就是正经事我才跟着你，看我能不能帮得上忙。"秦歌凑过来，"跟我说说，你这正经事是什么，是不是跟黄娅琳有关？"

古昊愣一下："我能说没关系吗？"

"不可能。黄娅琳都那样了，你还往外跑，唯一的可能就是你知道怎么救她。我想，这肯定跟你说的超能力有关。应该有个人，可以治好黄娅琳，你现在就是去找他。"

古昊没好气地道："你知道还问。"话虽这样说，他还挺佩服秦歌的判断能力。

"那我就更得跟着你了，黄娅琳跟我也是朋友，还帮了我不少忙，我也得为她的事出份力。"秦歌妥妥地坐那儿，从包里掏出些袋装花生、凤爪一类的零食，还有瓶二锅头，"夜还长着呢，要不，咱俩喝点？"

古昊哼一声，倚到靠背上，还闭上了眼。

秦歌也不勉强，自己吃喝，无聊了就逗古昊两句。其实古昊哪睡得着，他对寻找治愈者的事，多少还有些担忧。张松话虽然没有明说，但意思却很明显，虽然有了地址，也未必能找到治愈者，能否说动他来救黄娅琳更非易事。

听着秦歌喝酒咀嚼鸡爪的声音，开始有点烦，后来又想到，多个警察同行，也许还真能有点用处。于是睁开眼，一把抓过小桌上的酒瓶，仰头喝了一口。

秦歌见了就笑，丢一个鸡爪过来："吃点吧。"

沈途睡得很香，也许是因为那档综艺节目，也许，是因为家里多了个人。

在这之前，他从来没有家的概念，这处房子，也不过是通过中介公司租来的。很多夜晚，他一个人待在房子里，翻来覆去睡不着。离开族地之前，他就听族人说起过外面的世界，那时他充满好奇。当他真的置身于其中，发现所有的传闻都赶不上现实中的精彩。这里有那么高的楼，那么多的人，人们有那么多可做的事，男男女女可以把自己打扮得很漂亮，然后手挽着手招摇过市。这些外面世界寻常的事，都深深吸引着他，很多时候，他会站在街边，看街上那些人，虽然不愿意承认，但他知道自己其实很羡慕他们。

深夜回到房子里，他会责备自己。瘿君和巫彭早已经预见到了外面世界的这些诱惑，自己怎么能辜负他们的信任呢？他痛恨自己，并发誓从明天起，将无视这世界的所有诱惑。但有些事就是这么不由自主，第二天，当再次置身于街道置身于人群，又会再次发现，自己其实已经喜欢上了这个世界。

特别是小沙漠里，他目睹了古昊与黄娅琳在水球中的深情拥抱，以及小丁驱使毒虫袭向青青和她的男友，即使面对死亡青青也不愿独自离开。爱情真的是有魔力的，它能让两个本来不相干的人，成为不可分割的一部分。那会是怎样一种幸福的体验？

今晚，沈途忽然明白了，幸福其实很简单，它也许就是一档综艺节目，就是身边有个人陪你一块儿笑。

夜深之后，许琼站在窗边，凝视着外面的万家灯火。

她说："真美。"

而那时的沈途就站在她的边上，目光还落在她的身上。

沈途说："没错，真美……"

接下来的这个夜晚，沈途睡得异常香甜，也许是因为那档综艺节目，也许是因为家里多了个人。

在沙发上醒来，沈途听到了欢快的鸟鸣，甚至隔着窗帘都能看到外面灿烂的阳光。

屋里静悄悄的，他凝听了一会儿，神情忽然凝重起来。在屋里查看，很快就发现，许琼已经不在了——她终究还是走了。

沈途满心都是怅然，怔怔地坐回到沙发上，重新躺下，不想动弹。

离开，也许是许琼深思熟虑后的结果，没有人会和一个即将杀死自己的人在一起。其实这对于沈途，也算是解脱，他实在不敢想三天之后，自己如何才能杀死她。但为什么，他还会这么惆怅呢，就像一个孩子，丢失了自己最心爱的玩具。

忽然听到钥匙插入锁眼的声音，沈途惊觉，不待他有所反应，门开了，许琼拎着些早点走了进来。刹那间，竟然会有轰然欣喜的感觉。

"你不该出去，万一碰上警察怎么办？"他的声音居然还很平静，平静得让他能听到自己"呼呼"心跳的声音。

许琼淡淡地笑："我就去了小区门口，大清早，应该不会有事。"

沈途叹息一声，心里又涌上些阴影。他郑重地让许琼过来坐下，然后，站到她的面前："我们的时间还剩下不到两天，如果你还有什么心愿未了，我一定帮你实现。"

许琼微怔，眉宇间笼上些乌云。她想了想，点头："我还真有三个愿望。"

沈途毫不犹豫地点头："只要时间来得及，别说三个，就算三百个，我也会帮你实现它。"稍顿，又道，"现在，你就可以告诉我你第一个愿望了。"

许琼盯着沈途，一字一顿吐出两个字来："杀人。"

"好，你要杀人，我们就去杀人。"沈途答应得非常爽快，就好像许琼要他带她去吃顿饭那么简单。

第二十一章
为爱逃亡

火车停靠在一个小站，丢下古昊、秦歌和不多的几个旅客，开走了。

小站很小，小得只有两排青砖瓦房和一个头发已经花白的工作人员。出站，是个小小的广场，几辆中巴车横七竖八地胡乱停放，广场上却仍显空旷。中巴车司机和售票员，对出站的旅客根本提不起兴趣，因为他们知道出现的每个人，都有自己既定的去处，而每条线路只有一辆车，所以根本无须揽客。

古昊和秦歌在中巴车上，差不多又耗费了一天的时间。车在狭窄蜿蜒的山路上，仍开得飞快。所有山区的驾驶员都像有特殊能力，他们能记住山道上每一个弯道每一个升降，甚至还能预测到何时对面有车开过来，方向盘在他们手里可以精确到毫厘之间。车上的乘客多是些当地的山民，大多已经习惯了这样的行车风格，当然除了古昊和秦歌。他们俩胆子都不小，但当车子紧贴崖边疾驰或者过弯道仍不减速时，仍然要小小地紧张一下。

天擦黑那会儿，终于到了他们的目的地。下车之后，俩人傻眼了。在车上时，他们向山民打听过，知道那个叫"老虎嘴"的地方挺偏僻，离最近的一个小镇尚有十多公里。平时会有山民骑着摩托在这里载客，但天黑之后，就难说了。

中巴车开走后，古昊和秦歌面面相觑，他们站立的地方，除了身后一块水泥站牌上写着老虎嘴的字样，其他实在看不出来这里是个站点。载客的山民没见着，就连灯火都没看到。这里何止是偏僻，简直就是前不着村后不着店。现在，他们唯一的去处，就是十多里外的那个小镇，当然，得靠两条腿量过去。

幸好，古昊之前做过功课，还在手机里下载了地图。而且今晚星月俱佳，山路依稀可辨。就算这样，十多公里的山路，还是生生让他们走了三个多小时，当看到小镇零星的灯光时，两人都已经力竭，只想着能尽快找家小旅馆，吃顿饱饭，好好睡上一觉。

小镇上唯一的一家旅馆，连个招牌都没有，两层的木楼是客房，老板住在边上的一幢平房里。老板年纪不大，三十多岁，看起来不像其他山民那么粗犷，古昊和秦歌进门时，他正躺在一把竹制躺椅上看书。靠看书打发时间的山民，就显得有些与众不同了。

老板对此时来客，毫无准备，但仍然为客人们下厨炒了两个菜，焖了锅米饭。古昊和秦歌吃饱喝足，古昊向他打听海上云台的所在。

海上云台就是治愈者居住的地方，这里群山峻岭，远离大海，不知道那地方为何称为海上。但听这名，就知道那应该是个绝美的所在。治愈者选择居留在那里，很有些避世不出的意味。

客栈老板本来还算热情，听他们打听海上云台，愣了一下，然后摇头，说根本不知道还有这样一个地方。

回到房间躺下，秦歌说客栈老板故意不说海上云台的事，他知道，而且知道得很清楚。

古昊却不在意，老板既不愿说，肯定有他不说的道理。好在有地图，明天只要按图索骥，顶多绕几个弯子，肯定能找到那地方。

实在累了，俩人又胡乱猜测了些治愈者的事，就睡了。

半夜，古昊忽然惊醒，恍惚间感觉到了有人正在使用超能力，但他脑子里看到的画面漆黑一片，隐约有些影像，却根本什么都看不清。狐疑之际，听到床前有些响动，睁开眼，看到床前站着条黑影，他来不及有任何反应，黑影已经跳到他身上，掐住了他的脖子。古昊奋力挣扎，正要用气流反击，蓦然间，借着窗外折射进来的月光，看到骑在他身上的人居然会是秦歌。

气流当然没法用了，他不想伤着秦歌。秦歌袭击他，一定事出有因，或者，和刚才感应到的超能力量有关。他只能拼命挣扎，终于将秦歌掀翻在地，自己赶紧起身。这时，秦歌又向他冲了过来。古昊不愿和他正面为敌，只能游走躲避。房间本来就狭小，躲了几次就躲不开了，秦歌一拳砸在他左边脸颊上，古昊痛哼一声，差点摔倒。这时，他看到秦歌的神情非常木讷，也可以说毫无表情，联想到刚才的超能力量，想到也许秦歌已经被人控制。

接下来古昊继续躲避秦歌的攻击，同时，尽力去感应超能力量。这回，他看到了一幢木楼披着月光。古昊立刻想到，使用超能力的人就在楼下，虽然不知道他的技能是什么，但秦歌必定是受他控制。

古昊这么一分神，那边秦歌就把他扑倒在地，再次骑到了他身上，掐住他脖子。

古昊一边和秦歌对抗，一边凝神去阻止感应到的超能力量。这个超能者能力颇为强大，古昊几番用力都不能成功，但秦歌的动作却因此稍缓，这让古昊有了机会，将他掀翻之后，直接冲出房间，冲下楼梯。

楼下月光里，正站着那个客栈老板。见到古昊，他有些慌张，转身欲走，但古昊哪里还能再给他机会，一道气流如箭疾射而出，客栈老板"哎哟"一声倒地，腿上血流如注。

古昊已经算是手下留情，但气恼他利用秦歌袭击自己，这一下，算是对他小小的惩戒。

"你也有超能力？"客栈老板显然颇为惊诧。

古昊站到他身前："要不要再见识一下？"

客栈老板慌忙摇头："我其实没想伤害你们，要真想你们死，我就直接让楼上那位动家伙了，或者，直接让他从楼上往下跳。"

古昊想想，也对。他问："你到底想干什么？"

"他想阻止我们去找治愈者。"楼梯口响起秦歌的声音，他显然已经从懵懂的状态清醒过来，好像还挺兴奋，"终于又见到一位超能者，我得好好跟他唠唠。"

古昊还没说话，秦歌走过来蹲到客栈老板跟前："跟我说说，你是怎么控制我的。"

客栈老板扭头拒绝回答，秦歌把他脸扳过来，亮出证件："看清楚了，我是警察，警察问话，你就得老实回答。"

客栈老板这回更吃惊了："警察，警察为什么要找治愈者。"

"这就不是你要关心的事了。"秦歌瞪着他，"要么带我们去海上云台，要么告诉我你的超能力是什么。这不难选吧？"

客栈老板想了想，老老实实回答："我能在人做梦时，控制他。"

古昊也来了兴趣："就是你能进到人的梦里？说说，他刚才都梦到什么了，有姑娘吗？"

秦歌赶紧手指着客栈老板厉声呵斥："不许说。"

古昊追问："说吧，别忘了我有超能力。"

"我是警察，你得听警察的。"秦歌更大声叫。

客栈老板要哭了："我到底听谁的？"

"听我的。"秦歌转身冲着古昊，"你要再起哄，我就连你一起铐起来。"

古昊笑笑，不吱声了。

"说，为什么阻止我们去找治愈者。"秦歌喝问。

"我拒绝回答任何跟治愈者有关的问题。"客栈老板态度坚决，"打死我也不说。"

"我们要是坏人，就直接对他刑讯逼供了。可我是警察，警察不做坏事，所以，我还真拿他没办法。"秦歌转向古昊，"我看算了，放他走吧。"

"你不怕他再控制我来袭击你？"古昊捏指为剑，冲着秦歌虚晃两下，"我要出手，分分钟就能取了你小命。"

秦歌想想，还真是这事。

"今晚，看来没法睡了。"他有些沮丧。

"不能放了他，又没法再睡，那咱们就抓紧时间上路。"古昊目光里有些忧色一闪而没，"时间不多了，我就怕黄娅琳，等不到我们回去。"

许琼要杀的人是个秃头胖子，菜市里摆了个肉摊，常年穿件蓝大褂，因为肚子太大，下面的扣子系不上，露出一截像浸过猪大油的黑肚皮。他的脾气显然不好，遇到有人在他摊前挑挑拣拣，他会不耐烦地拿把宽背厚刃的砍刀敲桌子，嘴里叼着烟狠狠瞪人家，短斤少两的事也经常发生。

许琼和沈途进到菜市场时，他正跟一个白头发老太太吵架，起因不问也知道，肯定是他想坑老太太却被发现了。白发老太太泼，秃头胖子横，这两人针尖碰上麦芒，可算遇上对手了。菜市场里好多人都站边上，饶有兴趣地围观。

"他的绰号叫猪肉荣，卖了二十年的肉。他吵架，没人会劝，因为大家知道，劝也劝不住。"许琼说，显然她对这猪肉荣颇为了解。

"看起来就是个恶人。"沈途皱眉道，"我替你杀了他。"

"你就不想知道，我为什么要杀他？"许琼问。她今天戴了棒球帽，黑墨镜，原来披在肩上的长发也挽了起来，这显然是他们为了应对警方做出的对策。

"不用问，也知道你的理由一定足够。"沈途道，"就算没有理由，只要他是你的愿望，那他今天就一定得死。"

"谢谢。"许琼忽然变得有些激动，"你不问，但是我仍然要说。很小的时候，爸爸去世了，妈妈带着我和妹妹，嫁给了这个猪肉荣。他是个恶棍，喜欢喝酒，喝多了就拿我和妹妹撒气。那时候妹妹还小，我总想护着她，所以，我的身上经常伤痕累累，有些直到现在都还在。我们姐妹俩渐渐长大了，妈妈却老了，这个老恶棍就打起了我和妹妹的主意。每天晚上睡觉，我们都提心吊胆地关好房门，还拿东西抵上。后来有天夜里，老恶棍终于闯了进来，扑到我身上时，妹妹拿起抵门的棍子打在了他后脑勺上。"

沈途听得认真，面上已经现出些杀气。

"妹妹出手很重，老恶棍满头是血，他抓过妹妹，直接把她摔到了墙上。"许琼呼吸有些急促，往事让她满心都是仇恨，"那一次，妹妹在医院躺了半个月才恢复，她出院那天，拉着我的手对我说：'姐姐，等我长大了，我一定要杀死他'。"

"杀死他之后，我一定会把这消息告诉你的妹妹。"沈途眼里已经要喷出火来。

"高中没上完，妈妈就病故了，猪肉荣很快有了新的女人，就把我们姐妹俩赶出家门。幸好那时，我已经开始试着找些事来做，很多人可怜我们姐妹俩，明知道用童工不合法，但还是给我们找点活干，实际上就是在帮我们……"

沈途身子僵硬，许琼的身世显然打动了他。他想，难道他真能狠心杀死这样一个女孩？

"好了，要说我都说完了。说这些，我只是想让你知道，我有多么痛恨这个人，所以，现在，我想亲手杀了他。"

沈途重重地点头："只要我在，没有人可以阻挡你。"

许琼一步步向着猪肉摊走去。猪肉荣和那个白发老妇的争吵，俨然有了升级的趋势。猪肉荣一把砍肉刀在身前乱舞，白发老妇浑然不惧，不仅不退，反而想掀了猪肉摊，但终究因为年老力衰，掀了几次没有掀动。

许琼已经靠近猪肉摊，行将动手之际，忽然不远处冲过来两名中年壮汉，白发老太胆气更盛——这俩都是她的儿子，刚才争执的间隙，她打电话搬来了救兵。猪肉荣气焰顿时萎缩，眼睁睁看着两名壮汉，上来就掀翻了摊子，猪肉排骨心肝肺散落一地，他居然往后退了退，拿在手上的砍肉刀也垂了下来。

老太太还不罢休，在她指挥下，俩儿子直接向着猪肉荣冲了过来。

猪肉荣似乎还没打算好怎么办，拳脚已如雨点招呼在他身上。他这些年又胖了些，像个肉球被踹倒在地，翻来滚去。至于手上那把刀，早已经不知道扔哪儿了。

许琼默默地站在不远处看着这一切，本来已经握成拳的双手不知什么时候松开了。

她那时一定犹豫了很久，终于，悻悻转身，走回到沈途身边。

"我们走吧。"她说。

沈途奇怪："你并没有杀死他。"

"看他这样活着，我会更开心。"许琼摘下墨镜，眸子晶莹，"猪肉荣老了，要放在以前，别说有人揍他、掀他的摊子，就是吵架吵急了眼，也能拎刀往上冲，他的刀，真敢往人身上砍。你看现在，他吵架还跟以前一样凶，但也就只剩下吵架还能凶点了。"

沈途似乎还有些不解。

许琼冲他笑了笑："我们走，我还有两个心愿未了呢。"

古昊和秦歌最怕的事，还是发生了。他们在山里转了大半天，最后只能无奈地承认，他们迷路了。古昊网上下载的地图，在深山老林里基本不管用。他们俩不是找不着路，而是好几条地图上根本没有的路横在眼前，怎么选，是个难题。俩人争论了一会儿，各自阐述了对这些路的看法，包括路边折断的树枝，依稀可辨的脚印等等，都拿过来作为辅证。最后他们终于说服了自己，沿着一条道下去，结果却证明，他们还是选错了。

于是折回来，重新论证，重新出发，这回，他们连回去的路都找不到了。

如此折腾了大半天，待得重新回到正路上，已经天将薄暮。这时候，他们听到了歌声。

歌声粗犷且高亢，旋律像所有山歌一样简单明了。

古昊和秦歌精神一振，猜测应该是个晚归的山民。他们对歌声不感兴趣，但找到这山民，就能向他问路，找到正确的方向。循着歌声而去，行不多远，就见到前方不远处一个小山坡上，站着一个络腮胡子的粗壮汉子，正对着山谷唱个不停。

站在山坡下，古昊冲着络腮胡男人大声叫："老乡，老乡！"

歌声止，络腮胡男人看见了山坡下的两个人，冲他们挥挥手。

"老乡，打听个事，海上云台怎么走！"古昊继续大声叫。

络腮胡男人好像没听清楚，古昊又叫了一遍，这回，那男人忽然冲他们摆摆手，大声道："回去吧，这里没有海上云台，更没有你们要找的人！"

古昊和秦歌面面相觑，猜到此人必定不是偶尔出现。这时，就见山坡上，忽然又多了个人，正是前一晚见过的客栈老板。他与络腮胡壮汉并肩而立，低声说着什么。

"原来是他请来的帮手。"秦歌恍悟，又自语道，"不知道这壮汉又有什么本事。"

"他们出现在这里，说明我们走的道是对的，离那什么海上云台已经不远了。管他们有什么本事，咱们只管打将过去。"

秦歌笑着点头："遇鬼杀鬼，遇佛杀佛。"

古昊点头："就是这个意思。"

二人不顾那壮汉的劝阻，直接顺路往山坡上去。就见前面两人说了些什么，那壮汉忽然又开始唱歌，这回旋律更加简单，唱的应该就是最寻常的山歌。行走的古昊和秦歌初时只觉得歌声刺耳，声音高亢得有些夸张，但转瞬之间，心脏跳动加速，耳膜轰鸣，最后，就像有人拿面锣在他们耳边敲，声音像两条小蛇，从耳朵里进入，又在脑子里左冲右突闹个不停。古昊和秦歌头疼欲裂，竟然站都站不稳了，一齐摔倒。

同时，古昊感受到了强烈的超能力量，这力量，显然就来自于山坡上那壮汉歌者。

"这就是他的超能力。"古昊捂着脑袋，吃力地道，"他能用音波伤人。"

"他有超能力，你也有，赶紧还击呀。"秦歌催促。

古昊挣扎着，一道气流激射而出。山坡上的两个人似是早已料到，这时已经躲到了一块大石头后面，再加上距离有点远，气流撞上巨石，只留下微不足道的一点小坑。而歌声仍在继续，古昊和秦歌的头疼更剧。

这时，那客栈老板探出头来，大声叫道："还是回去吧，我们不想伤人。你们再这么坚持下去，用不了多久就会七窍流血，到那时，只怕谁也救不了你们。"

秦歌感到鼻孔有点痒，伸手摸去，竟真的看到了血。这时，头疼已经到了无以复加的地步，他恨不得拿头去撞边上的树或者石头。他大声招呼古昊快想办法。

"这是你们超能者之间的较量，赶紧想招。"

古昊凝神，在脑子里寻找对方的力量，然后，试图去阻止它。这壮汉歌者的能力，竟比客栈老板还要强，他根本阻止不了。但两股力量相抗衡时，头疼居然轻了许多，只是时间极短，很快又恢复剧痛。

"他的力量比我强，我阻止不了他。"古昊已经想到了对策，"但我可以减弱他的能力，只是坚持不了多长时间。"

秦歌已经明白："我们趁着他力量减弱的时候，冲过去，将他们拿下。"

事实证明，这个办法确实有效。

古昊蓄力时可稍微压制住壮汉歌者的力量，秦歌就趁这头疼稍弱之时，向前疾奔。待到壮汉歌者的力量反扑过来，古昊被压制时，秦歌头疼加剧，只能暂缓前进。如此三番五次，古昊和壮汉歌者累得够呛，秦歌也被折腾得七荤八素，但幸好离得那客栈老板和壮汉歌者已经不远。

山坡上那俩人有些着急，歌者下意识加大力量，但他的力量大，古昊的力量居然也能跟着大，仍然是相持不下的局面。而秦歌此时已经离他们藏身的那块大石不远了，更重要的是，壮汉歌者已经大汗淋漓，与古昊的相持消耗了太多的体力，这时再想蓄力，已经颇为勉强。秦歌就趁着这机会，冲到大石后面，忍痛扑向那壮汉歌者。

近距离的搏斗，让那歌者暂时没有了施展超能力的机会，而秦歌被虐了这么长时间，现在终于逮到机会泄愤，手下更不留情。秦歌是警察，受过专门训练，体格虽然不及那歌者健壮，但有技巧，很快就将歌者锁住动弹不得。客栈老板顾不上腿上有伤，欲上来帮忙，但后面的古昊已经赶到，一道气流袭来，直接把他给撞飞了出去。

为提防壮汉歌者再唱歌，秦歌也不客气，一拳把他打晕过去。

至此，古昊和秦歌险胜，虽然两人都吃了不少苦头。

古昊和秦歌又站在了客栈老板的面前，狠狠地瞪着他，都不说话。客栈老板被瞪得心里发毛："什么意思这是，要杀要剐，还是打算把我扔山崖下头去，赶紧拿主意，别老瞪我行吗？"

"我们就是不明白，你闹的这是哪出。"秦歌蹲下来，"昨晚放过你，你继续冤魂不散，还找来了帮手。那个海上云台到底有什么名堂，治愈者究竟是何方神圣，能劳烦你们俩费这些心思阻挠我们去见他。"

提到治愈者，客栈老板不吭声了，还扭过头去。

"我们不是坏人，要坏人你早没命了。"古昊跟着说，"我们去海上云台找治愈者，就是想请他帮个忙，没别的意思。"

客栈老板拿鼻孔哼一声："来的人都你这心思。我还是劝你们一句，回去吧，这里根本没有治愈者，那都是些无知的人在瞎传……"

古昊和秦歌已经不打算再听这客栈老板说话了，他反复强调没有治愈者，一副死猪不怕开水烫的架势，不管他如何威逼利诱，他就是不松口。但事实已经摆在那里，如果没有治愈者，他又何必费这些心思阻挠别人向前？

确定从客栈老板口中得不到任何有用的信息，古昊和秦歌再次丢下他走了。

他们确定这次找对了方向，海上云台一定就在前方不远的地方。

但是，天黑了，他们没有携带任何野外生存的工具，甚至连个电筒都没有。黑天里置身这种深山老林里，别说还有客栈老板和壮汉歌者这样的人伺机收拾他们，就算熬一夜，都是件很让人头疼的事。

幸好，转过一个弯道，他们看到前面，出现了星星点点的灯光。

有灯光就有人，他们俩精神一振，毫不犹豫地大步向着灯火处奔去。

许琼的第二个愿望，就是再去医院里看看妹妹许瑶。

因为并不知道警方是否已经展开对许琼的抓捕，所以，这看似简单的愿望却也让他们费了好些心思。他们还是选择了深夜，悄悄潜入了医院。

事情比他们想像得要顺利，病房外头根本没有警察。但就算这样，许琼仍然只隔着门上的小窗，看了会儿房内熟睡的妹妹。

离开的时候，许琼止不住地流泪，她知道，也许这一走，就是永别。

走在街道上，许琼的泪水仍然不停地流出来。沈途想了半天，还是不知道该如何安慰她，最后，只能默默地给她递纸巾。

夜愈深，沈途的心情愈沉重——天亮之后，就是他跟巫彭约定的最后时刻。他必须杀死许琼，才能像以前一样，走到巫彭和瘭君的面前。而他怎样才能杀死许琼呢？也许闭上眼，狠心一击便能取了她的性命，但之后他该如何度过那无数个漫漫长夜，如何才能摆脱因此而背负的沉重桎梏？

　　杀人原本对于沈途来说，是件非常简单的事，无论最初在仓库里杀死汪海波等三人，再到杀死能在水里呼吸的王鹏，或者能控制水的邱云，他都是下手绝不留情，一击毙命。之后他也从不会为此而觉得不安，甚至古昊为杀人与否跟他起过多次争执，他都不为所动。但现在，杀死一个人，竟让他觉得无比艰难。

　　"好了，我想到第三个愿望了。"许琼擦干泪水，居然能在脸上浮现出一个微笑，"很久以前，我就想着能去看日出，但都因为各种原因，没能实现。如果明天我就要死去，那么，我希望，你能带我去看一次日出，然后，让我在太阳升起的时候，告别这个世界。"

　　沈途愣愣地看着许琼，看她此刻的笑容——她是个怎样的女孩，她怎么能对着即将杀死她的人，笑得这么灿烂呢？

　　"好，我们去看日出。"沈途已经很难掩饰自己的伤感了。

　　"我们去山顶。"许琼加了一句，"山顶的日出，最美丽。"

　　山是小山，就在云城南侧，坐在山顶，可以见到整个云城的万家灯火。此时的许琼，已经搞去了墨镜和棒球帽，一头长发在山风的吹拂下，轻柔地飘舞，它们沾染着月华的光泽，掠过沈途的脸颊，发丝间有种独特的芳香，让沈途忽然有了些想落泪的冲动。

　　在他们的部落，落泪是懦弱的表现，他至少已经二十年没有掉过眼泪。但现在，却为一个女孩心中酸楚，难以自抑。

　　许琼表现得却极平静，她不说话，双臂抱膝，凝视着山下的万家灯火，安静得就像一座雕塑。沈途坐在她身边，挨得她很近，腰板笔直，身子僵硬，虽然看起来也颇平静，但内心却在苦苦地挣扎。

　　久久无语，就这样并肩坐着，沉默，却又胜过千言万语。

　　后来，已经是下半夜，许琼说累了，困了，想睡会儿，但又怕错过日出的那一刻。沈途立刻向她保证，一定会在日出前叫醒她。于是，许琼真的就倚在他的身上闭上了眼睛。不知她是否真的睡去，沈途不敢动，动了，就怕惊扰了她。这时候，他可以毫无顾忌地盯着她看，看她美丽的面孔，看她下意识在睡梦中微皱的眉头，看月华在她的发丝间滚动，看她无意中的梦呓，看她放心地睡在要杀死她的男人怀中……

　　沈途觉得脸上凉凉的，他终于还是哭了。

　　然后，黢黑的天边泛出些青白，闪烁的星辰渐渐隐去光华。沈途伸手轻轻触碰许琼的面颊，许琼立刻就睁开眼。睁开眼时，青白的天边忽然绽放出一片霞光，如火燃烧了天际。许琼依然倚靠在沈途的肩上，双眼却已经泛出比霞光更灿烂的光芒。

　　朝阳终于喷薄而出，许琼睁大了眼睛，脸上显露出孩童般纯真的笑容。

　　"我终于看到日出了。"她在笑容里竟有些哽咽了。

　　"谢谢你，我已经再没有遗憾了。"她说。

　　而此时的沈途，忽然大力拥着她的肩膀，扶她站了起来。他就立在她的对面，与她近在咫尺，甚至她能感觉到他粗重的喘息。

　　"我不会杀你，永远不会，而且，只要我活着，我就绝不允许这世界上任何人伤害你。不管是谁！"他的声音坚定而充满力量，"现在，我要满足你第四个愿望，我们一起离开这里，去寻一个谁也找不着我们的地方，那里山清水秀，那里会是我们的家。我要永远和你生活在一起，我这辈子都不会离开你，或者让你离开我。"

许琼听得呆了，凝视着沈途，然后，她哭了，像个孩子，哭得无所顾忌，哭得泪流满面。而沈途也终于不再犹豫，紧紧地将她抱在怀里。

此刻的沈途虽然做出了决定，但心情却并不轻松。因为他知道，此后他将开始漫漫的逃亡之路，像部族其他人一样，他这一生，都将背负叛族者的恶名。

但对此，他却心甘情愿，无怨且无悔。

第二十一章　为爱逃亡

第二十二章
海上云台

这一夜，古昊和秦歌睡得异常香甜。

昨晚发现的那些灯火，果真是个小小的村庄，当他们敲开一扇门时，一对年迈的夫妇将他们带到了边上一座无人居住的小木屋里。小木屋虽然简陋，但却干净整洁，看起来根本不像寻常山里人家。老太太还给他们送来了热水和食物，饱餐一顿后，俩人并不敢立刻睡去。老夫妇虽然和蔼，但因为之前有过客栈老板和壮汉歌者的经历，所以他们不敢懈怠。

吃饱喝足之后，微风透过洞开的窗口吹进来，虽然有些凉意，但空气清新得带着浓郁的芬芳味道，他们宁愿冷点也不愿将窗子关上。本来说好了，俩人轮流值夜，但还没有商量好谁先谁后，困意就重重地袭来。睡着之前，俩人还在聊着些什么，声音渐消，终于再无声息。

蓦然惊醒，已经是第二天的清晨，古昊从床上跳下来，发现边上的秦歌犹在酣睡，嘴角还挂着些涎水。

窗户仍然开着，古昊下意识走到窗边向外看去，立刻惊得呆了。

窗外漂浮着涌动的云海，如同绸缎般在微风里舞动。云海离窗口如此之近，仿佛伸手便能触及。而远山，又在云海里忽隐忽现，美得极不真实，仿若画中的仙境一般。

古昊心头一震，立刻想到了治愈者避世之地为什么叫海上云台了。

这些云雾岂非就像大海，这处小小的村庄，岂非就像海上的仙台琅阁？

立刻叫醒秦歌，秦歌也被眼前的美景震撼，同时，他也意识到了，或许，昨晚他们误打误撞，已经进入了苦寻不见的海上云台。

古昊再也按捺不住，夺门而出。出门，又惊艳了一回。小木屋的边上开满鲜花。何止是小木屋，整个村庄，都在花海之中。

其实，这根本不算村庄，不过是几幢木质的房子相连，木屋的外形也根本不像一般的山居那样简陋，第一眼看去，既像个度假区，又像是山间民宿。古昊又惊又喜，断定这里就是治愈者隐居的地方。他回身招呼秦歌，却见到秦歌忽然现出副极不耐烦的神情，下意识地顺着他的目光看去，只见前方雾气之中，不知什么时候现出两个人来，正是日前见过的客栈老板和壮汉歌者。

古昊也觉得烦，这俩人简直就像不散的冤魂，牢牢吃定了他们，这种锲而不舍的精神，也算难能可贵了。那客栈老板也就算了，壮汉歌者的能力却不容小觑，古昊当即决定先发制人，将他拿下再说。于是聚力出招，忽然怔住了，他控制气流的能力竟然消失了。这种情况唯一的解释，就是沈途断开了与他的连接。

沈途不会不打招呼就断开连接，除非发生了什么大事。

古昊不及细想，就见客栈老板和壮汉歌者摆着手向他们奔来，欲躲不及，俩人已经站到了他和秦歌的面前。

"求求你们两位了，走吧，你们根本就不该来这里，也根本不知道自己在做什么。"客栈老板满脸沮丧。

"都到这儿了，我们还能走吗？"见他俩并不动手，古昊放下心来。

"你们真想把人害死才肯罢休？"壮汉歌者好像非常气愤。

"我们害死谁了？"秦歌不解，"我们要害人，你俩现在还能站在这儿吗？"

客栈老板顿足："我们宁愿被你们害死，也不愿你们出现在这儿。"

"你俩到底什么鬼，就不能把话说明白？"古昊实在忍无可忍，"再这么故弄玄虚，就跟你们没话可说了。"

客栈老板和壮汉歌者互相看了看，正想说什么，忽然听到不远处传来一阵嘈杂之声，四人循声望去，只见一群山民模样的人，抬着一个中年农妇正往这边而来。

客栈老板和壮汉歌者面露无奈的表情，齐齐叹了口气，居然舍了古昊和秦歌，冲过去拦下了那帮人。

"你们不能来这里，都回去吧。"客栈老板冲着众人道。

"求求你们，让我们进去吧。"一个中年山民央求，看起来好像识得客栈老板和壮汉歌者，"我老婆一早去采茶，被蛇咬了，这山里又没有大夫，只能来求仙姑救命了。"

听到仙姑这个词，凑在一边看热闹的古昊和秦歌对视一眼，更加确定之前的判断——古昊已经从黄名堂那里，知道治愈者是个女孩，当年她救黄名堂时十几岁，现在也就是三十岁不到的年纪。

"别说了，这里没什么仙姑，也没人救得了你老婆，快走吧。"壮汉歌者大声吼。

山民们当然不肯离去，七嘴八舌都来求二人，但二人态度非常坚决，执意不让他们进去，更不让他们去见那"仙姑"，两边相持不下，一时间吵吵嚷嚷，挺热闹。古昊和秦歌乐得清闲，抱着膀子在边上瞧热闹。

"那胖子脑子有点不好使，只要他再唱首歌，再多的山民也能被他轰跑了。"古昊道。

"也许，他只是不敢在这里唱，怕惊扰了什么人。"秦歌分析。

像是印证秦歌的话，后面忽然传来一个轻柔的声音："你们两个，又在跟人吵架了。"

声音柔中带脆，好像有种特别的魔力，让听到的人，迫切地就想看看说话的人。古昊和秦歌循声看去，雾气浓重，只见到一个人影，一时间看不清真容。

而客栈老板和壮汉歌者，这时面面相觑，都跺脚叹息，无奈站到一边，任那些山民发出些欢呼，向着浓雾中的人影奔去。古昊和秦歌也跟在山民的后面。

离得近了，终于看清刚才说话之人。一见之下，古昊和秦歌都有些失望。听那声音，猜想应该是个美丽脱俗的少女，再不济也得是个少妇，但他们所见，居然是个满头白发的老太太，脸上沟壑纵横，白发虽然梳理得整齐，但在枯槁般的面容的映衬下，还是让人慨叹造化弄人，那么美妙的声音竟出自这样一个老妇之口。

山民显然对这位老妇非常尊重，到她身前时，都安静下来，只有适才的中年男人上前哀求老妇救救他老婆。他的话还没说完，客栈老板和壮汉歌者又再次插入进来。

"要想救人，我帮你们送她到山下医院。"客栈老板道。

"抓紧时间，现在赶紧动身，兴许还来得及。"壮汉歌者附和。

"来不及了。"中年山民面露愁苦，"现在，只有仙姑能救得了我老婆。"

那边的古昊皱眉："那两人太讨厌了，谁都看出来那农妇快不行了，性命攸关这么大事，他们居然还在阻挠别人向那仙姑求救。"

客栈老板和壮汉歌者还在纠缠，后面白发老妇显然不耐烦了。

"你们俩够了，找地方歇着去。"她上前一步，又冲着山民们道，"把人抬进来吧。"

山民们齐齐发出欢呼，客栈老板和壮汉歌者却神情沮丧。

壮汉歌者这时忽然大步站到了白发老妇身前，大声道："你们这些人，光想着救人，却不知道，你们这样做，其实是在害人。"

白发老妇嗔怒道："别说了，你们俩赶紧走吧，我这里不欢迎你们。"

山民们鼓噪。

客栈老板这时也站到了歌者边上，大声道："你们只想着让仙姑救人，可曾想到，救了你们的人，只怕这里再没有仙姑了。"

古昊和秦歌听得愕然，猜到这里面一定另有隐情。

"你们谁还记得十年前我们刚来那会儿，那时的仙姑，可是现在这副模样？"客栈老板不理会老妇的阻挠，继续说，"这十年间，她救了多少人，得救的人高高兴兴地走了，却没人留下来看看仙姑的变化。她是在用自己的生命救人，每救活一个人，她自己就要老上一分，你们看她现在的样子，已经是个垂暮的老人，可你们知道吗？她实际上只二十九岁。二十九岁呀！"

客栈老板说得动容，眼眶已经湿润了。

歌者接过来道："她能救活你们的人，可谁知道救人之后会怎么样，很可能，她就将耗尽自己最后一点生命。她要死了，就是你们这些人害死了她。"

山民们静了下来，所有人都似被这番话惊呆了，包括古昊和秦歌。他们到这时，终于知道客栈老板和歌者为什么全力阻挠他们来这海上云台了。

古昊和秦歌再看那白发老妇，眼神不由自主就满是崇敬——谁能想到这会是个二十九岁的姑娘，她把自己的青春美丽与生命，全都奉献给了众多毫不相干的人。而且，明知道再一次的施救很可能就会结束自己的生命，但她仍然毫不犹豫。

古昊的眼中忽然噙满泪水，他边上的秦歌亦神情激动。那二十九岁的白发老妇，就这么忽然之间用一种无法言喻的力量，深深击中了他们。

但这时的古昊，和众多山民一样，开始面临一个两难之选。他们既不能也不愿放弃自己所爱的人，但又怎么能忍心看着这个"老人"耗尽最后的生命？

那个中年男人已经退去，抱着昏迷的妻子失声痛哭——显然，他已经做出了决定。众多山民也都神色黯然，有些人已有退意。

忽然，白发"老妇"上前一步，语气坚定地大声道："都别磨蹭了，救人要紧，赶紧把人抬到里面！"

"你不能再救人了！"客栈老板大声道，"你这辈子已经救了那么多人，够了。"

白发"老妇"狠狠瞪了他一眼："你走吧，我说了，这里不欢迎你。"

"我们不走，我们不能看着你自己把自己给老死。"壮汉歌者也大声回应。

白发"老妇"叹口气："要我怎么说，你们才能明白。老天既然让我有了这样的能力，我就不该辜负它。就算我从此再不救任何人，但我已经这副模样了，你们觉得我还能再活多久？如果，我说如果今天我因为救人离开这个世界，你们不觉得，我这一生很圆满吗？我知道你们是为我好，但这是我自己的选择，你们没有权利干预。"

客栈老板和歌者面面相觑，有心还要再说什么，但白发"老妇"已经越过他们，径自走向倒地的伤者。山民们全都静默中注视着她，就连伤者的丈夫也现出纠结的神情。

就在这时，他们忽然听到有人大声叫："等等。"

就连秦歌都有些惊诧，出声的人正是古昊。

古昊越众而出，走到白发"老妇"面前，大声道："我有办法，既能救人，又不会损耗你的生命。"

白发"老妇"面露狐疑之色，还未出声，客栈老板和壮汉歌者已经奔了过来，齐声问："真的？"

古昊郑重点头，这俩人对视一眼，齐齐发出一阵欢呼。

第二十三章
白发圣女

　　四合院，桂花树，巴图坐在树下一把竹椅上。一壶香茗已经冷了，巴图抿了一口，虽仍有余香，却已经少了许多韵味。

　　巫彭站在不远处，垂首、肃穆，神情颇为凝重。

　　今天已经是他和沈途约好的第三日，沈途没有出现。巫彭去了他的住处，已经人去楼空，甚至没有留下只言片语。那时巫彭心里就开始发冷，他看着沈途长大，实在不愿他步其他一些族人的后尘，成为叛族者——成为叛族者的唯一结局，就是此生再不与族人相见，相见必见血光，不是你死，就是我亡。

　　巫彭有些懊悔，如果几日前当机立断，下手除去那个姑娘，断了沈途的念想，也许就不会发生这样的事了。

　　他只能怅然回到四合院，向巴图汇报此事。

　　巴图听完，沉默良久，面上虽仍不动声色，但巫彭能感觉到他的失望，以及一个垂暮老人内心的凄凉。

　　这已经是他第四次带族人离开族地，每回都要发生同样的事，所以，这次出山，他只带巫彭和沈途俩人。这俩人都是他精挑细选，确定可以完全信任的人。但最终，沈途还是受不了这花花世界的诱惑，贪恋女色，不辞而别。

　　他能感觉到内心的愤怒，如果现在沈途站在他的面前，他会毫不犹豫地对他施以惩戒。但是，随着时间一分一秒地过去，他忽然发现心里的愤怒竟然慢慢消散了。

　　难道当初的选择是错的么？如果四十年前，带领族人离开族地，融入到外面世界中去，不仅不会发生后来的巴融叛族事件，而且经过四十年的经营，族人们或可真正融入到外面世界的生活中去。

　　他很快又否定了这样的念头，坚定了自己当初的选择。神力者不该与普通人共存在一个世界中，否则，必定会带给这个世界以混乱。外面世界的人用数千年的时间，建立起了自己的生存法则与规范秩序，人们愿意遵守它，是因为必须在它的庇护下才能生活。当忽然有一种力量，可以超越这些法则和秩序，那将会是件非常可怕的事。在这短短数月间，新出现的神力者已经表现出了暴力与杀戮的倾向，这是因为神力本身就是有魔力的，它可以诱惑出人心底最原始的欲望。当你发现可以随心所欲地支配这个世界时，你还会去遵循那些规则吗？

但为什么他的愤怒会慢慢消散呢？就像他不明白，为什么每回都有族人受不了这世界的诱惑甘愿成为叛族者。他们难道不知道，叛族之后就再也回不了族地了，而且这一生，都要在逃亡中四处躲避族人的追杀？究竟是种什么力量让他们前赴后继地做出这样的抉择？

那应该就是生活本身了。族人们世代生活在封闭的族地中，以为生活本该就是如此，他们不会抱怨，也不会有所期盼。而当他们来到外面世界，就相当于在封闭的房间突然打开了一扇窗，他们看到，原来外面还有更广阔更美丽的风景，这时候，你又如何能苛求他们继续以前的生活？

巴图发现自己真的老了，放在几年前，他决不会生出这样的想法。所有族人离开族地前，都曾立过重誓，违背誓言的结果就是死亡。巴图已经亲手杀死过好多叛族者，无论当时，或是事后，都不曾有过丝毫的不安。但现在，他居然开始理解起那些叛族者了。

人老之后，行事就会变得优柔寡断了吧。

纵然如此，巴图仍然对沈途愤怒不起来，当然，也就谈不上杀机了。

"沈途是个听话的孩子，我想能再给他一个机会，你不会反对吧。"巴图又开始烧水。

巫彭觉得挺奇怪，在他印象里，巴图一向对叛族者决不手软。

"我有种预感，沈途还会回来。"巴图说，"所以我想把他的事先放一放，毕竟我们现在要对付的人是巴融。"

这回，巫彭毫不犹豫地点头说"是"。

"我们离开族地已经有段日子了，我怕我们的时间已经不多。"巴图轻轻一声叹息，而巫彭立刻就猜到了，这或许也是巴图不愿在沈途这件事上纠缠的原因。

"您放心，计划已经顺利展开。黄娅琳病发，住进了医院的重症监护室里，而古昊居然不见了。这种时候，我想，只有一件事能让他离开黄娅琳。"

"他在设法挽救黄娅琳的生命。"巴图立刻明白，"这世上只有治愈者能救黄娅琳。"

"古昊一直在找治愈者，最近也没有新的神力者出现，他要去哪里寻找治愈者？"

"只有一种可能性，那就是巴融的人已经找上了他。"

巫彭点头："我想跟他接触的人一定就是郁垒，他现在的名字叫张松。"

巴图松了口气："郁垒冒险找上古昊，相信他已经开始怀疑古昊的来历了。"

巫彭微笑："您处心积虑，二十多年布下的这枚棋子，终于开始发挥作用了。我想，用不了多久，我们就能找到巴融……"

水沸，巴图重新泡了一壶茶，还给巫彭倒了一杯。巫彭稍犹豫，还是接过来。

茶是好茶，未尝已经香气沁鼻。

"我戒酒多年，今天，我就以茶代酒，敬你一杯。"巴图神情凝重，"没有你，这计划便不能成功，有时候我想，这样做是不是太残酷了些。"

巫彭微怔，随即凛然道："瘝君多虑了，只要能终结族中这场历时数十年的恩怨，个人受点委屈又算得了什么。"

巴图扼腕叹息，忽然又道："你猜，古昊现在，已经找到治愈者了么……"

白发"老妇"名叫艾桑，她就是治愈者。

客栈老板和壮汉歌者都曾得到过她的救治，一来感激她的救命之恩，二来感动于她的无私助人精神，甘愿追随她，十多年间，一直陪着她隐居在这深山之中。他们知道艾桑善良博爱，只要有人上门求助，她从不会拒绝。因而，她才变成了现在这副模样，二十多岁的年纪，看起来已经是个垂暮老人。

三年前，他们俩做出决定，阻止艾桑再用生命救助别人。他们知道无法说服艾桑，所以，就选择了拦截所有上山求助的人。

"既然甘愿舍命救人，又为什么要隐居在这深山之中？"古昊不解。

客栈老板沉默了一下，才道："因为一个人。"

古昊和秦歌正在猜测那人是谁，壮汉歌者接过来道："那人在山中造了这房子，准备了一切隐居的条件，又不知用什么法子，说服了艾桑避世不出。"

古昊立刻想到，能做到这点的，一定就是巴融。

客栈老板和壮汉歌者现在最关心的问题，就是古昊如何才能既不损耗艾桑的生命，又能救治那个农妇。古昊犹豫了一下，还是说必须要当面和艾桑商议。

艾桑和一众山民已经进到木屋里，古昊和秦歌随着客栈老板和歌者随后进入。

客栈老板和艾桑耳语几句后，艾桑便领着古昊进到了边上的一个房间。

"我也是名超能者，我的能力，是复制别人的技能。"古昊开门见山，直接说出了办法，"只要我复制了您的技能，便能像您一样救人了。"

艾桑吃惊，看古昊郑重的表情，知道他所言必定不虚。

"可是，你要知道，救人是要损耗自己生命的。"她说。

古昊点头："我当然没有您这种胸怀，但人这一生，总会碰上一两个甘愿为她付出生命的人……"古昊将自己上山的原委说了："我愿意用我的所有，去挽回黄娅琳的生命，这点小小的付出，又算得了什么呢？"

艾桑凝眉不语，显然还有些顾虑。

"我知道您不一定信得过我，但我复制别人的技能，一定得经过这人的同意，而且，这人随时可以收回技能。"古昊道，"如果担心我用这技能去做坏事，那么，只要等我救了黄娅琳，您可以随时将技能收回。"

艾桑苦笑："我实在想不出，我这能力能做什么坏事。"

她忽然想到了什么，问："我现在只有一个问题，你是怎么知道我隐居在这海上云台的。"

古昊如实告知，艾桑想了想，笑道："这十几年间，我救治的大多是当地山民，并且叮嘱过他们，不要将事情外传。云城能知道我，且准确说出海上云台的，除了那人，还能有谁。我现在这一切，都是他给予的，他既让你来，我还有什么信不过你的呢？"

外面的农妇已经深度昏迷，中年男人守在她的身边，满脸期待盯着一侧的房门。客栈老板和壮汉歌者狐疑不定，不知道古昊和艾桑在屋里做些什么。只有秦歌知道底细，悠闲地站在一边等待。

门终于开了，古昊和艾桑并肩走了出来。

客栈老板和歌者立刻迎向艾桑，急切地询问，艾桑不答，却冲着古昊道："你可以试试你的新技能了。"

古昊就在众人好奇的目光注视下，走到农妇身边，俯下身去，双手抵住农妇的两边额头。所有人都有些紧张，但又充满期待。只见古昊保持这姿势，很快面孔就涨得通红，脑门上渗出豆大的汗珠。而那农妇，仍紧闭双目，没有一点反应。

古昊也有些紧张，下意识地朝艾桑看去。艾桑冲他微笑，并点头以示鼓励。古昊深吸一口气，再次发力。没用多久，他的头发之间，竟隐约生出些热气，那农妇也低低地发出了一声呻吟……

第二十三章　白发圣女

超能英雄
之原力觉醒

Heroes
The Force Awakenss

The magic of
_____ love

第二十四章
涅磐之爱

书房内，张松正在和巴融通电话。

"海上云台那边传来的消息，古昊已经找到了治愈者，并且，复制了她的技能。"张松说，"我想，等他回来治愈了黄娅琳，就告诉他真相。"

"你不能直接告诉他，最好让他自己一点点去发现。"巴融说。

"明白。"张松会意。想了想，他又道，"古昊离开云城之后不久，神荼——他现在的名字叫沈途，就带着一个神力者，离开了巴图。据推测，应该是他喜欢上了一个女孩，而那女孩是名神力者，他不忍心杀死她，所以，只能带着她离开。"

"总会发生这样的事。"那边的巴融叹息一声，"这就是个魔咒，遇上了，谁也逃不脱。"

张松沉默，巴融现在的感慨，岂非也正是他心中所想？

"你打算怎么做？"巴图问，"像以前一样，找到他，招募他到我们的阵营？"

张松想了想："沈途和别人不同，虽然离开了巴图，他却对巴图仍然忠心。而且，据悉，巴图也并未像对待其他叛族者那样立刻追杀他，而是打算给他一个机会，相信他仍然会回来。"

"你的意思是？"巴融似乎已经明白了些什么。

"如果能让沈途彻底仇恨巴图，那么，他即使不加入我们的阵营，也会成为一把尖刀。"张松胸有成竹，"当然，我会先找到沈途的落脚之处。"

巴融自然相信张松的办事能力，否则，也不会把这次对付巴图的重任交给他。

"我正在做一件事，因为还没有最后落实，所以没有跟您说。如果这事成了，我想，就没有您说的最后对决了。"张松语气轻松，好像对正在做的事，挺有把握。

那边的巴融怔了一下："好吧，我相信你，放手去做。"

"当然，在那件事最终落实之前，我仍然会按您说的，去招募更多的神力者……"

结束和巴融的通话，张松想了想，要做的事情很多，他决定还是从简单的做起，这样，才能腾出更多的精力去完成那些琐碎的招募工作。

他开着车，去了沈途租住的那间房子。因为租期未满，沈途又是突然离开，所以房子仍然保持原样。很容易就打开房门，进到屋里，张松四处看了看，在衣柜里取了件沈途穿过的衣服。

回到医院，他像往常一样，和遇到的医生护士打招呼，看起来和蔼可亲，没有丝毫医院领导的架子。他经营这家医院已经多年，形象一直保持得很好。

医院大楼有整整一层是不对外开放的，甚至，绝大多数职员，就连很多医院高层，都不知道它的存在。而张松一天的很多时间都会在这里度过。

进入隐藏的楼层，必须搭乘专用的电梯。电梯看起来很普通，但只有在面板上按出一组数字，电梯才会停靠到隐藏的楼层。出了电梯，就是一个长长的环形走廊，走廊两侧，分布着很多房间。现在，张松就停在了一个房间的门口，轻轻叩门。

开门的是个蓬头垢面、眼圈发黑的胖小伙。进到房间里，可以见到两台电脑同时开着，屏幕上都是游戏的画面，胖小伙来不及招呼张松，已经径自坐到一台电脑前，肉嘟嘟的两只手在键盘上敏捷地敲击。

胖小伙显然是个游戏控，但他能在这里，自然除了游戏，他还有别的技能。

张松并不催促，而是坐在边上，饶有兴致地看他游戏。不知道过了多长时间，胖小伙才用一声欢呼来表示他在游戏里的又一场胜利。

张松并不说话，只是将沈途的那件衣服递了过去。胖小伙大大咧咧地接过来，坐到了床沿上，然后闭上眼睛。

如果能够追随胖小伙脑子里的画面，我们很快就能穿过一团迷雾，发现一辆行驶在旷野之间的中巴车。沈途和许琼并肩坐在一起，他们的目光投向窗外，无边的绿意与青黛色的山峦在他们的视线里向后飞掠。

胖小伙的技能是寻人，跟古昊不同，他必须持有要找的人的某件物品，才能感应到那人的存在。

张松离开胖小伙房间的时候，决定过两天再来，沈途还在逃亡途中，他还需要点时间，才能找到一个固定的落脚点。

两天之后，沈途和许琼来到了一个山间小镇。小镇风景秀丽，民风还算淳朴，最重要的是位置偏僻，虽然通了公路，但去往最近的县城，搭车还要半天时间。

两人很容易就在小镇上买了套房，全木结构，前面是个大屋，后面是幢两层的小楼，中间带个方形的天井。木屋已经很陈旧了，但门楣与楼梯扶手全都雕了花，一看就是古物。原来的主人说木屋已有上百年的历史，但因为镇上这样的木屋还有很多，且大多已经荒废，所以售价低廉。

他们住进木屋之后，很快知道小镇上的一些情况。镇上的年轻人大多已经去往或远或近的大城市，所以家家有房闲置，还有些人家，更是举家迁移，门上的大锁，已是锈迹斑斑。

这样的地方，正是他们希望找到的。

木屋前面有条江，宽阔的江面水流不息。坐在临江的窗口，可以见到对岸的青山如画。偶或，江边的小道上还会有手持登山杖的背包客经过，他们看到窗口美丽的女人，大多会微笑招手。窗内的女人也笑，这样的生活，曾经只在她的梦里。

古昊和秦歌回到云城，下车之后便迫不及待地赶往医院。

归途之中，古昊隐约已经有了些不祥的预感，幸好和吴胖子通了电话，知道黄娅琳虽然没有苏醒，病情却也没有继续恶化。唯一让他不解的是，沈途没有和他打招呼，便收回了他的能力，而且，多次打他电话都无人接听。

古昊和秦歌赶到医院，直奔黄娅琳所在的重症监护室。站到玻璃窗前，他愣住了，监护室里的床位已经空了。古昊头皮发麻，赶紧打电话给吴胖子，却意外地听到楼梯间门口传来彩铃声，立刻奔过去，只见吴胖子神情沮丧地坐在楼梯上，脸上还挂着泪珠。

"你回来得晚了，黄娅琳死了……"吴胖子哽咽着道。

古昊整个人都僵住了，就像一盆冰冷的水兜头浇下，有那么一瞬间，连思维都停止了，痛感从心底开始蔓延，很快就遍布全身。所有的力量都已经消失，他甚至觉得已经支撑不住自己的身体，他真的蹲了下来，一屁股坐到了地上。

边上的秦歌看不下去了，上去直接一巴掌扇他脑门上："别他妈哭哭啼啼像个娘们似的，你大老远跑那么一趟，为的什么呀，还没试过就放弃，算是男人吗？"

古昊清醒了，想起沈途跟他说过的话，"何止是绝症，甚至一些已经死去的生命都能被救活，当然不是全部。"

古昊跳了起来，冲着吴胖子大声叫："黄娅琳什么时候死的？"

吴胖子虽然有点莫名其妙，但还是老老实实回答："大概两个小时之前，医生来抢救了一会儿，就撤了仪器……"

古昊不待他说完，急切地道："黄娅琳现在在哪？"

已经死去的人，当然在医院的太平间。古昊和秦歌、吴胖子即刻赶往太平间，有工作人员阻拦，秦歌亮出证件，得以顺利进入。秦歌久经沙场，自不在意这种环境，古昊心情迫切，根本无暇理会其他尸体，吴胖子却有点战战兢兢，紧跟在古昊身后。

太平间里大概十几具尸体，古昊和秦歌很快查看一圈，竟没找到黄娅琳。又找了一遍，还是没有，古昊出门拉来工作人员，问这医院到底有几个太平间，得到答复就这一个，所有在这医院病逝的人，除非家属直接拉走，否则全都会被送到这里。再问两个小时前，是不是有个姑娘的尸体被送了过来，那工作人员想都没想立刻点头。

"人呢，刚送来那姑娘哪去了？"古昊拉着工作人员进到里头，嘶声大吼。

工作人员也奇怪，逐一查看，最后满脸狐疑："这两小时，一直我当班，尸体送进来后，除了你们，再没别人进过太平间，难道，难道当真闹鬼了？"

"这期间，你有没有离开过？"秦歌问。

工作人员想了想："我就去食堂吃了饭，前后不超过半小时……"

古昊还在嘶吼，秦歌却把他拉到了一边："你冲他吼没用，尸体不会自己溜了，只能是有人抢先一步带走了黄娅琳。"

"黄娅琳已经死了，谁会想到来带走她的尸体？"吴胖子在边上插了一句。

确实，黄娅琳本就是个孤儿，养父黄名堂已死，在这城市再没有亲人，她活着都没有别人来看望她，更别提死后了。唯一的可能，就是盗走尸体的人另有图谋。

秦歌的职业习惯，让他下意识就展开调查，工作人员这边得不到答案后，他立刻联系院方，调阅监控录像，很快就有了答案。大约在一个小时之前，有人开着辆黑色小车停在了太平间的门前，车上下来一个一身黑色长衫、长衫的兜帽蒙在头上、看不清模样的人。他进到太平间里，很快就推着一具尸体出来。尸体装在尸袋里，但毫无疑问，必是黄娅琳无疑。

这个长衫兜帽的人是谁，为什么要带走黄娅琳的尸体？

秦歌继续调阅录像，终于在医院入口处，再次发现了黑色小车。开车进入医院必须拿卡，在院内停留超过一定时间需要缴费。秦歌立刻找来当值的门卫，向他展示了录像后，门卫很快就记起开黑色小车的人。

"他人年纪不大，留着长发，看着像个艺术家。他的皮肤很白，好像有点营养不良的样子。他看人的眼神很特别，说不上来的感觉，反正让人觉得很舒服。"

古昊惊呆了，他已经知道了带走黄娅琳尸体的人是谁——街道上，车流之间，他看到对面斑马线后面，站着一个长发肤白的年轻人，他的眼神柔和而温暖。那一次，古昊被一辆车撞得飞了起来，后来才发现，那不过是他的幻觉。

因为他并没有带来实质性的伤害，而且，此后便再没见过，古昊差不多都要把他给忘了。但现在，他再次出现，还带走了黄娅琳的尸体。

古昊愤怒且沮丧，黄娅琳死亡时间过去越久，让她复活的可能性便越低。而现在，他根本就不知道那个长发肤白的年轻人到底是谁，带黄娅琳去了哪里。就算最后能够找到他，也不知要用多少时间，那时，只怕艾桑亲自出手，也未必能救得了黄娅琳了。

秦歌自然能想到后果，也非常难受。既是因为黄娅琳之死，又是因为古昊费尽心思要救黄娅琳，眼看就要成功，却不料又出了这样的意外。

就在这时，忽然见到太平间工作人员，一溜小跑喘着粗气推门进来。

"那姑娘的尸体，又回来了。"他大声叫。

黄娅琳的尸体真的回来了，她安静地躺在太平间里，就好像根本没有消失过一样。

古昊和秦歌都满腹狐疑，古昊赶紧上前查看，尸体没有任何毁损，这才放下心来。他向秦歌耳语了几句后，秦歌出面要求带走黄娅琳的尸体。工作人员表示要请示医院领导，但古昊不容分说，已经上前抱起黄娅琳的尸体，夺门而出。

工作人员欲拦，秦歌上前搭着他的肩膀，表示自己会留下，办理相关手续。

187

吴胖子一头雾水，就算古昊再在乎黄娅琳，也不能这么抱着尸体满街跑吧。但看他凝重的神情，又想到他最近一段时间的古怪，于是紧跟在他身边，并不多问。

古昊当真抱着黄娅琳的尸体在街上狂奔，幸好没有人能料到他抱着的是具尸体。现在时间非常紧迫，根本不容古昊带着黄娅琳回家，只能就近找一个僻静点的地方。古昊的去处就是医院附近那家茶楼，上回，他曾带着黄名堂来这里见过沈途和巫彭。

进到茶楼，吴胖子在前面要了一个单间，古昊随后抱着黄娅琳进去。服务员以及大堂里的顾客，虽然觉得他抱着一个姑娘有点怪异，但也绝想不到他抱着的会是个死人。

古昊吩咐吴胖子关上门，自己将黄娅琳扶正坐在沙发上。

吴胖子再也忍不住，问："古昊，你这闹的哪出呀，黄娅琳已经死了，你抱着她满街跑就算了，还带她来茶楼。你再在乎她，至少也得尊重一下死者吧。"

古昊根本不搭理他，他站到黄娅琳面前，深吸一口气，双掌抚在了黄娅琳的两边额头上。

吴胖子还想再说古昊几句，走到他的边上，想说的话一下子全咽了回去。

他看到古昊面孔涨得通红，额头青筋暴起，好像正在拼命与一股强大的力量对抗。

吴胖子不淡定了，就算他再傻，也能猜到古昊这样做的目的。他当然不相信这世上有人能死而复生，所以，他只能认为，古昊疯了。

吴胖子忽然揉了揉眼睛，又怕自己看得不太真切，脑袋凑得离古昊很近很近。他看到古昊的皮肤正在失去光泽，眼角居然现出了些细纹，如果说这些都还不算太明显，他两边鬓角的头发，有些竟然变成了白色。

吴胖子跟古昊朝夕相处，非常肯定就在刚才，古昊还没有这些白发。

——古昊到底在做什么？他做出这些古怪的行为，难道真能创造奇迹？

这时的古昊已经大汗淋漓，头发上又开始袅袅腾生出些雾气，甚至，他的全身都开始颤抖，颤抖的频率越来越大，就像他自己都无法控制自己的行为一般。

"古昊！"吴胖子失声叫。

像是在回应他的叫声，古昊忽然停止了抖动，双掌离开黄娅琳的额头，身子软绵绵地向下滑倒在了地上。

吴胖子赶紧扶起他，这才发现他身上的衣服差不多都湿透了。吴胖子继续叫他的名字，还使劲掐他的人中。古昊肤色苍白，双眼紧闭，呼吸脉搏却还算正常，显然是刚才用力过度，以至于力竭而昏倒。

吴胖子焦急，打算给秦歌打电话，忽然听到身边传来一声低低的呻吟。

吴胖子吓得一屁股跌坐到地上，怀里的古昊也再次摔倒在地。

吴胖子胆子本来就不算大，那声呻吟声虽小，但他却听得真真切切，正是从黄娅琳口中发出——他亲眼目睹了黄娅琳死去，目睹她被装进尸袋送进了太平间。但现在，死去的黄娅琳居然发出了呻吟声。

别说吴胖子，就算胆再大的人，碰上这种事，也要被吓破胆吧。

特别是当吴胖子壮着胆子看向黄娅琳，竟然看到她慢慢坐正了身子，睁开了双眼，还冲他伸出手来，吴胖子叫声"妈呀"，直挺挺向后倒去。

吴胖子生生被吓晕过去。

古昊在床上足足躺了三天才醒过来，醒来，就看见了床边的黄娅琳。

黄娅琳的惊喜在脸上一闪而没，接着眼中便噙满泪水。这三天，她守着古昊，并不担心他是否能醒来，只是，当秦歌向她讲述的和古昊去往海上云台的经历时，她便发现自己陷入了一个两难的境地。她既不能释怀黄名堂因古昊而死的事实，又不得不感动于古昊为她所做的这一切。她唯愿古昊能够这样再昏睡几天，给她些时间来思考。

古昊那晚昏倒之后，很快便被赶来的秦歌送进了医院。

那时的黄娅琳已经醒来，却还很虚弱。她对眼前发生的事一无所知，当然也不知道古昊究竟因何昏倒。秦歌让惊魂未定的吴胖子送黄娅琳回家，他则带着古昊去医院。

吴胖子捏了捏黄娅琳的脸，感觉有了温度，又试了她的脉搏，这才确定黄娅琳真的活了过来。惊魂稍定，心里却涌起更大的疑惑，死人如何能复活？这问题，当然要留给古昊醒来后回答了。

回到家里的黄娅琳追问发生了什么事，吴胖子犹豫半天，才说了她死而复生的事。黄娅琳震惊，古昊居然真的做到了，在她昏迷的这些日子里，他究竟都经历了些什么？

秦歌送古昊去医院，诊断的结果只是力竭虚脱，将养几天就能恢复。秦歌知道黄娅琳病发前，和古昊因为黄名堂的事闹了些矛盾，所以离开医院后，直接把古昊带到了黄娅琳那里——黄娅琳和吴胖子在她自己买的那套公寓里，老家盛满了与黄名堂有关的回忆，至少她现在，还不愿意去面对。

当着吴胖子的面，秦歌向黄娅琳讲述了他和古昊去往海上云台的经历，古昊已经复制了治愈者艾桑的技能，却没料到还是回来晚了，黄娅琳已经死去。秦歌不解的是，虽然知道治愈者在用自己的生命去救治别人，但在海上云台，古昊治愈那个被蛇咬的农妇，自己看起来并没有太大的变化，而这回救活了黄娅琳，他看上去，老了何止十岁。

黄娅琳却能猜到其中端倪，拥有技能是一方面，但这技能发挥的程度，却由自身的能力大小决定。就像古昊复制了沈途控制气流的技能，但如果两人对垒，他必定不是沈途的对手。而且，治愈术耗费的生命体力，也应该和被施救者的状况有关——让人死而复生，必定需要治愈者付出最大的代价。

秦歌和吴胖子都走了，把时间留给了黄娅琳。黄娅琳守着古昊，心中百感交集，不知道他醒来后，该如何面对他。

这三天里，吴胖子带古亮来看过他，古汉元也来了，但只站在门边往里看了看，根本没有上前。黄娅琳知道古昊父子关系一向不好，也没太在意。古亮倒是挺关心哥哥，问这问那，确定古昊没事，方才放心。

吴胖子没事会常过来，看古昊，也陪黄娅琳。黄娅琳知道有些事瞒不过他，便将事情原原本本从头到尾讲述了一遍。吴胖子听得目瞪口呆，张着的嘴巴，始终没有合上。

"这些事，为什么要瞒着我？"吴胖子问。

"知道这些，你还能像以前一样生活吗？"黄娅琳反问，"你会开始怀疑所有走到你身边的人，你会时刻警惕戒备着陌生人。还有那场可能会发生的疫情，你知道会发生却又没法避开，它肯定会让你的心态发生彻底的改变。"

吴胖子虽然还有些不太明白，但理解了古昊瞒住自己，是对他的一种保护。

吴胖子那天走时，显得心事重重。黄娅琳知道，他会有很长一段时间，深陷在这些事里难以自拔，当然真正能够让他解脱的，唯有他自己。

然后就是第四天，古昊终于醒了。

他醒得非常突然，以至于黄娅琳没有一点思想准备。有惊喜，更多的却是纠结。古昊却根本不知道这些，黄娅琳还活着的喜悦，让他不假思索地直接抱紧了她，那么紧，就像松开，就会再度失去她一样。

黄娅琳身子僵硬，有些手足无措。古昊很快便感觉到了，他想起那天晚上，黄娅琳冲他声嘶力竭的大吼："是你害死了我爸，我永远都不会原谅你！"

古昊悻悻地松手，慢慢起身。而黄娅琳仍然保持刚才的姿势，看起来似乎很平静，但实则内心早已是暗潮汹涌。她知道自己必须在这时做出抉择……

古昊黯然走到门边，想了想，说："你没事，我就放心了。"

黄娅琳仍然背对着他，仍然保持沉默。

古昊犹豫，心中虽然不舍，但还是转身拉开房门——他希望能给黄娅琳足够的时间，也相信终有一天，黄娅琳会原谅他，那么，现在短暂的离开又算什么呢？

"等等！"

身后传来黄娅琳的声音，他迅速转身，就看到黄娅琳面朝着他的方向，早已是泪流满面。古昊惶恐，不知道自己又做错了什么。他想说什么，还未开口，黄娅琳已经向着他奔来，到跟前张开双臂，紧紧将他抱住。

这回轮到古昊愕然了，但他根本没有迟疑，反手将她抱住。

"傻瓜，你要走了，就再也别回来。"黄娅琳在他耳边哽咽着道。

古昊发现自己的声音也哽咽了："我不走，就算天塌下来，我也不走了。"

黄娅琳仍然在流泪，怎么也止不住。就在刚才，古昊将要离开的那一瞬间，纠结她许久的问题忽然一下子就不存在了，她在瞬间就做出了决定。

她已经失去了父亲，她不能再失去古昊。

现在，她已经是个健康人了，她可以再无负担地去爱任何人。但如果没有了古昊，她实在不知道自己还会不会爱上别人。

抱住古昊，万千的感慨最终化成了一句话。

"活着真好。"她说。

第二十五章
特别行动小组

小镇上的生活安静且从容，但沈途和许琼很快就发现，他们似乎和镇里的人隔着层什么。这也难怪，镇上的年轻人都争着往外跑，他们却甘愿到这波澜不惊的小地方生活。据说，镇上已经开始有些流言，说他们是对私奔的情侣，又或者说是在外面犯了事来这儿躲避警方的追捕。沈途和许琼无惧流言本身，但要想隐姓埋名长期生活在这里，就必须要真正融入小镇生活。

沈途和许琼不放过任一个机会，向周围邻居示好。但小镇人不知是木讷还是淳朴，都离得他们远远的，好像跟他们走得近了，就能沾上什么不好的事一样。他们俩挺苦恼，又想不出办法改变现在的局面，唯有尽量深居简出，希望用时间来缩短和镇上人的距离。

改变很多时候仅仅是因为一个偶然——

那天晚上，沈途和许琼仍然在忙碌，沈途要将木质楼梯几块朽烂的木板换掉，许琼则在天井里将今天山上采来的几株小花种上。他们的目光偶尔相遇，都会露出会心一笑。他们相信，在未来，他们还会有很多这样的夜晚，即使什么都不说，但那种恬淡与从容，正是他们渴望的生活方式。

就在这时，外面忽然响起嘈杂之声，细听，有人在呼叫，还有人在敲击容器——搪瓷盆或者铁桶一类。沈途和许琼停下手里的活，开门出去查看。站在门前的石板路上，他们看到不远的地方，火光冲天。

失火了。小镇上的房子多以木质结构为主，一旦失火便很难控制。

沈途和许琼随着众人赶去，很多人加入到救火的行列。但大家还在用最原始的方式，从不远处的一口井中取水灭火，根本无法控制火势。而且，从瘫软在地哭天抢地的一对老年夫妇口中，大家知道了，他们一对年幼的双胞胎孙子还在屋里。

镇上的青壮年大多外出打工，他们的孩子便成为留守儿童，在镇上和爷爷奶奶们一块儿生活。这对双胞胎沈途和许琼都见过，虽然调皮了点，但却非常可爱。

整个木屋都已经被大火笼罩，没有人敢冲到火海中救人。最后，就连积极救火的人都懈怠下来，因为大家明白，现在做任何事，都已经于事无补。

就在这时，忽然有人直接冲进了火海。大家以为眼睛花了，接着看到镇上新来的那个女人，满脸担忧地站在火边时，这才想到了冲进火海的人正是沈途。

沈途在火海里待了挺长时间，最后终于在众人的期盼之下，一手一个，抱着两个孩子冲出火海。当天晚上，沈途向许琼说起了在起火木楼里面的经历，虽然在外面看凶险无比，其实他挺安全。他要去哪里，都会先用气浪将哪里的火震灭——原理很简单，火必须有空气才能燃烧，气浪冲击的瞬间，原来的空气被驱散，火自然也就灭了。

那天晚上，他们俩谁都没有料到，这无意之举会带来的改变。

第二天，当他们出现在小镇上时，有人主动跟他们打招呼，还有人凑过来和他们攀谈。大家的目光都友善且带着些钦佩。

那一刻，沈途和许琼都有些醺然，他们知道，他们已经开始融入小镇的生活。

仓库酒吧，以长毛狗、章鱼为首的一干人等，全都围着古昊，像看什么稀罕动物一样，嘴里议论，手还不闲着，不时上去摸一把。大家都觉得不可思议，这古昊几天没来，再来忽然就变成熟了。成熟的不是说话行为，而是模样，特别是眼角的那几道鱼尾纹，鬓边的几缕白发，让他整个人都变了种风格。

"老实交代，都干什么坏事了，怎么一下子老了这么多。"长毛狗已经追问好几遍了。

"我有个哥们溜门撬锁，让公安给拘了，蹲号子里半个月，出来跟古昊一模样，头发都愁白了。"章鱼可算逮着机会过嘴瘾了，"古昊，这么大事也不言语一声，你要通知哥们说你进去了，咱们肯定排着号每天给你送小肉包子。"

"我做坏事，哪回让公安给逮过。"古昊只能跟他们打哈哈："我去当群众演员了，演一老大爷。化妆品太高级，画完就洗不掉了。"

大家都知道他在胡说八道，也看出来他不想说。

"有日子没见哥几个了，今儿的酒，我请了。不过有个条件，要喝酒的就闭嘴，"古昊大声道，显然不想再在这事上纠缠。

"你请得起吗？捡大钱包还是绑人孩子了？"章鱼还不忘损他。

吴胖子搭着黄娅琳的肩膀，笑眯眯地道："孩子没绑着，倒是绑一大姑娘。"

众人哈哈大笑，长毛狗去吧台取了酒来，大家各抓了一瓶，牙咬、手拍、桌子磕，好多瓶嘴儿碰一块儿，啤酒沫飞溅。

仓库酒吧好久没有这么热闹过了。

古昊后来带着黄娅琳去了办公楼楼顶的天台，两人蜷缩在旧沙发上，微风拂面，星辰璀璨，月华如水，有那么一瞬间，古昊忽然觉得现在的生活，简直是幸福了。

黄娅琳今天去了另一家医院检查，身体各项指标均正常，也就是说，她不仅死而复生，就连绝症都已经消失了。今晚来酒吧，虽然不说，但两人都知道，这算是种庆祝吧。

"我现在真有点担心，万一让人知道我痊愈了，会不会把我抓哪个研究所去，开膛剖腹，看我是如何攻克癌症这一世纪难题的。"黄娅琳心情特别得好。

"你可以非常严肃且深沉地告诉他们，是爱，创造了奇迹。"古昊一本正经地说。

黄娅琳笑，摸着他鬓边的那缕白发，叹了口气："你说的没错，真的是爱创造了奇迹，只不过，这奇迹的代价实在太大了些。"

"现在照镜子还真不太习惯，明天我就去买染发水。"

黄娅琳赶紧摇头："千万不要，我觉得你现在的样子挺好。"

"我都快成白头翁了还挺好？"古昊夸张地道。

"男人有点白头发，那叫成熟，你已经从稚气未脱的小男孩蜕变成真正的男人了。"黄娅琳说，"而且，每次看见你鬓角这点白发，我都会提醒自己，这个男人为我付出了那么多，我一定不能让他失望。"

古昊把她搂过来："你从来没有让我失望过，我只希望，以后我也不会再做任何让你失望的事。"

黄娅琳知道他又想到了黄名堂，心中稍有些黯然。

这时，古昊的手机响，是吴胖子。吴胖子说有人找，是个微胖的中年男人。古昊和黄娅琳立刻想到了巫彭，两人交换了一下目光，古昊说让来人到楼顶来。

——和古昊联系的一向都是沈途，为什么巫彭会突然出现？

——沈途断开了和古昊的连线，而且这么些天都没消息，莫非，出了什么事？

巫彭顺着楼梯上来，气喘吁吁，看起来就像个缺乏锻炼的寻常中年人。他一屁股坐到古昊和黄娅琳对面的藤椅上，笑眯眯地看着他们俩："看来，我得说恭喜了。"

古昊皱眉："恭喜什么？"

"当然是黄姑娘大病消除，身体痊愈。"巫彭说。

"你来找我们，不会就为了说好听话吧？"古昊不太喜欢巫彭的圆滑。

"能治好黄姑娘的只有治愈者，我现在特别好奇，你们是怎么找到治愈者的，莫非，有人相助？"巫彭盯着古昊，目光已经变得凌厉。

古昊和黄娅琳立刻明白了他的来意，他口中说的有人相助，自然指的就是巴融了。

"这些事，我好像不用跟你汇报。"古昊毫不掩饰自己的不耐烦，"而且，一向都是沈途跟我联系，要有什么事，我自会跟沈途说。"

巫彭叹口气："只怕你要有段时间见不到沈途了。"

巫彭将沈途的事说了，古昊和黄娅琳有些吃惊，但听完后，他们非但不为沈途惋惜，反而替他高兴。

"希望沈途和许琼，以后能过得幸福。"黄娅琳的话已经表明了俩人的态度。

巫彭并不觉得尴尬，反而笑道："黄姑娘现在的心情我能理解，希望得到幸福的，又何止是沈途和许琼。但是有件事我得提醒你们，如果不能及时阻止即将发生的那场灾难，只怕你们的世界里，再没有人能够幸福下去了。"

古昊和黄娅琳互相看了一眼，神色都有些黯然。其实他们谁都没有忘记那场疫情，但却都在刻意回避它，因为阻止灾难对他们来说，委实过于艰难，甚至就连巴图都想不出对策，只能用大海捞针的办法，杀死所有新出现的超能人。谁知道这样做到底管不管用，古昊早已厌倦了帮他们去找超能者。

"沈途不在了，所以，接下来将由我来取代沈途，咱们俩合作，阻止将要发生的那场瘟疫。"巫彭终于说出了来意，"我还想告诉你，时间已经不多了，如果你执意不肯合作，我也不会勉强你，大不了当疫情发生时，我们离开这里回族地。你们的世界，其实又跟我们有什么关系呢？"

古昊怔怔地说不出话来。

"你这么辛苦找到治愈者，终于治好了黄姑娘的病，肯定不希望几个月之后，就失去现在的一切，还有他们……"巫彭指了指酒吧的方向，"还有你们的亲人。"

巫彭一拍脑门："不对，我好像忘了点什么，看你的模样，一定已经复制了治愈者的能力，你可以在疫情发生后，治好黄姑娘，治好你的兄弟，但那时候，只怕这城市里就只剩下你们几个。想想那样的场景，也挺有意思，几个人，一座空城……"

"我会继续阻止这场灾难！"古昊大声打断了他，"但是，我会用我的方式。如果你还想着我会帮你们寻找超能者并杀死他们，那你就错了。"

"你的方式？"巫彭并不生气，"也好，你已经拯救了黄姑娘的生命，我倒要看看，你会用什么办法，拯救你的城市、你的世界……"

巫彭走了，留下古昊和黄娅琳在天台上，久久不语。

巫彭寥寥数语便描绘出了一副生动的末世场景，一座空城，几个人，所有的美好都不复存在，活着，也无异于行尸走肉。更重要的是，活着的人心里还将永远背负沉重的枷锁——这场灾难不由你而起，但你可曾为拯救这个城市而努力？

黄娅琳抓住古昊的手，感觉它已是彻骨的凉。

"我会阻止灾难的。"古昊忽然重重地道，"但我不会为了阻止灾难，再让任何人因我而死。"

俩人重新依偎在旧沙发上。

"在海上云台，当我治愈好被蛇咬的那个农妇，所有的山民都冲着我欢呼，还有人过来紧紧握着我的手。他们说的方言我有点听不明白，但那一刻，我却能充分感受到他们的喜悦，而他们的喜悦，那时也变成了我的喜悦。后来，艾桑对我说，这十几年间，她像我一样，非常享受这样的时刻，同时，这也成为鞭策她继续去帮助别人的动力。如今，她信任我，让我复制了她的能力，她唯一的希望，就是我能像她一样，去救助更多的人。她说，世上的人数以亿计，为什么偏偏是她拥有了这样的能力，又为什么让她遇到那些身陷痛苦中的人？冥冥之中自有种神秘的力量，它注定了你这一生要做的事。"

黄娅琳用心去倾听，似乎已经明白了古昊要说什么。

"如果阻止那场将要发生的疫情，注定就是我的责任，我现在已经决定，不会再逃避。而且，我已经知道该怎么做了。"古昊说。

"怎么做？"黄娅琳有些惊讶。

古昊沉默："我还没有完全想清楚，暂时也不知道它是否可行。但如果有了结果，我会第一时间通知你。而且，我还需要你的帮助。"

黄娅琳毫不犹豫地点头："我已经是死过一回的人了，不管接下来你要怎么做，我都会站在你身边，陪着你。"

黄娅琳最后笑了笑，说："我们会成功的。"

秦歌喝得酩酊大醉，这已经是他连着喝醉的第三天了。

依然是在街口那家排档，一个人。他的酒量其实不错，一箱啤酒差不多快喝完，才有了醉意。然后跟跄着回家睡觉，走了很久，居然并不觉得累。他停下，抬头，愣住了，不知道怎么走到刑侦队院子外面。

他想不起已经多少天没来上班了。自从跟着古昊去了海上云台，知道了这世上真有传说中的超能力后，他就开始迷茫。他是个警察，惩奸除恶抓坏人是他的责任，但当这份责任遇到能够毁灭这城市的灾难时，他实在不知道该如何选择。

也许，他该把将要发生的这场疫情报到上头去，这样，也能给相关部门以准备时间来应对它。但是，有人会相信他的话吗？就算信了，为了避免疫情的发生，官方唯一能做的，就是像巴图一样，狙杀或控制所有超能人，那样，势必会站到超能者的对立面去，谁都不知道这样做的后果，或将引发更大的骚乱也未可知。

如果，他将超能者的事隐瞒下来，当灾难真的发生，那他这辈子都难以摆脱那份负罪感了，他原本有机会阻止灾难发生的。

何去何从，成了秦歌心上难以释怀的心结。

他虽然请了病假，现在至少已经超假三天。这三天里，他关了手机，白天窝在家里睡觉，晚上出门喝到半夜，酩酊大醉后才能睡去。

但这晚，他却在醉后，无意间来到了刑侦队。

他知道这时候自己得回家，但却找不到回家的路了。街道开始摇晃，满天的星辰开始闪烁，后来，他唯一能做的，就是勉强找到一棵树，倚靠在上面休息一会儿……

醒过来，脑袋裂开似的疼，睁眼，看到熟悉的忙碌景象。大刘的脑袋就贴着他，见他睁眼，笑嘻嘻地说："可算醒了，头回看你醉成这样，你太能折腾了。"

秦歌赶紧翻身坐起，他躺在刑侦队大办公室的沙发上，除了大刘，队里其他同志都在忙自个儿的事，经过他身边时，会调笑他两句，或者上来挠挠他头发、拍拍他肩膀。

秦歌想起昨晚的事，后来大刘验证了他的猜测。他在刑侦队院子外头睡着了，值班的同事发现了他，把他抬了进来。据说他说了一夜的醉话，还吐了。反正折腾得挺厉害。

秦歌挺不好意思，傻傻地坐那儿发呆。

"赶紧去队长那里报到吧，队长昨儿找了你一天，打你电话关机，到你家敲门又没人。"

秦歌昨天昏睡了一天，就算有人敲门，他也不会醒。

纠结了好一会儿，终于还是决定去见队长。队长和他同年警校毕业，跟他私交也不错。这天队长冷着脸对秦歌好一通教训：超假不来上班，喝得烂醉还敢跑到刑侦队门口来。秦歌低头不作声，其实他心里更纠结的是，到底要不要把这段时间掌握的情况说出来。

教训完了，队长丢根烟过来，还有一个牛皮纸的信封。

"什么？"秦歌不解，问。

"调令。"队长凑过来，手搭他肩膀上，"以后再想教训你，恐怕机会不多了。"

"哪儿的调令？"秦歌抽出信封里的公文念，"云城特别行动小组，这什么单位？"

队长摇头："我去问过局长，他对这个特别行动小组也是一无所知，但这个单位来头不小，国安局和省厅分别下了文件，据说市委市政府也都收到了更高部门的相同指示，要求市局协调云城市所有部门单位，配合特别行动小组在云城开展工作。"

"开展什么工作？"秦歌问，"咱们队里去几个人？"

队长摇头："就调了你一个，没人知道去那儿做什么。"

秦歌满腹狐疑，从队长这里又得不到任何有用的信息。只能悻悻出门，队里其他同志，这时知道秦歌调了部门的消息，纷纷前来和他告别，还有人提议晚上搓一顿。秦歌现在根本没那个心思，婉拒。

回到家，对着那张调令发呆。这时候秦歌忽然有种强烈的预感，这个行动小组，说不定就跟超能者有关——先是省厅干预云城两起乍一看挺普通的凶杀案，然后就是突然出现的云城特别行动小组，这里面必定有某种关联。

秦歌按捺不住，洗了澡刮了胡子，换了身干净衣服，去特别行动小组报到。

调令上的地址在城郊一座水库的边上，几年前，市里一名高官在这里大兴土木修建豪宅，后来被查出经济问题栽了，这豪宅也就一直处于闲置状态。现在，它成了云城特别行动小组的办公地点。

秦歌摁门铃，门自动开了。进到里面，一楼面积挺大，但里面只有一圈沙发，还有对面墙上的一块大屏幕。秦歌四处转了转，没发现有人，又折回一大楼厅，忽然看到，那圈半圆型沙发上多了个人。

秦歌慢慢走近，发现那是个长发及肩的年轻人，肤色苍白，目光柔和而温暖。

秦歌悚然一惊，他脑子里立刻掠过一个人——他和古昊从海上云台回来，发现黄娅琳的尸体不见了，在医院监控录像见到了盗走尸体的是个戴兜帽的男人。后来，医院门口保安描述了那人的模样，长发，皮肤很白，眼神非常特别，很柔和，让人看了很舒服。

秦歌很快就确定了，沙发上坐的就是保安描述的那个人，也是他盗走了黄娅琳的尸体。

他现在居然在特别行动小组里出现，他究竟是什么人？

Xenosaga

老王是名卡车司机，三天前带了一车货赶往南方一座城市。这天半夜经过云城时，他已经连续驾驶了十六七个小时，非常疲惫。他往太阳穴上抹了清凉油，但眼皮还是往一块儿凑。他想该找个地方睡上一觉，养足精神明天再上路——现在年纪大了，精力没以前那么充沛了，不能老这么连天带夜连轴转。

就在这时，前面路上忽然多出来一个人，发现时，车大灯已经直射到他身上。那人本来是趴在地上的，这时刚刚站起来。

老王吓出一身冷汗来，急忙踩刹车。

随着刺耳的刹车声，车子向前滑行好几米，终于停下。但在停下的那一刻，老王还是听到"咚"的一声。

他慌忙下车，车前几米远的地方，刚才爬起来的那人又倒在地上。

老王吓傻了，赶紧过去查看。那人脑袋撞破了，大腿胳膊都有擦伤，此刻双目紧闭，不知死活。老王试了试还有鼻息，惊魂稍定，赶紧摸出电话来报警。

警车还没来，他先听到了一阵摩托车的轰鸣声，接着，一辆哈雷停了下来。车上人摘下头盔，是个看起来还挺年轻，但两鬓却已经有了白发的年轻人。

来人当然就是古昊。

古昊这晚已经睡下了，半梦半醒之际忽然感应到了超能力量。他没有丝毫停留，立刻赶来。沈途留给他的哈雷还在，所以他能抢在警察的前面到达现场。

被撞的人还躺在地上，老王魂不守舍地在边上来回兜圈子，困意全无。古昊上前，很快确认倒在地上的人，是名超能者——他感应到超能力量时，看到的画面就是一道强光疾射过来，现在看那强光就是卡车的前大灯。

古昊要送伤者去医院，老王阻拦。待会儿警察来了，不见伤者他不好交代。俩人正交涉时，一辆小车又驶了过来停下，车上下来的人，正是秦歌。

古昊愣了一下，司机报警，这种寻常的交通事故，怎么会惊动市局刑侦队的人？

有了秦歌，事情就简单多了。

倒地的伤者年纪不大，这时候呻吟了一声，醒了。秦歌让他起来活动腿脚，显然并无大碍，但还要去医院做个检查，这时候，交警的车也来了，秦歌上前亮明身份，伤者就上了秦歌的车。古昊开着摩托在后面跟着，三人一起到了医院。

检查结果，伤者多处软组织挫伤，轻微脑震荡——老王刹车还算及时，撞得并不严重。这时候，秦歌和古昊已经知道伤者名叫云磊，今年二十五岁。云磊个头不高，留着蘑菇头，戴副宽边近视眼镜，看起来有点萌。他从头到尾都是一脸迷茫，好像根本不知道自己怎么会被车撞了。

离开医院，云磊想走，秦歌扭着他胳膊，把他又塞回到车里。

"说说吧，今晚都干什么了，半夜三更不睡觉，一个人马路上溜达什么呢。"秦歌问。

云磊使劲摇头，不说话。

站在车外的古昊这时钻了进来坐到前座上，回头道："我来替他说吧。"

云磊露出狐疑的神色："你能帮我说什么？"

古昊笑笑，道："你挺厉害，铁链都拴不住你。"

云磊变了脸色。

"你认为自己有梦游症，不知道睡着后能遛达到哪去，所以，睡前用铁链把自己拴在床上，以为这样就能万无一失。但你醒来后，发现自己到了马路上，还被车撞了。你现在挺迷糊的，不知道这一切是怎么发生的。"

云磊惊得下巴都合不上了，结结巴巴地问："你，你怎么知道？"

古昊知道这些，当然是因为用了黄娅琳的读心术，秦歌知道他的能耐，也不奇怪。他们都对云磊的能力感兴趣，睡觉的时候在自己的床上，醒来却已经到了马路中央，这不是梦游，而是空间位移。

为了验证猜测，秦歌和古昊一块儿送云磊回家，查看了他床上的铁链，仍然完好地锁在床上，就是被锁的人不见了。而且，云磊的家和事发现场相隔至少七八公里。

"这到底是怎么回事，我这是怎么了？"云磊哭丧着脸说，"我都连着多少天没敢好好睡觉了，今晚实在熬不住，才想起来用铁链把自己拴住，没想到铁链都不保险。"

古昊和秦歌眼里都有憋不住的笑意。秦歌说："我先回车里，这事，你跟他讲清楚。"

秦歌回车里坐了十来分钟，抽了两根烟，才看到古昊打屋里出来。

"蘑菇头现在是不是特别兴奋？"秦歌问。

古昊皱着眉头："我挺担心，我把超能力的事跟他说了，你猜那时候他想到了什么？他想到了他被一群人殴打，打得头破血流，毫无还手之力。"

"这就是超能力可怕的地方，本来就是个普通人，说不定还挺弱，忽然之间拥有了梦寐以求的能力，最先想到的，要么是获取更多的利益，要么就是去报复以前欺负过自己的人。"秦歌带些揶揄的口气，"我得进去好好跟他说道说道，就算他有超能力，也不能想干什么就干什么。"

古昊拦下他："这我都跟他说了，你再说一遍，也没多大意思。"

"那你打算怎么办，看出这人跟疫情能有什么关系吗？如果没关系，怎么处置他？"秦歌同情地看着古昊，"我都替你着急，这些事怎么做都不一定对，但错一步，后果说不定就很严重。"

古昊也发愁，摇头苦笑。他这时忽然想到什么："自打海上云台回来，有些日子没见你了，你堂堂一个刑侦队的大警探，怎么改行做起交警的事了？"

秦歌知道有些事也瞒不住他，但告诉之前，他还想戏弄他一下。

"你不是有黄娅琳的读心术吗？想知道答案，你可以自己来读。"秦歌笑着说。

"这可是你要求的，我要读到点别的什么，可别怨我。"古昊奇怪，秦歌一副有恃无恐的样子，还好像在等着看他的笑话。

古昊瞪着秦歌，使用读心术，没结果，再使劲，脑门上汗珠都出来了，还是一无所获。

"你，你是怎么做到的？"古昊惊骇不已。

秦歌得意地笑，说："别以为有点超能力就了不得了，咱们普通人，照样可以对付你们。"

古昊已经迫不及待了："别卖关子了，赶紧说。"

秦歌笑着举起手腕，让他看腕上的一块表。那表模样挺普通，不见任何异常之处。

秦歌说："我就给你普及一下，这世上除了超能力，还有种东西叫科技……"

水库本来叫云山水库，现在改了名字，叫云湖。云湖边最著名的景点就是三年方才落成的云栖寺。云栖寺香火鼎盛，停车场每天都有豪车进进出出。云湖山庄就在云栖寺北侧不远处，远看像一个小型度假村，实际上，它现在是云城特别行动小组所在地。

秦歌第一次进到云湖山庄，见到那个长发肤白的年轻人，心中惊疑不定。

"是你在医院里带走了黄娅琳的尸体，后来又送了回去，为什么？"

面对秦歌的问题，那人却不回答，而是自我介绍："我姓宗，叫宗炜，是这个特别行动小组的负责人。"

"我不管你是谁，我只想知道你带走黄娅琳尸体的用意，你对她做了什么？"

"以后你会知道的。"宗炜从容淡定，目光依然柔和，就好像这世上根本没有什么事可以让他动容一般，"我指名道姓从市局调你过来，因为你知道一些别人不知道的事，而且很显然，你已经介入其中，还和他们中的一些人成了朋友。"

秦歌怔了会儿，慢慢坐到宗炜的对面。现在，他已经把所有事情全都想通了。超能者的事，其实上头早已经知道，云城发生的数起涉及超能力的凶杀案，省厅让暂缓调查，就是不想让超能人的秘密泄露出去，以免引起市民恐慌。而这个特别行动小组，显然就是针对超能者而成立，只是，秦歌暂时还想不到小组的最终目的是什么。

"你带走黄娅琳的尸体，是为了研究她？"秦歌仍然执着于宗炜盗走尸体的事，"可那么点时间，你又能研究出什么呢？"

"以后你会知道我对她做了什么，至少现在她很健康，并没有因为我做的事有丝毫的损伤。"宗炜平静地道，"你已经到了这里，难道不想知道这个特别行动小组的工作是什么？"

秦歌想了想，点头："好吧，你是领导，你说了算。"

"我想先听你说。"宗炜盯着他，"虽然我知道些事情，但不是全部。"

秦歌没有犹豫，当即把自和古昊相识以来，经历的那些事说了，重点提到了即将发生的一场瘟疫，如果这预言是真的，那么整个云城将会变成一座死城，而且，瘟疫将会由云城扩展开来，传播到更多的地方。

宗炜听得认真，中间一声不吭，直到秦歌讲完。

"尽管我对咱们这个特别行动小组还什么都不知道，但我建议，确定疫情是否真的会发生，这是当前迫在眉睫要解决的问题。"秦歌最后说。

"好，我们就来阻止这场疫情。"宗炜说，

秦歌愣住了，没想到宗炜这么好说话。

宗炜告诉他，特别行动小组所针对的正是云城新出现的超能者，因为这背后涉及的问题非常复杂，也绝对超出所有人的预期，所以，现在的行动小组，主要以观察和记录为主，并不以官方的身份参与到超能者之间的事情中去。而秦歌接下来要做的，就是继续以警察的身份，在古昊不知情的情况下，给予他些帮助，以期能阻止疫情的发生。

秦歌疑惑了："记录和观察，目的是什么？既然想阻止疫情，为什么不借助官方的力量，却偏偏要帮着古昊，把希望寄托在他身上？"

宗炜沉吟良久，方才郑重地道："有些事我现在不能说，因为你还没有做好准备，但我要让你知道，我们这个特别行动小组成立的最终目的，就是为了阻止一场灾难。而你们现在担心的那场疫情，和最终的这场灾难相比，实在是太微不足道了。"

"那场疫情可以毁灭整个城市。"秦歌失声道，"还有什么灾难比这疫情更可怕？"

宗炜苦笑："等你做好准备那一天，你会知道的。"

"那得等到什么时候？"秦歌苦恼，但看出宗炜现在根本不会告诉他真相，只能退而求其次，"现在我已经是咱们这小组的成员了，你起码跟我介绍一下咱这小组吧。"

宗炜这回没有拒绝。

这个设在云城的特别行动组，目前只有两个人，他和秦歌，但在云城，却拥有最高的权限，随时获取他们想要知道的资料，并动用一切资源来确保他们完成工作。宗炜打开一道暗门，带秦歌去了地下室。地下室非常宽敞，像个仓库，里面最显眼的，是并排摆放的三个集装箱。秦歌非常奇怪，这么大的集装箱是怎么运到这地下室来的，唯一的可能，就是地下室经过改装，另有别的出口。集装箱前面，仍然像楼上大厅一样，一圈沙发，一张工作台，然后整面墙都是显示屏。

宗炜告诉他，整个城市的所有移动通讯塔，都已经加装了特别的装置，用以监控异常的脑电波。脑电波其实是由脑细胞所产生的生物能源，或者是脑细胞活动的节奏。脑电波可用电子扫描仪检测出来，经过研究证实，现在人类大脑至少有四种不同的脑电波，这也是普通人的脑电波频率。而超能者的脑电波显然有异于常人，那些加装在通讯塔上的装置，便能监控到超出普通人频率的脑电波。不仅如此，发现异常脑电波后，这些装置可以形成三角定位，确定发射这些脑电波者的位置，并且调取城市里无处不在的监控探头，获取影像资料。

　　秦歌听得目瞪口呆，这太高科技了，古昊的超能力之一，就是能感应到超能力量，但如果超能者的能力比他强，他便无能为力了。眼前宗炜的这套设备，已经直接可以取代古昊的这一技能，甚至秒杀他了。

　　"那我岂非要全天候守在这里，才能不错过超能者出现？"秦歌问。

　　他的担心纯属多余，宗炜取出一块手表交给他。手表当然货真价实，但它除了可以显示时间，还有更多的功能。首先，它是个接收器，与地下室这套装置相连接，装置发现超能者之后，便会将完整的资料信息传递到手表上。手表显示这些资料的方式也有两种，表盘本身就是块屏幕，可以读取文字图片图像等资料，但同时，它又可以用全息投影的形式展现，方便查看一些细节。

　　宗炜不知按了哪儿，手表发出蟋蟀鸣叫的声音："当你听到蟋蟀叫的时候，就是提醒你，系统发现了超能力量。"

　　"这个我喜欢，手表里面养只小蟋蟀。"

　　"当然，它还有另一个重要的功能，就是发射干扰电波，让施加到你身上的超能力在短时间内失去作用。"宗炜最后强调，只是短时间内有效，"超能者脑电波频率都不相同，至少现在，还没能研制出针对所有超能者的干扰电波。所以，所谓的干扰电波只是在周围形成一个保护层，保护你短时间内不受超能力量的作用。"

　　尽管如此，秦歌已经是欣喜若狂了。要知道在性命攸关的时刻，短短几秒钟便能救人性命改变战局，就像他和古昊去往海上云台途中遇到的壮汉歌者，古昊正是短暂抑制对方的超能力，他们才能伺机制服了他。

　　"另外还有最重要的一点，就是你在这个特别行动小组所做的任何事，都是高度的机密，不能让任何人知道，包括你以前的同事和领导。"宗炜郑重地道。

　　秦歌想了想，点头："我还有最后一个问题。"

　　宗炜皱眉，显然他已经猜到这个问题一定是他不能回答的。

　　"你究竟是谁？"秦歌问，"这个特别行动小组这么机密，拥有这么高的权限，但却只有你一个人。你的这些装置和设备，有多少科技含量我说不清楚，但它们显然都是针对超能者研究制造出来的。难道，你早就知道超能者的事？"

　　秦歌问出这些问题的时候，其实也知道很难得到答案，但他仍然忍不住要问。

　　果然，宗炜想了想，回答他的仍然是那句话："你现在还没做好知道这一切的准备，等你准备好了，我自然会告诉你。"

第二十六章 **异度传说**

201

秦歌当然不会把特别行动小组的事告诉古昊，但还是忍不住用那块手表戏弄了他一回。他只告诉古昊，这手表能发射干扰电波，让他的超能力短暂失效。

古昊挺感慨，第一次感受到了科技的力量。

秦歌问古昊接下来的计划，古昊想了想，告诉他，除了不放过任何一个出现的超能者之外，他在等一个人主动联系他。那个人，绝对是个关键人物。

秦歌追问是谁，古昊摇头："我也不知道他是谁，但正是他，告诉了我治愈者在海上云台的信息。"

秦歌很容易就判断出张松是巴融方面的人，很快，他就明白了古昊的意图。巴融是所有超能者事件的始作俑者，正是他磨制了珠子，经过漫长时光，创造了超能者。找到他，便能取得所有超能者的信息，再经过筛选判断出疫情将由谁来引发，提前做出预案，阻止灾难。

秦歌有些兴奋，现在算是知道接下来行动的方向了。

但古昊却有些忧虑："巴融苦心经营这么些年，我担心他不会轻易把超能者的名单给我。他创造超能者，必定有他的目的，而我之前和巴图合作，他也没有理由相信我。"

"但为什么张松会给你治愈者的信息？"秦歌问。

这也是古昊百思不解的地方。不管如何猜测，现在，古昊要做的，就是静等张松再次联系他。他有种预感，张松很快就该出现了。

事实上，当这晚古昊和秦歌分手，回家打算继续睡觉。躺在床上好容易有了些睡意时，忽然听到敲门声。

古昊开门，便看到了张松。

小镇后面的山上，有大片的葡萄园，这年葡萄大丰收，但却因为销路问题，愁坏了大家。沈途和许琼已经连续好几天，看到家家户户门前堆满了一筐筐的葡萄，听到大家聚在一起，谈论最多的就是葡萄卖不出去，只能让它们烂在家里。

甚至这几天，小镇里已经隐约飘散着葡萄腐烂的那种酸臭味道。

这些原本和沈途、许琼没有关系，但沈途这晚回到家中时，在天井里看到了两筐葡萄。许琼告诉他，这是隔壁邻居送过来的，反正卖不出去，搁在家里也得烂，所以就送了些来给他们吃。沈途对着两筐葡萄苦笑，这哪天才能吃得完？

半夜，沈途忽然醒来，许琼不在床上。他担心，立刻起身查看，天井里还亮着灯，许琼正站在两筐葡萄边发呆。沈途放心了，却又狐疑，她大半夜不睡觉，对着这些葡萄做什么？天井里的许琼发现了他，笑吟吟地让他下来，她有个主意。

许琼当着沈途的面，施展她的超能力，两筐葡萄水分很快蒸发干净，变成了葡萄干。

许琼满脸喜悦，丝毫没有注意到沈途此刻一闪而没的忧色。

"如果把全镇的葡萄全都做成葡萄干，就能解决困扰大家的难题了。"许琼还沉浸在兴奋里，"我终于发现，原来超能力还能做好事。"

第二天，许琼就召集了熟悉的一些人，给他们品尝了昨晚做出来的葡萄干，大家本来对这些葡萄已经绝望，现在，忽然就跟着许琼一道兴奋起来。

说做就做，为了不让人知道真相，沈途和许琼领着大家，翻修了一处废弃的老房子，将它制成烘房。因为只是做做样子，所以只用半天时间就完工。然后，源源不断的葡萄送了过来，许琼只在夜深人静，大家都睡去的时候，才使用她的超能力，将这些葡萄变成葡萄干。

使用超能力其实很辛苦，但沈途始终没有阻止许琼，只在她极度疲惫的时候，为她沏上一杯茶，或者，做些夜宵。

这样的日子持续了大概一个星期，镇上所有滞销的葡萄都已经处理完。这天晚上，许琼洗了澡，舒舒服服地躺在床上，慵懒且满足。而沈途，却在默默地收拾东西。

"我们要走了，离开这里。"沈途说。

许琼跳了起来，非常吃惊："为什么？"

"我们在逃亡的时候，实在不该过多使用超能力，这样做势必会留下线索。"沈途说。

许琼呆住了，半天才不甘心地道："那你为什么不阻止我？"

沈途停下手上的活，盯着许琼："这几天，你真的很开心，笑得也很灿烂，我从来不知道，原来笑容可以让人变得这么美。"

许琼低下头，不知该说什么，像个犯了错的孩子。

沈途走过来揽住她："我不知道这样的开心和快乐，我们将来还能有多少，所以，它对我来说很重要。"

"谢谢你。"许琼虽然感动于沈途对她的放纵，但仍然要问，"能不能不走？"

沈途想了想，摇摇头。

许琼黯然神伤，她环顾四周，对这精心布置过的老房子生出无限的留恋，还有镇上的人。现在他们终于能完全融入到小镇生活中去，却又要离开。

"要走，至少等后天喝完花花的喜酒再走，行吗？"许琼问。

沈途知道那个叫花花的小镇姑娘，长得不算很漂亮，但淳朴得就像山野间的小花。许琼显然和她交上了朋友，答应过她，一定会去喝她的喜酒。

朋友对于逃亡中的人未免过于奢侈，即使要离开，也希望能拥有尽量长的时间。沈途能够理解许琼此刻的心情，想了想，答应了。

第二十七章
身世之谜

"根本就没有疫情，巴图说的那些都是谎言。"

当古昊向张松讲述可能发生的瘟疫之后，张松的回答让古昊目瞪口呆。

海上云台回来后，治愈了黄娅琳，古昊已经做出了决定，不管再经历什么，都要全力阻止毁灭这个城市的灾难，而且，他为此已经想出了对策，就是希望巴融能提供所有超能者的名单，逐一筛选得到可能引发疫情的超能者。但现在，张松的一句话，让他有一拳抢空的感觉。

"巴图的唯一目的，就是借助你的能力，找到超能者，并且杀死他们。"

"但是，但是他让我看到了疫情发生后的城市……"古昊说这话时，已经知道这根本不能成为证据，它完全可能只是巴图想让他看到的。

张松果然并不回答，只是同情地看着他。

古昊悻悻地坐下，心情居然很复杂。如果真的没有疫情，那应该是件让人高兴的事，但他现在，却挺失落。

张松坐到他的对面："其实关于疫情，我倒是听人说过。大约十多年前，有人预感到了未来可能发生的一场瘟疫，它能毁灭这座城市，人类对它束手无策，只能任由它肆意蔓延。"

古昊精神一振，知道张松说的"听人说过"，必定就是巴融了。

"但是，同样早在十多年前，那人就已经阻止了那场瘟疫，具体情形不得而知，但我相信他，就像沈途相信巴图一样。"

张松说这话时，语气之中都充满了尊敬。

古昊怅然无语，他还需要点时间来让自己接受根本没有瘟疫这样的事实。

"我想见巴融，听他亲口说说他是如何阻止瘟疫的。"古昊道。

张松毫不犹豫地摇头：“不可能，至少现在这种情况下，你绝不可能见到他。”

“为什么？”古昊也觉得自己问得挺傻。

张松老老实实回答：“巴图此番重出族地，志在必得。我行事纵然小心，也难免会被他们盯上，所以，就连我，也至少半年没有见过巴融了。”

古昊能理解张松和巴融的谨慎，他根本无意介入到巴图和巴融的恩怨中去，对此也毫无兴趣，他只想确定巴融真的已经在十多年前阻止了瘟疫的发生。

“那么就是说，我根本没有办法知道你的话是真是假。”古昊问。

张松想了想：“我为什么要骗你？如果我有恶意，根本不会告诉你治愈者的事。”

古昊一时哑然，能够挽救黄娅琳的性命，确实多亏了张松。

“如果真有大规模的瘟疫，我们所有人都会是受害者，我有什么理由在这件事上撒谎？”

沉默了片刻，古昊已经不想再在这件事上纠缠了，问：“你今晚来找我，有事？”

“我来，只是想提醒你一些事，你现在或许觉得它并不重要，但当你剥茧抽丝知道真相后，才会发现它对你的影响有多大。”张松叹了口气，“真相很多时候都会非常残酷，但是，我认为，你有知道真相的权利。”

古昊凝眉，似乎又从张松的话里，听到了些不祥的预感。

“巴图重出族地，直接就找上了你，而且，是在你超能力还没有被唤醒的时候，你不觉得奇怪吗？”张松道，“其他神力者的各种技能，都来自一颗珠子，但你却不同，巴图一定跟你说过，你的能力是天生的。这世上有那么多人，为什么偏偏就你天生是个神力者？难道这仅仅是巧合？”

古昊愕然。在这之前，他的精力全都集中到了挽救黄娅琳的性命和阻止灾难上，根本没有想过张松提到的这些细节。现在回想，确实颇为蹊跷。

“那你告诉我，真相是什么。”古昊嗫嚅着道。

张松却摇头：“真相必须你自己去发掘，而且，你现在已经具备了发掘真相的能力。当然，我今晚来，还是要给你指明一个方向。”

古昊凝神，知道张松接下来的话，一定至关重要。

“古汉元。”

古昊愣了，以为自己没听清楚。张松嘴里吐出来的，居然会是他父亲的名字。

“你已经好长时间没有回家了，抽空回去一趟，和父亲好好谈谈，也许就能知道很多你不知道的秘密。”张松意味深长地笑笑，“就算古汉元不想说也没关系，反正你已经有了黄娅琳的读心术，你可以探听到他心里隐藏了二十多年的秘密。”

二十年前的那个冬天，一个名叫魏新华的女人，带着两个孩子在玉带河边玩耍。那时候的玉带河还叫盐河，盐河边还没有景观道，盐河巷也破败不堪，但百多年前的埠头还在，很多孩子喜欢周末来这里玩。特别是那年冬天特别冷，盐河结了厚厚一层冰，吸引了更多的人来冰上嬉戏。冰上可玩的游戏有很多，转陀螺，滑冰板，或者就直接在冰上来回跑，也能收获很多欢声笑语。

魏新华陪着两个孩子玩了会儿，觉得有点累，就到岸边的长椅上坐着休息。刚开始，她还紧盯着冰上的两个孩子，后来岸边有几个孩子起了争执，其中两个还打了起来。魏新华下意识地过去拉架，等她再坐回长椅上时，冰上的两个孩子已经不见了。

起初，魏新华也没当回事，冰上还有很多人，她只当是自己眼花，又找了一圈，还是没见到俩孩子，她这才着急起来。立刻下到冰面上，更仔细地找，还向人描述孩子的长相和穿着，打听他们的去处。很快，有人告诉她，有两个孩子，向着解放桥方向去了。

魏新华去找孩子，半道上见到年纪小的弟弟一个人蹲在冰上哭。弟弟那时候只有两岁多点，还不算太懂事。魏新华上前问哥哥去了哪，弟弟咿呀半天，才说清楚哥哥丢下他，一个人往前去了。

前面不远处就是解放桥，桥下河宽水深，魏新华终于看到年纪大点的孩子正独自在前面晃悠，于是大声叫他的名字。那孩子答应一声，随后忽然就不见了。魏新华愣一下，立刻意识到破冰了，孩子掉到了冰窟窿里。

魏新华下意识地一边大声呼救，一边向着破冰处跑去。弟弟留在原地，哇哇地哭。

由于这里离埠头已经有些距离，等到大家发现奔过来时，只见到两个孩子一起声嘶力竭地哭，其中年纪较大的那个浑身湿透了，边哭边不停地哆嗦。

魏新华已经消失了。

后来，当孩子的爸爸闻讯赶到现场，大家纷纷向他转述了事情的经过。魏新华发现孩子落水，急着赶过去试图施救时，途中自己也掉进了冰窟窿里。后来，落水的孩子自己爬了上来，而魏新华则消失在冰面之下了。

魏新华的丈夫花钱雇人在盐河里打捞妻子的尸体，整整三天，没有结果。而那时，落水的孩子大病了一场，一直躺在医院里。三天之后的那个深夜，孩子突然醒来，黑暗之中，看到父亲站在床边狠狠瞪着他，眼里的杀气让他不寒而栗。

许多年之后，古汉元仍然坚持认为是古昊害死了魏新华，他的怨气历时二十年仍然不散。魏新华死的那年，古昊只有六岁，母亲的形象在他成长过程里不断淡化，他也越来越难以忍受古汉元的冷漠和无端责罚，俩人关系不断恶化，终于在他高中被开除那年爆发。古昊一怒之下，离家出走，开始了混迹街头的生活。古汉元居然不来找他回去，还让弟弟古亮远离他这个哥哥。

现在回想，古汉元行事确实有些古怪，魏新华之死责在古昊，但那却是他无心之举，而且，那时他还只是个不懂事的孩子。迁怒于一个孩子且历时二十年，这未免过于偏激，不是一个成熟男人能做出来的事。除非，这里面另有隐情。

古昊身子蜷缩在沙发上，愁眉苦脸的样子。黄娅琳坐在他对面，同情地看着他。

"沈途有一次来找我，说起那次在小沙漠里，你的一句话，他觉得挺奇怪。"黄娅琳说，"当你试图阻止沈途杀死邱云时，说你不想让任何人再因你而死。"

古昊不解："这句话有什么不对吗？"

"起初我也觉得没什么不对的，但沈途却说，他感觉你在意的并非是邱云的死活，而是不能让邱云因你而死。"

古昊怔住了："我真那么说了？"

黄娅琳点头："沈途绝不会在这种小事上撒谎，所以，他觉得你有故事，对你感到好奇。现在，我终于知道你为什么会那样说了，其实，这么些年，你一直没有忘记二十年前的事，并且始终心怀歉疚。"

古昊收回目光，轻轻一声叹息，显然算是默认了。

"你心怀歉疚，却不愿意面对它，因为你有很好的理由，你那时还是个孩子，你根本无法预料会发生那样的事，这也成为你们父子关系恶化的根源问题。"黄娅琳感叹，"古汉元有问题，不该迁怒于一个孩子那么久，你也有问题，心怀歉疚却不愿面对。你们这对父子俩，算是针尖碰上麦芒，难怪关系搞得那么僵。"

"可是，张松说古汉元心里，有个隐藏了二十多年的秘密，而且，那秘密还和巴图找上我，以及我是个天生的超能者有关系。"古昊苦恼，"我本来以为，他就是个普通人。"

"这有什么好纠结的，他是你父亲，你想知道什么，可以直接去问他。"黄娅琳道，"就算有再大的矛盾，你们还是父子，父子之间，哪来那么多顾忌。"

古昊使劲摇头："我看还是算了，只要跟古汉元撞上，肯定就没好结果。"

黄娅琳笑，上前把他拉起来："那我陪你去见他，就算他对你有再多的成见，儿子头回带女朋友回家，我想，他至少该给你留点面子，不至于把你赶出去吧。"

花花的婚礼很热闹，流水席摆出好几十米长，差不多全镇的人都来喝喜酒。

沈途酒量不错，喝起来也爽快，到后来，有帮老头把他引为知己，一边跟他喝，一边唠叨外出的孩子们一年难得回来一趟，现在的镇子难得这么热闹了。也有人夸他有眼光，找了许琼这么个好老婆，许琼的优点一大堆，眼前就有一个，至少她不像其他老太婆那样，一个劲地劝老头子们少喝点。

许琼在边上听了，就默默地笑，笑得心里满是酸楚。她已经喜欢上了这个小镇，喜欢上了小镇里这些淳朴的人，但明天早晨，她就会离开。小镇会成为他们逃亡途中的一处风景，也许再不会回来，但却会永远留在心里。

夜已深，流水席也散去大半，只有几个老头仍然围着沈途在喝酒。许琼坐在边上，感觉到了些凉意。她瑟缩了一下，沈途立刻便看见了。

"要不，我们这就回去吧。"沈途对她说。

许琼看出来沈途尚未尽兴，自打离开族地，他何曾有过这种觥筹交错的经历，而且，是在离别的前夜："你再陪这几位老人家喝会儿，今儿难得这么高兴。"

许琼的话又博得几位老人的赞许，现在这样懂事的婆娘能有多少？

"我先回去睡了，我在这儿，你们喝得也不尽兴。"

许琼独自回家，她想趁着还有时间，在老宅里再好好转转看看。虽然这里还很简陋，却藏着她和沈途一段快乐的时光。

穿过天井，进到堂屋里，许琼忽然后脊生出些寒意。

她看到了一个人的背影，身材不算高大，黑色罩衫，头上戴着兜帽，随随便便站在那里，如果不仔细看，根本发现不了。他就像能融入黑暗，或者，他本身就是黑暗。

许琼想退，她退一步，黑衣人便转过身来。兜帽很低，他的面孔在阴影里，看不清模样，但许琼仍然能感觉到阴影里传递过来的杀气。

许琼没有犹豫，双掌立刻推出，一股无形的热浪已经笼罩黑衣人——能力真的能进化，就像她最初必须接触到人或物体才能施展能力，有了制作葡萄干的经历之后，她发现自己已经能隔空对着物体施展蒸发术了。

许琼还没来得及松口气，前面的黑衣人已经不见了。她正惊疑之际，一把短刀已经横在她的颈间，这黑衣人的速度竟然快如鬼魅，许琼来不及回头去看杀她的人，就已经倒下了。倒下，颈间才有血箭激射而出……

黄娅琳拉着古昊，在菜市场里转悠了好半天。古昊没精打采地跟在后面，两手拎着一大堆食材。这时候，黄娅琳接到古亮的电话，回头冲着古昊笑："好了，可以回家了。"

今天去见古汉元，全都是黄娅琳一手在操办。为了打破古昊父子见面就吵的魔咒，她特意找了古亮来帮忙。古汉元每天下午都会去盐河边的小树林里，和一帮老头玩牌，大概六点钟左右回来，自己随便弄点吃的。古亮先行回家打探，确定古汉元走了之后，通知黄娅琳，她和古昊随后到家，一齐动手忙吃的。

黄娅琳和古亮在厨房忙得起劲，古昊蔫蔫巴巴地坐客厅里，苦着脸摘菜。厨房里传来黄娅琳和古亮嘻嘻哈哈的笑声，虽然听不太清，古昊也知道，那是古亮在讲他们兄弟俩小时候的事。古亮其实是个挺懂事的孩子，跟黄娅琳见面就亲得不要不要的，一口一个嫂子，叫得黄娅琳脸上乐开了朵花。

古汉元如期回到家，等着他的是一桌丰盛的菜肴，还有黄娅琳略带羞涩的笑容。古亮拉着他介绍黄娅琳，而他的目光却仍落在那边抬头看天的古昊身上。

古亮介绍完，古汉元只冲着黄娅琳微微点头，便径自回了自己房间，房门"咚"地关上。黄娅琳和古亮面面相觑，那边古昊已经露出不耐烦的神情。黄娅琳示意古昊稍安勿躁，古亮则蹑手蹑脚走到门边，耳朵贴到门上。门忽然又开了，古亮赶紧尴尬地笑，退回去。古汉元走到桌边，将一瓶酒重重放到桌上。

"这么些好菜，没酒未免可惜。我这瓶酒在床底藏了快二十年，今天，咱爷仨灭了它。"古汉元还沉着脸，但他的话，却让古亮和黄娅琳松了口气。

"这么大年纪了，喝大了伤身子。"古昊斜着眼说，"还能喝吗？"

"小子，我喝酒那会儿，这世上还没你呢。"古汉元瞪着他。

"那会儿是那会儿，现在是现在。"古昊仍然桀骜不驯，"老了就得承认，别撑着。"

俩人话间已经有了火药味儿，黄娅琳和古亮都有点紧张。

"年纪轻轻哪来那么些废话。"古汉元哼一声，"古亮，开酒，今儿我也放开喝这么一回，给你们这些娃娃做回榜样。"

那边的黄娅琳和古亮终于放下心来……

一瓶酒很快就光了，古昊根本看不出喝过酒的样子，古汉元却已经微醺了。

"要不，我再去给你们买两瓶去。"黄娅琳起身道。

古汉元摆摆手，神情忽然凝重起来："酒就喝到这里，没人真想喝趴下。"

古汉元起身，一声叹息："岁月不饶人，放在以前，这点酒算什么，现在真不行了。你们先吃着，我去躺会儿。"他又冲着古昊道，"待会儿，你来一下，我有话跟你说，有些事，也到了该让你知道的时候。"

古昊和黄娅琳面面相觑，这古汉元竟似已经知道他们回家的目的一般。

古汉元回屋休息了，外面三个人小声嘀咕，都觉得古汉元今天有点反常，但这是个好兆头，至少他和古昊没吵没闹，还一块儿喝了半天酒。

就在这时，楼下忽然传来一片嘈杂声，有人尖叫，有人高声喊，好像发生了什么事。三人离座到窗边往下看，顿时惊呆了，就见楼下地上趴着一个人，依稀像是古汉元。

古昊立刻冲到古汉元房门边，撞开门，里面没人，窗户却开着。大惊之下，回身就往门外冲。黄娅琳和古亮已经先他一步到了楼下，古亮抱着古汉元失声痛哭，黄娅琳也露出不忍的神情。

地上趴着那人果真就是古汉元，而古汉元坠楼的唯一可能，就是他自己跳了下去。但古昊等三人，知道古汉元绝不可能自己跳下楼去——今晚他虽然有些反常，但兴致颇高，还让古昊吃完去他房间，有话要跟他说。

古汉元摔得挺重，口鼻间都有鲜血溢出，身上也必定多处骨折，但却还有极微弱的气息，只是神智已经迷糊，根本不可能说出话来。

古亮哭着摸出电话来要报警、要叫救护车，但被古昊拦住。边上的黄娅琳立刻知道古昊要做什么了，她没有犹豫，非常默契地配合他将古汉元抱了起来，上楼回家。

围观的人群对此举显然颇有异议，大意是这时候应该将人送往医院，而不是抬回家。但其实每个人都知道，只怕古汉元根本就撑不到医院了。

那些老头们都已经醉了七八分，沈途想这杯酒喝完也该回家了。

端起酒杯，未及唇边，酒杯忽然裂了，酒也溢出来洒到身上。沈途心中一惊，杯裂乃大凶之兆，他立刻想到了家中的许琼，不祥的预感漫天袭来，他甚至顾不上和同桌的老人们告别，便径自离席，转身向着家的方向，狂奔而去。

天井里，他已经闻到了浓重的血腥味儿，身子随之变得冰冷。

进到堂屋里，开灯，只一眼，就见到许琼躺在血泊之中。沈途发出一声嘶哑的低吼，上前抱住许琼。许琼半边身子都被血液沾满，冰冷刺骨，早已没有了气息。

沈途紧紧将她抱在胸前，瞬间已是泪如泉涌。他拼命抑制，以至于呼吸都有些困难，抑到难抑之时，便不再抑制，他发出撕心裂肺的一声大叫，凄厉且绝望……

这天夜里，小镇上再次燃起熊熊大火，人们闻讯奔去，发现正是才到小镇上不久的那两个外地人的房子。而且，大家在房子外面，还看到了沈途，却不见和他恩爱有加的妻子许琼。沈途面如死灰，不管别人跟他说些什么，一律回之以沉默。有人看到他面对着大火中的老宅时，眼中落下泪来，便猜测是不是他的妻子遭逢了什么意外。但不及去问，沈途已经大踏步离开了。

这一刻，沈途已经决定不再逃避，没有了许琼，他便再无所惧了。

他知道是谁杀死了许琼，他在纵火烧毁老宅时，便对着架在干柴上的许琼尸体发誓，绝不苟活于世，当然，他不会像个懦夫在绝望中死去，他要回云城，为许琼报仇。他的对手实在过于强大，沈途比任何人都知道自己根本报仇无望，但他仍然义无反顾地踏上归程。

明知不可为而为，方为大丈夫。就算慨然而逝，至少心中也已无憾。

古昊抱着古汉元回到家中，将他放置到卧室的床上。古亮仍在抹眼泪，这突发的变故已经让他没了主意，只能听哥哥的安排。黄娅琳知道古昊要做什么，拉着古亮到外面客厅。这时候，黄娅琳和古昊都已经隐隐猜到了古汉元跳楼的真相。

古汉元即将对古昊说出隐藏在心里二十多年的秘密，就算他不说，只要用读心术也能查探出来。古汉元无论如何，也不可能在这时候自己跳楼寻死，唯一的可能，就是有人试图阻止他将这秘密告诉古昊，然后，用种极为特殊的方法，杀死古汉元。

那种特殊的方法，自然和超能力有关，很可能是有人控制了他的思想。

而且，古昊适才在客厅里，根本没有感应到超能力量，只能说明，使用超能力加害古汉元的人，能力比古昊要强得多。

古昊和黄娅琳虽然已经有了怀疑对象，但还需要最后证实。

确证的唯一办法，就是听古汉元说出他的秘密。

卧室的门已经关上，黄娅琳安抚古亮，心中却担忧古昊。治愈者是用自己的生命去救治别人，古昊让她复生，看上去便老了至少十岁，如今古汉元生命垂危，古昊又要耗去自己多少生命呢？

时间并不算长，大约十多分钟之后，房门开了，古昊面色苍白，蹒跚地走了出来，把自己摔倒在沙发上，便再不想动弹。黄娅琳赶紧蹲到他边上盯着他看，只见他两鬓的白发似乎多了些，却并不明显，心下稍定。料想古昊能力渐长，而古汉元虽然生命垂危，却终究还活着，因而救治他，并没耗去太多生命。

古亮正要询问，忽然听到卧室里传来古汉元的咳嗽声。他奔进房去，立刻惊得呆了，刚才还生命垂危的古汉元，这时已经翻身坐了起来。他身上仍有血渍，看起来还很虚弱，但却显然已经生命无忧了……

古汉元对自己跳楼的事一无所知，也根本不知道这期间都发生了些什么。古亮虽然狐疑，但见父亲无恙，终究还是惊喜占了上风，扑过去抱住父亲，眼泪鼻涕全抹古汉元身上。古汉元很快就知道了发生的事，凝眉想了想，出门问古昊："是你救了我？"

古昊看看弟弟，犹豫了一下，还是点头。

"你已经知道二十多年前发生的事了？"古汉元再问。

210　　这回，古昊摇了摇头。

古汉元盯着他，眉峰紧锁："看来，我们有很多事情，需要聊一聊了。"

"这也正是我今晚回来的目的。"古昊亦不想再兜圈子。

古汉元和古昊又进到卧室，关上房门。外面的古亮想问什么，但被黄娅琳拉住。

"我可以给你解释今晚发生的所有事，但我提醒你，知道之后，这些事将会彻底颠覆你对这个世界的认知，或许，它还会改变你今后的生活。所以，我需要你自己做出选择。"黄娅琳郑重地说。

古亮想了想，毅然点头："说吧，我扛得住。如果不搞清楚这些事，我怕我会憋死……"

第二十七章　身世之谜

第二十八章
前世今生

二十多年前的古汉元，在中国考古界，算得上是位非常有思想的青年才俊。他毕业于国内某所著名大学的考古学专业，研究生期间，便发表了数篇论文，其中，提出华夏之国，特别是长江中下游地区以及太湖流域的人们，远古的祖先其实是蚩尤，而并非广为传扬的炎黄二帝。这种观点虽然引发争议，却也让他一时声名斐然。

考古学与历史学家的不同之处，在于他们研究的对象是实物，他们通过研究远古生物的遗留物、现存的史前地貌、自然演变结果等，对没有历史记载的史前文化进行研究。因而，那时的古汉元，一年中倒有一半多的时间在外四处奔波。

事情的起因是有人在四川盆地边缘山地的崇山峻岭之中，发现了一根已经损毁的华表柱。华表在上古时期，被寓为上传天意，下达民情的"通天柱"，也是氏族时代的图腾柱，后来成为古人用来观测太阳影子的"圭表"，再往后，才成为皇家宫殿陵墓的装饰。可以说，华表极其古老，且对后世有着深远的影响，是打开中华传统文化奥秘的一把钥匙。那时候古汉元的研究方向，恰好是试图用考古学发现来考证上古神话传说中的人物，得知这一信息后，简单准备一番，便前往发现华表柱的秦巴山地。

到达目的地，与当地文保部门取得联系，得到详细地址和线路图后，又找了两名当地人作为向导，便踏上了寻访华表柱的旅程。

"那次考古活动，彻底改变了我一生的命运。"古汉元幽幽一声轻叹，仿佛在总结自己这一生所有的遗憾，"很多时候我都在想，如果那一年，我没有去过秦巴山地，或许，我就不会是现在这个糟老头了。"

"那次，发生了什么事？"古昊已经完全被带入到古汉元的讲述中。

"当然是发生了意外，进山的第三天，忽然下起了大雨，为了躲避塌方，我失足掉下了悬崖。我到现在还记得，那悬崖深得好像没有底，从那么高的崖上摔下去，我自知必死无疑，所以，根本就没抱活着的希望。事实上我在坠到崖底之前，就已经昏了过去。"

古昊已经有了些预感，改变古汉元一生的，一定是摔下悬崖后的经历。

"醒来后，发生了什么？"古昊忍不住问。

"事实上我根本就没有醒过来。"古汉元苦笑，可能知道这话不太好理解，又更正道，"应该说我根本就不知道自己什么时候醒的，当我又开始有意识时，我正走在一个小镇的青石板路面上，而且，我觉得我走了很远的路，已经很累很累了。"

"那个小镇……"古昊脱口而出。

古汉元摇头打断他："那就是个普通的小镇，没有任何古怪。我在那里，找了部电话，给之前联系过的文保部门打了过去，几天之后，他们派人来接我出去。我又休息了两天，就回了云城，结束了那趟秦巴山地的旅程。"

"这就结束了？"古昊显然颇为失望。

"没错，我顺利回到云城，很快就发现，我跟以前不一样了，我的记性变得很差，以前看过的资料，甚至自己写过的文章，都记不清了。做事也变得丢三落四，常常说过的话答应的事转头就忘。更重要的是，我越来越不能思考，一思考就头疼得要死。去医院看过之后，医生也查不出个究竟，只追问我是否遭到过重击，他们怀疑我伤了脑子。"

古昊明白了，那种状态的古汉元，当然没法再继续自己的学术研究，他只能渐渐沦为一个浑噩度日的人。但古昊记忆里的古汉元，却根本没有他说的那些症状，那么，一定是这故事还没有完。

"几年之后，我在考古界销声匿迹，工作也从文保所，调到了地方志办公室。其实那时我已经不能从事任何脑力劳动了，只能每天打扫卫生，帮着其他同事整理资料，然后喝茶看报，纯粹就是在混日子。庆幸的是，我那时根本不觉得这样有什么不好，也根本没有任何的遗憾，就好像我生来就该是那种生活状态。"

古昊静静地听，静静地等待后面将要发生的事。

"更让我庆幸的是，在那种生活状态下，我当时的女朋友并没有离开我，而是跟我结了婚，所以，她是我这辈子最感激的人。"古汉元声音有些沙哑，神情黯然。

古昊意识到他说的人，正是死去的母亲魏新华。他的心，痛了一下。

古汉元吁了口气，像是要驱散这一刻黯然的心情："然后，就是有一天，忽然有两个人找到了我。我不认识他们，但他们却说有件礼物要送给我。我当时懵懵懂懂就跟他们去了，也不知道他们用了什么法子，我忽然一下子能记起所有事了……"

"所有事？"古昊发现自己无端紧张起来。

"所有事的起点，就是摔下悬崖之后，我睁眼，发现自己置身于一个非常神奇的地方。那地方应该是个村子，也可以说是个城镇，但我去过那么些地方，却从来没见过那么完美的地方。所有的房子要么是石头砌成，要么是木屋或竹楼，看似杂乱无章，却又疏密有致，每所房子之间都有小路连接。小路也基本上都是青石或者木板铺就，根本没有一点沥青水泥的痕迹。有条平静而宽阔的河流穿过村庄，河上小船悠悠、波光粼粼。在村庄里慢慢走，会发现到处绿树成荫、鲜花成簇，村庄里的人都穿着粗布衣服，神情悠闲地农耕渔牧。

时间在这里好像静止成了一幅幅画卷，而我也就成了那画卷里的人。"古汉元讲述这些时，目露怀念，好像又回到了那个神奇的地方。

"我在那个村庄里住了几天，住的是幢竹楼，到了吃饭时，自有人给送吃的来。食物虽然就是常见的米饭蔬菜，却非常爽口，想必是因为不施农药的缘故吧。每天晚上，都会有些当地人过来找我聊天，他们问我生活的城市，问我城市里的点点滴滴。好像我随口说出的一些最寻常的事，都让他们倍感好奇。当时我并不觉得奇怪，有些偏远地区的乡村与世隔绝，村人们也许这辈子都难走出深山。但唯一让我疑惑不解的，就是没有人提及我怎么到了这里，最合理的解释，应该是我摔下悬崖侥幸未死，被这村庄里的人救回。如果这样，当地人怎么会对我数度问起避而不答，而且，我醒来后发现置身于这村庄里时居然毫发无伤。再幸运的人从那么高的悬崖上摔下来，也不会一点伤都没有吧。"

古昊已经猜到那是什么地方了，在那里，发生任何匪夷所思的事，都不奇怪。

"再后来，我细心观察，发现这些当地人好像全都有着特殊的能力，比如渔船上的人可以踏水而行，耕地的人可以躺在田边草地上而任由铁犁自己翻地，有些姑娘采了花回来，可以让花苞瞬间开放，还有人浇灌田地时，只让那片田地上方落雨，甚至有一天晚上，我还看到有人在天上飞……"古汉元呼吸渐重，显然往事让他变得有些激动。

"这些都是绝不可能发生的事，但它们都每天发生在我身边，而且，村里的人对这一切似乎早就习以为常，毫无卖弄炫耀之意，就好像这本来就是他们生活中的一部分。我无法回忆起当时的心情，一定是既震惊又不敢相信看到的。记得当我向当地人说起这些时，他们都含笑不答，好像大家都有了默契，又像是有什么在制约着他们，不让他们跟我提起这些事。"古汉元感慨道，"他们不说，我也就不问。那时我总觉得发生的一切太不真实。那个村庄在我后来的印象里，更像是个桃花源，那里的人们，真的'不知有汉，何论魏晋'，既然这样，那我也做回桃源中人，或者，就当这是个梦吧。"

"然后就是有天夜里，忽然被一些巨响惊醒，好像在打雷，远处还有闪电，可那晚明明月光皎洁，星光璀璨。然后，就是些更加奇怪的声音，像是野兽的嘶吼，又像是山崩地裂的震颤，整个大地都在颤动。我正狐疑之际，忽然有两个当地人匆匆赶来，带我出去，我问发生了什么事，他们也不说，只催着我赶紧离开。"

"最后，我就发现自己走在那个小镇的街道上，明明是夜里发生的事，也变成了白天。我就这样，离开了那个村庄，但却对发生的事，忘得一干二净，直到数年之后，那两个人找上门来，不知用什么法子，让我记起了那段经历。"

"你离开那地方时，一定被人禁锢了记忆，几年后，他们又派人出来恢复了你的记忆。"古昊对这种事并不陌生，不久前，黄名堂的经历和古汉元如出一辙，"但是，他们禁锢你的记忆，这好理解，不想让外人知道他们生活的地方，甚至不想让人知道他们的存在。但为什么，后来他们又主动找上门来恢复你的记忆？"

古汉元沉默，盯着古昊，忽然又幽幽叹了口气："这事，就要落在了你的身上。"

"我？"古昊吃惊，但也在意料之中。

"那两个人找我，让我记起那段经历，只因为他们要托付我做一件事。"古汉元犹豫了一下，目光里有些不忍，"那件事就是你。那时，你还只是个三岁多点的孩子，他们让我收养你，抚养你长大……"

古昊这回真的惊呆了。尽管之前已经有了很多猜测，但他还是没有料到真相竟会是这样——古汉元并非他的生父，他和那个古老的部族果然颇有渊源。现在，张松那晚提及的两个问题终于有了答案，巴图这次离开族地，为什么直接找上了他，还有，这也解释了别人的超能力来自一颗珠子，他却是天生的，因为他本来就不属于这个世界。

"随着记忆的复苏，我的神智也恢复过来，我健忘的毛病好了，又能开始像以前一样思考了。虽然我已经不再从事考古方面的工作，但我还是忍不住好奇，借助以前积累的知识，查找资料，回忆在那村庄里的所见所闻，加上那个村庄的人自称部族，我终于考证出，我误入的桃源其实是传说中神秘且古老的巴族族地。"

"巴族？"古昊喃喃自语，心神恍惚，"我是巴族人……"

古汉元同情地看着古昊，知道真相对他的刺激过于强烈，他需要些时间来接受这样的现实。这些事他憋在心里已经二十多年，他一直在寻找合适的机会告诉古昊，现在，显然已经到了该说的时候。

"跟我再说说巴族的事。"古昊看起来有些失魂落魄。

古汉元想了想，这才道："要想知道巴族的来龙去脉，你得先知道一段上古神话传说。中国的神话传说庞杂琐碎，体系相对完整但其中又有很多相悖的地方，其中的上古神话部分，特指从原始社会母权制时期产生，到奴隶社会时鼎盛，然后逐渐消亡这么一段时期。如果将散碎的各种神话传说放到历史之中，这一时期应该从盘古开天辟地开始，到鲧、禹治水结束。"

因为涉及到古汉元的专业知识，就算他尽量用最通俗的语言来讲述，其中仍不免要强调些概念性的东西："神国时最为著名的四场战役分别是炎黄之战、共工战颛顼、蚩尤之乱和刑天战黄帝，而其中流传最广的要属蚩尤之乱了。相传蚩尤是炎帝的后代，因不愤黄帝曾打败过炎帝，又不服黄帝的统治，故而起兵造反，要夺取黄帝中央天帝的宝座。古书上说，蚩尤一共有八十一个兄弟，个个都是巨人，且铜头铁额，能在崇山峻岭中飞奔行走。他统领着自家兄弟，以及南方的苗民，还有山林水泽间的神怪，浩浩荡荡开赴到一个叫涿鹿的地方，和黄帝展开厮杀。"

"战争开始时，蚩尤的军队表现出了强悍的力量。古书上记载，蚩尤变幻多端，有征风召雨、吹烟喷雾的本领，这让黄帝的军队根本没法发挥出应有的力量。后来，黄帝的臣子风后造了指南车，才使黄帝的军队冲破大雾，但在接下来的战争中，蚩尤军队接连打了好几个胜仗，使得黄帝的军队士气渐渐低落。最后，黄帝想到了一个主意，派人去东海的流波山上，抓住一只叫做'夔'的野兽。那夔兽形状像牛但却没有角，苍灰色的身子，只有一只脚。它能够自由地出入海水和陆地之间，每当他进出的时候，必定伴随着大风大雨，眼睛里闪烁着日月的光辉，它还有一个特点就是它的吼声像打雷。夔兽捉来之后，被剥了皮，皮晾干后，蒙了一面大鼓，这就是夔鼓。有了鼓还得有鼓槌，一般的鼓槌当然不能用，所以黄帝又想到了住在雷泽中的雷神。这雷神又叫雷兽，是一个龙身人首的天神，它每拍一下自己的肚子，就会有一个响雷出现。关于雷兽另一个有趣的传说就是有个叫华胥氏的姑娘，一次到东方的一个沼泽中游玩，偶然看到一个大脚印，觉得挺好玩，就用自己的脚踩了一下那个足印，结果回去后就怀了孕，生下一个儿子，那就是人类始祖之一的伏羲，那脚印便正是这位雷神留下的。所以说，这雷兽其实也是上古时代颇为著名的一位天神，但它被黄帝看上了，同样难逃厄运。"

"黄帝派人去雷泽将雷兽抓来，不由分说便将它杀死，并从它的身体里抽出一块最大的骨头，做成了鼓槌。这雷槌敲响夔鼓，发出的声音竟比打雷还响，据说五百里以外的地方都能听得见。"

"后来，黄帝就用这夔鼓雷槌，在战场上连擂了九下，果然山谷回应，天地变色，黄帝的军威大振，蚩尤的军队魂飞魄散，战斗力一下子失去了大半，黄帝打了一个大大的胜仗。后来，黄帝得九天玄女传授兵法，终于击溃蚩尤的军队，但蚩尤有飞天腾空和在险山峻岭中行走的本领，虽然战败，黄帝也擒他不得。最后还是用雷槌敲响夔鼓，又是连敲九下，蚩尤立时魂丧魄散，不能行走，这才被黄帝擒住。"

"所以说夔鼓雷槌在黄帝蚩尤一战中起到了关键的作用，后来，人们便把雷槌称作风雷槌，又叫雷神之槌。"

这段神国之战，古汉元说得有趣，古昊也听得入神。

"黄帝战胜蚩尤后，在涿鹿将他公开处决。杀他时，黄帝怕他逃脱，不敢将其手脚上的枷锁除去。直到确认蚩尤已经死亡，这才从他身上除去浸了鲜血的枷锁，抛弃到大野之中。那枷锁登时化作了一片枫林，每一片枫叶的颜色都是鲜红的。蚩尤被黄帝砍下了头颅，据说他的头和身体分别葬在两处，后世的人们，总会在十月祭祀他。据说祭祀的时候，常常会有一道红色的雾气从蚩尤的坟墓顶冲出来，直达云霄，好像悬挂的一面旌旗，人们便把它叫做'蚩尤旗'。"

"黄帝虽然打败了蚩尤，并且将他尸身分葬，还是怕他的元神不死，伺机再次兴兵作乱为祸天下，便将他的元神禁锢于他被砍下的头颅中，交给了当时的东方天帝太皞看守。太皞就是伏羲，也是上古神话中极为重要的一名天神，他接受了这一任务后，感觉责任重大，便从自己的族人中挑选了一批善战的勇士，让他们专门负责看守蚩尤的头颅。跟随蚩尤的头颅一块儿交到伏羲族的还有另外一些东西，雷神之槌便是其中的一件。"

"那些骁勇善战的勇士，护送蚩尤头颅以及雷槌夔鼓等宝物，去了一个极秘密的所在。后来，伏羲后人务相，在五落钟离山上统一五族后成为瘭君……"

"瘭君？"古昊想到了巴图，但他一直不知道沈途、巫彭为什么称巴图为瘭君。

似是看出古昊的疑问，古汉元解释道："传说巴族人曾经生活在南方的五落钟离山上，山上还有另外四个部族，五族人没有共同的首领，各自奉祀着自己的神灵，各族间数十年间纷争不断。后来，五族首领聚在一起商量，决定各推选一名族人进行比赛，得胜者便为五族共同的首领。巴族人推选出的代表名叫务相，他在掷剑和行船两项比赛中均获胜，成为五族第一任首领，被族人称为瘭君。瘭君顾名思义，大概就是能让部族粮仓充足、族人吃饱饭的人吧。"

古昊点头，这时始明白癯君这个称谓的来源。

古汉元接着往下讲："后来五族兴旺，原来居住的地方已经不能满足整个部族的发展需求，癯君便带着整个部族，迁徙至今渝、鄂、湘、陕交界的一个地方，建立了一座雄伟的都城，名叫夷城。他们的子孙就在那里繁衍生息，后来发展成为中国西南最强大的民族，史称巴族或者巴国。"

兜了那么大一个圈子，终于绕回到巴族上。古汉元这番极为详细的阐述，古昊立刻便明白了巴族的来龙去脉。

"你在秦巴山脉摔落悬崖进入的村庄，便是巴族族地？"古昊只想确认。

"古巴国鼎盛一时，但后来终为秦国所灭，此后不立巴之专名，只称其为'夷'，或'蛮'。数千年之后，巴文化仍然在四川重庆等地延续，但巴族，却早已经消失在历史的长河之中，不复存在了。"古汉元语调微怅。

"消失了？"古昊随即又点头，"我想到了。"

"想到什么？"古汉元似故意考较古昊。

"传说中，伏羲曾派遣了一队勇士，去了一个极秘密的地方，守护蚩尤头颅和雷槌夔鼓。沈途也曾和我说过，巴融盗取了族中圣物，叛族而出。莫非，你到过的那个村庄，其实正是那队守护雷槌夔鼓的巴族后人生活的地方？"

古汉元点头："我也正是这么猜测，但却只能是猜测，并无证据。"

古昊皱眉冥思，虽然古汉元道明了巴图等人的来历，但蚩尤之乱及后来的黄帝斩杀蚩尤，不过是神话中的故事，而谁都知道，神话都是虚妄的。

像是为了替古昊解惑，古汉元又道："中国神话一个最突出的特征，就是上古神话和古代历史既是两条互相平行的线，又时常纠缠在一起，搅混不清。神话可以转化为历史，即天上的诸神可以转化为人间的圣主贤臣，也能赋予历史人物以神性让他们成为天上的神。茅盾就曾主张将一部分古代史还原为神话，所以我想，神话传说必然有后人夸张演绎的成分，它未必就是传说中的那样，但同时，它也可能并不仅仅是神话，而是后人将历史神化的产物。"

古昊听懂了，不久之前，他曾经和沈途有过一场关于神力者的对话，当时他就提到，那些传说中的神很可能便是些拥有超能力的人。

这些事情过于遥远，古昊考虑的是现实中正在发生的事："那两个人——两个巴族人，说了为什么要让你收养我吗？"

古汉元摇头："他们只说你非常重要，要我务必将你抚养长大。那时候的你年纪虽小，却非常倔强且叛逆，留下的第一个月就因为顽皮差点烧了房子，你妈——应该说是你养母，因为这事早产，生下了你弟弟古亮。古亮生来只有两斤多点，在医院保育箱里待了一个月才出来。那时候，我就有种不祥的预感，感觉你是个会带来不幸的人。果然，等到古亮三岁的时候，你养母就去世了……"

古汉元黯然叹息："其实，理智地想，那些事都带有偶然性，未必跟你有关系，但我实在无法释怀，最重要的是，巴族人禁锢了我的记忆，让我失去了事业，庸碌一生。因而，我把这些怨念全都迁责到你的身上。"

古昊已经无意纠缠过去的那些事,他现在心里最大的疑问就是谁要杀死古汉元。古汉元所谓隐藏了二十余年的秘密,虽然事关巴族的前世今生,却好像并不涉及生死,也根本不会对谁造成威胁。唯一怀疑对象就是巴图和巫彭,事实上,巫彭七形一体,很可能便拥有控制人思维的能力,但是,之前沈途和古昊接触之间,已经透露了许多巴族的事,巴图根本不可能因为怕古汉元泄露巴族的事杀他灭口。除非,这里面另有隐情。

古昊忽然想到了另一个问题,纵然知道古汉元不能给他答案,但他还是忍不住要问:"那俩人明确说过我是巴族人吗?巴族人的瞳孔都是淡青色的,我跟他们明显不同。"

古汉元果然对此同样疑惑不解,他所知道的已经全都告诉了古昊,剩下的事,就要靠古昊自己去探寻了。

古昊叮嘱古汉元好好休息,他今晚,还有很重要的事做。如果真是巴图派人加害古汉元,只怕谁也救不了他,当今唯一的办法,就是立刻找到巴图,让他罢手。

古昊和黄娅琳离开之前,特意叮嘱古亮,这几天就别去学校了,在家好好照看古汉元。古亮已经从黄娅琳那里知道了所有事情,还未从震惊中反应过来,他茫然地点头答应,目光里却仍有掩饰不住的惶恐。

古昊知道他根本无力保护古汉元的安全,所以更加迫不及待要联系巫彭。但就在这时,他感应到了超能力量,随后,便接到了秦歌的电话。

"想不想比一回,看谁先到现场?"秦歌在电话里挑衅。

古昊想了想,表示今晚自己有事,让他自个儿玩去。

"根据脑电波的频率,可以确定又是那个铁链也拴不住的云磊,瞧我今晚怎么收拾他。"秦歌负气挂断了电话。

古昊要去找巫彭,不想黄娅琳跟着,又担心秦歌真要收拾云磊,想了想,决定让黄娅琳赶去,护着点云磊,别让秦歌下重手——那晚和云磊聊过之后,他对云磊印象挺不错,特别是用读心术读到他被人殴打的事,觉得他其实是个挺可怜的人。

黄娅琳本想问问古汉元都跟他说了什么,但看他此际紧锁的眉峰,就想到他应该是需要点时间来消化古汉元说的事——那一定非常重要。

黄娅琳坐出租车先走了,古昊这才站在路边,给巫彭打电话。

第二十九章

她到底是谁？

睁开眼，云磊发现这回自己在一家超市里。超市已经打烊，乌漆墨黑的，但仍能看到货架上琳琅满目的各色商品。云磊开始挺惊慌，怕被人撞见把他当成贼，赶紧脱下上衣蒙在脸上，这样就能避免探头拍下他的模样。然后，试图离开时他发现，所有门窗全都锁上了，除非撬锁才能离开。

云磊更着急了，撬锁，他就真成了贼，谁管你从外面撬还是里面撬；不撬锁就走不了，明早有人来开门，照样会把他当成贼。坐那儿使劲想，终于想出对策，那就是睡觉。每回发生穿越都在睡着的时候，所以，要想摆脱现在的困境，那就再睡一回，兴许睁开眼，就能回到家，或者在别的地方了。

想睡，偏偏又睡不着。不仅睡不着，肚子还饿。云磊随手拿起货架上的一袋薯片，撕开，胡乱抓一把全塞嘴里去，还没开始嚼，门忽然开了。开门动静挺大，云磊吓得直接跳起来，然后就看到秦歌和黄娅琳走了进来，当然还有超市老板。

秦歌和黄娅琳半道上通了电话，超市外面碰了头。秦歌几通电话，便联系上了超市老板。超市老板赶来后，见门锁完好，还不相信里头进了人，进到里面，见到嘴角挂着半截薯片的云磊，立刻叫一声，直接向他扑了过去。

这老板脾气一定不好，他都忘了身边还站着一个警察。

云磊慌忙躲避，还是被老板扑倒在地。他使劲挣扎，老板魁梧的身子压得他不能动弹。那边的黄娅琳看不下去了，想阻止，却被秦歌拦住。

秦歌笑着说："让那小子吃点苦头……"

后来秦歌还是上前分开了俩人，超市老板余怒未消，追问云磊是怎么进来的。云磊可怜巴巴地看着秦歌，眼泪都快出来了。秦歌也有点不忍心，终于带他出门。

这时候的云磊特别沮丧，耷拉着脑袋，像根腌黄瓜。

秦歌教训他："别以为有点小技能，就能胡作非为。你要真觉得自己厉害，干吗往小超市钻呀，直接钻动物园老虎那笼子里多好，那样我还能冲你竖回大拇指。可你折腾半天就落了袋薯片，还没嚼上几口，瞧你这点出息……"

云磊低低的声音辩解："又不是我想去小超市。"

话没说完，秦歌已经一巴掌扇他后脑勺上："你不想就老实家里待着，铁链都拴不住你是吧，那手铐铐得住你吗？要不咱们试试？"

云磊冲他翻白眼："秀才遇到兵，我不跟你说了行吗？"

秦歌巴掌又抡起来，这回云磊提前缩脑袋，居然躲了过去。秦歌又好气又好笑："学会躲了，长本事了，你再躲试试。"

他的巴掌举起来，边上的黄娅琳横到他俩中间："秦歌你别闹了。"

秦歌笑笑，收了手。

云磊继续沮丧着脸，看起来心情非常不好。

黄娅琳心思一动，下意识就对他用了读心术。她像古昊一样，看到的画面中，云磊蜷缩身子抱着脑袋，被一群人围在中间，拳脚相交，打得他毫无还手之力。

黄娅琳动了恻隐之心，把他拉到一边，柔声问他被谁打了。云磊非常吃惊，但却很快又低头，黯然转过身去……

秦歌开车送云磊回家，车上还不忘教训云磊。警察教育起人来，头头是道，但其实也就是那几句话，翻来覆去地说，最后黄娅琳都有点听烦了，直接让秦歌闭嘴。

"不知道的真要把你当啰嗦老太婆了。"黄娅琳抱怨。

秦歌讪笑着收声闭嘴。

到云磊家门前，丢下他，最后叮嘱几句，秦歌就开车带着黄娅琳走了。黄娅琳说想去找古昊，他今晚去找巫彭了，不知道结果如何。接着，又把古汉元今晚坠楼的事说了，秦歌也担心古昊，让黄娅琳先打个电话过去。

电话刚摸出来，秦歌手腕上传来蟋蟀的叫声。秦歌赶紧低头看，没好气地掉转车头，重新往云磊住处开。

"又是这小子。"秦歌叹口气，"不知道这回，他又能穿越到哪去。"

黄娅琳已经从古昊那里知道了秦歌的这些高科技小玩意儿，并不奇怪。她想了想，摇头："如果云磊又穿越了，显示的位置不应该是他家。"

秦歌觉得有道理，但想想离云磊住处没几步，马上就能知道结果。

云磊住处的房门虚掩着，秦歌觉得有些不对劲，掏出枪来，小心翼翼地推门进去。屋里灯全灭着，没一点光亮。秦歌下意识地伸手去摁门边的开关，灯亮的瞬间，忽然眼前一道黑影出现，还没反应过来，已经被人一拳重重击在左边太阳穴上。

秦歌直接软绵绵地倒在了地上，虽然仍有意识，但却已经极为恍惚，根本不受自己控制。

后面的黄娅琳尖叫一声，转身想走，但她面前忽然多了一个人，再往前，势必要撞到他的身上。黄娅琳只能停步，这才看清楚面前站着一个穿黑衣戴兜帽的人，兜帽压得很低，看不清他的模样，但身材小巧，看起来像个女人。她上来便击倒了秦歌，显然是敌非友。

黄娅琳后退，退回到屋里，兜帽女步步紧逼，也进到屋里，顺手关上房门。

黄娅琳慌张地四处看，见到不远处，云磊倒在地上一动不动，显然已经昏了过去。那边的秦歌挣扎着撑起身子，试图举枪对准兜帽女，但枪还没举起来，兜帽女已经到了他跟前，再次一拳击出，秦歌闷哼一声，这回终于昏了过去。

黄娅琳还没看清发生的事，兜帽女又已经站到了她的面前，而且，贴得她很近。

这兜帽女动作太快了，迅如闪电。黄娅琳转身想走，她又已经站到了她的面前。不管黄娅琳往哪边去，她都能抢先站到她的正面去。

黄娅琳怔怔地后退，兜帽女仍然贴着她，有点猫戏老鼠那味道，又像是对着一个貌美的姑娘不忍心下手。她不动手，黄娅琳忽然动了，身子居然凌空跃起，双脚连环踢出，动作一气呵成，虽然不及兜帽女的速度，但也异常迅猛。

以兜帽女的速度，本可以躲得过去，但她发现自己的速度忽然慢了下来，来不及多想，黄娅琳的连环脚已经接连踢中她，她向后跌飞，撞到墙又落了下来。这时候，一声枪响，她捂着肚子发出一声沉闷的呻吟，显然腹部中枪。

原来秦歌关键时候醒了过来，在黄娅琳发动攻击前的瞬间，启动了手表装置中的干扰电波，将兜帽女的速度阻了一下，这才让黄娅琳攻击成功。黄娅琳瞬间的攻击动作，简直就是侠女附体，秦歌根本想不到她是如何完成那一系列动作的。但他不及多想，本能朝着兜帽女开了一枪。

兜帽女中枪倒地，兜帽落到脑后，露出染成了灰蓝相间颜色的短发，以及一张略带稚嫩却非常俊俏的面孔。她果然是个年轻的女孩。

兜帽女似知道今晚难以得手，瞬间如风样消失了踪影，地上却留下了点点滴滴的血渍。

秦歌勉强起身，像看个稀有动物似的看着黄娅琳："刚才你怎么做到的，简直帅呆了，不练个十几二十年，肯定没你这身手。"

黄娅琳冷冷地瞥了他一眼，沉声道："赶紧带他回云湖山庄。"

秦歌又是一愣，声音是黄娅琳的声音，但那语调却透着陌生，黄娅琳在这之前，还从来没这样跟他说过话，而且，她是怎么知道云湖山庄的？秦歌记得自己从不曾跟任何人提起过那个地方，包括古昊。

但这种时候，他不及多想，怕那兜帽女去而复返，赶紧上前扶起云磊，小巴掌左右开弓，终于把云磊给拍醒。云磊还不知道发生什么事，秦歌也懒得跟他解释，冲他来了句："不想小命丢了，就赶紧跟着走。"

云磊瞧瞧屋里一片凌乱，再想想适才袭击自己那人，立刻乖乖跟在了后面。

出门，上车，三人直奔云湖山庄而去。

茶楼里，就在古昊等得颇不耐烦时，巫彭终于来了。

古昊也不寒暄，开门见山，直接说起了古汉元今晚的遭遇，巫彭听得吃惊，随后又不解："难道，难道你认为是我做的？"

古昊直视着他，不否认，那就等于默认了。

"我为什么要加害古汉元？"巫彭感觉挺无奈，忽然神情一凛，"莫非你已经知道了？"

古昊慢慢点头。

巫彭怔怔不语，给自己倒了杯茶，全倒嘴里去："你以为我是为了怕他告诉你这些事，所以杀人灭口？"

不待古昊回答，他自顾地笑："我为什么怕你知道？怕你知道就不会把你送给古汉元收养了。在你成长这二十多年里，他随时都有机会把这些事告诉你。"

古昊不语，这也是他百思不解的地方。

"没错，你是我们的族人，二十多年前，也是我和巴图，将你带出族地，把你托付给古汉元，让你在外面世界长大。这算是秘密，但又不是秘密，就算你知道了又有什么关系？送你出来，本就是为了对付叛族者巴融，就算古汉元不说，要不了多长时间，我也会告诉你。"

古昊不解："送我出来，是为了对付巴融？"

巫彭叹了口气："沈途以前一定跟你说过，巴图几次带人离开族地，外出追捕叛族者巴融，但带出的族人，很多都受不了外面花花世界的诱惑，叛族而出，再不愿回族地。巴图想了好多办法，但仍避免不了这样的事情重复发生……"他稍顿，神情有些黯然，"就像沈途，离开族地之前，他在神庙里发下重誓，但现在仍然不惜为了一个女子，成为叛族者。"

古昊似乎理解了些什么，但仍然不明白这和送自己出来有什么关系。

"最后，巴图想到了，让族人不受这花花世界诱惑的办法，那就是选派族人，送他们到外面世界生活，让他们习惯这花花世界的生活方式，这样，自然也就不存在诱惑了。"

"我为什么要杀死古汉元，他如约完成了当年和我们的约定，将你抚养成人。"巫彭仍然执着于这件事，"他跟你说的事，也正是我们想告诉你的。你是巴族人，追捕叛族者是你生来就具有的使命。所以，如果真有人想杀他，那一定是巴融的人，杀死古汉元，嫁祸给我，阻止你帮助我们寻找超能者。"

古昊不得不承认，巫彭说的确实有道理。

但是，最先找上他，提出疑问并让他回去找古汉元探寻真相的，却又是张松。张松既让他找古汉元寻求真相，又为什么要杀死他？

古昊又想到，张松既知他有治愈者的能力，杀死古汉元后，他必定会全力救活古汉元，这样，既能嫁祸给巴图方面，同时又不妨碍他知道真相。

古昊想得脑袋疼，巫彭和张松，到底谁才是真正的凶手？

巫彭已经走了，古昊仍然独坐在茶楼里。他需要点时间来让自己消化发生的这么多事。

之前用二十多年时间，一点点构筑的世界已经轰然坍塌，他如何才能继续坦然面对这个世界，以及这个世界里那么多他在意的人？

古昊忽然想喝酒，也许只有醉了，才能把这些事全都抛开吧。

既已身在漩涡中心，想抛开，只能算是奢望了。

电话铃声突然响起，看屏显，居然是张松。张松是个绝顶聪明之人，他一定猜到古汉元已经将往事告诉了他，或许，也能猜到他见过了巫彭。他这时候打电话来，又会带来些什么新的情况？

古昊有些畏缩，任电话铃声响了好久，方才接听。

"你现在心里一定很乱，有些事我没法帮你，比如你的身世，但我却能让你知道真相背后的真相。"张松声音平静，古昊内心却狂跳不止。

真相背后的真相，那会是什么？难道，还会有更惊人的事情发生？

"本来想今晚就去找你，但还是决定给你点时间慢慢消化这些事。明天一早，你会收到我寄给你的快递，里面有件东西，会让你知道巴图绝不想让你知道的真相。"

"你现在就可以告诉我。"古昊小心翼翼地说。

"对不起，真相，只能由你自己去发现。"张松果断地挂断电话。

古昊仰面躺在沙发上，知道今晚绝对没法睡觉了。他决定去仓库酒吧厮混一晚，把自己灌醉，然后再回家，去等那封快递。

对于张松寄来的东西，他是既期盼，又隐隐有些畏惧。

他有种奇怪的预感，明天，他将再次迎接一次撞击，甚至，它会比今天的更加猛烈。

张松挂断电话，心情还是挺愉快的。他虽然有些同情古昊，但想想这就是他的宿命，二十多年前，当巴图将他送给古汉元收养时，便已经注定了他要面对今天这一切。

到目前为止，所有计划都在有条不紊地进行，张松其实比任何人都迫切想看到结局。十多年前，他的名字还叫郁垒，他和神荼以及另外一些族人，跟着巴图来到外面世界，追查巴融的下落。他和神荼的主要任务，就是寻找另一些叛族者，对他们施以惩处。经过一番寻访，终于查找到了一名叫白泽的叛族者。他和神荼即将前去白泽藏身之地，巴图特别找到了他，表达了自己的担忧——张松和白泽打小一块儿长大，亲如兄弟。张松当即表示，绝不会徇私情放过白泽，巴图这才放心让他和神荼离去。

张松和神荼的关系也算不错，知道他铁面无私，族中若有人犯错，他下手绝不容情。郁垒和神荼本来就是族中的执法者。

那次，他们顺利找到白泽，却意外地发现，他已经有了妻子和女儿。女儿还在襁褓之中，像是感应到了什么，当张松和神荼进门时，不停地哭叫。白泽面如死灰，自知既被神荼、郁垒找到，已经再无幸存之理，只求二人能放过妻女。张松心中不忍，神荼似已看出他的犹豫，逼他动手，否则便要杀死白泽妻女。张松无奈，只能含泪杀死白泽，白泽临死前，表示能死在他的手里，也算不负了兄弟一场，只求他能放妻女一条活路。

事后，神荼却仍不愿放过白泽妻女，理由是襁褓中的孩子是白泽的后人，成年后必然身负异能，绝不能留她在外面的世界。但若带她回族地，她知道自己身世后，又岂能善罢甘休。张松劝阻不成，一边是兄弟托孤和柔弱的孤儿寡母，一边是族训族规和杀机已盛的神茶。最后时刻，张松终于做出抉择，愤而出手，杀死神茶。神茶的本事不在他之下，输就输在料不到他会骤下杀手……

其实，杀死神茶之后，张松立刻便开始后悔，但事已至此，也无法挽回。张松只能连夜带着白泽妻女开始逃亡。巴图很快知道了此事，倾全力追捕他。张松几次经历生死，白泽的妻子也被杀死，最后，张松带着褓褓中的孩子再无退路，他甚至已经做好了被杀死的准备。这时候，忽然有人救了他。

能从那些身负异能的族人中救出他的，当然只有巴融了。

巴融为救他，不惜暴露行踪，将自己陷入危机之中。但那次，张松和巴融同仇敌忾，最终逃脱巴图及族人的伏击，消失在茫茫人海之中。

此后，张松便牢牢跟随了巴融，成为巴融最信任的人。而那个昔日褓褓中的婴儿，如今也已长大，而且出落得楚楚动人。现在，她的名字叫白灵，她在十岁那年，体内的神力就被唤醒。张松又刻意训练她，现在，白灵已经成为张松最得力的助手。但张松每回交代她去做的事，都经过再三衡量，确定并无危险后才会派她出马。就像现在，巴融授意他尽量多地招募新一代的神力者，他就选择了一些并无暴力倾向，甚至没有多少攻击力的目标交给白灵。

但张松没有想到，今晚白灵还是出了意外。

他和古昊刚通完电话，白灵像阵风样出现在他面前，甚至没有说出一句话，就已经扑倒在地。张松大惊，上前扶起她，见到她的腹部殷红一片……

白灵躺在了手术台上，替她执刀的大夫技艺精湛，张松也并不担心手术情况，也确信白灵一定会康复。只是，白灵临上手术台前的一番话让他狐疑不解。

白灵身体虚弱，只能向他简单讲述了今晚发生的事，她居然被黄娅琳一脚踢倒，这才导致中弹受伤。期间，她还发现自己的速度无端慢了下来，这是从来没有过的情况。

张松非常了解黄娅琳的能力，读心术作为一种技能，至少在现在这个阶段，不具攻击性。黄娅琳自小被胡有才抚养长大，从没学习过搏击一类的技能，她怎么可能凌空飞出连环脚踢倒白灵？就算白灵一时大意被踢中，她的速度怎么会消失？

白灵十岁那年，便已经能踏水而行。她没有练过轻功，完全靠的是速度。现在白灵的速度，起码是那时候的两倍，她的绰号就叫"闪影"。

白灵的速度不会凭空消失，一定是有人或者某种力量制约了她的能力。据张松了解，现在只有古昊有这样的能力。但古昊那会儿，根本不在现场。现场三个人，谁都没有这样的能力。

张松忽然有些担忧，他实在不想有什么人或者任何意外，来破坏正在进行中的计划。

这件事，他一定要查清楚。

到达云湖山庄，宗炜已经在等他们了。

秦歌很快就发现，宗炜等的其实不是"他们"，而是黄娅琳。俩人见面的瞬间，眼神都有些不同，就像是阔别多年的好友，又像是饱受相思之苦的恋人。

更让秦歌想不到的是，俩人竟真的拥抱在一起。

秦歌心里打翻了五味瓶，黄娅琳是古昊的女朋友，她怎么能跟别的男人抱在一起呢？而且，从没听说她认识宗炜。

秦歌很大声地咳嗽，看两人还抱在一起，实在看不下去了，上前拉着宗炜的胳膊往一边拽："当着这么些人面，当我们隐形了吧。"

宗炜和黄娅琳这才反应过来，赶紧分开，略显尴尬。

秦歌大大咧咧往沙发上一坐，跷起二郎腿，语气明显带上了些情绪："这事，你们谁给解释一下。"

云磊不知道这是什么地方，不知道宗炜是谁，这时候乖乖坐到了秦歌边上，大概觉得还是跟警察在一块儿，安全。

"解释什么？"宗炜装糊涂也能装得那么自然。

"太多要解释的事了。"秦歌冲着黄娅琳，"你什么时候成武林高手了，黄飞鸿那佛山无影脚，也就你这水平吧。还有，你们俩怎么认识的，瞧刚才那亲热劲，我脸都红了。黄娅琳，一向觉得你挺有分寸，别忘了我跟古昊可是哥们，这种事，起码你也背着我点吧。"

黄娅琳红了脸，却不说话，目光瞟了眼宗炜，叹口气："怎么办？说还是不说？"

宗炜想了想："不说只怕过不了他这关。"

秦歌一拍大腿："这就对了，我们警察最常说的一句话就是，坦白从宽，抗拒从严。在我这老警察面前，你俩就别死扛着了，赶紧说吧。"

"我们的关系，不像你想的那样。"黄娅琳道。

"我们是兄妹。"宗炜很认真地说。

秦歌吃了一惊，差点跳起来："你俩这儿跟我演戏呢，黄娅琳，你哪冒出来个哥，石头缝里蹦出来也没这么快吧。"

宗炜苦笑摇头："到这时候，你还以为她是黄娅琳吗？"

秦歌怔住了，起身走到黄娅琳面前，仔细打量她："是觉得哪儿不对劲。要不，你再把你那佛山无影脚耍一回让我瞧瞧，黄娅琳肯定玩不了那个。"

黄娅琳笑笑："那个太小儿科了点。"

"那你还有什么更厉害的，最好是一使出来，立马就能晃瞎我双眼的那种。"秦歌说。

黄娅琳转向宗炜，没说话，但宗炜已经明白了她的意思，说声"稍等"，便上了楼，没一会儿，取了一个小方匣子回来，交到黄娅琳手上。匣子也就鞋盒大小，不知什么材料做成，像木头，又像金属。黄娅琳接过来，打开匣子，秦歌凑过去，看见里面是两个寻常大小的镯子。镯子乌黑发亮，表面用阳文雕刻了些图案，仔细瞧又像是符号或者古老的文字。

黄娅琳将两只镯子分别戴在两只手腕上，边上的宗炜拍拍秦歌的肩膀："千万不要眨眼。"

秦歌果真死死盯着黄娅琳，那边的云磊也瞪大了眼睛，生怕错过了什么。

　　黄娅琳冲秦歌笑了笑，双臂前伸，两只手掌就竖在秦歌面前。然后，那两只乌黑的镯子忽然动了。其实也不算动，应该说镯子忽然开始变形，它从手腕开始，飞快向上蔓延，很快就覆盖住了黄娅琳的胳膊。如果非要更准确地描述，这时候的镯子更像是水，它沿着黄娅琳的身体开始流淌，所到之处，立刻形成一道薄薄的黑色薄膜，将她的身子包裹住。

　　秦歌看得呆了，云磊更是合不拢嘴。

　　"魔术？"秦歌揉眼睛，"太神奇了。"

　　"还有更神奇的，准备好亮瞎你的狗……双眼吧。"宗炜笑了笑，忽然伸手就从秦歌身上摸出一把枪来，秦歌根本连反应的时间都没有。

　　枪已经对准了黄娅琳，隔着两三米的距离。

　　秦歌吃惊，虽然知道宗炜绝不会伤害黄娅琳，但还是下意识地喝止："这是干什么？"

　　宗炜没有说话，回答他的，是一声枪响。

　　如果将时间放慢，秦歌就能看见子弹直直地向着黄娅琳飞去，黄娅琳不躲不闪，甚至没有任何的动作，子弹毫无悬念地击中她。

　　子弹"当啷"一声，掉在了地上。

第三十章
幻影白灵

云湖山庄地下室，宗炜打开了一个集装箱的门，秦歌再次看傻了眼。集装箱的三面箱壁前，全都是精密的电子仪器，中间有一个躺椅，椅背上还挂着一个头盔样的东西，上面插着好多导线。谁都想不到这集装箱外表看起来极其普通，里面却如此精细。

刚才，黄娅琳那身瞬间覆盖了全身的黑衣竟能挡住子弹的攻击，这已经令秦歌瞠目结舌，宗炜又告诉他，那身装备的功能还有很多，也许以后他能亲眼目睹。

秦歌当然不愿罢休，追问那身装备，也就是那两个镯子究竟是什么。宗炜简单告诉他，那是他迄今为止，最得意的一件作品。那镯子的材料，来自于一块古代陨石，似金非金，似铁非铁，坚硬无比。宗炜用了数年时间找到它的临界点，激活了它，改变其分子结构，并结合最新的纳米科技，将它制作成了一件攻击性非常强的武器。这过程非常复杂，就算简单地说，秦歌也听得似懂非懂，但他只要知道那件装备科技含量很高，具有极强的攻击性已经足够了。现在，他感兴趣的是，宗炜为什么将这件倾注了心血的发明送给黄娅琳。

当然，答案还要回到最初的问题上，宗炜说他跟黄娅琳是兄妹，黄娅琳已经不是黄娅琳，这些话听着高深莫测，秦歌非常迫切地要求宗炜给出答案。

然后他们就到了地下室，打开集装箱，黄娅琳躺到了中间的躺椅上，戴上那个头盔样的装置。宗炜坐到工作台前，娴熟地敲击键盘。秦歌和云磊目不转睛地盯着黄娅琳，不知道她又能做出什么让他们意想不到的举动来。

那边的宗炜这时忽然道："你不是问过我，那晚盗走黄娅琳的尸体，对她都做过什么吗？现在，我来告诉你答案。"

躺椅上的黄娅琳已经闭上了眼睛，仿佛睡去一般，而躺椅前面的空地上，居然出现了些斑驳的光点，片刻之后，那光点汇聚成了一个女孩，就算秦歌和云磊有了足够的心理准备，还是被吓了一大跳。

"这，这，这又是谁？"秦歌说话都有点结巴了。

"我叫宗婷，是宗炜的妹妹。"那女孩笑，上前一步，还冲着秦歌伸出手来，看意思要跟他握手。

秦歌下意识地伸手，却握了个空，他傻吧拉叽地再握，还是握空。他瞪着宗婷，结巴得更厉害了："你，你究竟是什么……"

"全息影像，就算你是个科技盲，对这个应该也不陌生吧。"

秦歌当然不知道现在的全息影像技术已经发展到什么阶段，但在科幻片里经常看到这项技术，利用眼镜装置实现的虚拟全息影像也已经开始流行。所以秦歌马上就明白，眼前的宗婷，只是个全息影像，并非是真的人。

宗婷看上去也就二十多岁年纪，短发，颇为干练，眉宇间还有些掩饰不住的俏皮。

"这到底是怎么回事，你能一次给个痛快话吗？"秦歌已经开始不满，冲着宗炜叫。

"这些事，黄娅琳也应该知道。"宗炜说。

躺椅上的黄娅琳睁开眼，看到周围的一切，开始颇为惊慌，后来看到秦歌，方才稍微放下心来。秦歌知道，现在的黄娅琳才是真的黄娅琳，于是立刻走到她边上，低声将方才发生的事跟她说了。黄娅琳的震惊可想而知，她盯着面前的宗婷，根本不能把她和自己联系起来。

"我必须郑重给你道歉，我在你不知情的情况下，就自作主张，在你的脑袋里，安装了一块芯片。今晚发生的一切你们觉得奇怪的事，都跟这芯片有关。"宗炜说。

秦歌和黄娅琳恍悟，这至少从技术层面上，解释了今晚黄娅琳身上发生的一切异常。

"芯片本身存储的信息有限，但它却能跟我的这套超级计算机相连，宗婷的大量信息，其实都储存在这计算机里。这块芯片能随时调取需要的计算机里的内容，这点你们应当可以理解，这相当于你们前几年所谓的云存储，又或者就是蓝牙功能。唯一的区别在于速度。"

"关键是你为什么要把芯片装到黄娅琳的脑袋里。"秦歌不想在技术问题上多纠结。

宗炜和宗婷互相看了看，宗炜的眼神里忽然流露出了些悲伤："因为宗婷已经死了。"

秦歌和黄娅琳怔怔无语，其实，他们已经想到了这种可能。

"在她弥留之际，我复制了她大脑内的所有内容。人脑容量究竟有多大，这绝对超出你们的想像，但我们早已经成功解决了这一难题，研发出了超级容量的存储装置。"

"所以，从某种意义上说，宗婷还活着，只是以另一种形式活着。"黄娅琳道。

宗炜点头："我可以像现在这样，随时和她进行交流。"

"那为什么又要把芯片装到她的脑袋里？"秦歌问。

"因为这样，她就能够像个真正的人一样自由活动了，有些事，不是待在计算机里能做的。更重要的一个原因是，芯片装到脑袋里，并不是想的那么简单，它还要跟很多神经元连接，从而能够像大脑一样发出指令，让身体与之配合。我虽然已经从理论上解决了这一科技难题，但在进行模拟实验时，却发现一个致命的问题，就是正常人根本无法承受这样的手术，也就是说，如果强行将芯片装到人的脑袋里，结果就是导致被安装者死亡。"

秦歌和黄娅琳面面相觑，至此，他们已经明白了所有的内情。黄娅琳当时已经死去，在她脑子里安装芯片，自然不用考虑她的生命问题。而古昊用治愈者的能力救活黄娅琳，同时也就激活了芯片。

"知道黄娅琳身患绝症不难，确认她死去也很容易，但你怎么知道古昊就一定能成功救活她？"秦歌很快抓住了其中的疑点。

宗炜想了想："我见过古昊，对他有信心，而且，谁做一件事，会有十足的把握？"

宗炜把芯片安装到黄娅琳的脑袋里，其实是赌了一把："如果不成功，宗婷照样会留在计算机里，我损失的不过是块芯片。如果成功了，芯片对黄娅琳的生活不会造成任何影响，只不过在需要她出现的时候，她才会现身。"

事实上，今晚是芯片安装之后第一次被激活，第一次，便成功地击退了试图绑架云磊的神力者。虽然如此，黄娅琳还是眉头紧锁，略感不安——无论谁知道自己脑子里还藏着另外一个人，都会有很多顾虑吧。

宗炜最后，带着宗婷，向着黄娅琳再次诚恳道歉。

黄娅琳犹豫了好一会儿，才问："这芯片，真不会对我产生任何的影响？"

宗炜郑重向她保证："我可以在芯片中加载一个小程序，保证只能由你来激活，要知道，只有激活之后，宗婷才能使用你的身体。"

黄娅琳又想了会儿，终于冲着宗婷勉强露出些笑容。这样，宗炜兄妹就知道，他们已经取得了黄娅琳的谅解。

"我呢？你们把我的事给忘了吗？"一直在边上沉默的云磊忽然问，"你们都是些什么人，今晚要杀我的人是谁？"

他要不说，这么长时间，大家还真把他给忘了。

秦歌又是习惯性地一巴掌扇他后脑勺上："放心吧，今晚那人没想杀你，否则，你当你还能坐这儿看了这么场大戏？"

"那我现在怎么办？"云磊还是不放心。

"你在这里歇一晚，明天回去，平常干什么还干什么。经过今晚的事，我想，要绑架你的人，不会再轻易有所行动了。"宗炜说。

"她要偏来找我呢？"云磊一根筋拧到底。

宗炜叹口气："你有那么炫酷的超能力，练好了，还怕有人来找你麻烦吗？"

云磊愣住，怔怔不语，显然已经在琢磨怎么练习自己的技能。

宗炜看到秦歌还在瞪着他，问："你还有话要说？"

秦歌重重地点头，忽然上前一把拉住他的胳膊："你妹，就是宗婷那身衣服，能替我做一身吗？"

古昊还是没有去仓库，去了，只怕又要费好些口舌应付长毛狗、章鱼等人，甚至，现在他连吴胖子都不想见。他只想一个人找个地方待着，或者喝一场、醉一场，然后，在酩酊之中，等待快递上门，打开张松寄来的包裹，迎接又一次天翻地覆的变故。

他已经能想到张松寄来的物件，一定非常重要。但当快递真的上门，递上包裹。他还是没有想到，包裹里只有一个包装得很严实的小盒子，小盒子里是根试管，装了一半血的试管。

古昊疑惑了，取出试管来反复端详，还是不明白这到底什么意思。

试管里是谁的血？张松为什么要把这血交到他的手里？这血的主人，必定和古昊有关，否则张松也不会说出真相背后的真相这样的话来。古昊忽然间悚然心惊，他已经想到，所有的真相都和他的身世有关，张松送来这管血，唯一的目的，就是解开他的身世之谜。难道这管血的主人，就是古昊至亲的人？

古昊再也按捺不住，立刻打电话给张松。所有的猜想，都必须得到张松的证实。但张松的电话却始终打不通，他一定知道古昊已经拿到了试管，这时候关机，显然是在刻意避开古昊了。他说过，真相背后的真相，需要古昊自己去探寻。

古昊想了想，又打电话给秦歌。振铃响了两下，忽然又挂断。

如果这血样真关系到他的身世，他不想在获知真相前，让任何人知道。所以，他现在唯一可以做的，就是去医院。

医院里，找到亲子鉴定中心，鉴定费让他掏空了口袋，还去取款机取光了卡里仅有的一点钱。采完血样，被告知三天后才能出结果，他悻悻地离开医院，走在街道上时，却忽然发现一下子不知道该去哪了。

电话响，来电显示是秦歌，秦歌一定是看到了未接来电打了回来。古昊犹豫了一下，拒绝接听。振铃很快再度响起，古昊再次拒绝。那边的秦歌显然跟他较上了劲，不停地打，他这边不停地拒绝。后来，他烦了，正想关机，忽然看到屏幕上显示的名字变成了黄娅琳。

这回，他犹豫了更长的时间，终于接听。

黄娅琳的声音很焦虑，问他在哪儿，为什么不接秦歌的电话，是不是发生了什么事，莫非跟昨晚他去见巫彭有关？所有的问题古昊都不想回答，他只说自己有点累，想回去休息了。他越是这样说，黄娅琳越是担心，追问他现在在哪儿，她立刻过来找他。古昊想了想，这城市里现在唯一可以去的，就是他租住的小屋。

黄娅琳推开小屋的房门，见到古昊蜷缩着身子躺在床上。她上前想跟他说话，却见他双眼迷离，嘴唇干裂起了皮。黄娅琳下意识伸手去试他的脑门，很烫。

古昊烧得厉害，却固执地拒绝去医院。黄娅琳没办法，只能出去买了退烧药，不停地用湿毛巾替他擦拭脑门，进行物理降温。

中午的时候，黄娅琳叫了外卖，古昊一口没吃。见他这样，黄娅琳也没有胃口。中间，她问了他几次，他什么都不回答，于是，黄娅琳便也不再追问。

到了下午，黄娅琳有些倦了，倚坐在床边打盹。这时古昊却忽然坐了起来，特别郑重地对她说："我想跟你聊聊。"

于是接下来一个多小时，黄娅琳静静地听古昊讲他昨晚和今天经历的一切，从古汉元讲述他的身世，到上午医院里做的亲子鉴定。她这时才明白，古昊经历的虽然不像她昨晚那么惊心动魄，但实际上，它却颠覆了古昊的整个世界。

"你在担心什么呢？就算你是巴族人又有什么关系呢，你还是那个古昊，没有人会因为你的身世，改变对你的看法。"黄娅琳说的是真心话，但听起来却像是安慰。

古昊摇摇头，面色凝重："真相背后的真相，会是什么？"

黄娅琳愣住了，如果真相背后的真相就在那只试管的血液里，那么，什么样的结果，才能称得上真相，才值得巴图和巫彭去隐瞒？

"你是怀疑试管里血液的主人是……"黄娅琳犹豫着，还是没有说出那个名字。

古昊却重重地点头："没错，只有一个人的血，才能让张松如此郑重，才能让巴图和巫彭费力去隐瞒，才能把这些事全都串联起来。"

黄娅琳惊愕得说不出话来，如果事实真如古昊猜测的那样，那么，古昊便处于漩涡的中心，巴族这一场历时数十年的纷争，他是无论如何，也避不开了。

白灵睁开眼，便看到了坐在床边的张松。

张松看起来非常淡定，他一定已经从医生那里知道了白灵并无大碍，只要将养些时日，便能康复。

白灵忽然觉得很羞愧，因为在她眼里非常简单的一件事，她昨晚却搞砸了。

"昨晚的事，只是个意外。"张松已经敏锐地捕捉到了她的情绪，"如果不是那个警察和黄娅琳突然出现，你一定已经将那个神力者带了回来。"

"那个警察开枪打了我。"白灵疑惑不解，"一个普通人开枪怎么能打中我，我的速度怎么会在关键时候消失，这里面一定有什么问题。"

张松点头："放心吧，我一定会把这些事搞清楚的。"

白灵还想说什么，忽然眉头微皱，显然腹部的伤口弄疼了她。

"我不会忘记那个开枪打我的警察，如果要对付他们，一定把那个警察留给我。"白灵恨恨地道，"还有黄娅琳，要不是她踢了我一脚，那警察开枪也未必打得中我。"

张松心里叹口气，白灵已经二十二岁了，但很多时候会给人心智不成熟的感觉。张松曾经想是不是自己把她宠坏了，但想想这些年一直把她当女儿看待，老爸宠着些闺女，这难道不是天经地义的事？！

"等我伤好了，我一定找他们算账。"白灵吃了一回亏，便耿耿于怀。

"好了，先别想那么多，把伤养好要紧。"张松拍拍她的肩膀，便离开了病房。

坐在书房里，张松隐约觉得有些不安，因为昨晚的事情里，出现了他所不了解的情况，不了解，便无法掌控，而他又绝不允许这次的计划出任何的差错。所以，想了一会儿，他决定加快计划进行的速度，免得夜长梦多。

而这个计划中最关键的人物，他却多少对他还有点不放心。不过，他相信，在计划推进的过程中，他一定能够做出正确的判断。

到了晚上，张松出门给白灵买了些吃的，打算给她送过去，这时候，忽然接到白灵所在病区护士长的电话。

"白灵不见了。"护士长的声音焦急且不安。

张松吃了一惊，他太了解白灵的性格了，想到她上午的表现，立刻猜到她一定是不忿昨晚吃了大亏，忍不住要出去找秦歌、黄娅琳，把吃的亏讨回来。

张松有些不悦，这丫头做事太莽撞。黄娅琳突然之间变得高深莫测，秦歌干警察这么些年一定也有过人之处，白灵虽然能力了得，但找他们的麻烦，未必能讨得了好。张松无论如何也不愿白灵再发生什么意外。

张松联系白灵，未果，她显然故意切断了和他的联系。张松犹豫了一会儿，决定找古昊，把这里面的误会告诉他，让他去调停白灵和秦歌、黄娅琳的矛盾。

电话摸出来，最后摁拨出键时，他又停下。他忽然想到，白灵去找黄娅琳和秦歌的麻烦，说不定是个机会。

黄娅琳在下午的时候，也向古昊讲了昨晚自己的经历，古昊震惊于黄娅琳脑子里的芯片，又慨叹现代科技已经发展到这么先进的地步。他再三确认黄娅琳身体并无异常感觉之后，仍不能完全放下心来。他向黄娅琳提出一个要求，就是带他去见宗炜。

毫无疑问，宗炜就是那个他在街道中央见过的长发男子，没想到他的身份竟然是官方机构负责人，就连秦歌都是他的下属。

宗炜无疑算得上一个极其神秘的人，古昊想见他，无非只想满足一下自己的好奇心。黄娅琳打了个电话给宗炜，宗炜表示非常欢迎古昊造访，他也早就想找个机会和古昊正式见面了。黄娅琳问什么时候去找宗炜，古昊忽然对此又没了兴趣。

"有件事，我差点忘了。"古昊说，"我必须离开云城几天。"

黄娅琳有些意外："你想去哪儿？"

古昊说了一个城市的名字，黄娅琳立刻想到了他要去做什么。不久前，她和古昊曾一块儿去过那个城市，敲开一扇门，见到一个身患脆骨症只能躺在床上的女孩。之后，黄名堂在临终之际，恳请古昊如果能够寻得治愈者，一定去那个城市治好他的亲生女儿。

"我和你一起去。"黄娅琳毫不犹豫地道。

古昊眼珠一转，居然笑了笑，说他忽然有了一个主意，如果他能复制云磊瞬移的技能，那么去哪儿都只是眨眼间的事了。看到他的笑，黄娅琳也挺高兴，这一整天，古昊都情绪低落，难得这会儿心情好一点，当即便和古昊去找云磊。

云磊躲在家里，非常小心地确定了敲门者的身份后，才给他们开了门。

"真担心昨晚那个人再回来。"跟他们俩在一起，云磊显然放松了不少，他说自己一整天都关在家里练习空间穿越的技能，但全无收获，根本移不了。

古昊挺失望，云磊控制不了自己的技能，他就没法复制。看来，只能坐火车去那个城市了。这时候，古昊忽然想起第一次见到云磊时，曾用黄娅琳的读心术，看到他被人殴打的画面，便问他那是什么时候的事。

这时候云磊已经知道了黄娅琳的读心术，以及古昊可以复制别人技能的事，所以并不奇怪，但对古昊提到的问题，却怅然缄默。这时候，就算他不说也没关系，古昊和黄娅琳都有读心术，很快就知道了事情的原委。

云磊大学毕业后，四处求职，处处碰壁，最后，自行创业，租了个门面开了家面馆。他从网上搜集了各地数十种面条的做法，改良加工，反复实验，终于做出令自己满意的口味。面馆开张后，生意兴隆，云磊也把面馆当成了自己的事业，计划一年后推出连锁店计划。但是，一个多月前，他去面馆，忽然发现门被锁了。原来房东见到面馆生意红火，打算自己也开家面馆，所以单方面撕毁和云磊的租房合约，勒令他搬出。云磊当然不答应，两方起了争执，结果就是房东找了几个社会上的混混，把云磊打到吐血……

"如果我练好了超能力，第一件事就是半夜移到那孙子家里去。"云磊恶狠狠地伸出双手做出掐脖子的动作。

"超能力可不是让你用来做坏事的，忘了我跟你说过的话吗？"古昊瞪他。

"我这不叫做坏事，就是给他点报应。"云磊分辩。

"你这就是狡辩。"古昊看着云磊委屈的表情，忽然笑了笑，上前勾着他的肩膀，在他耳边低语了几句，云磊精神一振，脱口而出："真的？"

边上的黄娅琳狐疑地瞧着他们俩："你们俩这一嘀咕，肯定没什么好事。"

古昊和云磊一起冲她笑。

"不行，不管你们要做什么，一定得把我带上。"

那俩人互相看了看，古昊皱着眉头道："你要去了，淑女形象可就荡然无存了。"

越是这样说，黄娅琳越是感兴趣。古昊先打了个电话，然后带着黄娅琳和云磊，赶到了约定的地点，没一会儿，等来了吴胖子和章鱼。那哥俩挺兴奋，摩拳擦掌，章鱼还从兜里掏出几双丝袜来，黄娅琳不解，章鱼直接套头上去："现在哪都有监控，这样就不怕被拍到了。"古昊、吴胖子、云磊都对他的幼稚举止不屑一顾，但他仍然坚持蒙面夜行："你们被拍下来让公安抓了，可千万别把我供出来。我爸有心脏病，我孝顺，怕他受不了这打击。"吴胖子直接上前把他脑袋夹胳肢窝里，冲他吼："闭上你的鸟嘴。"

嬉嬉哈哈之间，一行人埋伏到了一个小区一幢楼的外面，期间避开保安的巡查，等了大概快一个小时，云磊指着一个停好车出来的男人道："就是他。"

古昊没说话，吴胖子和章鱼已经冲了出去。

那男人还没反应过来，已经被吴胖子一拳打在眼眶上，身子晃了晃还没站稳，章鱼又一脚踹在他小肚子上，直接将其踹翻在地。然后，古昊和云磊也到了。

那男人已经被揍成了猪头，云磊还没过瘾，忽然听到不远处的黄娅琳叫了声："快跑！来人了。"

抬头看，果真见到两个保安正往这边来，古昊拉着云磊，招呼吴胖子和章鱼，四人撒腿跑，黄娅琳也从边上跟了过来。

"你不跑，没人会把你当成我们一伙的。跑，就全暴露了。"古昊埋怨她。

"有福同享，有难同当。"黄娅琳明显很兴奋，"碰到你们，我算学坏了。你们这帮坏小子，可不能把我教坏了就丢下我不管。"

这话在古昊心里，居然有那么一丝感动。他悄悄拉住她的手，低声道："这辈子，我都不会再把你丢下了。"

　　黑暗中，黄娅琳眸光闪亮，暖了古昊的心，也暖了她自己。

　　奔跑中，云磊不忘向古昊说谢谢，总算报了仇，解了心头的结。古昊不在乎地道："我这就是告诉你，有些事，不一定非得用超能力来解决。当然，背后敲黑棍这事也不对，可偶尔错上一回，咱们扛得住。"

　　小区的保安全都是白头发的退休老大爷，哪追得上他们这些人。很快把保安甩开，刚出小区大门，两辆警车忽然呼啸而来，把他们堵住。想来应该是有人报了警，派出所离这小区挺近，人民警察效率挺高，直接把他们几个给堵住。

　　古昊、吴胖子、章鱼，还有黄娅琳，乖乖地听警察话蹲了下来，这时候，大家忽然同时发现，云磊不见了——云磊本来就夹在几个人中间，不可能自己溜了。

　　古昊和黄娅琳对视一眼，立刻想到，云磊把自己给穿越走了。

第三十一章

火兽之杀

郭勇找到了新工作，在一家夜店里喝酒。

酒谁都喝过，但没谁像郭勇那么喝酒，他当着夜店老板的面喝了一回，老板当即拍板，高薪聘了他。当时很多人都挺奇怪，喝酒也能混到高薪，太神奇了，特别是夜店里那些唱歌的、跳艳舞的，心里多少还有点酸溜溜的。今晚郭勇第一天登台，大家都抱着瞧热闹的心情，要看他到底能把酒喝出什么花样来。

郭勇抱着一个大盆就上台了，主持人宣布规则，大家可以随意往盆里倒酒，但要支付一定的费用。第一盆，每杯十元，第二盆，每杯二十，到第三盆，每杯五十，以后再倒，只要不低于五十，随便给。如果郭勇喝倒了，双倍奉还之前的所有费用。

玩夜店的人，大多不在意那点酒和钱，瞧热闹的不怕事大，大家争着往那盆里倒酒。三盆过后，郭勇已经有了些醉意，两腮通红，双眼迷离，站那儿身子有点飘。看客们起劲了，都觉得再来一盆他就得趴下，于是争着上前倒酒。谁知道这郭勇越喝越清醒，前后加一块儿，连喝了八盆，喝得脸也不红了，双眼也有神了，就算金鸡独立站那儿也不晃了。这回，大家算服了他，喝彩加起哄，送了他一个酒神的绰号……

当晚，郭勇离开夜店，心情特别好。以前喝酒花钱，现在喝酒赚钱，还能赚大钱，这简直就是天上掉下来的好事。他开始计算着一个月后、一年之后能赚多少钱，想想有了钱可以做的那些事，他心里乐开了花，嘴上还哼起了小曲儿。

他根本就没提防后面有人跟着他，直到那人追到他后面，伸手拍了拍他的肩膀。

他回头，看到这人满脸络腮胡子，却剃了光头，身材魁梧，肚子挺大，巴掌伸出来，好像都比别人大上一圈。

郭勇确信自己不认识这个人。

"有事？"现在的郭勇自觉腰杆比以前直了许多，要换以前，他肯定不会这样问。

络腮胡子点了点头。

郭勇笑笑："有事赶紧说，没事我还要回去睡觉。"

络腮胡男人一字一顿吐出两个字来："杀你。"

郭勇听清楚了，却没听明白："你说什么？"

络腮胡男人没有回答他，他忽然闻到些焦煳的味道，然后，就看到自己的胸前有火光。大骇之下，他想伸手拍打，却发现两只手臂也跟着烧了起来。

郭勇很快就变成了一只火球。

络腮胡男人走到一边，静静地看着他燃烧，看他倒地，最后变成一堆焦炭。

派出所里，古昊、吴胖子他们，已经和值班的两个小警察聊得热火朝天，还约好了出去以后，找时间一块儿喝酒撸串。那个被打的男人恶名远播，早就在派出所里挂了号，这回被打，警察都觉得打得好。当然，心里话不能说出来，打人终归犯了法，该怎么处理还得怎么处理。黄娅琳对派出所里的一切都觉得好奇，问小警察他们什么时候能出去。她昨晚就没回家，今晚再不回去梳洗一番，只怕身上要臭了。小警察吓唬她，说天亮了直接拉看守所，至少得关三个月。黄娅琳还真就信了，沮丧了一会儿，看古昊他们满不在乎的样子，生疑，用读心术知道真相，又笑了。

后来，黄娅琳想到了秦歌，没想到有个小警察还认识，帮他们打了个电话，秦歌没多一会儿就来了。秦歌电话联系了他们所长，然后把电话交到一个小警察手里……

离开派出所的时候，吴胖子、章鱼和两个小警察依依惜别。

现在最兴奋的要属黄娅琳了，提议都去仓库酒吧，她请大伙儿喝酒，庆祝她生平第一次进派出所。

这时候，秦歌手腕上的小蟋蟀又开始叫，他赶紧闪到一边去。古昊和黄娅琳立刻知道又有超能者出现，但古昊却没有任何感应，这令黄娅琳感到奇怪。古昊悄悄告诉他，自己从早上拿到那个试管开始，就关闭了自己的超能力——他实在没有心情再去过问别的事。

仓库显然去不成了，古昊搂着吴胖子和章鱼的肩膀，谢他们今晚出手相助。这俩人看出古昊有事要做，吴胖子或许还跟章鱼透露了点什么，所以，俩人在派出所里，并没有过多在意云磊的突然消失。现在，他俩很豁达地让古昊去忙自个儿的事，只是，有时间别忘了回仓库跟老朋友聚聚。

秦歌面色凝重，在车里打开手表的全息影像，让古昊和黄娅琳看事发地的实时图像。他们都不敢相信，那团燃烧的火球竟然会是个人，还有站在火球边的一个络腮胡男人。监控探头不算很清晰，但络腮胡男人的特征却很明显。

"现在赶去现场，也阻止不了发生的事。"古昊只淡淡说了这么一句，便径自拉开车门，下车走了。

秦歌奇怪古昊的反应，黄娅琳只能飞快地跟他说一句"改时间跟你说"，便跟了下去。

秦歌料到有事，但还是不满意古昊的态度，哼一声，开车走了。

古昊在前面走，黄娅琳打后面追上来。两人一时居然无语。

默默往前走了一会儿，还是古昊先开口："我现在，只想做点自己想做的事，做点普通人能做的事。"

"我理解。"黄娅琳低声道——她是真的理解，医院的鉴定报告出来之前，古昊的内心一定非常忐忑，也承受着巨大的压力。这种情况下，逃避会成为他下意识的选择。

两人又默默往前走了一段，黄娅琳忽然想起什么："坏了，我们把云磊给忘了。"

云磊在警察堵住众人的时候，忽然消失不见，然后这么长时间，大家竟真的把他给忘了。古昊当即给他打电话，过了好一会儿，电话里才传出云磊带着哭腔的声音："这是在哪呀，到处乌漆墨黑的，我这是把自己给移哪去了？"

黄娅琳耳朵凑在手机边，想憋没憋住，一下子笑出声来，古昊也有忍不住的笑意。

"别管在哪儿，你再移回来不就成了。"古昊说。

"你当我不想，我要能移才行吧。"云磊的哭腔更重了些，"我已经试了无数回，关键时候掉链子，我又没法移了。"

这回，连古昊都忍不住笑出声来。

"那你就慢慢走回来吧。"古昊道，"这回，真帮不了你了。"

第二天一早，黄娅琳买了早点，赶到古昊租住的房子，古昊已经走了。她给他打电话，得知他已经到了车站。

"我觉得这才是我应该做的事。"古昊说。

黄娅琳埋怨他不该一个人去，让他等会儿，她立刻就赶过去，但古昊却说不用了，车马上就要开了，他只想一个人安静几天，转换一下情绪，让她不要担心。

挂断电话，黄娅琳想了想，就释然了。最起码这几天，古昊能够置身事外，不受那些超能者事件的影响。他想好了，想通了，自然会再回来。

黄娅琳想起昨天秦歌的不满，便给他打了个电话。秦歌的声音听起来挺疲惫，他的装置刚才再次报警，发现超能者的行踪。这回因为所处位置较偏僻，没有影像资料，但根据电波频率，判断其中有个人正是昨晚的纵火者。秦歌第一时间打了古昊的电话，但古昊却拒绝接听。

"古昊怎么转了性子，以前拦都拦不住生往上扑，现在又对这些事不闻不顾。他到底受什么刺激了。"秦歌非常不满古昊的行为。

黄娅琳知道有必要跟秦歌解释一下发生的事，便约好了见面地点，待秦歌从现场回来后，两人见面详谈。

秦歌开车赶到现场，那是个城郊结合部的出租屋，有个男人被烧死在屋外。火已经被扑灭，人已经成了黑糊糊的一截焦炭，附近的一些群众围观，又不敢靠前。当地派出所的两名警察维持秩序，等待刑侦队的人来勘察现场。

秦歌亮明身份，现场询问了两名目击者，大家表述相同，都曾在案发现场见过一个络腮胡子的壮硕男人，但谁也说不清那火是怎么烧起来的。

刑侦队的同志到了，秦歌只淡淡地和他们打个招呼就离开了。

秦歌跟黄娅琳碰了面，开车载着她一块儿去云湖山庄，路上，黄娅琳跟他讲了古昊这几天经历的事，秦歌对他是巴族人已经非常震惊，对血液检测报告的猜测更让他惊到说不出话来。这样，他也理解了古昊的异常表现。

到了云湖山庄，宗炜已经在等他们了。

从昨晚到现在，已经有两个人被火烧死，现场都发现了超能力量，因此可以确定这属于神力者事件。根据前一名死者郭勇死亡现场的监控视频，以及后一起死者死亡现场目击证人的证言，可以确定嫌疑人就是那个满脸络腮胡子的男人。

第一名死者郭勇，之前一直从事体力劳动方面的工作，不久前刚在一家夜店谋得份差事，昨晚是他第一次登台表演，据夜店工作人员介绍，当晚他至少喝了八盆各种混合在一起的酒，且毫无醉态。因此初步怀疑，他可能也是个神力者，他的技能是千杯不醉。

第二名死者叫李灿，职业为一个草台班子的演员，该草台班子主要替一些企业，利用周末，在小区或者下乡表演，同时销售一些性能可疑的产品。李灿表演的项目是扑克魔术，他让观众从整副牌里抽出几张，只看背面就能猜到牌面点数。很多人猜测可能是牌上做了标记，但就算你用手掌将整张牌背面遮住，他还是能猜对。据此推测，这可能真的是魔术，但也可能是种透视的技能。

这两个人都因为职业关系，展现过他们的与众不同之处，如果有人刻意寻找超能者，很容易便能盯上他们，因而推测这也是他们成为目标的原因。那个络腮胡子杀人者，不难判断他的技能就是能够控制火，根据监测到的脑电波强度，他的能力已经很高了。现在当务之急，是找到这个络腮胡子超能者，尽快控制他，弄清楚他杀人的动机，阻止他再次杀人。

市局刑侦队已经展开调查，宗炜跟相关人员取得联系，明确表示这两起案子由特别行动小组接管，对方虽然颇有情绪，但最后还是表示服从特别行动小组的绝对权力。

"就靠我们，行吗？"秦歌看起来信心不足，他抬起手，露出腕上的那块表，"就靠你这小装置，就想我去跟超能者硬拼，你也太高看我了。"

宗炜承认，这确实有点难为秦歌了："但是，如果按照我的计划，我们根本不用干涉任何神力者事件。我一开始就说过，我们的任务是观察和记录。"

"那还要你这特别行动小组干吗？！你不过问，为什么又要从刑侦队手里把活接过来。"

"让你那些同事，正面跟这些神力者发生冲突，会有什么结果？"宗炜看起来挺无奈，"现在我们看到的，只是一个神力者，也许你那些同事还能应付，但这一个神力者背后，还会藏着更多的神力者，矛盾激化，冲突升级，可能造成的后果，你想过吗？"

秦歌微怔，一时哑然，但他仍然坚持："既然把案子接下来了，咱们就得负点责任，不能任由那个会放火的超能人继续害人。"

"所以，这就得看你的本事了。"宗炜笑笑，看起来还很轻松。

"你是这个特别行动小组的负责人，你不能什么事都推我身上。"秦歌凑过去，"你那么大本事，连亲妹妹都能装到黄娅琳的脑袋里，这得多高科技呀，你就不能发明点什么超级武器，最好是我这边一摁按钮，对方立马就能倒地昏迷不醒那种，再不济，你妹那套衣服，给我整一身也行。"

宗炜又笑笑，忽然想到什么："还真有件武器你用得上。"

秦歌惊喜，宗炜煞有介事地将一根电警棍交给他，秦歌当个宝似的拿在手里把玩，追问这货有什么功能，宗炜老老实实回答，就是根电警棍，能放电，也能当棍使。秦歌泄了气，随手把它扔一边去。

"你可别小瞧了这电警棍，它能瞬间释放600万伏以上的强电压，谁碰上了都得趴下，这可是对付神力者最佳武器。"宗炜解释，"我这儿还有电击枪，你想要，也给你一把。"

秦歌开始赌气不想要，但后来想了想，还是都拿了过来揣兜里。

秦歌还不死心，又凑黄娅琳跟前："要不，咱们商量一下，你那两个镯子，借我玩几天？"

黄娅琳没说话，宗炜已经抢着道："给你也没用，那套装置跟芯片联动，只有宗婷能够激活。"

秦歌眼珠转了转，又有了主意，转身搂着宗炜的肩膀："那我再跟你商量点事，咱这特别行动小组，要对付那么些超能者，你不觉得力量单薄了点吗？"

宗炜盯着他，不明白他什么意思。

"我说咱们这里还招人吗？"

宗炜立刻笑了，看了看那边的黄娅琳："就算招人，我也不能到报纸上发招聘广告。当然，如果你要想推荐黄娅琳，那得先问她愿不愿意。"

黄娅琳愣住了，但随后便态度坚决地表态："我是死过一回的人了，古昊救活了我，我就知道我得做点什么……"

秦歌得意地冲着宗炜笑："说过的话可不能后悔，这事，就这么定了。"

宗炜冲着黄娅琳道："其实，把芯片装到你脑子里的那一刻，你就已经是咱们特别行动小组的人了，我一直在等待机会，等你做好准备。"

"我已经准备好了。"黄娅琳重重地点头。

宗炜又露出他柔和而温暖的笑容："好吧，那现在，让我们一块儿，拿下那个玩火的家伙。"

现在，在夜色里贴着墙壁往上爬的年轻人叫做左健，无疑，他也是名超能者，他的技能，就是双手双脚能够吸附住任何物体。没错，他感觉自己就像壁虎，可以徒手爬上这城市的任何一座高楼。

白天，他是家广告公司的设计师，夜深人静的时候，他会换上自己特制的紧身衣，像个壁虎，沿着事先踩好点的大厦的墙壁，一点点爬到大厦顶上。他曾经有很多梦想，自从发现拥有这种特殊的技能后，他开始想像自己能成为一名劫富济贫仗义锄奸的侠客，但是，很快，他就失望地发现，这种攀爬的技能其实并没有太多的用处。

有一段时间，他几乎要放弃使用这种技能了，直到后来，他开始渴望站在城市最高处的那种感觉，接着，又从攀爬本身找到了乐趣。

今晚，他再次爬到一幢大厦的顶上，照例用随身带的喷漆，在一个不显眼的地方，喷上自己设计的标记。这样，在他看来，他又征服了一幢高楼。现在，他已经习惯了在这种征服中找到快乐。

再次吸附到墙壁上，慢慢下行，回到地面。这时候，他忽然听到了一些奇怪的声音，像是有人粗重的呼吸，然后，他看到一处黑暗里，忽然出现了一个满脸络腮胡的粗壮男人。那男人样子粗犷，喘着粗气，大步向他走了过来。

左健非常警觉，意识到来者不善，飞快地沿着墙壁往上爬，爬了大约三四米高才停下，转头盯着下面的络腮胡。

络腮胡男人冲他挥了挥手，他皱眉，以为碰上了多事的人，试图阻止他的攀爬行为。但这时候，上方忽然传来一片光亮，他抬头，吓了一大跳，上方楼面，竟然开始出现一团火。光溜溜的墙面居然能着火，这简直太奇怪了。而且，那火竟像条蛇，分成两截，迅速自上而下，呈弧形开始蔓延。在左健目瞪口呆之际，那火蛇已经以他为圆心，烧出了一个火环来。

左健吓傻了，他已经被困在火环之中，无路可去。这时，他听到下面的络腮胡发出些笑声，低头看下去，只见他环抱双臂，满脸得意，看他就像猫看着老鼠。

突然，络腮胡男人警觉地注视着一侧的方向，一团火球毫不犹豫向着那个方向袭去。那边的黑暗里，秦歌纵身跃开，堪堪避过火球。

其实，方才秦歌本有机会将络腮胡一枪毙命，但警察的本能让他没办法做出偷袭这种事来，即使面对的是十恶不赦的坏人。而且，他还想弄清楚，这络腮胡专找超能者下手的目的，以及背后是否还有别的阴谋。他决定用电击枪将之拿下，但电击枪有效范围却只有数米，所以他只能悄悄逼近，孰料还是让络腮胡男人发觉。

秦歌稳住身形，络腮胡男人的火球又连接袭来，他只能慌忙躲避，有心使用腕上的装置让对方暂时失去能力，但又恐自己在慌乱之中无法一招制敌。那装置对敌只能使用一次，所以，他也只有唯一的一次机会。

危急之际，一道黑影从络腮胡男人身后蓦然凌空飞起，去势如电，络腮胡男人警觉回头，脸颊上已经被踢中。这一脚力道巨大，络腮胡男人后退数步还是摔倒在地。秦歌身经百战，当然不会放过这样的机会，举枪射击，电击枪里的电极飞镖迅速射中络腮胡男人，他的身子颤抖，随后便一动不动，显然晕了过去。

秦歌悻悻地走到他边上，踢了他一脚，这才吁了口气。踢中络腮胡的黑影这时也站到他边上，正是黄娅琳——应该说是宗婷，她身着那件神奇的可挡子弹的黑衣，看起来精悍矫健。他们两人还没来得及说话，就听见后面传来左健的大叫。

火环已经逼近左健，他的身子蜷缩在一起，仍然感觉到了被炙烤的疼痛。

秦歌和宗婷相视一笑，走到墙边，宗婷大声道："想活命，就跳下来。"

左健离地高度足有四五米，跳下，就算摔不死，也得断几根骨头。但这时，他已经没有别的选择，断骨头总比变成烧鸡要强。遂眼一闭，往后纵身一跃，在他即将坠地的时候，忽然感到屁股上被人踹了一脚，他痛哼一声，这一脚力道奇大，他的身子已经从下坠之势变成水平跌去，落地时虽然也摔得不轻，但庆幸没有受伤。

那一脚自然就是宗婷所为了。

左健心有余悸，特别是对络腮胡要烧死自己仍感恐慌，这时艰难地起身，惊疑地问他们是谁，那边会放火的家伙又是谁。这问题回答起来会非常麻烦，秦歌正考虑怎么说，边上的宗婷已经抢着道："那人因为你是个超能者，所以要杀你，我们也因为你的超能力，所以救了你……"

话没说完，左健忽然又露出恐慌的神情，手指着他们背后，要说的话在喉咙里打转却发不出声来。秦歌和宗婷警觉，立刻回身，只见倒地的络腮胡男人已经慢慢站了起来。他这么快就苏醒，显然出乎所有人预料，而且，络腮胡起身后，毫不犹豫向着他们冲来，双手晃动间，火球接二连三向这边飞来。

秦歌和宗婷只能奋力闪避，身后的左健动作稍缓，已经被火球击中，身子瞬间燃烧起来，发出凄厉的惨叫。秦歌和宗婷根本无力去救援，甚至，秦歌的后背都已经被火球擦过烧了起来。秦歌摔倒在地，一边摁下腕上那个装置的按钮，一边仰面朝天压灭背上的火焰。

络腮胡双手击出，忽然发现火球消失，他当然不知道自己的能力只是暂时被抑制，惊疑之际，宗婷终于抢得机会，纵身欺近，一拳击中他的脸颊。络腮胡男人向后退了几步，身形还未稳住，又被宗婷一脚踢中，这一下，他重重摔倒在地。面对着再次袭来的宗婷，他下意识地双手击出，消失的火球又回来了，宗婷这一下，等于是迎着火球撞去，再想避，已经不及。两个火球正中宗婷胸口，瞬间，宗婷的身子开始燃烧，身后的秦歌发出一声惊叫，举枪射击。络腮胡男人早有防备，缩身躲过。秦歌已经顾不上许多，这回，掏出警用佩枪，毫不犹豫地接连扣动扳机。

络腮胡男人纵身翻腾躲避，但还是被击中。这时，已经被大火包围的宗婷，身上的黑衣忽然自行收起，露出里面的紧身便装来，那火自然也就灭了，但就算如此，裸露在外的胳膊和脖子等地方，已经变得通红，显然受了灼伤。

络腮胡男人知道今天已无胜算，加上他已经杀死左健，算是完成了任务，遂无心恋战，掉头就走。秦歌打尽了弹匣内的子弹，又担心宗婷的安危，加上自己也受了伤，也就无心追赶，只能眼睁睁看着络腮胡跑掉。

这时，身边的宗婷忽然软绵绵地倒下了，秦歌慌忙将她抱住，只见她双目紧闭，已然昏迷。秦歌大惊，奋力将她抱起。耳边忽然响起密集的警笛声，数辆警车呼啸而来，将他围在中间。

第三十一章　火兽之杀

第三十二章
三个信封

古昊在医院，取了血液鉴定报告，低头看了会儿，就把它收进了兜里。他的心情很平静，根本没有预想中的那么震动。

他回到云城，还没有跟任何人联系，现在，他很想去见黄娅琳，却又犹豫，不知道站在她面前时，如何向她说起此行的结果——

当他再一次走进那条小巷，敲响那扇门前，心里多少有些期待，期待看到卧床多年的女孩能够站起来，像许多同龄的少女一样，走在阳光里，露出璀璨的笑容。他知道自己能够做到，所以，对那样一个时刻充满期待。

门开了，依然是那个老太太，短短一个多月，她却像老了十岁，而且，她的眼神软绵绵的，再无任何的光彩。那瞬间，古昊的心就沉了下去。

床已经空了，床上的女孩已经不见。几天前的一个夜里，她平静地离开了这个世界，真的很平静，脸上没有丝毫的痛苦，相反还带着丝甜美的笑容——她一定做了一个让她无比快乐的梦，然后就在梦里启程，去往一个美丽的地方。

守着女儿尸体的老太太没有哭泣，而是拉着她的手，喃喃说了一整天的话。她并没有太多的悲伤，因为知道，自己和女儿重逢的日子并不遥远……

踏上归程的古昊其实内心无比沮丧，如果，他在治愈黄娅琳之后，直接便赶来这里，一定能够改变这对母女的结局。错过就是错过，他已经再无法挽回。他忽然想到，人这辈子，究竟要错过多少事关生死及命运的时机，而当最终弥留之际回想，那些生命中不能承受的灾难和困顿，其实又算得了什么呢？

血液鉴定报告的结果，已然证实最初的猜测，无以言表的复杂滋味，竟让他觉得这一切其实并没有什么意义。现在，他只想赶到黄娅琳身边，告诉她，他不想错过跟她在一起的每一分每一秒。

打电话给黄娅琳，得知她在一个叫云湖山庄的地方，古昊毫不犹豫马上赶过去。

云湖山庄门口，等待他的，是那个长发肤白，眼神无比柔和且温暖的年轻人。古昊站在他对面好一会儿，这才开口道："我们见过。"

宗炜点头："所以，我对今天我们的再次见面，充满期待。"

古昊听出他话中有话，但现在无心细究，只想尽快见到黄娅琳。宗炜知道他的心情，立刻带他去了二楼的一个房间，黄娅琳还躺在床上，身上盖着薄毯，脸都藏在薄毯下面。古昊狐疑地问她怎么了，黄娅琳慢慢把头露出来，古昊吃了一惊，黄娅琳脸上看起来伤痕累累，有些地方偏红，有些地方蜕了皮，露出里面白嫩的肌肤。

"怎么回事？"古昊急切地问。

黄娅琳淡淡地笑："没事，医生说，过几天就能恢复。"

另一个房间，古昊见到了趴在床上的秦歌。他之所以趴着，是因为半个后背都严重烧伤，涂了药膏。

"谁干的？"古昊问，不等秦歌回答，他已经知道了答案，"那个纵火者？"

秦歌向他讲述了发生的事，古昊怔怔地听着，那种错过的感觉又开始困扰他。那天晚上，秦歌要他一块儿去查看纵火者第一次杀人现场，他拒绝了，且在第二天便离开了云城。如果他当晚去了，或者没有离开，也许黄娅琳和秦歌便不会受伤。

有些事错过便无法挽回，但有些事，却可以重新来过。古昊这一刻已经非常后悔之前的逃避，一次逃避很可能就是一次伤害，然而不是每次伤害，都能弥补。

古昊说："我知道怎么找到那个纵火者。"

黄娅琳在房间里等古昊，她知道，古昊一定有很多话要对她说。但是，过了好久，都没见到古昊来，黄娅琳出去找，却见到秦歌坐在门外。

"古昊让我告诉你，他去找那个纵火者了。"秦歌走到黄娅琳边上，将一张折叠起来的纸递过来，"他还让我把这个交给你。"

黄娅琳接过来展看，结果并不让她感到惊讶。

那张纸是古昊从医院取回来的血液鉴定报告，两份血样吻合度为99.99％，也就是说亲子关系成立。张松送来的那份血样，果真来自于古昊的父母。

张松如何能有古昊父母的血样？唯一的解释，就是他不仅知道古昊父母是谁，而且，和他们关系密切，才能非常便捷地采集到血样。

古昊的父母究竟是谁？现在，每个人心里，似乎都有了答案。

古昊在茶楼里等了好长时间，巫彭才推门进来。

"我想知道那个纵火者是谁。"古昊开门见山，"这城市里，只有你有动机杀死那些超能者。"

"那你说说我的动机是什么？"巫彭笑眯眯地坐到了他的对面。

古昊怔一下，随即大声道："不管你的动机是什么，我只想找到那个纵火者。"

"你现在连我的动机是什么都不敢面对了。"巫彭从容倒茶，语气里有些淡淡的讥诮，"我可以再提醒你一次，我的动机是阻止灾难，拯救这座城市。"

"根本就没有什么灾难，这些都是你们编出来的，为杀人找借口。"古昊道。

巫彭苦笑："看来这些日子你认识了些新朋友，他们可能对你说了些什么，但你凭什么就相信他们，认定我在撒谎？就因为你不愿看到灾难发生，就骗自己，宁愿它真的不存在？"

古昊语塞，但还是态度坚定地道："阻止灾难，未必就要杀人。"

"这些神力者，本就不该存在于这个世界上。他们的能力，会给这世界带来不可估量的伤害，他们的存在，对这个世界来说，本身就是场灾难。"巫彭还是不愠不怒，"就像我们的部族，早在几十年前，就有人提出，族人应该融入到外面世界中去开始新的生活。我们的技能可以让我们轻易获取财富和地位，甚至掌控这个世界。但是，老瘝君权衡利弊，还是否定了这个提议，因为他早已经预见了神力者对这个世界的伤害。"

巫彭的话，古昊居然不能反驳，他想了想，道："如果问题已经发生，你还是不能用杀人这么简单粗暴的方式去解决它。"

"我们现在说的可是灾难，能够毁灭这座城市，乃至这个世界的灾难。"巫彭终于露出不耐烦的神情，"你约我出来，我以为你想通了，愿意为这个城市做些你能做的事了。你太令人失望了，我看错了你。"

巫彭起身，显然不愿再和古昊多纠缠。

古昊抢先一步站到门边："你还没有告诉我那个纵火者是谁，你不能走。"

巫彭这回真的笑了，还笑出了声："你觉得你能拦下我？"

古昊身子僵硬，但仍然不退："你不会杀我。"

"为什么，因为你跟我一样，都是巴族人？"巫彭对古昊的话挺感兴趣。

古昊摇了摇头，神情竟然有些萧瑟："你们处心积虑在二十年前，把我送给古汉元收养，真的只是为了有一个族人能习惯这个世界的生活，在将来不至于受到这世界的诱惑？"

巫彭怔住了，做个手势让古昊继续往下说。

"没有我，你们依然好几次离开族地，寻访叛族者。就算这次，你们口口声声让我帮你们寻找神力者并杀死他们，其实也并没有勉强我。这让我感觉，你们并不真的需要我做些什么，只是想让我介入到这件事里来。"

巫彭极不自然地笑了笑："不勉强你，难道也不对了？"

"不勉强我，是因为你们另有目的。"古昊皱眉，"那才是你们寻找叛族者的真正计划。"

巫彭盯着古昊："看来这段时间，你的新朋友告诉了你很多信息。"

"所以，我相信你不会杀死我，你们处心积虑用二十年时间布下的一个局还没有展开，我怎么能死呢？"

巫彭又笑了笑："好吧，让你猜对了，我不会杀你，但也不会告诉你纵火者的下落。你可以自己去查，也可以向你的新朋友求助。你既然已经差不多猜到了我们的计划，那么一定知道，这个计划是不怕你知道的。"

古昊怔怔不语。

"我现在要走了，找到纵火者，对于你来说不难，但你要想清楚了，是否决定成为我们的敌人。"巫彭说完，轻轻推开古昊，向着门外走去。

"等等，我想问你最后一个问题。"古昊大声道。

巫彭停下，回身，还是笑笑："说吧。"

"这问题与巴族无关，与你们和巴融几十年的恩怨无关，你一定不能骗我。"古昊神情极其凝重，"你告诉我，那个能毁灭这个城市的疫情，到底是真是假。"

巫彭眉头皱起，盯着古昊，好一会儿，才轻轻叹了口气："你为什么就不相信我呢？现在，我就明确告诉你，疫情一定会发生，灾难真的会毁灭这座城市。"

古昊失神地坐回到沙发上，巫彭冲着他摇摇头，走了。

黄娅琳和秦歌，都觉得古昊一个人去找纵火者不安全，要去找他。

宗炜对他们的身体情况表示担忧。与纵火者一战中，黄娅琳虽然有玄衣护身，但全身仍然大面积灼伤，特别是露在外面的脸部，虽然伤得不算厉害，但也需要将养。至于秦歌，整个后背直接烧了起来，只是因为扑灭得快，才幸免于难。现在，他的半个后背都是烂的。

黄娅琳和秦歌仍然坚持要去找古昊，这时候，古昊忽然回来了。

"虽然没有明确承认，但那个纵火者，一定是巫彭的人。"古昊告诉他们。

"但是，沈途说过，这次他们离开族地时，只有三个人。"黄娅琳提出疑问。

"巫彭就算在巴族人里都算得上是个异人，七形一体，同时拥有七种不能的技能。我想，这其中一定有能够控制别人思想的能力。"古昊推测，"以他们的本事，找到新出现的神力者一定不难，控制其中一些人，为他们所用，让神力者去杀神力者，这就是一箭双雕的办法。"

"也就是说，我们即使解决了纵火者，巫彭还会找到别的神力来替他杀人。"秦歌道。

古昊点头："我现在担心的，还不是纵火者。巫彭这回明确告诉我，疫情一定会发生。而张松又说，疫情早在十几年前就已经被阻止，我实在不知道该相信谁。"

"也许他们谁都没有撒谎。"秦歌说，"十几年前，巴融那边，真的根据当时的情况，阻止了十几年后的疫情。但时间过去这么久，也许能够产生疫情的条件又出现了。"

"你的意思，是宁可信其有，不可信其无？"黄娅琳问。

秦歌慢慢点头。

一时间大家都无语，秦歌忽然转向一直闷不作声的宗炜："你这个特别行动小组，总得做点什么吧。不管你有什么更大的使命，这城市都没了，还要那么大的使命干吗呀？！"

宗炜苦笑："对于还未发生的事，又没有任何线索，我也无能为力。"

"我想我能找到线索。"古昊叹口气，"虽然不一定有用，但至少可以试试。"

黄娅琳和秦歌精神一振，都问线索是什么，古昊却摇头："等到我确认之后，自然会告诉你们。现在，我们还有件更为重要的事要做。"

"什么事？"秦歌问。

"至少让我先把你们的伤给治了吧。"古昊起身，"别忘了，我现在就是治愈者。"

黄娅琳和秦歌相视莞尔一笑，紧张的气氛舒缓了些。

就在这时，外面忽然"扑通"一声响，然后有人发出夸张的呻吟声，接着，呻吟声变成了欢呼："总算回来了。"

听这声音耳熟，众人急忙起身去查看，还没出门，就见外面大步流星进来一人，衣衫褴褛，风尘仆仆，正是不久前把自己移没了的云磊。

"我回来了。"云磊看起来虽狼狈，但精神挺好，"告诉你们，我不是走回来的，也不是坐车回来的，我是自己移回来的。"

古昊、秦歌和黄娅琳都有忍俊不禁的笑意，秦歌带头鼓掌，古昊和黄娅琳也跟着起哄。

云磊得意洋洋："现在，我终于能控制我的超能力了。"

古昊对秦歌等人说他有线索，其实指的就是张松。张松曾跟他说过，十多年前，有人预感到了未来可能发生的一场疫情，巴融已经将它成功阻止，现在，他需要知道当年巴融阻止疫情的详细过程。而且，阻止纵火者杀人，也需要得到张松的帮助。

古昊打电话给张松，张松很爽快地答应见面。

古昊到达一家私营医院门口，发现这医院规模还不小，正奇怪张松为什么要约他到这里来，张松的电话到了。按照电话里的提示，古昊到达主楼一个偏僻的角落，进到一架货运电梯里，输入张松告诉他的一组数字，电梯缓缓开始上升。

张松已经在电梯口等着他了。

两人沿着环形走廊慢慢走，古昊好奇地左顾右盼，看走廊边的那些小门，透过门上的小窗，可以见到里面形形色色的人。甚至，他从一个门里，还看到了小丁——自从上回张松将他掳走之后，就再没了消息，原来他被禁锢在了这里。由此推测，门里的那些人，应该都是神力者。

"我没有禁锢任何人，这里的每一扇门也都没有上锁。"像是看穿了古昊的心思，张松主动解释，"他们都是自愿留在这里。"

古昊相信张松的话，因为门里的人都在做着各自的事，动作从容，表情也很淡定，丝毫没有那种被拘禁的焦躁不安。

进到一个书房样的房间里，两人坐下，古昊环顾四周："我很想知道你的现实身份是什么？为什么在这家医院里，有这样一个地方？"

张松笑："我就是这家医院的院长，我的地盘，我做主。"

古昊非常奇怪："为什么是家医院？"

"要想在外面世界立足，总得做点什么。建医院总比开餐馆、做房地产强，至少治病救人，算是在做好事。"张松再笑笑，"我这医院可跟××系没关系。"

张松的玩笑多少有点敷衍的味道，显然他不想在这问题上过多纠缠。他不想说，古昊便不问。张松从抽屉里取出三个信封，摊开放在桌面上。

"这是什么。"古昊皱眉。

"这是你想要的答案。"张松笑笑，"接到你的电话时，我就在想你今天找我的目的，所以我提前把答案写在了纸上。"

古昊不相信："你也有读心术？"

"有些人，不会读心术也能猜到别人的心思。"张松手指在三个信封间来回巡视了一圈，停在一个信封上，拿起来，"好吧，现在就让我们从这个开始验证。"

古昊想了想："上回见面，你曾跟我说过，十多年前，有人预见了未来可能发生的一场灾难，并且已经成功地阻止了它。我想知道究竟是怎么一回事。"

张松摇头："我恐怕要令你失望了。当年的事，我并没有参与。"

"但巴融一定跟你说过什么。"古昊皱眉，"如果你真的不知道，就带我去见巴融，我当面问他。"

张松仍然摇头："你知道现在这种情况下，没有人可以见到他，包括我。"

古昊沉默。

"巴图带着巫彭这次离开族地，志在必得，任何可能暴露巴融行踪的事，在我这里都是绝对禁止的。而且，谁知道疫情是否真的存在，它是不是巴图用来找到巴融的借口。"

古昊承认张松的话有道理，但他还是不想放弃。

"如果你不能给我答案，那还要这信封做什么？"他带些讥诮地问。

张松毫不在意："我虽然不能告诉你当年的事，但信封里的内容却是你阻止灾难的唯一线索，当然前提是，真如巴图所说，会有灾难发生。"

古昊精神一振，抓过那个信封，飞快地取出里面的信笺，上面只有两个字，显然是一个人的名字——林风。

"不要问我这个人是谁，我也不知道。"张松说。

"那你怎么会知道这个林风和灾难有关？"

"十多年前，巴融并不是一个人离开族地，追随他的还有一些和他意气相投的族人，其中有位族人，大家都管他叫先知，他的技能便是预知未来。"张松慢条斯理地道，"巴融当年阻止十多年后可能发生的灾难，一定是听从了他的指引。但是，改变未来，可能就会产生很多的变数，当它还没有发生时，再强的预见者也无法准确判断出这些变数究竟哪些才会成为现实。"

古昊认真地听，似乎明白了些什么。不久之前，有个叫汪海波的人，因为在梦里预见到自己会被古昊和沈途杀死，所以纠集了另外两名超能者，试图杀死古昊，从而改变自己的命运。他当时就曾说过，当他试图改变未来时，他就无法再预测到那之后可能会发生的事。

"那位先知族人能力非常强大，他在巴融成功阻止灾难之后，虽然不能预见那之后的变数，但却预测到了一个人的名字。"

古昊将信笺举起："就是他，林风？"

张松点头："先知也无法确定他是否和疫情有关，只知道他是阻止灾难之后的变数中，非常重要的一个人。"

古昊盯着信笺上的名字，虽然还有很多事情不能确定，但这确实算是自知道有这场灾难至今，获取到的最有用的线索。

"现在，我很想知道你剩下两个信封里还有些什么。"古昊真的非常好奇。

"那得看你想知道些什么了。"张松笑了笑，拿起中间那个信封，"我猜这个信封里的内容，可能对你接下来要说的事，有所帮助。"

古昊已经知道张松的猜测绝不会错，于是便将最近几天，纵火者连续杀死三名神力者的事说了，包括伤了黄娅琳和秦歌。纵火者显然被巫彭控制，用来追杀神力者。

"我想，你一定能告诉我纵火者的真实身份。"古昊提出自己的想法。

所有新出现的超能者都和巴融有关。巴融创造了他们，一定会有他们的详细资料。纵火者显然不是巴族人，那么张松这里，就一定会有他的资料。

张松没有说话，却慢慢从信封里抽出信笺。这回，信笺很厚，好几页，上面密密麻麻写满了字："这是巴融这些年创造的所有神力者的名单，相信你一定可以从中找到那个纵火者。"

古昊愕然。从海上云台回来之后，他曾想过向张松索要这些名单，但想到这是巴融苦心经营几十年的成果，张松必定不会答应，所以他根本提都没有提过。但现在，张松却主动将名单送到了他的面前。

"这名单我做了批注，外面走廊房间里的那些人，我都做了记号。"张松道，"还有剩下大约三分之二的人，就需要你慢慢查访了。"

"为什么要给我这名单？"古昊盯着张松，"这对你们来说，应该算是非常重要的信息了。"

张松叹口气："名单可以帮你查清纵火者的身份，但他肯定不会老实坐在家里等你们去找他。这名单上的其他一些名字，都是纵火者和巫彭接下来的目标，我希望你能够保护他们免遭毒手，更希望你能提前预警，阻止纵火者和巫彭继续杀人。"

"这些事，你完全可以自己去做。"古昊道。

张松苦笑："巫彭杀死这些神力者，目的就是想引我出手，从我这里找到巴融。如果我落入巫彭之手，就算我能宁死不屈，只怕巫彭也有办法知道巴融的下落。"

古昊立刻想到了读心术，谁知道巫彭有没有类似的技能，就算他没有，巴族中人人都有超能力，必定会有精通此道之人。

"如果仅仅因为这些理由，我也不会把这名单给你。"张松说。

古昊微怔："还有别的原因？"

张松点头，拿起第三个信封："这才是真正的理由。"

这回，不待古昊说话，张松径自取出信笺，将它冲着古昊展开。

信笺上只有两个字——巴融。

古昊奇怪："这算什么理由？"

"这是最重要的理由，也是你现在心里最迫切想知道的答案。"张松神情变得凝重起来，"那份血样的主人就是巴融，巴融就是你的亲生父亲。"

虽然早已经有了预感，但古昊还是惊得说不出话来。

248

第三十三章
异族之子

　　三十多年前，巴族瘭君名叫巴昊，开明豁达，深得族人拥戴。那时候，外面世界的信息，开始陆续在族人之间流传。这源于两方面原因，外面世界的人误入巴族族地，还有不安分的族中年轻人，尝试探索族地之外的世界。

　　巴昊在这件事上拿不定主意，在祭祀活动之后召集大家，向族中先知征询意见。先知在族中的身份晃赫，他可以预测到部族未来的兴衰。先知给出的答案是，未来的族人，必将融入到外面世界中去，但却无法得知融入之后的结果。

　　族人对此进行热议，态度分为两派，一派极力主张保持现在的生活方式，避世不出，另一派人则坚持应该顺应天意开始新的生活，他们对外面世界的一切都充满好奇。巴昊陷入两难，深知这一刻的决定关系到整个巴族的将来。深思熟虑过后，他终于想到个折中的办法，族人们也都认同了他的决定——族人现在对外面世界了解非常少，所以，他选派族中两位精英，先行离开族地，去外面世界考察学习，然后进行评估，最后再决定整个部族何去何从。这两位族人外出考察时间设定为十年。

　　当时选派出的两位族人，就是巴融和巴图。

　　巴融是巴昊的亲生儿子，巴图则为巴昊的养子。他们二人自小一块儿长大，算是情同手足，与族人也都关系融洽。巴融是下任瘭君的继承人，自小聪慧过人，深受父亲熏陶，很早就参与到管理部族的工作中去。巴图忠厚纯良、乐于助人，且天生异禀，具有极高的神力。他们都是族中精英，巴昊选派他们外出考察，并无徇私之心，族人们也都非常认同。

　　二人离开族地，十年后归来，各自讲述在外面生活的经历，得出的结论却迥异。巴融坚持带领族人离开族地，去往外面世界生活。他看到了外面世界高度繁华的物质生活、发达的科技文明，坚信只有融入其中，族人才能过上更好的生活，部族才能得到更长远的发展；巴图看到的，却是外面世界的人心不古、尔虞我诈，族人们大多淳朴善良，很难适应那样一个复杂的环境。更重要的是，族人们拥有的技能，必将让外面的世界变得纷乱无序，甚至还会引发冲突造成灾难。

两种观点都各有拥趸，裁定的重任再次落到了巴昊的身上。巴昊权衡再三，数日不眠不休，终于有了决断。于是召集族人，宣布采用巴图的评估结论，族人不适宜外面世界的生活，应当继续避世不出，延续以前的生活。

部分族人虽然失望，但习惯了以瀛君的意志为方向，故未有异议。唯独巴融却心下不忿，数度与巴昊理论，遭到呵斥仍不罢休，更是私下里在族人间游说，终于联络了一帮与之交好的族人，再向巴昊进言。巴昊在这件事上虽然略显优柔，但决定了的事，便不容更改。震怒之下，对巴融施以惩戒，却不料此举，反而激发起了巴融的斗志。

当然，巴融反应如此强烈，还跟他这十年在外面世界的经历有关。

十年期满，他回族地时，并不是一个人，还带着一个褓褓中的孩子。而且，他还答应过孩子的母亲，也就是他的妻子，他一定会带着孩子重新回到她的身边。至今仍然没有人知道巴融在那十年里，如何遇到孩子的母亲，又如何与她相爱，但是，回到族地的巴融，已经再也无法像以前那样安守于平淡的生活了。他的生活里已经有了爱、有了责任，他的生命已经不再属于他自己，他必须完成对一个女人的承诺。

然后终于发生了巴族历史上从来没有过的叛族事件，巴融带领一些族人，叛族而出，私自离开族地，而且，他们夜袭宗祠，盗取了巴族守护千年的圣物……

巴融的行动经过缜密计划，虽然最终取得成功，但这其间，还是出了点意外，那就是当他带人盗取圣物时，将孩子交给一位族人带去某个所在，计划待自己得手撤离后，再与之会合。但那族人却在最后关头心生怯意，又或是在行动中不慎被擒，反正是巴融最后虽然成功叛族而出，却将孩子遗落在了族地。

数年之后，已经成为继任瀛君的巴图，将孩子送出了族地，交给古汉元收养。

古汉元替孩子取名叫做古昊。

"巴族人的瞳孔都是淡青色的，为什么我不是？"古昊问。

"因为你的母亲并不是巴族人。"张松回答，"所有人瞳孔的颜色其实都是黑色的，之所以看起来不同，是因为瞳孔外层的虹膜，虹膜中含有很多色素细胞，这些细胞中所含色素量的多少决定了虹膜的颜色。眼睛遗传来自显性基因，而不是单纯的遗传父亲。所以，你的眼睛看起来才会跟我们不同。"

这些理论上的东西古昊听得不是太明白，但大概知道了是怎么回事。

离开医院，古昊神思还有些恍惚。

他其实已经接受了巴融是他生父的现实，当张松将那份血样交给他之后，他便预感到了这样的结果。他的恍惚是因为发现自己再度陷入两难的境地，他的身世决定了他再没有办法避开巴族纷争，一边是生父，一边是整个部族，而且，从张松的讲述中，他大概已经知道了巴族这场历时数十载纷争的缘由，他实在无法判定巴融和巴图究竟谁对谁错。也许，这件事里根本不存在对错。那么，当巴图和巴融最终面对、解决这场纷争时，他该如何选择？

巴融为了心爱的女人，不惜盗取圣物叛族而出，从这点看，他应该是个至情至性的人。古昊并不以此为耻，相反，还有些钦佩巴融的胆识。但他之后的几十年，创造了不知多少神力者，不管他的本意是什么，但确实为这个城市带来了暴力和混乱。这同时也说明，三十年前老瘭君巴昊的评估是正确的。

古昊最后决定暂时把这些事全都抛开，毕竟，现在迫切需要解决的问题是即将发生的灾难，以及阻止纵火者继续杀人。

他骑上摩托车，打算立刻赶回云湖山庄。有了从张松那里取回的名单，接下来要做什么，已经有了非常明确的方向。

车子驰离城区主干道，往云湖方向而去。

这时候，他忽然感觉到了手机的振动，停车摸出电话，看屏显上的名字居然是古汉元。

"家里来了个客人，你一定很想见到他。"古汉元的声音听不出任何异常的感觉。

古昊略感诧异，正猜测什么客人会让古汉元这么郑重其事，电话那头随即便传来了巫彭的声音："我来看看老朋友，如果方便的话，也想见见你。"

古昊的心沉了下去。

巫彭的话虽然说得婉转，但那意思却再明显不过了。他若只是单纯想见古昊，根本不用去找古汉元，现在，他唯一的目的，就是用古汉元来胁迫古昊——如果不是古昊的治愈术，古汉元现在已经遇害身亡了。古昊当然不希望那样的事再发生一次。

大概半个小时之后，古昊回到家里，坐到了巫彭的对面。古汉元并不知晓内情，还很热情地给古昊介绍巫彭："当年，就是他亲手把你交给了我……"

古昊皱着眉头打断他："我有些事想单独和他聊聊。"

古汉元迟疑了一下，还是冲着巫彭笑笑："那你们聊，我出去转会儿，你们聊完了，给我电话。"

古汉元出门之后，回想古昊的神情有些不对。他本来就对巫彭这些年后突然造访有些生疑，现在，更加感到不安。想了半天，才决定打个电话给黄娅琳。

黄娅琳和秦歌正在云湖山庄等古昊的消息，接到古汉元电话，知道巫彭用这种方式找上了古昊，必有原因，遂决定立刻赶来和古昊会合。

黄娅琳让秦歌赶紧去开车，但秦歌却拉着他，找上了云磊。

"有了云磊，谁还想再开车呀。"秦歌笑嘻嘻地说。

黄娅琳立刻明白了秦歌的意图，让云磊用他空间位移术，便能直接带他们赶到古昊家，那速度可比开车快多了。

云磊那时正趴在桌前，在一张纸上写着什么，听了秦歌的意图后，面露犹豫之色："我没去过古昊家，想移也移不了啊。"

秦歌一听，有道理，赶紧想了个离古昊家最近的一个标志性建筑，移到那儿，就离古昊家很近了，这样也能缩短不少时间。

云磊想了想，还是有些犹豫："万一我要移错了，你们可别怨我。"

秦歌冲他瞪眼："关键时候，你能别掉链子吗？"

云磊没法推却了，站到秦歌和黄娅琳中间，一手拉一个，施展空间位移术，三人还真就一下消失了。关键是，云磊担心的事还是发生了，他们移错了地方。

三人出现在一家商场里，来往的人中好像有人发现了突然出现的三个人，但也仅是多看他们两眼，窃窃私语几句后就离开了。毕竟谁都想不到这世上还有空间位移这种事，他们只会将之归结为自己眼花看错了。

秦歌一巴掌直接扇云磊后脑勺上："这是哪儿，是我们要去的地方吗？！"

云磊也是满脸不解，挠头道："怎么就错了呢……"

黄娅琳着急，拉着云磊让他赶紧再移。三人找了个僻静的地方，云磊再次使用空间位移术，三人瞬间消失，同时出现在一条街道上。

秦歌的巴掌再次落到云磊的后脑勺上，显然这次又移错了。

"我早说了，移错了可别怨我。"云磊还挺委屈。

秦歌还想拉着云磊再移一次，黄娅琳却已经失去了耐心，转身到路边拦了辆出租车，上车丢下俩人就让车开走了。

秦歌直接把云磊脑袋夹到胳肢窝里，故作凶狠地威胁他："你要再移错，瞧我怎么收拾你……"

那边的黄娅琳坐出租车，很快就到了古昊家小区，下车，看到古汉元满脸忧虑坐在路边花坛边上。

"除了打电话给你，我实在不知道这事该跟谁说。"古汉元道，"我开始以为巫彭真是来看我和古昊的，但古昊来了之后脸色明显不对，我就猜到这里头肯定有事。"古汉元惶急地说。

黄娅琳也担心，但还是先安慰了古汉元，然后和古汉元一块儿回家。

开了门，两人吃了一惊，巫彭已经不在屋里，古昊仰面躺在沙发上，双目紧闭。黄娅琳赶紧上前查看，发现古昊呼吸脉搏均正常，这才放下心来。就在这时，古昊忽然睁开眼，看到黄娅琳，显然吃了一惊。

"巫彭呢？巫彭走了吗？"他左右看了看，问。

黄娅琳和古汉元立刻知道有些事不对了。古昊和巫彭本来一起留在家里，竟不知道巫彭什么时候离开，而且他自己居然还睡了过去。

他们正想问些什么，古昊忽然忍不住发出一声惊呼："名单不见了。"

古昊思维敏捷，问及巫彭时，已经想到最后记得的事，就是当自己问巫彭为什么到这里来找他，巫彭冲他露出的笑脸。然后，醒来就见到了黄娅琳。巫彭必定对他施展了某种超能力，他这样做一定有他的目的。古昊想到这里，下意识地摸了下口袋，便发现名单不见了。

巫彭的目标原来就是那份名单。

古昊面色凝重，他已经想到，巫彭得到名单后，只要按图索骥，便能找到大部分超能者。而他寻找超能者的唯一目的，就是杀死他们。

张松将名单交给他，是希望他能保护他们，而现在，他却让他们置于险地。

"这事，其实也不怨你。"黄娅琳试图宽慰古昊。

"当然怨我。"古昊大声道，"名单是从我手上丢的，那些人要是出了事，就是我害了他们。"

古昊情绪激动，坐立不安："我要去找巫彭，从他手里拿回名单。"

黄娅琳叹口气："拿回来又有什么用，巫彭完全有时间将名单复制下来。而且，巫彭那么大本事，他要不想还给你，你能有什么办法？"

"总有办法的，我不能什么都不做等他去杀死那些神力者。"古昊无比烦躁。

黄娅琳想了想："你也别着急，我看现在唯一的办法，就是你去找张松，问他再要一份名单。然后，尽量想办法保护那些超能者免遭毒手。"

"那么多人，怎么保护？"古昊道，"我哪还有脸去见张松。"

话虽这样说，但古昊知道黄娅琳说的是唯一对策，就算再丢脸，他也得把这消息告诉张松。古昊和黄娅琳商讨对策时，古汉元一脸忧虑地坐在边上，直到古昊和黄娅琳要走，才忐忑不安地道："这事其实都赖我，我要不打电话让古昊回来，就没这事了。"

古昊犹豫了一下，走到古汉元面前，伸手搭在他的肩上："巫彭找上门来，谁也拦不住他。就算你不打那个电话，他也有办法让我回来。所以，这事跟您没关系……"

古汉元怔怔地看着他，嘴唇动了动，似乎有很多话想说，但最后，只淡淡地道："快去吧，做你该做的事。"

出了门，古昊郑重地跟黄娅琳道："上回，古汉元就是在不知情的情况下从楼上跳了下去。这回，我也是什么都不记得了，却丢了名单。所以，上回一定就是巫彭差点害死了古汉元。这次，他让古汉元打电话把我叫回来，其实就是想警告我，如果我和他作对，他随时都会再次取了古汉元的性命。"

"那怎么办？"黄娅琳真的担心了，"巫彭想做的事，我们根本拦不住。"

"我想回去跟宗炜说一下，把古汉元和古亮都接到云湖山庄去。大家在一起，至少还能有个照应。"

黄娅琳想说，如果巫彭真的闯进云湖山庄，又有谁能拦得住他。但她却不能说，只能将担忧埋在心里。这时候，她忽然看到古昊神情有异。

"有神力者……"古昊脱口而出。

他的话还没说完，面前的黄娅琳忽然不见了。

古昊瞠目结舌，好一会儿都没反应过来。一个人不会凭空消失，唯一的可能就是有人在瞬间带走了他。古昊印象里，能做到这点的好像只有云磊的空间位移术。但云磊必定不会开这种玩笑，那么，世上还有谁有这样的能力？

古昊这时，忽然感应到了黄娅琳的读心术。他知道，这是黄娅琳在向他传递信息。透过黄娅琳的视角，他看到了一个年轻的女孩，短发，还染成了灰蓝相间的颜色，她笑吟吟地向着黄娅琳走来……

画面消失，黄娅琳已经停止使用读心术。

古昊毫不犹豫，即刻骑上摩托，这时候，他接到了秦歌的电话。秦歌的声音非常焦急：“黄娅琳危险，跟她在一块儿的女孩，就是上回企图绑架云磊，被我跟黄娅琳撞上，还被我打了一枪的女孩。她也是个超能者，她的速度非常快，快到来无影去无踪……”

白灵从医院里偷跑出来后，一直在找黄娅琳和秦歌。但那几天，两人都在云湖山庄里养伤，所以白灵一直没有找到他们。找不到，也不会不开心，能够自由自在，不受任何约束地过上几天，也是挺惬意的事。

白灵住最好的宾馆，去最贵的餐馆吃饭，然后逛商场，疯狂购物，每天居然过得挺充实。

这天她坐在街边一家咖啡馆里，偶一回眸，便看到了外面的黄娅琳、秦歌和云磊。黄娅琳上了一辆出租车走了，秦歌拉着云磊向着街道一侧走了下去。咖啡馆里的白灵想了想，立刻出门，跟上了出租车。

跟上出租车的速度，对白灵来说简直小菜一碟。她本想在黄娅琳下车的时候就动手，但看黄娅琳的神色好像在担心什么，便动了好奇心，在外面又等了会儿，直到她和古昊一块儿出门。

有了上回的教训，白灵不敢小瞧黄娅琳身边的人，所以，她决定动手后，第一步要做的，就是带着黄娅琳离开，不让她有帮手。事实上，她冲了上去，拉住黄娅琳，使出全力狂奔而去。一开始黄娅琳根本没明白发生什么事，然后就是因为速度生出的晕眩，这时候，她根本无力反抗，反而要紧紧抓住身边白灵的胳膊。终于停下，她发现自己站在一处河堤上，对面那个灰蓝相间短发的女孩，正是不久前在云磊家碰到的那个兜帽女。

“上次你踢了我一脚，才让那个警察开枪打中了我。”白灵笑嘻嘻地道，“现在，只要你站着不动，让我把那一脚还给你，我保证不会伤害你，还会放你走。”

黄娅琳使用读心术，确定她说的是真的，不禁对她非常好奇。这小姑娘报复心太重了，却又坦率得让人觉得好笑。

“但我这一脚，肯定不会像你上回那样软绵绵的。”白灵又道，“你可得想好了。”

黄娅琳笑了笑，她当然不会真的站着不动让她踢，所以，她把自己交给了宗婷。白灵瞪大了眼睛，看着眼前的黄娅琳从双臂开始，忽然身上多了件黑色的紧身衣，那衣服在阳光下，闪烁着金属的光泽，却又非常柔软，根本不影响黄娅琳的动作。

“你这是什么能力？”白灵显然非常好奇。

黄娅琳——此际应该是宗婷了，根本不想跟她啰嗦，凌空而起，无影脚飞袭而至。但白灵忽然不见了，她的速度奇快，身随意动，发现遭到攻击后，已经闪到了宗婷的身后。宗婷更不停歇，身子倒翻，借空中下坠之势，再次踢向白灵。然而白灵倏然间又不见了。

宗婷落地，后背忽然遭到重击，但她身子晃都不晃，反而是白灵捂着拳头，脸上露出痛苦的表情。白灵知道拳脚奈何不了宗婷，慢慢从兜里掏出一把波浪形的小刀……

当古昊赶到河堤时，白灵和宗婷其实已经形成了僵局。宗婷拳脚功夫了得，却没办法打到白灵。白灵速度极快，随时可以击中宗婷，但就算用刀，也伤不了宗婷分毫。

古昊直接骑着摩托车驰上了河堤，车子围着场中相斗的两个人转圈，已经捕捉到了白灵的超能力量。场中，宗婷又一脚踢了过来，白灵漫不经心地转圈子，但突然之间，发现自己速度消失了，来不及多想，宗婷凌空飞来的一脚，正中她的胸口。

白灵直接被踢得飞了起来，重重落在地上，挣扎着站起来，忽然又再次摔倒。

她的腹部，已经殷红一片。上回的枪伤，刚刚愈合，又撕裂开来，而且，宗婷那一脚踢得很重，她再难支撑，一口血涌了上来，又被她强行咽了回去，但嘴角仍有血渍渗出。

这回，可以说是古昊和宗婷联手，才伤了白灵。古昊这些日子能力增进不少，已经能够用脑力暂时阻止白灵使用超能力了，宗婷这才借机伤了白灵。

古昊下车，那边的宗婷收起护身衣，把身体交还给黄娅琳。古昊关切地问她有无受伤，但黄娅琳却走到白灵身边，查看她的伤势，并对古昊道："她不是坏人，你得救她。"

古昊犹豫："就算要救，也得先弄清楚她是什么人……"

白灵负痛哼了一声："我不要他救……"

古昊转向她，问："你是张松派来的？"

白灵吃了一惊："你怎么知道？不对，张松根本不知道我来找你们，是我偷跑出来的。"

事后，白灵问古昊，怎么猜到她和张松有关，古昊回答是这样的：巫彭派出的杀手是纵火者，下手绝不容情，就像当初的沈途，只要找到神力者，唯一的目的便是杀死他们；而白灵不久前去过云磊家，以她的身手，若想杀死云磊，那是分分钟的事，但云磊现在还活着，证明她的目的不是杀人，所以，白灵必定和巫彭没有关系；在医院那个隐蔽楼层，古昊看到走廊边的房间里，住着很多神力者。

"除了巫彭和张松，我实在想不起来还会有人打这些神力者的主意。"古昊最后说。

这时候，白灵已经活蹦乱跳恢复了活力，她在刚才，眼睁睁看着古昊只是双手抱住她两边的额头，自己身体的痛感就在逐渐消失，她甚至能感觉到伤口正在一点点愈合。她知道这就是传说中的治愈术，惊喜不已。

她本是个报复心极强的女孩，同时也爱憎分明，此刻知道古昊和黄娅琳是友非敌后，好像立刻就把之前的恩怨给忘了。他知道古昊和黄娅琳要找张松，立刻说："我带你们去。"

黄娅琳一下就喜欢上了这个开朗豁达的姑娘——自己两次伤了她，她现在居然一点都不放在心上。她笑着道："古昊还骑着车呢，就怕他的速度，跟不卜咱们俩。"

白灵回身冲着古昊莞尔一笑："那他就得用点心，使劲追了。"

古昊刚想说什么，面前一阵疾风掠过，黄娅琳和白灵已经不见了踪影。

秦歌和云磊，直到天快黑了，才回到云湖山庄。

他们仍然是突然出现在院子里，刚出现，云磊便两腿一软倒了下去，闻声出来的古昊、黄娅琳等人以为云磊受了伤，秦歌却大咧咧地把众人拦下："没事，他就是累了点。"

原来秦歌气恼云磊关键时候掉链子，开始还紧着催他赶紧移，后来接到黄娅琳电话，知道她没事后，不仅气没消，还跟云磊耗上了，坚持要云磊用空间位移带他回云湖山庄。云磊哪拗得过秦歌，只能一次次施展超能力，但每回总是不知道移到了什么地方。

云磊头大如斗，还感觉后脑勺快要被秦歌敲出包来。使用超能力极耗体力，云磊后来都快被秦歌逼得崩溃了，但终于把自己和秦歌移了回来。

知道详情后，黄娅琳露出不忍的神情，上前搀扶起云磊，带他去休息。秦歌还不罢休，冲着云磊的背影叫："赶紧歇歇，歇完了咱们接着移。"

云磊面露惨不忍睹的神情，差点就要哭了。

那边秦歌话没说完，忽然一阵风过，面前已经站着一个人，脑袋离他只有数寸远。他定睛看去，短头发，还染着特别古怪的灰蓝色，正是白灵。

白灵说："你打了我一枪，我得还回去。"

秦歌愣住了，转身想走，白灵又转到了他的身前："想走，没那么容易。"

秦歌转头看看古昊，古昊一脸幸灾乐祸瞧着他。

"你谁啊，不认识你。"秦歌装糊涂，"我是警察，开枪打警察，那可是重罪。"

话没说完，兜里的枪已经握到了白灵手里，枪口抵着他的脑门。

"夺枪，袭警，你这小姑娘胆真大。"秦歌嘴还硬。

枪忽然又回到他兜里，他还没松口气，白灵胳膊已经搭到他的腰上。"这不好吧，小姑娘行为举止得端庄，不能太随便了……"秦歌话没说完，人就不见了。白灵带着他疯狂地在院子里兜圈子，停下，秦歌就站不住了，腿一软瘫地上去，还干呕了几下，眼泪都快出来了。

那边的古昊忍不住笑出声来。

"要不要再来几圈？"白灵恶狠狠地问。

"别，千万别。"秦歌慌忙摆手，"想开枪你就开吧，宁愿被你打成筛子，也别再转了。"

白灵再也忍不住，哈哈大笑，还冲他伸出手来。秦歌迟疑了一下，拉着她的手站了起来。白灵大大咧咧地上前搂着他的肩膀："这样吧，那一枪我就替你存着，不过你得答应替我做三件事。"

秦歌毫不犹豫地连连点头："三件哪成呀，我再加两件，买三送二。"

白灵满意地拍拍他的肩膀："这才是好同志。"

古昊还在笑，幸灾乐祸地道："真没想到，你也有今天，终于有人能治你了。"

秦歌冲他翻个白眼，哼一声，进屋了。

晚上，所有人都围坐在沙发上，古昊说了今天发生的事，重点是张松提供了所有神力者的名单，还有可能跟灾难有关的那个人，当然也说了巫彭夺取了名单的事——古昊下午又去见了张松，张松并没有责备他，只是默默地又将名单给了他一份。并且向古昊解释了白灵和黄娅琳、秦歌结怨的原委，他只是让白灵去带云磊回来，像外面那些神力者一样，但白灵行事鲁莽，引发黄娅琳和秦歌误会，双方这才起了争执。

"白灵这些年被我宠坏了，她偷跑出去，我知道她去找黄娅琳和秦歌的麻烦，但料到她肯定得不了手，就想给她点教训，所以这些日子也没有去找她。"张松这样说。

现在，他非常高兴看到白灵和黄娅琳尽释前嫌。

就在古昊要走时，张松忽然又叫住了他。

古昊跟着张松去了另外一个房间，俩人说些什么或者干了什么，就连黄娅琳和白灵都不知道。

现在，古昊显然已经有了计划，他提议让秦歌去查那个叫林风的人，他是警察，这方面经验丰富。而他，则带着黄娅琳、白灵和云磊，阻止巫彭杀害超能者。

这期间，宗炜一直默默在边上听着，不发一言。事后，秦歌不满地再次问他："这是你的特别行动小组，你真就打算这么看着当个观众？"

宗炜笑："我给你们做饭，保证你们回来，都能吃得上可口的饭菜。"

秦歌还想说什么，被古昊拉走了。

"宗炜心里藏着秘密。"古昊说，"当这秘密到了可以揭晓那一天，他一定会主动告诉我们的。"

第三十三章 异族之子

257

超能英雄
之原力觉醒
Heroes
The Force Awakens

He's
back

第三十四章
沈途归来

　　庭院里那株桂花树已经结出零星的花蕾，还未绽放，已有幽香。桂花树下的巴图缓缓往泥炉内添炭，而炉边的紫砂煮壶内水已沸腾，巴图待其稍微冷却些后，再行冲茶。茶香溢出时，巴图对面的巫彭，喜悦的神情已经恢复了平静。

　　"喝了茶，再说事。"巴图淡淡地道。

　　巫彭双手捧过茶盅，细抿一口，不及品味，忽然面前的巴图一阵剧烈的咳嗽，咳得整个身子都跟着晃动。巫彭双肩一动，似想上前搀扶，但瞬间又凝止不动。

　　巴图咳声渐消，唇角却留下了一抹殷红的血渍。

　　"好了，现在你可以说了。"巴图用一方手帕擦去嘴角的血渍，面上现出深重的无奈神情。他已经老了，比想像中还要老，他不知道还有多少时间，来实现平生夙愿，实现宗祠之内对老瘝君许下的承诺。

　　巫彭慢慢取出名单，递过来。巴图接过，随意翻看，不喜不忧。

　　"这是巴融创造的所有神力者的名单，今天我刚从古昊手上取来。"巫彭本来的喜悦之情，因为那盏茶，已经如涟漪散去。

　　巴图叹息："难道巴融真要等我们杀光这些神力者，才会现身？"

　　巫彭垂首："就算巴融能忍，但古昊却不能忍。"

　　"古昊。"巴图念叨了一遍这名字，又是重重一声叹息，"我到现在都不知道，把这孩子置于这种境地，究竟是对还是错。"

　　"只要能找到叛族者，寻回圣物，做任何事，都是正确的。"巫彭态度甚是坚决。

　　巴图想了想，挥挥手："那就开始吧，这些神力者本来就不该存在于这个世界之中。如果他们枉死之魂不散，希望他们能明白，害死他们的，其实是他们的神力，是巴融。"

　　"这一次的计划缜密，巴融一定无法再逃脱了。"巫彭自信满满，"他一定想不到，最后害死他们的，会是他的亲生儿子……"

与此同时，医院隐蔽楼层的书房内，张松正在给巴融打电话。

"计划里多了一个人，也可以说是一股力量。现在，白灵已经和他们混得挺熟了，她向我透露的信息是，那人叫宗炜，还是个官方机构的负责人，有些高科技的小玩意儿，人也神神秘秘的，就连古昊都不知道他来云城的真正用意。"张松说。

"他对你的计划，有影响吗？"巴融问。

"起码暂时没有发现。宗炜从古昊那里，知道了巴族纷争，却根本无意介入到这里面来，始终把自己置于一个旁观者的位置。"

"那就好，在明确他来云城的真正意图之前，不要跟他起任何冲突。对方既然这么神秘，实力也必定不容小觑，现在这种时候，咱们不宜多树强敌。"

"明白。白灵现在和他们在一起，如果他们有什么不利于咱们的行动，她会第一时间通知我。"张松说。

"计划已经开始实施，相信用不了多久，就会有结果。"张松又接着道，"如果计划成功，您就再也没有机会和巴图来场巅峰对决了。"

"我还是有点担心，巴图少年时就天赋异禀，他的神力在族中无人是其对手。我年轻时跟他比试过多次，从没胜过他。这些年，我四处躲避，也是因为知道不是他的对手。"

"现在您可以放心了。"张松道，"当您见到他时，我保证，他一定已经是个死人。"

车停在路边，秦歌仰躺在车内，盯着前方个远处的另一辆黑色小轿车。

前面的车价格不菲，属于豪车。秦歌挺纳闷，林风怎么开得起这种车。

秦歌找上林风之前，已经获悉了他的档案资料。

林风，今年三十五岁，目前失业中，家庭住址为云顶花园小区的一套两居室。已婚，他的妻子叫苏颜，跟他同龄，职业是一家连锁酒店的运营经理。林风之前的生活一直平淡，去年任职数年的公司裁员，他不幸也在其中。此后他的经济状况便一直不佳，之后虽然又从事过很多职业，但都干不长久。

从现有资料，实在看不出他和将要发生的那场疫情会有什么关系。

当然，那辆豪车跟他资料里的情况严重不符。

秦歌的疑问很快有了答案。

街道对面是家酒店，当酒店里走出几个女人时，林风很快把车开到了她们面前，其中一个女人和其他人又说了些什么，然后上了林风的车。

秦歌认出那女人就是林风的妻子苏颜。

车子一路向南，行驶了大约半小时，停在了另一家酒店的门口。秦歌跟在后面，看到从酒店里匆忙走出一个男人，林风和苏颜下车，将车钥匙交给那个男人，寒暄几句，两人便步行离开了。

秦歌皱着眉，很快就想明白了其中的原委。

苏颜和那几个女人吃饭，林风借了豪车来接她，不过是让苏颜在那几个女人面前，虚荣一回。这种事现在看其实挺可笑，秦歌以为自己会鄙视这种人，但看着前面丢下林风独自前行的苏颜，心里忽然生出些莫名的怜惜。

那是个非常有韵味的小女人，模样端庄漂亮，一袭紧身黑裙，将身材映衬得曲线玲珑。而且，她的神色间，有种颇让人动心的忧郁气质。

秦歌继续开车，悄悄跟在他们后面。

林风紧跑几步，追上苏颜。俩人到路边拦出租车，连续过去几辆，都没停。好容易有辆停下，却有另一个女人，抢先一步钻到了车里。林风不乐意了，站在车外和那女人理论，很大声，路边经过的好些人都驻足围观。

秦歌看到苏颜忽然再次舍了丈夫，疾步离开。林风见状，无心再和车内的女人争吵，追了下去。

苏颜和林风争吵了起来，虽然听不清，但秦歌已经能想到他们争吵的内容。借了豪车在朋友们面前虚荣，转瞬间却要为一辆出租车跟人争吵，这样的落差，一定已经成了林风和苏颜之间最主要的矛盾。

这时候，离他们很近的地方，忽然发出几声巨响，接着，很多烟花腾空而起，把天空映衬得五彩缤纷。苏颜和林风被这些烟花吸引，俩人并肩侧立，默默地站着，直到烟花逝尽。

秦歌看到苏颜忽然扑到了林风的怀里，虽然看不清楚，他的直觉却告诉她，苏颜哭了……

当天晚上，秦歌躺在床上，仍然在想着苏颜，想着在焰火之下她的背影，想她扑在林风怀里的哭泣。

每个人都会有自己独特的经历，它们构成了不同的人生，现在的秦歌，忽然非常迫切地想去了解苏颜，了解她和林风之间有着怎样的故事。他还有种预感，真正和疫情有关的人不是林风，而是她。

宗炜的超能力预警系统发出警报，古昊也同时感应到了超能力量。所有人都已经做好了准备，云磊带着古昊用空间位移赶过去，白灵则带着黄娅琳，用极速赶去。云磊经过这段时间的练习，已经基本可以控制自己的超能力，只要看到所在地的画面，知道它的位置，一般情况下不会再出错。

古昊和云磊出现在天台上时，看到天台的边缘，有一个染了黄头发的少年，正离地一尺多高，凌空漂浮着。这少年无疑是个神力者，他的技能，应该就是能将自己悬浮在空中，或者当能力加强后，就能像鸟儿那样飞翔。

突然出现的两个人，显然让这少年受到了惊吓，身子蓦然失去控制，从空中跌下来，又一脚踩滑，整个人瞬间向着天台外面跌去。

少年吓得发出一声尖叫，双臂乱舞，试图抓住什么，又或者想再次将自己的身子悬浮起来。但急切间，技能竟然不受控制，眼看着就要向楼下坠去。忽然之间，他的身子倾斜在楼面上不动了，感觉就像虚空中有一股力量，正将他托住。

趁着这时机，古昊已经到了天台边，伸手拉住了这少年，将他拉了上来。

少年惊魂未定，上来就蹲地上，腿还有点哆嗦。

"你们救了我？"少年声音带点颤音，"你们打哪来，我怎么没看见你们上来？"

云磊也非常奇怪，救下那少年的是古昊，他究竟是用什么法子，阻止少年坠楼？

原来是那天，古昊黄娅琳随白灵一块儿去见张松，最后要离开时，张松带着古昊去了另外一个房间，在那里，他让古昊复制了他的技能——念力其实就是用意念控制物体，这是最多人拥有的技能，也最高深莫测。

张松希望用这种方式来帮古昊，古昊对此心怀感激。同时，张松又托古昊照顾白灵："白灵就像我的女儿，这些年被我惯坏了。但她的超能力也非同小可，跟你们在一块儿，也许能够对你们有所帮助。"

古昊对此当然没有异议。

这天，古昊就是用念力，在那少年要即将坠楼之际，托住他的身子，将他救了上来。

这边那少年惊魂未定，楼洞那边忽然传来沉重的脚步声，急忙回头，就看到了满脸络腮胡子的纵火者。

纵火者并没见过古昊和云磊，但他根本不在乎杀人时有别人看到。他在走向天台边的三个人时，像是示威，两只下垂的手掌里，燃起两团火焰。

那少年看呆了，古昊毫不犹豫，凝视着纵火者，试图阻止对方使用超能力。

纵火者两只手掌内的火焰，忽然熄灭了，这让他非常诡异，随后，便感觉到了有股力量，正在和自己的能力对抗。他看了看对面三个人，立刻将目标锁定到了古昊身上。他低吼一声，向着古昊直冲过来，而且，两只手掌的火焰又生了出来，他毫不犹豫，将火团向着古昊激射而出。

那些火团在靠近古昊时，忽然停在了空中，再看古昊，双掌推出，显然正用念力，阻住了火焰的攻势。纵火者诧异古昊竟有这样的能力，下意识地再次发力，火焰缓缓向着古昊逼近。

古昊的功力毕竟还差着纵火者一筹，那火焰眼看着就要击中他，火焰忽然一下子灭了，再看纵火者，已经软绵绵地倒在了地上。

原来白灵和黄娅琳及时赶到，白灵速度极快地用电击棒电倒了纵火者。

白灵好像还不过瘾，在纵火者倒地后，还不忘蹲在他身边，拿电击棒又戳了他几下："听说你挺抗电，上回被电倒后很快就爬了起来。你再爬一回我瞧瞧，有能耐你再爬啊。"

黄娅琳和古昊相视一笑，现在，他们都有点喜欢这个精灵古怪的小姑娘了。

"太容易了点吧，这么轻松就搞定了这纵火者。"云磊还有点不相信，蹲到白灵边上，"白灵你太厉害了，你什么时候身上揣了根电警棍，我怎么就没想到问宗炜要一根。"

白灵嘻嘻笑："要不要借你玩玩？"

云磊立刻点头，接过电击棒，正要往纵火者身上戳，忽然间，他和白灵身子向后飞了出去，重重地撞上天台边缘的矮墙，倒地后，二人呻吟声不断，显然撞得不轻。

古昊和黄娅琳吃了一惊，这时候，天台门边，不知什么时候，又多了一个人。

——黑领带，白衬衫，黑色风衣，戴着副宽边的墨镜。

古昊惊呆了，来人居然是许久不见的沈途。

"你回来了？"古昊大步向着沈途走去，黄娅琳也跟在边上。他们虽然都对他骤然袭击白灵和云磊不解，但根本没有去想他是敌是友这个问题。

沈途再次出手，这回，又是一股气浪袭来，古昊和黄娅琳猝不及防，就算他们防备，也难抵御沈途的攻击。二人像刚才的云磊和白灵一样，身子倒飞出去，撞上矮墙，恰好跌落在白灵和云磊的边上。

"这人谁啊，这么厉害。"云磊狐疑地问。

白灵活动撞痛的胳膊："管他是谁，我去把他电倒再说。"

古昊刚想阻止，白灵已经向着沈途冲了过去。白灵的速度有多快，快到你根本看不清楚她移动的身形，在某种程度上，她的这种技能和云磊的空间位移有相似之处。理论上，她用快到肉眼根本看不清的速度，移动到沈途身边，再用电击棒截他一下，就能像制伏纵火者一样制服沈途。但是，沈途不是纵火者，他的能力远超白灵的预料。

白灵在奔向沈途时，忽然感到受到了极大的阻力，就像在水里奔跑一般，甚至，那阻力比水来得还要大得多——沈途能够控制空气，当然也能让空气的密度变大。这样，白灵的极速，现在看起来，就跟普通人的奔跑差不了多少了。

白灵在离沈途还有数步远的距离时，身子再次倒飞了出去，再次撞上矮墙，这回倒地后，她连声呼痛，竟似连站都站不起来了。

"沈途，你干什么？"古昊大声吼，他甩开试图阻止他的黄娅琳，再次迎着沈途奔了过去。

沈途摘下墨镜，露出淡青色的瞳孔，眼神里的冷漠让古昊心生寒意。

沈途曲指成剑，一道气流飞袭而至，古昊不躲不闪，实际上想躲也躲不开。他的右腿一软，单膝跪地，血已从腿上流了出来。古昊运用治愈术，很快止血、愈合伤口，站起来，再往沈途方向去。沈途微露狐疑之色，但仍毫不犹豫再次气流击出，古昊再次单膝跪地……如此重复，古昊终于站到沈途对面。

"你还是沈途吗？"古昊大声道，"你回来了，就为了继续帮巴图杀人？"

"我是巴族的神茶，巴图是巴族的瘝君，他让我做的事，我一定会完成。"沈途冷笑，"你要阻止我，我也会杀了你。"

古昊怔怔地盯着他看，忽然叹道："好，那你就杀了我。"

沈途眼睛都不眨，双掌直接印在了古昊的胸前，其中夹杂了排山倒海般的气浪，古昊就像波涛中的一叶小舟，轻飘飘地向后飞出，倒在地上后，他满脸惊疑——古昊惊疑的不是沈途对他出手，而是沈途看似全力一击，自己落地后居然一点伤都没有，而且，毫无痛感。沈途为什么要这样做？

这时候，黄娅琳已经变身宗婷，双镯延伸出护身衣，向着沈途冲去。但她还没到沈途跟前，忽然一道火墙出现，隔开了她和沈途，她只能停步。火墙迅速蔓延，很快就形成了一个圈，将她围在中间。

那边的纵火者已经勉强坐了起来，双手前伸，那火墙显然正是他所为。

白灵惊呼一声，奋力冲到火墙边，但却无法进入。云磊闭眼，用瞬移术，移到火圈中间，拉着宗婷，再和她一块儿移了出来。宗婷危机虽然解除，但那边纵火者却像发了疯样，双手连续击出，火球如雨点样向着场内几个人击去。而且，地上重新生出一道火墙，将所有人围在了中间。

这时候，唯一能够解困的办法，就是云磊用空间位移带着大家出去，但云磊根本没法在躲避火球袭来时，凝神使用超能力。古昊原本可以短时间内阻止对方使用能力，但他的境况和云磊相同，也没办法一心二用，用脑力和纵火者对抗。这时，那个染发少年忽然飞了起来，身子悬空而起，向着火圈之外冲去。古昊来不及阻止，就听那少年惨叫一声，已经被火球击中，重重从空中摔了下来，随即整个身子都开始燃烧，接连发出惨号之声。

古昊等人，自顾已经不暇，根本无力去救援，只能眼睁睁看着那少年被烧成一堆焦炭。

火墙正在缓缓向里推进，可供众人躲避的空间越来越小。这时候的纵火者气定神闲，接连发出的火球，与其说是攻击，倒不如说是戏鼠的游戏。火墙内的四人已经被逼到了一处，空间越狭小，越无法躲避袭来的火球。这时候，云磊"哎呀"一声，已经被火球擦中，半边身子瞬间燃烧起来，白灵和宗婷试图拍打他身上的火焰，不提防自己也被火球击中，古昊急红了眼，偏偏又无计可施。

眼看火墙内已经有三个人开始燃烧，古昊身形踉跄，显然也支持不了多久了。

这时候，冷眼旁观的沈途又动了，加入战团。

这天早上，苏颜梳洗完毕，换好衣服要去上班，林风还赖在床上。

"赶紧起床，别忘了今天去董海波那儿报到。"苏颜临走前叮嘱了一句。

听着房门关上的声音，林风又在床上躺了好一会儿，这才懒洋洋地起床，懒洋洋地洗脸刷牙，极不情愿地出门。

他在小区门口的一家面馆里吃面，墙上时钟的指针已经指向了十点，但他还是一副不急不躁的样子。面馆老板是个外地人，年纪和他差不多，平时一向沉默寡言，但偏偏和林风挺投脾气。俩人有一句没一句地闲扯，直到苏颜的电话打过来，再次问起林风去报到的情况，林风这才离开面馆，骑着辆电瓶车，往董海波的酒店去。

酒店人事部，一个戴眼镜的部门经理把他交了工程部负责人，工程部负责人又把他交给前厅经理。前厅经理领着他到了一个杂物间，找了套门童的制服给他。

他差点要炸了："让我干门童？"

前厅经理斜着眼看他："要不你想干什么？你能干什么？"

愤怒居然一瞬间就平息了，快得连林风自己都觉得奇怪。他默默接过服装，默默地穿上，然后跟着前厅经理，到了酒店门口，笔直地站在门边。前厅经理在门里偷偷看了他一会儿，这才放心地离开。

站在门边，林风竭力让自己什么都不想，来人时机械地推门、拉门，像个木偶人。

中午那会儿，两辆车直接停在了酒店门口，董海波跟着一帮人下车，对着穿门童制服的林风哈哈笑，还举起手机为他拍照，亲热地搂着他的肩膀合影。林风心里有团火，但烧了一半就自行熄灭了。他身子僵硬，表情呆滞，跟这帮熟悉的陌生人在一块儿，像具没有思维的僵尸，任由他们摆布。

后来，董海波搭着他的肩膀又去了人事部："这就跟你开个玩笑，咱俩谁跟谁啊，你来我这儿，我能让你干门童吗，就算干不了高管，起码也得给你张办公桌。"

林风下午果真有了自己的办公桌，虽然没什么职位，但起码清闲，闲到就算他不来上班都没人会找他，而且，每月的薪酬不低。

晚上回家的路上，林风想，其实还是应该感谢董海波，起码在自己最落魄的时候，那么些同学朋友，只有他愿意伸手拉自己一把。

苏颜下班回来，根本无视林风做好的饭菜，直接把自己关到了卧室里。林风不知道发生了什么事，敲了半天门，苏颜这才出来，拿着手机，给他看自己微信朋友圈。

朋友圈里好多照片，都是林风穿着门童的制服站在门边，还有些人和他合影时做出各种手势，难掩面上的洋洋得意之情。

林风的身子瞬间变得冰冷。中午那些人都是他和苏颜中学时共同的同学，他们把照片发在朋友圈里，苏颜自然看得到。

那一刻，林风觉得无比羞愧，甚至羞愧都不足以形容他的心情，如果可能，他想远远地逃开，避开所有人，包括面前的妻子。但最后，他还得竭力在脸上堆出些笑容，解释那都是些善意的玩笑，其实董海波给他的工作并不是门童，而是工程部负责采购的副主任。

"董海波还说了，明晚请我们吃饭。"林风最后说。

苏颜怔怔地听着，怔怔地跌坐到椅子上。她现在，是否也像林风一样，感觉到了那种深入骨髓的无奈？

沈途出手，纵火者就倒下了。气流如箭，正中他的眉心。纵火者甚至都不知道发生了什么事，便直挺挺地向后倒下。

沈途一击过后，仍不停留，一道气浪向着火墙推去。气浪过处，火焰全灭。

云磊等人身上的火虽然灭了，但他和白灵都受了伤，宗婷有玄衣护体，短时间内倒还无恙。古昊又惊又喜，顾不上和沈途说话，先行救治受伤的白灵和云磊，然后才走到沈途的面前。

那边的悬浮少年早已经变成了焦炭，就算有治愈术，也难令他重生了。

沈途目光看向别处，神情竟是无比的萧瑟。

"我就知道，就算我们做不成朋友，也不会成为敌人。"古昊说。

沈途低低叹息一声："又有什么关系呢，很多事都跟以前不一样了。"

"但我知道，其实你并不想杀人。"

"我要杀人。"沈途目光一凛，"我只有杀人，才能留在巴图和巫彭身边，才能有机会为许琼报仇。"

"许琼死了？"古昊吃了一惊，"你确定是巴图或者巫彭杀死了她？"

沈途犹豫了一下，先是点头，后又摇头："回来之前，我非常确定，杀死许琼的人就是巫彭。但到了云城之后，我又变得不自信了。如果真是巫彭找到了我们，他不会只杀死许琼而放过我。但除了他们，我实在不知道这世上还有谁会想到去杀许琼。"

"所以你才继续留在巴图身边？"古昊问。

沈途点头："回来我便去找了巴图，恳求他再给我一次机会。只有留在他身边，我才能弄清楚他们和许琼之死有没有关系，也只有这样，我才能为许琼报仇。"

巫彭七形一体，一人拥有多种技能，他的能力之强，必定不是沈途所能对抗的。如果真是他杀死了许琼，沈途只有留在他身边，才能伺机而动为许琼报仇。

古昊立刻就明白了沈途现在的处境，但他隐约还有些担心。

"巴图和巫彭就这么轻易相信你了？"

沈途摇头："所以我才会替他们杀人，让他们相信，我是真心回归部族。"

古昊愣愣地看着他，皱起眉头："巫彭从我这里拿走了神力者的名单，所以，我必须阻止他再杀死任何的神力者。"

"你能吗？"沈途与其说是怀疑，倒不如说是担忧。

"就算不能，我也必须要做。"古昊道，"我不想再有人因我而死。"

沈途忽然转身："我要杀人，你要救人，只怕我们想不做对手都难。"

古昊不语，他内心何尝不是充满遗憾。

"我今天救了你们，不表示下次再遇到，我不会杀了你们。"沈途的声音又恢复了古昊初见他时的冷漠和倨傲，"但我每次都会给你一个机会。"

"机会？"古昊不解。

"只要你能打败我，我绝不跟你再纠缠。"

古昊愕然，失声道："打败你？开什么玩笑？"

沈途面露讥诮之色："那你凭什么阻止我杀人，又有什么资格做我的对手？"

古昊无语。

"其实今天，我本不该救你们，但巫彭早已料到，我们来杀这些神力者时，你必定会来阻止。他还特意叮嘱过我，不能伤了你的性命。"沈途道，"所以，今天救了你们的并不是我，而是巫彭，下回咱们动手，你也不必因为今天的事，对我手下留情。"

古昊苦笑："我对你还手下留情，你太高看我了。"

沈途怔怔地看着他，好像还有话说，但最后还是化成一声轻叹，转身走了。

后面的黄娅琳等三人，这时才走到古昊身边，一起看着沈途的背影。

"这人谁呀，这么厉害，你能打得过他吗？"云磊显然对古昊毫无信心，"他救了咱们，为什么说下回见面就要杀死我们？"

"算了，还是先回去吧，今天虽然没能救得了这个神力者，但至少纵火者死了，也算是有了点收获。"黄娅琳知道古昊和沈途的关系，二人阔别之后，如今竟在这种情况下见面，她亦觉得遗憾。

一向活跃的白灵此时却沉默，她看着沈途的背影消失在门后，眉心微蹙。

此时古昊心情沉重，和沈途为敌已经让他倍感纠结，他还必须在接下来的对决中打败沈途，才能救得了其他超能者。想想他都觉得茫然，沈途的能力他比任何人都清楚，就算再过十年，他也根本不可能是他对手。但是，他知道自己根本没有别的选择，他必须要面对沈途这样一个根本不能战胜的对手。

第三十五章
烟花如梦

　　秦歌也跑了一整天，就算腕上的小蟋蟀叫个不停，也无暇顾及。当然，他也相信，古昊加上黄娅琳、白灵和云磊，对付一个纵火者应该不难。特别是云磊和白灵，都拥有绝对的速度，打不过逃走，还是没问题的。

　　这一整天，秦歌都在调查林风和苏颜，走访了众多和他们有关的人，基本掌握了他们俩人之间这十儿年的生活历程。

　　林风和苏颜是中学同学，那会儿俩人就关系亲密，据昔日班里同学回忆，那时两人还处于相对朦胧的状态，也就是说大家都已经把他俩当成了一对儿，但他们之间还隔着层窗户纸。也许是因为高考的压力，也许是两人都很享受那种默契和纯真，反正整个高中时代，两人之间，单纯得像张白纸。

　　后来大家都收到了大学录取通知书，苏颜留在本地一家大学，而林风却考取了省城一所高校，这意味着，至少在接下来的四年里，俩人聚少离多。而谁都知道，大学四年是最能改变人的时段，别的改变林风倒不担心，但像苏颜这样漂亮出众的女生，大学里身边一定会出现众多的追求者，就算她心有所想，但能抗拒得了这些诱惑吗？

　　林风憋不住了，开学之后第一个月的最后一个周末，就悄悄回到了云城，伙同他中学时最好的朋友董海波，给苏颜来了场惊喜。

　　那天晚上，苏颜像往常一样在宿舍里，室友们那晚看起来都有些怪怪的，不时面露诡谲的笑容，还会背着她窃窃私语。她后来实在忍不住了，问她们是不是在搞什么恶作剧。这时候，窗外传来巨响，接着，黑暗像块被掀开的帷幕，露出外面五彩缤纷的颜色。

　　苏颜和室友走到窗边，完全惊呆了。

　　夜空已经绚烂得如同一块七彩的绵绸，绵绵飞舞，夜色便也变得异常鲜艳起来。苏颜从窗口探出脑袋，立刻，她就听到了楼下传来的欢呼声。

267

楼下不知什么时候聚了好多人，都是这所学校里的学生。他们面前的地上，摆满了待放和正在燃放的烟花。拿着打火机正在专心点燃烟花的两个人，正是林风和董海波。那时候，林风显然已经看见了她，接过边上一位同学手中的一大捧鲜花，开始冲着楼上，大声叫苏颜的名字。然后，所有围观的同学都跟着叫了起来。

如此寂静的夜晚，如此华丽喧闹的场面，苏颜一时间，有些醉了。

宿舍楼的窗户已经全部打开，每扇窗里都挤出几个脑袋。烟花的美丽足以抵去被人扰了清梦的恼火，更何况，大家很快就猜测到了今晚喧闹背后的真相。哪个少年不多情，哪个少女不怀春，为爱而来的浪漫，瞬间就征服了大家。

更多人开始呼喊苏颜的名字，苏颜虽然将身子完全隐没到窗户后头，但她的心却跳得厉害，只觉得生命里多了这样的夜晚，这辈子都将无悔无怨了。

呐喊声渐渐平息，最后，只剩下林风的声音叫得愈发起劲。

"苏颜苏颜我爱你！"

那个傻瓜样勇敢且执着的人，就是林风。那个日后做了她丈夫的男人，那个日后让她想起那一晚，仍然想要说声谢谢的男人，因为那晚的烟火，注定要陪伴她一生。

秦歌从苏颜昔日的室友口中，得知当年林风求爱的故事后，发现自己居然有些小小的感动。无论是焰火还是鲜花，放到现在千奇百怪的求爱方式里，已经不再稀奇，但在十多年前，那还是足够新潮浪漫，足以让一个女孩怦然心动了……

当天晚上，秦歌回到云湖山庄，饶有兴致地把这故事讲给大家听，黄娅琳和白灵听罢，都露出小女子的向往之态，但古昊直勾勾地盯着秦歌半天，道："让你查疫情，没让你当狗仔队。人家怎么谈恋爱，关咱们什么事？没想到你这么大一警察，也这么八卦。"

秦歌当即反驳："只有尽量多地了解林风，才能弄明白他和那疫情会有什么关系。"

秦歌的观点得到了黄娅琳和白灵的一致赞同，古昊无奈："成，这事你去查，你说了算。只要最后能把疫情的事弄清楚，那就是你本事。"

宗炜做得一手好菜，众人吃了都伸大拇指。

饭后，古昊心事重重，带了瓶啤酒坐在院子里发呆。宗炜已经从其他人口中知道了今天发生的事，纵火者已死，但接替他的是更加厉害的沈途。让古昊心情沉重的，除了今天那悬浮少年之死，更因为他还要面对强敌，必须打败沈途，才能救下其他超能者。

宗炜坐到了古昊边上："打败沈途，未必没有办法。"

古昊苦笑："你是不知道沈途，他的能力虽然未必赶得上巫彭，和巴图巴融更没法比，但是，跟我们这些新出现的超能者比，他就是高山，只怕这辈子我们都没法超过他。"

宗炜摇头："你太悲观了，如果连沈途这一关都过不去，你以后怎么去面对巫彭和巴图？"

古昊垂首不语。

宗炜又笑了笑："你会打败沈途的，而且，我相信用不了多长时间。"

古昊摇了摇头："我已经想过了，从明天开始，我就和黄娅琳、白灵，按照名单，分别去找那些超能者，把他们都带到这里来。"

"有用吗？"宗炜问，"那么些人，难免走漏消息，如果巴图让沈途打上门来，怎么办？"

古昊语塞。

"唯一能解决问题的办法，就是打败沈途。"宗炜想了想，"听黄娅琳说，沈途也是个骄傲的人，而且和你之前交情不错。我给你出个主意，下回遇到他，可以提出不用超能力，光凭拳脚，先打上一场。"

"就算他答应，光凭拳脚我也不是他的对手。"古昊越想越沮丧，只觉得打败沈途，根本就是不可能的事。

"那可未必。"宗炜说，"我之前见过很多神力者，包括你。但我并不和这些超能者有任何的交流……"

"就像我们第一次见面。"古昊抢着道，"我早想抽时间问你，那次，我在街道中央，看到斑马线后面的你，感觉自己被一辆车给撞飞了，但后来证明那只是我的幻觉。"

"没错，那是我做的。"宗炜承认，"其实，我也是名神力者。"

"你的技能是什么？"古昊并不奇怪。

"镜像。"宗炜回答，看古昊露出不解的神情，解释道，"你可以想像我的技能就像一面镜子，你拥有什么技能，在这镜子里，就能看到什么。"

古昊还是不明白："它能做什么？"

"它能让我知道你的技能是什么，并且在我这个镜像里无限放大，然后回馈给你……"

古昊悚然动容："你跟我一样，能复制别人的技能？"

宗炜苦笑摇头："不一样，完全不一样。你复制了一项技能，就能让它变成你自己的，但我这个镜像，只能以幻觉的形式影响到神力者本人。"看古昊还有些疑惑，宗炜又进一步解释道，"我曾经见过一个可以控制水的神力者……"

"邱云。"古昊脱口而出。

宗炜点头："她的能力是控制水，当我站在她面前时，她会看到我和她拥有同样的技能，而且，我的能力比她要强大的多，我甚至能用她的技能杀死她。但是，那不过是些幻觉，我并不能真的控制水，当然也不能用水来杀死她了。"

这回，古昊算是明白了，但他又想到了新的问题："我呢？我看到你时，我的幻觉是自己被车子撞得飞了起来。那么，我的技能是什么？"

"我当时非常困惑，现在我知道了，你可以复制别人的技能，所以在你身上，存在多种可能性，就算我是你的镜像，也不能准确说出你的技能究竟是哪一种。但不管哪种技能，我都可以将之放大，可以在幻觉里杀死你，所以，你才会被车子撞飞。"

古昊又想到了什么："如果我可以复制你的技能，成为沈途的镜像，岂非就能让他觉得我打败了他？"

"幻觉持续的时间极短，只是一瞬间的事。"宗炜摇头，"这骗不了沈途。"

"那我还能有什么办法打败他？"古昊又开始沮丧，说了半天，好像又回到了起点，"你的技能也帮不了我。"

"但我知道有个人的技能可以帮你。"宗炜笑了笑，显然已经胸有成竹，"刚才咱们说了，你向沈途提出，这一场只比拳脚身手，不用超能力。"

"刚才我也说了，光比拳脚我也不是沈途的对手。"古昊摇头，"沈途虽然没有提起过，但我见过他的身手，一看就是练过武的人。而我，也就年轻时经常跟人打架，算是有点经验，但这点经验在高手面前，实在没半点用处。"

宗炜笑了："但你有沈途不具备的优势，就是可以复制别人的能力。不久前，我曾经见过一个人，只要你复制了他的技能，就可以在短时间内，成为一名真正的搏击高手，打败沈途，应该不是难事。"

古昊知道宗炜不会信口开河，但还是有些怀疑。

宗炜笑了："你只要说服沈途不用超能力，我保证你在不违规的情况下，打败他。"

古昊仍然将信将疑："就算在拳脚上我赢了他，但必定还有下一场较量，沈途那时不可能还不使用他的超能力。"

这回，宗炜眉峰微蹙："这是个问题，超能力不会在短期内得到大幅提升，理论上讲，你不可能胜过沈途。但是——"

宗炜忽然话锋一转："你知道我为什么在这之前，见了很多神力者？"

古昊想了想，光他知道的，宗炜就去见了邱云、小丁、许琼，还有他，他不知道的，一定还有很多。他见过这些人之后，并不和这些人有任何的交流，他为什么要这样做？

"因为我在寻找英雄，可以真正拯救这个世界的英雄。"宗炜神情一凛，"你们现在只知道可能发生的一场瘟疫足以毁灭这座城市。但这场瘟疫和这个世界即将面对的另一场灾难相比，实在算不了什么。如果你们连这场瘟疫都阻止不了，更别说后面的那场灾难了，这也是我并不参与到你们现在行动中去的原因。"

古昊虽然早有预感宗炜另有使命，但他的这番话还是让他悚然动容，惊得说不出话来。

"好了，明天一早，你就去找张松，我说的那个神力者，现在就在他那里。"宗炜说。

这天下午，还没到下班时间，林风就匆忙离开酒店，回家换了身衣服，打电话给苏颜，叮嘱她别忘了今晚的饭局。他听出苏颜有点不太想去，不放心，便早早出门，打了车去苏颜的单位，接了她一块儿去饭店。

这家饭店小巧精致，消费当然也不低。

"这是董海波定的地方，他说好长时间没见你了，今晚主要是请你，我作陪。"林风故作轻松，而苏颜表现得却极淡然，甚至看都不看林风一眼。

林风叹口气："不管怎么说，董海波这次算是帮了我。"

"他要真心帮你，就不该带那么些同学去看你当门童。"苏颜显然还带着情绪，"现在，所有同学都知道他帮了你，都知道他是个重情重义的人。"

林风低头，嗫嚅着道："那就是个玩笑。"

苏颜不愿再和林风争执，目光落向窗外。林风也觉无趣，低头翻看菜单。

时间过去了很久，俩人之间竟然无话，董海波也不见踪影。

苏颜已经第三次看表，林风像是宽慰她，又像是自语："这个董海波，太没时间观念了，我这就打个电话，看他到哪了。"

电话很快打通，董海波说在路上，一个十字路口吃了三个红灯，还没过去。他让林风和苏颜再等会儿，马上就到。

林风把董海波的话复述了一遍，苏颜仍然面无表情看着窗外。

又等了会儿，董海波还是不见人影儿，林风搁在桌上的手机忽然响了……

这时候，秦歌就坐在离他们俩不远的一个位子上，服务员小姑娘已经好几次过来催着他点菜。秦歌也想犒劳一下自己，但看看菜单上那价格，又打消了这念头。

就在林风手机响的同时，秦歌腕上的小蟋蟀叫了起来，秦歌起初并没在意，以为是古昊那边的事，但装置定位显示超能力量出现的地方，正是他所在的餐厅，他不禁好奇，四处查看，餐厅里根本没有任何异常。

林风也在张松提供的超能者名单上，所以秦歌断定现在使用超能力的一定是林风。但他的超能力究竟是什么？

同时，手机铃声吸引了苏颜，她看到林风似乎有些畏缩，手伸向手机忽然又停下，脸上也现出些极复杂的表情——茫然之中，又带着些恐惧。

四合院里，沈途低头进到一间类似茶室的房间，巴图居中而坐，巫彭站在一边。见他进来，巫彭上前两步，将手上一张信笺递给他。

沈途不用看，就知道上面是一个人的名字，还有这个人的详细资料。

"我答应过古昊，杀人之前，先跟他联系。"沈途毫不隐瞒。

"为什么？"巫彭不解。

"我杀人，古昊救人，我又不能杀了古昊，这样纠缠起来会没完没了。所以，我们约定，每次杀人前，我都会给他一个机会，只要他能打败我，我就放过要杀的人。"沈途淡定地道。

巫彭怔一下，然后就笑了，那边的巴图也笑。

"古昊答应了？"巫彭问，在他看来，古昊在沈途面前，根本没有半点取胜的机会。

沈途点头："我必须把这事告诉你们，因为如果我败了，我就不会杀死这个人。"

"这倒是件非常有趣的事。"巫彭转向巴图，"我倒想看看，这古昊到底有多大能耐，能够打败沈途。"

巴图忽然叹了口气："古昊如果连沈途都胜不了，又怎么能在最后做我的对手。"

沈途面色微变，但却竭力隐忍，不闻不问。

巴图挥手："你去吧。"

沈途恭身要退，巫彭忽然拦住他，正色道："你已经错了一次，我不想看到你再错一次，所以跟古昊对敌，你务必要尽全力。"

沈途垂首："我会的。"

林风终于还是接听手机，屏幕上显示来电的是董海波，但说话的却是个陌生人。

"董海波死了，他死前最后联络的人是你，所以，我们需要你协助调查。"

林风惊呆了，边上的苏颜得知这一情况，也惊得说不出话来。

警方很快赶来，秦歌认识，都是以前的同事，于是上前了解情况。董海波刚刚出了车祸，车子失控，撞上了隔离带的水泥墩，然后接连撞了三辆车方才停下，董海波当场身亡。当时目击者以及多辆车的行驶记录仪证明，在车祸发生时，董海波的车没有一点减速的迹象。交警部门到达现场，很快就发现董海波死亡的异常之处。董海波车内安全气囊已经打开，虽然他身体遭受多处撞击，但却并无致命伤。而且，董海波口唇、皮肤和静脉血呈鲜红色，口腔内有苦杏仁味，这些都是氢化物中毒典型的症状。交警部门不敢大意，马上通知了刑侦队。刑警到达现场后，根据董海波手机的通讯记录，找到了林风。

警方推测，董海波中毒在先，导致车辆失控。根据现场勘察，董海波的车内有一瓶打开的矿泉水，已经带回去检验。同时，车尾箱里，还有大半箱同品牌的矿泉水。如果检测结果确定矿泉水中有毒，那么可以推测，有人事先在矿泉水中下毒，置于董海波的车上，董海波今晚恰好在行车途中，饮用了含毒的矿泉水，从而毒发身亡。

然后再据此推测，任何有机会接触董海波车的人，都有作案嫌疑。

秦歌立刻想到了前天晚上，林风借了豪车去接苏颜的事。

警方现在只是例行调查，林风和苏颜回答问题做完笔录，警察便离开了。秦歌叮嘱以前的同事，矿泉水检测结果出来后，别忘了给他打个电话。

秦歌有预感，董海波之死和林风有关，但这里面还有许多疑点，他的作案动机是什么，他和董海波十几年的交情，董海波又在他最困难的时候拉了他一把，按理说，他应该感激董海波才对。

秦歌理不出头绪，这时腕上的小蟋蟀又发出报警声。他抽空给古昊打了个电话，告诉他发现超能者的事。古昊表示自己也感应到了超能力量，同时又接到了沈途的电话。那个超能者现在就跟沈途在一块儿，沈途还没杀死他，是因为遵守之前的约定，给古昊一次机会。现在，古昊正赶去和沈途会面。

秦歌既担心又觉得有趣，问："待会儿你俩见面是不是就直接开打？你行吗？"

古昊的声音听起来居然挺乐观："行不行打过才知道。"

秦歌还想说什么，古昊已经挂断了电话。

那边的林风和苏颜，饭没吃成，又得知董海波死亡的消息，自然情绪都挺低落。回家途中，俩人谁都不说话，气氛莫名的尴尬，而且，苏颜偶尔看向林风的目光里，满是狐疑。

回到家，苏颜再也按捺不住，直勾勾地盯着林风看，却不说话。林风被她看得心里发毛，好半天，才嗫嚅着道："我没杀董海波，我不是凶手。"

苏颜再狠狠地瞪着他，仍不说话，却拉着他进到厨房里，从最角落的橱柜下面拖出一箱矿泉水，和董海波后尾箱里的矿泉水相同品牌。苏颜取出一瓶，拧开瓶盖，狠狠地递到林风面前。

　　林风脸颊肌肉剧烈跳动，甚至他的手都有些哆嗦。他一把抢过水瓶，毫不犹豫地将水尽数倒进水槽里。

　　"我想过要杀董海波，但我真的不是凶手。"他颤抖着说。

　　苏颜没有回答他，而是机械地拿起箱子里的矿泉水，将它们全都倾倒在水槽里。

　　"我真的不是凶手。"林风急切地上来抱住苏颜，"你一定要相信我。"

　　苏颜丢下手里的瓶子，沉默了一会儿，轻轻叹了口气："不管我信不信你，你都还是我丈夫。现在，我只想你能陪我出去散散步。"

　　"散步？"林风狐疑，这种时候，苏颜哪来的心情散步？

　　后来，俩人还是离开家，苏颜挽着林风的胳膊，看起来很亲密。林风另只手拎着一个黑色的塑料袋，里面就装着那些被压扁了的矿泉水瓶。他们每经过一个垃圾桶，都会很自然地把一个瓶子丢进去。

　　不知道走了多久，苏颜觉得有些累了，林风便提议到前面绿化带的长椅上休息一会儿。这时候，林风忽然警觉，感到身后有人在跟着他们。飞快地回头，身后出现的每个人都很自然，经过他们身边时也都没有丝毫停留。

　　林风狐疑了一会儿，想自己是不是过于疑神疑鬼了。和苏颜到长椅上坐下休息，他忽然又跳起来，撒腿往来时的方向疾奔下去。

　　奔到刚刚经过的垃圾桶前，他伸手进去翻拣。

　　刚刚丢弃的矿泉水瓶，已经不见了。

　　古昊到达跟沈途约好的地方，在一处烂尾楼的工地上。沈途带着一个年纪不大的年轻人，已经等候他多时了。那年轻人满脸都是恐慌，目光畏缩地看着沈途，就好像看着猛兽毒虫一般。他自然也是个超能者，显然不久前，沈途让他吃足了苦头，所以，现在即使沈途根本看都不看他，他也不敢溜。

　　古昊独自前来，有点出乎沈途的意料。待听古昊说了今天只比拳脚，不比超能力时，他想了想，答应了。

　　"不管比什么，只要你能胜了我，今天就饶了这人的性命。"沈途说。

　　那年轻人精神一振，似乎看到了一线生机。

　　"不过我要提醒你，巴人尚武，且天生体质就比你们外面世界的人强壮。我打小跟着父亲练拳，父亲遇难后，巴图又专门找了族内的高手训练我，所以，我才能成为族内的神荼，专职惩戒犯了族规的族人。"沈途这样说，倒不是瞧不起古昊，而是让他有充分的思想准备——别以为不用超能力就有机会，论拳脚，你也别抱太大希望。

　　古昊冲他点点头，算是回应他的提醒，然后也不多说，直接上前一步，双手握拳，静等沈途出招。沈途见古昊略显疲态，却又自信满满，不禁有些好笑。在他看来，古昊根本就没有一点胜算。

事实上，当俩人真的动起手来，沈途却大吃了一惊。古昊身形闪转腾挪，颇见章法，出拳踢腿，杂乱中又有套路，初时还有些笨拙，而后越来越娴熟。沈途自小练习的多是大开大阖的路数，攻多守少，仗着天生体格的力量，一般人还真难抵挡。但古昊走的却是灵活迅捷的套路，总能在不可能之际堪堪避开沈途的攻击，然后又以极刁钻的角度和极快的速度反击过来。幸好他的力量不算太大，沈途挨了几拳几脚尚无大碍。但沈途心中却是惊疑不定，古昊有些极高难的动作，没有十年以上的练习根本无法做到。而偏偏沈途知道古昊根本就没有专门练过武术，那么，他这些招式又是怎么练成的呢？

这事得回到今天上午，古昊联系张松，要去他那里寻求帮助。张松自然满口答应。白灵知道后，缠着要和古昊一块儿回去。

白灵轻车熟路，和古昊去医院，找到张松。古昊将自己和沈途的约定告诉他，张松深知沈途的能力，对古昊打败他，只能苦笑不语。古昊说明来意，希望得到他的帮助，更确切地说，是想复制这里一个神力者的技能。张松不解其意，就算他复制了这里所有神力者的技能，也难敌沈途。要知道，每一种技能都有其特别之处，技能之间并无高下之分，胜负靠的是功力的多寡。

但古昊既然提出来，他也不想多问，却仍奇怪，古昊怎么知道他这里有这样一名神力者。于是带古昊找到那名神力者，顺利地复制了他的技能。然后，古昊就要告辞，但白灵却希望他能等自己一会儿，她和张松有些话要说，说完了就跟他一起回去。

白灵和张松去了别处，不知道聊些什么，回来后，白灵明显情绪低落。古昊问是不是张松不想让她离开，她却摇头，不管古昊问些什么，都闷不作声。

回到云湖山庄，黄娅琳和云磊都奇怪古昊复制了什么样的技能，古昊笑而不答。那边，宗炜已经帮他收集了大量的视频资料，古昊把自己关在屋里一整天，出来之后，让黄娅琳把身体交给宗婷。大家都知道宗婷是搏击高手，无影旋风腿简直就是黄飞鸿再世。但古昊居然能和她练得旗鼓相当，而且之后不久，就能将她所有招数全都学了去。

到这时，大家才知道古昊今天复制的技能就是模仿——能够在一瞥之下便将看到的模仿出来，所以，短短一天之内，古昊至少在动作和招数上，俨然已经成为一名高手了。

沈途当然不知道这其中内情，跟古昊越打越觉得沮丧。明知道自己拳重力沉，只要一击便能让古昊趴下，但偏偏就是沾不到古昊的边。而他被古昊打中的次数却越来越多，只是因为力量不够，才勉强不致败落。这样的打法越打让他越觉得憋屈，但既已说好了只动拳脚不用超能力，又不能出尔反尔，特别对手又是古昊。

沈途忽然一记重拳逼开古昊，身子连退数步，双臂垂下，大声道："不打了，你赢了。"

其实古昊这时也在勉力支撑，虽然临时抱佛脚学了那么些花哨的招数，毕竟体力无法短时间增加，斗了这么长时间，他也行将力竭。沈途认输，他憋着的一口气终于泄了出来，他也一屁股坐在地上。

第三十六章

时空之门

那个超能者头也不回地跑了，就像生怕沈途反悔，再抓他回去一般。

古昊和沈途坐在一堆水泥砖上休息，沈途好像并没有因为败给古昊而沮丧，只是好奇短短时间，古昊怎么就成了一个搏击高手。古昊也不隐瞒，将原委说给他听，他便感慨："早就说过你的能力不可限量，现在看来果真这样。"

"但我今天是取巧，你要用上你的超能力，分分钟就能让我趴下。"

沈途并不谦让，因为事实也确实如此。

"以后能不能不杀人？"古昊犹豫了一下问，"我打赢你一回不容易，下回，肯定就没这么幸运了。"

"如果有人伤害了黄娅琳，你会放过他吗？"沈途反问。

"我不会。"古昊毫不犹豫地回答，"但这些超能者，他们跟许琼的事没有一点关系。"

"但他们却能让我留在巫彭和巴图身边。"沈途低声道，"巫彭最有可能是杀死许琼的凶手，我要为许琼报仇，只能留在他身边寻找机会。但是，每次看到巴图和巫彭，我又会迟疑，问自己，如果机会真的出现，我能下得了手吗？他们，可都是我的族人，他们看着我长大，在我成长的过程里，都给予过我很多快乐……"

沈途说不下去了，神情也变得沮丧起来。

古昊明白他内心的纠结，这种事，没人可以帮他。

"现在，我听命于巴图，来杀这些神力者，我只是想让自己再为他们做点什么，那样，当我再次背叛巴图，甚至是杀了他们时，我才会尽量坦然。和许琼在一起的那段日子，是我这辈子最开心的时候，虽然它消失了，不会再有了，但忘记对我来说，就是另一种背叛。所以，我必须让自己狠下心，让自己时刻记着仇恨。如果这辈子我一定不能辜负一个人，我想那一定就是许琼。"

古昊现在已经开始同情沈途了，他内心何止是纠结，简直就是痛苦了。

这时候，忽然后面传来一阵纷乱的脚步声，刚才已经离去的那个超能者，忽然又跑了回来，而且神情慌张，就像看到了什么更可怕的事一样。他向着古昊和沈途的方向疾奔而来，却在离他们还有十余米的地方倒下了。他挣扎着继续向前爬行，但蓦然间身后传来一股力量，竟硬生生将他倒提了起来——古昊和沈途看到他脚朝上，头朝下，悬空离地三尺多高，手脚拼命来回划动。

古昊和沈途霍然起身，正想奔过去，这时，那超能者后面又传来脚步声。俩人凝神戒备，却见来人正是巫彭。

巫彭慢慢走到倒立的那超能者边上，目光冷冷地看着沈途。

沈途似是不敢和他目光对视，低首垂眉。

"我很失望。"巫彭说，"没想到你居然败给了古昊。"

"我得遵守约定。"沈途低声道，"这一场，我们说好了不用超能力，只比拳脚。"

"如果你真的想杀死这些神力者，就根本不会有这些约定。你只是想给自己找一个放过他们的借口。"巫彭叹息，"我真的看错你了，但你用尽心机，却仍然救不了这些人。"

古昊意识到了巫彭要做什么，刚想开口，只见巫彭一只手已经搭上了那个倒挂着的超能者的脚踝，顷刻之间，那超能者凭空消失了，只剩下些极细微的粉尘在空气中飘荡。

——巫彭的能力之一，就是分解任何物体。

古昊拳已握紧，目光中似要喷出火来。他大步向前走了两步，厉声喝道："巫彭！"

巫彭不屑地看着他。

"我一定要杀了你。"古昊重重地道。

"你，杀我？"巫彭笑笑，"就凭你才学的那点花拳绣腿？"

"我比你年轻，我的能力会一天天增长。而你已经老了，总有力衰的时候。我会非常有耐心，慢慢地等，等到我能杀了你的那一天。"

巫彭微怔，仍然在笑，却已经有些不自然："我可以现在就杀了你。"

"你不会，我是你和巴图找到巴融最重要的一枚棋子。巴融还没有找到，你怎么会坏了布局二十多年的计划，杀死我呢？"

"所以，你才敢这么有恃无恐？"巫彭问，稍顿，又加一句，"就因为你是巴融的亲生儿子？"

古昊沉默，边上的沈途却露出惊讶的神情。他看着古昊，脱口而出："巴融的儿子？"

古昊眉峰颦起："你们二十多年前，把我送给古汉元收养，就是为了这一天，能利用我找到巴融……"

"你终于想明白了。"巫彭道，"想明白了，那也就不用再瞒你了。"

"你们找到我，以末日灾难为借口，让我帮着你们去杀那些神力者，其实只是想让巴融注意到有我这个人存在。然后，巴融就会派人调查我，以他的能耐，很容易就能查明我的身世……"

巫彭笑道："在我们族中，技能是可以遗传的，虽然这其中也存在很多变数，比如在能力最终形成的过程中会产生变化。但在这百余年间，我们部族唯一可以复制别人技能的人，就是巴融。"

古昊怔一下："巴融只要发现我的技能，就会想到我和他的关系。"

"他知道我们利用他的儿子，去杀死他这么些年苦心创造出来的神力者，心里一定挺不是滋味。"巫彭有些得意。

"只要巴融忍不住出来找我，你们就能发现他。"

"只可惜，巴融实在是狡猾，到现在都没有出来看看他二十多年没见的儿子。"巫彭叹口气，"看来，你这个亲生儿子对他来说，没我们想的那么重要。"

"也许他只是识破了你们的诡计。"

"那也没关系，他不现身，我们就杀光他创造出来的这些神力者。"

"这才是你们杀死这些人的真正原因。"古昊愤然。

"你要记住，真正杀死这些人的是巴融。"巫彭正色道，"他本来就不该创造这些神力者，现在，又眼睁睁看着这些人被杀，仍龟缩不出。"

"如果杀光了所有神力者，巴融仍不现身呢？"沉默许久的沈途忽然问。

巫彭目光落在古昊身上，带些惋惜地道："那样的话，你就一定等不到我力衰的那一天了……"

古昊拳头再次握紧，他有上前和巫彭一战的冲动。

"我们就来赌这一次，赌巴融还是不是昔日那个有些血性的男人。如果最后，他连亲生儿子的生死都不过问，只想着自己躲在黑暗里苟且偷生，那么，他这个人，其实已经死了，我们也就没有什么好担心的了。"巫彭再笑笑，又冲着古昊道，"如果我是你，一定希望巴融早点出来，既能救了这些神力者，又能救了他唯一的儿子。当然，就算你不怕死，但这世界上还有很多你所在意的人……"

巫彭走了，沈途像个做错事的孩子，乖乖跟在他后面。

古昊愤怒已经被巫彭点燃，但他却不知道现在究竟能干点什么。他根本就不是巫彭的对手，更不要说巴图了。他无力保护那些神力者，只能每一次眼睁睁看着他们被杀死。也许，真的像巫彭说的，能阻止这一切的，唯有巴融。

巴融真的像巫彭说的那样，是个有血性的男人吗？

那么他看到这些人因为他死去，究竟会不会站出来，面对巴图？

古昊心里隐约有了些期待。

秦歌一早就去找了黄娅琳，找她帮忙，去查董海波的案子。

"其实，凶手是谁不重要，我只想确定，这案子跟林风是否有关系。"秦歌把发生的事简单告诉黄娅琳。

黄娅琳这几天挺闲，加上古昊又心事重重在忙自己的事，便答应了。

秦歌开车带着黄娅琳，先去找林风。

林风这天上午去酒店上班，酒店里的人已经知道了董海波昨晚遇害的事，一时间风言风语四起，各种小道消息乱飞，但大多是胡乱猜测。大家知道林风和董海波关系亲近，有些人来探消息，林风都摇头不语。

十点钟那会儿，林风收到前台打来的电话，说有他的快递，下去取了回来，觉得有点奇怪。自己最近没有网上买过东西，哪来的包裹？小心翼翼地拆开，他立刻变了脸色，慌忙将包裹扔到桌边的垃圾桶里，心跳得厉害，手脚还有些轻微地颤抖。

包裹里，是一个压扁了的矿泉水瓶——毫无疑问，这就是他昨晚丢弃的。

寄包裹来的人是谁，他昨晚一定跟踪了林风，他跟踪的目的是什么，他跟董海波之死有什么关系，难道他就是杀死董海波的人？

林风坐在那里，心里各种狐疑不定，又各种恐慌无措。

如果这些矿泉水瓶落入警方手里，他那真的是跳进黄河也洗不清了。

昨天晚上，将那些矿泉水瓶丢弃之后，他向苏颜坦白了一切。

他从网上购买了氢化物，从超市抱回来一箱矿泉水，然后，在夜深人静的时候，离开熟睡的苏颜，进到厨房里，蹲在角落，用针管，从瓶颈位置扎进去，将氢化物注入矿泉水中。

他有很多次机会可以将有毒的矿泉水调换到董海波的车里，但每回他都犹豫过后，放弃了。甚至那晚借了董海波的车，他已经将毒水放到车尾箱装矿泉水的箱子里，后来，他又将它取出来，飞快地拧开瓶盖，把里面的水倾倒出去。然后，蹲在车轮后面开始呕吐。

"我做不到，杀人，原来真的很难。"林风这样说。

"会不会是你拿错了瓶子？"苏颜问他。

"绝不可能！"林风失声叫，"我不会犯那种低级错误。"

于是，苏颜就信了他的话。他不是凶手，虽然他很想杀死董海波。

现在，有人把丢弃的矿泉水瓶寄给了林风，瓶子里有液体残留，可以检测出含有剧毒，瓶子上有林风的指纹，可以证明它跟林风有关。警方如果拿到它，将毫无悬念地把他当成杀死董海波的凶手。

林风内心忐忑不安，胡乱猜测着寄包裹的人会是谁。这时候，他再接到前台电话，有警察找他。林风心跳加快，站起来时，发现腿都有点软了。

警察来找他，是不是已经发现了矿泉水瓶？

古昊玩命地沿着云湖山庄外围的一条小路狂奔，他的速度极快，就算站在边上，都看不清他的动作，只能察觉有道影子不时从面前掠过。

白灵和云磊坐在不远处的一张室外长椅上，脸上都露出无奈的表情。

古昊一早就找到他们，复制了他们的技能。因为空间位移和极速都需要练习，所以，整整一个上午，古昊都没歇过。他绕着云湖山庄不知道跑了多少圈，过一会儿，还会拉白灵跟他一起跑，让她来判断他的速度是否提高了些。白灵每回很容易就把他甩在后面，但还是得哄着他，说比刚开始快了，快了好多。古昊听了，就很开心，跑得就更起劲了。

"他怎么不觉得累呀。"白灵忧心忡忡地跟身边的云磊说，"再这么跑下去，他非得虚脱了不可。"

好容易古昊不跑了，还过来坐到他们边上休息，喝了两瓶水，扯了几句闲篇，忽然又拉着云磊要练空间位移。白灵刚想劝他别折腾了，话还没出口，俩人瞬间没了，不知道移哪去了。

白灵一个人回到屋里，向宗炜抱怨古昊这一上午跟发了疯样瞎折腾，就像跟自己有仇一样。宗炜笑着说他这是心里憋着一口气，能找到点事做发泄一下，是好事。

白灵一个人找了个窗口，两手托腮对着外面发呆。这段时间，她好像有了心事，特别是一个人的时候。是不是在她心里，还藏着什么不为人知的秘密？

那边古昊和云磊移了几回，很快就掌握了空间位移的技巧，十回倒有七八回能移到想去的地方。云磊催他回去，但他说还想再移最后一次，这次，得移远点。

"千万别，你这刚学会，万一移大差了，移到地球那头，完事发现移不回来，那就惨了。"云磊赶紧阻止。

古昊想想觉得也有道理，他忽然想到一个地方。

"我带你去见个人。"古昊自己先兴奋起来，"那地方叫做海上云台，那里住着一个满头白发的老太太，但实际上，她的年龄只有三十岁。"

古昊心中默想着海上云台，拉着云磊，再次移了出去。

这回，他们俩都觉得有些不对劲了。

之前的几次移动，全都是眨巴眼的工夫，他们就到了另外一个地方。但这回，他们感觉进入了一片虚空之中，没有天，没有地，没有光亮，也没有黑暗。他们在以极快的速度移动，甚至比白灵的极速还要快得多。云磊吓傻了，尖叫声不断，就像头回坐过山车的孩子。古昊也是惊疑不定，但仍然死死拉着云磊，生怕松手俩人就要分开。

虚空终于消失，踩上了实地。他们置身于一个看起来非常奇怪的地方。

这里的天空是灰色的，云层压得很低，隐约间可见些闪电似的亮光在云层之间。视线所及之处，犹如荒原，大片的土地龟裂，河流干涸，只零星生长着些半人高的杂草，偶或还能看到些动物的骨头。风从很远的地方响亮地吹过来，冷得刺骨，风里还夹杂着些极细的沙粒，打到脸上，微微地痛。

云磊脸色煞白，带些惊惧地问："这就是你说的海上云台？"

古昊也是满脸惊诧，不知道眼前看到的，究竟是真实世界，还是存在于虚幻之中。这些场面太不真实了，就像曾经看过的末世影片里的场景。

他看到前方不远处，有条河谷，河谷的另一边是座满目疮痍的高山。此刻，高山发出轰鸣声，然后开始坍塌，巨石倾落在河谷里，扬起漫天的灰尘，那些风也吹不散的灰尘扑过来，迅速让他们的视线变得模糊。

云磊快要哭了，拉着古昊的胳膊："咱们这是移到哪了，太可怕了。"

古昊取出手机，对着四处拍了些照片。

"赶紧走吧，我都快没法呼吸了。"云磊催促他。

古昊也不想在这地方多待，拉着云磊又开始空间位移。但是，他们这回仍然没有移到想去的地方，而是置身于已成废墟的城市之中。

说是城市，倒更像是座古镇，就算已经坍塌焚毁，但仍可见这些建筑伫立时的精致与考究，光滑的大块青石铺就的路面，断墙残垣处质地细腻的青砖和雕着精致图案的瓦当。废墟之间仅剩下营养不良的荒草在风中摇曳，四处除了风声，安静得让人心生惧意。

云磊这回真要哭了，畏缩地左顾右盼，就像生怕废墟之中能冲出什么可怕的怪物一样。古昊小心地向前走，不停地用手机拍下身边的场景。

"别拍了，赶紧想办法离开这儿。你不走，我可要走了。"云磊哭丧着脸说。

古昊其实心里也有惧意，却想知道这是哪儿。云磊此刻不容分说，拉着他的胳膊，使出位移术。两人瞬间消失，但出现的地方，居然又回到了荒原里。

虽然并不是刚才他们待的地方，但触目所及之处，景象与前番看到的并无二致。

云磊傻了："这到底是哪儿，我们还能回得去吗？"

林风坐在秦歌和黄娅琳对面，虽然全力让自己冷静，但脸上还带着掩饰不住的紧张。别说是经验丰富的老警察秦歌，就算黄娅琳都开始怀疑他跟黄海波之死有关了。

秦歌开门见山："黄海波车祸中，车内遗落的矿泉水瓶，经检测，含有可致命的氢化物。我们初步怀疑，有人将含有剧毒的矿泉水，放置在董海波的车内。"

林风脸颊肌肉颤动了一下，于是，黄娅琳就知道了他那晚，亲手将矿泉水放到董海波车尾箱的事。

"黄海波几天前，曾经把车借给你。"黄娅琳话说了一半，但意思已经非常明显了。

"我没有！"林风更加紧张，声音也变得急促，"我不是凶手，我没有杀董海波。"

这时候，黄娅琳又看到了他将矿泉水从车里取出倾倒在路边的画面，还看到他蹲在车轮后面，不停地呕吐。

黄娅琳奇怪了，冲着秦歌微微摇了摇头。

"不是凶手，你紧张什么？"秦歌毫不客气地问。

"我知道你们会怀疑我，谁被警察怀疑不紧张？"林风忽然大声道，"不管我和董海波之间发生过什么，他还是我的朋友，在我最困难的时候，只有他愿意给予我力所能及的帮助，包括现在的这份工作。我怎么会要杀死他呢？"

秦歌看向黄娅琳，黄娅琳凝神倾听，又冲他轻轻点了点头。

离开酒店，秦歌和黄娅琳简单交流了一下。黄娅琳确定了林风不是凶手，但对他从董海波车内取出矿泉水倾倒的事又存疑虑——那至少证明他曾想过要杀董海波。

随后，他们俩人又去了一家快捷连锁酒店，苏颜在这里做运营经理。相比林风，苏颜要冷静得多，当秦歌问起林风和黄海波的关系时，她稍微犹豫了一下，才道："董海波是个好人，大学毕业后，继承家里的产业，这些年生意做得挺不错。林风却没那么好的运气，职场不利，最后连工作都没了。现在的社会，大家都很现实，在你困难时有人能给予你些帮助，已经非常难得了。董海波就是这样的人，帮了林风好多次，最近的一次，就是让他到自己的酒店上班，还给了他一个挺不错的职位。"

"但是林风却对董海波怀有敌意。"黄娅琳说话时，已经在凝神倾听苏颜内心的声音。

苏颜果然怔了一下，沉默了挺长时间，才道："中学的时候，林风和董海波就是好朋友，但他俩给大家的印象却不一样。林风学习好能力强，董海波各方面都挺普通，没有任何特别之处，所以，当时林风一直处于主导地位，大家也都认为，林风的将来，一定会比董海波好。现实是残酷的，董海波的父母做生意突然暴富，林风却屡遭挫折，到了需要董海波的帮助才能渡过难关的地步。董海波确实真心帮助林风，但他也常常在昔日的同学面前戏弄林风，我猜测，他只是想让大家知道，他现在混得比林风强，他在帮助林风。有时候，这些戏弄会伤到林风的自尊，甚至有时候还带有些羞辱的成分。"

黄娅琳给秦歌和黄娅琳看手机里的一些照片，以证实自己所言不虚。

秦歌看到黄娅琳冲他使眼色，起身告辞。

出了快捷酒店，坐到秦歌的车里，黄娅琳这才轻轻叹息一声："果然和我猜测的一样，两个男人之间若有敌意，大多会和女人有关。"

秦歌闻言微怔："你是说，苏颜和董海波之间？"

黄娅琳慢慢点头："那已经是很久以前的事了……"

十多年前，林风考取外地大学，董海波和苏颜则留在了本地一所大学里。林风偷跑回来，伙同董海波在苏颜的宿舍楼前烟花求爱，终于确定了和苏颜的恋爱关系。短暂的相聚过后，他必须回学校，很自然的，他托董海波帮他照顾苏颜。此后，董海波可以名正言顺地和苏颜在一起，大家都知道他们的关系，谁也不会往别处想。但事实上，两人在一起的时间越来越多，终于有一天，做出了越轨之事。

现在，已经无需去揣测俩人之间究竟是一时激情，还是真的生出了感情，四年时间很快过去，林风即将回到云城，何去何从，成了摆在他们面前的一道难题。苏颜和董海波必定有过极为痛苦的纠结过程，特别是毕业前夕，苏颜意外发现自己怀孕了。后来，董海波开始逃避苏颜，实际上这就是他做出的选择。兄弟的友谊那时在他心里，一定比爱情更为重要，也或者，他在意的仅仅是真相败露后可能引发的流言蜚语，以及无形的道德审判。

林风毕业归来的那一天，苏颜去火车站接他，并和他紧紧拥抱。那时候，苏颜心里已经决定要忘了董海波，好好去爱林风，和他一起生活……

秦歌听黄娅琳说完，内心涌起巨大的疑问：如果林风知道了当年的这段往事，这会不会成为他杀死董海波的动机？

但是，黄娅琳又明确表示过林风不是凶手，董海波之死，看来其中仍另有隐情。

古昊和云磊不知试了多少回，却仍然在这个奇怪的地方。空间位移肯定没有失效，每回他们也总能移到别处去，但视线所及，仍然是荒漠和废墟。这个地方如果是真实的，那么它就像有个坚硬的外壳，把古昊和云磊围在了其中。

使用超能力极耗体力，俩人此刻都已经力竭，古昊坐到一块石头上，云磊则夸张地仰面躺在地上："我就说咱们不能移得太远，这下好了，回不去了。"

"我怎么觉得这不像是真的。"古昊说，"地球上有这样的地方吗？"

"是不是幻觉，让我掐你两下就清楚了。"云磊真的坐起来，用力掐了两下古昊的腿，还问，"疼吗？"

古昊回答很疼，这样就排除了幻觉的可能性。那么，这到底是什么地方，这么一大片荒原，还有整个城市都沦为废墟，加上这么恶劣的气候，怎么瞧都像是灾难片里的场景。更重要的是，怎么离开这里，成了眼下最迫切要解决的问题。

"莫非这也是什么人的超能力，把我们困在了这里？"古昊胡乱猜测。

云磊忽然跳了起来，指着前方，惊愕地说话都有些结巴了："门，那边有道门。"

古昊顺着他手指的方向看去，果真见到远处有道亮光，亮光下，真的有一道门。门应该在墙上，但亮光处空荡荡的，根本没有墙，那道门就非常突兀地立在那里，而且，隐约可见房门紧闭。

云磊已经撒腿向着那道门跑去，古昊更加急迫，直接使用了白灵的极速，疾奔过去，顺道还拉了云磊一把，瞬间二人已经站在了门边。

门是很传统的那种双扇对开门，外面有个古朴的门框，看起来木纹斑驳，显然有些年头了。两扇门上各有一枚兽环，已经生满绿色的铜锈。

古昊和云磊面面相觑，对着这道门上下左右瞧了几遍，实在看不出端倪来。

"这道门绝对有古怪。"云磊歪着头嘀咕。

"还用你说。"古昊没好气地说，"关键是这道门要打开，会发生什么事。"

"要不，咱们试试？"云磊有些发怵，"我怎么觉得心里发虚呀，科幻片里要有这道门，打开肯定没好事，不是冒出外星怪兽来，就是冒出俩吸血鬼。"

"吸血鬼那是科幻片里的吗？"古昊嘀咕，"恐怖片里才有吸血鬼。"

说着话，俩人慢慢上前，云磊做个请的手势，古昊瞪他一眼，还是上前一步，双手用力，去推那两扇门。门很轻松地就开了。

门开的刹那，云磊下意识地往后跳了一步，古昊受他影响，往后躲了躲。

门里什么都没出来，没有外星怪兽，也没有吸血鬼。俩人的目光向门里看去，再次惊呆了。他们看到的，居然正是云湖山庄。

俩人并肩站着，都狐疑不定。已经猜到这道门有古怪，却没想到居然会这么古怪。如果这道门后，真的是云湖山庄，那么这道门，岂非就是时空之门？时空之门这种超科幻的东西，难道在现实里真的存在？

古昊想了想，低声道："也许这道门，只是想带我们回去。"

"怎么回？穿过这道门就能回到云湖山庄？"云磊挠头。

"光想没用，你得进去试试。"古昊说，"你也老大不小的人了，不能什么事都指望我。"

云磊直接一屁股坐地上："不指望你我还能指望谁，今天是你要玩位移的，我只是陪练。现在出了事，你就得对我负责。"

古昊狠狠瞪他一眼，也不想再多耽搁，大步走进门里。然后——然后他又从门后走了回来，换句话说，那道门什么作用都没有，迈进那道门里，看到的云湖山庄便消失了，他只是走到了门后面。

云磊本来挺紧张地看着他进门，这回居然笑出声来。

古昊一拍脑门："我想到了，这道门不是用来进的，它是给我们指引一个方向。"

"什么意思？"云磊没听明白。

古昊来了精神，拉起云磊，和他并肩站到门边："现在，我要用位移术，通过这道门，把我们都移回云湖山庄去。"

"能行吗？"云磊还有些怀疑，但古昊根本不给他质疑的机会，俩人瞬间消失不见。

云湖山庄，秦歌的车刚停下，黄娅琳和他开门下车，古昊和云磊突然出现在面前，吓了他俩一跳。

"这什么鬼？"黄娅琳夸张地笑，"幸亏是白天，大半夜要冷不丁这么突然冒出俩人来，谁能受得了，肯定得吓趴下。"

古昊和云磊面面相觑，忽然间欢呼雀跃，他们终于回来了。

第三十六章　时空之门

Get
Carter

第三十七章
大开杀戒

沈途打开房门，外面站着巫彭。

"时间到了，跟我去见巴图。"巫彭的神情，竟是从没有过的凝重。

沈途垂下目光，跟在巫彭的后面，去巴图的茶室。

巴图看起来好像又老了点，白发白须虽然仍梳理得非常整齐，但眼窝深陷，面上的沟壑如同刀刻般深刻，更重要的是他坐在那里，背已经佝偻，目光中的精气已经消散，咳嗽的频率越来越高，常常是一咳而不可止，整个人都在咳嗽声里颤抖。

沈途心里有些莫名酸楚，原本那个叱咤风云的人，已经老得不成样子了。

其实，巴图的年龄并不算很大，也就六十多岁，但在巴族中，这年纪已经算是高龄了。巴族人的寿命比外面世界的人要短得多，巴图和巫彭也曾经讨论过这件事，得出的结论，就是使用超能力，会损耗人的生命，只是每次损耗的都很少，看不出来而已，但日积月累，结果就能显现出来了。当然，也有特殊情况，比如说治愈者……

巫彭那天带沈途回来，如实向巴图汇报了发生的事。巴图怔怔地盯着沈途看了好半天，才挥了挥手，让沈途回房去，他需要些时间来决定如何处置他。

沈途授命去杀死神力者，他没能完成任务，不管理由是什么，都是他的错。沈途无心分辩，也不惧怕接受任何惩处，甚至内心，他还在盼望着某个时刻的到来。

现在，终于到了巴图做出决定的时候，沈途已经做好了准备，但他还是没想到，巴图会再一次原谅了他。

"在这外面的世界里，难免会犯一些错。以前我就是因为处置手段过于武断，让好多族人背负叛族者之名，以至这一生都再难回族地。但错就是错，唯一可以弥补的方式就是用行动去证明自己。我已经给了你一次重新来过的机会，虽然你完成得差强人意，但却情有可原。所以，我现在再给你一次机会，这一次，将决定你此后一生的命运。"

巴图说得如此郑重，这让沈途心中狐疑不定，隐约料到此番出族地的最后一战，即将拉开序幕。

　　"我老了，已经没有时间再等下去了……"巴图话未说完，又开始剧烈地咳嗽。

　　巫彭冲着沈途使个眼色，俩人恭身退出茶室。

　　"我想知道，你是否已经做好准备。"巫彭凝视着沈途。

　　"准备做什么？"沈途还是忍不住要问。

　　巫彭面无表情，沉默了一下，一字一顿吐出四个字来："大开杀戒。"

　　云湖山庄，大屏幕上，展示的正是古昊手机拍摄的照片。

　　云磊口若悬河，唾沫星乱喷，站在大屏幕前，向秦歌和黄娅琳讲述他和古昊的经历。古昊则坐在一边，非常认真地听，就像根本不曾经历过那些事。事实上，他借着云磊的讲述在回忆，以此证明记忆中的那些事，曾经真的发生过。

　　宗炜不知什么时候悄悄出现在他们后面，他也在听，也很认真。

　　云磊终于讲完，秦歌和黄娅琳对他们这匪夷所思的经历，先是表达了惊愕，接着，就和云磊一道开始胡乱猜测。因为那个地方完全就是科幻片里的末世景象，所以，他们猜得最多的，就是他们瞬移时，穿越时空，去到了未来，除此之外，他们实在想不起，还有别的什么可能。

　　"有没有可能，你们去的那地方根本就不是地球？"秦歌像是脑洞大开，"黑洞理论，两个星球之间完全可以通过一个点来连接。"

　　"不可能。"云磊大声叫，将大屏上的照片换成废墟的图片，"那里有成片的废墟，房子虽然已经坍塌，但绝对是咱们熟悉的房子，而且，那房子还带有非常典型的中国传统民居的特点。"

　　秦歌和黄娅琳认真看，那些青砖黑瓦，那些雕刻精致的瓦当和飞檐，都在证实云磊的话。

　　"你们别说是幻觉，要是幻觉，就不可能拍到这些照片，而且，我把古昊大腿都掐青了好大一块儿，他说很疼。"云磊又将幻觉这种可能性给排除。

　　"我知道那是哪里。"宗炜的声音响起，众人立刻把目光投向他，云磊直接跳起来，拉他过来坐下，"知道就赶紧告诉我们，再不说我们就要憋死了。"

　　古昊非常吃惊，早就知道宗炜有秘密，现在看，宗炜比想得更加高深莫测。

　　看宗炜的神情，似乎并不吃惊云磊刚才讲述的那些事。他看着周围几双渴望的眼睛，居然笑了笑："我想先问你们一个问题，你们都知道巴图和巴融来自巴族，却至今无人知道巴族族地究竟在哪里。就算古汉元当年误入巴族族地，可以说已经大概知道了位置，但后来他再想回去，也仍然无法做到。"

　　大家似已知道宗炜的说话风格，讲正题之前，一定得先兜几个圈子。但他兜的圈子，却必定和主题关系密切。

　　古昊立刻又想到件事："古汉元之所以能够误入巴族族地，是因为他摔下了山崖。"

"这不科学。"秦歌像在起哄，但他的话却代表了大家的心声。

"科学解释不了的事，未必就不是科学，很可能只是科学还没发展到能解释那种现象的水平和高度。"宗炜慢条斯理地道，"就像现在你们见到的各种超能力，如果不是亲眼所见，又或者自己就是超能者，你根本不会相信，人只凭脑力就能做到那些匪夷所思之事。如果再大胆设想一下，这些超能力难道就是大脑的极限？"

古昊等人认真地听，这时候顺着宗炜说的话往下想，一时间竟都呆住了。脑力无穷尽，如果能够将脑力尽数开发，那么能做的事，岂非更加匪夷所思了。

"你们听说过结界吗？"宗炜忽然问。

"玩游戏的人都知道。"云磊抢着道，"魔法师为了保护某个地方，或者抵御外敌的入侵，就会做法，在一定范围内形成保护层，让敌人看不到这个地方，或者抵御敌人的进攻。"

古昊等人对结界并无概念，听了云磊说的话，忽然都有些警醒。

"难道，巴族族地，就是一个结界？"古昊失声道。

宗炜点头："结界只是中国宗教文化里的一个名词，现在大家对它的解释，多是以阵法的形式储存法师的能力。但我要说的，或许比结界更往前一步，它不是隐藏一个地方，而是创造一个空间。"

宗炜随手在纸上画了一个大圆，然后在大圆里又画了一个小圆："大圆就是我们生活的这个空间，也就是地球表面，这小圆就是创造的空间，你可以把它当成一个结界，它仍然在这个大空间里，既是独立存在的，又和我们生活的这个空间重叠。这种情况，我觉得用复合空间这个词更为贴切。"

"重叠的空间？"黄娅琳显然抓住了重点，"假设现在云湖山庄就是重叠的部分，在我们看来，它是一幢别墅，但在这小空间的人眼里，它可以是高山，可以是大海，可以是巴族族地。"

宗炜冲着黄娅琳赞许地点头："就是这个意思。"

经黄娅琳这一解释，大家全明白了。那边的古昊蓦然想到了什么，脱口而出，"你是说，我跟云磊瞬移去的那个地方，就是个这样的重叠空间？"

"我没办法给你肯定的答案，只是给你们提供一个思路。"宗炜的意思其实已经非常明显了，"而且我可以告诉你们，这样的重叠空间是真实存在的。"

古昊刚想开口，宗炜又抢着道："再给你们提供一种设想。"

说话间，宗炜在纸上又画了一个大圆，然后沿着这圆的边缘，又画了两个。三个圆大小差不多，线条也几乎吻合，有些地方看起来就是一条线。

"我刚才提到重叠空间时，你们一定有一个先入为主的概念，觉得这个大圆就是我们生活的空间，但有没有这样一种可能，还有别的空间和我们生活的这空间一样大，以至于这世界无处不处于重叠空间之中？再大胆设想一下，假如我们生活的世界，只是这个小圆，只是某个大空间里的一个重叠的小空间，那会是一种什么样的情况？"

所有人都愣住了，这种假设直接让他们集体失语，陷入沉思之中——宗炜说的任何话，你都不能把它当成假设，如果，如果他说的是真的，那对于在场所有人来说，都是场地震，震碎所有人的三观。

"那道门……"古昊嗫嚅着道。

"那道门我想就像你们猜测的那样，给了你们一个方向，让你们能够回到这里。"宗炜这时显然也有些犹豫，"今天我说的已经够多了，但我要不说，你们肯定还会憋得慌，所以，我现在仍然只能给你们提供一个思路。"

古昊等人都打起精神，知道他要说的必定又是惊世骇俗的事。

宗炜想了想，缓缓地道："那道门不会凭空出现在那里，就像指引你们回来这种事，只能是人为的，不会是任何自然现象。"

"有人变出那道门？"云磊下巴都快惊掉了，"谁有那么大能耐？"

古昊也非常惊愕，那个蛮荒之地，难道还有人在暗中窥视着他们？

宗炜笑笑，竟不接他的茬，又开了另外一个话题，或者，又在开始兜圈子："现在你们都知道了巴族所有人，都有超能力，也都知道了巴族的来历。传说的真伪已经无从考证，但至少，巴族人都有神力这是确凿无疑的。如果巴族真像传说中的那样，不过是伏羲族当年的一个分支，那么，这个分支都能在历史长河中繁衍生息，那么整个伏羲族呢？伏羲不过是上古五帝中的东方天帝，其他四方天帝分别是黄帝、炎帝、少昊、颛顼，他们都有各自的族人，也都留下过各种各样的传说，他们构成了中国上古神话体系。但在这些神话里，并没有交代他们的最终结局，虽然有黄帝升天的故事存世，可看起来多少有点敷衍的味道。"

已经想到了惊世骇俗，但还是没想到能把人惊成这样，所有人直接听傻了。宗炜虽然没有明说，但话里的意思却非常明显，只是，没有人敢接着往下想　如果，连巴族这样一个伏羲族的分支都能繁衍生息至今，那么神国时代的各族，又岂会轻易消失？那么，这些传说中的部族如今何在？为什么人类科技文明发展到了今天，可以把人送上月球，可以太空漫步，可以发射太空棱探索太阳系以外的宇宙，却没有丝毫此类的发现？

是不是这些神国时代的部族，都去了另外一个重叠空间？

那么，在那个蛮荒之地指引古昊和云磊回家的，难道就是传说中的神？

沈途站在街道上，他的目光落在不远处一幢高耸的大厦上，大厦上最醒目的除了医院的名字，还有一个巨大的红十字架。

这幢大厦就是他的目标，来之前，巫彭已经详细告诉了他行动的每一个步骤。

"这一战事关重大，你务必施出全力。如果你大胜归来，便没有人再怀疑你，就算你不幸战死，我们也必定带你魂归故里。"巫彭最后这样说。

沈途听罢身子一紧，魂归故里这时候竟然对他有了莫大的诱惑。魂归故里，回那生于斯长于斯的桃源之地，再无任何的烦恼和仇恨，岂非就是他最好的结局？

许琼的面孔忽然又浮现出来，他的心里骤然又开始痛。

就算想到逃避，那都是对许琼的一种背叛，就算死，也一定要在死之前血刃杀死许琼的凶手。巫彭那时就站在他身边，看起来毫无防范，沈途心中杀机立盛，但是他仍然不敢轻易出手。巫彭的城府之深，心思之缜密，绝非一般人所能想像。沈途知道直到现在，他仍然没有完全相信自己，所以，在没有把握之前，他还必须忍耐。

但是，他对今天的行动，却还犹豫不决。

他想起古昊曾经对他说过的话："以后能不再杀人吗？"

他再想起古昊更久之前说过的话："没有人可以随便剥夺别人的生命。"

而今天巫彭给他的任务，却是大开杀戒。

像是看穿了沈途的心思，巫彭想了想，道："我和巴图其实一开始，就知道你回来是为了报仇。"

沈途吃惊，身子僵硬，双手握拳，已经蓄势待发。

"你自知根本不是我的对手，所以才回到我们身边，等待时机。"巫彭道，"我和巴图留下你，只是希望有一天，你能幡然悔悟，真正意识到自己的错，真心实意回归部族。"

沈途还是不说话，但脊背却挺得笔直，他在等巫彭把话说完。

"我知道，你认定了是我杀死了许琼，没错，如果我遇上她，一定会杀死她，但是，我千里迢迢赶到你藏身的地方，明知杀死许琼，就会激发你的仇恨，却仍然只杀许琼而放过你，我这样做的目的何在？"

沈途眉峰紧皱，现在巫彭说的，也正是让他最琢磨不透的地方。

"我说杀死许琼的人不是我，你不相信，你坚持认为这世上只有我才有杀死许琼的动机，但你想过没有，杀许琼而放过你，只对一个人有益。"

沈途转念之间，已经想到了巫彭的话外之音。其实，他并不是个愚笨的人，只是一开始就认定了巫彭是凶手，虽然其中也有不解之处，但料想这都是巫彭逼他回来的诡计。现在巫彭的话对他触动很大，细想之下，杀死许琼的确实可能另有其人。

"也许，今天，你就可以当面问问张松，杀死许琼的人到底是谁。"巫彭说。

——杀死许琼，便能让沈途对巴图和巫彭充满仇恨。有这样动机的人，当然只有张松。

沈途离开四合院时，内心已经再无纠结之处。他希望巫彭说的都是真的，这样，他就再不用跟巴图、巫彭为敌。他忽然又想到，他之所以迟迟没有对巴图和巫彭下手，实在是内心深处，不愿把他们当成自己的敌人。

站在医院大厦下的沈途，只觉得内心一片豁达，全身都充盈着饱满的力量。

今日一战，不仅如巫彭所说事关重大，对他也有着特殊的意义，如果张松才是杀死许琼的凶手，那么，他今天不仅可以亲手替许琼报仇，还能重新回归部族。这样，他还有什么好犹豫的呢？

进入医院，按照巴图事先告诉他的，到了一个僻静的地方，进入那架电梯，输入密码，电梯停在了隐蔽楼层。看到外面长长的环形走廊，还有走廊边上的许多扇小门。沈途毫不犹豫地走到第一扇门前，透过门上的小窗，看到里面有个身材消瘦的年轻人。

沈途双掌过处，整扇门平平地向里直飞出去。里面消瘦的年轻人见此变故，却并不惊慌，一掌拍向桌面，桌上摆放的好几盒钢珠，齐齐蹦了起来，随后却并不跌落，而是在他的驱使之下，如箭般向着沈途激射而去——他的技能显然就是可以控制金属。

沈途的能力是控制空气，空气是无形之物，钢珠却是极坚硬的武器，但钢珠遇上沈途，却偏偏无法突破他的气盾——沈途驱使的气流环绕在身前，形成一道气盾。气盾其实也无法和钢珠正面相击，但这气盾是流动的，流动之间已经化解了钢珠的来势，并且改变了他们的方向。气流夹杂着钢珠，反向那消瘦的年轻人袭去。

年轻人这回知道遇上了高手，立刻运力试图再次控制袭来的钢珠。钢珠去势稍缓，但气流却仍如期而至。那年轻人额头一道血箭喷出，人也缓缓地倒下。

沈途根本不停，立刻出了房间站到了第二扇门前。恰好里面有人透过门上小窗向外窥探，见到沈途，还有他身上的杀气，那人转身就离开小窗。

门再次被气浪击穿，沈途进到屋里，刚好看见墙边有道人影一闪，接着那人便失去了踪影。沈途冷哼一声，知道此人的技能是穿越物体，他已经借着穿墙术逃了。

沈途离开这房间，忽然停下。外面走廊里，已经聚集了好些闻讯而来的人，还有些人正从房间里出来。这些人慢慢走到一起，和沈途对峙。沈途垂着的双手，开始聚集两道旋转的气流，但不等他发动，众人已经向他发起了进攻。

沈途发现双脚忽然不能移动了，低头查看，正是那个刚才穿墙而去的人，从地板之下探出手来，将他的双脚抓住。同时，有道人影从空中疾冲过来，那是个可以飞翔的人，疾冲的速度极快，沈途还看见了他手中明晃晃的匕首。

攻击还不止于此，沈途发觉身子瞬间变得冰冷，衣服上已经结了层薄冰，他立刻猜到有人可以将空气中的水分子聚集凝结成冰……

更多的超能者此刻聚力待发。

沈途蓦然发出一声嘶吼，他双掌凝聚的气流瞬间腾升，合二为一，竟然形成一个漩涡，挟着劲风，向对面那些人席卷而去。空中袭来的飞人最先被卷入漩涡，他的身体如同落叶，向后飞去，撞倒了身后的人。后面那些人积聚的力量还没有发出，便发现自己已经置身于旋风之中。旋风这时就像狂龙，又像是张开大嘴的恶兽，尽数将所有人吞没。

那边沈途发动攻击的同时，抬腿之间，已经将抓住他双脚的那人提将起来，重重一拳击中他的胸膛，那人闷哼一声倒飞出去，跌入墙面消失不见。

这时的沈途已经变得非常从容，而那些刚才还与他对峙的人，已经俱被旋风击倒，有些人站了起来，有些人还在地上挣扎。沈途迎着众人的方向走去，行走间，聚气成剑，经过之处，那些人无不是眉心一点血花绽放，接着人便向后倒下。

这一路走下来，不知杀了多少超能者，沈途初时出手，还有目标，后来，心中一片茫然，只觉得杀死这些神力者，就能重新见到许琼，就能带着她去往远山远水之间，自由自在地生活。这时的沈途，已经陷入癫狂状态了。

沈途的前面忽然出现一堵墙，冰墙。这个技能是冰冻的神力者，试图用冰墙阻住他的去路。冰墙当然挡不住沈途，他的双掌拍去，气浪已经将冰墙震得四分五裂。那些碎冰居然不散，忽然间如同漫天飞花一般，齐齐向着沈途袭来。沈途没料到有这一击，刚才震碎冰墙已经用了全力，这时，尚无法再次聚力，只能身子向后翻滚，双手飞舞，试图用气流再次形成旋转的气盾。但这回，那些冰块竟然突破气盾，好几块击中了沈途，入肉三分，随即便化成水，与血一道流出。

沈途受挫，却不慌乱，稳住身形，已经做好待敌的准备。

对面已经剩不下几个超能者了，这时他们忽然向两边分开，中间慢慢走过来两个人。沈途心中一紧，知道真正的战斗现在才算刚刚开始。

来人正是张松和白灵。张松看着一地的尸体，显然已经愤怒了。他刚才借着沈途破冰之机，聚力让碎冰成为利器，一击之下便伤了沈途。

张松上前，站到沈途对面，双目间已然要喷出火来："我把这些人聚到这里，希望能避开你们的追杀，没想到反而害了他们。今天我不杀你，就对不起被你杀死的这些人。"

沈途冷哼一声："你很快就会去找他们。"

张松不再说话，慢慢从兜里取出一把三寸长的波浪形小刀，举在手里。沈途面色凝重，似乎知道厉害，双拳已经握紧，全神戒备。

小刀脱手，向着沈途疾冲过来，沈途双掌推出，一道旋风气浪裹住小刀，小刀竟然停在了两人中间位置的空中。刚才沈途可以一道气浪击倒数十名神力者，但一把小刀，纵然他尽了全力，仍然无法破解攻势。而且，悬在空中的小刀，在慢慢向他逼近。

真正高手相搏，技能其实已经不再重要，完全是种功力的比拼。沈途能够杀死数十名超神力者，不是他们的技能不如气浪，而是功力和沈途相差太多。此刻，与张松的对峙中，沈途额头上大颗汗珠滴落，双腿已经开始轻微颤抖。而对面的张松则面不改色，甚至面上还露出了些惋惜之情。

张松和沈途的父亲，原本是巴族中掌管刑事的神荼、郁垒，私交虽然不算深厚，但也可以算得上兄弟。十多年前，张松杀死沈途的父亲，已然心有不忍，现在，虽然恼恨沈途出手狠毒杀死这么些人，但要杀死他，还是有些纠结。

张松身后的白灵，这时的表情非常复杂，似是既恼恨沈途杀人，又似不忍看到沈途死在张松手上，要知道，沈途之前曾从纵火者手中，救过她以及黄娅琳等人……

沈途此时已经受了伤，加上与张松的对决又用了全力，身上多处伤口血涌不止。他甚至都能感觉到力已不继，空中那把小刀向他移动的速度越来越快，转眼间离他已经不足一尺。沈途双臂颤抖，身体里一片虚空，那是力衰之后再无力可发的表现。

长长一声叹息，沈途闭上了眼睛。他恍惚之间，又看到了许琼冲他露出微笑。微笑在这时是种召唤，他瞬间收力，张开横在胸前的双掌。挟裹小刀的气流瞬间消散，小刀再无阻隔，直接刺进他的胸膛，并且去势不减，穿胸而过。沈途闷哼一声，身子晃了两晃，终于倒地。那小刀复又折了回来，抵在沈途喉咙上，那边的张松只要再次催动小刀，便能要了沈途的性命。

沈途忽然强撑起身子，向着张松的方向，艰难地道："等等，有件事，不说，我死不瞑目。"

张松沉默，但却好奇，沈途临死前想说的话，是什么？

"是谁杀死了许琼？你，还是巫彭？"沈途的口中，有血慢慢顺着嘴角流了出来。

张松皱起眉头，想了想，叹息一声："你只能死不瞑目了。"

张松已经不想再耽搁，今天必须杀死沈途，否则，他无法面对身后那些幸存的神力者。而且，沈途的问题，他根本就不想回答。

就在这时，衣袂忽然轻飘，身边的白灵已经没了踪影，微怔过后，前方倒地的沈途瞬间消失。其实并不能说消失，张松一瞥之下仍然可以见到一道影子。他本可以立刻催动小刀，未必不能击杀沈途，但是，他却不能。

带走沈途的是白灵。白灵的闪影速度之快，连他都无法确定这一刀击出，究竟刺中的人会是谁。

远处，电梯门开关声响起，有人想追，张松挥手阻止。白灵想走，在场没有人可以留下她，就算他也不能。

他的眉心拧在一起，实在搞不懂，白灵在这关键时候，为什么会救走沈途。

他了解白灵，知道她绝不可能背叛自己。

他眉峰紧锁，有些后悔这些年对白灵的溺爱。经过了这些事，她的心智还是那么不成熟，遇事时分不清孰轻孰重，只凭着意气行事，这迟早会害了她。

但张松现在已经无暇顾及这些，巫彭的计划看来已经启动，他要积极应对，才能在这场对决中立于不败之地。

林风气色很差，脸色蜡黄，黑眼圈，一嘴胡茬，看起来就像老了好几岁。坐在办公桌后面，他的神情恍惚，有人跟他打招呼他都恍若不觉。有些同事便感慨，还是他跟董海波的感情深，又或者，他在担心没了董海波，该怎样保住这份工作吧。

林风昨晚一夜没睡，其实就在他洗漱完毕即将上床之际，窗外忽然传来巨响，接着窗帘被映衬得五彩缤纷。犹豫了一下，还是走到窗边，看到黝黑的天穹上，绚烂的烟花正在绽放，接着，他看到楼下的空地上，站着一个戴兜帽的男人。那男人仰着头，虽然看不清面孔，但林风忽然有种感觉，他正在盯着窗后面的自己。

苏颜也被烟花吸引，站到林风的背后。林风相信，苏颜此时一定想到了十几年前的那场烟花，所以，她才会下意识地把身子依靠到他的身上。苏颜很快就感觉到了他的异常，顺着他的目光看去。

楼下那个戴兜帽的男人，摸出一把匕首，横在自己的颈间，另一只手，做出挥刀斩下的动作。

"啊！"苏颜低低发出声尖叫，身子瞬间缩紧。

林风飞快地拉上窗帘，紧紧将苏颜抱住。

"那个人……"苏颜想说什么，但却一下子不知该如何表达了。苏颜一定像林风一样，感觉到了那男人的杀机，所以才会这般惊惧。

林风心跳加快，心中已再无疑虑，那个兜帽男人正是冲着他而来。燃放的烟花，横在颈间的匕首，无不是在向他传递着某种信号。

——他是谁，他想做什么？他和林风究竟有着多深的仇怨？

"他就是害死董海波的凶手。"林风忽然脱口而出。

苏颜是个聪明的女人，这时心中所想，与林风不谋而合。他们夫妻二人这些年，虽然也曾有过和人争吵甚至结怨的经历，但那些不过是生活中的一些琐事，远没到要用杀人来解决问题的地步。唯一的解释，就是这个男人杀死了董海波，现在又找上了林风。

董海波和林风，究竟和他有多深的仇怨？

这个凶手手段高明，竟用林风想出来的办法杀死了董海波，又拿到了林风丢弃的矿泉水瓶，因而明知道他就是凶手，却不能报警。报警无异于引火烧身，警方立刻就会把林风当成杀死董海波的凶手。

这时林风忽然生出些冲动。他丢下苏颜，冲进厨房，抓起把菜刀。苏颜抱住他，但他毫不犹豫地大力将她推开，疾奔下楼。

楼下，戴兜帽的男人已经不见了，只有两个保安在处理地上放过的烟花。见到拎着菜刀气冲冲奔来的林风，以为他是受了响声的骚扰，赶紧上来劝他要冷静，别冲动。

林风已经够冲动了，如果兜帽男在，他一定会毫不犹豫地直接把他砍倒，再逼他回答自己所有的疑问。现在人已经不在了，他的冲动无处宣泄，满心都是怅然……

下半夜，林风一直坐在客厅里抽烟。苏颜睡在卧室里，虽然没有发出一点动静，但林风相信她也一定整宿无眠。

第二天，林风去酒店上班，满脑子还都是昨晚的事。电话铃声忽然响起，接听，先是没人说话，他正要挂断时，那头忽然传来熟悉的音乐声，接着，是一个曾经非常流行的歌手在唱一首老歌。

林风怔住了，那首歌的旋律熟悉到就算在梦里，他也能哼出来。只是，这首歌因为年代久远，早已经尘封在记忆深处——很多时候，一个年代，一段感情，甚至一种情绪，都可以浓缩在一首歌中。林风清晰地记得，电话里这首歌最流行那年，正是他悄悄赶回云城，在苏颜宿舍楼下燃放烟花的时候。在那整整一年里，大街小巷，随处都能听到这首歌。

是谁在电话那头播放了这首歌？林风毫不怀疑一定是昨晚那个戴兜帽的男人。

他播放这首歌，是想传递些什么信息给林风？

林风在纸上胡乱写下这首歌的歌名，然后，再写下"烟花"。蓦然间心思一动，他想到不久前，他向董海波借车那晚，也曾在街边看到在夜空绽放的烟火。难道那只是巧合，又或者，戴兜帽的男人从那时起，就已经在向他暗示些什么？

无论是那首歌，还是烟花，或者他和董海波，三个因素交集之处，就是十多年前，宿舍楼前的那场烟火。难道，现在发生的一切，都是因为那场烟火？那场烟火已经过去了十多年，兜帽男人为什么要在十多年后才找上董海波和他？

第三十八章
丢失的时间

宗炜那天提到的那些事，像块石头，压在每个人心里。那一整天，云湖山庄里变得非常安静，就连最爱说话的云磊都沉默了。

宗炜直到最后也没明确说明那些事到底是不是真的，因而大家心情更加复杂。一会儿希望那些不过是场传说，不过是宗炜和大家开的一个玩笑，一会儿又会生出些向往——改变很多时候对人都充满了诱惑，改变既定的生活，改变这个世界，那会是怎样一种新奇的体验？

秦歌手腕上的"蟋蟀"又开始鸣叫，这回，它的叫声急促而响亮。查看位置，居然是在张松的医院。古昊也同时感应到了医院里的超能力量，但他和秦歌一样，很快就忽略了这次发现。他们都知道医院里有张松，还有很多神力者，这么多有超能力的人聚在一块儿，还有什么事是他们不能解决的呢？

古昊看出秦歌有些倦怠，让他继续跟进林风的线索，虽然他涉及的案子，表面上看起来跟末日疫情没有什么关系，但张松既然给出了林风的名字，他在这场灾难里，就一定至关重要。

阻止灾难拯救城市，这样的任务足以唤起秦歌内心的英雄情结，但调查多日的结果，却发现林风陷入的，不过是场极寻常的情感纠纷。秦歌其实根本不在乎他是否凶手，只在意他跟那场瘟疫的关系。至少目前看来，他和瘟疫没有丝毫联系，也没有丝毫能引发瘟疫的迹象。

"但他是个神力者，他的技能是什么？"古昊提醒他。林风的名单，同时出现在张松提供的神力者名单上。

"还真没见他用过超能力。"秦歌回想，忽然想到什么，"也许有过一次。"

那一次在餐厅里，林风的电话铃响，事后证明那是董海波死亡之后，警方根据他手机的通话记录，给他最后联络过的人打去的电话。那时候，明显感觉到林风的犹豫和畏缩，而且，秦歌手腕上的蟋蟀叫了起来。但是，那次没有发现任何异常现象，随后警方的人出现，秦歌也就把那次报警给忽略了。

"超能力都会有一个被唤醒的过程，这期间，神力者常常会在不自觉间使用超能力，就像云磊，刚开始睡觉都得用铁链把自己绑住。"古昊说。

秦歌点头："必须弄明白林风的超能力究竟是什么，看看和瘟疫会不会有什么关系。"

秦歌继续去查林风，出门前忽然想到云磊。

"跟我一块儿拯救世界去。"秦歌上楼找到云磊。

云磊头摇得跟拨浪鼓似的："我又不想当英雄，拯救世界这种大事，还是你去做吧。别以为我不知道你那点心思，不就想搭便车吗？！我又不是你私家车，想去哪儿，自己开车去。"

秦歌被瞧破心思，直接来硬的，眼睛瞪起来，一巴掌拍他后脑勺上："哪那么多废话，乖乖跟我走，还是我拿手铐铐你走，选一个。"

云磊碰到秦歌，只能认蔫，苦着脸跟他出门。

秦歌和云磊刚走，古昊接到张松的电话。张松在那头的声音很沉重，先是问起白灵，得知她并不在云湖山庄后，才说起了沈途大开杀戒的事，他不得不杀沈途，但最后沈途却被白灵救走。

古昊极度震惊，虽然他对沈途为巴图、巫彭所用一直耿耿于怀，却没料到沈途竟会做出如此极端的事来。张松在那头提醒古昊，沈途大开杀戒，一定不会是单一事件，只怕巴图和巫彭已经有了周全详细的行动计划，他让古昊一定小心戒备。

挂断电话，古昊立刻想到了古汉元。打个电话过去，知道他那边并无异常，仍不放心，叮嘱他在家等着，他马上过去。古汉元虽不知道发生了什么事，但听古昊说话语气，料到事态严重，让他先去学校接了古亮，然后俩兄弟再一起回家。

古昊不再耽搁，先找到宗炜和黄娅琳，将张松那边发生的事说了，二人都觉震惊。古昊去接古汉元，黄娅琳要跟着去，但被古昊阻止。相比古汉元，黄娅琳更可能成为巴图、巫彭下手的目标。宗炜对此表示赞同，表示黄娅琳还是待在云湖山庄里最安全。

"白灵为什么会救沈途，而且是从张松的手上把人救走？"黄娅琳不解。

"也许，因为沈途曾经救过她。"古昊说。

那一次，纵火者困住古昊、黄娅琳、云磊和白灵，沈途出手，杀死纵火者，救了众人。

黄娅琳虽然仍觉这理由有些牵强，却说不出来哪里不对劲。

古昊使用空间位移，到了古亮的学校，古亮同宿舍的大熊和包子，告诉他，古亮刚才接到古汉元的电话，回家去了。古昊猜到必是古汉元不放心古亮，这才给他打了电话，古亮心急，没有等他就先回去了。

古昊再用位移术回到家，古汉元正在客厅里等他，问他究竟发生了什么事。古昊知道瞒不过他，便将发生的事情说了。他担心古汉元和古亮，会成为巫彭要挟他的筹码。

古汉元听后忧心忡忡，又打电话给古亮，得知他在路上，心中稍定。

古昊让古汉元立刻简单收拾点东西，随他去云湖山庄。古汉元答应，回房去收拾。古昊坐在那儿等，没一会儿，古汉元拎着一个箱子出来。这时候，外面响起敲门声。古昊赶紧起身去开门，回来的人正是古亮。

古亮见到古昊，忽然露出非常奇怪的表情。古昊感觉到了，正想询问，忽然脑袋上遭到重重一击，刹那间天旋地转，他勉强回头，看到身后站着古汉元。此刻的古汉元面无表情，手中拿着一根棍子，刚才那一击显然出自他手。

古昊极度震惊，却又瞬间就想明白了其中的原委。古汉元一击得手后并不停歇，手中的棍子再度举起，但没等他砸下来，古昊就已经倒下了。

古汉元出手非常重，只一下就已经将古昊砸晕。

古亮失声道："爸……"

话没说完，惊觉身后有人，回头，便看到了巫彭。

秦歌再次找到林风，明显能感觉到林风的敌意。

"不管你们查到了什么，我都不是凶手。"林风大声道。

让秦歌诧异的不是林风的敌意，而是他的态度。上次见面他还像个受到惊吓的孩子，这回却带上了些愤怒。秦歌有点后悔今天没有带上黄娅琳，她的读心术可以轻松探查到林风内心的变化。

但幸好，他今天来的目的，是探查林风的超能力。

"我知道。"秦歌淡淡地说。

"你知道？"林风显然挺吃惊，"你知道什么？"

"知道你不是凶手。"

林风盯着秦歌，半天，才问："真的？"

秦歌点头："我今天来，是想了解点别的情况，至少跟杀死董海波的凶手没关系。"

林风慢慢平静下来。

"那天晚上，就是你在餐厅里接到警方电话，得知董海波死讯的时候，是否发觉有什么异常？"秦歌问。

林风立刻露出些狐疑的目光。

根本不用回忆，林风仍然清晰记得那晚发生的事。他和苏颜坐在餐厅里等董海波，当电话铃声响起时，他犹豫了，茫然之中还带着些恐惧。事后，他没跟任何人提起过，因为知道说了也没人会信。

林风想了想，摇头，这种时候，他不想给自己再添加任何不必要的麻烦。

"那晚，一定发生了些让你觉得不对劲的事。"秦歌的语气非常肯定，"我知道你不想惹麻烦，我向你保证，这事跟董海波之死没有任何关系。"

林风仍然沉默。

"这事很重要，你不说，我会天天来烦你，直到弄明白为止。"秦歌进一步游说，"你不希望这里的人，天天看到有警察来找你吧。"

林风叹口气，知道不说过不了这一关："很奇怪，电话铃声响起时，我已经知道电话那头是警察了，也知道出了车祸，董海波死了。"

秦歌怔怔地盯着他，眉心紧锁。林风以为他不信他的话，实际上，秦歌在判断这是种什么样的超能力。边上的云磊也在想，这时插一句，"你能预感到还没发生的事？"

林风点头，又摇头，显然他自己都闹不明白怎么回事。

"那之后，又发生过这样的事吗？"秦歌再问。

林风想了想，摇头："再没发生过，所以，我也就没把这事放在心上。"

离开林风的单位，秦歌和云磊在街道上，边走边聊。云磊坚持林风有预知未来的能力，现在看，他只能预测到几分钟之后发生的事。秦歌也赞成，进一步猜测，或许林风能够提前预知引发瘟疫的人，那么，事情就简单了。云磊也挺兴奋："这世界从没拯救过我，倒让我拯救了一回，这种载入史册的事，怎么就落我身上了呢？"

秦歌一巴掌又拍过去："这八字还没一撇了，你就想载入史册了。载入史册你也就相当于一私家车司机，我才是真正拯救世界的那个人。"

云磊"喊"一声冲他做个鄙视的手势，秦歌的巴掌又抬起来，但落下来时却搭在了他的肩膀上："宗炜厨艺挺好，就是做的菜清汤寡水的，吃久了嘴里发淡。"

"想请我吃饭就直接说，别拿宗炜说事。"云磊冲他翻白眼。

"成，那就请你吃饭，忙了这么久，今天总算有点头绪了，咱哥俩就当小小庆祝一下。"

云磊立刻眉开眼笑："以后再有这种又能拯救世界，又能下馆子的事，我保证随叫随到。"

秦歌和云磊挑了一家湘菜馆，俩人都能吃辣。秦歌让云磊点菜，他去趟洗手间，回来看到云磊怔怔地坐那儿发呆，伸手在他眼前挥了几下，他愣是眼都不眨一下。

"干吗了？瞧上哪个姑娘了？"秦歌问。

"告诉古昊，我们都去了同一个地方，让他带上巴融，来找我们。"云磊说。

秦歌莫名其妙："你这说什么呢，中邪了吧。"

"因为你还要拯救世界，所以就不带你一块儿去了，顺便给古昊捎个信，我们的生死，就全指着他了。"云磊仍然不紧不慢地说。

秦歌意识到事情不对，此刻的云磊，就像变了个人。他正想再说什么，面前的云磊忽然瞬间消失了，同时，他手腕上的蟋蟀叫了起来，显然感应到的就是云磊在用超能力。

秦歌并不惊慌，却警觉。云磊不会无缘无故丢下他，唯一的可能，就是有人控制了他的思想。秦歌再次起身，目光在餐馆大厅里逡巡，这时候，不远处一张桌边，背对着他的一个微胖中年人转过身来，正是巫彭。

秦歌立刻就想冲到他跟前，但还没迈步，忽然一股大力将他推倒坐回椅子上，拼了全力也站不起来。再看那边的巫彭，正笑眯眯地单掌前伸对着他，显然正用念力制住了他。

巫彭另一只手挥了挥，还冲他笑了笑。

云湖山庄，黄娅琳忽然接到古亮的电话，说他刚回家，就看到古汉元打晕了古昊，现在，古汉元跟一个矮胖的中年男人走了，家里就还剩下他和古昊。黄娅琳赶紧问古昊现在的情形，古亮带着哭腔说还没醒，但还有呼吸。黄娅琳让他立刻叫救护车，她现在就过去，路上随时保持联系。

黄娅琳去找宗炜，离开，总得跟他说一声。宗炜眉峰锁起犹豫了一下，还是没有阻止她离开。黄娅琳这边刚出门，就见到云磊凭空出现在院子里，黄娅琳还没说话，云磊已经慌慌张张地道："巫彭，巫彭抓走了秦歌。"

黄娅琳吃惊，但无暇多问："你现在，赶紧带我去古昊家，古昊也出事了。"

云磊点头答应，拉着黄娅琳的胳膊，瞬间消失。

宗炜站在窗前，看着云磊带走黄娅琳，面上现出些忧虑的神情。他去到地下室，打开第三个集装箱的门，进到里面。集装箱里仍然是些非常复杂且精密的仪器，宗炜走到一个封闭的透明箱子前，凝神注视着里面被两根横向电极抵住的一颗珠子。

珠子是几天前，他向黄娅琳借过来的。所有神力者的超能力，都来自于这种珠子。珠子里必定含着某种神秘力量，它在漫长的时间里，对人潜移默化，改变人的脑部结构，从而让人获得超能力。那么，有没有一种办法，可以让它快速有效释放能量且安全地被人吸收？那样，不仅可以更快地创造神力者，也能让神力者快速提高能力。

宗炜打开开关，在电极作用下的神奇珠子，慢慢迸射出耀眼的光芒。

林风在秦歌走后，很长一段时间，精神都有些恍惚。秦歌今天提出的问题，让他第一次开始思考那晚的事情，并且隐隐生出些期待。他盼望着能有一些不寻常的事情发生，这样，就能改变他现在压抑得要让人发疯的生活。

酒店前台打来电话，又有他的快递。下楼取回来，里面只有一个U盘。插到电脑上，里面有十几个视频文件。将电脑音量调到最小，瞧瞧没有人注意自己，小心地将文件打开。

林风血往上撞，又有了些无法抑制的冲动。

他逐一点开所有视频文件，打开的都是同样的场景，同样的画面：微光的厨房里，林风穿着睡衣，从橱柜里搬出一箱矿泉水，然后，小心翼翼地用针管，从一个小瓶子里吸取液体，将它们注射到矿泉水里面……

这样的视频如果落到警方手里，再配合那些丢弃的矿泉水瓶，还有谁会听林风的辩解？就连林风自己，都会怀疑真的是自己杀死了董海波。

寄来视频的人，肯定就是在楼底燃放烟花、用一把小刀抵在自己颈上的兜帽男人。他到底是谁，究竟和林风有多深的仇怨？他做这一切的目的是什么？他能杀死董海波，自然也能杀死林风，但他却迟迟没有动手，相反，却用这些手段来威胁林风，难道，他觉得死亡对林风来说，仍然不够分量？

林风双拳握紧，开始感觉到一股愤怒在身体里激荡。他自觉从没做过什么坏事，但命运对他却如此轻薄，所有人眼里有着大好前程的有为青年，沦落到穷困潦倒的境地不说，还要受到这样的死亡威胁。

林风正要删除所有文件，忽然发现视频文件里还混着一张图片，打开，是张卫星地图的截图，图中，有一个红色圆点。林风凝神想了一下，飞快打开地图软件，对照着云城卫星地图，好一会儿，才确定红色圆点位置，在云城西南的马王庄。

林风去酒店厨房，趁人不备，取了一把剔肉的尖刀别在腰间，然后，离开酒店，站在路边打车。这时候，他听到钟楼方向传来鸣钟的声音，同时，一辆出租车停在他面前。

马王庄其实是条小巷的名字，历史悠久，解放前这里曾是马帮车夫们聚居的地方。

林风沿着小巷走下去，小巷早已破败不堪，门牌大多已经不在或者损毁，要找一个具体的地方显然并不容易。但林风像打了鸡血，走路都虎虎生风。他在小巷里转悠了差不多半小时，终于停在小巷的尽头。小巷的尽头是堵墙，阻住他的去路。林风看着那堵墙，确定这里正是那个兜帽男人要他来的地方。

墙上挂着一个相框，里面的照片上是个年轻的女孩，长发，皮肤白皙，笑容里透着年轻特有的美丽。相框周围，被一圈鲜花围绕。林风确定自己从来没有见过这个女孩，但那圈鲜花却让他身上起了层鸡皮疙瘩——在他印象里，只有悼念逝者时，才会用鲜花环绕照片。

照片的下面，靠墙摆放着几个矿泉水瓶，不用细看，林风便知道它们正是自己几天前和苏颜一块儿丢弃的。那么，可以确定墙上的照片，就是兜帽男人传递给林风的另一个信息了。这女孩究竟是谁？活着还是已经死去？她和林风，或者死去的董海波，又有什么关系？

林风对着照片凝神回忆，想得脑袋疼，仍然想不起来曾经见过这女孩。

就在这时，墙后忽然几声巨响，接着，一些烟花发出尖锐的响声直冲云霄。因为是白天，看不见烟花绚丽的颜色，它们冲上天空后，只留下些淡淡的影子很快消散。

林风抬头凝望，那些白日烟火仿若盛开在十几年前的夜空……蓦然而至的晕眩，让林风眼前一黑，再睁开眼时，他差点跳了起来。

墙上的照片和鲜花，墙角的矿泉水瓶，全都不见了。

林风确信这只是眨眼间的事，而且根本没有人出现，但照片和瓶子真的消失了。他双手在墙上抚摸，蹲下身检查墙角，确定并不是自己的幻觉。林风陷入深深的迷茫之中，不理解为什么会发生这样的事。

在这小巷里又待了会儿，他只能挠着头，带着满腹狐疑离开。

回到街上，他慢慢地走，脑子里还在想着照片上的女孩，想着消失的照片和鲜花。这时，他忽然再次听到了钟楼方向传来鸣钟声，下意识地看了下时间，他忽然怔住了。

很多城市都会有座钟楼，它们常常会是这个城市的标志性建筑，云城也不例外。这座钟楼伫立在云城中心广场上，早上八点到晚上六点，整点报时，十多年间从未停歇过。林风记得自己刚才出酒店等出租车时听到过一回钟声，坐到车上，他还下意识地看了下时间，十一点，那么，再次听到钟响，应该是十二点，但现在，他手表上显示的时间，居然还是十一点。检查一下，他确定手表正常，没坏，那么，这中间的一小时哪去了？

　　为了确定自己没有神经错乱，他问了两个路人，都被告知现在是十一点。

林风站在那儿使劲想，有那么一个瞬间，脑子里灵光闪现，想到了什么，却不敢相信。验证这一想法的唯一办法，就是再次回到小巷尽头的墙边。林风不再犹豫，转身就往马王庄方向狂奔而去。

　　奔跑中，林风想到了和苏颜在酒店等董海波那晚，当电话铃声响起时，他便已经知道了电话的内容，感觉就像他已经接听过一次电话。今天，在小巷的尽头，照片和矿泉水瓶突然消失，唯一的可能就是它们还没有被人挂到墙上放在墙角。如果猜测没错的话，只要他及时赶到小巷尽头，就会见到那个把照片挂在墙上的人。

　　在马王庄窄窄的小巷里狂奔，因为有过之前的经验，所以他能够直接冲到小巷的尽头。尽头果然是堵墙，墙边，站着一个戴兜帽的男人，正将花环挂到墙上的相框周围。

　　林风直接冲了过去，他的目的就是要见到这个戴兜帽的男人，当面问清他是谁，和自己到底有什么仇，要这么处心积虑地来搞自己。

　　兜帽男人听见动静，回头便见到了已近在咫尺的林风。他显然吃了一惊，却并不惊慌，只闪身避到一边，撒腿就想跑。林风好容易把他堵住，当然不会轻易放过他，但当他再次靠近对方时，兜帽男人回首就是一拳，林风猝不及防，这一拳重重击在他的脸颊上。他痛哼一声，摔倒在地，兜帽男人就这样轻松地从他身边溜走了。

　　林风怅然在墙边坐了好一会儿，最后起身，取下墙上的相框，再取出里面的照片，看到照片背后，写着今天的日期。林风恍惚了一下，忽然想到十几年前，正是今晚，他在苏颜的宿舍楼下放飞了烟火。

第三十九章
致命要挟

古昊回到云湖山庄，他的心立刻又沉了下去。

被古汉元打晕，他昏迷了很长时间才醒来。醒来，古汉元和古亮已经不知去向。毫无疑问，巫彭带走了他们。着急也没用了，他只能回云湖山庄再作定夺。宗炜听他讲述了发生的事，赶紧将黄娅琳接到古亮电话，跟云磊一块儿去找他的事说了。古昊立刻有了不祥的预感，打黄娅琳的电话，不接，再打云磊的，也是无人接听。这时，秦歌回来了，讲述了餐厅里云磊位移走了，自己被巫彭制住的事。特别强调了云磊移走之前对他说的那两句话。

——"告诉古昊，我们都去了同一个地方，让他带上巴融，来找我们。"

——"因为你还要拯救世界，所以就不带你一块儿去了，顺便给古昊捎个信，我们的生死，就全指着他了。"

到这时，再也不用怀疑，黄娅琳已经落到了巫彭的手里。

巫彭七种技能中，有一项便是控制他人的思想。之前的纵火者显然就是被他控制。今天在古昊家，他又控制了古汉元的思想，让他偷袭古昊。在餐厅里，借秦歌去洗手间之际，控制了云磊。然后，再让古亮打电话给黄娅琳，让云磊回云湖山庄带走了她。所有的事情，都是早有预谋，巫彭一举带走了所有古昊关心的人。

不仅如此，还有这么长时间古昊几乎已经忘记的人：吴胖子。

长毛狗给古昊打来电话，告诉他，吴胖子被人给带走了，是个矮胖的中年人，他还给古昊留了话，说吴胖子的命，就掌握在他的手里。长毛狗的声音里带着哭腔，最后忍不住抱怨："那矮胖子还是人吗？古昊你什么人不好惹，干吗惹这么厉害的货……"

古昊挂断电话，已经不用知道细节，也知道长毛狗等人肯定吃了苦头。巫彭对付他们这些人，还不跟玩儿似的。

巫彭心思缜密，就连吴胖子都不放过。

秦歌忽然想到了一个问题，直直地冲到宗炜面前："你不是说你的监控系统能监测到所有超能力量吗？巫彭带走这些人的时候，它们为什么没有报警？"

古昊也想知道这个问题。

宗炜犹豫了一下，还是告诉了他们答案："超能力量其实就是种电波，因为功率的问题，我在搜寻装置上设置了波段，这样的结果，就是过强或者过弱的超能力量，都不会被搜寻到。"

"为什么要这样设定？"古昊不解。

"除了技术和设备上的原因，过弱的电波可以忽略，这你们能够理解，过强的电波，这世界上根本就没有几个人能做到，搜寻他们，没有任何意义。而且，如果能力达到一定强度，他们反而会返璞归真，脑电波与常人的差别会很小，要想区别他们，对装置的硬件要求会非常高。"

"巫彭的能力，已经高到了这种程度？"古昊慨叹。

"巫彭都已经这么厉害，那么巴融、巴图这些人，他们的行踪，又怎么能是一套装置就能检测到的。"宗炜苦笑，"如果这样，巴图也不会找了巴融二十多年都没找到。"

宗炜的话，算是解开了秦歌和古昊心中的疑团。

"巫彭到底想干什么？"秦歌恼怒，"报警吧，这些超能者再厉害，我就不信子弹打不死他们。"

古昊已经急过了头，反而冷静下来："报什么警，你就是警察。让警察跟巫彭打，那得死多少人。你能狠得下心来，让你以前那些同事，冒这么大的风险？"

"那咱们总得想办法救人吧，你说，你有什么办法，我全听你的。"

"这事，你别管了。"古昊冲他摇头。

"不行！"秦歌叫，"这么大的事，没我行吗？"

"你有更重要的事。"古昊道，"你忘了云磊跟你说的那句话吗，巫彭都知道你要去拯救世界，所以才没带你走。"

秦歌怔住了。

"巫彭带走这些人，无非就是想要挟我。我们现在什么都不用做，相信巫彭很快就会传信过来。"古昊道，"现在我想去见一个人，和他商量一下对策。"

"张松。"边上的宗炜脱口而出。

古昊点头："不管巫彭要我做什么，一定跟巴融有关。现在，只有张松能找到巴融。"

秦歌沮丧地坐倒在沙发上，突然又跳起来，冲着宗炜叫："你这特别行动小组就是吃干饭的，死了那么多人，现在又这么些人被绑架，你就这么眼睁睁地看着？"

宗炜犹豫，他内心显然也在纠结，最后，还是摇了摇头："这个特别行动小组只是临时机构，对于将要做的事，我还没有做好最后的准备。现在，我只希望看到你们能用自己的力量去解决危机，这样，我才能确信你们有能力去面对可能出现的更强大的敌人。"

"更强大的敌人？"古昊脱口而出。

301

宗炜重重地点头："当那些敌人真正出现时，才是真正灾难的开始……"

宗炜已经数度透露出这样的信息，但每次都含糊其辞，并不说明原委。古昊和秦歌都知道他不是信口开河的人，既然他不想说，便也不再追问。他们现在必须打起精神，靠自己的力量，去解决眼下要面对的双重危机。

秦歌忽然接到林风的电话，希望帮忙查一个人。林风给秦歌传来了一个女孩的照片，秦歌将照片再传给宗炜，宗炜立刻去数据库里查询，却无结果。秦歌盯着照片看，发现照片的背景里有一幢造型颇为奇特的建筑，宗炜根据这一线索，很快确定那建筑是一所教堂，再根据女孩与教堂之间的距离，确定了女孩拍摄照片的位置，应该就在教堂前方的云城师范学院里。

"我得去那学校一趟，也许，那里有人能认识这个女孩。"秦歌说。

古昊拍拍他的肩膀："你的责任更重，你要救的，是这整个城市。"

秦歌点头，出门的时候还微有些怅然。

古昊给张松打电话，约好了见面的时间和地点。这边电话刚挂断，忽然一阵风掠起衣衫，白灵架着沈途出现在他面前。

"快救救他吧，我真的没办法了。"白灵带着哭音说。

白灵在张松即将杀死沈途之际，蓦然出手，救下沈途。她知道张松的能耐，所以带着沈途，疾速狂奔，连她自己都不知道跑了多远。是个陌生的城市，随便找了家看起来还算不错的宾馆，沈途这时已经奄奄一息了。

白灵先是帮沈途清理伤口，试图替他包扎，发现沈途伤势过重，根本不是简单包扎能解决的。于是又去了家私人诊所，拉着医生就回到了房间。那医生真以为见到了鬼，明明在诊所里泡了杯茶，还没来得及喝，然后经历了风驰电掣般的晕眩，就到了这宾馆的房间，面前躺着一个昏迷的男人。

诊所医生也无法解决问题，沈途胸前被刺了好多刀，就算现在缝合伤口，但他失血过多，可能还伤及脏器，不到大医院进行手术，早晚也得丢了性命。

白灵警告医生，不得将事情外传，又送他回去。然后纠结了半天，还是决定送沈途去医院。沈途直接被送进了手术室，白灵被告知，沈途多处脏器受损，手术能否成功，成功后能否保得住性命，还都是未知数。

医院里对这种刀伤患者，且又讲不清原因的，一般都会报警处理。手术之后，沈途惨白着脸躺在床房里，仍然昏迷不醒。白灵守在床边，神情焦虑。这时候，外面响起敲门声，两个警察站在外面。

白灵根本不想和警察多纠缠，那时她唯一能做的，就是带着沈途再次离开。

这次又去了很远的地方，仍然找了家宾馆住下。沈途手术虽然成功，但仍然昏迷不醒。白灵日夜守候在他身边，既盼他能尽快醒来，又怕他醒来，不知该如何面对他。

整整两天过去了，沈途不仅没有醒，相反在昏迷中，口中居然还吐出血来。白灵虽然缺乏起码的医护知识，但也知道这是内出血所致。如果不抓紧时间想办法，沈途危在旦夕。

几经纠结，白灵终于还是决定带沈途回云城，去云湖山庄，找古昊。

古昊拥有治愈者的强大能力，自然可以治愈沈途。

云湖山庄，古昊无暇问起白灵这些天的经历，甚至来不及将沈途带进屋里，直接在院子里便双手抚上他的额头，使用治愈术，来替沈途疗伤。

很快，沈途伤愈，睁开眼。古昊擦去额头的汗水，面露疲态。

"我怎么在这里？"一般人这种情况下都会先想到这问题，沈途也不例外。

"白灵救了你。"古昊回答，回头，白灵却已经不见了。

古昊瞬间心里生出满满的疑问：白灵为什么要忤逆张松之意出手救助沈途？她明知自己有治愈术，为什么又要带沈途在外颠簸数日，实在没办法了才带他来云湖山庄？为什么她不待沈途醒来，便已经离去，是不是她心里藏着什么秘密，才让她不愿面对沈途？

但这些现在并不重要，重要的是沈途安全了。听古昊说起他大开杀戒之后，巫彭又掳走了这些人，沈途犹豫了一下道："我知道巫彭把他们带到了哪里。"

城西，四合院。巴图这次重出族地后，直接就花巨资买下了那里。四合院解放前原为一个军阀的老宅，后院曾秘密修筑了避难室，沈途相信，巫彭一定把掳去的人全都带到了那个避难室里。

但就算知道地方也没有用，巴图和巫彭守在那里，谁能从他们手里把人救出来？

"我去。"沈途神情凝重，"我已经尽我所能完成了巫彭让我做的事，如果他们还要怪罪我，那我也没有办法。"

"巫彭让你去医院杀人，就是想致你于死地。"古昊摇头，"他这是借刀杀人。"

"但我还活着，我就要完成还没做完的事。"沈途道，"我杀了那么多人，手上沾满鲜血，除了回归族地，这外面的世界，已经再没有我的容身之地了。"

古昊心中悲戚，知道沈途所言不虚，但是，巫彭既能派他去执行必死的任务，还能再带他回归族地吗？

秦歌去了学苑路，云城数所高校，都坐落在学苑路两侧。

云城师范学院，虽然名气不大，却也有百年历史。秦歌亮明身份，一位副校长接待了他，听了他的来意后，把他介绍给保卫科。保卫科科长是位退伍军人，腿稍有点跛，但军人气概不变，性格爽朗。他看了秦歌手机里的照片，一眼就认出那是在师范学院一幢教学楼前拍摄的。他查看细节，发现照片上的教学楼跟现在的已经有许多不同，并推断这张照片至少有十年以上的历史。

查阅历年学生档案是件非常繁琐庞大的工程，特别是不知道这女孩的任何信息，仅凭一张照片，难度太大。保卫科长建议秦歌走访校内退休返聘的几位老教师，或许有人能记得这女孩是谁。

调查没想到出奇地顺利，刚找到第一位退休老教授，她一眼就认出那女孩，但想了好一会儿，才记起她的名字，叫杜晓雨。老教授还记得杜晓雨，因为十多年前她可以算得上风云人物——某天夜里，这杜晓雨从宿舍楼上跳了下来，当场毙命。这事当时闹得挺大，上了报纸电视,她的死因一直是个谜,后来,经过无数学生的艺术加工,这件事被演绎成了师范学院百年来十大传说之一。

秦歌追问杜晓雨跳楼死亡的详情,这老教授也说不清楚,却提供了一个地址,让他去找一位杜晓雨当年同宿舍的室友。她现在在一家中学任教,也在云城。

离开师范学院,秦歌猜想,警方虽确认杜晓雨是自杀身亡,但她的真正死因,或另有玄机。于是打电话给林风,告知了解到的情况。林风那边沉默了半晌,才恳请秦歌一定找到杜晓雨当年的那位室友,了解杜晓雨跳楼当晚的详细情况。

秦歌当然不会放过这机会,电话里追问杜晓雨跟他有什么关系。林风纠结半天,才回答,通过杜晓雨,或可查到杀害董海波的凶手。秦歌对查凶不感兴趣,林风又纠结了一会儿,这才告诉他:"那晚的事,又发生了。"

秦歌精神一振,追问细节。

"我知道为什么那晚,当电话铃声响起,我就知道电话里要说的事了。因为在那之前,我已经经历过一次。"林风知道秦歌未必听得明白,但又不想让他知道兜帽男人的U盘里那些视频,只能含糊地说了有人将他约到马王庄,见到墙上杜晓雨的照片,因为他想见到放置照片的人,所以,整件事情又重新发生了一次。

秦歌还是不太明白,林风被逼得急了,脱口而出:"我回到了过去的时间。"

这句话说完,林风自己也怔住了。他的心狂跳不止,知道自己已经触及了真相。

"我知道你不会信,但我说的都是实话。"林风在最后强调。

"我信。"秦歌心中亦是激动不已,林风的这种技能,简直过于炫酷,时间旅行这么高端的事,林风居然都能做到。

既然林风的超能力可以引导他找到瘟疫的源头,而这杜晓雨又适时出现,秦歌便去了那所中学,走访杜晓雨当年的室友。这回事情没那么顺利,要找的那位老师没在学校,这天刚好请了假。于是电话联系,得知她在邻近一个城市,正在往回赶,大约得晚上才能到云城。

秦歌当即电话里跟她约好了见面的时间地点,然后找了家茶楼,坐等与这老师会面。

沈途回到四合院,出乎巴图和巫彭的预料。

"你这些天,都去了哪里?"巫彭问。

沈途照实说了:不敌张松,身中数刀,然后被一个叫白灵的女孩救了。此后几天处于昏迷之中,不记得发生了什么事,待到醒来,已经在云湖山庄之里,知道是古昊救了自己。

"白灵是当年叛族者白泽的女儿,张松救了她,将她抚养成人。白灵怎么会背叛张松救了你?"巫彭好像非常不解。

沈途对这个问题,显然也是一头雾水。

巫彭又问他这趟回来的目的。沈途面无表情回答:"我杀了那么些人,除了这里,我实在不知道自己还能去哪儿。"

巫彭相信这倒是实话。

"你一定知道我抓了古昊所有亲近的人，古昊又救了你，你就没想过要帮他做点什么？"巫彭目光犀利，盯着他问。

沈途想了想，点头："我只答应他，回来后把黄娅琳等人的情况告诉他。"

"那你到底算哪头的。"巫彭面上已经有了愠意。

沈途沉默了一下："我想，你掳走黄娅琳等人，并不是想伤害他们，否则，大可像杀死其他神力者一样杀了他们，何必这么麻烦将他们带到这里。虽然我不知道你的计划，但猜测必定是要用他们来要挟古昊。既然如此，我就来做这个中间人，岂非正合适？"

"你是我的族人，如果不能全心全意站在我们这边，我为什么还要留下你？"

"你让我孤身去医院，杀死那些神力者时，就已经不想留下我了。"沈途凄然一笑，"既然不管我怎么做，都会有相同的结局，我还有什么好担心的呢？"

沈途目光迎向巫彭："我回来，就已经把生死看得淡了。杀不杀我，随你的心情。"

巫彭收回目光，来回踱着步子，显然在纠结如何处置沈途。好一会儿，他才道："你去告诉古昊，三天之内，带巴融来见我们，否则，他会失去他所有在乎的人。"

沈途居然毫不犹豫地点头："好，这消息我一定带到。"

既知劝说无益，便无须再多说。但沈途此刻却有些狐疑，巫彭选择了最简单粗暴的方式，巴融深藏不露多年，又岂会因为古昊而轻易现身，更不要说随他来见巴图了。明知道古昊做不到，为什么还要以此来要挟他？

"你现在就可以走了。"巫彭说。

"古昊一定会问起黄娅琳等人的情况，所以，临走前，我想跟他们见一面。"

沈途跟着巫彭站到了一扇窗前，透过木制窗棂，可以见到里面的情景。古汉元父子、黄娅琳、云磊，还有吴胖子围坐在一张桌前，正在聊天，大家有说有笑，哪里有一点被禁锢的样子。

看沈途面露不解之色，巫彭笑道："现在，就算我大门敞开不加阻止，他们也不会离开。"

沈途立刻想到了，巫彭已经控制了这些人的思想。也就是说，即使现在能将人救出，但他们的生死，仍然掌控在巫彭手中。

沈途不再多言，转身便要离去。即将出门之际，巫彭忽然叫住了他。

"你现在一定已经知道，杀死许琼的凶手是谁。"巫彭说。

沈途怔住了，全身僵硬，又有些激荡的力量在体内奔走。

医院里，张松虽然没有直接回答沈途的这个问题，但他的表现已经足以证明，许琼之死跟他有关。

沈途冲着巫彭慢慢点了点头，便转身走了。

古昊还在云湖山庄内，还在等巫彭的消息。巫彭掳走黄娅琳等人，为的就是要挟他，虽然大致能猜到巫彭的要求，但还是要等到确定之后，才能寻求对策。

沈途去而复返，既意外，又在预料之中。

沈途将所知情况告诉古昊，巫彭提出的条件，同样既在预料之中，又觉有些意外。巴图和巫彭此番出族地，本意应该是利用古昊去杀神力者，引起巴融的注意，然后揭开他的身世，巴融既知他是自己亲生儿子，理当现身与他相认。但巴融却沉得住气，或者说识破了这计谋，蛰伏不出。然后，巫彭便掳走古昊亲近的人，希望古昊能给巴融施压，逼得他现身。

以上，应当就是巴图和巫彭的计划了。但古昊对此表示怀疑，巴融岂会因为古昊而落入他们的圈套。

"我只是传话，如何应对，就是你的事了。"沈途面无表情。他知道古昊一定会去找张松寻求帮助，而他现在和张松已成水火。

"我也有件事想请你帮忙。"沈途道，"见到张松，你就问他，为什么要杀死许琼。"

"张松是杀死许琼的凶手？"古昊惊问。

沈途沉默，脸颊肌肉跳动了两下，显示他此刻内心颇不平静。他最后什么都没说，走了，背影看起来，竟有几分落寞和萧瑟的味道。

古昊怔怔地看着他的背影，觉得他其实是个很脆弱的人。

古昊没有想到，张松竟然会是杀死许琼的人，但想想，也确实合乎情理。杀死许琼，嫁祸给巴图，便能挑起沈途的仇恨。就算沈途杀不了巴图和巫彭，至少，也可以替他们制造一些纷扰。

古昊感慨，沈途和张松之间的仇怨，只怕这辈子都难解开了。

不管怎么样，他都得去见张松。巫彭的条件虽然可疑，虽然明知道巴融不可能跟随他去见巴图，但现在唯一能给予他些帮助的，只有张松。

古昊电话过后，去医院找张松，张松已经在隐蔽楼层的书房里等他了。

数日不见，张松好像也苍老了些，几天前那一战，沈途杀死了众多的超能者，令他多年的付出毁于一旦，这对他无异于一场沉重的打击。

古昊说了巫彭提出的要求，果然如预想中一样，张松摇头："只要巴图还活着，巴融绝不能现身。"

古昊沉默，他知道现在要求巴融跟他去救黄娅琳等人，无疑就是让他去送死。但是，又不能不去救黄娅琳等人。

"别担心，巴融虽然不能随你去救人，但已经安排好了一切。"

古昊精神一振："真的？"

张松点头："但是，要想救人，还必须看你的胆识。"

"我不知道什么叫胆识，只知道只要能救他们几个回来，无论要我做什么，我都绝不会犹豫。"古昊道。

"那就好。"张松表情看起来并不轻松，盯着古昊好一会儿，才一字一顿地道，"你要做的事，便是打败巫彭和巴图。"

古昊惊得呆了，好像不相信自己听到的："打败巴图和巫彭，我？"

张松重重地点头："只有打败他们俩，才能救出黄娅琳等人。"

古昊头大如斗，不要说巴图和巫彭，他的能力和沈途比，都差着好几条街呢，打败巴图和巫彭，简直就是天方夜谭。

"怎么，不敢了？"张松话音里带上了些讥诮。

明知是相激，古昊还是咬牙道："这不是敢不敢的事，明知道不可能做到，还硬要去做，这不叫胆识，而是愚蠢。如果我能打败巫彭和巴图，还来找你帮什么忙。"

张松这回真的笑了："谁说不可能做到，只要你按我说的做，我保证可以救回黄娅琳他们几个。"

古昊还是颇为狐疑，但看张松自信的神情，终于点头："好，我全听你的。"

苏颜下班回家，看到林风站在凳子上，正把客厅的吸顶灯罩摘下来，从里面取下一个指甲大的摄像头。林风已经回来折腾好半天了，这样的摄像头，一共找到了四个。

夫妻二人坐在沙发上，四个微型摄像头就摆在面前的茶几上。

"这就是凶手知道那些矿泉水的原因。"林风既茫然又愤怒，"凶手一直在监视我们，发现我往那些矿泉水瓶里注入氢化物，又知道我的目标后，就用我设想的方法，杀死了董海波。"

苏颜这时候看起来，就只有恐惧了："这人到底跟咱们有多大的仇，处心积虑做这些事。"

"我现在唯一还想不明白的，就是他既能杀死董海波，又在我们家装了这些摄像头，如果他想杀死我，我肯定活不到今天。但他为什么三番五次传递消息给我，今天，还给我看了一个女孩的照片。"

林风给苏颜看杜晓雨的照片，苏颜盯着看了好一会儿，紧锁的眉头显示她对这女孩好像还有印象："我确定我见过她，眼熟，但就是想不起来在哪儿见过了。"

林风说了秦歌调查到的情况，女孩叫杜晓雨，云城师范学院的学生，十多年前，跳楼自杀了，没人知道她的死因。

"师范学院？"苏颜恍悟，"想起来了，那年我们上大一，我记得曾经在学校的论坛上，见到有人发过这张照片，说的正是她跳楼自杀的事。这女孩，难道跟咱们有什么关系？"

林风慌忙摇头："我连见都没见过她，更不知道她跳楼自杀的事。"

"那凶手为什么要给你看杜晓雨的照片？"苏颜疑惑不解。

"马上就要知道答案了。"林风神情有些凄然，"你还记得十五年前的今天吗？我在你的宿舍楼下燃放烟花，你从楼上下来。那时我就知道，我是这世界上最幸福的男人。"

苏颜怔住了，看到林风的眼睛有些湿润。

"我以为有了爱情，就有了世界，但没想到，最后却是生活打败了我。"林风低低地叹息，"我是个没用的男人，我拼了全力，却得不到任何我想要的。如果我再失去你，那我真的就失去了一切。所以，我开始恨董海波，恨他十多年之后，仍然不忘来纠缠你……"

苏颜真的大惊失色，她想辩解什么，话涌到嘴边，却又不知道该怎么说了。

董海波遵从家人的意愿，娶了一位门当户对的妻子，夫妻感情一直平淡。不知道从什么时候开始，董海波忽然意识到当初放弃苏颜是个错误，他开始不间断地骚扰苏颜，虽然没有任何过激的手段，但像个不散的阴影，不管苏颜如何拒绝，甚至声称要和他绝交，他都铁了心要挽回当年的错误。不得不承认，有那么一些时候，苏颜还真的有那么一点点动摇。

"其实无论你做什么，我都不该怪你。如果我是个女人，我也会离开我这样一个没用的男人。但这么长时间，你却始终守在我的身边，我很想对你说声谢谢……"林风说。

"别说了，我没有你想的那么好。"苏颜胸口起伏，显然颇为激动，"有件事，藏在心里已经十五年了，我不想再骗你……"

林风摇头："不用说，其实，我早就知道了。"

"你知道？"苏颜震惊。

林风苦笑："我们做了十五年的夫妻，还有什么事是我不知道的呢。但我想，过去的事就彻底让它过去，我唯一的希望，就是我还能有机会，跟你携手走完这一生。"

刹那间，苏颜的泪水不可抑制地夺眶而出，林风的这番话，消散了她在心里集结了十五年的疙瘩。林风也毫不犹豫地把妻子抱在怀里，他知道，当妻子说出心底最深的秘密时，这个女人，就再也不会离开他了。更多的泪水涌出来，林风在苏颜的耳边轻声道："今晚，我就去解决所有的麻烦，我保证，明天，再没有任何事可以打扰我们的生活了……"

苏颜吃惊，想问，但林风却将她更紧地揽在怀里，那么紧。

于是，苏颜的心就软了。如果这个男人要做什么，就让他放手去做吧。他需要一些勇气，来改变自己的人生。

"不管你今晚要做什么，我都希望你知道，我在等你回来。"苏颜说。

离开家门的林风，身体里充盈着力量。出了小区，摁了摁别在腰里的尖刀。那把刀硬邦邦的，还有点硌人，但林风却觉得心里特别踏实。他走路时脊梁挺得笔直，每一步都很凝重，他想到既然畏惧无法避免死亡，那么，摆脱死亡的惟一方式，就是勇敢面对它。

林风后悔如此简单的道理，自己居然浪费了这么多时间才能想到。

怀揣利器的林风，感觉自己就像古代披发行吟、带铗而歌的武士。现在，他已经再无所惧了。

第四十章
时空穿梭

古昊回到云湖山庄，心里多少还有点忐忑。张松虽然非常自信，但想到正面对敌巫彭和巴图，古昊还是觉得那简直是不可能完成的任务。

白灵居然在云湖山庄等他，这个原本开朗活泼的姑娘，现在显然有了心事。

"他，还好吗？"白灵问。

古昊微怔过后，立刻想到了白灵口中的"他"，指的正是沈途。当一个女孩用这种语气提到某个男人时，那就只能说明，这个男人在她心里已经很重要了。

想到沈途离去时的背影，古昊忽然觉得，一段新的感情，或许对沈途是一个新的开始。

"他不好，很不好。"古昊说，"我能治好了他的伤，却没法让他心里的伤口愈合。"

白灵神情黯然，低头低语："我知道。"

刹那间，古昊忽然有了些不好的预感。白灵喜欢上了沈途，这倒可以解释她为什么会从张松手上救走沈途，却无法解释她救了沈途后，明知古昊有治愈术，为什么不将他立即送到云湖山庄来。后来无奈将他送来后，自己又立刻离开，就像她有什么郁结在心让她无法面对沈途。

古昊下意识地对着白灵使用了读心术。

——小镇、木屋，穿过天井的许琼。飞一般地掠过，一把波浪形短刀，割开了许琼的喉咙。血流了出来，在黑暗里流淌，比黑暗更黑。

古昊惊得向后退了一步，愕然地盯着白灵："是你？"

白灵露出不解的目光。

"是你杀了许琼？"古昊这样问时，其实已经知道了答案。

白灵惶急："那时候我还不认识沈途，那只是我的一个任务，去到一个偏僻的小镇杀死一个女人……"

古昊觉得头疼，非常疼。沈途心里最大的痛莫过于失去许琼，他现在所做的一切，也都是为了找出真凶，为许琼报仇。偏偏现在，这个凶手又喜欢上了他。

白灵黯然神伤："我不觉得杀死许琼有什么错，就像沈途，杀死了那么多神力者。但是，第一次见到他，他从纵火者手里救了我们，我就突然可怜起这个男人了。我能从他的神情里，看到他深入骨髓的悲伤，而他的悲伤，却完全是因为我杀了他最心爱的女人……"

古昊同情地看着她。

"我知道，我永远没有办法化解他心里的仇恨，所以，我不会再见他，也不会再想他。而且，我也厌倦了杀人——因为他，我知道了杀人原来是这世上最残酷的事，每一个死去的人，都有自己的亲人和朋友，失去对于他们来说，都是永远无法弥补的伤害。"

古昊无语，他实在不知道该如何劝慰白灵，也知道，沈途不仅不会原谅她，甚至，在得知真相后，还会毫不犹豫地杀死她。

白灵转身离去——也许她是这世界上动作最快的人，但这一转身，却缓慢而沉重。

"等等，也许我能帮你。"古昊忽然脑子里灵光一现。

白灵回身，面露惊喜之色："真的？"

古昊却迟疑，但最后，还是点了点头。

秦歌等到很晚，才见到那个叫徐宁的中学教师。杜晓雨的照片，显然勾起了徐宁的回忆，她的眼中，满是惋惜。

"我不仅是杜晓雨的室友，还是她最好的朋友，所以，她的事，我全知道。"

秦歌知道找对了人，也对即将揭晓的谜底充满期待。

徐宁还记得出事那天晚上，全宿舍的人都出去为一个女生庆祝生日，杜晓雨本来说好了一起去，后来因为身体不适，独自留在了宿舍里。徐宁和朋友们下午就开始庆祝，晚上吃完饭后，回来得还挺早。她们刚到学校门口，就看到天空忽然变得五彩斑斓了，还伴随着尖锐的呼啸声。烟花绽放的位置看上去，是与云城师范学院相邻的云城大学。

徐宁就和朋友们站在校门口看了会儿烟花，她们还在猜测今天又不是什么节日，哪来的烟花。看完烟花，她们回宿舍，途中便看到有人往宿舍楼那边跑，宿舍楼下，也围了好多人，还有学校保卫科的人在维持秩序。

很快，她们就知道了杜晓雨坠楼身亡的事。

"就是说，你们也不知道杜晓雨坠楼的真正原因？"秦歌颇有些失望。

徐宁想了想，忽然重重地摇头："我们知道，但我们大家约定，不把这些事说出去，因为就算杜晓雨死了，她也仍然是我们的朋友，我们不想让别人知道，杜晓雨曾经在精神病院，待了整整一年。"

"精神病院？"秦歌惊讶，"杜晓雨是个精神病人？"

310 　徐宁慢慢点了点头："事情已经过去了这么长时间，我想已经没有多少人再记得杜晓雨了，所以，我告诉你，也不会再对她造成什么伤害。"

徐宁的惋惜之情更重，她想了想，开始继续讲述往事……

秦歌和徐宁告别之后，已经将所有发生在林风身上的事串了起来，包括杀死董海波的凶手。他给林风打电话，想告诉他真相，但林风的手机已经关机，联系不上了。

云湖山庄，坐在冷清的大厅里，古昊很自然地想起了大家都在时的热闹景象。他把自己深埋在沙发里，感觉到了孤单和无助。

宗炜过来坐到他身边，知道了他即将要做的事后，显然也颇为担忧。

"我知道，你们其实很想我能做点什么。我的各种推诿，其实只是不想介入到巴族的这场纷争里去。我有自己的使命，它远比巴族这点事更为重要。但是，黄娅琳和云磊都是我的朋友，我也实在不该袖手旁观。"

古昊有点不明白他的意思。

"我能帮你的很有限，你可以把它当成我的一点心意。"宗炜郑重地道，"其实现在还不是时候，帮你也可能把你置于某种险境，但我想，你会愿意承担那种风险的。"

古昊很快就明白宗炜要怎么帮他了。

地下室，第三个集装箱里，透明防护罩内的珠子在电极之间发出淡蓝的耀眼光芒。

"最初发现神力者，我就对他们的超能力感兴趣。这些超能力究竟打哪来，就成了我研究的方向。后来，我知道了这珠子，根据巫彭跟你提及的说法，它是巴融用盗取的巴族圣物磨制而成，这珠子确实包含神奇的能量。我向黄娅琳借了这颗珠子，一直在研究。人在佩戴它历时十余年之后，可以从中获得能量，我就在想，有没有一种方式，可以将它的能量快速释放且被人安全地吸收？"

古昊又愣住了，想到秦歌手腕上的装置，想到黄娅琳脑子里的芯片，这些科技已经远超他的想象，那么，现在宗炜说的，又何尝没有可能呢？

"但是，我的研究并没有完全成功，现在我可以快速释放珠子的能量，却还不能保证这些能量在与人体融合时，会绝对安全。但幸好，这珠子体积很小，就算全部释放，能量也有限，加上你有自愈的能力，我想，在这大战前夕，我们值得冒这个险。"

古昊立刻毫不犹豫地点头："只要能救出黄娅琳他们，我可以做任何事。"

宗炜点点头："那抓紧时间，我们现在就开始吧。"

古昊躺到了透明的防护罩内，宗炜坐到电脑跟前，启动装置，电极之间本来已经非常耀眼的珠子，突然之间迸发出强光，迅速把古昊吞没。

外面的宗炜，这时也露出忧虑的表情。

十多年过去了，云城大学变化很大，新建了几幢高耸的教学楼，宿舍区也全部重新改造，有的旧楼翻新，有的直接推倒重来。如果不是看见蓦然升起的焰火，林风差不多都要找不到原来的宿舍楼位置了。

烟花灿烂依旧、美丽依旧，但今晚它们在林风的眼里，却带有了一丝死亡的气息。循

第四十章

时空穿梭

311

着烟花升起的方向，林风终于走到了昔日女生宿舍楼的位置。

楼已经不在，取代它的，是一片草坪。草坪上，有个男人的背影在忙碌，那些腾空飞升的烟火，显然便出自这人之手。

林风瞬间紧张起来，这人是否就是戴兜帽的男人？

不知道过了多久，烟花终于寂然凋谢，空气里却还弥漫着硝烟的味道。

林风远远注视着那男人，慢慢向他走去。

那男人竟似没有丝毫察觉，这时正背对着林风，盘腿坐在草坪上，低头看着什么。林风走到他身后，重重地咳嗽。那人慢慢回身站起来，慢慢将兜帽掀到后面。

林风怔住了，这男人他并不陌生，居然就是小区门口那家面馆的老板。

林风常常光顾那家面馆，印象里面馆老板沉默寡言，但偏偏和他挺对脾气，闲来无事的时候，俩人常常有一句没一句地闲扯。林风做梦都想不到，戴兜帽的男人竟会是他。

"怎么会是你？"林风忍不住脱口而出，继而，他已经想到了，这个男人既能在他的家里安装无线摄像头，接收距离一定不会太远，那么，他很可能就租住在同一幢楼里。

面馆老板并不回答他的话，此时的他看起来忧伤极了，就连眼神也软绵绵的，根本没有一点杀气。

"你杀死了董海波，又在我家里装了摄像头，用那些在警方眼里，可以证明我是凶手的证据来威胁我，到底因为什么？"林风开门见山，直接说出了心里的疑问。

"十五年前，有人在这里燃放烟花，他在那场焰火之后，得到了他的爱情。直到现在，他仍然和爱情里的女孩，幸福地生活在一起。"面馆老板慢条斯理地说。

林风无缘由地就感到些紧张——他感觉自己离真相仅一步之遥，那真相，也必定和面前男人的忧伤有关。

"我就是十五年前放烟花的人。"林风沉声道，"所以，你有什么话，可以直接说了。"

面馆老板抬起头，直视着林风，嘴唇哆嗦了一下，声音里就带上了些颤音："这些年，我一直想走到你的面前，告诉你那场烟花背后的一些事情。现在，我终于见到你了。"

"我们经常见面。"林风更正他的说法。

"但那不是真正的我，以前跟你见面的，只是一个普通的面馆老板。"

"那现在呢？有什么不同？"

"现在，我是一个叫杜晓雨的女孩的男朋友，那女孩虽然已经死去，但这十五年，她却从来没有一天，离开过我。"面馆老板开始激动。

"我只想知道，这些和我有什么关系。"林风已经有了些预感，但仍然要问。

"十五年前的今天，杜晓雨从宿舍楼上跳了下去，结束了她年轻的生命。那时，很多人都在猜测她为什么要跳楼自杀，各种传言，只有我知道，是那场烟花害死了晓雨。"面馆老板的眼中已经噙满泪水。

林风惊愕："烟花怎么会害死她？"

男人泪水终于不可抑制地流出来："晓雨怎么会怕烟花呢，要知道，她的家乡在一个江南小镇，她的家里，就开着一个制作烟花的作坊。女孩的童年幸福极了，小镇上的好多孩子都羡慕她，因为她每天都可以燃放漂亮的烟花。而那时候，对于孩子们来说，烟花就代表着快乐。但是，谁都不会想到，有一天，烟花会成为女孩的梦魇，那些让她童年无比快乐的烟花，竟然有一天，会带走她所有的亲人，把她一个人孤零零地留在这个世界上。"

林风悚然一惊，凉意从心底迅速升起。

"就在女孩十多岁的时候，家里的烟花作坊发生意外，火药爆炸，她的父母都死在那场事故中。女孩从学校回来后，已经认不出从废墟中被挖出来的父母了。女孩就从那时起变得沉默，没多久，精神也变得异常，到后来，整个人都变得疯疯癫癫了。她不停地跟周围人说父母不放心她，每天晚上都会回来看她。看到没有人相信她的话，她就开始不停地收拾衣服，说是父母要带她走了，她要永远地离开这里了。"

"女孩疯了？"林风惊讶得脱口而出。

面馆老板不理会林风，径自往下说："后来女孩被送进了医院，经过将近一年的治疗，终于恢复了正常，并且，考上了大学。但是，从此以后，她再也没有看过烟花。"

林风恍悟，心里立刻生出那么浓的歉意。

"没有人知道女孩曾经在精神病院待过一年，她平时虽然还有点沉默寡言，但却和同宿舍的姐妹关系很好，偶尔也会跟她们一块儿出去逛街、吃饭，她的脸上也经常露出笑容。你不知道她的笑容有多美，美得就像笼着烟雨的江南小镇。如果没有你们燃放的那场烟火，女孩一定会像这世界上许许多多的女孩一样，过上平淡却幸福的生活。但那场烟火毁了她，她在烟花逝去之后，让自己从宿舍楼上飞了起来。"

面馆老板这时俯身捡起草坪上的一个装有杜晓雨照片的相框，抱在怀里，泣不成声。

同样的一场烟花，可以为人带来爱情和幸福，同时，也会给另外一些人带来灾难和死亡。林风无语，有个巨大的声响在他耳边轰鸣，他知道，自己这一生，此后都将背负一个沉重的枷锁，永远也不能抛开。

"那么你呢？我还想听听你的故事。"林风竭力让自己保持平静。

"我是晓雨的同乡，也是她的男朋友。"面馆老板收起泣声，语气复归平淡，但是，林风还是从中，听到了让自己觉得震撼的东西，"我们高中时就在一起了，为了毕业后不分开，我们约好了考取同一座城市的大学。然后就是那场事故，晓雨住进了医院，我放弃了高考陪着她，直到她痊愈出院。然后，我跟她一起复读，一起如愿地来到云城。我们两所学校隔得不远，每天都能够见面。到大三的时候，我们就已经开始规划我们的未来。我们没想过大富大贵，也没想过能多么与众不同，我们只希望，能有一个自己的家，来安置我们爱情。我们比周围其他同学，更加憧憬毕业后的生活。"

林风在心里重重地叹息，他比任何人都明白，美好希望落空之后的痛苦。

"晓雨死后，我便彻底地沦落了。我酗酒、打架，后来还染上了毒瘾。被学校开除后，我无法面对家里的父母，只能在云城浑噩度日。每隔上一段时间，我都会去趟晓雨读书的学校，站在她坠落的地方，仰望着楼上某个窗口，幻想着，她会从窗里探出头来，冲我微笑，告诉我，我们还有未来。很奇怪，晓雨刚去世的时候，我对那晚燃放烟花的人，并无太多的恨意，但随着时间推移，我的恨意却越来越浓。不管他们是有意还是无意，事实上正是他们的烟火害死了晓雨。我在夜里睡不着的时候，越来越多地开始用怨恨来打发时间，开始想象着，终有一天，我要杀死他们，为晓雨报仇。"

这是怎样一种感情？林风不敢想象，如果这样的事发生在自己身上，自己是否也会像他一样。漫长的十五年时间，仇恨已经慢慢占领了这个男人全部的身心，他用幻想中的杀戮来让自己获得满足。当终于有一天，深夜的臆想已经不能再满足他时，杀戮便走进现实。

他开始跟踪林风和董海波，潜入林风家里，安装摄像头，得知林风的杀人计划后，用那计划杀死董海波，然后威胁林风。

"如果这就是你想杀死我的原因，我也不想替自己辩解什么。但是，我虽然同情你，却还是不会让你杀死我。因为我必须活着，这世界上还有我爱的人，等着我去照顾她。"林风沉默良久之后说。

"杀死你，我为什么要杀死你？"那男人显得很吃惊，"能有一个机会，告诉你这个故事，我就已经很满意了。"

林风愣住了，面馆老板杀死了董海波，又做了那么多事威胁自己，难道最后的目的，就是为了让自己知道十多年前，那场烟花背后的故事？就为了让他从此背负一份永远也不能抹去的负疚感？林风真的无意替自己开脱，但那场烟花本身并无过错，甚至，他对杜晓雨之死，根本不用负任何道义上的责任。他现在的负疚，只是出于对面馆老板的同情。

面馆老板已经慢慢转身，看似就要离去了。林风紧绷的神经也松懈下来。不管怎么说，这些事件，如果能够就此了结，对他来说，未尝不是件好事。至于面馆老板杀死董海波，那是警察的事，跟他并无关系。

忽然，面馆老板的身子晃了两下，然后手捂腹部，蹲了下来，就好像在忍受着某种痛苦。林风见状，下意识地向前走了两步。

"你怎么了？"他问。

"帮帮我。"他听到面馆老板低低的声音。

林风稍犹豫，还是走到他的身后，慢慢弯下腰去。就在这时，面馆老板忽然飞快转身，手中不知什么时候，多了把明晃晃的匕首。林风大惊，那匕首已经直直向他刺了过来。林风慌乱中闪身避让，此刻，面馆老板面目已经变得狰狞，手中匕首挥舞着步步紧逼。

"我要杀了你，为晓雨报仇。"他嘶声叫道。

林风躲闪中，不慎跌倒，面馆老板纵身向他扑了过来，匕首高高举起，狠狠地朝着地上的林风刺去。倒地的林风，此时已经避无可避，匕首稳稳地刺中他的心脏位置……

秦歌打不通林风的电话，便开车去了他家。

苏颜告诉他，林风刚刚离开，不知道去了哪里。苏颜还给他看拆下来的四个摄像头，将所有的事情全都原原本本都告诉了他，包括林风对董海波的杀意，凶手用林风的计划杀死了董海波。最后，她把杜晓雨的照片给林风看。

"林风说今晚会解决所有问题，我很担心。"苏颜说。

秦歌差不多已经把所有事情都串了起来："杀死董海波的，正是这杜晓雨的男朋友，他叫王川。"

仔细查看照片，很快发现照片背后的日期。苏颜证实，那日期正是十五年前的今天，也就是林风和董海波在她宿舍楼下燃放烟花的日子。

秦歌立刻想到林风今晚去了哪里，苏颜经他提醒，也猜到林风一定去了十五年前的学校和凶手见面。她忧心忡忡地要赶去，但被秦歌阻止。

"我去帮你把林风带回来。"他说。

对于苏颜，秦歌始终怀有一丝莫名的怜悯，去见凶手这种事，当然不能让她去做。秦歌离开林风家，驱车直奔云城大学。途中，离学校还隔着好几条街，他就看到远处天空有五彩的烟火绽放。他的心一紧，下意识地就加快车速。

到了学校，跟门口保安亮明身份，让保安带着他，直奔燃放烟花的草坪而去。远远的，他就看到林风抱着一个人跟跟跄跄地跑过来，到了跟前，才看清，林风满身是血，而他抱着的那个男人，双目紧闭，胸口不停地向外涌出鲜血……

就在刚才，王川的匕首已经刺中了林风的心脏位置，因为用力过猛，那匕首居然断成两截。而危急时刻，林风下意识地从腰间摸出了自己的尖刀，毫不犹豫地刺向王川。

王川身子僵硬，血液缓缓顺着锋刃，流到林风的手上。林风呆若木鸡，王川的刀子同时也刺中了他，但他为什么竟丝毫感觉不到疼痛。

王川缓缓倒地，林风看着自己手上的血，再弯腰拣起王川撒手落在地上的匕首，更是惊得呆了——王川拿的竟然是把木头刀，表面刷了银白色的亮光漆。

王川倒在地上，剧烈地咳嗽过后，口中吐出血来。

"为什么会这样，你要杀人，为什么拿把木头刀子！"林风低吼。

王川这时居然笑了笑："我想了很久，这世上什么样的谋杀才是最完美的。最后，我终于想到了，杀死一个人，最好的方式，就是让他成为杀人凶手。"

林风瞪着他，一时竟没反应过来。

"但这样的杀人方法并不是所有人都能用的，只有疯子，或者像我这样的绝症患者才能想得出来。"王川又吐出一口鲜血，身子已经开始抽搐，但他仍然坚持把话说完。

"已经十五年了，我们大家都有了自己的生活，我本来并没有想到要找你报仇，但是，半年前，我被确诊患上了绝症。于是，我就想，我这辈子最大的遗憾是什么？我要用我为数不多的生命，来弥补我生命中的遗憾。"

"你想杀死我，那你就站起来！"林风上前将他抱住，声嘶力竭地叫。

"为了替晓雨报仇，我做了充分的准备。偷偷潜入你家装了摄像头，察觉你对董海波的杀意。我就想到，用你想出来的方法杀死董海波。但我没想到，杀人原来是件这么痛苦的事。"王川眼睛快睁不开了，声音也变得断断续续的，"我是个胆小的人，原来根本没有胆子杀人，只是，自从知道自己得了绝症，我得到了些勇气。但杀死董海波之后，我就经常会梦到他来找我，那种罪恶感，就算我一个即将死去的人，都无法承受。我根本没有办法再杀死你，但又不能放弃杀死你。现在，你成了杀人凶手，我的目的就达到了。虽然你不一定

时空穿梭

因为杀人罪被判死刑，但是，我已经尽力了……"

王川终于闭上了眼睛。

蹲伏在王川身边的林风，虽然心还在跳，还能喘气眨巴眼，可是，毫无疑问，他是这起事件中的受害者——他被人谋杀了。并且，就连他自己，都不得不承认，这样的谋杀，可以称得上完美。

"你不能死，你死了，我就真的成了杀人犯。"林风嘶吼，吃力地将王川抱起，踉跄着向草坪外奔去。王川的身体还很温热，还有一丝气息在他身体里游走，也许送到医院，医生就能救活他。

草坪外面，匆忙赶来的秦歌迎着他奔过来。

林风脚下一软，栽倒在地，王川也跌落到一边。秦歌赶紧过去查看，王川已经没有了脉搏没有了气息。林风挣扎着起身，还想再去抱起王川的尸体，秦歌拦住他："他已经死了，救不活了。"

"他不能死！"林风再次嘶吼，"我要送他去医院，我要让医生救活他，我不想当杀人犯……"林风重重地推开秦歌，想再次抱起尸体，秦歌从后面直接把他拦腰抱住。

就在这时，秦歌腕上的蟋蟀忽然发出鸣叫，声音急促得已经连成了一片。秦歌吃惊，这蟋蟀的叫声从来没这么密集过，他记得宗炜曾经跟他说过，报警声越急促，表明出现的超能力量越强大。

因为还抱着林风，所以无暇去查看超能力量出现的位置。但这时，他忽然觉得有股强大的气流将他和林风包裹起来，接着就是一阵晕眩，好像整个世界都在旋转。

带秦歌赶来的保安这时惊得向后连退数步，差点摔倒。

明明刚才还在他面前的两个人，忽然消失了，只有那具尸体还躺在草坪上……

第四十一章
蜘蛛结网

已经过了约定时间，古昊还没出现，这让张松多少有点担心。虽然他相信古昊不会临阵脱逃，但是，无论谁知道要面对巫彭、巴图那样的对手，多少都会有些胆怯吧。

白灵悄悄推门走了进来，张松看了她一眼，便将目光移到了别处。

"我知道你在怪我。"白灵怯生生地道，"但我真的觉得沈途挺可怜。"

"你想过被他杀死的那些人吗？那些人难道就不可怜？"张松负气道。

"我错了，你罚我吧。"白灵知道无论怎么说，从张松手中救下沈途，都是她的不对。

张松冷哼一声："沈途现在怎么样？我猜，你一定是看实在不行了，才把他送到古昊那里，古昊用治愈术治好了他。"

白灵点头。

张松看她可怜巴巴的样子，忽然叹了口气："其实都怪我，当初就不该让你去杀许琼。你想过没有，虽然你救了沈途，但一旦他知道你杀了许琼，他仍然不会放过你。"

白灵垂首，低声道："我知道。"

张松再叹口气："要是换了别人，我早就一巴掌打过去了。但偏偏是你这丫头，你说我是原谅你好，还是继续生你的气好。"

"那就原谅我好了。反正这么些年，你已经原谅了我那么多次，再多这一次，也没关系。"白灵上前拉住张松的胳膊，"你不知道这些天，我最担心的就是无法面对你。其实，我宁愿你像对待别人那样，一巴掌扇过来，扇得越重越好，只要你出了这口气就好。"

张松摇头苦笑："我看你不仅人长大了，脸皮也变厚了，知道我舍不得打你，还故意说这种话。不过，要想我原谅你也行，去趟云湖山庄，去找古昊。已经过了约定的时间，他还没来，我担心会出什么意外。"

白灵立刻点头答应："好，我就当你原谅我了……"

白灵赶到云湖山庄，看到宗炜满脸焦虑地来回踱着步子。宗炜一向沉稳淡定，情绪从不外露，现在显然碰上了什么重要的事，才令他如此焦灼。很快，白灵也跟着焦灼起来，古昊穿着衣服站在浴室淋浴喷头下面，全身已经湿透了，但他仍然觉得热。他的衣服糊了，头发焦了，脸上还有灼痕，就像刚被火烧过，看起来特别狼狈。

赶紧问发生了什么事，宗炜知道瞒不过，只能把释放珠子的能量，并强行让古昊吸收的事说了。白灵瞠目结舌："你真的做到了？"

宗炜有些沮丧："我这也是冒了很大的风险，原本以为古昊有治愈术，就算受了重伤也没关系。事实上古昊刚从防护罩里出来时，全身就像被火烧过，大面积灼伤，有些地方皮肤都已经溃烂，简直惨不忍睹。幸好他有治愈术，很快就让自己恢复正常，但之后却一直嚷着热，就好像身体里有座火山，将要喷发，却怎么也喷不出来。"

白灵笑了："他这是吸收的能量太多，一时间还不能消化。放心，我有办法。"

白灵大大咧咧地闯进浴室："古昊，你不是一直想跟我比谁跑得快吗？追上我，就算你厉害。"

喷头下的古昊怔一下，随即毫不犹豫地大声道："好。"

白灵还想说什么，面前一阵风过，古昊已经没影了——他这当真是雷厉风行，说跑就跑。白灵跟后面的宗炜打声招呼，立刻发力追了下去。

这两个人的速度，快到匪夷所思，如果打你面前过，能看到影子一闪而没，就算视力绝佳了，这也是白灵绰号"闪影"的由来。白灵仗着技能娴熟，很快就追上前面的古昊，古昊倒并非想胜过白灵，只是在极速度跑中，体内的燥热竟然消散了一些，那感觉竟是前所未有的酣畅。因而，他下意识地就要加速，加速，再加速，速度越快，越感到体内燥热消散得越多。没多一会儿，他就已经能和白灵并肩向前了。

片刻工夫，他们不知在云城的大街小巷里转了多少圈，幸好速度快，没人看得见他们。渐渐的，古昊已经超过白灵，把她甩在了后面。白灵不甘心输给他，全力奔跑，但不管她怎么发力，却始终差着古昊十多米远，而且，前面的古昊越来越轻松，甚至还能回头看她，或者，转过身来倒着跑上一会儿，还冲白灵做出加油的手势。

白灵纵有一千一万个不甘心，但却不得不承认，她再也追不上古昊了。要知道，古昊刚复制了她的技能时，她闭着眼睛都可以秒杀他。

宗炜的试验至此可以算是完全成功，想不到一颗小小的珠子里面，竟然包含那么大的能量。白灵忽然想到，如果将所有神力者的珠子都聚在一起，能量全都集中到一个人的身上，那会有怎样的情况发生？

后来，古昊和白灵坐在一幢大厦的天台边上，古昊面色红润，体内的燥热尽去，只是一身衣服还很褴褛，脸上沾了好些污渍。

"现在，我能跟你去见张松了。"古昊感激地冲着白灵笑笑，"谢谢你。"

那种晕眩，就像从几百层高的楼上极速坠落，而且是翻滚着落下，整个世界都在旋转摇晃，它们变成了光影，斑驳得就像夏日午后透过大树的叶隙落下的阳光。而突然之间的一道强光，如同照相机的闪光灯，驱散所有光影，坠落的过程也随之结束。

秦歌和林风仍然保持着刚才的姿势，只是，脚下的草坪变成了水泥地，面前也伫立起了一幢外墙斑驳的楼房。楼房的窗户内齐刷刷地亮着灯，窗外，大多都有晾晒的衣物，一眼看去，花花绿绿。

秦歌的惊疑还未消散，边上的林风已经失声惊呼："宿舍楼？"

宿舍楼并不奇怪，但已经消失的宿舍楼重新出现，这就不可思议了。这世上还有哪一座宿舍楼能让林风如此惊讶？

宿舍楼前，有三三两两的女生结伴回来，她们的穿着打扮以及发型，都带有典型的上个世纪末的特征。不知楼里哪个角落传来隐约的音乐声，一对歌星声嘶力竭地在唱着"我宁愿你冷酷到底，让我死心塌地忘记……"。

秦歌和林风面面相觑，他们都已经想到了一个极不可能发生的事，秦歌也随即明白了林风的超能力究竟是什么。林风第一次在餐厅里听到电话响，还没接就已经知道了电话的内容，第二次想见到王川，又经历了一次已经发生过的事。他并不是重复过去，而是拥有穿越时间的能力。第一次，往回穿越的时间很短，只有一两分钟，第二次时间稍长，大概一个小时左右。这回，他竟然带着秦歌，回到了十五年前。

像是为了印证他们的猜测，宿舍楼一侧的小道上，两个人背着大包，兴冲冲地向这边跑来。林风先看到他们，立刻两眼发直，彻底傻了，秦歌顺着他的目光看去，虽然那两个学生模样的人非常年轻，但他还是一眼就认出了，其中一个人，正是林风——年轻时的林风。

秦歌赶紧拉着林风躲到一个稍隐蔽的地方，让两个林风遇上，会是什么既尴尬又麻烦的事。但林风还是死死盯着年轻的自己，口中喃喃地念叨："我跟董海波，就是今天，在苏颜的宿舍楼前，燃放了烟花。"

不用说，秦歌也能猜到，但这时他想到的却是另一件事。

"也就是说，杜晓雨就是今晚，从楼上跳了下来。"他说。

林风蓦然醒悟，脱口而出："我们得去救她。"

秦歌迟疑："改变历史真的好吗？所有科幻片里，改变已经发生的事，可都没好结果。"

林风狠狠瞪他："你别忘了，你是警察，知道马上有人死去，却不阻止，你这是渎职。"

秦歌皱眉："我算算，十五年前我十吗了，那会儿我好像刚到警校，还没当上警察。"

"你不去，我去。"林风恶狠狠地道，"阻止杜晓雨跳楼，她就不会死，王川就不会因此对我和董海波怀恨十五年，也就没有后来那么多麻烦事了。"

林风不待秦歌做出反应，已经大步向着宿舍楼方向走去。宿舍楼下，年轻的林风和董海波正往地上摆放烟花。

秦歌想了想，还是上前拉住林风："要救人，也得动动脑子。没有今晚的烟花，杜晓雨就不会死，但谁知道你跟苏颜以后还能不能在一起。"

林风果然怔住了："那怎么办？"

秦歌笑笑："我们去找杜晓雨。"

张松找了身自己的衣服给古昊换上，又听白灵说了宗炜快速释放珠子的能量，强行让古昊吸收的事，非常感兴趣，说有机会，一定要去云湖山庄拜访宗炜。古昊猜到他的心意，告诉他去了也没用，宗炜的手段如果用在别人身上，别说吸收能量，只怕小命都难保。他是因为能够自愈，所以才能成功。

张松哈哈一笑，就把话题岔了开去。

"虽然你的能力大增，但就凭一颗珠子，你仍然不是巫彭或者巴图的对手。"他说。

"事情到了这地步，不管行不行，总得要试试了。"

"我还为你准备了一份礼物。"张松笑道，"这份礼物加上你刚增强的能力，或许已经能够勉强和巫彭及巴图一战了。"

张松带古昊和白灵去了一间仓库，仓库在云城东区的新城里。新城正在建设中，人气还不算太旺，天黑之后，街道上就很少见到行人。白灵和古昊都能快速移动，所以新城旧城之间距离对他们来说根本不算回事。

仓库外面有人守着，见到张松，立刻打开仓库门。

进到仓库里面，古昊吃了一惊，他没想到，仓库里会有那么多人。这些人年龄大都在十几到三十多岁之间，彼此间似乎也并不太熟悉，很少有人互相说话。大家都安静地或站或坐，见到张松进来，这才聚拢过来。

"这些都是神力者。"张松向古昊介绍，"如果不是沈途前几天杀了一些，那么，今天的人会更多，要做的事会更有把握。"

古昊不解："人多有用吗？就算你想群殴，一个沈途就能杀死那么多人，更别提巫彭和巴图了。"

张松摇头笑道："群殴这种事，亏你也能想得出来。这些神力者的技能大多不是攻击型的，让他们去对付巴图，简直就是让他们去送死。"

"那你把这些人聚在一起，想干什么？"古昊问。

张松拉过离他最近的一个文质彬彬的年轻人："你已经见识过很多种的技能，但肯定不知道，还有人能把许多神力者的能力聚在一起。"

古昊愣了一下，已经想到了张松要说什么，但却还不敢肯定。

"他的绰号叫蜘蛛，蜘蛛最大的本事就是织网。现在，你也需要一张网，把这些神力者的力量全都通过一张网连接起来，然后为你所用。"张松说。

古昊这回听明白了，面前这个叫蜘蛛的年轻人，可以把所有神力者的力量全都聚集到一起，但是，既然他有这么大的能耐，那就让他去跟巴图打好了。

像是看出了古昊的疑问，张松又道："只可惜，聚集能量是他唯一的技能。"

这回，古昊需要想一想，才能想明白。这蜘蛛虽然能将大家的力量聚到一起，但他没

320

有任何别的技能，如果说力量就是子弹，弹药再充足，你还需要一把枪才能把子弹发射出去。这蜘蛛的能力虽强，但实际上并没有什么卵用。

古昊只要复制了蜘蛛的能力，那么，就能汇聚仓库内所有神力者的力量，再加上吸收了那颗珠子的能量，这就是张松说的，或许能和巫彭、巴图一战的原委。

张松这时拍拍古昊的肩膀："巴融虽然不能现身，和你去救你的朋友们，但他不会袖手旁观，这就是他为你安排好的对策。"

古昊想了想，这也确实是目前能想到的最好办法。虽然他仍然不知道凭此是否就能打败巫彭和巴图，但至少，他已经有了一战的能力。

"巴图给了你三天的期限，他一定料不到你会第一天就找上门去。"张松再笑笑，"我们今晚就打上门去，救出你的朋友。"

女生宿舍楼，要不是秦歌的证件，他们俩根本进不去。舍管虽然对秦歌十年后的警官证有点生疑，但也说不出哪儿不对劲，再加上他们俩人看着，也确实不像坏人。

——坏人根本不会大摇大摆从正门进，一定会想办法溜进去。

到了顶层的一间宿舍门前，敲门，很快，门开了，秦歌和林风便看到了杜晓雨。

鲜活的杜晓雨比照片上还要秀气，不算非常漂亮，但看上去充满灵气。

"你们找谁？"杜晓雨随口问。

"我们找你。"秦歌还没开口，林风已经抢着道。

杜晓雨奇怪地上下打量这两个人，确定自己并不认识他们："找我，有事？"

秦歌说明自己身份，杜晓雨更奇怪了，警察找她，能有什么事？

"我们，我们能不能进去说。"秦歌探头往里看，宿舍里果真空荡荡的，其他人都不在。看杜晓雨有点迟疑，秦歌又道，"我们来，只是想跟你聊点事，聊完就走。"

杜晓雨闪身，让他们进来。

林风和秦歌都有些犹豫，不知道该怎么开口。

"待会儿会发生一些事，可能会对你造成一定的伤害。我们只是想提前给你些警示。"秦歌也想不出来既能改变杜晓雨的结局，又不在话语间刺激到她的方法，所以，索性就开门见山，只是话语略有些保留。

杜晓雨更奇怪了，问："待会儿会发生什么？"

秦歌不答，却冲着林风使眼色，林风会意，起身到窗前，欲拉上窗帘。但就在这时，第一支烟花已经腾空而起，瞬间绽放，接着，更多的焰火盛开，整个夜空都变得五彩缤纷了。

秦歌和林风大惊，林风飞快将窗帘拉上，秦歌则快步走到杜晓雨身边，只要她有任何的动作，他都会及时阻止。

但杜晓雨的反应却很平静，除了露出更奇怪的神情。

"这就是你们说的要发生的事？"她问。

秦歌想了想，点头。

"谢谢你们。"杜晓雨冲他们笑了笑，有些苦涩，"你们一定已经知道了我以前的事，所以才会来提醒我。但请你们放心，过去的那些事，虽然永远都不会忘记，但它们已经没法再伤害我了。我还年轻，还有一个我爱的人，在等着我和他一起去创造我们的未来。"

秦歌和林风听得呆了，倒不是这些话有什么特别，而是杜晓雨的态度，和他们的预期大相径庭，她不仅没有激动，没有失态，更没有表现出特别的悲伤，当然，就更不要说因为这些烟花而跳楼自杀了。

原来王川对于杜晓雨死因的猜测，也完全是凭他的主观臆想。

秦歌和林风还是不放心，但这时的杜晓雨，却径自走到窗边，拉开窗帘，看天空绽放的五彩缤纷，眼中不知何时已经噙满泪水。

"你们放心，我一定会好好地活下去。"她说。

秦歌和林风面面相觑，到这时终于确定杜晓雨真的不会做傻事，这才放心地离开。杜晓雨送他们到门边，最后再冲他们说声"谢谢"。

下楼梯的时候，秦歌皱着眉头："总觉得哪儿不对，这杜晓雨要是没打算跳楼，后面那些事都是怎么发生的？"

"人家不跳楼了，咱们总不能赖在一个女生房间里不走吧。"林风也疑惑，"会不会我们穿越回来，就已经改变了历史？"

"咱们这还什么没做呢。"秦歌还是觉得不安。

出了宿舍楼，天边的烟火渐逝。

"真想再去看看现在的苏颜……"林风的眼中忽然流露出些向往。

就在这时，忽然一道影子从天而降，落地时发出沉闷的撞击声。二人大惊，一眼就看到杜晓雨摔落在他们前方不远处。

杜晓雨还是从楼上跳了下来。她刚才不是明确表示过，她会好好活下去的吗？难道那些只是她的伪装，骗走秦歌和林风后，她才能有所行动？但是跳楼这种极端情绪的行为，怎么能表现得那么平静？还有刚才出现的超能力量，查看范围正在宿舍楼内。

神力者这时候出现在宿舍楼里绝不是偶然，难道杜晓雨之死跟这神力者有关？

宿舍楼前已经有人发出尖叫，很多学生围过来，却又不敢上前，只远远地看着。秦歌和林风奔到杜晓雨身边，蹲下身查看，杜晓雨已经没有了气息，当场身亡。

"我们还是救不了杜晓雨，看来科幻片里说的都是真的，你想改变历史，历史会用另一种方式来还击你。"秦歌慨叹。

"我就不信这个邪。"林风恨声道，"我们容易吗？！十五年都穿越过来了，不把杜晓雨给救了，回去都没脸跟人提这事。"

秦歌刚想说什么，林风已经伸手抓住了他的胳膊。秦歌意识到他要干什么，还没来得及表态，那种晕眩坠落的感觉再次发生。

他们仍然站在宿舍楼前，只是，地上还没有杜晓雨的尸体，秦歌知道，他们又穿越了回去——林风经过几次时间穿越，现在已经能够控制自己的能力了。

322　　　林风立刻就要再次去找杜晓雨，秦歌忽然拉着他闪到了墙边的一片阴影里。林风正想问，就看到楼前的水泥路上，有两个人正快步走来。

林风瞪大了眼睛，那匆匆而来的两个人，正是另一个秦歌和他自己。

古昊带着张松和白灵，片刻之间，便从仓库来到了四合院的外面。古昊没有来过这里，但巫彭既能知道医院的隐蔽楼层，张松又岂能不知巴图来到云城后的栖身之所。

"现在，你所在意的那些人，都在这个四合院里。"张松说，"只有打败巫彭和巴图，他们才能真正安全。所以，这一战对你来说，至关重要。"

古昊点头："到了这时候，也就没有退路了。"

张松拍他的肩膀："去吧，巴融也希望你能通过这一战，成为一名真正的神力者。"

"万一，"古昊忽然想到什么，"万一我败了，巴融会不会出现？"

张松沉吟："我只知道，巴融一定不会丢下你不管。"

古昊微笑："有你这句话，就够了。"

张松正想再说什么，古昊已经大步向着两扇枣红色的大门走去，还没到跟前，门忽然开了，打里面走出来的人，正是沈途。

"你来了。"沈途淡淡地道，就像早就知道他会来一样。

"他们怎么样？黄娅琳，还有我爸、古亮、胖子和云磊。"古昊问。

"他们很好，没受到一点伤害。"沈途道，"但你想救他们，就得打败巫彭，因为巫彭已经控制了他们的思想，他们现在，恐怕根本不想跟你回去。"

古昊皱眉："好，那我就去找巫彭。"

"等等，想见巫彭，得先过了我这关。"沈途依然很淡定。

"你也想阻拦我？"古昊盯着他。

"如果你连我这一关都过不了，那就不用去找巫彭了。"沈途看上去有些无奈，"你根本就不知道巫彭有多厉害，我回云城，第一件事就应该找他替许琼报仇。但我却甘愿回到巫彭身边，听他差遣，只为寻找机会。但等了这么久，我却一直没有任何行动，因为我根本就找不到机会。"

古昊皱眉无语，他后面的白灵下意识地后退一步。

"所以，要见巫彭，得先过我这一关。"沈途郑重地道，"这回，我不会再手下留情，你也不要再用任何伎俩。"

古昊想了想，觉得沈途说的挺有道理，连他都打不过，还去找什么巫彭、巴图。于是点头："好吧，不管咱们这一战谁输谁赢，之后，我都有事想跟你说。"

沈途也点头，不再多言，立刻一道气浪向着古昊袭去。

气浪过处，古昊居然已经闪到了一边，气浪袭空。沈途微怔："你又多了项技能。"

古昊坦然道："这是白灵的极速移动，她就是用这种能力，在医院救了你。"

沈途朝着那边的白灵看了一眼，眉峰皱起："她为什么要救我？"

古昊笑笑："还是等我们分出胜负，再来说这件事吧。"

沈途不再多说，这回，气流如箭，再次袭向古昊。古昊速度快，但忽然发现根本就没法移动，沈途的气流这回不是一道，而是像箭雨一样接连不断射了过来，已经将他身边数米范围内尽数覆盖，而且，气流的速度也极快，无论他向哪个方向闪，都会被击中。

这回，古昊用上了云磊的空间转换。沈途只觉眼前一花，古昊已经不见了，然后，听见身后的咳嗽声，知道古昊已经到了身后，不及回身，反手又是一道气浪拍出，意不在伤人，旨在自保。

那些气浪在离古昊不及一尺之时，忽然消失了。那边的沈途奇怪，再次发力，但却发现，自己这时已经失去了超能力。再看对面的古昊，气定神闲，眼神里却已经流露出胜利的惊喜。

古昊自己都没想到，居然可以锁住沈途的超能力，原本只是想试一试，没想到居然一试之下就成功了。这只能说明，他现在的能力，已经远在沈途之上。

沈途当然也很快就想明白了怎么回事，却并不觉得沮丧，只是诧异，这么短时间内，古昊的能力竟然大增，这简直就是不可能发生的事。要知道，技能可以复制，但能力就像内功，不可能短时间暴涨。

沈途慨叹："我输了，你现在可以进去了。"

古昊竭力掩饰自己的兴奋，本来沈途在他眼里，已经是神一样的存在了，自己居然能够轻易击败他，虽然这里面有一多半靠的是那么多神力者聚在一起的力量，但至少，他对迎战巫彭、巴图已经有了足够的信心。

"我还有事要跟你说。"古昊看看那边有些畏缩的白灵，想了想，"不管今晚我能否救出黄娅琳他们，但最后，我一定会告诉你杀死许琼的真正凶手。"

沈途悚然变色，目光凌厉："现在就告诉我，凶手是谁？"

古昊摇头："今晚你一定会知道真相，但不是现在。"

后面的张松也费解，不知道古昊为什么要这时候跟沈途提及这些。他探寻的目光落在白灵身上，白灵心虚地避开他的视线。

这时候，前面的古昊已经大步迈到了门里。

张松和白灵跟在后面，经过沈途身边时，张松狠狠地瞪着他。他还没有忘记沈途在他眼皮底下杀死那么多神力者的事。

"此件事了了，我一定会杀了你，为你杀死的那些人报仇。"他说。

沈途居然并不在意，面无表情地道："古昊今晚若败，你以为你还能走得出这个院子？"

张松冷哼一声，不再搭理他，大步跟在古昊后面，进到院中。

院子里，巫彭已经等待他们多时了。

第四十二章

惊天杀局

巫彭显然没把进来的几个人放在眼里。他的目光落在张松身上，笑道："我真佩服你，居然有勇气走到我身边。我保证，今晚不管发生什么事，但是你，一定走不出这个院子。"

张松倒也坦然："我既然来了，当然已经做好了各种准备。"

巫彭笑："你对巴融倒算忠心，居然肯为他去死。"

"如果不是巴融，早在十几年前我就已经死了。"张松直视巫彭的目光，"何况，今天究竟会发生什么，谁也不知道，也许，我还能再苟活几十年也说不准。"

巫彭这回笑出声来："就凭你们几个？"

张松还未出声，他的整个人忽然就向后倒飞出去，重重地撞到墙上，生生将墙壁撞开一个大洞。张松倒地，一口鲜血喷出，人已经站不起来了。

古昊和白灵大惊，白灵极速来到张松身边，扶起他，张松面如灰土，手指颤动指向巫彭，想说话，又一口血涌上来，将要说的话堵了回去。

古昊既怒且惊，怒的是巫彭猝然出手，果然心狠手辣，惊的是以张松的能力，居然被巫彭一击便得手，而且受了重伤，这巫彭的功力，显然远超他的预期。

但古昊不退反进，大步走到巫彭面前："真没想到，你这样的人，也能做出偷袭这种事来。"

巫彭哑然失笑："张松是叛族者，凡我族人，见到他必当场诛杀。这又不是什么比赛竞技，难道还要找个裁判来吹哨才能出手？"

古昊一时语塞，倒说不出他这话哪里不对，索性直接说明来意。

"我今晚来，要带走被你抓来的人。"他说。

"我让你带来的人是巴融，不是这个张松。"巫彭道，"我要杀张松，他早就死了。

之所以还留他活到现在，只因为他是唯一和巴融有联系的人。"

"你太高看我了，巴融已经躲了你们几十年，又怎会因为我自投罗网。"古昊道。

"但这回不同，你是他的亲生儿子，如果因为他的懦弱龟缩不出，而害了你在乎的那些人，你这辈子会原谅他吗？"巫彭叹口气，"但我没想到，巴融竟然宁愿你恨他，也不敢现身。我对他非常失望，也很同情你有这么一个让人蒙羞的父亲。"

"你觉得，我会拿一个老人的命，来换我在乎的人吗？"古昊郑重地道，"你们做事可以不择手段，可以不惜牺牲众多无辜者的生命，但我跟你们不同，所以，今晚我来了，而且，我一定会带走被你抓来的人。"

巫彭似乎很难理解古昊的这些话："你怎么带走他们？"

"你很快就会知道。"古昊屏气凝神，已经做好了准备，既然知道这一战不可避免，那也就不用再啰嗦了。

"你要和我打？"巫彭简直觉得好笑，他瞟了眼垂立一边的沈途，笑容在脸上慢慢凝固，"能过沈途那一关，已经很不容易了，但我不是沈途，我若出手，就绝不会留情。"

古昊冷哼一声："那就开始吧。"

巫彭哈哈一笑，双掌挥出，看似轻飘飘毫不着力，但古昊却已经有了窒息感，只觉一股大力掐住自己的脖子，就算拼命挣扎也无法挣脱。幸好，他还有云磊空间转换的技能，瞬间消失，已经站到巫彭背后，一把小刀瞬间脱手而出——那刀正是张松所有，先前沈途就险些死在这把刀下。

刀子带着啸声而去，速度之快，显然出乎巫彭预料，他虽然能够避开，但却已经有些狼狈。袭空的小刀掉转方向，重新回到古昊手里，这回古昊极速向着巫彭冲去，已经用上了白灵的极速移动，手中的刀子也瞬间连续挥出。

刀子挥动的速度快到匪夷所思，就像织布机来回晃动的梭子，边上的张松、沈途只看到重叠的影子，根本看不清刀子落向哪里，就连白灵都睁大了眼睛——这种速度，显然连她也做不到。但是，偏偏巫彭尽数避了开去。

其实，巫彭根本没有躲避，甚至连动都没有动，只是凝视着古昊，古昊的刀子虽然仍在挥舞，但刀在离巫彭不到一寸的距离时，便再也刺不进去了。巫彭用的也是念力，刀子虽然仍在古昊手中，实际上已经被巫彭控制。

古昊的刀攻不进去，甚至，刀在后来已经不受他控制，巫彭只是在借用他的速度，让他无法停手。现在变成了刀在牵着古昊的手快速移动，古昊如果想罢手，唯有将刀丢弃，但他不甘心失去武器，偏又无法摆脱刀的控制。最后，只能纵身向место上跃开，撒手弃刀。那刀还未落地，瞬间改变了方向，笔直地向着古昊袭来，古昊想躲，已经不及，刀子直接刺进了古昊的胸口。古昊踉跄几步，还是不能稳住身形，一屁股跌坐到地上。

刀忽然又离开他的胸口，飞回到巫彭手中。古昊的胸口瞬间血箭喷出。那边的巫彭两只手捏住刀柄，冲着古昊扬了扬，那刀瞬间化为乌有，只有些极细的粉尘在指间飘舞——这自然就是巫彭分解物体的能力了。

326　　后面的白灵惊呼一声，已经出现在古昊身边，欲扶他起来，被古昊阻住。古昊撕开衣服，查看伤口，使用治愈术，很快伤口愈合。

巫彭点头："我倒忘了你还有治愈的技能。"

古昊示意白灵离开，他已经想到，面对巫彭这样的对手，那些花哨的技能根本不能伤敌，再加上巫彭能够分解任何物体，所以，坚绝不能跟他有任何身体的接触。

张松适才被巫彭击飞时撞倒了墙壁，此刻，古昊亦使出念力，那些散落地上的墙砖忽然齐齐飘了起来，甚至，完好的墙壁也开始坍塌，化成一块块墙砖，向着巫彭飞过去。一时间，墙砖在空中好像化成一道有形的旋风，看起来煞是壮观。

巫彭凝立不动，那些墙砖在靠近他的时候改变了方向，反攻向古昊。这样，两人形成对峙，那些砖墙旋风则在两人之间来回舞动。到了后来，墙砖在两道力量的作用下，竟然碎裂开来，然后再碎裂，直至变成细碎的粉末。墙砖旋风在观战诸人眼中，也变成了黑色旋风。

黑色旋风后来变成了两道，古昊和巫彭各驱使一道，互相攻击。这场较量可谓是货真价实的功力大比拼。巫彭虽然毫无败像，但越战心中越惊。在他印象里，古昊和他比根本就是秋萤皓月，他分分钟都能将他碾压至死，但没想到，这小子居然越战越勇，而且力道源源不竭，相形之下，反道是他，渐有力衰之势。巫彭忽然想到古昊曾经跟他说过的话。

"我比你年轻，我的能力会一天天增长。而你已经老了，总有力衰的时候。我会非常有耐心，慢慢地等，等到我能杀你的那一天。"

巫彭心中下意识地生出些寒意，杀机陡生。如果今天不将古昊除去，只怕他能杀死自己的那一天，很快就要到来。

就在这时，他忽然觉得压力顿减，古昊驱动的那道旋风力道减弱，已经往后退缩了数尺。巫彭信心大增，施出全力，驱使旋风再逼近几分，并逐渐将古昊那道旋风吸附过来。现在形成的局面是巫彭的那道旋风如同巨龙，且越来越粗壮，而古昊的那道却越来越细小，根本已经不能阻止巨龙的袭击。

黑色巨龙终于尽数扑到古昊身上，刹那间，已经尽数将他笼罩。至此，巨龙仍不停歇，围着古昊飞舞盘旋，古昊已经被完全吞噬。

后面的白灵发出一声惊叫，就连张松都已神情大变……

秦歌和林风看着另外一个秦歌和林风进到了宿舍楼里，觉得整个人都不好了。

"我们回到过去，并不是让过去再发生一次。"秦歌很快就总结出了答案，"所以，我们才会见到我们。"

"不对。"林风提出疑问，"第一次在餐厅，第二次在马王庄的小巷里，都是回到过去，但并没有见到另一个我。"

秦歌也挠头："这种事，我哪说得清楚。"

"那现在咱们怎么办？"林风问。

"咱们就这样上去，好像有点不大妥当，让别人撞见了，肯定要炸锅，引发围观就麻烦了。这还不是主要的，我老觉得传说兴许真有道理，两个时空的同一个人撞上，肯定没好事。"秦歌犯嘀咕，"我看，咱们还是不冒那个险，最好，等他俩出来后，再去找杜晓雨。"

林风没主意，只能听秦歌的。

这时，一个脸颊瘦长的中年男人出现在楼前，仰头看了看楼上的窗户，便进到楼道里。秦歌有点警觉，女生宿舍楼里出现男人，这本身就让人生疑。

秦歌立刻拉着林风，快步奔过去，已经看不见那个脸颊瘦长的男人，经过值班室时，看到里面的管理员神情呆滞，两眼无神，就好像睁着眼睛睡着了一般。秦歌伸手在她眼前晃了两下，她也茫然不觉。

"刚才进去那个人，是个超能者。"秦歌说。他下意识看了下腕上的手表，想到十五年前，这城市还没有那么多的信号发射塔，宗炜更没有在发射塔上安装他的装置，所以手表里的"小蟋蟀"自然就没法发出报警声。

"你是说，还有人跟我一样，也有超能力？"林风显然对神力者的事一无所知。

"照这情形看，他能控制人的思想。"秦歌一拍脑门，"这就对了，杜晓雨根本不会自杀，我们离开她的房间后，这个超能者控制了她的思想，让她从楼上跳下去，这在别人看来，杜晓雨就是自己跳楼自杀了。"

林风立刻反应过来："没错，这个人，就是杀死杜晓雨的凶手，咱们得阻止他。"

秦歌跟林风上楼，到了林晓雨所在的楼层，悄悄往走廊里瞧，却没见到那个超能者。俩人正奇怪，就见到杜晓雨宿舍的门开了，秦歌和林风打里面走了出来。

这边的秦歌和林风赶紧往后缩，退到楼下那层，找个地方躲避。待另一对秦歌林风下楼，他们这才赶紧又到楼上，这回，他们看到那个超能者，从另一个房间里走了出来，站到了林晓雨的房间门前，敲门。

"一定是他察觉到屋里有人，找地方躲了会儿，等到咱们——就是进到杜晓雨房里的咱们出来后，他才开始行动。"秦歌分析。

"现在呢，怎么办？"林风还是没主意。

那边的门开了，神力者很顺利地进入到房里。林风露出焦急的神情，现在，杜晓雨随时都能从窗口跳下去。他问秦歌："现在怎么办？"

"都这会儿了，没什么怎么办了。"秦歌着急，直接就冲了过去，林风赶紧跟在后面。

到了门边，林风刚想敲门，秦歌已经一脚大力踹过去。那年月的门锁好像都不结实，警察踹门不知是否经过专门训练，反正那门一下就开了。

屋里，超能者背对着他们，杜晓雨已经僵硬着身体走到窗边。秦歌毫不犹豫，电击枪已经射向那超能者。超能者听见动静，回身的刹那间，竟能避开电极飞镖，可见其身手也颇敏捷。秦歌这时已经毫不犹豫地向他冲了过去。

俩人拳来脚去打了起来，林风则抓紧时间，冲向窗边的杜晓雨，在她即将爬上窗台的时候，将她拉了回来。杜晓雨拼命挣扎，仍然要扑向窗台，林风只能死死将她抱住，两人也撕缠在一起。

秦歌的电击枪已经扔在一边，和神力者打得难解难分。秦歌平时对自己的身手挺自信，没想到居然在这神力者手下，讨不到半点便宜。他的倔脾气犯了，非要跟神力者决出胜负不可。

他这边暂时还没有问题，窗边的林风和杜晓雨却突然出现状况。本来抱住杜晓雨阻止她爬上窗台的林风，变成了大力想把她从窗口推出去，而杜晓雨则苦苦挣扎拼死抱着一条床腿不松手。角色的互换，只能证明神力者已经改为控制林风了，杜晓雨则清醒过来。杜晓雨的力气，当然比不上林风，眼看着已经被林风拖到了窗边，已经将她半边身子推到了窗台外面。

秦歌飞快地摁了下腕上手表的开关，发射干扰电波，那边林风瞬间清醒过来，像是不知道发生了什么情况，赶紧将杜晓雨拉了回来。

杜晓雨显然怕极了他，脱困之后，赶紧离开窗边。

神力者突然之间发现自己超能力消失，惊疑之际，手下稍微慢了一下，秦歌便抓住这时机，重重一拳击在他脸颊上。神力者踉踉跄跄后退几步，秦歌已经又冲到了他跟前，拳头毫不犹豫地再次砸了过去。

神力者忽然不动了，他不动，秦歌的拳头在离他只有数寸的距离时也不动了。然后，神力者的拳头就落在了秦歌脸上。奇怪的是秦歌被打中之后，居然不知道还手，人也傻傻地站在那里，把自己当成了一个活靶子，任由神力者的拳脚落在他身上。

那边的林风立刻猜到发生了什么事，神力者已经恢复能力，这回，他控制了秦歌。

林风怒吼一声，向着神力者冲去，但神力者头都不回，反手一拳，就把他打倒在地。而秦歌，好像根本看不见这些，仍然傻傻地站在那里。神力者甩甩手腕，冉次握拳，聚力向着秦歌打去。

秦歌还站着，神力者却忽然间全身颤抖，随后便重重地倒下了。他的后背上，电极飞镖正在施放着600万伏的电压，飞镖后面的电击枪，握在满脸惊惧的杜晓雨手上。

神力者倒下，他的超能力自然就不能再控制秦歌。秦歌艰难地过去先把林风扶起来，再到杜晓雨身边，收回电极枪。

"你们究竟是谁，到底发生了什么？"杜晓雨的身子仍然瑟瑟抖个不停。

秦歌和林风面面相觑，到这时，他们都确定，这回真的救下了杜晓雨，当然，也可以说是杜晓雨救下了他们。

向杜晓雨解释，一定是件非常麻烦的事。所以，秦歌只告诉她，现在，她安全了。但她必须马上离开宿舍，到外面找保卫科的人，就说有人闯到了宿舍里。

秦歌取出手铐将神力者铐到床腿上，然后，跟林风杜晓雨一块儿离开宿舍楼。

"为什么会有人想杀杜晓雨，还是个超能者？"后来林风问秦歌，"警察来了能制住那个超能者吗？"

其实，秦歌也想到了这些问题，甚至，他脑子里的问题比林风问得还要多。这名神力者就算被警察带走，他不过是闯了女生宿舍，根本没对任何人造成伤害，最多教育一番就会放走，那么他以后还会不会再来找杜晓雨，杜晓雨今后的命运如何？

这些事，都是他们无法顾及的，但至少，林风和杜晓雨再没有了任何关系，日后也就不会再有王川找林风和董海波报仇那些事了。

"现在，我们得回去。"秦歌心里忐忑不安，"如果蝴蝶效应是真的，我们改变了过去，不知道现实世界里，到底会发生什么样的变化。"

林风点头，他也迫切想知道王川是否还活着，想回到家告诉苏颜，这一切都结束了，他们可以开始新的生活了。

林风拉住秦歌，晕眩坠落的感觉再次发生，他们再一次穿越时间，回到了现在……

倒下的人是巫彭。

当黑色旋风吞噬了古昊时，所有人都以为古昊在劫难逃，但古昊却已经不在黑色旋风之中了。不敌巫彭本就是他的诱敌之计，当黑色巨龙吞噬他的瞬间，他已经运用云磊的空间位移，转到了巫彭的身后。然后全力推出一掌，巫彭猝不及防，加上全部心思都在黑色巨龙之上，他的整个人都被打飞了出去。

巫彭功力深厚，纵然被击中，仍然能在空中稳住身形，急速下坠。但当他双脚落地，身子却晃了两晃，然后一口黑血喷出，人也颓然倒地。

倒地的巫彭怒视着站在边上的沈途，厉声道："我早就该杀了你！"

沈途凄然一笑："现在后悔，未免晚了点。"

原来，古昊适才凌空一掌，用的正是沈途控制气流的技能，一道极强的气浪将巫彭击倒。巫彭中招后，当然立刻知道古昊已经复制了沈途的技能，而复制技能，需要被复制者同意，也就是说，沈途在暗中帮助古昊。

巫彭气恼地哼一声，勉强站起来，古昊已经走到他的身前。

"今天我不杀你，只希望你能放了黄娅琳他们几个。"古昊说。

巫彭胸口起伏，显然心里颇多不忿。被古昊打败，对他而言无异于一场耻辱，但他又不得不服，虽然古昊使了诈，但他能在全力与自己对抗时，仍有余力同时施展另一种技能出现在自己身后，单凭这一点，巫彭就觉得自己输得并不冤。

纵然如此，他仍然觉得羞愧。

"罢了，这回如果不能完成使命，我发誓此生再不踏出族地一步。"巫彭慨叹，"不过你想救人，光打败我还没用。"

古昊也叹了口气，他又何尝不知道后面还有巴图这一关。跟巫彭对敌，他已经尽了全力，而巴图的功力，比之巫彭不知要高出多少，他实在没有把握战胜巴图，甚至想想，都让他觉得沮丧。

但他仍然要救人，仍然要走到巴图面前，把他当成对手。

巫彭摆手做个请的手势："你要找的人都在后院，现在，你可以过去了。"

不待古昊回应，巫彭已经径自大步走在前面，穿过走廊，往后院去。古昊回身，见张松冲他点了点头，立刻跟上。张松与白灵、沈途，也都跟在了后面。

后院，虽然还没到开花季节，但那株老桂花树居然已经披上了一树的银花，幽香弥漫在整个后院。桂花树下，一桌一椅，一个白发白须的老人，巫彭已经垂手侍立在他身后。

老人当然就是巴图了。

张松等人止步，古昊慢慢向着巴图走去。

泥炉之上陶壶水沸，巴图头也不抬，慢吞吞说道："这是我好容易求来的大竹乡明前云雾茶，大竹乡可是云城著名的长寿之乡，这些茶也都是些长寿老人在太阳升起之前采摘，用传统的三连锅技法炒制而成。如果说离开云城，最让我难舍的，应该就是这些茶了。"

古昊静立在桌前，慢慢让自己冷静下来。

巴图沸水冲茶："不管接下来要做什么，我先请你喝了这杯茶。"

古昊摇头："我不懂茶，就算喝了也品不出滋味。"

巴图抬头，笑道："喝了这杯茶，我就放了你要找的那些人。"

"真的？"古昊似乎不相信，"就这么简单？"

巴图郑重地点头。

"这杯茶，我想一定不是那么容易喝的。"古昊还是怀疑。

巴图又是哑然一笑，桌上的一盏茶盅凌空而起向着古昊飘去。古昊凝神戒备，料到巴图这盏茶里一定暗藏杀机。但伸手时，茶盅却稳稳入手，毫无力道。古昊皱眉，稍犹豫，轻轻抿了一口。虽不懂茶，但却可闻到茶香，入口可尝到微苦之中的余韵。

巴图笑问："如何？"

"我不关心茶，我只知道，茶我已经喝了，我想看到我要找的人。"古昊道。

"还真是个急性子。"巴图微笑，回身冲着巫彭，"把他们都带来吧。"

巫彭低头称"是"，不消片刻，已经带着黄娅琳等人出现在院中。但黄娅琳等五人，都围站在巫彭身后，见到古昊，跟不认识他一样，显然神智仍然受控于巫彭。

古昊皱眉："既然决定放人，何不放得彻底点。"

"不要着急，人都已经在这儿了，你还担心什么呢？"巴图慢条斯理地又沏上一盏茶，自己端起来抿了一口，"你在意的人，对我来说没有任何意义，我只想通过他们，让你把巴融带来。我已经老了，如果这一次再找不到巴融，只怕以后再也没有机会了。"

古昊沉默。

"我知道你已经接连打败了沈途和巫彭，在我看来，这简直就是不可能发生的事，除非，你得到了巴融的帮助。"巴图道，"今天，巴融虽然没有来，令我很失望，但我倒想见识一下，巴融究竟有多大的能耐，在短短几天里，让他的亲生儿子功力强过巫彭。"

古昊叹口气："说半天还是要动手。"

"你跟巫彭一战，已经毁了前院，虽然离开后，我一定不会再回来，但这么好的房子，毁了实在可惜，我能不能提议咱们这一战，可以稍微收敛些，最好不要连这后院也毁了。"

古昊点头："那就听你的，但不知道怎么个收敛法。"

巴图笑："那我就先给你做个示范。"

古昊心跳得厉害，凝神戒备。巴图乃是绝顶高手，巴融避世不出近将三十多年，就是畏惧他的能力。他若出手，必定骇世惊俗。

只见巴图伸手，那株桂花树落下三片叶子。叶子却不落地，浮在空中。

巴图道："你们可要瞧清楚了。"

古昊盯着那树叶，双手已经蓄势待发。巴图却不着急，再抿一口茶，茶盅放下时，目中精光突然闪现，那三片桂花叶瞬间疾射而出，却不是向着古昊，而是分别冲着张松、白灵和沈途袭去。

张松等三人根本没料到巴图的目标会是他们，眼睁睁看着树叶袭来，觉得速度其实也不算太快，算准了可以避开，但树叶到时，偏偏又谁都躲不过去，就连可以极速移动的白灵也不例外。她想动，但发现无论朝向哪个方向去，都会迎上树叶，稍一迟疑时，树叶已经贯胸而入。边上的张松和沈途也都被树叶插入胸膛，三人先后倒地。

古昊怒吼："暗算偷袭，不怕失了你的身份！"

巴图摇头："我在出手前，已经让你们都看清楚了，这怎么能算是偷袭？而且，我并没有取他们性命，你只要打败我，便能用你的治愈术治好他们。"

"如果我败了呢？"古昊问。

巴图摇头苦笑："那他们就能一起结伴上路了。"

古昊着急，知道这一战关系到那边三人的性命。张松等三人俱都倒地不起，胸前殷红一片，若不及时救治，只怕撑不了多长时间。

像是看穿了古昊的心思，巴图不再多言，又是一枚桂花树叶，向着古昊飘去。这回，树叶去势缓慢，就像飘在水中的小船。古昊毫不迟疑，一道气浪推出，满以为能震开树叶，但那树叶，根本没有改变方向和速度，就像是枚利器，径自将气浪劈开。古昊吃惊，这才知道巴图的厉害。树叶飘近，古昊极速蹿出，已经避开树叶的方向，停下，忽然发现树叶仍然就在正前方。

古昊吃惊，更不迟疑，再次极速奔跑。他的身子化成一道模糊的影子，不知道沿着院子兜了多少圈，停下，树叶还是在正前方，而且，已经逼近了许多。古昊不想跑了，知道跑也没用，只能凝神用念力试图阻住树叶的来势。树叶逼近的速度虽然稍慢了些，但仍然在向他靠近。此时的古昊已经用了全力，他知道自己功力与巴图仍然相差很多，若像刚才与巫彭一战那样，只拼功力，必输无疑。所以，他只能再次极速奔跑，而且，不能停下，停下，只怕便要被树叶击中。

极速奔跑极耗体力，古昊已经不知跑了多长时间，脑门上沁满汗水，双脚也愈发沉重。但他发现，那边的巴图也已经没有了适才的淡定，而是凝神在感应着什么——古昊的速度之快，就算巴图也只能看到一道淡淡的影子，所以，确定他的位置，只能靠感应。而且，他必须时刻不停去捕捉古昊的位置，这样，才能在他停下的一刻，保证树叶可以仍然在他的前方。

巴图毕竟已经老了，这样持续的僵持下去，就算他的功力高深，身体却明显有点跟不上了。古昊终于发现了唯一的制敌之策，那就是继续这样坚持下去，看谁熬的时间长。话虽这样说，古昊心里早已叫苦不迭，他已经这样跑了挺长时间，不要说还能坚持多久，就算还能坚持下去，那边的张松三人还在等着他去救治。

脚下忽然一个踉跄，原本可以迅速稳住，但因为实在疲惫，竟然摔倒。就这么一秒的工夫，树叶已经到了跟前。古昊再也无法避开，树叶直接透胸而出。

剧痛袭来时，古昊自知可以自愈，并不担心，相反，终于可以不用再跑，竟让他觉得无比轻松。现在，他只想让自己喘口气，便立刻赶去救治张松等三人。

那边的巴图虽然伤了古昊，但显然也已非常疲惫了。他想喝口茶，茶刚入口，便是一阵剧烈的咳嗽，身子跟着开始不停地颤抖。他身后的巫彭，赶紧上前，递过一张纸巾。但巴图的咳嗽越来越厉害，根本停不下来。

"这里就交给我，您还是回去歇会儿吧。"巫彭关切地道。

巴图看看那边倒地的古昊，犹豫了一下，还是点头。他想起身，居然一下子没有起来，巫彭赶紧伸手去扶。就在这时，变故陡生，就听见巴图蓦然发出一声怒吼，重重一掌击在巫彭的胸上，巫彭瞬间如断线的风筝向后飘去，而茶桌前的巴图，居然瞬间消失了，光影之下，一些极细的粉末在月光中飘舞。

古昊惊得呆了，那边的张松、沈途和白灵也都看到了这惊人的一幕。

——巫彭竟然对巴图下手，将巴图整个人化为乌有。

这样的变故委实过于石破天惊，巫彭对巴图一向忠心耿耿，对叛族者下手从不留情，没想到，他竟然做了巴族史上最大的叛族者。

巴图临死前那一击显然用了全力，巫彭倒地后，胸骨尽碎，已经奄奄一息。

古昊不再迟疑，自愈之后，赶紧去救治张松等三人。他连战三场，已经极度疲惫，将三人治愈后，更是连站的力气都没有了。

"你还得再救一个人。"张松忽然冲他道，"巫彭不能死。"

古昊怔住了，盯着张松，忽然想起他说过的话。

"只要你按我说的做，我保证可以救回黄娅琳等人。"

现在，黄娅琳等人虽然神智还未恢复，但显然已经没有了危险。难道这一切，早在张松的算计之内？他又如何知道巫彭会杀死巴图？

古昊沉吟之际，沈途已经扑向了巫彭。

"为什么要杀死巴图。"他怒吼。

此际沈途的心情非常复杂，但亲眼看见巴图死于非命，杀死他的人居然还是巫彭，他还是难以接受这样的结果。

巫彭喉咙里嗫嚅着什么，已经说不出话来。

黄娅琳等五人，神智受巫彭控制，现在巫彭重伤，已经无力再去顾及他们，因而他们都恢复了正常。刚才虽在现场，但他们却不记得发生了什么。黄娅琳看到坐在地上的古昊，立刻奔过来。古昊这时看上去已经像个四十岁左右的中年人了，显然救人又耗去了他不少生命。

黄娅琳最后的记忆就是她被巫彭控制，现在看场中情形，自然猜到是古昊救了她。看着古昊已经不再年轻的面孔，她心中酸楚，紧紧握住他的手，再不愿松开。

古汉元、古亮、吴胖子、云磊，这时也都围了过来，七嘴八舌询问发生了什么事。

古昊无暇回答他们，张松的请求，让他在心里把所有事情全都过了一遍，然后，隐隐猜到了些什么。他问张松："你早就知道巫彭会出卖巴图？"

张松并不隐瞒，点头："如果不是这样，我们又怎么会放心让你来挑战巫彭和巴图？"

张松再次请求古昊救治巫彭："巴融特别交代过，一定不能让巫彭死。所以，算我求你，救救巫彭。"

看着张松乞求的眼神，古昊心中一软，想到巴融虽然一直未现身，但却在背后做了很多事情。如果他不想巫彭死，一定有他的原因。

古昊不再犹豫，立即用治愈术救治巫彭。今晚他实在是体力消耗过大，且巫彭伤得又很重，待得巫彭痊愈时，他自己却倒下了。

第四十三章

瘟疫袭城

古昊睡了好长时间，醒来时，天色已经微明，曙光透过木制窗棂落了进来。睁开眼，就看到黄娅琳，还有黄娅琳身后的张松、白灵、巫彭、沈途和云磊。

"古亮呢，吴胖子呢，还有古汉元？"古昊问。

"没经你同意，我们擅自做了个决定，这是我们大家一块儿商议后的结果。"黄娅琳轻声道，"他们三个都是普通人，本不该把他们牵扯到这些事情里来。现在虽然没事了，但这些经历，一定会改变他们今后的生活。"

古昊认真地听，觉得黄娅琳说得很有道理。

"所以，我们在你昏迷的时候，让巫彭抹去了他们脑子里所有跟神力者有关的记忆，包括这两天的经历。又让云磊和白灵，分别把他们送了回去。我觉得只有这样，他们才能回到以前的生活中去。"

古昊怔怔地想了会儿，也觉得这样对于古汉元、古亮和吴胖子来说，是最好的结果。

古昊已经恢复了体力，而且觉得精神抖擞，想必是昨天吸收的能量，经过昨晚一战，已经尽数和身体融合了。

"我们都在等你，他们一定坚持要等你醒了，才说出真相。"沈途显然等得非常焦急。

古昊看着张松和巫彭，他们俩人并肩坐在一起，神色自若，哪里还像昔日那对见面便要生死相搏的对手。

"杀死巴图，是你们商量好的计划？"古昊觉得他俩坐在一起，感觉怪怪的。

"当然。"张松笑道，"如果没有巫彭相助，谁能杀得了巴图？"

"可我还是不明白，巫彭为什么会和你合作？他可是巴图最信任的人。"古昊的疑问，其实也正是沈途现在最想知道的。

巫彭叹口气："巴图老了，他自己也知道，这趟不管能否杀得了巴融，他都回不去族地了。巴图若死，那么这世界上，最强的人就是巴融了。"

古昊皱眉，巫彭的解释虽然合理，但却足见此人的心机："所以，你就因此出卖了巴图？"

"我跟着巴图数度离开族地，外出追杀巴融。都说经历得多了，就不会再受这世界的诱惑，可我也是人，我也想在余生里，能过上些好日子。"巫彭正色道，"在外面世界待得越久，我就越觉得巴图当时封闭族地，不让族人与外面世界接触的决定是错误的。族人们虽然生活在桃源一样的地方，但生活清苦，为什么他们就不能过上安逸舒适的生活？"

古昊虽然已经非常不齿巫彭的为人，但却不得不承认他的话未尝没有道理。

接下来，巫彭和张松将事情的前因后果，尽数道出。

最初巴图找上古昊，让他和沈途联手杀死神力者的时候，巫彭都有暗中相助。这也是小沙漠里，邱云和刘浩死后，第二天秦歌去现场却未发现尸体的原因。然后就是张松忍不住出手，自沈途手下救出可以驱动毒虫的小丁，就是那一次，巫彭找上了张松。张松不是巫彭对手，落入巫彭手中，自知必死，但巫彭却放过了他。

巴图老了，就算他功力再深能力再强，他也敌不过时间这个敌人。所以，巫彭开始谋划自己的未来——巫彭后来替自己辩解，他谋划的其实是整个部族的未来。

不管怎么说，巫彭都是背叛了巴图，所以，杀死巴图，就成为他和张松接下来必须要做的事。

杀死巴图当然没那么容易，巫彭天天侍奉在他身边，都没有机会下手。巴图的功力深厚，就算对他施以偷袭，他也能在瞬间化解。在此之前的数十年间，也有人曾经这么做过，自以为必杀的一击，最后杀死的却是偷袭者自己。所以，巫彭不能冒险，又深知机会不是等来的，所以，必须创造时机。

经过密谋，张松和巫彭设计了一场战斗。战斗要尽可能耗费巴图的体力，让他身体疲倦，最后大局已定再让他思想松懈，巫彭会在那时全力一击。

古昊被选中作为巴图的对手，当然是因为他的技能。成为巴图的对手必须要足够强大，这世界上也唯有巴融，堪堪可以成为他的对手。古昊虽然功力尚浅，但他的技能却可以让他聚合多人的力量，纵然最后不敌巴图，但至少可以最大限度地消耗他的体力。

而剩下的其他所有事，不过是为了促成这一战。

"抓走黄娅琳他们，我能理解，我要救他们，就得跟巴图一战。"古昊心里还有许多不解之处，"但是，既然已经有了计划，为什么还要杀死那么些无辜的神力者？"

"我总得做点什么，才能不引起巴图的怀疑。"巫彭和张松对视一眼，继续道，"当然，还有一个原因，就是你。"

"我和杀死那些神力者有什么关系？"古昊情绪有些激动。

"点燃你的怒火。"巫彭道，"你不愿意看到神力者被杀，我就偏要杀死那些神力者。当你一次次见到神力者惨死，心里的愤怒就会越聚越多，待到最后的战斗发生时，你才会全力一战。"

"杀死那些人，就为了点燃我的怒火！"古昊现在心里又有了些怒火。

"我想，他们这样做，还有一个原因。"黄娅琳这时看着张松，"虽然我的读心术并不能读到你内心真实的想法，但我想，杀死神力者还有一个目的，就是让古昊站队。"

古昊立刻就明白了，他是巴融的儿子，巫彭和张松既然统一战线，自然要确保他站到巴融那边去。只是，不知道这是巫彭和张松的主意，还是经过巴融的授意。

现在，很多以前想到或者未想到的细节，都已经变得清晰明了。沈途受命去医院大开杀戒，巫彭能够将进入隐蔽楼层的诸多细节告诉他，甚至还知道进电梯后的密码；古昊刚离开医院，巫彭就已经开始设计抢夺神力者名单，巫彭是怎么知道古昊拿到名单的？张松让古昊回家去向古汉元了解真相，当晚巫彭便赶去让古汉元从楼上跳了下去，这时间未免掐算得也太准确了些……诸如此类的细节还有很多，古昊之前只把它们当成巧合，现在知道，原来这些，都是张松和巫彭合谋后的结果。

古昊心里很乱，也很激动。事情的真相出乎他的意料，原来自己始终都是别人的一枚棋子，巴图利用他，就连自己的亲生父亲巴融，也在利用他。他狠狠地瞪着面前的张松和巫彭，想说什么，沈途已经抢先站了起来。

"回到云城，我只想查清楚究竟是谁杀了许琼。我开始怀疑是巫彭，后来又想，这会不会是巴融的离间之计。现在，我已经不用再纠结了。"沈途双目中似要喷出火来，大步走到张松和巫彭的面前，"不管是谁下的手，但你们俩都是凶手。"

古昊下意识地看了眼那边的白灵，白灵低着头，不敢看沈途。

张松和巫彭互相看了看，都无语。无语在这里显然就是默认的意思。

"我只想问你们，我跟许琼已经离开了，为什么还要杀死她。"沈途低吼。

"活着的沈途，一定比死了的沈途有用。"张松淡定地道，"本来以为你回到云城，会直接替许琼报仇，当然，凭你的那点本事，哪里会是巫彭的对手，更不要说巴图了，你动手的时候，就是你的死期。"

"古昊是你在外面世界唯一的朋友，你回来一定会找他，告诉他你要替许琼报仇。当古昊知道你最后还是死在了我的手里，就算他不会替你报仇，但一定会把我和巴图当成敌人。"巫彭说。

"杀死许琼，其实还是因为我？"古昊低吼。

沈途更是愤怒，喘着粗气手指着他们俩人，大声道："你们俩谁动的手，谁去那个小镇杀死了许琼？今天，就算死，我也要替许琼报仇。"

古昊眉峰紧锁，再次下意识地看了眼白灵。白灵脸孔涨得通红，手在下面绞弄着衣角，显然心中已是百般纠结。黄娅琳顺着古昊的目光，看到了白灵的异常之处，立刻用读心术读取白灵内心所想，刹那间，她也怔住了。

那边的巫彭和张松对视一眼，巫彭做出幸灾乐祸的表情，张松摇头苦笑，站了起来："你要找的人就是我，如果你一定要报仇，那就冲我来吧。"

沈途怒极反笑，笑得整个身子都有些轻微的颤抖。他的双拳已经握紧，体内涌动的力量，几乎要把他整个人都燃烧起来。

"杀死许琼的人，其实是我！"白灵忽然站到了张松和沈途之间，"我去了那个小镇，在你们的木屋里等了许久，才看到许琼回来……"

沈途惊愕，瞪着白灵，实在不愿相信白灵说的话，却又不能不信。

张松叹息，轻拍白灵的肩膀："你这又是何苦呢？"继而又冲着沈途道，"白灵只是完成了我交代她做的事，杀死许琼这件事，还得落到我的身上。"

"我要杀了你们所有人。"沈途赤红着眼睛，已经近似于癫狂状态了。

"姑且不论你那点本事能否替许琼报仇，就算你能杀得了我，我来问你，你有什么资格替许琼报仇。许琼不过是一个普通的神力者，如果不是你喜欢上了她，杀死她的人应该是你。你的手上，沾了多少神力者的血，这里所有人加起来，也赶不上你在医院那一场杀戮杀死的人多。你这样的人，有什么资格找人报仇？"

沈途怔住了，张松的话，如同利剑，刺中了他心中最柔软的部分。他仍然笔挺地立在那里，仍然像一张绷紧的弓，但额头上却已经渗出了汗水。

古昊的手搭上他的肩膀，他回头看着古昊，颤声道："你跟我说过，会告诉我谁是凶手，你早就知道了？"

古昊带些歉意地点头："现在，我只想提醒你一句，白灵虽然杀了许琼，但她也曾经救过你。"

沈途又遭重击——他当然记得，白灵在张松即将杀死他的时候救了他，此后数天和他朝夕相处，悉心照顾他，为他的伤势焦急苦恼。

他真能杀死一个如此对他的女孩吗？

他又怎能放过杀死许琼的凶手？

两种念头在他脑海里交替闪现，放弃报仇，对他来说就意味着对许琼的背叛，杀死白灵，他就是恩将仇报，辜负了白灵的救命之恩。沈途进退两难，实在不知道该如何选择。但他体内那些四处涌动的力量却并没有消散，它们急欲喷薄而出。

古昊站到了他的边上，朗声道："如果你要报仇，我陪你。"

张松和巫彭脸色都有些变了。沈途不是他们任何一个人的对手，他们根本无惧沈途来报仇，但如果古昊真的和沈途联手，那么，胜负就难预料了。

这时，黄娅琳和云磊，也都上前，与古昊沈途站到了一起。

"我早就想着，能有这样一次机会，和你并肩战斗。"黄娅琳语气听起来竟然很轻松，"今天，我算是了却了这个夙愿。"

"我虽然没跟人打过架，但凡事总会有第一次。"云磊故作轻松的语调里透着紧张。

沈途侧脸，依次看过去，心里竟隐隐有了些感动，也就在这时，让他经历冰火九重天似的艰难选择也终于有了结果。他上前一步，冲着白灵大声道："你杀死了许琼，但我却不能替她报仇，我不能杀死一个曾经救过我的人。"他再冲着张松和巫彭，"你们才是真正的凶手，可我又知道，我根本杀不死你们，而且，找你们报仇，还会连累了我的朋友。"

沈途回头，冲着古昊、黄娅琳和云磊微笑，笑得眼中溢出了泪水："这次离开族地，来到外面的世界，认识你们，是我最大的收获。谢谢你们这时候站在我的身边，谢谢你们让我知道了，朋友原来真的可以生死与共。"

更多的泪水流了出来，沈途转身，背向众人，抬头看天，好像流泪对他来说是件很羞愧的事，"我既然无法报仇，又不能辜负了许琼，那么，我唯一能做的，就是回到许琼的身边，再也不和她分开……"

古昊惊呼一声，那边的白灵亦是极速向他冲去，但沈途指尖已经轻轻掠过自己的脖颈，一道血缝绽开，血箭喷出——他竟用气流割开了自己的喉咙。

沈途还未倒地，便已经被白灵抱住。沈途试图推开白灵，但全身的力道已经随着颈上的裂缝瞬间消散干净，他只能躺在白灵的怀里，圆睁着双目，不停地抽搐。黄娅琳和云磊这时也围了过来，古昊更是悲愤至极，毫不犹豫地双手按到了他的两边额头上，就要施展治愈术。黄娅琳忽然拉了他一把，犹豫着道："这样的结果，对他来说未尝不是一种解脱。"

古昊微怔，低头看去，沈途圆睁的双目已经空洞失神，但面上的表情却毫无痛苦，相反，是种彻底解脱后的轻松，甚至，轻扬的嘴角，还能让人看出一丝笑意。

黄娅琳说的没错，活着对沈途来说，已经是件无比沉重的事。

但古昊稍微犹豫过后，凝重地道："我只知道，活着，比什么都重要。"

双掌在沈途的额头变得滚烫，古昊全力施展治愈术救治沈途。

后面的张松和巫彭显然都没料到这样的结果，两人面面相觑，趁着古昊施救之际，先后走出了房间。俩人虽然尽量都表现得轻松，但眉宇间却有难掩的沮丧——他们，是不是已经在后悔不该这么对待沈途，又或者是慨叹沈途的至情至义？

沈途的伤口神奇般地愈合，他的呼吸也变得平稳，只是失血过多，面色苍白，意识还有些模糊。而黄娅琳，在古昊救治过样中，一眨不眨地盯着他看，看他顷刻间生出的皱纹，看他黑发瞬间变成白发。在别人看来，古昊的改变也许只有那么一点点，但这每一点变化，都印在黄娅琳的心上。

古昊终于收手，还没来得及查看沈途的情况，沈途忽然不见了，一起不见的还有白灵。恍惚之间，古昊和黄娅琳听到白灵在他们耳边低语："我把沈途带走了，如果他不杀我，那我一定会让他忘记仇恨，喜欢上我……"

声犹在耳，人却已经远去。古昊满心都是怅然，但又觉得让沈途暂时远离这是非之地，未尝不是件好事。只是有些担心，不知接下来沈途和白灵之间，会发生些什么。

古昊和黄娅琳、云磊出门，张松和巫彭已经离开了。

黄娅琳忽然面露奇怪的神情："我听到宗婷的声音，让我们立刻回云湖山庄。"

古昊皱眉道："难道，又有不好的事情发生？"

黄娅琳犹豫了一下，似在倾听，然后，神情凝重地告诉他们，已经爆发数天的瘟疫，其实真正的罪魁祸首是秦歌和林风，是他们俩，引发了疫情。

黄娅琳为什么说"爆发数天的瘟疫"？难道瘟疫真的已经发生？

她又为什么说引发瘟疫的罪魁祸首是秦歌和林风，他们俩究竟做了什么？

秦歌和林风再度站在云城大学的校园内，已经是十五年后的现在。林风看起来非常疲急，穿越十五年光阴，显然耗去了他太多的体力。两人还没来得及回味这趟穿越之旅，校园里的情景却让他们吃了一惊。在他们周围，影影绰绰间有好多人在奔跑，其中有些是穿着白大褂戴口罩的医生，更为夸张的是还有不少穿着生化服戴着头盔的人，他们在引导学生进到宿舍楼里。学生们无不惊慌失措，有些在行走的时候，鼻子里忽然就能流出血来，还有人倒下，身子随即就开始抽搐。

这样的景象，就算是仅凭常识，都知道发生了什么。

林风不知原委，惊疑不定，而秦歌，却头皮发麻，感到了极深的恐惧——难道预言中提到的瘟疫，真的已经发生了？

林风着急回家去见苏颜，秦歌更是迫切想赶紧回到云湖山庄。二人借助秦歌警察的身份，应付身穿生化服军人的盘查，费了好些事，才离开校园。

街道上的情况也好不到哪去，街道中央，随处可见碰撞的汽车，救护车响着笛声呼啸来去，不多的一些行人戴着口罩匆匆行走，不时还能见到身穿生化服的军人，拿着消毒喷雾器，四处喷洒。

林风匆匆告别秦歌，自行回家，而秦歌则取了自己停在学校外面的车，回云湖山庄。

云湖山庄里只有宗炜一个人，秦歌不及追问古昊他们去了哪儿，又问外面的情况。宗炜好像很奇怪："难道你不知道疫情已经发生了？"

"这么快？"秦歌还是不敢相信，"昨晚不是还好好的吗？"

宗炜不解地看着他："今天已经是疫情爆发的第六天……"

这回，轮到秦歌惊呆了。

"云城成立了危机处理中心，三天前宣布对云城实施全面隔离，所有出城道路全被封锁，海陆空一切交通营运全部叫停，根据不完全统计，这六天里，死亡人数已经达到了六百多人。"

"疫情是怎么开始的？"

"已知的首例病毒携带者七天前早上起床时，只是有些轻微的发热，到了中午，已经演变成持续高烧，并伴有喉咙发炎、头疼、淋巴结肿大等症状。随后去医院检查，因为疑似禽流感，被留院观察。十六小时之后，病毒导致患者脑组织病变，伴有严重的肝损伤，随后大量出血，并有持续性的癫痫。患者在留院24小时后死亡。患者自早上起床开始，有记录可查的，共接触了45个人，这些人现在无一例外都已经死亡，也正是因为他们，病毒得以在云城大范围传播。病毒潜伏期为16到24小时，具有极强的致命性，感染性极强，目前为止，被感染者无人幸存。"

秦歌完全听傻了，脑子里很乱，有种非常不好的预感。他昨晚和林风回到十五年前，救了杜晓雨，也就是改变了过去已经发生的事，再回来，疫情便已经发生了六天。现实世界已经因为过去而改变，那么，疫情难道和他们在十五年前改变的事情有关？

秦歌要求宗炜调出首例感染者的照片，当杜晓雨的照片出现在屏幕上，他头皮发麻，觉得整个人都要炸了。至此再无疑虑，正是他跟林风回到过去，救下了首例病毒感染者，导致了云城的疫情爆发。

秦歌现在想死的心都有，这么些日子，他一心只想着阻止疫情，没想到，却因为自己给这城市带来这么大的伤害。他瘫软在椅子上，紧张得连话都说不出来了。

宗炜看出异常，追问，终于知道了秦歌回到过去的事。

原来张松并没有说错，林风真的是这场疫情中最大的变量，他和秦歌救下的杜晓雨，在十五年后，成为了这场瘟疫的首例感染者。

秦歌忽然跳了起来："我要回去，回到十五年前，我能阻止这场瘟疫。"

宗炜想了想，觉得他的想法也没错。如果真能再次回到过去，让历史恢复原样，也许这场瘟疫就能消散于无形之中了。

要想再次回到过去，必须找到林风。打电话给他，无人接听，秦歌驾车，赶到林风家，敲门，却是不认识的一对老人。老人不敢开门，隔着玻璃告诉他，这里根本没有林风这个人。

秦歌愣住了，随即想到，现实被改变的，也许不仅仅是这场瘟疫。

秦歌当然不会轻易放弃，他随后去了董海波家，杜晓雨如果还活着，王川就不会和他们扯上什么关系，那么，董海波一定不会死。

果然，董海波不仅还活着，而且，他的身边还有位秦歌绝想不到的人——苏颜。

董海波和苏颜坐在秦歌面前时，都戴着大口罩。秦歌有那么一会儿，根本不能接受这样的现实，苏颜居然嫁给了董海波，居然做了他的妻子。他能想到林风此刻的伤心，他一定也在后悔回到过去改变了历史。

"林风早上来过，但他非常奇怪，什么都没说就走了。"当秦歌问起林风时，苏颜这样回答，"他看起来挺累，也很沮丧，是不是发生什么事了？"

秦歌无限怅然，他当然没法告诉她发生了什么事。

离开时，他还是忍不住，表示想单独和苏颜说句话，董海波大度地离开房间。秦歌想了想，问："你是否在大学毕业前夕，选择了董海波？"

苏颜很诧异，似乎奇怪秦歌怎么知道这些。但她毫不讳言，现在，仍然不后悔当初的选择。秦歌很想告诉她些什么，但最后还是怅然离开了。

秦歌给宗炜打电话，让他进入户籍系统查找林风当前的住址，很快有了答案，但到了那里，仍然没见到林风。已经没了线索，秦歌只能回云湖山庄。

这回，他看到了古昊和黄娅琳，还有云磊。

第四十四章
终极较量

"传说都是真的，改变过去，真的会影响现在。"秦歌非常沮丧，"其实，当看到超能者要杀杜晓雨的时候，我就应该想到事情没那么简单，但当警察这么些年，救人成了种职业病，再加林风跟着添乱，我就闯了大祸。"

"这事换了我，肯定也会跟你做同样的事。"黄娅琳安慰他。

"现在关键问题是，咱们得找到林风，才能再次回到过去。"古昊郑重地道，"疫情已经发生，死了那么多人，现在就算我们找到了对付病毒的办法，也没法再让死去的人活过来。所以，回到过去，是阻止疫情发生，拯救这座城市唯一可行的办法。"

"林风现在能在哪里？"黄娅琳自语，"我担心他会不会出什么意外。"

"我知道该怎么找他了。"古昊说，"找张松。他的那些神力者中，有一个胖小子的技能是只要触碰到一件物品，便能找到物品主人。"

秦歌立刻跳起来："我去林风现在的家。"

云磊道："告诉我地方，我带你去。"

秦歌和云磊瞬间消失，片刻工夫已经回来，秦歌拿着林风穿过的一件衣服。

"我跟张松联系过了，因为那个胖小伙的技能不属于攻击类型，所以沈途上回在医院里大开杀戒时，他没有上前，算是捡了条命。"

"那我们现在就过去。"秦歌着急。

"医院里很乱，张松已经把他那里的所有神力者，全都转移到了一个相对安全的地方。"古昊有些迟疑，"张松还说，他正要带巫彭去那个地方，他希望我们和他会合，去见一个非常重要的人。"

"巴融？"黄娅琳脱口而出。

古昊默默点头。

黄娅琳立刻就明白古昊为什么迟疑了。巴图既死，巴融便不用再隐匿不出，他现在一定非常想见到古昊，见见他这个阔别二十多年的亲生儿子。但古昊心情却非常复杂，对这个突然冒出来的父亲，他本来并无多少特别的感触，但最后却发现，自己无端成了他和巴图之间博弈的棋子，而且，他和巴图为了自己的目标，都宁愿牺牲众多无辜的人，这让他非常反感。

"有些事，不管你愿不愿意，却始终要去面对。"黄娅琳轻声说，将手放在他的手心。

古昊慢慢点头，终于不再纠结，带着秦歌去跟张松会合。黄娅琳和云磊本想一起去，却被他阻止，巴族这场历时三十余载的纷争已经结束，现在，他只想着阻止这场疫情后，便能继续以前的生活。他实在不愿自己，或者身边的人，再和巴族扯上任何的关系。

于是，黄娅琳和云磊留在云湖山庄，古昊和秦歌去见张松。

古昊用了云磊的空间转移，很快赶到医院，见到了张松和巫彭。医院里乱糟糟的，感染患者多到占据了整个一楼大厅。但对于这种病毒，所有人都束手无策，而且这才几天工夫，病毒的基因组织已经开始变异，具备了更高的致命性，更容易在人类之间交互传染。医院现在起到的安抚作用要远大于治疗作用。

"这场病毒，足以毁了这个城市。"张松看起来特别紧张，"人们都以为医院是相对安全的地方，但实际上，现在医院反而成了死亡最多的场所。"

"所以，我们必须找到林风，阻止这场灾难。"古昊说。

张松和巫彭听秦歌说了他和林风穿越回十五年前的事，张松慨叹："其实，早在十五年前，便有人预感到了这场灾难，巴融也为此派出了一位兄弟试图去改变未来，但可惜最后却事半功倍。原来，是你和那个叫林风的人穿越回去，坏了大事。"

秦歌满脸羞愧："如果不能纠正犯下的错误，就算我死，都谢不了这罪了。"

秦歌还知道，如果不是他和林风回到过去，那么，张松要说的，应该就是巴融派出的神力者，已经阻止了未来可能发生的这场瘟疫。现在，很多事都改变了，但也有很多事没变，传说中的蝴蝶效应，其实并没有那么夸张。所有改变的，都是和被改变的过去有着紧密联系的人和事。历史自有其独特的力量，它会尽可能地维持时间线的稳定。

张松叹息，又看出古昊和秦歌都挺焦急，便不再耽误，领着他们上了辆车，直奔云城西南方向驰去。云城周边所有道路都已经被封锁，所以，他们要去的地方，仍然在城内，只是位置相对偏僻，已经邻近城乡结合部了。

那是老城区里一个棚户区，大多都是低矮的平房，偶见一些两层的小楼，也多属违建，看起来破败不堪。所有可见的墙壁上，都有被红圈围住的"拆"字，有些房子不待拆迁，已经自行坍塌，也无人过问。狭窄的小巷里，偶或见到一两个人，都是些花白了头发的老者，只有他们，还留在这曾经生活过的地方，坚守他们最后的生命。

张松显然对这里如蛛网般的小巷非常了解，何时拐弯，何时绕行，根本不用考虑。古昊、秦歌和巫彭紧紧跟在后面，生怕落下便要迷失方向。

穿越到一条小巷的尽头，视线豁然开朗，前面有片空地，几株老槐树枝繁叶茂，掩映着一道古朴的木门。木门两边的围墙显示后面是个不小的院落，视线掠过院墙上方，依稀能看到里面红砖黑瓦的两层小楼。

古昊蓦然想到，黄名堂曾和他提起过，被治愈者救活后，他唯一记得的就是一排老槐树背后的房子。黄名堂说的地方显然就是这里了。

张松领着他们走到门边，他们这才看到门上居然有匾，匾上有三个草书的枣红色大字"重生堂"。

张松在门前凝立了一下，这才上前敲门。他的动作很轻，好像生怕惊扰了主人。随后不久，门开了，打里面探出脑袋的，却是一个不到十岁的孩子。

"张伯伯。"那孩子显然认识张松，还挺熟，上来就拉住了他的手。

张松面容也变得和蔼起来："又长高了，这些日子，没给福伯添乱吧。"

那孩子嘻嘻笑道："福伯都夸我懂事了，不信，你去问福伯。"

张松赞许地点头，亲昵地拍拍那孩子的后脑勺，转身招呼古昊等人进门。

院子果真挺宽敞，种了好些花花草草，看上去绿意盎然。一群孩子跟一个老人在一侧的菜地里摘菜，嬉笑声清脆悦耳。张松便静静地站在两层小楼门口，来开门那孩子一阵风样跑到菜地边，大声叫道："福伯，张伯伯来了。"

老人抬起头向这边张望，摘菜的孩子们却齐齐发出阵欢呼，有些已经离开菜地，直接向着张松跑了过来。孩子们围着张松，叫着张伯，跟他很亲热的样子。张松置身于孩子们中间，脸上也是乐开了花。拍拍这个，挠挠那个，那种溢于颜表的喜悦和快乐，显然不是伪装出来的。

菜地里的老人已经向着这边走来，古昊瞬间心跳加快，已经猜到了老人是谁。他边上的巫彭也有些紧张，他显然已经认出了老人。

"福伯。"张松神态谦恭，还有些敬畏。

这福伯点头微笑算是跟他打了招呼，目光很快在后面三人身上扫了一圈，最后落在古昊身上："你就是古昊？"

古昊点头，忍不住上下打量这福伯。

福伯看起来就是个街上随处可见的那种普通老头，头发已经花白，面上满是皱纹，唇边还有胡茬，穿的衣服也挺随便，灰色长裤，洗得发黄的白色衬衫，一半掖在腰里，一半露在外面。更重要的是，他身上有种特别随和的亲切感，让人下意识地，就要去信任他。

这时古昊都有点怀疑他是不是巴融了，那个和巴图对抗了二十多年的人，看起来竟然就是一个平平无奇的老头，这多少让人有些失望。

"我终于见到你了。"福伯语气里有抑制不住的激动。他伸出手来，掌心落在古昊的后脑勺上，缓缓下滑，到达脖颈时，再转到前面，移上他的面颊，再慢慢收回去。

这一刻，古昊忽然有种想冲上去抱住福伯的冲动——他已经确定福伯就是巴融，就是他从未见过的亲生父亲。来之前，他以为自己一定会非常平静，这个人不过是他血源上的父亲，在他成长生活的二十多年里，从没有过他一丝一毫的影子。甚至，还没见面，他就已经把他当成了一枚制胜的棋子。还有牺牲那些无辜的神力者，就算不是他授意张松，至少也算是在纵容这种行为，这让古昊开始怀疑他的人格里有多少邪恶的成分。

古昊非常不满意自己此时的冲动，所以，他避开巴融的目光，淡淡地道："我来这里，却不是为了见你。"

巴融微怔，那些激动渐渐从脸上消失。

"好吧，你要找的人就在楼里，张松会带你过去。"巴融说。

张松欲言又止，巴融冲他做个手势，他只能领着古昊和秦歌进到楼里。

外面看起来并不大的小楼，里面居然很宽敞。上到二楼，一出楼梯，就是个像会所大厅一样的所在，里面散落着十多个人，大家全都安静地做着自己的事，喝茶，看书，或者静坐冥想，还有些人抱着手机看新闻，或者玩游戏。

"地方窄了点，但非常时期，没办法。"张松解释，"云城现在已经没有安全的地方，把大家带到这里，也是没有办法的事。"

那些神力者显然都挺尊重张松，纷纷起身和他打招呼。

"本来应该还会有更多的人，但那晚在仓库里，有人感染了病毒。"张松的语气有些沉重。而古昊立刻便想到了，如果有人感染病毒，那么，势必会传染给更多的人，现在，只怕那晚仓库里的神力者，已经所剩无几了。

"幸好，蜘蛛还在。"张松勉强笑笑，"还有你要找的人。"

张松叫那个胖小伙过来，领着他们进到边上一个小房间里。秦歌递上林风的衣服，胖小伙接过来，闭目开始感应林风的所在。好一会儿，胖小伙都没睁开眼，就连张松都露出狐疑的目光——他深知胖小伙的能力，过去这么长时间，还没发现林风，事情显然有些棘手，又或者是林风发生了什么意外。

幸好，胖小伙终于睁开眼，抹一把脑门上渗出的汗珠。

"这个人，这个人要死了。"胖小伙说。

三人都吃了一惊，古昊迫不及待地使用读心术，他从胖小伙的脑子里，看到林风正倒伏在街道边上，很多双脚从他面前匆匆而过，却没有人愿意停下脚步。他的身子还在痉挛，四肢偶尔抽搐，口鼻之间沾着血渍，双眼却已经空洞无神。毫无疑问，他已经被病毒感染。根据目前当局公布的数据，感染病毒的患者，尚无一例幸存者。

"林风感染了病毒，危在旦夕。"古昊非常紧张，"如果他死了，我们就再回不到十五年前了。"

秦歌闻言，比他更着急："那就赶紧找他去。"

古昊点头，拉着秦歌，就要施展云磊空间位移的能力。张松知道林风的事非常重要，但又不甘心就这样让古昊走，忍不住道："希望事情办完之后，你还能再回来。福伯非常想和你好好聊聊。"

古昊未置可否，时间紧迫，已经不容他迟疑。就在这时，外面忽然传来"轰隆"一声巨响，张松吃惊，飞快走到窗边。古昊也好奇，和秦歌跟了过去。

他们看到院墙已经倒塌，外面，大踏步走进来一个白发白须的老人。

他们惊呆了，怀疑自己是不是看错了。

白发白须的老人，除了巴图，还能是谁？但巴图，明明已经被巫彭当众杀死，连尸体都已被分解。他怎么可能死而复生？

"糟了，中计了。"张松最先想明白其中原委，他来不及向古昊解释，已经纵身从窗口一跃而出。古昊虽然不清楚发生了什么事，但料想巴图历经二十余年，终于找到巴融，必定会有一场终极对决。他下意识地拉着秦歌，瞬移到了院子里。

巴图精神抖擞，面色红润，原本佝偻的腰脊也挺得笔直。

"我终于找到你了。"他朝着巴融，朗声道。

巴融居然能面不改色，只是轻叹一声，向着身边的巫彭道："原来你没有杀死他。"

巫彭哈哈一笑，已经站到了巴图的身边："我怎么会杀死他，他是巴族这一任的瘰君，是我发誓要用生命保护的人。"

"巫彭！"张松厉声喝道，"想不到你如此狡诈。"

"我不狡诈，怎么能引得巴融现身？"巫彭隐忍了这么久，终于扬眉吐气，"我们都知道，只有瘰君不在了，巴融才会现身。所以，我们就演了一出戏，让你们以为瘰君已死，这世上再无人可以威胁到巴融的安全，这样，他才会再无顾忌，现身与古昊相认。"

"你杀死巴图，只是一场戏？"张松还有点不相信。

"难道你不知道我七形一体么？制造一场幻觉对我来说，是件非常简单的事。而且——"巫彭看一眼巴图，见他并无阻拦他说下去的意思，这才接着道，"如果在正常情况下，我的幻觉或许并不能瞒过你，但你莫忘了，瘰君和古昊开战之前，先重创了你。在那种情况下，你又怎能分得清看到的是真的，还是幻觉？"

古昊立刻想到，巫彭那晚"杀死"巴图之际，在场的所有人都受了重伤，他也被巴图一枚桂花树叶穿胸而过。

"瘰君的死虽然是假的，但他那一掌拍在我身上却是真的。如果不是因为古昊有治愈术，只怕我现在已经是个死人。我用死亡作为代价杀了瘰君，这看起来，似乎更能让你们相信瘰君已死。"

张松狠狠瞪着他，面如死灰，忽然怅然叹息，面向巴融："是我疏忽了，我只当巫彭是真心归顺，这才和他一道想出了杀死巴图的计策，没想到，这竟然是他们的诡计。"

巴融苦笑："这不怪你，他们的连环计着实厉害，就连每个细节，都想得那么周全。看来这是天意，注定我和巴图，要有这么一场对决。"

那边的巴图难掩兴奋之情，大声道："你若早这么想，我们就不用缠斗这二十多年了。"

"巴图，我们都已经老了，当年那些事，你还放不下吗？"

巴图挺起胸膛："你现在面前站着的，已经不是当年的巴图，我是巴族这一任的瘰君。你二十多年前引发叛乱，带着一众族人叛族而出，还盗走了族中圣物，这些事，不管过了多长时间，都是不可饶恕的。"

"那就是说，你我之间，除了一战，别无选择？"巴融再问。

　"没错，这辈子，总有几件你避不开的事。"巴图大声道。

巴融再叹息，目光忽然落到了古昊身上。古昊此际胸口起伏，不知道究竟是该旁观，还是上前相助；有心要离去，可又不忍错过这场历时二十多年的终极对决。

"你们都听好了，今天我与巴图这一战，你们谁都不能插手。不管胜败，无论死活。"巴融回身冲着身后的那么多人大声说——楼前此刻已经站满了人，包括楼上那些神力者，还有那群孩子们。张松已经和孩子们站到了一起，孩子们的神情，和他一样凝重。

巴融这番话落入古昊耳中，他知道，巴融这是在告诫他不可妄动——日前他虽然胜过沈途和巫彭，但那是因为吸收了众多神力者汇聚在一起的能量。现在，那些能量已经不在了，他不要说和巴图动手，就连巫彭都可以轻易取了他的性命。

张松身后那些神力者，此刻有了些骚动，张松回身郑重地道："听福伯的话，谁都不许妄动。"稍歇，他又加了一句，"福伯这是为你们好。"

几天前，沈途单身闯入医院隐蔽楼层，都能凭一己之力杀死那么多神力者，更不要说巫彭和巴图了。若这些神力者上前助阵，只怕巫彭分分钟就能灭了他们。

巴图和巴融各自上前一步，两人虽仍隔着数米的距离，但都感觉到了对方散发出来的杀气。巴融此时也挺直了胸膛，那种平凡的气息瞬间消失，取代的是让人不敢冒昧直视的神采。

这俩人自小一块儿长大，此后二十多年虽从未见面，但仍然可以算得上知根知底。任何花哨的技能对他们来说，都是多余，所以，巴图双手相交再分开，两手之间开始聚拢一些雾气。雾气最初是透明无形的，渐渐的，它们开始旋转，竟然变得泛出了淡淡的蓝色。那边的巴融同样如此，只是他聚拢的能量微微带着些青色。

古昊虽然不知道究竟要多高的能力，才能将能量转化为有形可见的实物，但却知道，此时俩人还未交手，却都已经施出了全力。他边上的秦歌虽然焦躁不安，但这时也被场中的俩人吸引，眼睛一眨不眨地盯着俩人，竟似已经忘了去救林风的事。

巴图和巴融终于出手，两团能量球旋转着击向对方，又在中间位置相撞。青蓝颜色交织在一起，发出耀眼的光芒，而同时，俩人又不断催送新的能量加入进去，青蓝颜色此消彼长，一时间竟然相持不下。

古昊一颗心提到了嗓子眼，这时候他才发觉，他无比强烈地希望巴融能够战胜巴图。也许，这就是亲情的力量，纵然不觉，但它早已经根植在心中。

然而，事与愿违，巴融很快落了下风，巴图淡蓝色的能量已经逼得青色能量节节败退，巴融也面红耳赤，显然在勉力强撑。而那边的巴图却轻松许多，甚至，还能在嘴角露出些轻蔑的微笑。

巴图的功力，本就在巴融之上，巴融深知这一点，所以，才会叛族之后，隐匿行踪二十余载。如今被迫与巴图一战，已自知凶多吉少。

青色能量终于退缩到巴融身前，与他的身体仅有一臂之遥，蓝色能量完全是碾压之势，根本不给对方任何喘息的机会。

古昊忧心忡忡，身体里已经蓄满力量，却不知道到底该不该出手。

就在这时，巴融横在胸前的双手忽然摊开，变成了用胸膛去迎接巴图的蓝色能量。张松惊叫一声，已然向前扑了过去。古昊瞬间意识到巴融危险，又见张松已经出手，心中再无顾忌，跟着冲了过去，同时，全力击出两道气流。

古昊和张松随即如同断线的风筝，轻飘飘地向后倒飞了出去。

巴图功力深厚到匪夷所思的地步，他在与巴融对战时，仍然能够分心，一击便将张松和古昊震飞出去，同时，那道蓝色能量已经重重击在巴融的胸口。

巴融也飞了起来，却和张松古昊不同，他就像一枚炮弹疾射而出，撞上了后面小楼底层的墙壁，墙壁立刻裂开，墙砖亦随着巴融的身体向后激射而出。

巴融落入房内，不知死活。

巴图收回能量，仰天大笑，巫彭也难掩兴奋激动之情。两人为之辛苦奋斗二十多年，今日终于得偿所愿，真的是觉得无比酣畅。

众多神力者和孩子们，已经涌入屋里，巫彭也想跟进去，但被巴图止住。

"巴融现在，绝对已经是个死人。"他非常自信地说。

古昊和张松勉强支撑起身子，巴图的话在他们耳中，无异于霹雳巨雷，他们奔进屋子，分开众人，见到了中间倒地的巴融。巴融的胸口已经炸开了一个大洞，显然正如巴图所言，他已经是个死人。

古昊下意识就想上前施用治愈术，但身后忽然传来巫彭的声音："所有人立刻离开这屋子，否则，杀无赦。"

有些神力者悲愤之中愤而向他冲去，但随后便重重地倒下，再也不能动弹。张松已是目眦尽裂，他嘶吼一声，纵身向着巫彭冲去，人未到跟前，屋内所有可以活动的物体，都已经被他驱动着，向巫彭击去。但这些物品还未到巫彭跟前，便改变了方向，而且去势更急，尽数击在了张松的身上。张松痛哼一声，摔倒在地。巫彭大步上前，不等张松起身，便用念力扼紧了他的咽喉。张松拼命挣扎，身子却已经靠近巫彭。巫彭的手终于搭在了他的肩上。

张松大骇，一声惊叫还没出口，他的身体就已经被分解，仅剩些极细的粉尘在飘散舞动。余下的神力者这时终于散了，包括那些孩子们。

古昊起身，面向巫彭而立，已经做好了战斗的准备。岂料这时巴融的尸体忽然凌空飘起，飞快向着巫彭方向飞去。古昊立刻知道巫彭要做什么了，但他欲拦已经不及，巫彭抓住了巴融的尸体，瞬间将他分解。

古昊可以治愈世上一切疾病，甚至在某些时候可以起死回生，所以，巴图杀死了巴融，还不能给他复活的机会。现在，巴融已经化为粉尘，已经没有人再能救活他了。

古昊悲愤交集，正要对巫彭施以攻击，巴图忽然带着秦歌走了进来，秦歌面孔涨得通红，双手在脖颈间胡乱抚弄着，好像在与一双无形的手对抗。

古昊只能停步。

"我不杀你，因为你还有重要的事做。"巴图看着古昊，"从一开始我就没有骗你，这场瘟疫还是真的发生了。如果你真能阻止这场灾难，我会给你这个机会。"

秦歌忽然大口喘息，双手也从颈间收回，显然巴图施于他身上的力道已经消失。

古昊赶紧上前扶起秦歌，问他可否受伤，秦歌摇头表示无妨。

这时，巴图转身走了，巫彭跟在他的后面，经过古昊和秦歌身边时，还冲他们笑了笑："这座城市的生死，就看你们俩的了。"

巴图和巫彭从坍塌的院墙上跨出，背影远去，终于消失不见。

"真没想到会是这样的结局。"秦歌慨叹，忽然醒悟，"不好，咱们已经耽搁了这么长时间，只怕来不及去救林风了。"

古昊亦是悚然一惊，立刻收敛思绪，让自己从那份沉重的悲伤里摆脱出来。他拉住秦歌，正要施展瞬移术时，忽然再次停手。

他看到角落里，蹲着一个小男孩。

小男孩七八岁光景，独自蹲在一把椅子后面，神情却是出奇的安详。

古昊慢慢走到他的身边，盯着他看。这时候，他忽然有种非常奇怪的感觉，无法说得清楚，连他自己都搞不懂那是什么。他蹲下身，让自己尽量靠近小男孩，本意是想能看得更清楚些，这时候，那小男孩忽然伸出手来，掌心抚在他的后脑勺，缓缓下滑到达脖子，再轻轻地转回来，移到他的面颊上后，再慢慢收回去。

古昊心里"咯噔"一下，想到了什么，但却不敢相信。

这时，那小男孩忽然冲他笑了笑，说："你该去拯救这座城市了。"

第四十五章
以我换取整个世界

古昊和秦歌去寻找林风。

途中，古昊将发生的事情，尽数在脑子里过了一遍。巴图和巴融的相斗，可谓是异常惊险，目前看，巴图全胜，杀死了巴融和张松。但是，古昊想到那个七八岁的小男孩，想他与年龄极不相符的眼神，还有他的手抚上自己后脑勺，滑到后颈，再转到前面脸颊上的动作，都透着说不出的诡异。要知道那动作，分明就是巴融初见古昊时做过的。

巴图能够诈死引出巴融，那么巴融会不会同样诈死骗过巴图？巴图如果以为已经杀死了巴融，回到族地后，一定不会再过问外面世界的事，那样，巴融岂非就获得了真正的自由？

巴融和那个小男孩之间，究竟有什么联系？

古昊心里忽然对此就有了些期待。

他现在不愿再去多想，如果巴融还活着，一定会想办法联系他。所以，他什么事都不用做，时间自会告诉他答案。

在街边找到林风时，他已经口鼻流血，身子痉挛，早就没有了意识。古昊示意秦歌靠后，以免被林风传染，他则抱起林风，到了一个僻静处，开始施救。

没过多久，林风悠悠醒来，见到远远站在一边的秦歌，知道是古昊救了他。

"咱们俩做了件天大的错事，就是救了杜晓雨，才引发了这场瘟疫。现在，我们需要你的帮助，重新回到过去，挽回那个错误。"秦歌郑重地跟他说。

林风非常诧异，待听秦歌说了前因后果，他看起来比秦歌还要懊悔。

"我们就不该回到过去，就不该去救杜晓雨。改变过去，实在太可怕了。"

古昊和秦歌当然知道他的感慨从何而来。从过去回到现实，他的生活已经彻底被改变，就连苏颜都已经成了董海波的妻子。如果还能回到以前的生活中去，他一定会不惜一切代价，哪怕去死，只要苏颜还能再回到他的身边。

秦歌让林风立刻施展超能力，带他和古昊回到十五年前。这与林风的想法不谋而合，他不顾身体还很虚弱，抓住秦歌和古昊的手腕，运力施展穿越时间的技能，秦歌和古昊也都在等，能否阻止瘟疫，就在此一举了。只要回到十五年前，阻止之前穿越回去的秦歌和林风去救杜晓雨，便能修正被改变的历史，当然也就不会再有十五年后的瘟疫了。

过了好一会儿，林风忽然沮丧地松了手："我做不到。"

秦歌和古昊大惊，秦歌忍不住叫道："什么意思，你说做不到什么意思？"

"我好像，好像没法穿越时间了。"林风看起来也是非常懊丧，"回不去，我就再也找不回以前的生活了。"

秦歌愕然，知道此刻林风内心一定比他们还要焦急，但穿越这种事，却根本不是着急就能做到的。

"别着急，好好想想，你上回穿越时间是怎么做的。"古昊试图抚慰林风。

林风摇头："我知道该怎么做，但是我的能力真的消失了。"

"怎么会这样？"秦歌大惑不解，忽然灵光闪现，"难道是因为病毒？"

林风感染了病毒，古昊虽然用治愈术救了他的命，但他的能力却随之丧失，难道病毒作用于超能者，除了会夺去他们的生命，还能毁灭他们的能力？

古昊显然也想到了这点，知道事态愈发严重，如果林风丧失了穿越时间的能力，那么，只怕这世上就再没有人能够阻止这场瘟疫了。

"这城市危在旦夕，已经有很多人死于瘟疫，如果我们不能阻止它，还会有更多的人死去，包括我们所有的亲人和朋友。所以，我希望你不要这么快就放弃。也许你确实已经没法再带我们回到十五年前，但是，尽你所能，带我们回到过去，不管什么时候，只要是疫情爆发之前，我们都还有机会阻止它。"

林风还是非常沮丧："回不到十五年前，我就回不到以前的生活里去，那么，回不回去，对我就没什么意义了。"

"但你愿意看到苏颜死去吗？"秦歌厉声问。

林风怔一下，无语。

"没想到你是个这么自私的人，自己得不到的，就宁愿毁掉它。天下哪个女人会喜欢这样的男人。"秦歌还在斥责他。

林风面如死灰，神情一片萧然。

"凡事都有因果，你们上回回到过去，并没有做任何改变你和苏颜关系的事，但回来之后，你们的生活却已经被改变。所以，我想任何的改变都带有偶然性，也许，任何的一点改变，都可能影响到现在的生活。"古昊也在试图劝说林风。

林风有点没听明白，摇摇头。

古昊叹口气："如果你能带我们回到过去，阻止了疫情，谁知道你的生活里还会发生什么样的变化。也许，你的整个人生，都会因此而不同。"

这回林风听明白了，但还是犹豫。

秦歌蓦然上前揪住他的衣领："你现在就跟我走，跟我去见苏颜，告诉她，你宁愿看着她死，也不愿去阻止瘟疫，拯救这座城市。要知道，这瘟疫的爆发，完全是咱们俩造成的。"

林风挣扎，嗫嚅着道："我不去……"

"不去你就振作一点，跟我们一起阻止这场瘟疫！"秦歌吼。

过了好一会儿，林风这才怯生生地问："疫情是哪天开始爆发的？"

"第一例被感染的患者，是在六天之前。"古昊说。

"六天。"林风喃喃自语，忽然神情一凛，"好，我再试一次，就算回不到十五年前，不能拿回以前的生活，但我至少，能够让我爱的人好好地活着……"

古昊和秦歌暗暗吁了口气。

林风再次抓住古昊和秦歌的手腕，闭上眼睛，默默地运力。

古昊和秦歌紧张地盯着他，希望能发生奇迹。

先是秦歌腕上手表发出一声小蟋蟀的叫声，只有一声，声音还很低，但秦歌马上听到了，脸上随即便露出了些惊喜，随后，小蟋蟀的叫声接连响起，虽然声音还很微弱，但叫声却已经能连成一片，显然，林风已经找回了些他的超能力。

坠落感如期发生，但却没有上回那么强烈，而且持续的时间很短。当小蟋蟀的叫声停歇，他们仍然站立在街道一隅，已经是傍晚，西天燃烧着灿烂的晚霞，放眼看去，街道上已经恢复了昔日的车水马龙，人行道上各色人等匆匆而过，有人经过他们身边时，还向他们投以异样的目光。

三个大男人手抓着手，在别人眼里，多少会有些怪异吧。

秦歌兴奋地忍不住发出声低低的欢呼，林风终于做到了，虽然看街景及行人的穿着打扮不是十多年前，但至少，他们回到了疫情爆发之前。

这样，他们就有了机会去阻止疫情的爆发，拯救这座城市。

秦歌到街边拉住行人询问日期，回来后神情有些紧张。

"明天，就是疫情开始的日子，如果之前媒体报道准确的话，杜晓雨就是在明天，开始出现发热的情形，去医院后，因为疑似禽流感留院观察。"

"所以，我们现在必须找到杜晓雨。"古昊说。

查找杜晓雨的住址并不难，秦歌给队里的同事打了几个电话，很快就拿到了杜晓雨的资料。她现在的职业是一所中学的语文教师，住在学校几年前集资兴建的园丁小区里。

林风因为大病初愈，加上带古昊、秦歌回到过去过度消耗体力，所以，秦歌让他找间宾馆休息，待他和古昊事情办完之后，再去找他。

古昊知道园丁小区的位置，立刻拉着秦歌，用云磊的空间位移术，赶到了那里。

找到杜晓雨家，敲门，门开了，开门的人正是王川。

秦歌只见过王川一次，在云城大学里，当时林风抱着已经死去的王川向着他疾奔而来。现在的王川不仅活着，而且看起来与那时根本就判若两人。

"我们找杜晓雨。"秦歌说。

王川显然有些警惕："你们是学生家长吗？有事去学校，杜晓雨还没回来。"

秦歌再客气地问她什么时候能回来，王川还是保持警惕："现在快中考了，学生们和老师都很辛苦，下班，至少得晚自习之后吧。"

看看时间，离晚自习结束还有大概两个小时，在这里等，不如去学校。

接下来秦歌和古昊又去了那所中学，途中，秦歌向古昊说起了王川和杜晓雨之前的故事，包括王川十五年后，杀死董海波，又让自己死在林风的刀下，让林风成为杀人凶手，他这么做的目的，就是为死去的杜晓雨报仇。现在杜晓雨还活着，这个故事里所有人的生活都被改变。

"其实，我倒挺喜欢这样的改变，至少，没有了仇恨和谋杀。"秦歌说，接着又叹息，"只是瞧着林风挺可怜，好端端的一个媳妇，跟了别人。"

到达学校，传达室的保安盘查得挺严，秦歌只能亮明身份，拿出警官证，才得以进到里面。问了好几个人，办公室里的老师说杜晓雨在教室，到了教室，晚自习的学生们说杜晓雨刚才在教室里待了不到半小时，接了一个电话后，就离开了。

古昊和秦歌傻了眼，学校不算大，但在这里面找一个人却不容易，而且，谁知道杜晓雨有没有离开学校。

"明天，杜晓雨就会被送进医院，不管怎么说，今晚都得找到杜晓雨。"古昊说。

俩人又回了办公室，从别的老师那里要到杜晓雨的电话，打过去，始终无人接听。古昊和秦歌都觉得事态有点严重，明天，杜晓雨会成为病毒携带者，感染四十五个人，然后住进医院。她身上携带的病毒究竟从哪来，感染源又是什么？难道今晚会发生些什么意想不到的事，让她感染上病毒？

古昊和秦歌更着急了，就在这时，古昊感应到了超能力量，他依稀看到两个男人痛苦的表情，他们的口鼻之中，有些血渍正慢慢渗了出来；同时，秦歌手环也发出蟋蟀的鸣叫，查看位置后，确定超能力量来自学校不远处的一个咖啡馆。

那两个男人口鼻之中有血渗出，症状和感染病毒后发作，颇有几分相似，难道疫情提前爆发，又或是之后新闻报道里的内容有误？不管怎么说，发生这种情况，古昊和秦歌都不能坐视不管，云磊拉着秦歌，用位移术瞬间出现在咖啡馆里。

他们出现的位置在走廊里，还没来得及查看周边情况，就见到有个女人飞快从他们身边跑过，奔到门边，快速离开。秦歌立刻脱口而出："杜晓雨！"

他和林风曾穿越到十五年前，两次进到杜晓雨的宿舍里见过她。十五年后，杜晓雨虽然成熟了许多，但相貌改变却不大，秦歌一个照面便认出了她。

古昊皱眉，难道那些超能力量来自于杜晓雨？但张松曾经给过他所有超能者名单，其中并无杜晓雨的名字。立刻，他又想到了原因，张松给他名单时，秦歌和林风还没有穿越回十五年前，那时杜晓雨已经跳楼身亡，她的名字，当然不会出现在名单里。

"你去拦下她，我去看看那两个受伤的人。"古昊飞快地说。

秦歌答应一声，立刻向着咖啡馆大门方向跑去，古昊则进到了杜晓雨刚才离开的那个单间。单间里，两个男人倒在沙发上，已经陷入半昏迷状态，他们口鼻间渗出的血已经变成黑紫色。古昊不能确定这是否就是疫情爆发后感染病毒的症状，但还是毫不犹豫地替他们进行医治。两个男人相继醒来，但还很虚弱，见到面前站着的陌生人，非常吃惊，居然连声问古昊发生了什么。

"我救了你们，所以，你们得告诉我刚才发生的事。"古昊开门见山，说明意图。

那两个男人面面相觑，其中一个人脱口而出："杜晓雨，她，她就是个怪物……"

这两个男人都是杜晓雨的同事，几天前，市教育局对全市学校展开课外补课的专项调查。调查组接到学生家长举报，杜晓雨所在学校补课情况非常严重，部分老师采用各种手段，逼迫学生参加他们的课外补习班。今天，这两位教师约了杜晓雨过来，是想请她在调查组的人面前，替他们隐瞒一些情况。但杜晓雨却毫不犹豫地拒绝了，表示她对很多老师本该在课内教给孩子的东西，故意留到周末补习班里去教的行为，非常反感且愤怒。杜晓雨的态度激怒了这两名教师，他们下意识地就对杜晓雨恶语相向，甚至发出些威胁——如果边上有人见到，一定不会相信素质如此低下的人，居然会是教书育人的老师。

然后，杜晓雨就愤怒了，两名男教师当然不会在意她的愤怒，但却不能不介意鼻子里忽然流出来的血。接着，他们就感到身体一点点开始变得麻痹，就像被什么毒虫咬了一般，接着，整个人都跌倒在沙发上，口鼻中有更多的血渗了出来。

而杜晓雨，也惊诧于他们的变化，慌乱之中，夺门而出，跑了。

这两名教师，就算想隐瞒刚才发生的事，但又怎能瞒过古昊的读心术。

现在的古昊，已经对超能者的能力有了足够的了解，他毫不怀疑这两名男教师受到的伤害，都跟杜晓雨的超能力有关。那么，杜晓雨的超能力着实惊人，她能够无声无息之间，便令她身边的人倒下。根据那两名男教师的感受，他们很可能是感染了某种病毒，以至于身体麻痹。难道杜晓雨的超能力，就是明天爆发的疫情的根源？

古昊差不多已经相信了这种判断——当巴图带着巫彭、沈途，第一次在仓库里见到他时就曾说过，这场疫情，跟新出现的超能者有关。

两名教师面前的古昊忽然瞬间消失了——古昊已经意识到自己犯了一个错误，他让秦歌去追杜晓雨，其实就是将秦歌置身于险境，如果杜晓雨对他施展超能力，那他现在一定已经像这两名男教师一样，中毒倒下了。

古昊这回施展的是白灵的快速移动，虽然并不知道秦歌和杜晓雨离开咖啡馆后去了哪个方向，但他已经在瞬间，把咖啡馆外所有道路全都转了一遍，很快就发现了倒在地上的秦歌——他的心沉了下来，果然不出所料，杜晓雨已经放倒了秦歌。

上前扶起秦歌，却发现他的胸前殷红一片，已经被鲜血浸满。撕开衣服查看伤势，他的前胸血肉模糊，胸骨尽断。古昊大惊，秦歌的伤势，显然跟那两名男教师不同，难道伤了秦歌的，不是杜晓雨？

不管怎么说，还得先治愈秦歌，他醒来，便能知道真相。

治愈秦歌花费了更多的体力，也用了更多的时间。古昊初时只当是秦歌伤势严重，但后来却有后力不继的感觉，待得秦歌终于痊愈，古昊已经累得瘫坐在地上。

秦歌当然明白发生了什么事，他满脸惶急地道："有人抓走了杜晓雨。"

秦歌刚才出门去追杜晓雨，凭他的速度，很快就能追上。事实上，他远远已经看见杜晓雨就在前面的街道上奔跑，但突然之间，她停下了。她停下，秦歌也下意识地放慢脚步，他看到杜晓雨的前面，站着三个人。

隔得还有些远，看不清三人的长相，只感觉三人年纪都不大，两男一女，中间那女孩身材曼妙穿着颇为暴露，皮质短裤背心，露在外面的皮肤白得有些耀眼；她左边是个身材高大体形壮硕的男青年，右边则是个身高只及女孩肩部，又矮又胖的男人。

这三人出现在街道上，给人颇为怪异的感觉。秦歌本想稍微观察一下再上前，孰料前面那个矮胖子，忽然上前扛起了杜晓雨，直接就跑进了边上一条小巷。杜晓雨惊恐地发出些尖叫，但矮胖子动作极快，转眼间俩人就消失在小巷的黑暗里。

秦歌立刻就知道坏了，毫不犹豫就冲了过去。

前面那身材曼妙的女孩远远地居然冲他笑了笑，转身也进到了小巷里，那身材壮硕的男青年，则大步挡在了他的面前。

秦歌电击枪已经在手，电极飞镖向着男青年射了出去。男青年只挥了挥手，居然就把飞镖抓在手里，600万伏的高压，对他来说竟然一点作用都不起。秦歌大惊，还在琢磨如何应对，男青年已经冲到了他跟前。秦歌只能挥拳出击，但那男青年却后发先至，一拳打在秦歌胸口上，秦歌就倒下了，最后的记忆，就是男青年转身离去，也隐没在小巷的黑暗里。

"他们三个，肯定不是普通人。"秦歌断言，"他们这时候劫持杜晓雨，只怕和明天的疫情脱不了关系。"

古昊点头，秦歌说的正是他现在心中所想。

探寻真相的唯一办法，就是救回被劫持的杜晓雨。秦歌从腋下取出警用佩枪，再见到那三个人，他不会再手下容情。古昊虽然觉得体力不支，但还是打起精神，就要往那小巷里去。

就在这时，小巷里忽然慢慢走出一个人来，居然正是刚刚被矮胖子扛走的杜晓雨。

杜晓雨神情呆滞，走路的姿势也很僵硬，就好像一具被人驱使的行尸走肉。古昊和秦歌赶紧迎上去，还没说话，杜晓雨的身子忽然晃了两下，就倒下了。

古昊和秦歌赶紧扶起她，只见她双目紧闭，面色苍白，手触碰到的地方，依稀感觉她的身子发烫，体温明显偏高。古昊失声道："杜晓雨已经开始发热了。"

"怎么办，你能治好她吗？"秦歌问。

古昊没有回答，理论上，治愈术能够治好一切疾病，甚至能令亡者复活。而且，穿越回疫情爆发之前，古昊也曾经成功地治愈了感染病毒的林风。所以，这时候古昊根本就没多想，立刻就要对杜晓雨施救。如果林晓雨也能痊愈，那么，也就没有明天的疫情了。

就在这时，忽然传来脚步声，古昊和秦歌循声看去，见到刚才那三个奇形怪状的人，正慢慢从小巷里走出来。

古昊和秦歌立刻警觉，全神戒备。

"如果我是你，一定不会去救这个女人。"身材曼妙的女孩笑吟吟地走近他们三个，

"就算你能救得了她，但她体内的病毒，也不会消失。"

"你们是谁？想干什么？"秦歌枪已经对准了那女孩。

"我们是救你们命的人。"女孩笑得异常妖媚，当她的目光直视过来时，古昊和秦歌都会不自然地避开她的视线，"如果，如果你救了她，她体内的病毒就会转移到你的身上。到时候，毁灭这座城市的人就变成了你……"

古昊和秦歌惊呆了。

"那最后的结局就是，两个想拯救这城市的人，最后毁了这个城市，你们说，这是不是件非常好笑的事？"那女孩说完自己先笑了起来。

"你们到底是谁，这病毒跟你们有什么关系？"古昊大声问。

"到现在你们还看不出来吗？我们就是释放病毒的人。我们的病毒太厉害，进入你们的身体，分分钟就能要了你们的命。但这样根本不是我们要的结果，我们想看到的是病毒在你们的世界里大范围传播，所以，病毒必须要有一个潜伏期。"

"这就是你们劫持杜晓雨的原因？"古昊忽然觉得自己想通了。

"没错，杜晓雨是个你们所谓的超能者，她的能力，就是散布病毒。"那女孩走到古昊跟前，媚笑道，"她的病毒跟我们的没法比，但正因为如此，她是你们这世界里，唯一感染我们的病毒而不会立刻死去的人，这样，我们就为病毒争取到了一个潜伏期，在这段潜伏期里，病毒会发生些微小的变异，感染新的宿主之后，不会一下子杀死他们，从而保证了有足够的时间在大范围内传播。"

"为什么要这样做？"秦歌因为愤怒而低吼。

"这世界上的人太多了，我们只想它变得清静些。"妖媚女还是笑嘻嘻的样子，"现在，你们已经知道了这些病毒的来龙去脉，剩下的，就看你们如何拯救这个城市了。"

看出妖媚女要走，秦歌忽然上前一步，举枪对准了她。妖媚女看着秦歌和他手中的枪，似乎在看件很好笑的事："你以为你的枪就能阻止我？"

秦歌还未说话，后面的壮男忽然迎着他直冲过来。秦歌在他手上吃过亏，知道厉害，毫不犹豫地开了枪。这么近的距离，加上壮男并不躲避，所以弹无虚发，每一颗子弹都击中壮男，但那壮男的身子就像是精钢铸就，子弹击中他，居然发出清脆的声响反弹开来。

秦歌惊愕之际，壮男已经到了他的身边，挥拳向他砸了过来。秦歌欲躲，已经不及，边上的古昊赶紧使用瞬移术，上前带着秦歌闪到一边。

妖媚女和矮胖男人，都很感兴趣地看着古昊，壮男正要再向古昊方向出击，却被妖媚女拦下："他也是个神力者，看来还有些本事。只是，现在他们还没资格成为我们的对手。"

壮男点头，温顺地站到了妖媚女后面。

妖媚女冲着古昊道："现在我们要走了，临走时，我只想奉劝你一句，要想再见到我们，必须先救了你们的世界再说。如果病毒蔓延开来，最先倒霉的就是你们这些神力者，那时，只怕你们再没有机会活着见到我们了。"

他们三人真的说走就走，秦歌还有些不甘心，却被古昊拦下。妖媚女说的没错，他们现在当务之急，是要对付杜晓雨身体里携带的病毒，而且，对方三人看起来高深莫测，就算古昊、秦歌全力一搏，也毫无胜算。

那边三人退回到小巷的黑暗里，消失不见。古昊和秦歌对着昏迷的杜晓雨发了愁，妖媚女刚才已经说得非常清楚，如果古昊用治愈术治好她，病毒就会进入到古昊的身体里，让他成为病毒携带者。

"还是先离开这地方，再想办法。刚才开了那么些枪，警察用不了多久就会赶来。"秦歌说。

古昊想了想，抱起地上的杜晓雨，再拉着秦歌，位移到了一个烂尾的别墅区里。不久前，刘一刀曾经劫持了黄娅琳来过这里。

别墅区早已荒芜，没有人迹，杜晓雨苏醒过来，身体发烫，显然已经出现高烧的症状。古昊和秦歌回忆穿越之前掌握的感染病毒后的病发过程，知道随着发热而来的是各种疼痛，那是病毒在破坏人体组织，随后便会出现内出血、皮下红斑、便血、蛋白尿等症状，最后死于器官衰竭。杜晓雨现在尚处于病毒发作的初期，但如果不及时治疗，她会在接下来的24小时内死亡。

还没想出对策，秦歌忽然咳嗽了一下，随后跌坐到了地上。古昊吃了一惊，想到这病毒通过肢体接触便能传染，秦歌很可能已经感染了病毒。毫不犹豫伸手抚在秦歌的脑门上，感觉已经开始发烫——此时，已经确定无疑，秦歌和杜晓雨一样，已经被病毒感染。

古昊愁眉不展，现在，阻止病毒传播的唯一办法，就是将杜晓雨和秦歌隔离开来，不跟任何人接触，病毒自然就无法传播。但这样的结果，就是俩人在明天就会死去。

他又怎能眼睁睁看着俩人死去，特别是秦歌。

秦歌自然也想到了这点，他冲着古昊凄然一笑："这时候了，你就别婆婆妈妈了，赶紧用你的超能力，把我们俩送到一个没人烟的地方，雪山沙漠荒岛哪都行。刚才那娘们有一点说的没错，这世界人太多了，少了我们俩，不会有人知道。"

古昊重重地摇头："不行，我必须治好你们。"

秦歌故作轻松："算了吧，治好我们，你就得把命搭进去，别忘了我是警察，你就是一普通的老百姓，这种时候，警察不能保护老百姓，还要我这警察有什么用？"

"就算不管你们俩，我也活不了多久了。"古昊忽然说，"别说我刚才抱过杜晓雨，很可能像你一样，已经被病毒感染，就算杜晓雨没感染我，还记得我们回到疫情爆发前找到林风的时候吗？"

秦歌悚然一惊，已经想到了妖媚女说过的话——"如果你救了她，她体内的病毒就会转移到你的身上。到时候，毁灭这座城市的人就变成了你……"

而当时古昊使用治愈术，治好了已经处于死亡边缘的林风，那么，那时起，病毒岂非就已经进入了他的身体？

"你到现在还没有症状，也许你的治愈术已经让你免疫了，病毒也拿你没办法。"

古昊苦笑："你被那个壮男打伤，救治你的时候，我已经觉得有些费力，当时只当是你受伤过重，现在想，一定是病毒影响到了我的超能力。"

古昊忽然又愣了一下，接着道："还记得那女人说过一句话吗？她说如果病毒蔓延开来，最先倒霉的就是神力者。如果神力者和普通人一样感染病毒致死，她又何必专门把神力者拿出来单独强调呢？"

"难道这里面另有深意？"秦歌不解。

古昊也琢磨不透，但他现在已经无暇去想这些，他郑重地冲着秦歌道："现在，我要把你俩治好，希望你能配合。"

"不行！"秦歌吼，"治好我们你就得死，你死了，我还有脸去见黄娅琳他们吗？"

古昊叹口气，知道秦歌的性子倔，说服他必定是件艰难的事，所以，他选择了更为直接的方式。直接上前趁着秦歌不备，用胳膊勒住了他的脖子。

秦歌拼命挣扎，跟古昊对持了一会儿，终于身子一软，不动了。

古昊坐到了他的身边，双掌抚上他的额头，开始救治。

时间似乎过了很久，满头大汗的古昊终于收回手掌，秦歌同时睁开眼，看到古昊身子一歪，倒在了地上。秦歌赶紧上前扶起他，只觉得他的身子变得很烫。

"你这是个人英雄主义，非得把拯救世界这么光荣的事揽到自己身上。"秦歌低吼。

古昊冲他微微一笑："谢谢你成全我。"

秦歌无语，重重叹息一声，不知道接下来自己还能做什么。

"扶我过去，我还得救杜晓雨。"古昊的声音已经变得非常虚弱。

"就你这样，赶紧想法子救救你自己吧。"秦歌没好气地道。

话虽这样说，但还是扶他坐到了杜晓雨身边，古昊重重吁了口气，双掌抚到了她的额头上。边上的秦歌跺跺脚，站起来转过身去。

他已经实在不忍心看着古昊现在的模样——明明自己已经随时都能倒下，但却还要救人。秦歌知道，现在如果阻止他，他的牺牲就没有了意义。

昏迷的杜晓雨终于发出声低低的呻吟，随后就睁开眼睛，看到面前的古昊，想说什么，但古昊却慢慢向后仰翻过去，倒在了地上。

古昊除了虚弱，看起来更老了些，之前还是两边鬓角有些白发，现在已经是满头白发里面掺杂些零星的黑发了，他的面颊上，也遍布皱纹，看起来，就像一个历经沧桑的老者。

杜晓雨还记得秦歌，记得他十五年前曾出现在自己的宿舍里，所以立刻便问他发生了什么事。秦歌不及向他解释，抱起古昊，眼中已经噙上了些泪水。

"他救了我们，救了这座城市，救了这个世界。"他哽咽着道。

杜晓雨虽然还不知道详情，但看秦歌悲伤的表情，就知道，这里面一定有一个悲壮的故事。于是，刹那之间，看着秦歌怀中意识已经有些模糊的古昊，她的心里也充满忧伤。

古昊现在的状态实在不算好，身体像块烙铁样发烫，甚至嘴角都开始涌出了一道血丝。更重要的是，他已经力竭，身子软绵绵的，目光中再无生气。

"放下我。"古昊颤声道，"我不能留在这里，我要去个没有人可以找到我的地方。"

秦歌竭力忍住，才能抑住泪水。

古昊挣扎着站起来，居然冲秦歌笑了笑："回去告诉黄娅琳，以后，不能再陪她了。"

秦歌的泪水终于流了出来。

古昊转身，慢慢地离开，后面的秦歌向前一步，终于又停下。他知道其实现在，他和古昊都没有了选择，无论怎么说，古昊这样离开，对于这个世界，都是最好的结局。但是，他能眼睁睁看着古昊孤独地离开这个世界吗？

这时候的秦歌，体内汹涌着莫大的冲动，却又不知道自己能做些什么。

就在这时，忽然前方出现一道耀眼的光亮，接着，他就看到了一道门。

废弃的别墅里当然有很多门，但这道门绝对是凭空出现的，其他门都在墙上，只有这道门，孤零零地伫立在一块空地上。

前面的古昊也被亮光吸引，慢慢回身。

这道门他并不陌生，不久前，他和云磊练习空间位移时，曾经进入过一个蛮荒之地，那里田地荒芜，城镇已成废墟，高山都开始崩塌。他们被困在那里好些时候，最后就是因为一道门，才回到云湖山庄。

事后，宗炜曾隐约透露，那道门给他们指引了方向，而且，这道门和一个人有关。

虽然不知道那是个怎样神奇的人，但古昊至少能确信，那人没有敌意。

现在，这扇门又出现在了这个废弃的别墅区，是不是那个神奇的人，又在指引着古昊，去化解这场危机？

古昊没有犹豫，径自向着那扇门走去。秦歌和杜晓雨虽然都有些狐疑不定，但还是眼睁睁看着古昊走进了门里。

随后，又是一道耀眼的光亮，古昊和那道门，都消失了。

第四十五章　以我换取整个世界

第四十六章
天外有天

　　秦歌去约定的宾馆找到林风，林风见只有他一个人，加上他悲伤的神情，立刻猜到古昊出了意外。秦歌无心跟他讲述发生的事，只是催促他运用超能力，带他回到现实世界。

　　秦歌自古昊进入那道门后，又在废弃的别墅里等了很久，直到天色微明。这期间，杜晓雨坚持守在他的身边，听他讲述了事情的前因后果，她固然震惊于可能由自己引发的那场末日灾难，更为古昊最终的结局悲伤。

　　当然，秦歌心里隐隐还有些希望，他之前曾听古昊说起过那道门，也许，那道门在这时出现，就是要创造一些奇迹。

　　秦歌在黎明的时候，终于确信古昊不会再回来。

　　他和杜晓雨告别，希望她能幸福快乐地延续以前的生活。

　　现在，他要做的，就是和林风回到他们穿越的时间，看一看是否已经阻止了疫情。

　　林风的超能力已经非常微弱了，试了好多回，都没法穿越回去。秦歌这时忽然想到古昊最后提到的问题，病毒爆发后，最先倒霉的就是这些神力者。现在几乎可以确定，病毒除了可以夺去人的性命，还能消除神力者的超能力。

　　林风最后终于还是做到了，带着秦歌回到了穿越之前的现实世界。

　　疫情已经神奇般地消失了，熟悉的街道，熟悉的人群，就连它的喧嚣这时都有种特别的魅力。秦歌和林风眼中此刻都噙满泪水，没有人知道，此刻在别人眼中，和昔日并无区别的城市，刚刚摆脱一场劫难，而古昊，则消失在这场劫难中了。

　　林风和秦歌告别，他要回家去重新检视自己的生活。那生活虽然苦涩到让他想起来心里都会生出剧烈的痛，但活着，便仍然还有希望，谁知道未来会发生些什么呢？

　　秦歌独自在街道上慢慢地走，走在人群里，身上沐浴着阳光，更加担心生死未卜的古昊。那道神奇的门，真的会带来奇迹吗？

他的手机忽然响，摸出来，看一眼屏显上的名字，他的心瞬间狂跳不止，接听时的手都有些颤抖了。当听到那边传来古昊的声音时，轰然欣喜。

"你这臭小子怎么没死呀，害我白伤心这么长时间，你得补偿我。"秦歌叫。

古昊的声音却有些沉重，他说了自己的位置，居然离秦歌并不太远，秦歌让他等在原地别动，他现在就过去找他。

终于见到了古昊，秦歌惊呆了。古昊昨晚进入那道门的时候，已经满头白发，脸上沟壑纵横，看起来就是个十足的退休老头。但现在，他又恢复了年轻时的模样，皮肤光滑，头发乌黑，就像根本不曾老去。

那道门真的创造了奇迹，它让古昊满血复活了。

"究竟怎么回事，你一定告诉我。"秦歌上前挠古昊的头发，捏他的脸蛋，好像在验证这些变化到底是不是真的。

古昊神情却颇有些凝重，毫无满血复活后的欣喜。

"艾桑。"他说了这个名字后，脸上满是悲伤。

"艾桑死了，她这一生，救人无数，我是她救治的最后一个人。"古昊说。

进入那道门，他发现自己神奇地置身于海上云台的木屋前，依然是云海缭绕，花香袭人，依然是那个白发的老妇从雾气之中慢慢向他走来。

"你来了。"艾桑的语气好像早已经知道古昊会来。

"我怎么会来了这里？"古昊吃惊，"我不该来这里，我这就走……"

他真的转身要走——出现在这里，他已经预料到了会发生什么。如果这世上还有一个人能救他，那就是艾桑。但他没有忘记，无论是谁治愈了感染病毒的人，病毒都会进入到治愈者的身体里。艾桑是他无比崇敬的人，他怎么会因为自己而连累她呢？

"等等。"艾桑在他身后道，"你来这里，是你的宿命，我等这一天，已经好久了。"

古昊还是摇头："我得走，我不能留在这里。"

艾桑叹息一声："你当然会离开这里，但你既然来过了，如果我不能让你健健康康地离开，岂非就是辜负了那人对我的信任？"

"那人？"古昊止步，回头，"那人是谁，他要你做什么？"

"他告诉我，有一天，你会回来。你还有很多重要的事要做，所以，我必须保证让你活着回去。"艾桑神态从容，在提到那个人时，目光里居然多了些敬畏。

"他究竟是谁？"古昊越听越糊涂。

"去吧，那道门里，有你想知道的答案。"艾桑指了指他身后那道门说。

古昊慢慢走到门边，慢慢推开已经关闭的两扇门，在门里，他看到了自己正坐在地上，艾桑站在他边上，两只手抚在他的额头，显然正在救治他。

"这是注定要发生的事，我们常常把它理解为宿命，但其实，它不过是时间线上的一个点。"艾桑道，"如果有人能够看到时间线上每一个点，那他就会成为我们眼中的先知。"

古昊听得似是而非，有些明白，但更多的仍然是糊涂。

"你是说，这门里是还没有发生的事？"他问。

艾桑点头。

"这道门到底有什么古怪，你说的那个人到底有多大的神通？"古昊看起来非常苦恼，"我偏偏就不信这个邪，我不要你来救我，难道你还能阻止我？"

艾桑冲他露出同情的目光："我当然不会阻止你，阻止你的是病毒。"

古昊愣了一下，随即就明白了艾桑的意思。他必须尽快离开，病毒已经让他的身体非常虚弱，现在连他自己都不知道，他是否真能离开海上云台。

于是勉强运气，欲施展云磊的空间位移术，但他仍然站在原地，根本没有移动一分。接着，再试白灵的极速移动，他的步履仍然蹒跚，不仅没有丝毫的速度，就连走路都觉费力。古昊吃惊不小，意识到自己已经失去了所有的超能力。他并非贪恋那些能力，只是瞬间失去的失落感，让他血往上撞，身子晃了两下，终于倒下了……

"然后，我醒了，艾桑死了。"古昊满脸都是抑制不住的悲痛，"我醒过来的时候，艾桑还有最后一丝气息，她告诉我，是我让她这一生变得圆满，所以，她死而无憾。"

秦歌听得呆了，此刻亦是满心都是悲伤。

"我把艾桑埋葬在了鲜花最多的山冈上，海上云台的云雾，每天仍然会环绕着她。然后，我就顺着那道门，回到了云城。"古昊讲完他的遭遇，却仍然有很多疑问没有解开。

艾桑口中的那个人究竟是谁，他真的能看到时间线上的每一个点吗？如果真是这样，那他岂非就能知晓世间所有的事情？

这样一个神一样存在的人，为什么要救古昊？他对艾桑说，古昊还有更重要的事要做，难道他早就洞悉了古昊的未来？

"你的超能力呢？都没了？"秦歌想到了最现实的问题。

古昊先是点头，接着又摇头："我现在失去了一切超能力，但艾桑最后跟我说，它们其实并不是真的消失了，而是重新回到了初始状态，等待被唤醒。"

秦歌摇头，表示不明白。

古昊想了想，道："举个例子，就像一团泥巴，你本来把它捏成了一把枪的形状，那枪就是你能展现出来的超能力。现在，病毒把这把枪给毁了，让它又重新回到了原始状态变成了一团泥巴。"

"但你还是能用这些泥巴，捏出别的一些东西来。"秦歌这回明白了。

"只是不知道这回捏出来的，会是什么。"古昊苦笑。

这时候，秦歌手腕上的蟋蟀忽然发出警报声，查看位置，正是云湖山庄。立刻调取山庄里的监控录像，看到的居然是黄娅琳躺倒在地，她的身体在抽搐，眼角口鼻之中，都挂着血渍。

古昊大惊，拉着秦歌就要用空间位移或者快速移动，但随即便想到，自己失去了这些技能，从某种意义上说，他现在已经就是个普通人了。

和秦歌到路边打了辆车，往云湖山庄方向去。到了地方，他们俩都惊呆了，云湖山庄已经变成了一片废墟——全部的房屋都已经倒塌，所有花草树木都已经枯死，就连池水都已经干涸。这么大片建筑，就算拆也得拆上好些日子，它怎么会忽然间就全部倒塌了呢？

古昊和秦歌关心的是云湖山庄里的人，他们徒劳地一遍遍搜寻着，都没有发现黄娅琳、云磊和宗炜的踪迹，或者他们留下的线索。

古昊失魂落魄，满脑袋都是疑问——他们发现云湖山庄出现超能力量，赶到时，云湖山庄已经变成废墟，显然，就是那些超能力量毁了山庄。有这能力的人，在他印象里，只有寥寥数人，而他们，显然都不可能做出这种事来。

古昊脑子很乱，这些疑问现在都不重要，他只关心黄娅琳的下落。刚才看到的画面中，黄娅琳显然情况非常不好，她究竟是死是活，她在哪里？

手机铃声忽然响起，古昊见是个陌生号码，接听后，那头却传来既熟悉又陌生的声音。

"我是宗婷。"

"宗婷？"古昊觉得奇怪，宗婷现在和黄娅琳合用一具身体，是宗婷而不是黄娅琳打来电话，似乎情况有些不妙。

"黄娅琳怎么样了，她现在在哪里？"古昊急促地问。

"古昊，我要你现在按照我说的去做。"宗婷的声音很冷静，"他们来了，也该到了让你们知道真相的时候。"

挂断电话，古昊更加狐疑，秦歌问宗婷电话里说了什么，古昊说了一家购物中心的名字。秦歌奇怪，那购物中心里，会有什么？

到达购物中心，进到里面，按宗婷电话里说的，乘扶梯上了六楼。这时候，宗婷的电话又来了。

"进观光电梯，电梯开门时，告诉我。"宗婷的话简单明了。

古昊和秦歌找了半天才找到观光电梯，又等了好一会儿，电梯才停下，门开，里面空无一人。古昊和秦歌进到里面，告知宗婷，宗婷没说话，电话却挂断了。古昊和秦歌面面相觑，都不知道宗婷到底要干什么。

电梯忽然急速下坠，就像发生了故障，古昊和秦歌还没来得及有所反应，电梯已经停了，随即门打开。俩人惊魂未定，互相看了看，慢慢走出电梯。

他们愣住了，外面居然已经不再是购物中心，而是一个超级大的空间，足有一个足球场大。奇怪的是这么大地方，居然没有一根柱子，而且屋顶是那种半圆形的穹顶。这空间里摆了好些形状怪异的仪器，科技感十足，几十张工作台前，很多人不停地忙碌。

古昊和秦歌更加狐疑，这究竟是什么地方？

这时，有个穿黑色套裙戴眼镜的年轻女孩走到他们跟前，冲他们做个请的手势。

"这是哪儿，我们来这儿干吗？"秦歌忍不住问。

那女孩笑笑："稍后，宗婷会向你们解释这些事。"

"宗婷也在这儿，那黄娅琳呢？"古昊脱口而出。

片刻之后，古昊和秦歌站在大屏幕前，屏幕上现出一个模样俊俏的姑娘来，正是宗婷。

现在的宗婷，不过是电脑里一个虚拟的人物，它还拥有宗婷的意识，只是没有了身体。

"这是哪儿？怎么像个秘密基地。"秦歌大声问。

"他们来了。"宗婷并不回答，眉宇间有掩饰不住的忧虑。

"这些人是谁？"古昊皱眉，他想到了宗炜曾经跟他说过的比瘟疫更大的灾难。

"宗炜曾经跟你说过重叠空间的问题，在我们生活的地球表面，并不只有这一个空间，还有很多个小空间跟这个大空间重叠在一起。"

"就像这里？"古昊思维敏捷，立刻想到刚才明明在商场里，怎么转眼间就到了这穹顶空间里。

"没错，这里是我们的研发中心，因为一些特殊的原因，我们必须将它隐藏起来，不被别人发现。"宗婷说，"所以，我们制造了一个重叠空间，用来安置研发中心。"

"制造重叠空间？这也太神奇了吧，人类科技已经发展到这么高的水平了？"秦歌感慨。

"宗炜还跟你说过，如果有三个一样大小的空间重叠在一起，那么，地球表面，就无处不是重叠空间了。"宗婷继续说。

"那不就相当于有三个地球？"古昊问。

宗婷立刻点头："地球其实还是一个，但每个空间的人见到的地球都不相同，从某种意义上来说，这一个地球，其实相当于三个。"

"这不会是真的吧？"秦歌简直觉得脑洞大开。

"我们其实就来自于其中一个空间。"宗婷凝重地道，"所以，我们既是地球人，又和你们有所不同，也因为这样，我们才有你们这个空间的人类无法拥有的科技水平。"

古昊和秦歌惊得瞠目结舌，居然不知道该说什么了。继而又想，也只有这样，才能解释宗炜的神秘以及他所拥有的科技。

"你们，你们为什么到我们这个空间来？"古昊说话都有点结巴了。

"逃亡。"这回，宗婷只说了这两个字。

"逃亡？"古昊和宗炜异口同声地道，他们实在想不到，拥有这么高科技水平的人，居然还要逃亡，那他们的对手，得可怕到什么程度？

屏幕上的宗婷随手画了三个圆："假设这就是地球表面的三个空间，我们生活在第二空间，而你们生活的地方则是第三空间。"

"第一空间呢，生活在那里的，是些什么人？"

"宗炜曾经问过你们这样一个问题，巴族人拥有神力已经无可置疑，但这些巴族人，不过是传说中伏羲族的一个分支，连他们都能在历史长河里繁衍生息，那么整个伏羲族呢？伏羲是传说中上古五帝之一，其他四方天帝也都有各自的族人，难道他们就这样，悄无声息地消失了？"

"你是说，你是说他们都去了第一空间？"古昊吞了口唾沫，有种快不行了的感觉。

"这也太扯了，这世上哪有那么多神。"秦歌虚张声势，做出不屑的样子。

"这世上没有神，却有神力者。"宗婷说，"很久很久以前，神力者和普通人生活在同一个空间里，但却发生了很多麻烦，神力者之间的争斗，对于普通人来说，无异于就是一场灾难。就像传说里的共工怒触不周山、炎黄大战、蚩尤之乱、刑天与帝争神等等，他们打得热闹，普通人可就遭了殃。不知道什么时候，神力者之中出了位大神级的人物，他用自身强大的能量创造了第一个重叠空间，将神力者与普通人分了开来。我想，这也是上古传说中的诸神突然消失的原因吧。"

古昊认真地听，秦歌还是摇头："怎么听还都觉得是扯。"

"如果你把那些传说中的人物，当作和巴图、巴融一样的神力者，还会觉得扯吗？"宗婷反问。

秦歌说不出话来。不要说巴图、巴融，如果不是亲眼所见，有人跟他说起神力者的超能力，他都会觉得那是胡扯。那么，上古时候的神力者向普通人展现这些超能力时，普通人会不会把他当成神？

"那你们生活的这个空间，又是怎么回事？"古昊问。

"我们其实是第一空间的分支。"宗婷答道，"神力者聚集到第一空间生活，仍然改变不了争强好斗的本性，后来，有些人厌倦了这样的生活，并对神力者的超能力提出质疑，认为正是这些超能力改变了人的本性。他们开始摒弃超能力，转而在科技方面谋求发展。他们和崇尚暴力的神力者之间的分歧越来越大，于是，就有了这第三个空间。"

古昊和秦歌这回算是明白了，但宗婷说的这些，实在太像故事，他们一时之间，还真难以接受。

"你们的逃亡，是否和第一空间的神力者有关？"古昊问。

"你其实已经去过第一空间。"宗婷道。

古昊立刻想到了他和云磊曾经在空间转换时误入过一个地方，那里除了荒原就是废墟，他实在不敢相信，神力者们就生活在那样的地方。

"那个地方显然已经不适合生存，我们不用去深究什么原因造成了第一空间的环境恶化，想来一定还是和神力者们的超能力有关。数千年的争斗，各种超能力引发的灾难不胜枚举，当他们意识到需要重新找一个地方生活时，很自然地，他们就想到了另外两个空间。"

"你刚才提到了逃亡，难道你们生活的第二空间，已经被他们占领？"古昊问。

宗婷沉默了一下，面上露出些悲伤的神情："我们那个空间的人类，实在没有料到神力者会突然发起进攻，而且，我们的科学技术以及发明创造，很少跟战争有关。但就算这样，两个空间的战争，还是持续了几十年，最后的结果，就是我们极少数人被迫逃亡到第三空间来。神力者也因为这场战争伤了元气，本来我们预测至少再过十年，他们才会重新集结起力量，向这个空间进犯，但没料到，他们的人，已经出现了。"

"在云湖山庄，带走黄娅琳他们三个的，就是第一空间的人？"古昊惊道，已经想到了对杜晓雨施放病毒的那三个人。

宗婷点头。

"他们为什么要带走他们？"古昊不解，"他们如果想侵犯我们这个空间，大可以直接跟我们开打，为什么要带走黄娅琳他们三个？"

"神力者经过和我们的战争，已经知道即使胜利，他们得到的，也会是一个千疮百孔的世界。要想在那世界里生活，重建工作将会是长期且非常繁琐的工作。所以，他们会用另一种方式来侵占这个空间，而不仅仅是暴力。"宗婷道，"带走宗炜，我想，是想从他那里获悉这个研发中心的位置，然后将这里摧毁。他们一定不希望，我们的科技力量，会成为你们与他们对抗的武器。"

"那么黄娅琳和云磊呢？"古昊问，"他们可什么都不知道？"

宗婷颦眉："他们都是这个空间的神力者，第一空间的人带走他们，也许只是为了考察自己将来可能遇上的对手。而且，据我所知，除了黄娅琳和云磊，他们还带走了其他一些有超能力的人。"

"他们被带到了哪里？"古昊忧心忡忡。

"如果他们没有带走黄娅琳，我们还真没办法知道他们的去处。但黄娅琳头部植入的芯片，可以实时向我们研发中心发送位置信息。"

"你知道他在哪？"古昊急切地道。

宗婷点头，大屏幕上出现一个海中央的小岛。宗婷的声音继续说："这座海岛叫做三元岛，岛上有个小镇叫做海神镇，黄娅琳现在就在海神镇里。"

古昊死死地盯着大屏幕上的小岛看，出神且专注。他知道，用不了多久，自己就会出现在岛上，找到黄娅琳，带她回来。

但他已经失去了所有的超能力，他凭借什么去救黄娅琳和宗炜？谁又知道，他在海神镇上，会再遇上些什么人，经历些什么事呢？

图书在版编目（CIP）数据

超能英雄：原力觉醒／成刚著.—南昌：百花洲
文艺出版社，2017.4
　ISBN 978-7-5500-2167-9

　Ⅰ.①超… Ⅱ.①成… Ⅲ.①长篇小说－中国－当代
Ⅳ.①I247.5

中国版本图书馆CIP数据核字(2017)第072505号

超能英雄：原力觉醒

成　刚/著

出 版 人	姚雪雪
责任编辑	郝玮刚
美术编辑	方　方
制　　作	黄敏俊
出版发行	百花洲文艺出版社
社　　址	南昌市红谷滩世贸路898号博能中心A座20楼
邮　　编	330038
经　　销	全国新华书店
印　　刷	江西千叶彩印有限公司
开　　本	720mm×1000mm　1/16　　印张 23.25
版　　次	2017年9月第1版第1次印刷
字　　数	523千字
书　　号	ISBN 978-7-5500-2167-9
定　　价	49.80元

赣版权登字　05-2017-99
版权所有，盗版必究
邮购联系　0791-86895108
网　　址　http://www.bhzwy.com
图书若有印装错误，影响阅读，可向承印厂联系调换。